Weltbild

Summer Nights

Titel der nordamerikanischen Originalausgaben:

Megan's Mate

The Right Path

erschienen bei: Silhouette Books, Toronto
Published by arrangement with
HARLEQUIN ENTERPRISES II B.V./S.àr.l.

Konzeption/Gestaltung: fredebold & partner gmbh, Köln
Umschlaggestaltung: pecher & soiron, Köln
Titelabbildung: plainpicture
Satz: GGP Media GmbH, Pößneck
Druck und Bindearbeiten: CPI – Ebner & Spiegel, Ulm
Printed in Germany
ISBN 978-3-86278-983-2

Genehmigte Sonderausgabe 2013
für Verlagsgruppe Weltbild GmbH,
Steinerne Furt, 86167 Augsburg

Harlequin Enterprises GmbH,
Valentinskamp 24, 20354 Hamburg

Nora Roberts

Megans Hoffnung

Roman

Aus dem Amerikanischen von
Sonja Sajlo-Lucich

Weltbild

1. KAPITEL

Von Risiken hielt sie grundsätzlich nichts. Bevor sie den nächsten Schritt unternahm, stellte sie sicher, dass der vorherige komplett zu Ende gebracht war. Das war Teil ihrer Persönlichkeit. Zumindest war es während der letzten zehn Jahre Teil ihrer Persönlichkeit geworden. Sie hatte sich angewöhnt, ausnahmslos praktisch zu denken und umsichtig zu handeln. Megan O'Riley war eine Frau, die abends lieber zweimal nachsah, ob sie auch wirklich die Haustür verschlossen hatte.

Für den Flug von Oklahoma nach Maine hatte sie sehr methodisch das Handgepäck für ihren Sohn und sich zusammengestellt. Ihre restliche Habe würde per Fracht nachgeschickt werden. Zeit mit Gepäck zu verschwenden, war ihrer Meinung nach unsinnig.

So war der Umzug auch keineswegs eine impulsive Entscheidung gewesen. Während der letzten sechs Monate hatte Megan alles genau durchdacht. Der Ortswechsel war ein praktischer und vorteilhafter Schritt zugleich, nicht nur für sie, sondern auch für Kevin. Es wird ihm sicherlich nicht schwerfallen, sich einzugewöhnen, dachte sie, als sie auf ihren Sohn blickte, der auf dem Fenstersitz neben ihr eingeschlafen war. Schließlich hatten sie Familie in Bar Harbor. Seit Kevin wusste, dass seine Mutter ernsthaft in Erwägung zog, zu seinem Onkel, seinem Halbbruder und seiner Halbschwester zu ziehen, konnte er vor freudiger Erwartung kaum an sich halten. Und da waren ja auch noch die Cousins und Cousinen. Vier neue Babys waren hinzugekommen, seit Megan und Kevin damals zur Hochzeit ihres Bruders mit Amanda Calhoun nach Maine geflogen waren.

Mit zärtlichem Blick betrachtete sie den schlafenden Kevin. Ihr kleiner Junge. So klein war er gar nicht mehr. Fast neun. Es würde ihm guttun, in einer großen Familie aufzuwachsen. Die Calhouns gingen weiß Gott verschwenderisch mit ihrer Zuneigung um.

Nie würde Megan vergessen, wie Suzanna Calhoun Dumont – jetzt hieß sie Bradford – sie im vorangegangenen Jahr willkommen geheißen hatte. Obwohl Suzanna wusste, dass Megan die Geliebte von Baxter Dumont, Suzannas Exmann, gewesen war und sein Kind geboren hatte, war sie ihr mit offener Herzlichkeit entgegengekommen.

Allerdings stellte Megan auch ein geradezu erbarmungswürdiges Beispiel der „anderen Frau“, der Geliebten, dar. Sie hatte nichts von Suzanna gewusst, als sie sich vor vielen Jahren Hals über Kopf in Baxter verliebte. Siebzehn Jahre alt und unendlich naiv, hatte sie all die leeren Versprechen und Schwüre von der ewig währenden und einzig wahren Liebe geglaubt. Nein, sie hatte nicht einmal geahnt, dass Baxter Dumont mit Suzanna Calhoun verlobt war.

Bei Kevins Geburt war Baxter in den Flitterwochen gewesen. Den Sohn, den Megan O'Riley ihm gebar, hatte er bis heute nicht gesehen, geschweige denn die Vaterschaft anerkannt.

Jahre später, als das Schicksal beschloss, Megans Bruder Sloan und Suzannas Schwester Amanda zusammenzuführen, war die ganze Geschichte ans Licht gekommen. Und jetzt, mit den unvorhersehbaren Wendungen und Biegungen des Schicksals, würden Megan und ihr Sohn in dem Haus leben, in dem Suzanna und ihre Schwestern aufgewachsen waren. Kevin würde eine Familie haben, einen Halbbruder und eine Halbschwester – und ein Haus voller Cousins, Cousinen, Tanten und Onkel.

Das Haus ... *The Towers*, dachte Megan mit einem stillen Lächeln. Ein beeindruckendes, wunderbares altes Gemäuer, das Kevin nur „das Schloss“ nannte. Wie es wohl sein mochte, dort zu leben und zu arbeiten? Jetzt, nachdem die Renovierungen abgeschlossen waren, wurde ein großer Teil des Hauses als Hotel genutzt. „*The Towers* Retreat“ gehörte nun zur St.-James-Hotelkette. Ein Projekt, realisiert von Trenton St. James III, der die jüngste Calhoun-Schwester, Catherine, geheiratet hatte.

Die St.-James-Hotels waren weltweit als Häuser von gehobenem Stil und Klasse bekannt. Das Angebot, die Leitung der Firmenbuchhaltung zu übernehmen, war – auch nach reiflicher Überlegung – einfach zu gut gewesen, um es auszuschlagen.

Außerdem freute Megan sich unendlich darauf, ihren Bruder wiederzusehen. Genauso, wie sie sich auf den Rest der Familie freute. Und auf *The Towers*.

Falls sie ein kleines bisschen Nervosität verspürte, so ermahnte sie sich, dass das schlichtweg töricht war. Der Umzug war ein praktischer und nur logischer Schritt. Der neue Titel als „Leiterin der Unternehmensbuchhaltung" versöhnte sie mit enttäuschten Ambitionen. Und auch wenn Geld eigentlich nie das Problem gewesen war, so versetzte das vereinbarte Gehalt ihrem Selbstwertgefühl doch erheblichen Auftrieb.

Endgültig ausschlaggebend jedoch war, dass ihr viel mehr Zeit für Kevin bleiben würde.

Als die Durchsage für den Landeanflug über die Bordlautsprecher erfolgte, strich Megan ihrem Sohn sanft durchs Haar. Er öffnete die dunklen Augen und blinzelte verschlafen.

„Sind wir schon da?"

„Fast. Stell deinen Sitz wieder auf. Sieh nur, da unten liegt schon die Bucht."

„Wir fahren doch bestimmt mal mit dem Schiff raus, oder?" Wäre er richtig wach, hätte er sich daran erinnert, dass er viel zu alt war, um vor Aufregung auf dem Sitz herumzurutschen. Doch jetzt hopste er auf und ab und presste die Nase an die Fensterscheibe. „Dann können wir die Wale sehen. Mit dem Boot von Alex' neuem Dad."

Allein bei dem Gedanken an Seegang drehte sich Megans Magen, dennoch lächelte sie, wenn auch etwas kläglich. „Ganz bestimmt."

„Und wir werden wirklich im Schloss leben?" Begeisterte Erwartung strahlte ihr aus dem Gesicht ihres Jungen entgegen. Ihr wunderschöner Junge mit der goldenen Haut und dem wirren schwarzen Haar.

„Alex' früheres Zimmer wird jetzt dein Zimmer."

„Da gibt es Gespenster." Er schenkte ihr ein spitzbübisches Lächeln und zeigte dabei seine Zahnlücken.

„So wird es behauptet. Aber es sollen freundliche Gespenster sein."

„Nicht alle." Das hoffte Kevin zumindest. „Alex sagt, es gibt ganz viele, und sie stöhnen und kreischen. Letztes Jahr ist sogar ein Mann aus dem Turmfenster gefallen und auf die Felsen aufgeschlagen."

Megan schauderte leicht, denn dieser Teil der Geschichte entsprach der Wahrheit. Die sagenumwobenen Calhoun-Smaragde hatten mehr als nur eine alte romantische Legende aufleben lassen. Sie hatten auch das Interesse eines Diebes und Mörders geweckt.

„Die Gefahr ist jetzt vorbei, Kevin. *The Towers* ist sicher."

„Klar." Doch schließlich war er ein Junge. Und Jungen hofften nun mal auf wenigstens ein bisschen Gefahr und Abenteuer.

Es gab noch einen weiteren Jungen, der sich in der Zwischenzeit die schönsten Abenteuer ausmalte. Ihm schien es, als warte er seit Ewigkeiten hier am Flughafen auf seinen Bruder. Eine Hand in der seiner Mutter, hielt er mit der anderen Jenny. Denn seine Mutter hatte ihm gesagt, er müsse auf seine Schwester aufpassen. Schließlich war er der Älteste. Seine Mutter hielt das Baby auf dem Arm – seinen brandneuen Bruder. Alex konnte es gar nicht erwarten, mit ihm anzugeben.

„Warum sind sie denn noch nicht da?"

„Weil es immer etwas Zeit braucht, bis alle Leute ausgestiegen sind und durch das Gate kommen."

„Warum sagt man eigentlich ‚Gate'?", wollte Jenny wissen. „Das sieht doch gar nicht wie ein Tor aus."

„Vielleicht hatten sie früher einmal Tore an den Flughäfen und nennen es deshalb heute einfach noch immer so." Es war die beste Erklärung, mit der Suzanna nach einer nervenzermürbenden halben Stunde des Wartens mit drei kleinen Kindern aufwarten konnte. Dann gluckste das Baby fröhlich, und sie musste unwillkürlich lächeln.

„Sieh nur, Mom, da sind sie!“

Bevor Suzanna etwas erwidern konnte, hatte Alex sich von ihrer Hand losgerissen und rannte auf Kevin zu, Jenny im Schlepptau. Suzanna zuckte leicht zusammen, als die beiden fast mit einer wartenden Gruppe zusammengestoßen wären, und hob nur resignierend die Hand, um Megan zuzuwinken.

„Hi!“ Alex, bestens instruiert von seiner Mutter, nahm Kevin die Reisetasche ab. „Ich soll das tragen, hat meine Mom gesagt. Weil wir euch abholen.“ Dabei stellte er ein wenig verdrießlich fest, dass, obwohl Mom immer behauptete, er wachse wie Unkraut, Kevin größer war als er.

„Hast du das Fort noch?“

„Sogar zwei. Eins beim großen Haus und ein neues beim Cottage. Da wohnen wir nämlich jetzt.“

„Mit unserem Dad“, mischte Jenny sich ein. „Wir haben auch neue Namen. Unser Dad kann alles reparieren. Er hat mein neues Zimmer gebaut.“

„Die Vorhänge sind pink.“ Alex grinste abfällig.

Vorausschauend stellte sich Suzanna zwischen die Geschwister, um den sich offensichtlich anbahnenden Streit von vornherein zu verhindern. „Wie war euer Flug?“ Sie beugte sich vor, drückte Kevin einen Kuss auf die Wange und umarmte Megan.

„Gut, danke.“ Megan wusste noch immer nicht, wie sie mit Suzannas natürlicher Herzlichkeit umgehen sollte. Am liebsten hätte sie laut herausgeschrien: „So versteh doch, ich habe mit deinem Mann geschlafen, auch wenn ich damals noch nicht wusste, dass er dein Mann war. Aber die Fakten lassen sich nicht ändern.“ Doch stattdessen antwortete sie nur: „Eine kleine Verspätung, mehr nicht. Ich hoffe, ihr habt nicht zu lange warten müssen.“

„Stunden!“, behauptete Alex.

„Eine halbe", korrigierte Suzanna lachend. „Wo sind eure restlichen Sachen?"

„Die kommen per Fracht nach." Megan klopfte leicht auf ihre Reisetasche. „Das muss für den Moment reichen." Sie konnte nicht widerstehen und lugte auf das Baby in Suzannas Arm. Ein rosiges Gesichtchen, die typischen dunkelblauen Augen eines Neugeborenen und ein seidiger schwarzer Haarschopf. Über Megans Miene zog das entrückte Lächeln, das jeden Erwachsenen befiel, sobald er ein Baby sah.

„Oh, er ist so hübsch. Und so winzig."

„Er ist schon drei Wochen alt", wusste Alex gewichtig zu berichten. „Er heißt Christian."

„Weil unser Urgroßvater auch so hieß", ergänzte Jenny. „Wir haben auch zwei neue Cousinen und einen neuen Cousin. Bianca und Cordelia, aber wir nennen sie Delia. Und Ethan."

Alex schlug die Augen zur Decke auf. „Jeder kriegt hier Babys."

„Er ist gar nicht übel", entschied Kevin nach einer genauen Musterung. „Ist er jetzt auch mein Bruder?"

„Natürlich!", bestätigte Suzanna, bevor Megan überhaupt die Möglichkeit zu einer Antwort hatte. „Ich fürchte, du wirst von nun an ständig eine riesige Familie um dich herum haben."

Kevin sah schüchtern zu Suzanna auf und berührte vorsichtig mit der Fingerspitze Klein-Christians wedelnde Faust. „Das macht mir nichts."

Suzanna lächelte Megan an. „Sollen wir tauschen?"

Megan zögerte nur kurz, bevor sie der Versuchung nachgab. „Gern." Sie nahm das Baby auf den Arm, während Suzanna die Reisetasche hochhob. „Man vergisst so schnell, wie winzig sie sind." Sie vergrub die Nase in dem feinen Haar und atmete tief ein. „Und wie gut sie riechen. Und du …" Auf dem Weg zum Ausgang betrachtete sie Suzanna von Kopf bis Fuß. „Wie kannst du schon wieder eine so umwerfende Figur haben, wenn du erst vor drei Wochen ein Baby zur Welt gebracht hast?"

„Danke für das Kompliment. Dabei fühle ich mich noch wie ein unförmiger Trampel. Alex, hier wird nicht gerannt!"

„Das Gleiche gilt für dich, Kevin. Wie macht Sloan sich als Vater?", wollte sie von Suzanna wissen. „Ich wäre wirklich gern zur Geburt von Mandys Baby gekommen, aber mit dem Hausverkauf und der Organisation für den Umzug ... Ich hab's einfach nicht geschafft."

„Dafür hat jeder Verständnis. Und Sloan ist ein ganz prächtiger Daddy. Wenn Amanda ihn ließe, würde er Delia vierundzwanzig Stunden am Tag mit sich herumtragen. Er hat ein großartiges Spielzimmer für die Babys entworfen – Fenstersitze, Kuschelhöhlen, Einbauschränke für Spielzeug. Delia und Bianca teilen sich den Raum, und wenn C. C. und Trent auch hier sind – was immer häufiger der Fall ist, seit The Retreat offiziell eröffnet wurde –, dann ist Ethan auch dort zu finden."

„Es ist schön, dass sie alle zusammen aufwachsen." Megan warf einen Blick zu Kevin, Alex und Jenny. An die drei dachte sie ebenso wie an die Babys.

Suzanna folgte dem Blick und verstand. „Ja, das ist es. Ach Megan, ich freue mich so, dass du hier bist. Fast ist es, als hätte ich noch eine Schwester dazubekommen." Sie sah, wie Megan die Lider senkte. Sie ist noch nicht so weit, dachte sie und wechselte das Thema. „Und es wird eine riesige Erleichterung sein, wenn du endlich die Bücher übernimmst. Nicht nur für The Retreat, sondern auch für den Bootsladen."

„Ich freue mich auch schon darauf."

Bei einem neuen Mini-Van blieb Suzanna stehen und entriegelte die Türen. „Hinein mit euch", ordnete sie an und nahm Megan das Baby aus dem Arm, um es geschickt in den Kindersitz zu schnallen. „Ich kann nur hoffen, dass du das auch noch sagst, nachdem du den ersten Aktenordner durchgearbeitet hast. Ich muss leider sagen, dass Holt nahezu schlampig mit seinen Belegen umgeht. Und Nathaniel ..."

„Ach ja, richtig, Holt hat ja jetzt einen Partner. Ein alter Freund, wie Sloan mir erzählte."

„Holt und Nathaniel sind mehr oder weniger zusammen auf der Insel groß geworden. Nathaniel ging dann zur Handelsmarine und ist vor ein paar Monaten wieder zurückgekommen. Na siehst du, jetzt sitzt du sicher, mein süßer Fratz." Suzanna küsste das Baby auf die Wange und kontrollierte noch einmal, ob die anderen auch alle die Gurte angelegt hatten. Dann kam sie um die Motorhaube herum, während Megan sich auf den Beifahrersitz gleiten ließ. „Nathaniel ist ein echtes Original", sagte sie leichthin. „Er wird dir bestimmt gefallen."

Das „Original" hatte soeben eine enorme Portion gebratenes Hühnchen und Kartoffelsalat vertilgt, im Anschluss noch eine dicke Scheibe Zitronenrolle zum Dessert nachgeschoben und lehnte sich jetzt mit einem zufriedenen Seufzer in den Stuhl zurück.

„Darling, was muss ich tun, damit du mich endlich heiratest?"

Seine Gastgeberin errötete kichernd und winkte ab. „Du bist ein unverbesserlicher Schelm, Nate. Mach dich nicht über mich lustig."

„Wer sagt, dass ich mich lustig mache?" Er griff nach der durch die Luft wedelnden Hand und drückte einen herzhaften Kuss darauf. Ihre Haut duftete immer so weiblich – sanft, üppig, überwältigend. Er blinzelte und knabberte leicht an ihrem Handgelenk. „Du weißt doch ... ich bin verrückt nach dir, Coco."

Cordelia Calhoun McPike ließ ein geschmeicheltes Lachen hören und tätschelte seine Wange. „Verrückt nach meinen Kochkünsten."

„Danach auch." Er grinste jungenhaft, als sie ihm ihre Hand entzog und Kaffee einschenkte. Ein ganz formidables Frauenzimmer, dachte er bei sich. Groß, fantastisches Aussehen, natürliche Grazie. Es wunderte ihn immer wieder, dass die Witwe McPike nicht längst vom nächsten Mann weggeschnappt worden war. „Wen muss ich diese Woche verscheuchen?"

„Jetzt, da The Retreat eröffnet ist, habe ich keine Zeit mehr für ein romantisches Intermezzo." Sie hätte enttäuscht seufzen können, wenn sie nicht so zufrieden mit ihrem Leben wäre. Alle ihre geliebten Mädchen waren glücklich verheiratet und hatten eigene Babys. Und sie ... sie hatte Großnichten und -neffen zum Verwöhnen und angeheiratete Neffen zum Schmusen und – die größte Überraschung – eine glänzende neue Karriere als Chefköchin für das St. James Towers Retreat. Sie stellte Nathaniel die Kaffeetasse hin und schnitt eine zweite Scheibe von der Zitronenrolle, denn sie war seinem sehnsüchtigen Blick gefolgt.

„Du liest mir jeden Wunsch von den Augen ab."

Jetzt seufzte sie tatsächlich leise. Für Coco gab es nichts Erfrischenderes, als einem Mann dabei zuzuschauen, wie er ihr Essen genoss. Und dieser hier war geradezu ein Paradebeispiel von einem Mann. Die Nachricht von Nathaniel Furys Rückkehr hatte sich wie ein Lauffeuer in der Stadt verbreitet. Groß, dunkel und gut aussehend ... wer hatte das übersehen können? Vor allem, wenn noch weitere Attribute wie rauchgraue Augen, ein Grübchen im Kinn, markante Wangenknochen und gold getönte Haut hinzukamen. Ganz zu schweigen von dem beträchtlichen Charme.

Das schwarze T-Shirt und die Jeans, die er heute trug, betonten seine athletische Statur und den durchtrainierten Körper – breite Schultern, muskulöse Arme, schmale Hüften. Und dann war da noch diese geheimnisvolle Aura, die ihn umgab. Ein Hauch von Exotik, die tiefer ging als sein Aussehen, auch wenn die wallende mahagonifarbene Mähne an sich schon exotisch wirkte. Es war seine Ausstrahlung, entstanden durch die Erfahrungen, die er in all den Jahren gesammelt hatte, während er um die ganze Welt und von Hafen zu Hafen geschippert war.

Wäre sie zwanzig Jahre jünger ... Na, dachte sie und fuhr sich über das volle kastanienbraune Haar, vielleicht sogar nur zehn ...

Doch das war sie nun mal nicht, und so hatte sie Nathaniel den Platz in ihrem Herzen vermacht, der dem Sohn zustand, den sie nie geboren hatte. Sie war fest entschlossen, die richtige Frau für Nathaniel zu finden und ihm zu seinem Glück zu verhelfen. So wie sie es schon bei ihren wunderbaren Mädchen getan hatte.

Denn in der festen Überzeugung, persönlich die Beziehungen ihrer Nichten arrangiert zu haben und somit für deren Glück verantwortlich zu sein, war sie zuversichtlich, dass es ihr bei Nathaniel ebenso gelingen würde.

„Ich habe übrigens gestern Abend dein Horoskop erstellt", erwähnte sie wie nebenbei und schmeckte den Fischeintopf für das Abendmenü ab.

„So?" Nathaniel führte den nächsten Kuchenbissen zum Mund. Himmel, diese Frau konnte kochen!

„Du wirst in eine neue Lebensphase eintreten, Nate."

Er hatte zu viel gesehen und erlebt, um Astrologie – oder irgendetwas anderes – als schlichten Humbug abzutun. Also lächelte er. „Da kann ich dir nur voll und ganz zustimmen, Coco. Ich besitze jetzt ein Haus an Land, bin Partner in einem Geschäft und habe meinen Seesack im Schrank verstaut."

„Nein, das hier ist mehr persönlicher Natur." Sie hob eine sorgsam gezupfte Augenbraue. „Venus kommt ins Spiel."

Er grinste breit. „Also heiratest du mich endlich?"

Sie wedelte mahnend mit dem Zeigefinger. „Genau diese Worte wirst du zu einer Frau sagen, und zwar noch bevor der Sommer vorüber ist. Um genau zu sein, ich habe gesehen, dass du dich zweimal verliebst. Ich bin mir nicht ganz sicher, was das bedeutet." Sie runzelte die Stirn. „Dabei sah es mir nicht so aus, als würdest du vor eine Wahl gestellt, auch wenn es da reichlich Widerstände und Schwierigkeiten zu überwinden gab. Vielleicht sogar Gefahr."

„Wenn ein Mann sich mit zwei Frauen einlässt, dann bettelt er geradezu um Schwierigkeiten." Nathaniel war es im Moment durchaus recht, sein Leben nicht durch Frauen zu verkomplizieren. Frauen erwarteten grundsätzlich bestimmte Dinge von einem Mann, und für die nächste Zeit stand auf seinem Plan nur die Erfüllung der eigenen Erwartungen. „Und da mein Herz allein dir gehört …“ Er stand auf und ging zum Herd, um ihr einen Kuss auf die Wange zu geben.

Der Tornado traf die Küche ohne Vorwarnung. Die Tür flog auf, und drei kleine Wirbelwinde stürmten herein.

„Tante Coco! Sie sind da!“

„Ach du meine Güte!“ Coco presste eine Hand auf das erschreckt in ihrer Brust klopfende Herz. „Alex, du hast mich gerade mindestens ein Jahr meines Lebens gekostet!“ Doch sie lächelte und blickte auf den dunkeläugigen Jungen neben Alex. „Bist das wirklich du, Kevin? Du bist ja mindestens einen Kopf größer geworden. Gibst du deiner Tante Coco keinen Kuss zur Begrüßung?“

„Doch, Ma'am.“ Gehorsam trat Kevin vor, auch wenn er sich alles andere als sicher fühlte. Er wurde von weichen Armen umfangen und an eine wohlriechende Brust gedrückt. Es beruhigte die aufgeregt hüpfenden Frösche in seinem Magen etwas.

„Es ist so schön, dass ihr endlich da seid.“ Ein feuchter Schimmer trat in Cocos Augen. „Jetzt lebt die ganze Familie unter einem Dach. Kevin, das ist Mr Fury. Nate, mein Großneffe.“

Nathaniel wusste Bescheid darüber, wie dieser Widerling Baxter Dumont ein naives Mädchen schwanger hatte sitzen lassen, kurz vor der Hochzeit mit Suzanna. Und so, wie der Junge ihn beäugte, kannte der Kleine die Geschichte auch – oder zumindest einen Teil davon.

„Willkommen in Bar Harbor.“ Er bot dem Jungen die Hand.

„Nate und meinem Dad gehört gemeinsam der Bootsladen.“ Die aufregende Neuigkeit, bei jeder Gelegenheit „mein Dad“ sagen zu können, würde sich bei Alex vorerst wohl nicht so schnell abnutzen. „Kevin will Wale sehen“, sagte er zu Nathaniel. „Er kommt aus Oklahoma, da gibt es nämlich keine. Die haben da kaum Wasser.“

„Natürlich haben wir Wasser", verteidigte Kevin seine Heimat sofort. „Und Cowboys." Damit konnte Alex bestimmt nicht mithalten! „Die habt ihr hier nicht."

„Doch!" Das kam von Jenny. „Ich habe ein richtiges Cowboy-Kostüm."

„Cowgirl-Kostüm", verbesserte Alex altklug. „Weil du ein Mädchen bist."

„Nein, es ist ein Cowboy-Kostüm."

„Ist es nicht!"

Jenny kniff drohend die Augen zusammen. „Ist es wohl!"

„Na, wie ich sehe, ist alles beim Alten geblieben." Suzanna trat ein und warf ihren beiden Kindern einen warnenden Blick zu. „Hallo, Nate. Dich hätte ich nicht hier erwartet."

„Das Glück meinte es gut mit mir." Nathaniel legte Coco den Arm um die Schultern. „Mein Liebling hat mir eine ganze Stunde ihrer Zeit gewährt."

„Flirtest du schon wieder mit Tante Coco?" Doch da sah sie, wie sein Blick schon weiter zu Megan glitt. Sie erinnerte sich noch gut an seinen durchdringenden Blick bei ihrer eigenen ersten Begegnung. Die grauen Augen musterten, wägten ab, schätzten ein. Unwillkürlich legte sie Megan die Hand auf den Arm. „Megan O'Riley", stellte sie vor. „Nathaniel Fury, Holts Partner – und Tante Cocos neueste Eroberung."

„Angenehm." Megan musste wohl doch müder sein als angenommen. Denn warum sonst sollte dieser klare, ruhige Blick aus den grauen Augen ihr einen Schauer über den Rücken jagen? Hastiger, als es die Höflichkeit erlaubte, wandte sie sich Coco zu. „Du siehst großartig aus, Coco."

„Oh, und dabei stehe ich hier in meiner Schürze. Ich hatte nicht einmal Gelegenheit, mich etwas frisch zu machen." Coco umarmte Megan zur Begrüßung. „Komm, ich bereite schnell etwas für euch zu. Ihr müsst nach dem Flug hungrig sein."

„Ein wenig, ja."

„Die Koffer haben wir bereits nach oben gebracht, und Christian liegt schon in seinem Bettchen."

Während Suzanna die Kinder an den Tisch setzte und munter plauderte, nutzte Nathaniel den Moment, um sich Megan O'Riley genauer anzusehen.

Kühl wie eine atlantische Brise, entschied er. Ein wenig gereizt und mitgenommen von der Reise, aber nicht willens, es sich anmerken zu lassen. Dieser Pfirsichteint und das rotblonde lange Haar waren eine wirklich augenfällige Kombination.

Normalerweise bevorzugte Nathaniel bei Frauen den dunklen, lasziven Typ, doch all dieses Rosé und Gold hatte durchaus seine Reize, wie er zugeben musste. Sie hatte blaue Augen, blau wie das Meer bei Morgengrauen. Und einen sturen Zug um den Mund, wie er bemerkte. Aber die Lippen verzogen sich weich, wurden sanft, wenn sie ihren Sohn anlächelte. Etwas zu dünn vielleicht, dachte er, als er den letzten Schluck aus der Tasse trank. Sie konnte gut ein paar von Cocos Mahlzeiten vertragen, dann würde sie schon Fleisch auf die Rippen bekommen.

Megan zwang sich, die Unterhaltung mit Coco und den anderen aufrechtzuerhalten, auch wenn sie sich der genauen Musterung bewusst war. Schon vor Jahren hatte sie sich an diese Blicke gewöhnen müssen, als sie noch sehr viel jünger, ledig und schwanger von einem verheirateten Mann gewesen war. Als ledige Mutter war sie in den Augen mancher Männer Freiwild, eine leichte Beute. Eine, die leicht herumzukriegen war. Und sie wusste, wie sie diese irrige Annahme im Keim ersticken konnte.

Megan hob den Blick und sah Nathaniel direkt in die Augen. Eisig, herausfordernd. Die meisten Männer wandten dann ertappt sofort das Gesicht ab. Nathaniel nicht. Er hielt ihrem Blick stand, bis sie still die Zähne zusammenbiss.

Nicht schlecht, dachte er. Sie mochte mager sein, aber sie hatte Mumm. Grinsend hob er seine Tasse zu einem stillen Toast, dann sagte er zu Coco: „Ich muss los. Da wartet eine Tour auf mich. Danke für den Lunch, Coco."

„Vergiss das Abendessen nicht. Die ganze Familie kommt zusammen. Um acht."

Er sah zu Megan. „Das werde ich um nichts auf der Welt verpassen."

Coco sah auf ihre Armbanduhr und schloss entnervt die Augen. „Wo bleibt dieser Mann nur wieder?"

„Der Holländer?"

„Natürlich, wer sonst. Vor zwei Stunden habe ich ihn zum Metzger geschickt."

Nathaniel zuckte die Schultern. Sein früherer Schiffskamerad und jetziger Zweiter Koch des Hotels hatte schon immer nach seinem eigenen Zeitplan gelebt. „Wenn ich ihn unten bei den Docks sehe, schicke ich ihn zurück."

„Ich will einen Abschiedskuss", verlangte Jenny und jubelte auf, als Nathaniel sie schwungvoll auf den Arm hob.

„Du bist der hübscheste Cowboy auf der ganzen Insel", flüsterte er an ihrem Ohr. Was Jenny dazu veranlasste, ihrem Bruder einen triumphierenden Blick zuzuwerfen, sobald sie wieder auf dem Boden stand. „Lass mich wissen, wann du in See stechen willst", sagte Nathaniel zu Kevin, und in Megans Richtung: „War nett, Sie kennenzulernen, Miss O'Riley."

Kaum dass er zur Tür hinaus war, ließ Jenny sich vernehmen: „Nate ist ein Seemann. Er hat schon alles gesehen und alles erlebt."

Daran zweifelte Megan keine Sekunde.

Vieles hatte sich auf *The Towers* verändert, aber die Räumlichkeiten für die Familie in den ersten beiden Etagen im Ostflügel waren die gleichen geblieben. Trent St. James und Megans Bruder Sloan als Architekt hatten sich mit den Plänen für das Hotel auf die zehn Suiten im Westflügel, den neuen Speisesaal für die Gäste und den Westturm konzentriert.

Die Anstrengungen und Investitionen waren nicht umsonst gewesen, wie die schnelle Besichtigungstour, die Megan bekam, ihr bewies. Sloan war es gelungen, bei der Modernisierung den burgähnlichen Charakter des Hauses mit den gewundenen Treppen und hohen Räumen zu erhalten. Die alten Kamine funktionierten wieder, Bleiglasfenster waren originalgetreu ersetzt worden, hohe Flügeltüren führten auf Terrassen, Balkone und Brüstungen hinaus.

Die Lobby war mit erlesenen Antiquitäten möbliert und verfügte über gemütliche Sitzecken, die die Gäste einluden, an einem kalten Wintertag von hier aus den überwältigenden Blick auf die See und die Klippen zu genießen. Oder sie lockten zu einem kleinen Spaziergang durch die üppigen Gärten, die Suzanna mit viel Arbeit und noch mehr Liebe zum Detail angelegt hatte.

Amanda als Hotelmanagerin führte Megan herum und erklärte ihr, dass jede Suite individuell gestaltet war. In den Abstellräumen von *The Towers* hatten sich wahre Schätze gefunden, von Möbeln über Antiquitäten bis hin zu Gemälden. Was nicht verkauft worden war, bevor die Investition der St.-James-Kette die Renovierung ermöglicht hatte, zierte nun die Gästezimmer.

Und in allen Räumen ließ sich natürlich die Legende der Calhoun-Smaragde und der Frau, der sie einst gehört hatten, nachempfinden.

Das Smaragdcollier selbst, das nach einer langen und gefährlichen Suche endlich gefunden worden war – manche behaupteten, mit der Hilfe der Geister von Bianca Calhoun und Christian Bradford, des Künstlers, der sie geliebt hatte –, war nun in einer Glasvitrine in der Lobby ausgestellt. Über der Vitrine hing ein Gemälde von Bianca, von Christian vor über achtzig Jahren gemalt.

„Es ist unglaublich schön“, flüsterte Megan ehrfurchtsvoll, als sie das Collier bewunderte. Die grünen Steine, eingefasst von wertvollen Diamanten, pulsierten voller Leben hinter dem Sicherheitsglas.

„Manchmal nehme ich mir eine Minute, bleibe stehen und betrachte es. Und dann muss ich daran denken, was wir alle durchgemacht haben, um die Kette zu finden. Und wie Bianca sie damals benutzen wollte, um mit ihren Kindern zu Christian zu fliehen. Eigentlich sollte es mich traurig stimmen, doch die Kette hier unter ihrem Porträt liegen zu haben, scheint mir irgendwie richtig."

„Ja, das ist es." Selbst durch das dicke Glas übten die Steine eine magische Faszination aus. „Aber ist es nicht zu riskant, sie so öffentlich zugänglich zu zeigen?"

„Holt hat sich um die Sicherheitsvorkehrungen gekümmert. Wenn man einen ehemaligen Cop in der Familie hat, bleibt nichts dem Zufall überlassen. Kugelsicheres Panzerglas." Amanda tippte mit dem Finger dagegen. „Und die modernsten Sensoren." Sie sah auf ihre Armbanduhr. Eine Viertelstunde blieb ihr noch, bevor sie ihren Pflichten als Hotelmanagerin nachgehen musste. „Ich hoffe, eure Zimmer gefallen euch. Mit der Renovierung des Familienflügels sind wir noch nicht sehr weit gekommen."

„Oh nein, alles bestens." Ehrlich gesagt, die Risse im Putz und die zerschrammten Holzbohlen beruhigten Megan sogar. Das war nicht so einschüchternd. „Kevin ist im siebten Himmel. Er ist draußen mit Alex und Jenny. Sie spielen mit dem Welpen."

Lachend warf Amanda das lange Haar zurück. „Unser Fred und Holts Sadie sind die stolzen Eltern. Acht Junge in einem Wurf."

„Ganz, wie Alex gesagt hat – jeder kriegt Babys. Und eure Delia ist wundervoll."

„Ja, das ist sie, nicht wahr?" Amandas Augen leuchteten vor Stolz auf. „Kaum zu glauben, wie sehr sie schon gewachsen ist. Du hättest uns vor sechs Monaten sehen müssen. Alle vier Schwestern die dicken Bäuche vor sich herschiebend und die Männer stolzierend wie die Gockel. Die haben doch tatsächlich Wetten abgeschlossen, wer zuerst niederkommt, Lilah oder ich. Lilah hat mich um zwei Tage geschlagen." Und da sie zwanzig Dollar auf sich selbst gesetzt hatte, war Amanda immer noch ein wenig verstimmt darüber. „Es ist das erste Mal, dass sie bei etwas Eile hatte."

„Ihre Bianca ist auch wunderschön. Sie war wach und verlangte lautstark nach Aufmerksamkeit, als ich im Kinderzimmer war. Euer Kindermädchen hat bestimmt alle Hände voll zu tun."

„Mrs Billows schafft das schon."

„Ich dachte eigentlich weniger an Bianca, sondern an Max." Megan lächelte vielsagend, als sie sich daran erinnerte, wie hektisch Biancas Dad in das Zimmer gestürmt war, um seine Tochter auf den Arm zu nehmen.

„Sie hat ihn schon jetzt völlig um den kleinen Finger gewickelt."

„Wer hat wen um den kleinen Finger gewickelt?" Sloan kam hinzu und hob seine Schwester mit Schwung in die Luft.

„Dich bestimmt nicht, O'Riley", murmelte Amanda und sah lächelnd zu, wie er strahlend seine Wange an die seiner Schwester drückte.

„Du bist hier!" Er wirbelte mit Megan im Kreis. „Ich bin so froh, dass ihr endlich da seid!"

„Ich auch." Sie spürte Tränen in den Augen brennen und drückte ihren Bruder fest. „Daddy!"

Lachend setzte er sie ab und schlang seiner Frau den Arm um die Taille. „Hast du sie schon gesehen?"

„Wen?", fragte Megan gespielt ahnungslos.

„Mein Mädchen, meine Delia."

„Oh, sie." Megan zuckte scheinbar desinteressiert mit den Schultern. Doch dann musste sie über Sloans entsetztes Gesicht lachen und drückte ihm einen Kuss auf die Wange. „Ich habe sie nicht nur gesehen, ich habe sie gehalten und mit ihr geschmust. Und ich gedenke, sie bei jeder sich bietenden Gelegenheit ganz schrecklich zu verwöhnen. Sie ist einfach wunderbar, Sloan. Sie sieht aus wie Amanda."

„Ja, nicht wahr?" Er küsste seine Frau zärtlich. „Aber das Kinn, das hat sie von mir."

„Das ist definitiv ein Calhoun-Kinn", protestierte Amanda.

„Nein, auf keinen Fall. Zweifelsfrei ein O'Riley-Kinn. Da wir gerade von den O'Rileys sprechen ... wo ist denn Kevin?"

„Draußen. Ich sollte ihn hereinrufen. Wir haben noch nicht einmal ausgepackt."

„Lass uns zusammen gehen", schlug Sloan vor.

„Geht ihr nur. Ich habe gleich Dienst." Amanda hatte den Satz noch nicht zu Ende gebracht, als das Telefon an der Rezeption zu klingeln begann. „Meine Pause ist vorbei. Wir sehen uns dann beim Dinner, Megan." Sie hob das Gesicht und küsste ihren Mann zärtlich. „Dich sehe ich hoffentlich früher, O'Riley."

„Mmh ..." Mit einem zufriedenen Seufzer sah Sloan seiner Frau nach. „Ich liebe den Gang dieser Frau."

„Du siehst sie immer noch mit dem gleichen Blick an wie vor einem Jahr bei eurer Hochzeit." Megan hängte sich bei ihm ein, als sie Seite an Seite auf die Terrasse hinausgingen. „Das ist schön."

„Sie ist ..." Er suchte nach dem passenden Wort und entschied sich für die schlichte Wahrheit. „... alles für mich. Ich wünsche mir, dass du genauso glücklich wirst."

„Ich bin glücklich." Eine leichte Brise spielte mit ihrem Haar und trug Kinderlachen heran. „Dieser Laut macht mich glücklich. Hier zu sein macht mich glücklich." Sie traten von der Terrasse herunter und wandten sich in die Richtung, aus der das Lachen gekommen war. „Ich muss zugeben, ein bisschen nervös bin ich schon. Es ist ein so großer Schritt." Sie blickte zu ihrem Sohn, der hoch oben auf dem Fort stand und die Arme in Siegerpose in die Luft reckte. „Aber für ihn ist es gut."

„Und für dich?"

„Für mich auch." Sie schmiegte sich an ihren Bruder. „Natürlich werde ich Mom und Dad vermissen, aber die beiden haben schon gesagt, dass sie jetzt zwei Gründe haben, zu Besuch zu kommen." Sie strich sich eine Haarsträhne hinters

Ohr. „Kevin soll die Familie kennenlernen. Und ich … ich brauchte eine Veränderung, eine neue Herausforderung.“ Sie sah zu Sloan hoch. „Ich hatte Amanda gebeten, mich einzuweisen.“

„Und sie hat dir sicher gesagt, dass du deine Bleistifte eine Woche lang nicht anrühren sollst, oder?“

„So etwas Ähnliches, ja.“

„Wir haben nämlich auf der letzten Familiensitzung beschlossen, dass du dir erst einmal Zeit lassen sollst, um dich einzugewöhnen. Eine Woche, bevor du anfängst, Zahlen in die Rechenmaschine einzutippen.“

„Ich brauche keine Woche, ich …“

„Ja, ich weiß, ich weiß. Was Effizienz angeht, könntest du Amanda glatt den Rang ablaufen. Aber die Anweisung lautet nun mal, dass du dir eine Woche Urlaub nimmst.“

Sie hob skeptisch eine Augenbraue. „Und wer gibt hier die Anweisungen?“

„Alle.“ Sloan grinste. „Das macht es ja so außerordentlich interessant.“

Gedankenversunken ließ sie den Blick auf das Meer hinauswandern. Der Himmel war klar und wolkenlos, der leichte Wind kündete vom herannahenden Sommer. Von der Stelle, an der sie jetzt standen, konnte Megan im kristallklaren Wasser eine Inselgruppe am Horizont ausmachen.

Eine völlig andere Welt als die endlos weite Prärie zu Hause, dachte sie. Und vielleicht auch ein anderes Leben, für sie und ihren Sohn.

Eine Woche. Um zu entspannen, um sich in Ruhe einzugewöhnen, um Zeit mit Kevin zu verbringen und mit ihm auf Entdeckungsreise zu gehen. Verlockend, oh ja. Aber alles andere als verantwortungsbewusst. „Ich will nicht untätig hier herumsitzen, sondern etwas beisteuern.“

„Das wirst du noch früh genug, glaub mir.“ Als ein Schiffshorn ertönte, wandte Sloan das Gesicht zum Meer. „Das ist eines von Holts und Nates Booten.“ Er zeigte auf die große

Jacht, die majestätisch durchs Wasser pflügte. „Die ‚Mariner'. Sie bringen die Touristen hinaus, um Wale zu sichten."

Die Kinder standen jetzt alle oben auf dem Fort und winkten rufend dem Boot zu.

„Nate wirst du beim Dinner kennenlernen", meinte Sloan.

„Ich habe ihn schon getroffen."

„Hat er sich wieder eine Mahlzeit von Coco erschmeichelt?"

„Sah ganz danach aus."

Sloan schüttelte den Kopf. „Ich sage dir, was der Mann verdrücken kann … Und, welchen Eindruck hast du von ihm?"

„Ich habe ihn ja kaum gesehen. Er schien mir auf den ersten Blick ein wenig rau und dreist."

„Du gewöhnst dich schon an ihn. Er gehört jetzt zur Familie."

Megan gab nur einen unverständlichen Laut von sich. Nathaniel Fury mochte zur Familie gehören, aber das bedeutete nicht automatisch, dass sie ihn sympathisch finden musste.

2. KAPITEL

Cocos fester Überzeugung nach war Niels van Horne ein höchst unerfreulicher Zeitgenosse. Er scherte sich keinen Deut um das, was sie ihm sagte – weder um konstruktive Kritik noch um vorsichtig an ihn herangetragene Ratschläge. Und Coco gab sich wirklich alle Mühe, höflich zu bleiben, der Himmel war ihr Zeuge! Denn erstens war der Mann ein Mitglied des Teams im *The Towers* und zweitens ein guter Freund von Nathaniel.

Doch er saß ihr wie ein stechender Dorn in der Seite, er war das lästige Sandkorn im ansonsten makellos funktionierenden Getriebe ihrer Zufriedenheit.

Es fing schon damit an, dass er schlicht und ergreifend zu groß war. Die Küche des Hotels war perfekt organisiert, um den reibungslosen Ablauf aller Handgriffe zu garantieren. Sloan und Coco hatten bei der Planung eng zusammengearbeitet, hatten die Kücheneinrichtung auf Cocos Wünsche zugeschnitten. Coco war begeistert von den professionellen Herden aus blinkendem rostfreien Stahl, den weißen Arbeitsplatten und der kaum hörbaren großen Spülmaschine. Sie liebte es, wenn die Küche sich mit den köstlichen Kochdüften füllte, wenn die Abzugshauben summten und der Fliesenboden blitzblank schimmerte.

Und dann kam van Horne – Dutch, wie er sich nannte. Der sprichwörtliche Elefant im Porzellanladen, mit Schultern wie ein Schrank und tätowierten Armen wie Baumstämmen. Er weigerte sich strikt, eine von den weißen Schürzen mit dem eingestickten blauen Namenszug des Hotels zu tragen, bestand auf aufgerollten Hemdsärmeln und seiner verblichenen Jeans, die weiß Gott bessere Tage gesehen hatte.

Das graue Haar hielt er im Nacken zu einem kurzen Pferdeschwanz zusammen, und sein Gesicht – meist in grimmige Falten gelegt – war genauso groß wie der Rest von ihm. Hellgrüne Augen blitzten über der krummen Nase, krumm, weil sie in früheren Schlägereien, mit denen er so gern prahlte, immer wieder gebrochen worden war. Seine Haut war wettergegerbt und braun wie Leder. Und was seine Ausdrucksweise anging ... Coco hielt sich keineswegs für prüde, aber sie war eine Lady – was den Mann scheinbar nicht interessierte.

Doch kochen konnte er wie ein junger Gott. Nur das ließ sie ihn überhaupt ertragen.

Während Dutch jetzt am Herd stand, beaufsichtigte sie die beiden Unterköche. Als Spezialität des Tages stand heute ihr Fischeintopf und gefüllte Forelle à la française auf der Karte. Bisher lief alles wie am Schnürchen.

„Mr van Horne", setzte sie mit diesem Tonfall an, bei dem sich unweigerlich seine Nackenhärchen aufrichteten. „Sie übernehmen, solange ich unten bin. Ich erwarte keine Probleme. Sollten jedoch welche auftauchen, so finden Sie mich im Familienesszimmer."

Er warf ihr einen verächtlichen Blick über die Schulter zurück zu. Die Frau hatte sich herausgeputzt wie ein Pfau, so als würde sie in die Oper wollen. Ganz in roter Seide und mit Perlen. Er hätte ja gern verächtlich geschnaubt, aber dann wäre ihm nur ihr Parfüm in die Nase gestiegen, und das würde ihm die Freude am Duft seines Curry-Reises nehmen.

„Ich hab für dreihundert Männer gekocht", brummte er. „Da werde ich sicher mit einem Dutzend milchgesichtiger Touristen fertig."

„Mit Sicherheit verfügen unsere Gäste über einen ausgewählteren Geschmack als dreihundert auf einem halb verrosteten Kahn eingepferchte Matrosen", presste sie zwischen den Zähnen hervor.

Einer der Kellner kam durch die Schwingtür, die Arme voll abgeräumter Teller. Dutchs Blick blieb auf einer nur halb gegessenen Vorspeise haften. Auf seinem Schiff war niemals etwas auf den Tellern liegen geblieben. „Diese Gäste sind wohl nicht besonders hungrig, was?"

„Mr van Horne, Sie werden sich unter keinen Umständen

außerhalb dieser Küche sehen lassen. Ich erlaube nicht, dass Sie noch einmal in den Speisesaal marschieren und unseren Gästen eine Standpauke über deren Essgewohnheiten halten. Und etwas mehr Garnierung auf die Salate, bitte", instruierte sie einen der Unterköche noch, bevor sie zur Tür hinausschwebte.

„Ich kann dieses eingebildete Frauenzimmer nicht ausstehen", knurrte Dutch unter angehaltenem Atem. Wenn Nate nicht wäre ... Dutch van Horne würde sich niemals etwas von einer Frau sagen lassen!

Nathaniel hatte keine solchen Probleme mit der holden Weiblichkeit. Im Gegenteil, er liebte die Frauen, ausnahmslos. Er erfreute sich an ihrem Aussehen, ihrem Duft, ihrem Lachen. Äußerst zufrieden darüber, seine Zeit in der Gesellschaft von sechs der bestaussehenden Frauen verbringen zu können, die er je getroffen hatte, saß er im Familienesszimmer am Tisch.

Die Calhoun-Frauen entzückten ihn immer wieder aufs Neue – Suzanna mit ihren sanften Augen, Lilahs träge Sinnlichkeit, Amandas patente Art, C. C.s kesses Lächeln, ganz zu schweigen schließlich von Cocos femininer Eleganz.

Für ihn war *The Towers* sein ganz eigenes Paradies auf Erden.

Und die sechste, die hinzugekommen war ... Nathaniel nippte an seinem Whiskey-Soda und betrachtete Megan O'Riley nachdenklich. Sie war bestimmt für so einige Überraschungen gut. Was das Aussehen betraf, so hatte sie es nicht nötig, sich hinter den umwerfenden Calhoun-Frauen zu verstecken. Ihre Stimme mit dem leicht schleppenden Oklahoma-Akzent hatte auch durchaus ihren Reiz. Was ihr allerdings fehlte, war die unbekümmerte Offenheit, die die anderen Frauen ausstrahlten.

Bis jetzt hatte er noch nicht entschieden, woran das lag. War sie wirklich kühl oder einfach nur scheu? Dabei war es praktisch unmöglich, in einem Raum voll lachender Menschen, gurgelnder Babys und tobender Kinder kühl oder scheu zu bleiben.

Im Moment hielt er seine Lieblingsfrau im Arm. Jenny hüpfte auf seinem Schoß auf und ab und bombardierte ihn mit Fragen.

„Heiratest du Tante Coco jetzt?"

„Sie will mich ja nicht."

„Dann heirate ich dich." Jenny strahlte ihn an, ein Mädchen mit fehlenden Schneidezähnen und auf dem besten Weg zur Herzensbrecherin. „Wir feiern Hochzeit im Garten, so wie Mom und Dad. Dann kannst du bei uns wohnen."

„Das ist das beste Angebot, das man mir seit Langem gemacht hat." Sanft strich er ihr über die Wange.

„Aber du musst warten, bis ich groß bin."

„Es ist immer gut, einen Mann warten zu lassen." Der Kommentar kam von Lilah, die mit Mann und Kind auf dem Sofa saß. „Lass dich nie von einem Mann drängen, Jenny. Alles immer schön langsam angehen. Das ist das Beste."

„Sie muss es ja wissen", mischte Amanda sich lachend ein. „Lilah hat ihr ganzes Leben damit zugebracht, Bequemlichkeit zu perfektionieren."

„Ich werde mein Mädchen nicht einem ausgemusterten Seemann überlassen." Holt hob Jenny schwungvoll auf den Arm. „Dich navigiere ich noch mit verbundenen Augen über die Weltmeere, Bradford."

„Glaub ich nicht." Alex kam zur Rettung der Familienehre herbeigeeilt. „Dad ist der beste Segler auf der ganzen Welt. Selbst wenn Gauner auf ihn schießen." Alex schlang die Arme um Holts Bein. „Er ist nämlich angeschossen worden. Und er hat eine Narbe davon."

Holt grinste seinen Freund an. „Siehst du, du musst deine eigene Fangemeinde gründen, Nate."

„Bist du schon mal angeschossen worden?", wollte Alex von Nate wissen.

„Nein, das nicht." Er schwenkte den goldbraunen Whiskey im Glas. „Aber da gab es diesen Griechen. Auf Korfu. Der wollte mir die Kehle durchschneiden."

Alex riss die Augen auf, und Kevin rutschte näher heran. „Wirklich?" Alex suchte nach sichtbaren Stichwunden. Er wusste, dass Nathaniel einen Feuer speienden Drachen auf die Schulter tätowiert hatte, aber das hier war viel spannender. „Hast du ihn mit deinem Messer niedergestochen?"

„Nein." Megans missbilligender Blick entging Nathaniel nicht. „Er hat mich verfehlt und traf meine Schulter. Der Holländer hat ihn dann mit einer Flasche Ouzo bewusstlos geschlagen."

Kevin war restlos fasziniert. „Hast du auch eine Narbe?"

„Klar."

Amanda schlug Nathaniel auf die Finger, bevor der sich das Hemd von der Schulter zerren konnte. „Lass das! Sonst wird jeder Mann hier im Raum sich ausziehen, um mit seinen Verletzungen anzugeben. Sloan ist auch sehr stolz auf seinen Kratzer von einem Stacheldraht."

„Ein Prachtexemplar, wirklich", stimmte Sloan inbrünstig zu. „Aber Megans ist besser."

„Halt den Mund, Sloan."

„He, man wird doch wohl noch mit seiner einzigen Schwester angeben dürfen." Mit einem breiten Grinsen schlang Sloan Megan den Arm um die Schulter. „Sie war zwölf, eine sture kleine Göre. Und bei uns stand ein neuer Hengst, der hatte fast so große Schwierigkeiten mit seinem Temperament wie sie. Eines Tages schlich sie zu ihm auf die Koppel, fest davon überzeugt, dass sie ihn würde einreiten können. Na, viel weiter als eine halbe Meile kam sie nicht, bevor er sie abwarf."

„Er hat mich nicht abgeworfen", bestritt Megan spitz. „Der Sattelgurt ist gerissen."

„Das behauptet sie." Sloan drückte sie an sich. „Tatsache ist, sie flog durch die Luft und landete mit ihrem Hintern mitten im Stacheldrahtzaun. Hat sechs Wochen nicht sitzen können."

„Zwei“, protestierte sie, dabei zuckte es allerdings verdächtig um ihre Mundwinkel.

„Hat eine riesige Narbe zurückbehalten.“ Er versetzte ihr einen brüderlichen Klaps auf den Po. „Genau hier.“

„Die würde ich mir gern mal anschauen“, murmelte Nathaniel kaum hörbar, was ihm einen argwöhnischen Blick von Suzanna eintrug.

„Ich denke, ich bringe Christian vor dem Dinner noch schnell zu Bett.“

„Guter Vorschlag.“ C. C. nahm Trent Baby Ethan ab, der schon seit geraumer Zeit leise vor sich hinquengelte. „Da hat jemand Hunger.“

„Ich auf jeden Fall auch.“ Lilah stand auf.

Megan sah den Müttern mit ihren Babys nach und stellte überrascht fest, dass sie so etwas wie Neid empfand. Seltsam, bevor sie hier im Haus die vielen Babys gesehen hatte, war ihr nie der Wunsch nach mehr Kindern in den Sinn gekommen.

„Entschuldigt, dass ich so spät dran bin.“ Coco rauschte ins Zimmer und richtete sich noch schnell die Frisur. „Es gab ein paar Probleme in der Küche.“

Bei Cocos frustrierter Miene musste Nathaniel sich das Grinsen verkneifen. „Trägt Dutch etwa dafür die Verantwortung, Darling?“

„Nun …“ Sie jammerte nicht gern. „Wir sind eben verschiedener Meinung, wie manche Dinge gehandhabt werden sollten. Oh danke, Trent.“ Mit einem Lächeln nahm sie das Glas an, das er ihr hinhielt. „Ach du meine Güte, wo bin ich nur mit meinen Gedanken! Jetzt habe ich die Canapés vergessen!“

„Ich hole sie.“ Max erhob sich vom Sofa.

„Danke, du bist ein Schatz. Und jetzt …“ Coco nahm Megans Hand. „Wir hatten ja noch gar keine Möglichkeit zu plaudern. Also, was sagst du zu The Retreat?“

„Es ist großartig. Genau, wie Sloan es beschrieben hat. Und Amanda sagte mir, ihr seid ausgebucht.“

„Ja, unsere erste Saison läuft hervorragend.“ Coco schenkte Trent ein Lächeln. „Noch vor einem Jahr war ich völlig verzweifelt, weil es aussah, als würden meine Mädchen ihr Heim verlieren. Obwohl die Karten mir etwas anderes sagten. Habe ich dir eigentlich schon erzählt, dass ich Trent in den Tarotkarten gesehen habe? Ich muss dir auch mal die Karten legen, um zu sehen, was die Zukunft für dich bereithält, Liebes.“

„Nun …“

„Oder soll ich dir lieber aus der Hand lesen?“

Megan stieß einen leisen Seufzer der Erleichterung aus, als Max mit den Canapés zurückkam und Coco ablenkte.

„Nicht an der Zukunft interessiert?“

Überrascht schaute Megan auf. Sie hatte gar nicht bemerkt, dass Nathaniel neben sie getreten war. „Mich interessiert mehr die Gegenwart. Immer einen Schritt nach dem anderen.“

„Eine Zynikerin.“ Er nahm ihre Hand in seine und drehte sie um. „In Irland habe ich eine alte Frau kennengelernt, Molly Duggin hieß sie. Sie behauptete, ich hätte das Zweite Gesicht.“ Lange hielt er ihren Blick gefangen, bevor er die grauen Augen auf ihre Handfläche senkte. Ein leichter Schauer rann Megan über den Rücken. „Eine höchst eigenwillige Hand. Unabhängig und stark, gleichzeitig elegant.“ Mit einem Finger strich er über die Innenfläche.

Jetzt war es mehr als nur ein Schauer, eher ein Stromschlag.

„Ich glaube nicht an solchen Unfug wie Handlesen.“

„Das ist auch nicht unbedingt nötig. Zurückhaltend“, fuhr er fort. „Das ist mir schon aufgefallen. Die Leidenschaft ist da, aber sie wird eingepfercht.“ Jetzt fuhr er mit dem Daumen über ihre Handballen. „Oder besser: zielgerichtet eingesetzt. Sie bevorzugen die Bezeichnung ‚zielgerichtet‘. Praktisch, zweckmäßig. Sie verlassen sich immer auf Ihren Kopf, nicht auf Ihr Gefühl, ganz gleich, was Ihr Herz Ihnen auch zuflüstern mag.“ Er hob den Blick und traf auf ihre Augen. „Nun, liege ich falsch?“

Nein, er war sogar viel zu nahe an die Wahrheit herangekommen. Und genau deshalb entzog sie ihm auch ihre Hand. „Ein interessantes Gesellschaftsspiel, Mr Fury", meinte sie kühl.

Seine Augen lachten sie an, als er lässig die Daumen in die Jeansschlaufen seiner Hose hakte. „Ja, nicht wahr?"

Gegen Mittag am nächsten Tag gab es nichts mehr, womit Megan sich noch beschäftigen konnte. Kevin hatte sie die begeisterte Bitte nicht abschlagen können, den Tag bei den Bradfords zu verbringen, sodass sie nun nicht wusste, was sie mit sich anstellen sollte.

An Freizeit war sie einfach nicht gewöhnt.

Der Plan, Amanda zu bitten, sie einen ersten Blick in das Büro und auf die Bücher werfen zu lassen, zerschlug sich. An der Rezeption teilte man ihr nur mit, Amanda sei im Westflügel und kümmere sich dort um ein „kleines Problem".

Einen Besuch bei Coco hatte Megan ebenfalls verworfen, nachdem sie vor der Tür zur Küche gestanden hatte und gerade hatte anklopfen wollen, als von drinnen polterndes Scheppern erklang und gleich darauf erregtes Stimmengewirr.

Da Lilah wieder als Führerin im Park arbeitete und C. C. in ihrer Werkstatt Autos reparierte, war Megan sich selbst überlassen. In dem riesigen Haus kam sie sich vor wie der letzte lebende Mensch auf der ganzen Insel.

Sie könnte natürlich lesen oder in der Sonne sitzen und die Aussicht genießen. Oder in den ersten Stock hinuntergehen und nachsehen, wie weit die Renovierungen gediehen waren. Und Trent und Sloan im Weg stehen, dachte sie mit einem Seufzer und verzichtete lieber.

Daran, Max in seinem Arbeitszimmer zu stören, wagte sie nicht einmal zu denken. Sie wusste, er arbeitete an seinem neuen Buch. Und da sie bereits eine gute Stunde im Kinderzimmer verbracht und mit den Babys gespielt hatte, stand das wohl auch nicht mehr zur Wahl.

In ihrem Zimmer lief sie auf und ab. Sie strich noch einmal die Tagesdecke des wunderschönen Vierpfostenbetts glatt, auch wenn sich kein einziges Fältchen zeigte. Ihre Sachen waren heute Morgen geliefert worden, und mit ihrer effizienten Art – vielleicht zu effizient – war bereits alles ordentlich verstaut und eingeräumt. Ihre Kleider hingen auf Bügeln im Schrank, die Wäsche lag säuberlich gestapelt in den Schubladen der Kommode, die gerahmten Familienfotos hatten einen Platz auf dem Tischchen neben dem Fenster gefunden. Die Schuhe standen paarweise aufgereiht, der Schmuck war in die Schatulle einsortiert und ihre Bücher akkurat nebeneinander im Regal aufgestellt.

Wenn sie nicht bald etwas zu tun fand, würde sie noch wahnsinnig werden!

Sie griff nach ihrem Aktenkoffer, überprüfte ein letztes Mal den Inhalt und ging zu dem Wagen hinaus, den Sloan ihr zur Verfügung gestellt hatte.

Der Motor schnurrte wie ein Kätzchen, dank C. C.s Können. Megan fuhr die kurvenreiche Straße zur Stadt hinunter.

Sie erfreute sich an dem Blick auf das blaue Wasser der Bucht und dem bunten Treiben der Touristen, die durch die Gässchen und Straßen schlenderten und vor den dekorativen Auslagen der Geschäfte stehen blieben. Sie selbst verspürte keine Lust, einen Einkaufsbummel zu machen. Megan betrachtete Einkaufen als Pflicht, nicht als Vergnügen.

Früher einmal war sie gerne bummeln gegangen. Es hatte ihr Spaß gemacht, die Waren durch die großen Fenster zu betrachten und etwas zu kaufen, das ihr gefiel. Sie hatte die langen Sommertage genossen, an denen es nichts anderes zu tun gab als den Wolken am blauen Himmel nachzusehen und auf den Wind zu lauschen.

Doch das war damals gewesen. Bevor ihre Unschuld verloren gegangen und an deren Stelle die Verantwortung gerückt war.

Die Schilder am Pier wiesen ihr den Weg – „Shipshape Tours". Einige kleinere Boote lagen auf dem Trockendock, doch die „Mariner" und ihr Schwesterschiff, die „Island Queen", waren scheinbar ausgelaufen.

Megan runzelte enttäuscht die Stirn. Sie hatte gehofft, Holt noch zu erwischen, bevor er mit der nächsten Tour hinausfuhr. Allerdings … es wäre bestimmt nichts dagegen einzuwenden, wenn sie sich ein wenig in dem flachen Gebäude mit dem Wellblechdach umsah. Schließlich gehörte „Shipshape“ jetzt zu ihren Klienten.

Sie parkte ihren Wagen hinter einem schwarzen T-Bird mit offenem Verdeck. Ein herrliches Auto. Sie konnte nicht anders und blieb einen Moment stehen, um die elegante Linie zu bewundern. Der glänzende schwarze Lack und die weiße Innenausstattung bildeten einen faszinierenden Kontrast.

Die Augen mit einer Hand beschattet, sah sie aufs Wasser hinaus. Zwei schlanke Jachten mit voll geblähten Segeln glitten am Horizont dahin. Unbestreitbar ein schönes Bild, auch wenn hier eine so ganz andere Atmosphäre herrschte als die, in der sie aufgewachsen war. Eine frische Brise wehte vom Meer herein, brachte den Duft von Salzwasser mit und trug die Wohlgerüche eines nahe gelegenen Restaurants heran.

Sie könnte sich hier wohlfühlen. Nein, korrigierte sie in Gedanken, sie würde sich wohlfühlen. Mit resoluten Schritten ging sie auf das Gebäude zu und klopfte an.

„Es ist offen.“

Die Füße auf eine unglaublich unordentliche Schreibtischplatte gelegt, lümmelte Nathaniel sich in seinem Stuhl und telefonierte. Seine Jeans war am Knie zerrissen und mit etwas beschmiert, das wie Motorenöl aussah. Die mahagonifarbene Mähne stand wirr in alle Richtungen, entweder war der Wind dafür verantwortlich oder Nathaniels Finger. Jetzt winkte er Megan heran, während er weiter in die Muschel sprach.

„Ich würde Teak empfehlen, das eignet sich am besten. Wir haben noch genug auf Lager, Ihr Deck kann in zwei Tagen repariert sein. – Nein, den Motor haben wir nur gewartet. Der hält noch eine ganze Weile. – Sicher, kein Problem. Ich melde mich bei Ihnen, sobald die Arbeiten fertig sind.“

Er hängte den Hörer ein, klemmte sich eine Zigarre zwischen die Zähne und sah zu Megan. Ein seltsamer Zufall. Den ganzen Vormittag schon hatte er an sie denken müssen. Und jetzt stand sie vor ihm und sah genauso aus, wie er sie sich vorgestellt hatte. Adrett und proper, das hübsche rotgoldene Haar aufgesteckt, mit reservierter Miene und einen höchst offiziell aussehenden Aktenkoffer in der Hand.

„Waren Sie gerade in der Gegend?"

„Ich wollte zu Holt."

„Er ist mit der ‚Queen' draußen." Nathaniel sah auf die Taucheruhr an seinem Handgelenk. „Und kommt erst in anderthalb Stunden zurück." Er lächelte keck. „Sieht aus, als müssten Sie mit mir vorliebnehmen."

Megan unterdrückte den Drang, auf dem Absatz kehrtzumachen. „Ich möchte mir die Bücher ansehen."

Nathaniel sog an seiner Zigarre. „Ich dachte, Sie haben Urlaub."

Megan berief sich auf ihre wirkungsvollste Verteidigungsstrategie – Überheblichkeit. „Stimmt etwas nicht mit den Büchern?", fragte sie eisig.

„Woher sollte ich das wissen?" Geschmeidig beugte er sich vor und holte eine schwarze Kladde aus der Schublade hervor. „Sie sind doch der Fachmann. Hier." Er hielt ihr die Kladde hin. „Ziehen Sie sich einen Stuhl heran, Megan."

„Danke." Sie stellte sich einen der Klappstühle an die Schreibtischseite und setzte ihre Lesebrille auf. Ihr korrektes Buchhalterherz setzte aus, kaum dass sie die erste Seite des dicken Ordners aufgeschlagen hatte und die chaotischen Zahlenreihen sah. „Das ist Ihre Buchführung?"

„Klar." Sie sah so überaus korrekt und tüchtig aus mit der Brille und dem Knoten im Nacken. Richtig appetitlich. „Holt und ich haben uns damit abgewechselt … das heißt, nachdem Suzanna die Hände in die Luft geworfen hat und uns beide als Trottel beschimpfte." Er lächelte charmant. „Wir beide hatten vollstes Verständnis dafür, dass sie während der Schwangerschaft nicht noch mehr Stress brauchte."

„Hmm …" Megan war bereits in die nächsten Seiten vertieft. Für sie bedeutete es eher eine Herausforderung, Ordnung in dieses Chaos zu bringen. „Haben Sie Belege?"

„Müssten alle da drinnen sein." Er zeigte mit dem Daumen hinter sich auf einen Aktenschrank aus Metall. Ein ölverschmierter Schiffsmotor krönte das zerbeulte Möbelstück.

„Rechnungen?"

„Auf jeden Fall."

„Quittungen?"

„Sicher." Er griff in eine andere Schublade und holte eine alte Zigarrenkiste heraus. „Quittungen haben wir reichlich."

Megan öffnete den Deckel, warf einen Blick in die Kiste und seufzte. „So führen Sie also Ihr Geschäft?"

„Nein. Wir führen unser Geschäft, indem wir Leute aufs Meer rausfahren und Boote reparieren, manchmal sogar bauen." Er lehnte sich vor, hauptsächlich, um den feinen Duft erhaschen zu können, der Megans Haut anhaftete. „Ich hab noch nie viel von Papierkram gehalten, und Holt hat in seinem Leben wohl genug Berichte geschrieben." Sein Lächeln wurde breiter. Er glaubte wirklich nicht, dass sie diese überseriöse Brille, den Knoten und die adrette Bluse bewusst trug, um beim anderen Geschlecht den Wunsch zu wecken, ihr die Brille abzunehmen, die Haarnadeln zu lösen und sich an den Knöpfen zu schaffen zu machen. Dennoch … genau diesen Effekt hatte es.

Er deutete auf die Zigarrenkiste und legte sich dann den Zeigefinger an einen Augenwinkel. „Vielleicht hat der Steuerberater, der dieses Jahr unsere Steuern machen sollte, ja deshalb diesen nervösen Tick bekommen. Angeblich soll er jetzt in Jamaika Körbe flechten."

Megan lachte leise auf. „Glauben Sie mir, so leicht gebe ich mich nicht geschlagen."

„Daran habe ich nie gezweifelt." Nathaniel lehnte sich in den knarzenden Stuhl zurück. „Ihr Lächeln ist hübsch, Megan. Sie sollten es öfter benutzen."

Sie kannte diesen Ton. Charmant, ein wenig flirtend, ganz männliche Selbstsicherheit … Ihre Alarmglocken schrillten. „Sie bezahlen mich nicht für mein Lächeln."

„Mir wäre es auch lieber, wenn es das gratis gäbe. Was hat Sie dazu gebracht, Buchhalterin zu werden?"

„Ich kann gut mit Zahlen umgehen." Sie legte das Hauptbuch vor sich auf den Schreibtisch und kramte einen Taschenrechner aus dem Aktenkoffer.

„Das kann ein Wettbuchmacher auch. Ich meine, wieso haben Sie sich für diesen Beruf entschieden?"

„Weil es ein solider und anständiger Beruf ist." Sie konzentrierte sich auf die Zahlen und hoffte, Nathaniel so ausblenden zu können.

„Auch weil am Ende immer nur ein richtiges Ergebnis herauskommt?"

Den Anflug von Spott gedachte sie allerdings nicht zu ignorieren. Sie sah auf und schob die Brille höher auf die Nase. „Addieren und Subtrahieren folgt ausschließlich den Gesetzen der Logik, Mr Fury, was jedoch Überraschungen nicht ausschließt."

„Wenn Sie es sagen. Hören Sie, wir beide sind vielleicht als Seiteneinsteiger zu den Calhouns gestoßen, aber jetzt gehören wir zur Familie. Finden Sie es da nicht albern, mich Mr Fury zu nennen?"

Ihr Lächeln strahlte so viel Wärme aus wie ein Eisberg. „Nein, durchaus nicht."

„Liegt es an mir, oder versuchen Sie grundsätzlich alle Männer einzufrieren?"

Ihre Geduld, von der sie bisher immer angenommen hatte, sie sei unerschöpflich, schwand rapide. „Ich bin hier, um die Bücher zu führen, mehr nicht."

„Ein Klient kann also unmöglich auch ein Freund sein?" Er paffte ein letztes Mal an der Zigarre und drückte sie dann im Aschenbecher aus. „Sehen Sie, ich besitze eine bemerkenswerte Eigenschaft. Wissen Sie, welche?"

„Nein. Aber ich bin sicher, Sie werden es mir gleich sagen."

„Stimmt. Ich kann mich nett mit einer Frau unterhalten, ohne der Versuchung zu erliegen, über sie herzufallen und ihr die Kleider vom Leib zu reißen. Ich meine, Sie sind wirklich hübsch anzusehen, aber ich kann meine primitiven Triebe beherrschen, vor allem, wenn alle Zeichen auf Stopp stehen."

Jetzt kam sie sich doch albern vor. Sie war unhöflich gewesen, eigentlich von der ersten Minute an. Weil, so gestand sie sich still ein, ihre Reaktion auf ihn sie verwirrte. Aber schließlich war er es doch, der sie anstarrte, als würde er liebend gern jeden Moment an ihr zu knabbern anfangen!

„Entschuldigen Sie." Das war ernst gemeint, auch wenn es etwas steif klang. „Im Moment muss ich mit vielen Veränderungen klarkommen, deshalb bin ich wohl etwas angespannt. Und die Art, wie Sie mich ansehen, macht mich einfach gereizt."

„Akzeptiert. Allerdings muss ich Ihnen sagen, dass es das Recht eines Mannes ist, genauer hinzusehen. Für mehr wäre erst eine Einladung notwendig."

„Nun gut, dann lassen Sie uns noch einmal von vorn anfangen. Doch ich kann Ihnen schon jetzt versichern, dass ich keinen roten Teppich für Sie ausrollen werde. Also, Nathaniel", der Vorname, mit einem Lächeln ausgesprochen, war ein bewusstes Einlenken, „meinen Sie, Sie könnten irgendwo die letzten Steuerbescheide auftreiben?"

„Müsste machbar sein." Er stieß sich mit dem Stuhl zurück. Das Quietschen der Räder ging in ein jämmerliches Winseln über, so durchdringend, dass Megan zusammenzuckte und Quittungen durch die Luft flogen.

„Mist, dich hatte ich völlig vergessen!" Nathaniel hob ein zappelndes schwarzes Fellknäuel hoch. „Er schläft noch viel und vor allem überall, deshalb stolpere ich ständig über ihn oder trete ihm auf den Schwanz", sagte er zu Megan, während der Welpe ihm aufgeregt das Gesicht leckte. „Wenn ich ihn zu

Hause lassen will, jault er so lange, bis ich nachgebe und ihn dann doch mitnehme."

„Ist der niedlich!" Es juckte ihr in den Fingern, das Hündchen zu streicheln. „Er sieht genauso aus wie der von Coco."

„Sie sind aus demselben Wurf." Weil er ihren Wunsch in ihren Augen lesen konnte, reichte er ihr das Fellknäuel über die Schreibtischplatte.

„Du bist ja ein Süßer!"

Wie sie da so mit dem Welpen schmuste, waren alle ihre Verteidigungsmauern gefallen, wie Nathaniel bemerkte. Sachliches Geschäftsgebaren und kühle Effizienz hatte sie vergessen. Jetzt war sie nur noch ganz weibliche Wärme und Herzlichkeit. Ihre schlanken Hände kraulten verzückt das weiche Fell, ihr Lächeln strahlte, und ihre Augen schimmerten begeistert.

Nathaniel ermahnte sich, dass die Einladung dem Hund galt, nicht ihm.

„Wie heißt er denn?"

„Hund."

Megan sah auf. „Hund?", wiederholte sie. „Und das war's?"

„Ihm gefällt's. He, Hund!" Als der Welpe die Stimme seines Herrn hörte, drehte er sofort den Kopf zu Nathaniel und bellte einmal. „Sehen Sie?"

Lachend barg Megan die Wange an dem weichen Fell. „Ja. Aber ist das nicht ein wenig einfallslos?"

„Ganz im Gegenteil. Wie viele Hunde kennen Sie, die Hund heißen?"

„Das stimmt auch wiederum." Sie stellte das schwarze Fellknäuel auf den Boden und versetzte ihm einen kleinen Klaps. „Nun lauf. Aber komm nicht auf dumme Gedanken und zerkau die Papiere."

Nathaniel warf einen bunten Gummiball in den Raum hinein. „Das wird ihn vorerst beschäftigt halten", sagte er und kam um den Tisch herum, um Megan beim Aufheben der Quittungen zu helfen.

„Irgendwie scheinen Sie mir nicht der Typ für einen tapsigen Welpen zu sein."

„Wieso nicht? Ich wollte immer einen Hund haben." Er ging in die Hocke und begann Quittungen aufzuklauben. „Als Kind habe ich mit einem von Hunds Vorfahren gespielt, drüben bei den Bradfords. Auf einem Schiff kann man jedoch keinen Hund halten. Dafür habe ich mir einen Vogel angeschafft."

„Einen Vogel?"

„Einen Papagei. Den habe ich vor ungefähr fünf Jahren aus der Karibik mitgebracht. Noch ein Grund, weshalb ich Hund lieber mitnehme. Vogel würde ihn wahrscheinlich auffressen."

„Vogel?" Sie blickte auf, doch das Lachen erstarb ihr in der Kehle. Wieso war dieser Mann immer näher, als sie annahm? Und warum brachten seine ruhigen, forschenden Blicke ihre Nervenenden jedes Mal zum Vibrieren, so als würde er sie berühren?

Nathaniel ließ seinen Blick auf ihren Lippen haften. Das zögerliche Lächeln umspielte noch immer ihre Mundwinkel. In dieser Scheu, kaschiert von hochmütiger Selbstsicherheit, lag etwas sehr Reizvolles. Doch ihre Augen blickten jetzt nicht kühl, sondern vielmehr wachsam, neugierig. Keine Einladung, befand er. Aber fast. Und sehr, sehr verlockend.

Um zu sehen, wie weit er gehen konnte, steckte er ihr eine lose Strähne hinters Ohr. Sie schoss von dem Stuhl hoch wie eine Rakete.

„Sie sind ganz schön schreckhaft, Megan." Erst klappte er den Deckel der Zigarrenkiste zu, dann richtete er sich auf. „Allerdings ist es schmeichelhaft zu wissen, dass ich Sie nervös machen kann."

„Das tun Sie nicht." Sie mied seinen Blick, während sie das behauptete. Sie war noch nie eine gute Lügnerin gewesen. „Ich würde diese Unterlagen gern mitnehmen, wenn Sie nichts dagegen haben. Sobald ich alles sortiert habe, melde ich mich bei Ihnen. Oder bei Holt."

„Einverstanden." Das Telefon begann zu klingeln. Er ignorierte es. „Sie wissen ja, wo Sie uns finden."

„Wenn ich die Bücher in Ordnung gebracht habe, entwerfen wir ein auf Ihre Bedürfnisse zugeschnittenes Ablagesystem."

Was für eine Frau! Grinsend setzte er sich auf die Schreibtischkante. „Ganz, wie Sie wollen. Sie sind der Boss, Engelchen."

Viel zu heftig ließ sie den Deckel des Aktenkoffers zuschnappen. „Nein, Sie sind der Boss. Und das ‚Engelchen' können Sie sich sparen." Damit marschierte sie hinaus und stieg in ihren Wagen.

Geschickt steuerte sie durch den Stadtverkehr. Doch als sie am Fuße der kurvigen Straße ankam, die zu *The Towers* hinaufführte, bremste sie den Wagen am Straßenrand ab.

Sie brauchte einen Moment Ruhe, um sich zu sammeln, bevor sie irgendjemandem gegenübertreten konnte. Mit geschlossenen Augen lehnte sie den Kopf an die Nackenstütze zurück. In ihrem Bauch flatterten aufgeregte Schmetterlinge, die sich weder mit Vernunft noch mit Willenskraft beruhigen ließen.

Diese Schwäche ärgerte sie maßlos. Nathaniel Fury ärgerte sie maßlos. Trotz aller Anstrengung, trotz der langen Zeit reichten ein paar forschende Blicke, um sie mit Wucht daran zu erinnern, dass sie noch immer eine Frau war. Und das Schlimmste ... Sie war sich sicher, dass er genau wusste, was er mit ihr anstellte.

Sie war schon einmal auf ein attraktives Gesicht und schöne Worte hereingefallen. Anders als ihre Familie ließ Megan selbst ihre Jugend und Unerfahrenheit nicht als Entschuldigung gelten. Nein, damals hatte sie auf ihr Herz gehört, hatte fest an das „Glücklich-bis-ans-Lebensende" geglaubt. Aber heute nicht mehr. Märchen wurden nicht wahr, es gab keine edlen Prinzen, keine Schlösser in den Wolken. Heute wusste sie, dass nur die Realität existierte, die eine Frau für sich selbst und ihr Kind schuf.

Sie hatte keine Zeit für solchen Unsinn wie einen rasenden Pulsschlag und Schmetterlinge im Bauch. Sie wollte diese Sehnsucht nicht spüren, die darum flehte, erfüllt zu werden. Nicht heute, nicht morgen. Nie wieder.

Megan wollte nicht mehr, als Kevin eine gute Mutter sein und ihm ein glückliches, liebevolles Heim bieten. Sie wollte es aus eigener Kraft schaffen, wollte stark und unabhängig und erfolgreich sein.

Und hart, sodass nichts mehr sie verletzen konnte.

Sie musste über sich selbst lächeln. Nun, das würde ihr sicherlich nicht gelingen, aber sie würde vernünftig bleiben. Niemals wieder würde sie einem Mann die Macht überlassen, ihr Leben zu verändern, und ganz sicher nicht, nur weil er ihre Hormone ein wenig durcheinanderbrachte.

Jetzt ruhiger, ließ Megan den Wagenmotor wieder an. Es wartete eine Menge Arbeit auf sie.

3. KAPITEL

„Hab Erbarmen mit mir, Mandy!" Kaum dass Megan auf *The Towers* angekommen war, suchte sie ihre Schwägerin auf. „Ich will doch nur ein Gefühl für meinen Arbeitsplatz und das, was mich erwartet, bekommen."

Amanda sah von der eigenen Arbeit auf und betrachtete Megan abschätzend. „Es ist schrecklich, wenn alle etwas zu tun haben und man selbst nicht, oder?"

Megan stieß einen inbrünstigen Seufzer aus. Endlich eine verwandte Seele, die sie verstand! „Fürchterlich."

„Sloan möchte, dass du dich entspannst." Amanda lachte auf, als sie Megans Miene sah. „Aber was versteht der schon! Komm." Sie schob den Stuhl von ihrem Schreibtisch zurück und stand auf. „Dein Büro ist direkt nebenan." Sie führte Megan ein Stückchen den Gang hinunter und öffnete die nächste geschnitzte Tür. „Eigentlich müsstest du alles finden, was du brauchst. Falls noch etwas fehlt, sag mir Bescheid."

Manche Frauen verspürten freudige Erwartung, wenn sie ein großes Kaufhaus betraten. Andere erfüllte ein wohliges Gefühl bei dem Schimmer von Kerzenlicht oder dem Knallen eines Champagnerkorkens. Bei Megan löste der Anblick eines gut organisierten Arbeitsplatzes diese Reaktion aus.

Und in diesem Büro gab es wirklich alles, was sie sich nur wünschen konnte. Auf dem auf Hochglanz polierten Queen-Anne-Schreibtisch standen Telefon und Sprechanlage, Locher, Hefter und Stifte, und ein neuer Computer wartete nur darauf, eingeschaltet zu werden. Vor Begeisterung hätte Megan am liebsten in die Hände geklatscht.

Die Ablageschränke aus Holz dufteten noch nach Bienenwachs, die Messinggriffe blinkten im Sonnenlicht, das durch die Bleiglasfenster hereinfiel. Regale standen bereit, um Ordner und Fachliteratur aufzunehmen. Der auf dem Boden ausgelegte Orientteppich passte farblich zu der einladenden Sitzecke in frostigem Rosa und Schiefergrau. In einer Zimmerecke stand ein Kopierer, daneben auf einem Tisch Faxgerät und Kaffeemaschine.

Der elegante Charme der Alten Welt und modernste Technologie waren in diesem Raum die perfekte Symbiose eingegangen.

„Oh Mandy, es ist großartig."

„Ich hatte gehofft, dass es dir gefallen wird." Amanda wischte ein Staubkörnchen vom Schreibtisch und rückte den Locher zurecht. „Ich kann nicht behaupten, dass es mir leidtäte, dir die Buchhaltung zu überlassen. Das ist ein Vollzeitjob, inklusive Überstunden. Vor deiner Ankunft hab ich noch alles abgeheftet – Rechnungen, Ausgabenbelege, Quittungen und so weiter, alle nach Sachgebieten sortiert." Sie zog eine Schublade auf, und Megans ordnungsliebendes Herz floss über beim Anblick der säuberlich beschrifteten und alphabetisch geordneten Hängemappen.

„Wunderbar. Keine Zigarrenkiste weit und breit."

Zuerst stutzte Amanda verständnislos, doch dann warf sie lachend den Kopf zurück. „Du hast also Holts und Nates Ablagesystem schon gesehen."

Megan klopfte auf ihren Aktenkoffer. „Ich habe es nicht nur gesehen, ich habe es dabei." Zufrieden lächelnd ließ sie sich in den Schreibtischsessel mit hoher Rückenlehne sinken. „So lasse ich mir das gefallen!", meinte sie begeistert. Dann nahm sie einen Bleistift zur Hand, betrachtete ihn versonnen, legte ihn wieder ab. „Danke, dass ihr mich in euer Team aufnehmt."

„So ein Unsinn, du gehörst zur Familie. Außerdem … lass uns nach zwei Wochen in diesem Chaos noch mal darüber reden. Wer weiß, ob du dann noch immer Dankbarkeit verspürst. Du ahnst gar nicht, wie oft man hier bei der Arbeit unterbrochen …" Wie zur Bestätigung brüllte jemand laut ihren Namen. „Da siehst du, was ich meine." Sie drehte sich zur Tür. „Wir sind hier, O'Riley!", gab sie ihrem Mann Antwort und schüttelte missbilligend den Kopf, als Sloan und Trent, über und über mit Staub bedeckt, herangetrabt kamen. „Ich dachte, ihr wolltet eine Wand herausbrechen oder so was."

„Sind wir ja dabei. Aber zuerst mussten wir ein paar alte Schränke aus dem Weg räumen. Sieh nur, was wir gefunden haben."

Sie sah leicht angewidert auf das Teil, das er in der Hand hielt. „Ein verschimmeltes altes Buch. Das ist wirklich hübsch, Liebling. Aber jetzt geh wieder mit Trent im Baukasten spielen."

„Das ist nicht einfach nur ein Buch", verkündete Trent aufgeregt, „sondern Fergus' Haushaltskladde. Aus dem Jahr 1913."

„Oh!" Mit plötzlich hämmerndem Herzen riss Amanda Sloan das Buch aus der Hand.

Megans Neugier war geweckt. Sie schaute Amanda über die Schulter. „Ist das wichtig?"

„In dem Jahr starb Bianca." Sloan schlang Amanda den Arm um die Taille. „Die Geschichte kennst du doch, Meg. Dass Bianca in einer lieblosen Ehe gefangen war. Sie traf Christian Bradford, verliebte sich in ihn und beschloss, Fergus zu verlassen und die Kinder mitzunehmen. Aber Fergus deckte ihren Fluchtplan auf. Sie stritten sich oben im Turm, und Bianca stürzte aus dem Fenster."

„Und er zerstörte alles, was an sie erinnerte." Amandas Stimme klang brüchig. „All ihre Kleider, ihre kleinen Schätze, Bilder von ihr. Alles, bis auf die Smaragdkette. Weil Bianca sie versteckt hatte. Jetzt haben wir das Collier. Und das Porträt, das Christian von ihr malte." Sie holte tief Luft. „Eigentlich passt es, dass wir jetzt das hier von Fergus haben. Eine Auflistung von Profit und Verlust."

Trent streckte den Arm aus und blätterte eine Seite um. „Er scheint auch knappe Notizen am Rand angefügt zu haben. Seht nur, hier zum Beispiel. Eine Art Tagebuch."

Mit gerunzelter Stirn las Amanda ihnen eine kurze Passage laut vor.

„Unwirtschaftliches Haushalten in der Küche. Habe die Köchin entlassen. B. geht zu nachgiebig mit der Dienerschaft um. Heute neue Manschettenknöpfe erstanden. Diamanten, größer als die von J.P. Getty. Eine gute Wahl für die Oper am Abend.“

Amanda schnaubte abfällig. „Das zeigt, was für ein Mann er war.“

„Liebling, hätte ich geahnt, dass du dich so aufregst, hätte ich es gar nicht erst hervorgeholt.“

Sie schüttelte den Kopf. „Nein, die Familie wird es aufbewahren wollen.“ Trotzdem legte sie das Buch ab. An ihren Fingern klebte plötzlich mehr als nur Staub und Schimmel. „Ich zeige Megan gerade ihr neues Reich.“

„Das sehe ich.“ Mit zusammengekniffenen Augen musterte Sloan seine Schwester. „Was ist aus dem Entspannen geworden?“

„So entspanne ich mich am besten. Also warum lässt du mich nicht in Ruhe, damit ich mich endlich entspannen kann?“

„Sehr gute Idee.“ Amanda küsste ihren Mann und schob ihn gleichzeitig zur Tür hinaus. „Husch, hinweg mit euch.“ Noch während sie die Männer zur Tür hinausscheuchte, begann das Telefon nebenan in ihrem Zimmer zu klingeln. „Lass mich wissen, wenn du etwas brauchst“, rief sie Megan über die Schulter zurück zu und eilte in ihr Büro.

Mit sich und der Welt zufrieden, schloss Megan die Tür und rieb sich die Hände. Dann steuerte sie auf ihren Aktenkoffer zu. Sie würde Nathaniel Fury den wahren Sinn des Wortes „Ordnung“ beweisen.

Drei Stunden später ließ das Getrappel von jungen Füßen Megan aufblicken. Offenbar hatte jemand Kevin den Weg zu ihrem neuen Büro gezeigt, und da kam er auch schon zur Tür hereingestürmt.

„Hi, Mom!“ Er warf sich in ihre Arme, und jeder Gedanke

an Zahlen schwand sofort aus ihrem Kopf. „Wir haben mit Sadie und Fred getobt, und dann haben wir Krieg in dem neuen Fort gespielt. Und wir durften alle Blumen in Suzannas Gewächshaus gießen."

Megan schaute auf die pitschnassen Turnschuhe ihres Sohnes. „Euch selbst habt ihr gleich mitgegossen, wie ich sehe."

Der Junge grinste. „Wir haben eine Wasserschlacht gemacht. Ich hab gewonnen."

„Ach, mein Held."

„Zum Mittagessen gab es Pizza. Carolanne – sie arbeitet für Suzanna – hat gesagt, ich sei ein Fass ohne Boden. Und morgen muss Suzanna einen Garten anlegen, da können wir dann nicht mitkommen, aber vielleicht können wir mit dem Boot rausfahren und uns die Wale ansehen. Wenn du willst. Du willst doch, oder, Mom? Ich hab Alex und Jenny nämlich schon gesagt, dass du mitkommst."

Lächelnd betrachtete sie sein leuchtendes Gesicht. So glücklich hatte sie ihren Jungen noch nie gesehen. Hätte er sie gefragt, ob sie morgen nicht mit ihm in Kenia auf Löwenjagd gehen wolle, sie hätte prompt zugestimmt.

„Natürlich will ich." Sie lachte glücklich auf, als er die Arme um sie schlang und sich fest an sie drückte. „Wann also stechen wir in See?"

Um Punkt zehn am nächsten Morgen war Megan mit ihren drei Schützlingen beim Hafen. Suzannas Rat befolgend, hatte sie warme Kapuzenjacken für alle mitgenommen, denn trotz des sommerlichen Wetters konnte es draußen auf dem Atlantik recht kühl werden. Des Weiteren war sie ausgerüstet mit Fernglas, Kamera und zusätzlichen Filmrollen.

Auch Tabletten gegen Reiseübelkeit hatte Megan heute Morgen schon eingenommen, doch als sie jetzt am Pier stand und das Boot betrachtete, schien ihr Landrattenmagen die leicht schaukelnden Bewegungen bereits mitzumachen.

Nun, das Schiff sah solide aus, damit konnte sie sich ein

wenig beruhigen. Der weiße Lack glänzte in der Sonne, die polierte Reling blitzte und blinkte. Als sie an Bord gingen, erhaschte Megan einen Blick in die große Kabine mit den Aussichtsfenstern. Wohl für die weniger Mutigen, dachte sie bei sich und wusste doch bereits, dass die Kinder sich niemals darauf einlassen würden, hier trocken und warm unter Deck zu sitzen.

„Wir dürfen auf die Brücke." Alex marschierte stolz voran. „Uns gehört die ‚Mariner' nämlich. Zusammen mit Nate."

„Daddy sagt, das Schiff gehört der Bank." Die Haare mit einem roten Band zusammengebunden, kletterte Jenny eifrig die Stiege zur Kommandobrücke hoch. „Das soll aber nur ein Witz sein. Und Dutch schimpft immer, was für eine Schande es ist, dass ein gestandener Seemann Landratten ohne Seebeine herumschippern muss. Nate lacht dann nur."

Megan hob leicht eine Augenbraue. Den berüchtigten Holländer hatte sie bisher noch nicht kennengelernt. Jenny allerdings liebte es, seine Bemerkungen Wort für Wort zu zitieren, vor allem, da sie dann Ausdrücke benutzen konnte, die oft alles andere als salonfähig und erst recht nicht jugendfrei waren.

„Wir sind da!" Alex stieß die Tür zum Kommandostand auf. Er platzte schier vor Aufregung. „Kevin auch!"

„Willkommen an Bord." Nathaniel sah von der Karte auf. Sein Blick blieb auf Megan haften.

„Ich hatte eigentlich gedacht, Holt würde …"

„Er steuert die ‚Queen'." Grinsend steckte er sich seine Zigarre zwischen die Zähne. „Keine Angst, Meg, mit mir werden Sie schon nicht auf Grund laufen."

Im Moment war das ihre geringste Sorge. In schwarzem Pullover und Jeans, mit einer schwarzen Fischermütze auf dem Kopf und dem selbstsicheren Funkeln in den Augen sah Nathaniel eigentlich sehr kompetent aus. Wie ein Pirat nach dem Entern eines Handelsschiffes, dachte sie. „Ich habe mit der Arbeit an Ihren Büchern angefangen." Da, das war für Megan sicherer Boden.

„Dachte ich mir schon.“

„Sie sind ein einziges Chaos.“

„Gut möglich. Kevin, komm her, ich zeig dir auf der Karte, wo unser Ziel liegt.“

Der Junge zögerte nur kurz, die Verlockung war einfach zu groß. Und Dutzende von Fragen sprudelten ihm über die Lippen.

„Sehen wir viele Wale? Was passiert, wenn sie gegen das Schiff stoßen? Kentern wir dann? Schießen die eigentlich wirklich das Wasser aus dem Loch auf ihrem Rücken? Wie können Sie denn das Schiff von hier oben aus steuern?“

Megan ermahnte ihren Sohn, Mr Fury nicht mit so vielen Fragen lästig zu fallen, doch da hatte Nathaniel sich Jenny schon auf die Hüfte gehoben, beantwortete geduldig eine Frage nach der anderen und führte zu seinen Erklärungen Alex' Zeigefinger über die Karte.

Ob nun Pirat oder nicht, er kann wunderbar mit Kindern umgehen, dachte sie mit einem leichten Stirnrunzeln.

„Fertig zum Ablegen, Captain.“

Nathaniel nickte dem Maat zu. „Viertel Kraft voraus.“ Dann ging er mit Jenny auf dem Arm zum Steuer. „Ahoi, Seemann, bring uns aus dem Hafen“, sagte er und führte ihre Hände sicher am Ruder.

Die Neugier ließ sich nicht mehr eindämmen, und Megan trat näher heran. Echolot, Radar, Funkgerät, das und all die anderen Instrumente waren ihr völlig fremd. Genauso gut hätte sie in einem Raumschiff sitzen können. Sie war nun mal ein Mädchen vom platten Land.

Ihr Magen bekräftigte diese Feststellung, kaum dass das Schiff sich in Bewegung setzte.

Verärgert versuchte sie die Übelkeit zu unterdrücken. Das spielte sich alles nur in ihrem Kopf ab, ganz sicher. Und deshalb würde sie auch mit dem Kopf, sprich Willenskraft, darüber hinwegkommen. Außerdem hatte sie diese Pillen genommen. Sie konnte also gar nicht seekrank werden.

Die Kinder jubelten, als das Boot in einem weiten Bogen Kurs in die Bucht hinaus nahm. Megans Magen machte den Bogen mit.

Alex erlaubte Kevin großmütig, das Schiffshorn zu betätigen. Megan hielt den Blick starr auf das ruhige Wasser der Frenchman Bay gerichtet.

Das Wasser war azurblau und glatt wie ein Spiegel. Wunderschön, nicht wahr, sagte sie sich immer wieder vor. Und kaum eine Welle.

„Von steuerbord aus kann man gleich *The Towers* sehen", drang Nathaniels Stimme an ihr Ohr.

„Das heißt rechts. Und backbord heißt links", erklärte Jenny stolz.

So konnte Alex sich natürlich unmöglich abhängen lassen. „Und achtern heißt hinten. Wir wissen nämlich alles über Schiffe."

Megan richtete die Augen auf die Klippen, vorsichtig darauf bedacht, ihrem Magen keine zu schnelle Bewegung zuzumuten. „Schau nur, da ist es, Kevin. Es sieht aus, als würde es aus den Felsen herauswachsen."

Es wirkt tatsächlich wie ein Schloss, dachte sie. Die Türmchen und Zinnen erhoben sich gegen den blauen Sommerhimmel, der graue Stein schimmerte im Sonnenlicht. Selbst die Baugerüste und die Handwerker, von hier aus klein wie Ameisen, konnten dem märchenhaften Bild nichts anhaben. Ein Märchen mit einer finsteren Seite, setzte sie in Gedanken hinzu. Was die Atmosphäre nur noch faszinierender machte. Kein Wunder, dass Sloan dieses alte Gemäuer so liebte.

„Einen solchen Anblick würde man wohl eher an einer verlassenen Küste irgendwo in Irland erwarten, nicht wahr?", sagte Nathaniel hinter ihr. „Oder in den schottischen Highlands."

„Ja", stimmte sie zu. „Es ist wirklich beeindruckend." Sie sah zu Biancas Turm hoch und schauderte leicht.

„Ziehen Sie sich besser die Jacke über", riet Nathaniel. „Je weiter wir rauskommen, desto kühler wird es."

„Nein, mir ist nicht kalt. Ich musste nur gerade an Biancas Geschichte denken. Wenn man das Haus von hier aus sieht, kann man sich gut vorstellen, wie es gewesen sein muss."

„Wahrscheinlich saß sie da oben in ihrem Turm und hielt Ausschau nach Christian. Und dann würde sie zu träumen anfangen – mit Gewissensbissen natürlich, schließlich war sie eine anständige Frau. Aber gegen die Liebe hat Anstand so viel Chancen wie ein Schneeball in der Hölle."

Wieder lief Megan ein Schauer über den Rücken. Auch sie hatte geliebt und allen Anstand in den Wind schießen lassen, zusammen mit ihrer Unschuld.

„Sie hat dafür bezahlt", sagte sie tonlos. Um sich abzulenken, ging sie zu dem Instrumententisch und studierte die Karte. Nicht, dass sie auch nur einen Deut darauf ausmachen konnte.

„Wir fahren in nord-nordwestlicher Richtung." Wie bei Alex nahm er ihre Hand und führte sie über die Karte. „Wir haben klare Sicht und ruhigen Seegang. Weiter draußen allerdings wird der Wind auffrischen. Dann wird's wohl ein wenig mehr schaukeln."

Na wunderbar, dachte sie zerknirscht und schluckte. „Wenn Sie keine Wale auftreiben, werden Sie sich mit fürchterlich enttäuschten Kindern auseinandersetzen müssen."

„Oh, ich bin sicher, ich finde welche." Megan stieß gegen ihn, als eine Welle an das Boot schlug. Nathaniel legte ihr die Hände auf die Schultern. „Sie müssen die Füße spreizen, das Gewicht gleichmäßig verlagern. Keine Sorge, Sie bekommen schon noch Ihre Seemannsbeine."

Sie bezweifelte das ernsthaft. Schon jetzt konnte sie den feinen Film kalten Schweißes auf ihrer Stirn spüren. Ihr Magen drehte sich unangenehm, doch sie schwor sich, Kevin nicht den Tag zu verderben.

„Die Fahrt zum Aussichtspunkt dauert ungefähr eine Stunde, nicht wahr?" Ihre Stimme klang lange nicht so fest, wie sie sich gewünscht hätte.

„Richtig."

Sie wollte sich umdrehen und zurückgehen, stattdessen sackte sie schwindlig an seine Brust.

„Na, was ist denn?" Doch ein Blick in ihr Gesicht reichte aus, und er zog besorgt die Brauen zusammen. Sie war bleich wie ein Laken, mit einem Anflug von grünlichem Grau unter der Haut. Seekrank, dachte er mit einem Kopfschütteln. Dabei waren sie kaum unterwegs. „Haben Sie etwas dagegen eingenommen?"

Unsinnig, ihm etwas vormachen zu wollen, für Tapferkeit hatte sie keine Kraft mehr. „Ja, aber es scheint nichts zu nützen. Mir wird schon in einem Ruderboot schlecht."

„Und dann melden Sie sich mal eben für einen Drei-Stunden-Törn auf dem Atlantik."

„Kevin freute sich doch so darauf ..."

Einen Arm um ihre Hüfte gelegt, führte Nathaniel sie zu einer Bank an Deck. „Setzen Sie sich", ordnete er an.

Megan gehorchte widerspruchslos. Da sie sah, dass die Kinder sich aufgeregt die Nasen an den Fensterscheiben platt drückten, erlaubte sie es sich, die Schultern sacken zu lassen und den Kopf zwischen die Knie zu nehmen.

Drei Stunden. In drei Stunden könnte man sie in einem Leichensack von Bord tragen! Oder direkt auf See bestatten. Himmel, wie hatte sie sich nur einbilden können, zwei kleine Pillen könnten tatsächlich etwas bewirken?!

Sie spürte, wie jemand ihre Hände nahm. „Ist der Notarzt schon da?"

„So könnte man es sagen." Nathaniel hockte vor ihr und streifte ihr schmale Bänder über die Handgelenke.

„Was ist das?"

„Akupressur." Er drehte die Bänder, bis ein kleiner Metallknopf auf einen bestimmten Punkt an ihrem Gelenk drückte.

Wenn ihr nicht so elend wäre, hätte sie gelacht. „Großartig. Ich brauche eine Trage, und er kommt mit Voodoo."

„Akupressur ist eine anerkannte Heilmethode. Und Voodoo würde ich auch nicht unbedingt abtun. Ich habe da schon ein paar sehr beeindruckende Dinge miterlebt. Bleiben Sie hier sitzen und atmen Sie langsam und tief durch. Ich muss zurück ans Ruder."

Megan lehnte sich an die Wand und ließ sich den Wind ins Gesicht wehen. Die frische Luft tat gut. Sie konnte die Kinder sehen, die aufgeregt darauf warteten, dass sich unter den vorbeiziehenden Schaumkronen endlich Moby Dick zeigen würde. Als sie auf die Klippen schaute, schaukelten diese geradezu gemeingefährlich. Ihr blieb nichts anderes, als die Augen zu schließen.

In Gedanken erstellte sie eine komplizierte trigonometrische Aufgabe, und als sie endlich die Lösung gefunden hatte, schien sich auch ihr Magen beruhigt zu haben.

Wahrscheinlich lag das daran, dass sie die Augen geschlossen gehalten hatte. Nur ... mit geschlossenen Augen ließ sich ein Trio ausgesprochen aktiver Kinder schlecht beaufsichtigen.

Vorsichtig hob sie ein Lid. Das Boot schaukelte, aber ihr Magen rührte sich nicht. Also hob sie auch das andere. Jähe Panik ergriff sie, als sie die Kinder nicht mehr am Fenster stehen sah. Sie sprang auf, die Übelkeit war vergessen, doch dann erblickte sie die drei, wie sie sich um Nathaniel am Steuer geschart hatten.

Ich bin ja das Paradebeispiel der verantwortungsbewussten Mutter, dachte sie angewidert von sich selbst. Sie saß da wie ein zusammengesunkenes Häufchen Elend, während Nathaniel das Boot steuerte und drei Kinder unterhielt.

Sie wappnete sich gegen die Übelkeit, als sie den ersten Schritt machte. Nichts geschah. Mit gerunzelter Stirn setzte sie den anderen Fuß vor. Schön, ihre Knie waren ein wenig weich, aber ansonsten fühlte sie nichts. Um ganz sicherzugehen, schaute sie hinaus auf die wogende See.

Es zog ein bisschen in ihrem Magen, mehr nicht. Eigentlich war es fast ein angenehmes Gefühl, so als würde man auf einem Pferd ohne Sattel über die Prärie dahinpreschen. Verwundert starrte sie auf die Bänder an ihren Handgelenken.

Nathaniel schaute über die Schulter zurück zu ihr. Ihr Gesicht hatte wieder Farbe. Der Pfirsichteint war auch sehr viel vorteilhafter für sie als dieses Grün-Grau. „Besser?“, fragte er.

„Ja, danke.“ Sie wünschte, seine magischen Bänder wären gegen ihre Verlegenheit ebenso wirkungsvoll wie gegen die Seekrankheit.

„Als ich das erste Mal auf einem Schiff gefahren bin, habe ich die zwei schlimmsten Stunden meines Lebens verbracht und über der Reling gehangen. Kommen Sie, übernehmen Sie das Ruder.“

„Das Ruder? Das kann ich doch nicht.“

„Natürlich können Sie.“

„Versuch's doch, Mom. Es macht unheimlich Spaß!“

Von drei Kindern vorgeschoben, fand Megan sich am Ruder wieder. Nathaniel stellte sich hinter sie und legte seine Hände auf ihre.

Jeder Nerv in ihr ging in Alarmbereitschaft. Seine Brust an ihrem Rücken war hart wie Stahl, und seine Finger umfassten ihre warm und fest. Megan konnte Meerluft riechen, sie wehte durch die offene Tür herein und strahlte von Nathaniel aus. Ganz gleich, wie sehr sie sich auf das Wasser vor sich zu konzentrieren versuchte, ihr Bewusstsein war erfüllt von seiner Nähe. Sein Kinn strich über ihr Haar, sie spürte seinen Herzschlag, ruhig und rhythmisch.

„Es hilft, den Magen zu beruhigen, wenn man die Kontrolle über das Schiff hat.“

Sie gab einen hilflosen Laut von sich. Mit Kontrolle hatte das, was sie fühlte, absolut nichts zu tun. Ihre Fantasie spielte ihr einen Streich und malte sich aus, wie es wohl sein mochte, diese warmen schlanken Finger an anderen Stellen auf ihrem Körper zu spüren als nur auf ihren Handrücken. Was wohl geschehen mochte, wenn sie sich jetzt umdrehte, das Gesicht ein wenig anhob und …

Entsetzt darüber, welche Richtung ihre Gedanken einschlugen, stellte sie sich hastig eine knifflige Mathematikaufgabe.

„Viertel Kraft voraus", wies Nathaniel an und schlug das Ruder ein paar Grad nach backbord.

Die Richtungsänderung ließ Megan leicht schwanken. Als sie ihr Gleichgewicht wiedergefunden hatte, drehte Nathaniel sie zu sich um, sodass sie ihn jetzt ansah. Sein forsches Grinsen ließ sie sich fragen, ob er wusste, welche Bilder ihre Fantasie ihr vorgegaukelt hatte.

„Siehst du die Punkte da auf dem Bildschirm aufleuchten, Kevin?", fragte er, ohne die grauen Augen von Megans Gesicht zu wenden. Hypnotische Augen, dachte sie benommen. „Weißt du, was sie bedeuten?" Und seine Lippen waren ihren auch viel zu nah ... „Das sind Wale."

„Wo? Wo sind sie, Nate?" Aufgeregt rannten die Kinder zum Fenster.

„Haltet weiter Ausschau. Wir stellen die Motoren gleich ab. Sehen Sie nach backbord", sagte er zu Megan. „Es lohnt sich."

Noch immer wie betäubt, trat sie von ihm weg. Jetzt, da die Schiffsmotoren abgestellt waren, war der Wellengang viel deutlicher zu spüren. Oder war sie einfach nur zu durcheinander? Mit fahrigen Fingern kramte sie in ihrer Tasche nach Fernglas und Kamera.

„Sieh nur, Mom!" Kevin hüpfte auf und ab. „Da hinten sind sie!"

Mit ehrfurchtsvollem Staunen beobachteten sie, wie der massige Körper sich aus dem Wasser hob, höher und höher, schimmernd und stark, ein Wesen aus einer anderen Welt. Megan hörte die begeisterten Ausrufe der Fahrgäste aus dem unteren Deck, und auch ihr stockte der Atem in der Kehle.

Ja, es war wie ein Wunder, dass ein so großes und faszinierendes Geschöpf unter den Schaumkronen der See lebte. Megan legte die Hand über den Mund, als der Wal sich wieder ins Wasser zurückfallen ließ und das Krachen des aufspritzenden

Wassers laut wie Donner rollte. Sie war so ergriffen von dem Naturschauspiel, dass sie ihre Kamera völlig vergaß.

„Da, jetzt steigt seine Partnerin auf."

Nathaniels Stimme holte sie aus ihrer Verzückung. Hastig hob sie den Fotoapparat und drückte immer wieder den Auslöser.

Die Kinder jubelten begeistert, als die Wale Wasserfontänen aus ihren Atemlöchern stießen. Lachend hob Megan Jenny auf den Arm, damit die Kleine mehr sehen konnte. Jeder wartete ungeduldig darauf, endlich mit dem Fernglas an die Reihe zu kommen. Genau wie die Kinder presste auch Megan das Gesicht an die Scheibe, um dem Zug der Wale folgen zu können. Dann ließen die Wale ihren Gesang hören und tauchten mit einem kräftigen Schlag der gewaltigen Schwanzflosse ab.

Noch zweimal suchte und fand die „Mariner" eine Walherde. Die Ausflügler würden von einem außergewöhnlichen Erlebnis berichten können, das nicht vielen Menschen zuteilwurde. Noch lange nachdem das Boot längst wieder den Hafen ansteuerte, sah Megan weiterhin auf das Wasser hinaus, in der Hoffnung, vielleicht doch noch einen dieser wunderbaren Meeresbewohner zu sichten.

„Sie sind bewegend schön, nicht wahr?"

Mit leuchtenden Augen drehte sie sich zu Nathaniel um. „Unglaublich. Ich ahnte ja nicht … Kein Foto, kein Film wird ihnen gerecht."

„Stimmt, es gibt nichts Besseres als die eigene Erfahrung." Er hob fragend eine Augenbraue. „Wie geht's dem Magen?"

„Gut." Lachend streckte sie ihm die Handgelenke hin. „Noch ein kleines Wunder. Ich hätte keinen Penny darauf verwettet."

„Es gibt Dinge zwischen Himmel und Erde, Horatio …"

Zum Beispiel einen Piraten ganz in Schwarz, der Shakespeare zitiert, dachte sie. „Ja, scheint so. Da vorn liegt schon *The Towers.*" Sie lächelte. „Backbord."

„Sie lernen schnell", meinte er anerkennend und machte

sich daran, die „Mariner“ in die ruhigen Wasser der Bucht zu steuern.

„Wie lange fahren Sie eigentlich schon zur See?“

„Praktisch mein ganzes Leben. Mit achtzehn bin ich durchgebrannt und zur Handelsmarine gegangen.“

„Durchgebrannt?“ Sie lächelte. „Auf der Suche nach dem großen Abenteuer?“

„Auf der Suche nach Freiheit“, verbesserte er sie und ließ das Schiff sanft an den Pier anschlagen.

Megan fragte sich, was einen achtzehnjährigen Jungen dazu bewegte, nach Freiheit zu suchen. Sie erinnerte sich zurück an sich selbst in diesem Alter, ein Kind mit einem Kind. Sie hatte damals ihre Freiheit achtlos fortgeworfen. Heute, neun Jahre später, bereute sie es nicht. Ihren Sohn würde sie niemals für ihre Freiheit eintauschen.

„Können wir nach unten gehen und uns etwas zu trinken holen?“ Kevin zupfte seine Mutter am Arm. „Wir alle haben Durst.“

„Ja natürlich, ich komme mit.“

„Wir können allein gehen.“ Alex war der festen Ansicht, sie seien schon viel zu alt, um noch einen Aufpasser zu brauchen. „Ich habe Geld mit. Wir wollen uns hinsetzen und zusehen, wie die anderen von Bord gehen.“

„Na gut, einverstanden.“ Megan sah den dreien nach, wie sie davonstürmten. „Sie werden so schnell flügge“, murmelte sie mit einem Seufzer.

„Ihr Junge wird immer wieder zu Ihnen zurückgeflogen kommen“, versicherte Nathaniel überzeugt.

„Das hoffe ich.“ Sie hielt sich zurück, bevor ihr der restliche Teil des Satzes entschlüpfen konnte: „Denn er ist alles, was ich habe.“ Aber bedanken wollte sie sich. „Für Kevin war es ein ganz besonderer Tag. Und für mich auch. Vielen Dank.“

„Keine Ursache.“ Sie waren allein auf der Brücke, die Leinen vertäut, die Gangway ausgefahren. Die Passagiere gingen von Bord. „Das können wir gerne wiederholen, wenn Sie möchten."

„Ich glaube auch nicht, dass ich Kevin zurückhalten könnte. Ich sollte jetzt wohl besser zu den Kindern nach unten gehen."

„Denen geht's gut." Er trat auf sie zu, bevor sie ausweichen konnte. „Wissen Sie, Meg, wenn Sie mit den Kindern zusammen sind, vergessen Sie ganz, nervös zu sein."

„Ich bin nicht nervös."

„Doch, Sie zappeln wie ein Fisch an der Angel. Es war das reine Vergnügen, Sie zu betrachten, als die Wale in Sicht kamen. Es ist immer das reine Vergnügen, aber wenn Sie lachen und der Wind mit Ihrem Haar spielt, könnte einem Mann glatt das Herz stehen bleiben."

Er machte noch einen Schritt vor und drängte sie gegen das Steuer zurück. Vielleicht war das nicht unbedingt fair, doch darüber würde er sich später Gedanken machen. Es würde eine Zeit dauern, bevor er das Gefühl ihres Rückens an seiner Brust vergessen könnte. Bevor er vergaß, wie weich und schmal sich ihre Hände unter seinen Fingern angefühlt hatten.

„Und wenn ich da erst an Ihr wunderschönes Gesicht denke ... Im Moment besteht es praktisch nur aus Augen. Sie haben wirklich hübsche Augen, die hübschesten blauen Augen, die mir je untergekommen sind. Und dann diese Pfirsichwangen und der Rosenmund ..." Mit einem Finger strich er an ihrem Kinn entlang. Sie kam sich vor, als hätte sie soeben eine Hochspannungsleitung angefasst. „Da kommt in einem Mann der Wunsch auf, zu probieren und den Geschmack herauszufinden."

„Ich bin unempfänglich für solche Schmeicheleien." Sie hatte bestimmt und frostig klingen wollen, stattdessen klang sie nur atemlos.

„Ich zähle lediglich Tatsachen auf." Er beugte sich vor, bis sein Mund nur noch Millimeter von ihren Lippen entfernt war. „Wenn Sie nicht wollen, dass ich Sie küsse, dann sollten Sie es jetzt besser sagen."

Sollte sie. Zweifelsfrei. Wenn sie in der Lage gewesen wäre, einen Ton herauszubringen, hätte sie es auch bestimmt getan. Und dann lag sein Mund auch schon auf ihrem, warm und fest. Hinterher würde sie sich davon zu überzeugen versuchen, dass sie die Lippen nur geöffnet hatte, um schockiert zu protestieren. Doch das war eine Lüge.

Ihre Lippen öffneten sich nicht nur willig, sondern gierig, in einem Verlangen, das aus den Tiefen ihres Seins emporstieg, ebenso wie das leise Stöhnen, das sich ihrer Kehle entrang. Ihr Körper verharrte keineswegs in steifer Verweigerung, sondern summte wie eine angeschlagene Harfensaite. Megan schob die Hände in sein Haar und vertiefte den Kuss.

Nathaniel hatte eine abweisende Reaktion erwartet, zumindest eine kühle. In ihren Augen hatte er schon vorher die Leidenschaft erkannt, die tief unter der Oberfläche brodelte, und damals hatte er unwillkürlich an einen schlafenden Vulkan denken müssen.

Doch auf eine solche Flammenbrunst war er nicht vorbereitet. Er vergaß alles andere, konnte nur an diese Frau denken, an ihren Duft, ihren Geschmack. Seine Hände wanderten ruhelos über ihre schlanke Figur. Er zog sie näher an sich heran, und ihre zarten Rundungen so an sich gepresst zu fühlen, ließ ihn taumeln.

Der Geruch nach Meer, den die Brise hereinwehte, ließ das Bild in ihm aufsteigen, wie sie sich im warmen Sand liebten, während die Wellen sich am Strand brachen und die Möwen hoch oben über ihnen ihre Schreie ausstießen.

Megan meinte zu ertrinken und klammerte sich an Nathaniel fest. Das war zu viel, viel zu viel, der Gefühlstumult zu heftig. Es würde mehr als ein paar Akkupressurbänder benötigen, um ihre Welt wieder in die Waagerechte zu bringen.

Sie würde übermenschliche Selbstbeherrschung und Willenskraft brauchen, und vor allem würde sie sich an die Vergangenheit erinnern müssen.

Sie löste sich von ihm, wäre gestolpert, wenn er sie nicht gehalten hätte. „Nein."

Er konnte nicht atmen. Später würde er zu ergründen versuchen, wieso ein Kuss eine mächtigere Wirkung besaß als ein Faustschlag in den Magen. „Du musst dich schon genauer ausdrücken. Nein – wozu?"

„Hierzu. Zu allem." Panik setzte ein, sie machte sich aus seinem Griff frei. „Ich habe nicht überlegt."

„Ich auch nicht. Es ist ein gutes Zeichen, wenn man beim Küssen mit dem Denken aufhört."

„Ich will nicht, dass du mich küsst."

Er steckte die Hände in die Hosentaschen. Das war sicherer, entschied er, da bei der Lady jetzt wieder der Verstand eingesetzt hatte. „Na, gezwungen habe ich dich ganz sicher nicht."

Es wäre albern, die offensichtliche Wahrheit abzustreiten. Also fand sie ihre Zuflucht in der Logik. „Du bist ein attraktiver Mann, meine Reaktion ist also nur natürlich."

Er konnte nicht anders, er musste grinsen. „Engelchen, wenn diese Art zu küssen in deiner Natur liegt, dann werde ich als glücklicher Mann sterben."

„Ich habe nicht die Absicht zuzulassen, dass sich das wiederholt."

„Du weißt doch, was man über gute Absichten sagt, oder?" Sie war völlig verspannt. Er erkannte es an ihrer starren Haltung. Ihre Erfahrung mit Dumont musste reichlich Narben hinterlassen haben. „Entspann dich, Meg", sagte er sanfter. „Ich werde nicht über dich herfallen. Wenn du es langsam angehen willst, dann gehen wir es eben langsam an."

Dass er so gelassen darüber sprach, machte sie nur wütend. „Wir werden überhaupt nichts angehen!"

Der Ton gefiel ihm schon besser. Es machte ihm Spaß, sie zu reizen. Und er gedachte, das häufiger zu machen. Freute sich schon regelrecht darauf. „Leider muss ich dir mitteilen, dass du da gewaltig irrst. Wenn ein Mann und eine Frau ein solches Feuer zusammen entfachen, kehren sie immer wieder an die Wärmequelle zurück."

Sie befürchtete, dass er recht hatte. Selbst jetzt regte sich die Sehnsucht in ihr, die Glut erneut anzufachen. „Ich bin weder an Feuer noch an Wärmequellen interessiert und erst recht nicht an einer Affäre mit einem Mann, den ich kaum kenne."

„Dann müssen wir uns eben besser kennenlernen."

Megan knirschte mit den Zähnen. „Kein Interesse, danke. Es mag ein Schlag für dein Ego sein, aber ich bin sicher, du wirst es überleben. Und jetzt entschuldige mich bitte, ich gehe die Kinder holen."

Er gab den Weg für sie frei und wartete, bis sie bei der Glastür war. „Meg?" Es war nicht nur sein Ego, das ihn zum Sprechen drängte, sondern auch eiserne Entschlossenheit. „Wenn wir uns das erste Mal lieben, wirst du keinen Gedanken an ihn verschwenden. Du wirst dich nicht einmal an seinen Namen erinnern können."

Ihre Augen schleuderten eisige Dolche auf ihn ab. Sie vergaß alle Selbstbeherrschung und Würde und knallte die Tür hinter sich zu.

4. KAPITEL

„Ich sag's dir, Junge …" Dutch holte die Rumflasche aus seinem Versteck in der Vorratskammer. „Diese Frau bringt mich noch ins Grab!"

Nathaniel saß lässig am Tisch in der Küche, zufrieden mit sich und der Welt nach einem köstlichen Abendessen mit den Calhouns. Jetzt, da der Dinneransturm der Hotelgäste vorüber war, blitzte und blinkte wieder alles in der Restaurantküche. Und Coco war mit ihrer Familie beschäftigt, sonst hätte Dutch sich niemals getraut, den Rum hervorzuholen.

„Du denkst doch nicht etwa daran, abzuheuern, oder?"

Dutch schnaubte nur. Als ob er wegen eines besserwisserischen, neugierigen Weibsbilds den Seesack schultern würde! Allerdings schaute er vorsichtshalber noch einmal zur Tür, bevor er ihnen beiden einen anständigen Schluck in die Gläser füllte. „Ich bleibe. Aber glaub mir, nicht mehr lange, und die Frau wird ihr blaues Wunder erleben. Das beschere ich ihr höchstpersönlich." Er stieß sich mit dem Daumen in die breite Brust.

Nathaniel presste zischend die Luft durch die Zähne, als er von dem Rum trank. Weich konnte man diesen Fusel nicht nennen. „Wo ist der Cruzan, den ich dir mitgebracht habe?"

„Hab ihn beim Backen verbraucht. Zum Trinken reicht der hier."

„Wenn man keine Magengeschwüre hat", murmelte Nathaniel. „Also, was ist jetzt schon wieder das Problem mit Coco?"

„Nicht eines, sondern zwei." Dutch verzog finster das Gesicht, als das Telefon an der Wand zu klingeln begann. Zimmerservice, ha! Auf seinem Schiff hatte es so was nicht gegeben! „Was ist?", knurrte er grimmig in die Muschel.

Nathaniel grinste in sein Glas. Takt und Fingerspitzengefühl waren sicherlich nicht Dutchs Stärken. Wenn Coco hörte, wie Dutch mit den Gästen redete, würde sie in Ohnmacht fallen. Oder ihm eins mit dem Nudelholz überziehen.

„Glauben Sie, wir können hexen? Sie kriegen es, wenn es fertig ist." Damit knallte Dutch den Hörer auf und nahm zwei Teller aus dem Regal. „Kuchen und Champagner, zu dieser nachtschlafenen Zeit! Flitterwöchner, pah! Die ganze Woche sind die beiden nicht aus der Suite herausgekommen!"

„Wo bleibt dein Sinn für Romantik, Dutch?"

„Den überlasse ich lieber dir, Loverboy." Mit seinen riesigen Pranken schnitt Dutch behutsam zwei Stücke von der Schokoladentorte ab. „Hab schon gesehen, wie du den Rotschopf beäugst."

„Sie ist rotblond", korrigierte Nathaniel. „Eigentlich viel mehr Gold als Rot." Tapfer nahm er noch einen Schluck Rum. „Und hübsch, nicht wahr?"

„Sonst wärst du ja nicht an ihr interessiert." Mit Geschick ließ Dutch Vanillesoße neben die Kuchenstücke fließen und garnierte alles mit frischen Himbeeren. „Sie hat einen kleinen Jungen?"

„Ja, Kevin. Dunkle Haare, ziemlich groß für sein Alter." Ein Lächeln zog auf seine Lippen. Der Junge war ihm doch tatsächlich schon ans Herz gewachsen. „Große, wissbegierige Augen."

„Kenn ihn." Dutch hatte eine Schwäche für Kinder, auch wenn er das hinter einer düsteren Miene und mit einem brummigen Ton zu verbergen suchte. „Hübscher Kerl. Kommt ständig mit den anderen beiden Gören, ob nicht etwas für ihn abfällt." Und bei Dutch fiel immer etwas für die Kinder ab, das wusste Nathaniel. „Das Mädchen hat sich wohl ziemlich jung in Schwierigkeiten gebracht."

Nathaniel runzelte die Stirn. Diese viel zu oft gebrauchte Formulierung beinhaltete immer, dass der Frau die alleinige Verantwortung zugeschoben wurde. „Um ein Kind zu zeugen, braucht es immer zwei, Dutch. Der Mistkerl hat sie verführt."

„Ich kenn die Geschichte. Ich weiß über alles hier Bescheid." Es war ja auch nicht schwer, Informationen aus Coco herauszulocken. Er wusste, welche Knöpfe er bei ihr drücken musste, um zu erfahren, was er hören wollte. Und in Wirklichkeit freute er sich immer auf den täglichen Schwatz mit Coco, nur zugeben würde er das natürlich nie.

Er klingelte nach einem Kellner und hatte diebische Freude hierbei, den Daumen auf den Rufknopf zu halten, bis der junge Mann durch die Schwingtür gehastet kam. „Hier, das Tablett ist für Zimmer drei. Und eine Flasche Hauschampagner und zwei Sektflöten. Und vergiss die verdammten Servietten nicht!“

Da das nun erledigt war, stürzte er seinen Rum mit einem Schluck hinunter. „Ich nehme an, du willst auch ein Stück von dem Kuchen.“

„Da sage ich nicht Nein.“

„Zu Essen hast du noch nie Nein gesagt. Genauso wenig wie zu hübschen Frauen.“ Dutch schnitt noch ein Stück Torte ab – ein sehr viel großzügigeres Stück – und stellte den Teller vor Nathaniel hin.

„Keine Himbeeren für mich?“

„Iss und beschwer dich nicht. Wieso sitzt du eigentlich hier und flirtest nicht mit dem mageren Mädchen?“

„Familiensitzung im Esszimmer“, erklärte Nathaniel knapp mit vollem Mund. Er stand auf, schenkte sich einen Kaffee ein und kippte den Rest Rum aus dem Glas hinein. „Sie haben irgendein altes Buch gefunden. Und sie ist nicht mager.“ Das konnte er mit Gewissheit behaupten, schließlich hatte er sie in den Armen gehalten. „Megan ist zart gebaut.“

„Ja, sicher.“ Dutch musste an Coco denken, groß und prächtig und mit feinen Zügen. „Alle Frauen sind zart. Bis sie dir den Ring durch die Nase gezogen haben.“

Niemand, der die Calhoun-Frauen jetzt im Esszimmer gesehen hätte, wäre auf die Idee verfallen, auch nur eine davon „zart“ zu nennen. Nicht, wenn eine typische Calhoun-Familiendebatte in vollem Gange war.

„Ich bin dafür, wir verbrennen es." C. C. verschränkte die Arme vor der Brust und schaute mit blitzenden Augen in die Runde. „Nach allem, was wir aus Biancas Tagebuch erfahren haben, verstehe ich nicht, warum wir überhaupt daran denken, irgendetwas von Fergus zu behalten."

„Wir können es nicht verbrennen", schoss Amanda zurück. „Das gehört zu unserer Familiengeschichte."

„Ungute Schwingungen." Mit zusammengekniffenen Augen schaute Lilah auf das Buch, das in der Mitte des Esstisches lag. „Höchst ungute Schwingungen."

„Mag ja sein." Max schüttelte den Kopf. „Aber ich kann mich nicht damit einverstanden erklären, ein Buch zu verbrennen."

„Ist ja nicht gerade Weltliteratur", murmelte C. C.

Trent massierte seiner Frau die steifen Schultern. „Wir könnten es dahin zurücklegen, wo wir es gefunden haben. Oder Sloans Vorschlag genauer überdenken."

„Ich glaube wirklich, dass eine Art Ausstellungsraum mit Stücken aus jener Zeit, Andenken, Artefakten und Gemälden, nur ein Gewinn sein kann. Nicht nur für das Hotel, sondern auch für die Familie."

„Ich weiß nicht recht." Suzanna presste die Lippen zusammen. „Wenn ich mir vorstelle, Fergus' Sachen sollen neben Biancas liegen. Oder neben denen von Tante Colleen und Onkel Sean ..."

„Er mag ein Ekel gewesen sein, aber er gehört nun mal zum Gesamtbild." Holt sah nachdenklich in seine Kaffeetasse. „Ich schließe mich Sloans Meinung an."

Ein Kommentar, der prompt einen kleinen Aufruhr auslöste. Zustimmung, Ablehnung und Gegenvorschläge flogen hin und her. Megan verfolgte die hitzige Debatte mit verwundert aufgerissenen Augen.

Sie hatte gar nicht an der Familiensitzung teilnehmen wollen. Doch ihr Protest war von allen Calhouns überstimmt worden.

Sie warf einen Blick auf den Stein des Anstoßes. Als Amanda ihr die Kladde in ihr Büro gebracht hatte, war sie irgendwann schließlich der Versuchung erlegen. Megan hatte das Leder abgewischt und angefangen, durch die Seiten zu blättern und die Summen nachzurechnen. War sie über den einen oder anderen Fehler in der Addition gestolpert, so hatte ihr das ein missbilligendes Schnalzen mit der Zunge entlockt. Natürlich hatte sie sich auch die Anmerkungen am Rand angeschaut. Diese Notizen hatten bei ihr den Eindruck hinterlassen, dass Fergus Calhoun ein ehrgeiziger, kaltherziger und egoistischer Mann gewesen sein musste.

Andererseits – so viel Aufhebens um ein schlichtes Haushaltsbuch schien ihr doch eher unverständlich. Vor allem, wenn die letzten Seiten hauptsächlich Zahlenreihen aufwiesen, aus denen Megan absolut nicht schlau werden konnte.

Aber sie würde sich hüten, hier ihre Meinung kundzutun. Es stand ihr nicht zu.

Bis sie direkt angesprochen wurde. „Was sagst du dazu, Megan?"

Cocos Frage kam völlig unerwartet. Megan blinzelte. „Wie bitte?"

„Wie denkst du darüber? Bisher hast du kein Wort gesagt. Dabei bist du diejenige, die am qualifiziertesten von uns allen ist."

„Qualifiziert?"

„Ja, es ist ein Haushaltsbuch, und du bist Buchhalterin."

Diese Logik überrumpelte Megan. „Das geht mich doch eigentlich nichts an …" Der Rest ihrer Worte ging in einem empörten Protestgeraune der Anwesenden unter, warum es sie sehr wohl etwas angehe. „Nun, ich …" Sie schaute in die Runde. Alle Augen lagen erwartungsvoll auf ihr. „Ich meine, es wäre schon faszinierend, die Buchführung für ein Jahr nachzuvollziehen, das so lange zurückliegt. Einnahmen und Ausgaben, Haushaltsaufwand, Kosten für die Dienerschaft, Reparaturen … Ihr hättet dann ein ungefähres Bild, wie der Alltag eurer Familie im Jahr 1913 verlief."

„Ist doch mein Reden!“ Coco klatschte vor Begeisterung in die Hände. „Natürlich! Weißt du übrigens, Meg, dass ich gestern die Karten für dich gelegt habe? Es war ganz deutlich zu sehen, dass du ein neues Projekt übernimmst. Eines mit Zahlen.“

„Tante Coco.“ C.C. lächelte geduldig. „Megan ist unsere Buchhalterin.“

„Das weiß ich doch, Darling.“ Coco tastete nach ihrer Frisur. „Aber es tauchte immer wieder auf, deshalb drängte es sich mir geradezu auf, dass da noch mehr sein muss. Ich bin mir ganz sicher, dass etwas Wunderbares dabei entdeckt wird. Etwas, über das wir alle froh und glücklich sein werden. Ich freue mich ja so, dass du es machen willst, Meg.“

„Machen?“ Hilfe suchend sah Megan zu ihrem Bruder und erhielt nur ein breites Grinsen als Antwort.

„Ja, Fergus’ Buch durcharbeiten. Du kannst es doch sicher in den Computer eingeben, oder? Sloan hat uns erzählt, wie pfiffig du bist.“

„Natürlich könnte ich, aber …“

Aus dem Babyfon auf dem Sideboard ertönte lautes Quengeln.

„Bianca?“ Max horchte sofort auf.

„Nein, Ethan“, kam es wie aus einem Munde von C.C. und Lilah.

Und damit war die Sitzung erst einmal vertagt.

In ihrem Zimmer fragte Megan sich, zu was genau sie da eigentlich ihre Zustimmung gegeben hatte. Dabei hatte sie kaum ein Wort gesagt, und nun war sie mit der Revision von Fergus Calhouns Haushaltskladde betraut worden. Das war doch eigentlich eine reine Familienangelegenheit.

Sollte sie diese Bedenken jedoch äußern, so würde jeder ihr die Hand tätscheln und sie leicht in die Wange kneifen und behaupten, dass sie zur Familie gehöre. Punkt, aus, Schluss. Keine Diskussion.

Mit einem Seufzer öffnete sie die Balkontüren und trat hinaus auf die Terrasse. Die laue Nachtluft umfing sie. Fast konnte sie den Duft von Suzannas Rosen und Freesien auf der Zunge schmecken. Die Brise trug das Meeresrauschen zu ihr heran, und über ihr funkelten die Sterne an einem samtschwarzen Himmel. Ein silbriger Halbmond stand hell wie eine Laterne am Firmament.

Ihr Sohn schlief sicher und glücklich in seinem Zimmer, umgeben von Menschen, die ihn liebten.

Da war das Durcharbeiten von Fergus' Buch nur ein kleines Dankeschön für das, was man ihr hier gegeben hatte.

Ihren Seelenfrieden. Ja, die Calhouns hatten die Tür zu diesem ganz besonderen Paradies für sie geöffnet, und sie wusste nicht, wie sie es ihnen je vergelten sollte.

Die Nacht war zu schön, um zu schlafen. Megan stieg die steinernen Stufen hinunter und wanderte durch im Mondlicht daliegende Rosenbeete und unter einem Bogen rankender Wildblumen hindurch, deren duftende Blüten auf den Weg regneten.

„Phantom der Freude sie mir war, berührend, ganz liebliche Erscheinung und entzückend."

Erschreckt schlug Megan sich die Hand auf die Brust und schnappte nach Luft, als eine Gestalt aus dem Schatten trat.

„Habe ich dich erschreckt?" Nathaniel kam näher, das glühende Ende seiner Zigarre leuchtete im Dunkeln auf. „Normalerweise erzielt Wordsworth eine andere Wirkung."

„Ich hatte dich nicht gesehen." Sonst wäre sie gar nicht in den Garten gekommen. „Ich dachte, du bist nach Hause gegangen."

„Ich saß noch ein wenig mit Dutch bei einer Buddel Rum zusammen. Er liebt es, sich über Coco zu beklagen, nur braucht er dafür eben Zuhörerschaft." Er zog an seiner Zigarre. Die Glut warf einen roten Schein auf seine Züge und ließ ihn geheimnisvoll und schön aussehen. Ein gefallener Engel. „Eine wunderbare Nacht, nicht wahr?"

„Ja. Nun, dann werde ich …"

„Kein Grund, wegzurennen. Du wolltest doch einen Spaziergang im Garten machen." Er brach eine Pfingstrose ab und hielt sie Megan hin. „Es ist fast Mitternacht. Es gibt keine bessere Zeit für einen Spaziergang."

Sie nahm sich fest vor, sich nicht einlullen zu lassen. „Ich habe die vielen Blumen bewundert. Mit Pflanzen habe ich wenig Glück."

„Man muss mit dem ganzen Herzen dabei sein. Und natürlich braucht man guten Dünger und muss regelmäßig gießen."

Das offene Haar floss ihr weich über die Schultern. Sie trug noch den eleganten Hosenanzug, den sie beim Dinner angehabt hatte. Zu schade, dachte er bei sich. Es hätte zu der Nacht und seiner Stimmung gepasst, wenn Megan in wallenden Seidengewändern durch die Nacht geschwebt wäre. Doch Megan O'Riley war nicht die Frau, die sich so etwas erlaubte.

Die einzige Alternative, diesem forschenden Blick auszuweichen, war, Konversation zu machen. „So, du fährst also nicht nur zur See, sondern kennst dich auch mit Gartenarbeit und klassischen Dichtern aus."

„Ich mag Blumen, unter anderem." Er zog ihre Hand, in der sie die Pfingstrose hielt, heran und schnupperte, genoss den Duft der Blume und von Megans Haut. Über die Blütenblätter hinweg lächelte er Megan an.

Es war, als wäre sie in einem Traum gefangen, zusammen mit dem Mann im Mondlicht. Die Aromen des Gartens schienen ihr plötzlich intensiver, der laue Wind sanfter. Das alles betörte ihre Sinne. Schatten lagen auf Nathaniels Gesicht, faszinierend und verlockend, und zogen ihren Blick magisch zu seinem Mund.

In dieser Traumwelt waren sie ganz allein, Alltag und Realität schrumpften zu trivialen Nichtigkeiten. Nur ein Mann und eine Frau, inmitten von üppigen Blüten. Eingehüllt von silbernem Mondlicht, im Hintergrund die Musik der rauschenden Wellen.

Um den Zauber zu brechen, senkte Megan die Lider. „Erstaunlich, dass du bei all deinen Reisen Zeit für Blumen und Poesie gefunden hast."

„Für das Wichtige im Leben ist immer Zeit."

Er hatte bereits gespürt, dass ein gewisser Zauber in der Luft lag. Für solche Dinge war er empfänglich. Er glaubte an Magie, glaubte an den Sirenengesang der Nixen, hatte ihn selbst im dichten Nebel auf See gehört. Warum sonst hätte er hier im Garten gewartet, wissend, dass sie kommen würde?

Er nahm ihre Hand und verschränkte ihrer beider Finger miteinander, bevor Megan protestieren konnte. „Gehen wir ein Stück zusammen. Eine solche Nacht darf man nicht ungenutzt verstreichen lassen."

„Ich sollte besser zurück. Kevin ..." Sie sah über die Schulter zurück. Wildblumenblüten rieselten zu Boden, als der Wind sich in den Zweigen fing.

„Schläft der Junge unruhig?"

„Nein, aber ..."

„Hat er öfter Albträume?"

„Nein."

„Na dann." Das war Antwort genug für ihn. Er zog sie leicht mit sich und schlenderte den Pfad entlang. „Ist Flucht immer dein erster Impuls, wenn ein Mann ein wenig mit dir flirtet?"

„Ich wollte nicht fliehen. Und flirtende Männer interessieren mich nicht."

„Komisch. Als du da auf der Terrasse standest, hatte ich den Eindruck, du wärst ein wenig Romantik nicht abgeneigt."

Sie hielt mitten im Schritt inne. „Du hast mich beobachtet."

„Hmm." Nathaniel drückte seine Zigarre im Sand einer Amphore aus. „Ich musste daran denken, was für eine Schande es ist, dass ich keine Laute habe."

Neugier mischte sich in ihren Ärger. „Wozu?"

„Eine hübsche Frau, die in der Nacht auf dem Balkon steht, verdient eine Serenade."

Das Lachen ließ sich nicht zurückhalten. „Du spielst also auch Laute?"

„Nein. Obwohl ich wünschte, ich könnte es, als ich dich dort sah. Als Kind bin ich oft an *The Towers* vorbeigesegelt. Dann stellte ich mir vor, dass ein Drachen hier hauste und ich die Klippen erklimmen und ihn töten würde."

„Kevin spricht von dem Haus immer nur als von dem ‚Schloss'", murmelte Megan.

„Als ich älter wurde und mir die Calhoun-Mädchen langsam auffielen, malte ich mir aus, wie sie mich belohnen würden, wenn ich den Drachen erst getötet hätte. Die Bilder entsprachen natürlich einem hormongeplagten sechzehnjährigen Teenager."

Megan schmunzelte. „Welche von den Schwestern war denn die Auserwählte?"

„Oh, alle." Mit einem Grinsen setzte er sich auf eine niedrige Steinmauer und zog Megan neben sich. „Holt hatte schon immer eine Schwäche für Suzanna, also strich ich sie anständigerweise von meiner Liste, schließlich war er mein Freund. Immerhin blieben mir dann noch drei der Schwestern, wenn ich den Drachen niedergestreckt hätte."

„Aber du hast dich dem Untier nie gestellt?"

Ein Schatten zog über sein Gesicht. „Es gab einen anderen Dämon, mit dem ich fertig werden musste. Ich denke, man könnte es ein Patt nennen. Und dann ging ich zur See." Er schüttelte den Kopf, um die triste Vergangenheit loszuwerden. „Aber ich hatte ein denkwürdiges Zwischenspiel mit der schönen Lilah."

Megan riss die Augen auf. „Du und Lilah?"

„Vor meiner Abreise. Sie hatte es darauf angelegt, mir den Kopf zu verdrehen. Ich glaube, sie wollte ein wenig üben." Bei der Erinnerung seufzte er. „Sie war gut."

Wie war es dann möglich, dass die beiden so locker und ungezwungen miteinander umgingen?

„Ich weiß genau, was du jetzt denkst, Megan." Er schmunzelte und legte ihr einen Arm um die Schultern. „Nun, Lilah und ich waren nicht gerade Romeo und Julia. Ich habe sie ein paar Mal geküsst und mit dem sprichwörtlichen Zaunpfahl gewinkt, dass es da noch mehr gibt … Aber sie wollte nicht. Das Herz hat sie mir nicht gebrochen. Vielleicht ein wenig angekratzt."

„Und Max stört sich nicht daran?"

„Warum sollte er? Er hat sie doch erobert. Es ist ja auch nicht so, als ob wir eine heiße Affäre gehabt hätten. Und selbst wenn … verglichen mit dem, was die beiden haben, wäre es wie ein glimmendes Streichholz gegen einen Waldbrand."

Damit hatte er recht. Jede der Calhoun-Frauen hatte den Partner fürs Leben gefunden. „Trotzdem ist es interessant. All diese Beziehungen und Verflechtungen miteinander und untereinander."

„Beziehst du dich damit auch auf dich selbst?"

Sie versteifte sich augenblicklich. „Das ist ein Thema, über das ich nicht sprechen möchte."

„Noch immer empfindlich?" Tröstend drückte er sie an sich. „Bei dem, was ich über Dumont gehört habe, ist er es nicht wert. He, entspann dich", sagte er, als sie abrupt von ihm abrücken wollte. „Kein Problem, lassen wir das Thema fallen. Die Nacht ist viel zu schön, um an alte Wunden zu rühren. Erzähl mir lieber, wie sie dich dazu überredet haben, das alte Rechnungsbuch zu bearbeiten."

„Woher weißt du davon?"

„Holt und Suzanna haben mir davon erzählt." Sie saß immer noch steif neben ihm, wie er bemerkte. Aber zumindest rannte sie nicht auf und davon. „Wir haben uns noch gesehen, bevor sie nach Hause fuhren."

Megan entspannte sich tatsächlich. Es tat gut, mit jemandem über die Sache zu reden, der wie sie ein wenig außerhalb der Familie stand. „Ich habe wirklich nicht die geringste Ahnung, wie genau das abgelaufen ist. Ich habe kaum den Mund aufgemacht."

„Großer Fehler", murmelte er.

Sie schnaubte leise. „Ich hätte brüllen müssen, um überhaupt gehört zu werden. Ich weiß nicht, wieso sie das eine Sitzung nennen. Es war ein ausgewachsener Streit! Und dann hören sie jäh auf zu streiten, und dir wird klar, dass du dich hast überrumpeln lassen. Wenn du dann ablehnen willst, steht plötzlich eine geschlossene Wand von Calhouns vor dir, gegen die du nicht ankommst."

„Ich weiß genau, was du meinst. Bis heute kann ich dir nicht sagen, ob es meine eigene Idee war, mit Holt zusammen das Geschäft aufzuziehen. Irgendwie kam der Vorschlag auf, wurde diskutiert, einstimmig angenommen, und schon saß ich beim Notar und unterzeichnete Papiere."

Bemerkenswert, dachte Megan. „Du siehst mir nicht nach jemandem aus, der sich etwas aufschwatzen lässt."

„Das Gleiche könnte ich von dir sagen."

Sie dachte über seine Bemerkung nach und nickte schließlich. „Du hast recht. Das Buch fasziniert mich. Ich kann es kaum erwarten, es in die Finger zu bekommen."

„Ich hoffe doch, es wird nicht deine ganze Freizeit verschlingen. Davon hätte ich nämlich auch gern einen Teil." Er wickelte sich eine Strähne ihres Haars um den Finger. Nein, rot war es nicht, sondern golden, mit einem stillen Feuerschein.

Vorsichtshalber rutschte Megan ein Stückchen von ihm ab. „Ich sagte doch schon, ich bin nicht interessiert."

„Falsch. Du fürchtest dich, weil du interessiert bist." Er legte eine Hand unter ihr Kinn und zog ihren Kopf sanft herum, sodass sie ihn ansehen musste. „Du musst eine schlimme Zeit durchgemacht haben. Und daher war es wohl einfacher, alle Männer mit diesem Schuft, der dich verletzt hat, in einen Topf zu werfen. Deshalb bin ich ja auch bereit, es langsam angehen zu lassen."

Wut flammte in ihren Augen auf. „Erzähl du mir nicht, was ich durchgemacht habe! Ich will weder Verständnis noch Geduld von dir!"

„Umso besser.“

Damit presste er seinen Mund auf ihre Lippen. Ungeduldig, fordernd und unwiderstehlich eroberte er ihren Mund, bevor sie Zeit zu widersprechen fand.

Die Glut, die seit dem ersten Kuss in ihr schwelte, loderte zu haushohen Flammen auf. Sie sehnte, verzehrte sich nach diesem mitreißenden Gefühl. Und hasste sich für ihre Schwäche.

Er hatte es ihr bewiesen. Hatte ihr gezeigt, dass er mit seiner Vermutung richtig lag. Erkennen konnte er es an dem hämmernden Puls an ihrem Hals, als er endlich den Kopf hob. Er hatte es ihr bewiesen und sich selbst einer Feuersbrunst von Verlangen ausgesetzt.

Das Verlangen jedoch würde warten müssen, denn Megan war meilenweit davon entfernt, bereit für ihn zu sein. Und das war ihm wichtig. Wichtiger, als er erwartet hätte.

„Jetzt sag mir noch einmal, dass du nicht interessiert bist“, murmelte er an ihren Lippen, von einer seltsamen Wut erfüllt, weil er sich nicht nehmen durfte, was so offensichtlich ihm gehörte. „Sage mir, dass ich dich nicht berühren soll.“

„Das kann ich nicht.“ Ihre Stimme brach vor Verzweiflung. Sie wollte, dass er sie berührte, wollte, dass er sie in Besitz nahm und sie wild und voll heißer Leidenschaft liebte. Und sie wollte, dass er ihr die Entscheidung und damit auch die Verantwortung abnahm. Sie wusste, es war feige, und sie schämte sich für diese Feigheit. Erschüttert erhob sie sich. „Doch Verlangen reicht nicht. Schon einmal habe ich Verlangen verspürt.“ Zitternd am ganzen Leib stand sie, eingehüllt vom Mondlicht, mit wehenden Haaren und furchtvollen Augen.

Nathaniel verfluchte erst sich selbst still, dann sie. „Ich bin nicht Dumont. Und du bist kein siebzehnjähriges Mädchen mehr.“

„Ich weiß, wer ich bin. Doch weiß ich, wer du bist?“

„Du weichst aus, Megan. Wir haben einander vom ersten Augenblick an erkannt.“

Sie trat zurück, weil er recht hatte. Weil es sie halb zu Tode ängstigte. „Du redest von der Chemie zwischen uns beiden."

„Von Schicksal", berichtigte er leise und richtete sich auf. Er hatte sie verängstigt, und er verabscheute sich dafür. Eine Frau nervös zu machen war eine Sache, sie zu drängen eine ganz andere. „Du brauchst Zeit zum Nachdenken. Ich auch. Komm, ich begleite dich zum Haus zurück."

Sie hob abwehrend die Hand. „Ich finde den Weg auch allein." Damit drehte sie sich auf dem Absatz um und rannte den vom Mond beschienenen Pfad entlang.

Nathaniel fluchte unter angehaltenem Atem, setzte sich wieder und zog eine frische Zigarre hervor. Es wäre unsinnig, nach Hause zu gehen. An Schlaf war jetzt nicht zu denken.

Am Nachmittag des folgenden Tages hob Megan den Kopf von den Büchern, als es an der Tür ihres Büros klopfte.

„Herein."

„Entschuldige, dass ich störe." Coco steckte den Kopf zur Tür herein – einen Kopf mit ebenholzschwarzem Haar, wie Megan erstaunt erkannte. Scheinbar wechselte die Haarfarbe bei Coco ebenso häufig wie die Stimmung. „Du hast gar keine Mittagspause gemacht." Mit einem beladenen Tablett auf dem Arm trat Coco ins Zimmer.

„Du solltest dir nicht so viele Umstände wegen mir machen." Megan sah verdutzt auf die Uhr. Schon nach drei! Sie hatte nicht gemerkt, wie schnell die Zeit vergangen war.

„Wir können nicht zulassen, dass du Mahlzeiten auslässt." Coco stellte das Tablett auf den Tisch und blickte auf den Computerbildschirm. „Du meine Güte, so viele Zahlen. Zahlen machen mich immer nervös. Sie sind so … so unnachgiebig."

„Man darf sich nur nicht von ihnen herumkommandieren lassen", sagte Megan lachend. „Wenn man in Erinnerung behält, dass eins und eins immer zwei ergibt, kann man alles mit ihnen machen."

Zweifelnd sah Coco auf die Tabellen. „Wenn du es sagst, Liebes …“

„Ich habe gerade das erste Quartal für ‚Shipershape‘ fertig. Es war … eine Herausforderung.“

„Wie schön, dass du so denkst.“ Coco wandte diesen Zahlenreihen lieber den Rücken zu, bevor sie noch Kopfschmerzen bekam. „Keiner von uns möchte dich überarbeitet sehen. Hier, ich habe dir Eistee gebracht und ein Clubsandwich.“

Es sah wirklich appetitlich aus, vor allem, da Megan heute Morgen das Frühstück hatte ausfallen lassen. Sie hatte schlicht nichts hinunterbringen können. Wohl eine Nachwirkung der nächtlichen Begegnung mit Nathaniel.

„Danke, Coco. Das ist lieb von dir. Aber ich wollte dich nicht von deiner Arbeit wegholen.“

„Oh.“ Coco winkte ab. „Darüber mach dir nur keine Sorgen. Um ehrlich zu sein, Liebes, ich musste unbedingt mal aus der Küche heraus – wegen dieses schrecklichen Mannes.“

„Der Holländer?“ Megan biss lächelnd in das Sandwich. „Ich bin ihm heute Morgen begegnet. Irgendwo muss ich die falsche Abbiegung genommen haben und landete plötzlich im Hotelflügel in der Küche.“

Mit fahrigen Fingern nestelte Coco an ihrer schweren Goldkette. „Ich hoffe, er ist nicht ausfallend geworden. Er ist ein wenig … nun, ungeschliffen.“

„Nein.“ Megan schenkte Eistee in zwei Gläser und reichte Coco eines. „Er hat mich nur von Kopf bis Fuß gemustert und brummte dann, dass ich mehr Fleisch auf den Rippen brauche. Ich fürchtete schon, er würde mir das Omelette aufdrängen, das er gerade zubereitete, aber einer der Küchenjungen ließ einen Teller fallen. Ich konnte mich davonschleichen, während er den armen Jungen herunterputzte.“

„Seine Ausdrucksweise!“ Coco setzte sich und strich sich über die Seidenhose. „Widerwärtig! Und ständig hat er etwas an meinen Rezepten auszusetzen.“ Schaudernd schloss sie die Augen. „Ich habe mich immer für einen geduldigen Menschen gehalten und – ohne eingebildet klingen zu wollen – auch nicht für ganz dumm. Diese Eigenschaften braucht man, wenn man vier quicklebendige Mädchen großzieht." Mit einem Seufzer warf sie die Hände in die Luft. „Aber bei diesem Mann bin ich mit meinem Latein am Ende."

„Du könntest ihm kündigen", schlug Megan vorsichtig vor.

„Das ist unmöglich. Der Mann ist wie ein Vater für Nathaniel, und die Kinder vergöttern ihn geradezu, auch wenn mir das völlig unbegreiflich ist." Sie hob die Lider und lächelte tapfer. „Ich schaffe das schon, Liebes. Außerdem muss man sagen, dass der Mann bestimmte Gerichte, einfache natürlich nur, recht gut hinbekommt." Sie betastete ihre neue Frisur. „Und ich finde ja auch auf die eine oder andere Art meinen Ausgleich."

Cocos erste Bemerkung hatte Megans Neugier geweckt. „Dann kennen Mr van Horne und Nathaniel sich also schon lange?"

„Über fünfzehn Jahre. Sie haben zusammen gedient, sind unter gleicher Flagge gesegelt, wie immer man das nennt. Wie ich gehört habe, muss Mr van Horne Nathaniel wohl unter seine Fittiche genommen haben. Ich meine, das spricht ja für ihn, nicht wahr? Der Himmel weiß, wie nötig der Junge jemanden brauchte, der sich um ihn kümmerte, bei dieser schrecklichen Kindheit."

„Wirklich?" Megan drängte normalerweise nicht gern, aber Coco brauchte einen kleinen Anreiz.

„Seine Mutter starb, als Nathaniel noch klein war. Der arme Junge. Und sein Vater …" Cocos Lippen wurden dünn. „Der Mann war ein Tier. Persönlich habe ich ihn nie kennengelernt, aber die Gerüchte, die über ihn in der Stadt kursierten … abscheulich! Und ich habe die Blutergüsse bei Nathaniel gesehen, wenn Holt und er uns frischen Fisch brachten."

„Blutergüsse?" Megan war entsetzt. „Sein Vater hat ihn geschlagen?"

Cocos Augen schimmerten nun verdächtig, schnell blinzelte sie. „Ich fürchte, ja."

„Aber hat denn niemand etwas dagegen unternommen?"
„Der Mann hat die üblichen Ausreden benutzt – der Junge wäre angeblich gefallen oder hätte sich mit seinen Kumpanen geprügelt. Und Nathaniel hat nie widersprochen. Bei Kindesmisshandlung hat man damals oft beide Augen zugedrückt. Das ist leider heute noch oft so." Die Tränen drohten ihre sorgfältig aufgetragene Wimperntusche zu verschmieren. Sacht tupfte Coco sich die Augenwinkel mit Megans Serviette. „Sobald Nathaniel volljährig wurde, ging er zur See. Sein Vater starb vor ein paar Jahren. Nate schickte Geld für die Beerdigung, aber selbst gekommen ist er nicht. Wer sollte ihm das auch verdenken?" Coco seufzte und schüttelte sich leicht. „Eine so traurige Geschichte wollte ich gar nicht erzählen. Aber sie hat ja ein gutes Ende, nicht wahr? Aus Nate ist ein wunderbarer Mann geworden." Ein lauerndes Funkeln trat in ihre Augen, nur schlecht kaschiert von den Tränen. „Ihm fehlt jetzt nur noch die richtige Frau. Er ist wirklich attraktiv, findest du nicht auch?"
„Ja." Megan versuchte noch immer, das misshandelte Kind und den selbstsicheren Mann in Einklang zu bringen.
„Und absolut verlässlich. Zudem ein echter Romantiker. Die Jahre auf See haben ihm etwas Geheimnisvolles verliehen, meinst du nicht? Die Frau, die ihn bekommt, kann sich glücklich schätzen."
Megan blinzelte, als ihr klar wurde, was Coco beabsichtigte. „Das kann ich nicht beurteilen, ich kenne ihn ja kaum. Und eigentlich denke ich auch nicht so intensiv über Männer nach."
„Humbug!" Überzeugt von ihren kupplerischen Talenten, tätschelte Coco Megans Knie. „Du bist jung, hübsch und intelligent. Ein Mann in deinem Leben wird weder daran noch an deiner Unabhängigkeit etwas ändern, im Gegenteil. Mit dem Richtigen wird alles nur noch besser. Ich bin sicher, du wirst das auch noch herausfinden. Sehr bald sogar schon, wenn ich mich nicht täusche. Aber jetzt ...", sie beugte sich vor und küsste Megan auf die Wange, „... kehre ich besser in die Kü-

che zurück, bevor dieser ungehobelte Klotz mir noch meine Lachspastetchen ruiniert."

Sie ging Richtung Tür und stoppte dann doch mitten im Zimmer noch einmal. Sehr geschickt, da war sie sich sicher. „Ach, wo bin ich nur wieder mit meinen Gedanken!", rief sie aus. „Ich sollte dir doch etwas von Kevin ausrichten."

„Kevin?" Unwillkürlich blickte Megan sofort zum Fenster hinaus. „Ist er denn nicht mit Alex und Jenny zusammen?"

„Nun, ja, und auch wieder nein." Coco lächelte zerstreut. Ein Gesichtsausdruck, den sie über die Jahre perfektioniert hatte. „Er ist schon mit Alex und Jenny zusammen, aber nicht hier. Nate hat heute seinen freien Tag. Er kam zum Lunch her. Ach, dieser Mann weiß ein anständiges Essen noch zu schätzen! Und dabei setzt er kein Gramm Fett an. Natürlich ist er auch ständig in Bewegung. Deshalb hat er ja auch diese himmlischen Muskeln überall, die man bei jeder Bewegung spielen sieht ..."

„Coco, wo ist Kevin?", unterbrach Megan den Lobgesang.

„Ach ja, Kevin. Kevin ist bei Nate. Alle sind bei ihm, er hat sie mitgenommen."

Megan sprang auf. „Mitgenommen? Wohin? Etwa auf das Boot?" Sie sah das Schiff bereits kieloben im Wasser treiben, von haushohen Wellen umspült.

„Nein, mit zu sich nach Hause. Er will wohl eine Veranda an sein Haus anbauen, und die Kinder wollten ihm unbedingt dabei helfen. Könntest du mir den Gefallen tun und sie abholen?" Dann würde Megan auch Nathaniels hübsches kleines Haus sehen und wie wunderbar er mit Kindern umgehen konnte. „Nicht sofort natürlich, das hat noch Zeit, Suzanna kommt erst gegen fünf zurück. Aber sie erwartet, dass die Kinder hier sind. Ich hatte nur nicht das Herz, es ihnen zu verbieten, mit Nate mitzugehen."

„Aber ich ..."

„Du weißt doch, wo Suzanna und Holt wohnen, nicht wahr? Nathaniel wohnt nur ein paar Hundert Meter weiter die Straße hinunter. Ein wirklich nettes Häuschen. Du kannst es gar nicht verfehlen.“

Bevor Megan auch nur ein Wort erwidern konnte, schwebte Coco zur Tür hinaus, höchst zufrieden mit sich.

Das ist ja bestens gelaufen, dachte sie und machte sich auf den Weg zur Küche.

5. KAPITEL

Kevin konnte sich einfach nicht entscheiden, was cooler war – der Feuer speiende Drache auf Nathaniels Schulter oder die gezackte Narbe vorn. Eigentlich müsste ja die Narbe das Rennen machen, schließlich stammte sie von einem echten Kampf mit echten Messern. Aber ein tätowierter Drache, noch dazu einer, der Flammen spuckte ... das war wirklich schwer zu übertreffen.

Nathaniel hatte noch eine andere Narbe. An der Hüfte. Als Alex danach gefragt hatte, erzählte Nathaniel ihnen die Geschichte, wie er im Südpazifik mit einer Muräne gerungen hatte. Kevin konnte sich genau vorstellen, wie Nathaniel, ein Messer zwischen die Zähne geklemmt, in die Tiefen des Meeres hinabtauchte, um sich dem Kampf mit einem Untier von der Größe des Monsters von Loch Ness zu stellen.

Nathaniel hatte auch einen Papagei. Ein riesiger bunter Vogel, der auf einer Stange im Haus saß und sprechen konnte. Am liebsten hörte Kevin, wenn der Vogel lautstark: „Ab mit der Rübe!“, krächzte.

Für Kevin war Nathaniel Fury eindeutig der tollste Mann, den er je getroffen hatte. Nate war auf den sieben Weltmeeren gesegelt wie Sindbad und wusste die spannendsten Geschichten zu erzählen. Und Nate liebte junge Hunde und sprechende Vögel.

Er schien auch nichts dagegen zu haben, dass Kevin in seiner Nähe blieb, während Alex und Jenny auf dem Rasen herumrannten und sich mit imaginären Laserpistolen beschossen. Es machte Kevin einfach mehr Spaß, zuzusehen, wie Nathaniel Bretter annagelte.

Immerhin lagen schon sechs Bretter fest, bevor Kevin sich zu fragen traute: „Warum willst du hier eine Veranda bauen?“

„Damit ich draußen sitzen kann.“

„Aber da ist doch schon eine hinterm Haus.“

„Die bleibt ja auch.“ Drei Hammerschläge, und der Nagel war ins Holz getrieben. Nathaniel setzte sich auf die Fersen zurück. Außer abgeschnittenen Jeans und einem Stirnband trug er nichts weiter. Seine Haut war von der Sonne gebräunt und schimmerte feucht vom Schweiß. „Siehst du den Rahmen?"

Kevin folgte den soliden Holzbalken mit dem Blick, bis sie um die Hausecke verschwanden. „Hmm."

„Wir nageln so viele Bretter fest, bis wir auf die Veranda auf der anderen Seite treffen."

Kevin strahlte. „Dann geht es ums ganze Haus herum, wie ein Kreis."

„Richtig." Nathaniel trieb drei Nägel ein, bevor er weiterrückte. „Wie gefällt es dir auf unserer Insel?"

Die Frage klang so ernsthaft, wie man sie nur einem Erwachsenen stellen würde. Kevin sah sich erst suchend um, bevor er Nathaniel antwortete. „Ich finde es toll hier. Wir leben in einem Schloss, und ich kann mit Alex und Jenny spielen, wann immer ich will."

„In Oklahoma hast du doch sicher auch Freunde gehabt, oder?"

„Klar. John Curtis Silverhorn ist mein bester Freund. Er ist zur Hälfte Komantsche. Mom hat gesagt, er kann uns besuchen kommen und dass wir uns Briefe schreiben können. Ich habe ihm schon geschrieben und ihm von den Walen erzählt." Kevin lächelte schüchtern. „Das hat mir am besten gefallen."

„Dann müssen wir wohl noch mal zusammen rausfahren, was?"

„Ehrlich? Wann?"

Nathaniel hörte auf zu hämmern und sah zu dem Jungen hoch. Er hätte sich daran erinnern müssen, dass Kinder, die in einer Atmosphäre von Liebe und Vertrauen aufwuchsen, so wie Alex und Jenny, eigentlich so ziemlich alles für bare Münze nahmen. „Wenn deine Mutter es erlaubt, kannst du mit mir rauskommen, wann du willst."

Die Antwort auf sein nachlässig dahingeworfenes Angebot war ein strahlendes Lächeln. „Darf ich dann noch mal das Ruder halten?"

„Sicher." Grinsend setzte Nathaniel Kevin die Baseballkappe rückwärts auf den Kopf. „Was ist? Hast du Lust, ein paar Planken anzunageln?"

Kevin riss begeistert die Augen auf. „Klar!"

„Pass auf." Nathaniel hockte sich so hin, dass er Kevins Hände führen konnte. „Den Nagel musst du so halten, und dann schlägst du zu."

„He!" Alex erhob sich von den Toten des Massakers auf dem Planeten Zero. „Kann ich mitmachen?"

„Ich auch! Ich auch!" Jenny kletterte Nathaniel auf den Rücken, in der unverbrüchlichen Überzeugung, jederzeit willkommen zu sein.

„Sieht aus, als hätte ich jetzt eine vollzählige Crew." Nathaniel mutmaßte, dass die Arbeitszeit sich mit den zusätzlichen Helfern soeben verdoppelt hatte.

Eine Stunde später stoppte Megan ihren Wagen neben dem klassischen T-Bird und starrte überrascht auf das Haus. Das zweistöckige Cottage mit den blauen Fensterläden und den Blumenkästen voll üppig blühender Stiefmütterchen bot ein entzückendes Bild. Dennoch hätte sie einen solchen Anblick nicht einmal im Traum mit Nathaniel Fury in Verbindung gebracht. Auch nicht den gepflegten grünen Rasen, die sorgfältig gestutzte Hecke oder den fröhlich bellenden Hund.

Nathaniel jedoch war es, der sie am meisten überraschte. Um ehrlich zu sein, so viel goldene Haut und freie Sicht auf spielende Muskeln war schwer zu verkraften. Schließlich war sie auch nur ein Mensch! Noch mehr allerdings fesselte sie, was er gerade tat.

Kopf an Kopf, beugte er sich über ihren Sohn und führte mit seinen großen Händen Kevins kleine. Jenny saß daneben und schaute konzentriert zu, während Alex auf einem Balken balancierte.

„Hi, Megan. Sieh her, ich bin der todesmutige Alex und

arbeite ohne Netz!“ Vor lauter Aufregung hätte er fast das Gleichgewicht verloren und begann mit den Armen zu rudern, um den Sturz in die unendliche Tiefe von beängstigenden dreißig Zentimetern zu verhindern.

„Das war knapp“, meinte sie lachend.

„Wir bauen eine Veranda, Mom.“ Die Zunge zwischen die Lippen geklemmt, hämmerte Kevin auf den Nagel ein.

„Ich sehe es.“ Megan nahm den Aktenkoffer in die andere Hand und streichelte den Welpen, der sich begeistert auf den Rücken fallen ließ.

„Ich bin als Nächste dran.“ Jenny sah Nathaniel unnachgiebig an. „Das bin ich doch, oder?“

„Stimmt, Herzchen. Also dann, Captain, bringen wir ihn sicher in den Hafen.“

Mit einem angestrengten Ächzen trieb Kevin den Nagel ins Holz. „Geschafft! Ich hab das ganze Brett angenagelt!“ Stolz sah er zu seiner Mutter. „Wir wechseln uns ab. Jeder darf mal ein Brett annageln. Ich habe schon drei!“

„Das sieht doch recht gut aus.“ Sie lächelte Nathaniel an. „Nicht jeder kann so etwas.“

„Dazu braucht man nur einen sicheren Blick und eine ruhige Hand. He, Matrosen, wo bleibt mein Holz?“

„Holen wir!“ Alex und Kevin rappelten sich auf, um die nächste Planke heranzuschleppen.

Megan sah zu, wie Nathaniel das Brett nahm, es auf seinen Platz legte, mit einem Stück Holz den Abstand richtete und, nachdem er zufrieden war, Jenny auf seinen Schoß zog.

Mit beiden kleinen Händen umklammerte sie den Hammer und hob ihn hoch in die Luft, während Nathaniel den Nagel in Position hielt. Ein wahrhaft tapferer Mann, war alles, was Megan denken konnte.

„Aber genau zielen“, warnte er Jenny und wartete geduldig, bis der Nagel gerade im Holz stand, bevor er ihre Hand fasste und führte, um den Metallstift zu versenken.

„Die Arbeit macht durstig, was, Leute?“, bemerkte er lässig.

„Aye, aye.“ Alex fasste sich ächzend an die Gurgel.

Nathaniel nahm den nächsten Nagel. „In der Küche ist Limonade. Wenn jemand die Karaffe und Gläser holt …“

Vier Augenpaare richteten sich gleichzeitig auf Megan. Wenn sie sich schon nicht an den Schreinerarbeiten beteiligte, konnte sie wenigstens den Handlanger spielen.

„Na schön.“ Sie stellte den Aktenkoffer ab und ging über den fertigen Verandateil zur Haustür.

Sekunden später ertönte ein schrilles Pfeifen aus dem Haus, gefolgt von einem erstickten Schrei. Draußen auf der Veranda begann Nathaniel breit zu grinsen, und drinnen im Haus ertönte auch schon Vogels großspurige Einladung.

„Komm, Süße, ich spendier dir einen Drink. Schau mir in die Augen, Kleines.“ Als Vogel dann auch noch krächzend „There is nothing like a Dame“ aus „South Pacific“ anstimmte, brachen die vier draußen in schallendes Gelächter aus.

Wenig später trat Megan mit einem Tablett mit Gläsern und Karaffe aus dem Haus. „Bogart und Musicals. Das ist schon ein besonderer Vogel.“

„Er hat nun mal eine Schwäche für schöne Frauen.“ Nathaniel nahm ein Glas Limonade und leerte es in einem Zug. „Kann ich ihm nicht verübeln.“

„Tante Coco sagt immer, Nate braucht eine Frau.“ Alex setzte sein Glas ab. „Ich weiß auch nicht, warum.“

„Damit sie zusammen schlafen können“, kam es wissend von Jenny. Nathaniel und Megan blieb der Mund offen stehen. „In der Nacht sind Erwachsene einsam, und dann wünschen sie sich jemanden, mit dem sie schlafen können. Wie Mom und Daddy. Ich habe meinen Teddybären, damit ich nicht allein schlafen muss“, führte sie aus.

„Zeit für eine Pause.“ Nathaniel hatte Mühe, sich das Lachen zu verbeißen. „Warum führt ihr Hund nicht unten am Wasser Gassi?“

Die Idee stieß auf lärmende Zustimmung, und schon stürmten drei Kinder und ein Welpe davon.

„Die Kleine hat gar nicht so unrecht." Nathaniel hielt sich das eisgekühlte Glas an die Stirn. „Nächte können wirklich sehr einsam sein."

„Jenny leiht dir bestimmt ihren Teddy." Megan trat lieber einen Schritt von ihm weg und gab sich den Anschein, das Cottage zu begutachten. „Ein hübsches Haus, Nathaniel." Sie strich über ein Stiefmütterchen, das sich vorwitzig aus dem Blumenkasten herauslehnte. „Sehr anheimelnd."

„Du hattest wohl eher eine düstere Höhle erwartet, was? Ein schwarzes Loch?"

Sie musste lächeln. „Ehrlich gesagt, so etwas in der Art, ja. Danke, dass du auf Kevin aufgepasst hast."

„Nun, wohl eher auf ein unzertrennliches Trio."

Ihr Lächeln wurde weich, als sie auf das Kinderlachen hinter dem Haus lauschte. „Ja, das sind sie wirklich."

„Ich hab die drei gern um mich. Sie sind großartig." Er saß im Schneidersitz auf den Bohlen und sah zu ihr auf. „Der Junge hat deine Augen."

Ihr Lächeln erstarb. „Kevin hat braune Augen." Wie sein Vater.

„Ich meinte nicht die Farbe, sondern den Ausdruck in ihnen. Das sagt viel mehr aus als ‚blau' oder ‚braun'. Wie viel hast du dem Jungen erzählt?"

„Ich …" Sie riss sich zusammen, schob das Kinn leicht vor. „Ich bin nicht gekommen, um mein Privatleben vor dir auszubreiten."

„Sondern?"

„Um die Kinder abzuholen und die Buchhaltung mit dir durchzugehen."

Nathaniel deutete mit dem Kopf auf den Aktenkoffer. „Hast du die Bücher da drin?"

„Ja." Sie holte den Koffer, und da sie keine andere Möglichkeit sah, setzte sie sich zu ihm auf den Verandaboden. „Das erste Quartal ist fertig, Januar, Februar, März. Eure Ausgaben übersteigen die Einnahmen, allerdings steht da noch eine

Rechnung vom Februar aus." Sie blätterte in der Akte. „Ein Mr Jacques LaRue schuldet euch 1232 Dollar und 36 Cent."

„LaRue hatte kein besonders gutes Jahr. Holt und ich waren uns einig, ihm noch etwas Luft zu lassen."

„Natürlich ist das eure Entscheidung, allerdings ist es allgemein üblich, eine Rechnung nach spätestens dreißig Tagen zu begleichen."

„Auf der Insel ist es allgemein üblich, kulanter miteinander umzugehen."

„Wie gesagt, es ist eure Entscheidung." Sie schob die Brille höher auf die Nase. „Wie sich aus den Tabellen ersehen lässt, habe ich sämtliche Posten in entsprechende Bereiche aufgeteilt. Bei den Ausgaben sind es Miete, Material, Bürobedarf, Werbekosten und so weiter. Hinzu kommen Gehälter und …"

„Ein neues Parfüm."

Verständnislos blickte sie ihn an. „Was?"

„Du hast ein neues Parfüm. Mit einem Hauch Jasmin."

„Coco hat es mir geschenkt."

„Es gefällt mir." Er beugte sich näher zu ihr heran und schnupperte. „Sehr sogar."

„Nun …" Sie räusperte sich und blätterte weiter. „Und hier sind die Einnahmen. Ich habe die wöchentlichen Ticketverkäufe addiert, so gewinnt ihr einen Überblick über die monatlichen Erlöse. Mir ist aufgefallen, dass ihr eine Pauschale mit dem Retreat für die Gäste vereinbart habt."

„Bot sich an … und ist kein schlechtes Geschäft."

„Nein, ein sehr gutes sogar. Achtzig Prozent der Gäste nutzen den Vorteil des reduzierten Preises. Ich … Sag mal, musst du unbedingt so eng an mich heranrücken?"

„Ja. Geh heute Abend mit mir zum Dinner aus, Megan."

„Nein."

„Fürchtest du dich davor, mit mir allein zu sein?"

„Ja. Also, wie du sehen kannst, geht es mit euren Einnahmen im März rapide aufwärts, sodass …"

„Bring den Jungen mit."

„Wie?"

„Drücke ich mich undeutlich aus?" Mit einem Lächeln zog er ihr die Brille von der Nase. „Ich sagte, bring Kevin mit. Ich kenne da ein kleines Restaurant, das macht die besten Hummerbrötchen weit und breit. An Cocos kommen sie natürlich nicht heran, aber dafür hast du viel Lokalkolorit."

„Wir werden sehen."

„Du weichst schon wieder aus, Megan."

Mit einem Seufzer zuckte sie die Schultern. „Na schön. Kevin wird es bestimmt Spaß machen."

„Das wäre dann abgemacht." Er gab ihr die Brille zurück, stand auf und zog die nächste Planke heran. „Heute Abend also."

„Heute Abend schon?"

„Warum es aufschieben? Sag Suzanna Bescheid, dass wir die Kinder auf dem Weg zu Hause abliefern."

„Sicher, das kann ich machen." Jetzt, da er mit dem Rücken zu ihr stand, konnte sie den Blick nicht von dem Muskelspiel unter der samtenen Haut abwenden, als er das Brett positionierte. Sie ignorierte das Flattern in ihrem Magen und hielt sich daran fest, dass ihr Sohn als „Anstandsdame" fungieren würde. „Ich habe noch nie Hummerbrötchen gegessen."

„Du ahnst nicht, was dir dein Lebtag entgangen ist."

Damit hatte Nathaniel recht gehabt, wie Megan eingestehen musste. Allein die Fahrt in dem schnittigen T-Bird über die gewundenen Straßen war ein Erlebnis. Das kleine Städtchen, durch das sie fuhren, wirkte wie die perfekte Postkartenszenerie. Die Sonne versank langsam am Horizont, und eine leichte Brise trug Wohlgerüche von Blumen und Salzwasser heran.

Das Restaurant selbst war nicht mehr als eine graue Holzbaracke, die auf Pfählen im Wasser stand und nur über eine wackelige Gangway zu betreten war. Die Innendekoration bestand aus zerrissenen Fischernetzen und ausgedienten Hummerreusen. Eine Handvoll Tische, die offensichtlich schon lange in Gebrauch waren und deutliche Benutzungsspuren aufwiesen, standen auf einem ebenso abgenutzten Boden. Romantik sollten wohl die zu Windlichtern umfunktionierten Thunfischdosen schaffen, die in der Mitte eines jeden Tisches prangten. An der Wand hinter der Theke hing eine Tafel, auf der mit Kreide die Tageskarte geschrieben stand.

„Wir haben Hummerbrötchen, Hummersalat und Hummer-Hummer", zählte die Bedienung gerade einer leicht verdattert dreinschauenden vierköpfigen Familie im Stakkato auf. „Dazu Krautsalat und Fritten. Zu trinken gibt's Bier, Milch, Eistee und Limonade. Eiscreme zum Nachtisch können wir heute nicht anbieten, weil die Eismaschine kaputt ist. Also, was soll's sein?"

Als die Frau Nathaniel erblickte, überließ sie die Gäste vorerst ihrem Schicksal und begrüßte Nate mit einem harten Knuff auf die Brust. „Wo hast du dich so lange rumgetrieben, Captain?"

„Oh, überall und nirgends, Julie. Und jetzt hab ich Heißhunger auf Hummerbrötchen."

„Da bist du hier genau richtig." Die Bedienung, eine bleistiftdünne Frau mit stahlgrauem Haar, musterte Megan unverhohlen. „Wer ist das?"

„Darf ich vorstellen? Megan O'Riley und ihr Sohn Kevin. Und das ist Julie Peterson, die Frau mit den besten Hummer-Rezepten auf Mount Desert Island."

„Die neue Buchhalterin auf *The Towers*." Julie nickte knapp. „Dann setzt euch, ich bringe euch gleich was." Damit ging sie zu der Familie zurück. „Was ist nun? Haben Sie sich entschieden, oder wollen Sie nur hier sitzen und Platz wegnehmen?

„Das Essen ist wesentlich besser als der Service." Nathaniel blinzelte dem eingeschüchterten Kevin zu, als sie sich in eine der Nischen setzten. „Du hast soeben eine der Attraktionen der Insel kennengelernt. Mrs Petersons Familie fängt seit über hundert Jahren Hummer und bereitet sie zu."

„Wow!" Für einen Neunjährigen sah Julie alt genug aus, um das Geschäft mit dem Hummerfang von Anfang an persönlich mitgemacht zu haben.

„Als Junge hab ich früher hier öfter gejobbt und die Böden geschrubbt." Und Julie war immer gut zu ihm gewesen, wie Nathaniel sich erinnerte. Hatte ihm kommentarlos Eisbeutel auf die Blutergüsse gelegt und die Platzwunden desinfiziert.

„Ich dachte, du hast für die Bradfords gearbeitet …" Megan hätte sich die Zunge abbeißen mögen, als Nathaniel sie mit einer hochgezogenen Augenbraue fragend anblickte. „Coco erwähnte es."

„Ja, bei denen auch."

„Kanntest du Holts Großvater?", wollte Kevin wissen. „Er ist nämlich einer von den Geistern."

„Klar kannte ich den. Er saß immer auf der Veranda vor dem Haus, in dem Alex und Jenny jetzt leben. Manchmal lief er zu den Klippen von *The Towers* hoch. Um Bianca zu suchen."

„Lilah hat gesagt, dass sie jetzt zusammen dort spazieren gehen. Aber ich hab sie noch nicht gesehen." Und das war eine fürchterliche Enttäuschung. „Hast du schon mal einen Geist gesehen?"

„Mehr als einmal." Nathaniel ignorierte den Tritt, den Megan ihm unter dem Tisch versetzte. „In Cornwall, da sind die Klippen steil und zerklüftet, und der Nebel rollt landeinwärts wie ein lebendiges Wesen … da habe ich eine Frau auf den Klippen stehen sehen. Sie trug ein Cape mit einer Kapuze, und Tränen liefen ihr über die Wangen."

Gefesselt von der Geschichte, lehnte Kevin sich mit erwartungsvoll aufgerissenen Augen vor.

„Ich ging auf sie zu, durch den dichten Nebel. Sie war sehr schön, und sie war sehr traurig. ‚Verloren', sagte sie, als ich näher kam. ‚Er ist verloren. Und ich auch.' Und dann verschwand sie, löste sich auf wie Rauch."

„Ehrlich?", flüsterte Kevin ehrfurchtsvoll.

Nathaniel erinnerte sich daran, dass es hier nicht um Ehrlichkeit ging, sondern um eine spannende Geschichte. „Man nannte sie die ‚Lady des Kapitäns'. Das Schiff ihres Geliebten ging in einer stürmischen Nacht vor der irischen Küste mit Mann und Maus unter. Und sie kam jeden Tag auf die Klippen und weinte um ihn. Auch nach ihrem Tod."

„Vielleicht solltest du Bücher schreiben, wie Max." Megan ärgerte sich, dass auch sie sich der Faszination der Geschichte nicht entziehen konnte.

„Oh, niemand spinnt Seemannsgarn besser als er." Julie stellte zwei Flaschen Bier und eine Limonade auf den Tisch. „Früher hat er mir immer von den Orten vorgeschwärmt, die er sehen wollte. Na, die hast du ja dann auch gesehen, was, Captain?"

„Ja, fast alle." Er setzte sein Bier an die Lippen. „Aber dich habe ich nie vergessen, Darling."

Julie lachte bellend auf und versetzte ihm den nächsten Knuff auf die Schulter. „Immer noch der Charmeur mit der glatten Zunge", sagte sie und marschierte davon.

Megan starrte mit gerunzelter Stirn auf ihre Bierflasche. „Sie hat gar nicht unsere Bestellung aufgenommen."

„Sie wird uns das Beste zurechtmachen." Er nahm noch einen Schluck. „Weil sie mich mag." Er deutete auf Megans Bier. „Wenn du das nicht trinken möchtest, kann ich sie bestimmt überreden, dir etwas anderes zu bringen."

„Nein, ist schon in Ordnung. Du kennst wohl viele Leute hier auf der Insel, oder? Schließlich bist du hier aufgewachsen."

„Schon einige. Aber ich war lange weg."

„Nate ist nämlich um die ganze Welt gesegelt. Sogar zweimal." Kevin saugte an seinem Strohhalm. „Durch Wind und Wetter und Stürme und Taifune."

„Das muss aufregend und interessant gewesen sein."

„Es hat sicherlich denkwürdige Momente gegeben."

„Fehlt es dir?"

„Fünfzehn Jahre lang bin ich auf dem Schiff eines anderen

Mannes gesegelt. Jetzt habe ich mein eigenes. Die Dinge ändern sich." Nathaniel legte den Arm auf die Rückenlehne der Bank. „Und ihr seid ja jetzt auch hier."

„Uns gefällt es hier richtig gut." Kevin stocherte mit dem Strohhalm in seiner Limonade. „Moms Chef in Oklahoma war ein alter Knicker."

„Kevin!"

„Das hat Grandpa aber gesagt. Und dass der dich gar nicht zu würdigen weiß. Außerdem stellst du dein Licht unter den Scheffel." Er wusste zwar nicht so genau, was das hieß, doch das waren die Worte seiner Großmutter gewesen.

„Grandpa ist parteiisch." Lächelnd wuschelte sie ihm durchs Haar. „Aber ja, es gefällt uns hier."

„Langt zu!" Zugleich mit dem humorvollen Befehl stellte Julie drei enorme Portionen auf den Tisch.

Die knusprigen Brötchen waren mit fleischigen Hummerstücken belegt, daneben türmten sich Krautsalat und Pommes frites.

„Das Mädchen muss zulegen", erklärte Julie entschieden. „Und der Junge auch. Wusste gar nicht, dass du sie mager magst, Captain."

„Ich mag alle, die ich kriegen kann, Julie", meinte Nathaniel gut gelaunt und erntete damit wieherndes Gelächter von Julie.

„Das schaffen wir ja nie!" Megan starrte auf ihren Teller.

„Natürlich schaffen wir das." Nathaniel hatte sich bereits an sein Brötchen gemacht. „Sag, hast du schon mit Fergus' Buch angefangen?"

„Nicht wirklich." Megan biss von dem Brötchen ab. Was beim Service zu kurz kam, wurde mit dem Essen wieder wettgemacht. Es schmeckte himmlisch! „Ich wollte erst aufholen, was nötig war. Für Shipshape war es am dringendsten. Ich muss noch euer zweites Quartal bearbeiten und das für The Retreat auch."

„Deine Mutter ist eine sehr vernünftige Frau, Kevin."

„Ich weiß“, meinte der Junge kauend. „Grandpa sagt immer, sie soll lieber öfter mal ausgehen.“

„Kevin!“

Doch die Ermahnung kam zu spät. Nathaniel grinste breit vor sich hin.

„So, sagt er das, ja? Was sagt Grandpa denn sonst noch?“

„Dass sie das Leben mehr genießen soll.“ Kevin machte sich über seine Pommes frites her. „Weil sie zu jung ist, um als Einsiedlerin zu enden.“

„Dein Großvater scheint ein kluger Mann zu sein.“

„Oh ja, er weiß einfach alles. Ihm fließt Öl durch die Adern, und im Kopf hat er nichts als Pferde.“

„Ein Zitat meiner Mutter“, erklärte Megan trocken. „Sie weiß nämlich auch alles. Aber wir sprachen von Fergus' Buch.“

„Hat es dich nicht neugierig gemacht?“

„Ein wenig schon. Vielleicht nehme ich mir nachher noch eine Stunde, bevor ich zu Bett gehe, und fang schon mal an.“

„Ich glaube nicht, dass dein Dad das mit ‚das Leben genießen‘ meinte, Megan.“

Sie blieb lieber bei einem sicheren Thema. „Soweit ich gesehen habe, sind einige der Seiten fast völlig verblasst. Aber abgesehen von ein paar kleinen Rechenfehlern wurden die Konten sehr sorgfältig und genau geführt. Bis auf die letzten beiden Seiten“, fügte sie an. „Die Zahlen ergeben keinen Sinn.“

„Stimmt das Ergebnis nicht?“

„Der Zusammenhang ist nicht klar. Ich muss mir das einfach genauer ansehen.“

„Manchmal ist man zu nahe dran, um deutlich sehen zu können.“ Er blinzelte Julie zu, die die nächste Runde servierte. Dieses Mal Kaffee für Nathaniel. Sie wusste, dass er nie mehr als ein Bier trank, wenn er Auto fuhr. „Ich würde mir das Buch gern mal ansehen.“

Megan runzelte die Stirn. „Wieso?“

„Ich mag Puzzles.“

„Mit einem Puzzle hat das nur wenig zu tun, aber wenn die

Familie nichts dagegen hat … dann habe ich auch keine Einwände.“ Mit einem Seufzer lehnte sie sich zurück. „Sorry, aber ich kriege keinen Bissen mehr hinunter.“

„Kein Problem.“ Nathaniel vertauschte seinen leeren Teller mit ihrem. „Ich erledige das schon.“

Zu Megans Erstaunen bereitete ihre restliche Portion Nathaniel keinerlei Schwierigkeiten. Dass Kevin alles von seinem Teller verputzt hatte, verwunderte sie dagegen nicht weiter. Sie wusste ja, welche Massen er verdrücken konnte. Und so wie der Junge wuchs und herumtollte, war es nur verständlich, dass er reichlich Energie brauchte. Doch bei Nathaniel …

„Hast du eigentlich immer solche Mengen gegessen?“, fragte sie auf der Rückfahrt.

„Nein. Aber ich wollte es. Als Kind hatte ich ständig Hunger.“ Wahrscheinlich, weil nie Essen im Haus gewesen war. „Und auf See lernt man, so viel zu essen, wie man kann, weil man nie weiß, wie lange es vielleicht bis zur nächsten Mahlzeit dauern könnte.“

„Du müsstest über hundert Kilo wiegen.“

„Manche haben eben einen rasanten Stoffwechsel.“ Er warf ihr einen Seitenblick zu. „Wie du. Deine nervöse Energie verbrennt die Kalorien.“

„Ich bin nicht zu dünn“, murmelte sie.

„Das sage ich doch gar nicht. Anfangs dachte ich das, zugegeben, bis ich dich in den Armen hielt. Du bist biegsam wie eine Weidengerte, und du fühlst dich wunderbar weich an, wenn du dich an einen Mann schmiegst.“

Sie zischelte empört und sah hastig über ihre Schulter zurück.

„Keine Sorge. Er ist schon eingenickt, als wir noch keine zwanzig Meter weit gefahren waren.“

Tatsächlich. Kevin lag lang ausgestreckt auf der Rückbank, einen Arm unter dem Kopf, und schlief tief und fest.

„Obwohl ich nicht verstehe, was es dem Jungen schaden

könnte, wenn er weiß, dass sich ein Mann für seine Mutter interessiert."

„Er ist noch ein Kind." Als sie sich wieder nach vorn drehte, war der milde Ausdruck auf ihrem Gesicht verschwunden. „Er soll nicht denken, dass ich …"

„Was? Dass du auch nur ein Mensch bist?"

„Misch du dich da nicht ein. Er ist mein Sohn."

„Das ist er", stimmte Nathaniel anstandslos zu. „Und du hast großartige Arbeit mit ihm geleistet."

Sie sah argwöhnisch zu ihm hin. „Danke."

„Ich stelle lediglich eine Tatsache fest. Du brauchst dich nicht zu bedanken. Es ist schwer, ein Kind allein aufzuziehen. Du hast den richtigen Weg gefunden."

Es war ihr unmöglich, verärgert über ihn zu sein, vor allem, wenn sie daran dachte, was Coco ihr erzählt hatte. „Du hast deine Mutter früh verloren, nicht wahr? Äh … Coco erwähnte es."

„Coco scheint eine Menge erwähnt zu haben."

„Sie meint es nicht böse. Du weißt doch viel besser als ich, dass das nun einmal ihre Art ist. Sie ist so herzlich und macht sich immer Gedanken um die, die sie gern hat. Sie will doch nichts anderes, als jeden glücklich und zufrieden …"

„Als Paar vereint zu sehen. Ja, ich kenne sie. Sie hat dich für mich auserkoren."

„Sie …" Megan brach ab, ihr fehlten die Worte. „Das ist doch lächerlich."

„Nicht für Coco." Er lenkte den Wagen lässig um eine Kurve. „Natürlich weiß sie nicht, dass ich ihre Absichten längst durchschaut habe. Sie geht davon aus, mich demnächst auf einem Knie vor dir niederfallen zu sehen."

„Nur gut, dass du vorgewarnt bist."

Bei ihrem pikierten Ton musste er grinsen. „So sehe ich das auch. Seit Monaten schon singt sie unablässig dein Loblied. Ich muss sagen, du kommst fast an die Vorschusslorbeeren heran."

Empört schnaubend drehte Megan sich im Sitz zu ihm um,

doch als sie sein Schmunzeln sah und sich der Absurdität der ganzen Situation bewusst wurde, musste auch sie lachen. Sie lehnte sich zurück und beschloss, die Fahrt zu genießen. „Da bin ich ja froh, dass ich dich nicht allzu sehr enttäuscht habe."

„Oh nein, das hast du nicht."

„Dich hat sie mir als charmant, romantisch und geheimnisvoll angepriesen."

„Und?"

„Du kommst fast an die Vorschusslorbeeren heran."

„Engelchen ..." Er griff nach ihrer Hand und zog sie an seine Lippen. „Ich kann mich noch verbessern."

„Das glaube ich dir unbesehen." Sie zog ihre Hand zurück und verdrängte das angenehme Prickeln, das ihr den Arm hinaufkroch. „Wenn ich sie nicht so gern hätte, könnte ich ihr richtig böse sein. Aber sie ist ein absolut liebenswürdiger Mensch."

„Ja, mit einem riesigen Herzen. Früher wünschte ich immer, sie wäre meine Mutter."

Bevor sie dem Drang widerstehen konnte, hatte sie schon ihre Hand auf seinen Arm gelegt. „Es muss schlimm sein, die Mutter so früh zu verlieren."

„Ist schon in Ordnung, schließlich liegt es lange zurück." Zu lange, um noch zu trauern. „Ich erinnere mich noch, wie es war, wenn ich Coco in der Stadt sah oder wenn Holt und ich den frischen Fang zu ihr brachten. Für mich sah sie immer aus wie eine Königin. Und man wusste nie, welche Haarfarbe sie gerade trug."

„Seit heute ist es Ebenholz", wusste Megan zu berichten, und Nathaniel lachte auf.

„Coco war die erste Frau, in die ich mich verliebte. Sie kam sogar ein paar Mal zu unserem Haus, um meinem alten Herrn die Leviten zu lesen. Wahrscheinlich glaubte sie, dass, wenn er weniger trank, er mich dann nicht mehr so oft durch die Gegend schleudern würde." Er nahm den Blick von der Straße, um Megan fragend anzuschauen. „Davon hat sie dir doch sicher auch erzählt, oder?"

„Ja." Verlegen wandte sie den Blick ab. „Tut mir leid, Nathaniel. Ich verabscheue es, wenn andere über mich reden, ganz gleich, wie gut ihre Absichten sein mögen. Ich finde es indiskret und respektlos."

„So empfindlich bin ich nicht, Megan. Jeder hier wusste, was für ein Mann mein alter Herr war." Er erinnerte sich noch gut an die mitleidigen Blicke und die verschämt abgewandten Gesichter. „Damals hat es mich gestört. Heute bin ich darüber hinweg."

Sie suchte nach den richtigen Worten. „Hat Coco … hat sie damals etwas erreicht?"

Für einen Moment starrte er in die glutrote Sonne am Horizont. „Sie hat ihm Angst eingejagt. Deshalb hat er noch fester zugeschlagen, als sie weg war."

„Oh Gott!"

„Mir wäre es lieber, wenn sie das nicht erfahren würde."

„Natürlich." Megan schluckte die Tränen hinunter, die ihr in der Kehle saßen. „Ich werde ihr bestimmt nichts davon sagen. Deshalb bist du auch zur See gegangen, nicht wahr? Um von ihm fortzukommen."

„Das war einer der Gründe." Er streckte die Hand aus und fuhr ihr mit einem Finger über die Wange. „Hätte ich gewusst, dass ich dir näherkommen kann, indem ich dir erzähle, dass ich als Kind Prügel von meinem Vater bezogen habe, hätte ich das schon früher erwähnt."

„Über so etwas macht man keine Witze." Wut ließ Megans Stimme erzittern. „Es ist unentschuldbar, ein Kind so zu behandeln."

„He, ich hab's überlebt."

„Wirklich?" Sie sah ihm direkt in die Augen. „Hast du je aufgehört, ihn zu hassen?"

„Nein", antwortete er leise. „Aber ich habe es keine Wichtigkeit gewinnen lassen. Vielleicht ist das gesünder." Er bremste den Wagen vor *The Towers* ab. „Wenn dich jemand so sehr verletzt, vergisst du es nie. Am besten revanchiert man sich, indem man es als unwichtig abtut und mit Gleichgültigkeit straft."

„Du redest von Kevins Vater. Aber das ist nicht dasselbe. Ich war kein hilfloses Kind."

„Kommt darauf an, ob du eine Unterscheidung zwischen hilflos und unschuldig machst." Nathaniel stieß die Tür auf. „Ich trage Kevin ins Haus."

„Das ist nicht nötig ..." Doch Nathaniel hatte den Jungen bereits auf den Arm gehoben.

So standen sie da, im schwindenden Tageslicht, den Jungen zwischen sich, und sahen einander an. Kevin hatte verschlafen murmelnd den Kopf an Nathaniels Schulter gelegt. Vertrauensvoll und völlig natürlich.

Etwas tief in Megan brodelte auf, wollte sich einen Weg an die Oberfläche bahnen. Was immer es war, sie vertrieb es mit einem Seufzer und strich ihrem Sohn in Nathaniels Armen über den Rücken.

„Es war ein langer Tag für ihn."

„Für dich auch, Meg. Da liegen Schatten unter deinen Augen. Scheinbar hast du letzte Nacht auch nicht besser geschlafen als ich. Das beruhigt mich."

Es war so schwer, sich dem Strom zu widersetzen, wenn alles in ihr sie auf ihn zutreiben wollte. „Ich bin nicht bereit dazu, Nathaniel."

„Manchmal kommt ein Sturm auf und bringt dich vom Kurs ab. Vielleicht bist du nicht vorbereitet darauf, aber wenn du Glück hast, landest du an einem interessanten Ort, den du sonst nie gefunden hättest."

„Ich verlasse mich niemals auf Glück."

„Auch in Ordnung. Ich schon."

Dann trug er Kevin ins Haus.

6. KAPITEL

Ist mir unbegreiflich, was dieses ganze Tamtam soll", brummte Dutch vor sich hin, während er Eischnee für seine Torte schlug. „Trenton St. James II gehört nicht nur zur Familie." Nervös überprüfte Coco den Rinderbraten im Backofen. Die Gurkenmaske, mit der sie sich verwöhnt hatte, hatte ihre ganze Planung durcheinandergebracht. Da gab es mindestens noch ein Dutzend Dinge zu erledigen. „Er ist auch der Vorstand der St.-James-Hotels." Zufrieden, dass der Braten sich so prächtig machte, übergoss sie die Ente mit dem eigenen Sud. „Und da er The Retreat zum ersten Mal besucht, soll doch alles glattlaufen."

„Irgendein reicher Geldsack, der sich durchschnorrt."

„Mr van Horne!" Coco blieb fast das Herz stehen. Nach sechs Monaten sollte sie so leicht nichts mehr, was von diesem Mann kam, schockieren, aber wirklich … was zu viel war, war zu viel! „Ich kenne Mr St. James schon seit … nun, seit vielen Jahren. Ich kann Ihnen auf jeden Fall versichern, er ist ein erfolgreicher und integrer Geschäftsmann, der es wahrlich nicht nötig hat zu schnorren!"

Dutch schnaubte nur und musterte Coco von oben bis unten. Richtig aufgedonnert hatte sie sich. Dieser fließende Glitzerfummel, den sie da trug, zeigte reichlich Bein, und ihre Wangen waren gerötet. Garantiert nicht nur von der Backofenhitze!

Er verzog abfällig den Mund. „Was ist der Typ? Ihr Liebhaber?"

Das Rot auf den Wangen wurde dunkler. „Ich muss doch wohl sehr bitten! Eine Frau meiner Klasse hat keine Liebhaber." Sie erhaschte ihr leicht verzerrtes Konterfei in einem der blitzblanken Töpfe. „Höchstens Bewunderer."

Bewunderer, pah! „Wie ich hörte, soll er die vierte Scheidung hinter sich haben. Die Unterhaltszahlungen müssten reichen, um das Staatsdefizit auszugleichen. Haben Sie vor, Ehefrau Nummer fünf zu werden?"

Sprachlos presste Coco die Hand auf die Brust. „Sie sind …“ Sie stockte und stotterte und stolperte über die Worte. „… absolut unkultiviert und unfassbar plump.“

„He, wenn Sie sich einen reichen Kerl angeln wollen, dann geht mich das nicht das Geringste an.“

Sie schrie entrüstet auf. Zwar verabscheute sie die roten Sternchen, die ihr als Resultat ihrer Wut vor den Augen tanzten – schließlich war sie eine zivilisierte Frau –, dennoch stürzte sie auf Dutch zu und bohrte ihm ihren Zeigefinger mit dem lila lackierten Nagel in die Brust. „Ich werde mir Ihre Beleidigungen nicht länger anhören!“

„Nein?“ Er vergalt Gleiches mit Gleichem und hieb ebenfalls mit dem Finger auf sie ein. „Und was genau wollen Sie dagegen tun?“

Coco lehnte sich vor, bis sie fast Nasenspitze an Nasenspitze mit Dutch stand. „Ich werde Sie feuern!“

„Na, das würde mir doch das Herz brechen, was? Machen Sie schon, Sie Paradiesvogel, werfen Sie mich hinaus! Sie werden schon sehen, wie Sie ohne mich heute Abend mit dem Dinneransturm fertig werden!“

„Ganz großartig werde ich zurechtkommen!“ Ihr Herz klopfte so hart, dass Coco sich wunderte, warum es ihr nicht aus der Brust sprang.

„Schwachsinn!“ Er hasste ihr Parfüm. Hasste es, wie es ihm in die Nase stieg und ihm den Mund wässrig machte. „Bevor ich an Bord kam, haben Sie gerade mal Wasser getreten.“

Sie konnte kaum noch atmen. Warum nur fiel ihr das Atmen so schwer? „Diese Küche kommt ohne Sie aus, Mr van Horne. Und ich komme ebenso ohne Sie aus.“

„Oh nein, Sie brauchen mich.“ Wie waren seine Hände auf ihre Schultern gekommen? Wieso lagen ihre Hände flach auf seiner Brust? Ach, zum Teufel mit dem Wieso und Warum. Er würde ihr zeigen, wo es langging!

Coco riss die Augen auf, als dieser unmögliche Mann seine Lippen hart auf ihren Mund presste. Nur … sehen konnte sie nichts. Nicht, wenn ihre fein säuberlich geordnete Welt plötzlich zu schwanken begann. Warum sonst wohl sollte sie sich so an ihn klammern?

Sie würde ihm eine saftige Ohrfeige versetzen. Ganz bestimmt. Jede Sekunde würde es passieren. Da war er sicher.

In Gedanken verfluchte Dutch die Frauen. Alle Frauen, ausnahmslos. Und vor allem große, verführerisch riechende Frauen mit verlockenden Rundungen und einem dunkelroten Kirschenmund. Für die Reize einer Frau war er immer empfänglich gewesen.

Er schob sie abrupt von sich ab, ohne jedoch den Griff von ihren Schultern zu lockern. „Eines sollten wir klarstellen …"

„Jetzt passen Sie mal auf …", setzte Coco im gleichen Moment an.

Und dann sprangen sie beide auseinander wie ertappte Kinder, als die Küchentür aufschwang.

Megan blieb wie angewurzelt auf der Schwelle stehen. Es war absolut unmöglich, dass sie gesehen hatte, was sie gesehen hatte! Nein, sie musste sich getäuscht haben. Denn Coco prüfte ja auch gerade ihren Braten im Ofen, und Dutch stand am Tisch und siebte Mehl in eine Schüssel. Nein, die beiden hatten sich ganz sicher nicht geküsst. Oder?

Allerdings schienen beide recht erhitzte Gesichter zu haben, wie Megan feststellte. „Entschuldigt, ich wollte nicht stören …"

„Oh, Megan." Coco fuhr sich mit fahrigen Fingern über die Frisur. Ihre Haut prickelte am ganzen Leib. Aus Verlegenheit und Ärger, wie sie sich versicherte. „Was kann ich für dich tun, Liebes?"

„Ich habe da ein paar Fragen zum Küchenbudget." Sie konnte es nicht verhindern, ihr Blick wanderte wie von allein zwischen Dutch und Coco hin und her. Und die Luft in der Küche war dicker als Cocos Hausmacher-Erbseneintopf. „Ich kann auch später wiederkommen …"

„Aber nein." Coco wischte die feuchten Handflächen an

ihrer Schürze ab. „Wir sind nur ein bisschen in Hektik, wegen Trentons Ankunft."

„Trenton? Oh, Trents Vater kommt ja. Das hatte ich ganz vergessen." Unauffällig wich sie zurück. „Das mit dem Budget hat auch noch Zeit bis später …"

„Nein, nein." Lass mich nicht allein, Megan! „Jetzt ist so gut wie später. Hier ist alles unter Kontrolle. Gehen wir doch in dein Büro, Liebes." Sie hängte sich bei Megan ein. „Mr van Horne macht es sicher nichts aus, für ein paar Minuten zu übernehmen." Ohne auf seine Zustimmung zu warten, schob sie Megan zur Tür hinaus. „Immer diese Details, nicht wahr?", flötete sie übertrieben unbeschwert, während sie sich an Megans Arm wie an den rettenden Strohhalm klammerte. „Je mehr man von ihnen bearbeitet, desto mehr tauchen auf."

„Coco, ist alles in Ordnung mit dir?"

„Aber ja doch." Dennoch presste sie eine Hand auf ihr Herz. „Ein kleiner Zusammenstoß mit Mr van Horne. Nichts, womit ich nicht fertig werde." Hoffte sie. Inbrünstig. „Nun, wie weit bist du mit den Büchern gediehen? Ich hatte ja gehofft, du hättest schon Zeit für Fergus' Buch gefunden."

„Um genau zu sein, ich …"

„Natürlich sollst du dich nicht überarbeiten." Aufgelöst, wie Coco war, hatte sie nicht ein Wort von dem, was Megan gesagt hatte, gehört. „Du sollst dich hier wie zu Hause fühlen und dich entspannen, etwas Spaß haben und dich amüsieren. Wir alle müssen uns entspannen, nach den Aufregungen im letzten Jahr. Niemand von uns würde jetzt noch eine Krise durchstehen können."

„Weder habe noch brauche ich eine Reservierung!"

Die herrische Stimme ließ Coco mitten in der Bewegung erstarren. Das hektische Rot auf ihren Wangen machte jäh einer Leichenblässe Platz.

„Grundgütiger, das darf einfach nicht sein!"

„Coco?" Megan fühlte das Zittern, das Coco durchlief,

und fasste ihren Arm fester. Ob sie die große Frau auffangen konnte, falls sie ohnmächtig wurde?

„Junger Mann." Die resolute Stimme hallte an den Wänden wider. „Wissen Sie eigentlich, wer ich bin?"

„Tante Colleen", flüsterte Coco mit bebenden Lippen. Ein ersticktes Stöhnen entschlüpfte ihr, dann riss sie sich zusammen und ging tapfer in die Lobby. „Tante Colleen." Jetzt klang ihre Stimme ganz anders. „Was für eine nette Überraschung."

„Was für ein Schock, meinst du wohl eher." Colleen hielt ihrer Nichte die Wange für den Begrüßungskuss hin, dann pochte sie mit ihrem Gehstock auf den Boden. Colleen war groß, hager und wirkte nachgiebig wie Stahl in ihrem dunklen Seidenkostüm und den Perlen, so weiß wie ihr Haar. „Wie ich sehe, habt ihr euch alle möglichen Fremden ins Haus geholt. Da hättet ihr es besser abbrennen sollen. Sage diesem jungen Schnösel, er soll mein Gepäck nach oben bringen lassen."

„Natürlich, sofort." Coco rief persönlich den Pagen herbei. „In den Familienflügel, zweiter Stock, erstes Zimmer auf der rechten Seite."

„Und die Koffer sind pfleglich zu behandeln und werden nicht geworfen, verstanden, Junge?" Colleen stützte sich auf ihren vergoldeten Stock und taxierte Megan. „Wer ist das?"

„Du erinnerst dich doch an Megan, Tante Colleen. Sloans Schwester. Du hast sie auf Amandas Hochzeit kennengelernt."

„Richtig." Colleen kniff abschätzend die Augen zusammen. „Du bist die mit dem kleinen Jungen, stimmt's?" Colleen wusste inzwischen alles, was es über Kevin zu wissen gab. Dafür hatte sie schon gesorgt.

„Ja. Es freut mich sehr, Sie wiederzusehen, Miss Calhoun."

„Ha! Da musst du die Einzige in diesem chaotischen Haufen sein, die so denkt." Sie ließ die beiden stehen und ging zu Biancas Porträt an der Wand hinüber, studierte es ebenso ausführlich wie das ausgestellte Smaragdcollier. Ein Seufzer entfuhr ihr, jedoch so leise, dass niemand es hörte. „Ich brauche jetzt einen Brandy, Cordelia. Ich muss mich erst stärken, bevor ich mir ansehe, wie du dieses Haus verschandelt hast."

„Natürlich, ganz wie du wünschst. Lass uns doch in den Familienflügel hinübergehen. Megan, begleite uns. Bitte."

Es war unmöglich, das Flehen in Cocos Augen unerhört zu lassen.

Wenig später saßen sie zusammen im Familiensalon. Hier hing noch die verblasste Tapete an den Wänden, die an einigen Stellen Risse aufwies. Das Parkett war verkratzt, und vor dem Kamin hatten spritzende Glutstückchen Löcher in das Holz gesengt.

„Es hat sich also nichts verändert, wie ich sehe." Colleen saß im Sessel wie eine Königin auf dem Thron, die Hof hielt.

„Wir haben die Arbeiten zuerst auf den Hotelflügel konzentriert." Nervös schenkte Coco Brandy ein. „Jetzt, da das Hotel fertig ist, fangen wir hier mit der Renovierung an. Zwei Räume sind schon komplett, und das Kinderzimmer ist ganz reizend geworden."

Colleen schnaubte. Sie war dieses Mal vor allem wegen der Babys gekommen und nur in zweiter Linie, um Coco das Leben zur Hölle zu machen. „Wo sind denn alle? Ich besuche meine Familie und sehe nur wildfremde Gesichter."

„Sie kommen bald. Heute Abend findet eine Dinnerparty statt, Tante Colleen." Coco hielt das strahlende Lächeln fest an seinem Platz. „Trents Vater besucht uns für ein paar Tage."

„Ein alternder Playboy", brummelte Colleen in ihren Brandy. „Du." Sie richtete den dürren Zeigefinger auf Megan. „Du bist Buchhalterin, richtig?"

„Ja, Ma'am."

„Megan ist ein wahrer Zahlenjongleur." Das Lächeln beizubehalten wurde immer anstrengender für Coco. „Wir sind alle so dankbar, dass sie hier ist. Und wegen Kevin natürlich auch. Er ist ein ganz wunderbarer Junge."

„Ich rede mit dem Mädchen, Cordelia, nicht mit dir. Musst du dich jetzt nicht um das Essen in der Küche kümmern?"

„Aber …"

„Geh nur, geh!", scheuchte Colleen sie davon, und mit einem um Entschuldigung heischenden Blick auf Megan ergriff Coco die Flucht.

„Der Junge wird bald neun?"

„Ja, in zwei Monaten." Megan wappnete sich für einen abfälligen Kommentar über Kevins Herkunft.

Colleen trommelte mit den Fingern auf die Sessellehne. „Und mit Suzannas Gören kommt er zurecht?"

„Sehr gut sogar. Seit unserer Ankunft sieht man die drei ständig zusammen." Megan musste sich zusammennehmen, um unter dem prüfenden Blick nicht unruhig auf dem Stuhl herumzurutschen.

„Hat Dumont dich belästigt?"

Megan blinzelte. „Wie bitte?"

„Stell dich nicht dumm, Mädchen. Ich habe gefragt, ob dieser Schandfleck für die menschliche Rasse dich belästigt hat."

Megan streckte den Rücken durch und straffte die Schultern. „Nein. Noch vor Kevins Geburt ist jeder Kontakt zu Baxter abgebrochen."

„Das wird sich bald ändern." Mit finster gerunzelter Stirn lehnte Colleen sich vor. Irgendwo musste diese Megan O'Riley doch zu packen sein. „Er zieht Erkundigungen ein."

Megans Finger fassten den Cognacschwenker fester. „Ich verstehe nicht."

„Er schnüffelt herum, stellt alle möglichen Fragen." Colleen stieß polternd mit dem Stock auf.

„Woher wollen Sie das wissen?"

„Wenn es um die Familie geht, weiß ich alles." Colleen wartete auf eine Reaktion, doch es kam keine. „Du bist hergezogen, oder? Dein Sohn ist als Bruder von Alex und Jenny – und Christian akzeptiert worden, oder?"

Ein Eisklumpen bildete sich in Megans Magen. „Das hat nichts mit Baxter zu tun."

„Mach dir nichts vor, Mädchen. Ein Mann wie Dumont lebt in der festen Überzeugung, dass die Welt sich nur um ihn dreht. Er will in die Politik einsteigen, und so, wie dieser Zirkus in Washington abläuft, würde ein einziges wohl platziertes Wort von dir an die Presse ..." Die Vorstellung entlockte Colleen ein dünnes Lächeln. Es wäre einfach zu schön! „Nun, sein Aufstieg in die hohe Politik würde sehr viel unwegsamer werden."

„Ich habe nicht die Absicht, an die Presse zu gehen. Diesen Wirbel möchte ich Kevin ersparen."

„Kluges Kind." Colleen nippte an ihrem Brandy. „Trotzdem ein Jammer. Du lässt mich wissen, wenn er irgendetwas versucht, hörst du? Ich freue mich schon darauf, wieder mit ihm die Klingen zu kreuzen."

„Wenn, dann werde ich selbst mit ihm fertig."

Mit einer schlohweißen, hochgezogenen Augenbraue musterte Colleen Megan eindringlich. „Das könnte sogar stimmen."

„Warum muss ich diesen blöden Schlips tragen?", maulte Kevin, während Megan mit steifen Fingern versuchte, ihrem Sohn die Krawatte zu binden. Seit dem Gespräch mit Colleen hatte sie eiskalte Hände.

„Weil es ein besonderer Anlass ist und du dich von deiner besten Seite zeigen wirst."

„Ich wette, Alex muss keine doofe Krawatte anziehen."

„Was Alex anzieht, weiß ich nicht." Megan stand kurz davor, die Geduld zu verlieren. „Aber du tust, was ich dir sage."

Diesen scharfen Ton hörte Kevin nicht oft von seiner Mutter. Schmollend schob er die Unterlippe vor. „Ich hätte viel lieber eine Pizza."

„Heute wirst du keine Pizza bekommen. Herrgott, Kevin, halt endlich still!"

„Das Ding erwürgt mich."

„Wenn du nicht sofort stillhältst, erwürge ich dich." Sie blies sich eine Strähne aus dem Gesicht und richtete den Krawattenknoten. „Da, geschafft. Du siehst sehr fesch aus."

„Ich sehe wie ein Blödmann aus."

„Auch gut, dann eben wie ein Blödmann. Zieh die Schuhe an."

Kevin beäugte die schwarzen Lackschuhe abfällig. „Die sind hässlich. Ich will meine Turnschuhe anziehen."

Entnervt beugte Megan sich vor, bis ihr Gesicht auf Augenhöhe mit Kevins war. „Junger Mann, du wirst diese Schuhe anziehen, und du wirst dir sofort einen anderen Ton angewöhnen. Sonst steht dir eine Katastrophe bevor."

Megan marschierte zu seinem Zimmer hinaus und in ihr eigenes auf der gegenüberliegenden Gangseite. Unwirsch nahm sie ihren Kamm von der Kommode und begann, sich das Haar zu bürsten. Sie hatte ebenso wenig Lust auf diese Dinnerparty wie Kevin. Die beiden Aspirintabletten, die sie vor einer Stunde gegen die rasenden Kopfschmerzen eingenommen hatte, zeigten keinerlei Wirkung. Und doch musste sie ihr charmantestes Lächeln aufsetzen, gute Miene zum bösen Spiel machen und so tun, als ob sie nicht aus Angst vor Baxter Dumont halb umkam.

Vielleicht irrte Colleen sich ja. Es war schließlich fast eine Dekade vergangen. Weshalb sollte Baxter jetzt plötzlich wieder bei ihr und Kevin auftauchen?

Weil er Senator werden wollte, deshalb. Megan schloss die Augen. Sie las doch Zeitung, oder? Sie hatte die Berichte gesehen. Dumonts Kampagne lief bereits auf Hochtouren. Und einen außerehelichen, niemals anerkannten Sohn konnte sich ein Mann, der einen Sitz im Senat der Vereinigten Staaten von Amerika anstrebte, nun mal nicht leisten.

„Mom."

Im Spiegel sah sie Kevin an ihrer Tür stehen, mit langem Gesicht, das Kinn fast bis auf die Brust. Sofort schnürte das Schuldgefühl ihr das Herz zusammen. „Ja, was ist?"

„Wieso bist du so wütend?"

„Das bin ich gar nicht. Ich habe nur schlimme Kopfschmerzen." Sie ließ sich auf die Bettkante sinken und streckte die Arme nach ihrem Sohn aus. „Tut mir leid, dass ich dich so angefahren habe. Und du bist ein richtig schnieker Blödmann." Als er lachte und sich an sie schmiegte, küsste sie ihn aufs Haar. „Komm, lass uns hinuntergehen und sehen, ob Alex und Jenny schon da sind."

Natürlich waren sie schon da, und Alex war ebenso angewidert von Krawatte und schicken Schuhen wie Kevin. Doch es gab zu viel zu tun, um lange Trübsal zu blasen. Da waren Canapés zu verschlingen, Babys herumzutragen und die nächsten Abenteuer zu planen.

Und selbstverständlich redeten alle im Raum durcheinander. Der Lärmpegel stach wie ein rostiges Messer in Megans Kopf zu. Dennoch akzeptierte sie lächelnd die Champagnerflöte, die Trenton II ihr reichte, und tat ihr Bestes, um Interesse an seinem kleinen Flirt vorzutäuschen. Er war groß, schlank und offensichtlich in Topform, attraktiv, geistreich und charmant – und sie war endlos erleichtert, als er seine Aufmerksamkeit Coco zuwandte.

„Die beiden geben ein schönes Paar ab, nicht wahr?", murmelte Nathaniel an ihrem Ohr.

„Beeindruckend." Megan nahm einen Käsewürfel und kaute lustlos.

„Du bist scheinbar nicht in Partystimmung."

„Wieso, mir geht es gut." Um ihn abzulenken, wechselte sie das Thema. „Ich glaube, ich bin da heute Nachmittag in etwas hineingeplatzt, das dich interessieren könnte."

„So?" Er nahm ihren Arm und führte sie hinaus auf die Terrasse.

„Ja, in der Küche. Coco und Dutch."

„Haben sie sich wieder angegiftet? Sind Pfannen und Töpfe durch die Luft geflogen?"

„So würde ich das nicht bezeichnen." Sie atmete tief durch, hoffte, die frische Luft möge das Pochen in ihrem Kopf lindern. „Die beiden haben sich … ich meine, zumindest sah es so aus, als ob sie …"

Nathaniel riss die Augenbrauen hoch. Er konnte sich denken, auf was Megan mit diesem Gestammel anspielte. „Du machst Witze!"

„Nein. Sie standen Nasenspitze an Nasenspitze und hatten die Arme umeinander geschlungen." Bei der Erinnerung stahl sich ein Lächeln auf ihr Gesicht, trotz der Kopfschmerzen. „Und dann tauchte ich unerwartet und mit offensichtlich schlechtem Timing auf, und die beiden stoben auseinander wie zwei Verschwörer. Und liefen rot an."

„Der Holländer ist rot geworden?" Nathaniel lachte herzhaft, doch das Lachen verging ihm, als er genauer über Megans Worte nachdachte. „Du meine Güte!"

„Ich finde es süß."

„Süß?", wiederholte Nathaniel zweifelnd. Er sah zu Coco in den Raum zurück, die gerade perlend – ganz verkörperte Eleganz – über eine Bemerkung von Trenton II lachte. „Sie spielt in einer viel höheren Liga mit. Coco wird Dutch das Herz brechen."

„So ein unsinniger Vergleich. Sportler spielen in einer Liga. Herzensgeschichten laufen anders ab." Konnte ihr der Kopf nicht einfach von den Schultern fallen, damit sie dieses Hämmern nicht mehr ertragen musste?

„Also der Holländer und Coco." Es beunruhigte ihn. Die beiden gehörten zu den wenigen Menschen auf der Welt, von denen er behaupten konnte, dass er sie liebte. „Du bist doch die Expertin im Addieren, Engelchen. Willst du etwa behaupten, bei den beiden kommt unterm Strich das richtige Ergebnis heraus?"

„Die beiden fühlen sich zueinander hingezogen, mehr kann ich dazu auch nicht sagen. Und nenn mich nicht Engelchen", erwiderte sie heftiger als nötig.

„Schon gut, reg dich nicht auf.“ Er betrachtete sie genauer. „Was ist los mit dir?“

Schuldbewusst ließ sie die Hand sinken, mit der sie sich die Schläfe massiert hatte. „Nichts.“

„Kopfschmerzen?“

„Nein ... doch“, gestand sie. „Grässliche sogar.“

Mit einem unterdrückten Fluch drehte er sie um und begann ihre Schultern zu massieren. „Du bist völlig verspannt, dein Nacken ist hart wie Stein.“

„Nicht ...“

„Das ist eine rein therapeutische Maßnahme.“ Seine Daumen fuhren kreisend über ihren Hals. „Sollte einer von uns ein besonderes Vergnügen bei dieser Massage empfinden, so ist das rein zufällig. Bist du anfällig für Kopfschmerzen?“

Seine Finger waren stark und geschickt und vollbrachten Wunder. Wohlig lockerte sie die Schultern. „Nein, die habe ich nur selten.“

„Zu viel Stress.“ Er war bei ihren Schläfen angekommen, und mit einem Seufzer schloss Megan die Augen. „Du frisst zu vieles in dich hinein, Megan, und dein Körper präsentiert dir die Rechnung dafür.“

„Ich ...“

„Entspann dich. Eine schöne Nacht, nicht wahr? Vollmond, Sternenhimmel ... Bist du schon mal in einer Vollmondnacht auf den Klippen spazieren gegangen?“

„Nein.“

„Wilde Blumen wachsen aus den Felsen, die Wellen brechen sich tief unten mit donnerndem Getöse. Man kann sich vorstellen, wie die Geister, die Kevin so liebt, Hand in Hand dort wandeln. Manche behaupten, es sei einsam dort oben, doch das stimmt nicht.“

Seine Stimme klang so beruhigend, und seine Hände bewirkten einen magischen Zauber. Fast konnte Megan glauben, dass es absolut nichts zu befürchten gab. „Suzanna besitzt ein Gemälde von den Klippen im Mondschein“, murmelte sie.

„Ich kenne es. Ein Werk von Christian Bradford. Er hatte ein untrügliches Gespür für diesen Ort. Aber es gibt nichts Besseres, als es sich selbst anzusehen. Wir können nach dem Dinner dort einen kleinen Spaziergang zusammen machen. Ich zeige es dir …"

„Jetzt ist nicht die richtige Zeit für romantische Possen."

Colleens resolute Stimme durchschnitt von der Tür her die laue Abendluft, zur Bekräftigung stieß sie laut mit ihrem Stock auf.

Auch wenn Megan sich sofort wieder verspannte, grinste Nathaniel Colleen an, ohne die Hände von Megans Schultern zu nehmen. „Mir scheint es der perfekte Zeitpunkt zu sein, Miss Colleen."

„Lausejunge!" Ihre Lippen zuckten verdächtig. Nichts mochte sie lieber als einen hübsch anzusehenden Lausejungen. „Warst nie anders. Ich erinnere mich gut an dich. Hast dich immer in der Stadt herumgetrieben. Scheint, als hätte die Seefahrt einen Mann aus dir gemacht. Und du hör endlich auf, dich so verlegen zu winden, Mädchen. Er wird dich nicht loslassen. Wenn du Glück hast."

Nathaniel drückte Megan einen Kuss aufs Haar. „Sie ist sehr schüchtern."

„Dann wird sie ihre Schüchternheit wohl ablegen müssen, was? Cordelia gibt uns endlich etwas zu essen. Ich will, dass du neben mir sitzt. Damit du mir von den Schiffen erzählst."

„Es wird mir ein Vergnügen sein."

„Dann komm und bring das Mädchen mit. Ich habe fast mein ganzes Leben auf Kreuzfahrtschiffen zugebracht", fuhr Colleen fort. „Ich wette, ich war mehr Zeit auf dem Wasser und habe mehr gesehen als du, Junge."

„Das kann ich mir durchaus vorstellen, Ma'am." Eine Hand noch immer auf Megans Schulter, bot er Colleen den Arm. „Und sicher haben Sie eine Heckwelle von gebrochenen Herzen hinter sich zurückgelassen."

Colleen lachte trocken auf. „Und ob!"

Das Speisezimmer war angefüllt mit Gelächter und Gesprächen und dem Duft von Blumen, Kerzenwachs und Köstlichkeiten. Sobald alle ihren Platz eingenommen hatten, stand Trenton II auf und hob sein Glas.

„Ich möchte einen Toast ausbringen. Auf Cordelia, eine Frau, deren außergewöhnliche Talente nur noch von ihrer außergewöhnlichen Schönheit übertroffen werden."

Man stieß an und trank. Auf seinem Aussichtsposten an der Tür stieß Dutch ein abfälliges Schnauben aus und stapfte verärgert in seine Küche zurück.

„Trent." C. C. lehnte sich zu ihrem Mann hinüber. „Du weißt, dass ich dich liebe", flüsterte sie ihm zu.

Trent ahnte bereits, was kommen würde. „Ja, das weiß ich."

„Und du weißt, dass ich deinen Vater anbete."

„Ja, natürlich."

„Aber sollte er sich einfallen lassen, Tante Coco schöne Augen zu machen, werde ich ihn k.o. schlagen müssen."

„Ist mir klar." Mit einem etwas schiefen Lächeln wandte Trent sich dem ersten Gang zu.

Am anderen Ende des Tisches neigte Trenton II sich in seliger Unwissenheit ob dieser Drohung lächelnd zu Colleen. „Nun, was denken Sie über The Retreat, Miss Calhoun?"

„Hotels habe ich noch nie gemocht. Mich werden Sie nie in einem antreffen."

„Tante Colleen", hektisch fächerte Coco sich Luft mit einer Hand zu, „die St.-James-Hotels sind weltberühmt für ihren Standard."

„Möglich. Ich kann Hotels trotzdem nicht ausstehen", sagte sie selbstgefällig und tunkte den Löffel in die Suppe. „Was ist das für ein Zeug?"

„Eine Hummerbisque, Tante Colleen."

„Da fehlt Salz", sagte sie, nur um zu provozieren. Mit einem Finger zeigte sie auf Kevin. „Du, junger Mann, sitz gerade! Willst du einen Buckel bekommen?"

„Nein, Ma'am."

„Weißt du schon, was aus dir mal werden soll?“

Der arme Kevin wusste vor lauter Verlegenheit gar nicht, wie ihm geschah, und sah Hilfe suchend zu seiner Mutter. Erleichtert fühlte er den Druck ihrer Hand auf seinen Fingern. „Matrose“, sprudelte es aus ihm heraus. „Ich hab schon die ‚Mariner‘ gesteuert.“

„Sehr gut!“ Colleen nahm ihr Weinglas auf. „Faulpelze dulde ich nicht in meiner Familie. Und jetzt iss, du bist viel zu dünn. Auch wenn Salz fehlt“, wiederholte sie mit diebischer Freude.

Und Coco stöhnte still auf und klingelte nach dem zweiten Gang.

„Sie wird sich nie ändern.“

Zufrieden wiegte Lilah Bianca auf dem Arm, während sie das Baby stillte. Im Kinderzimmer war es still, die Lichter heruntergedreht. Megan hatte sich ebenfalls hierher zurückgezogen. Es schien ihr der perfekte Zufluchtsort.

„Sie ist …“, Megan wollte diplomatisch bleiben, „… eine bemerkenswerte Lady.“

„Sie ist eine herrische Xanthippe.“ Lilah lachte leise. „Und wir alle lieben sie.“

Aus dem zweiten Schaukelstuhl kam ein Seufzer von Amanda. „Wenn sie erst von Fergus’ Buch erfährt, wirst du sie ständig auf dem Hals haben.“

„Sie wird dich konstant nerven“, versicherte C. C. und legte Ethan an.

„Und mit Fragen löchern.“ Suzanna verschloss Christians frische Windel.

„Na, da habe ich ja etwas, auf das ich mich freuen kann.“

„Nur keine Angst.“ Lachend zog Suzanna dem Baby den Strampler an. „Wir stehen geschlossen hinter dir.“

Lilah nickte zustimmend. „Die Betonung liegt dabei allerdings auf dem ‚hinter‘.“

„Apropos Fergus’ Buch …“ Megan tippte eine Mobile-

Giraffe an. „Ich habe ein paar Seiten daraus kopiert, weil ich dachte, es könnte euch interessieren. Er hat viele Notizen eingetragen, über Geschäftsabschlüsse, persönliche Dinge, größere Käufe. Er hat auch eine Liste von Schmuckstücken, ich nehme an, Biancas, für Versicherungszwecke erstellt."

„Die Smaragde?" Als Megan nickte, runzelte Amanda die Stirn. „Wenn man bedenkt, wie viel Zeit wir mit der Suche nach einem Beweis verbracht haben, dass sie überhaupt existieren ..."

„Da gibt es noch mehr Stücke. Ihr Wert beläuft sich zusammen auf mehrere hunderttausend Dollar."

„Er hat alles verkauft", murmelte C. C. „Die Belege für die Verkäufe haben wir gefunden. Alles, was an Bianca erinnerte, hat er abgestoßen."

„Es tut noch immer weh", gestand Lilah. „Nicht wegen des Geldes – auch wenn wir das gut hätten gebrauchen können. Aber es ist so schade, dass nichts von ihr übrig geblieben ist, was wir unseren Kindern weitergeben können."

„Das tut mir leid."

„Es braucht dir nicht leidzutun." Amanda stand mit der in ihrem Arm eingeschlafenen Delia auf, um sie in ihr Bettchen zu legen. „Wahrscheinlich sind wir einfach nur sentimental. Weil wir alle diese enge Verbindung zu Bianca fühlen."

„Ich weiß, was du meinst." Irgendwie war es seltsam, aber es war die Wahrheit. „Ich fühle es auch", gab Megan zu. „Wahrscheinlich, weil ständig in dem Buch von ihr die Rede ist und weil ihr Porträt in der Halle hängt." Sie lachte verlegen. „Manchmal, wenn man durchs Haus geht, könnte man glatt meinen, sie sei auch da."

„Oh, das ist sie", bekräftigte Lilah sofort. „Ganz sicher ist sie hier."

„Entschuldigt, meine Damen." Nathaniel steckte den Kopf zur Tür herein. Es schien ihm nichts auszumachen, ein Zimmer voll stillender Mütter und schlafender Babys zu betreten.

„Hallo, Hübscher“, begrüßte Lilah ihn mit einem trägen Lächeln. „Was hat dich auf die Kinderstation verschlagen?“

„Ich wollte meine Verabredung abholen.“

Als er nach Megans Hand fasste, zog sie den Arm zurück. „Wir haben keine Verabredung.“

„Unser Spaziergang, erinnerst du dich nicht?“

„Ich habe nie gesagt, dass …“

„Es ist doch eine wunderbare Nacht dafür.“ Suzanna hob Christian auf den Arm und küsste seine weiche Wange.

„Ich muss Kevin zu Bett bringen.“ Megan sperrte sich vergeblich.

„Ist schon geschehen.“ Nathaniel erwischte ihre Hand und zog sie zur Tür.

„Du hast Kevin zu Bett gebracht?“

„Da er auf meinem Schoß eingeschlafen ist, schien es mir das Logischste. Ach, Suzanna, ich soll dir von Holt ausrichten, dass ihr nach Hause fahren könnt, sobald du hier fertig bist.“

„Bin gleich so weit.“ Sie wartete, bis Nathaniel und Megan außer Hörweite waren, bevor sie sich zu ihren Schwestern umdrehte. „Na, was denkt ihr?“

Amanda lächelte verschmitzt. „Also, ich glaube, es passt perfekt.“

„Dem kann ich mich nur anschließen.“ C. C. legte Ethan in sein Bettchen. „Erst hielt ich Lilah ja für verrückt, als sie die beiden zusammenbringen wollte.“

„Ich täusche mich nie.“ Lilah gähnte ausgiebig. Dann leuchteten ihre Augen plötzlich auf. „Ich wette, von hier aus können wir sie sehen.“

„Wir sollen ihnen nachspionieren?“ Amanda hob empört eine Augenbraue. „Hervorragende Idee“, sagte sie dann und spurtete als Erste zum Fenster.

Auf dem Rasen zeichneten sich die beiden Gestalten dunkel gegen das Mondlicht ab.

„Du verkomplizierst die Dinge nur, Nathaniel.“

„Im Gegenteil, ich vereinfache sie. Es gibt kaum etwas Einfacheres als einen Spaziergang im Mondschein."

„Aber dabei soll es ja nicht bleiben, wenn es nach dir geht, oder?"

„Nein. Trotzdem richten wir uns nach dem Tempo, das du vorgibst, Megan." Er zog ihre Hand an seine Lippen und küsste die Fingerspitzen, während sie zu den Klippen hinaufstiegen. „Ich scheine das ständige Bedürfnis zu haben, mit dir zusammen zu sein. Komische Sache. Hab schon versucht, es abzuschütteln, scheint aber nicht zu funktionieren. Also habe ich mir gesagt, warum soll ich dann überhaupt dagegen angehen und nicht lieber sehen, wohin das führt?"

„Ich bin keine unkomplizierte Frau, Nathaniel. Ich habe einen Sohn und bringe Altlasten und Unsicherheiten aus meiner Vergangenheit mit, von denen ich nicht einmal wusste, dass sie existieren, bis ich dir begegnet bin. Unter keinen Umständen will ich noch einmal so verletzt werden."

„Niemand wird dich verletzen." Beschützend legte er den Arm um ihre Schultern und schaute in den Himmel hinauf. „Sieh dir nur diesen Mond an. Als hätte ihn jemand dort oben hingehängt. Da ist die Venus, und da drüben der Große Wagen." Er nahm ihre Hand und deutete mit ihren Fingern auf die Sterne, so wie er auch ihre Hand über die Seekarte geführt hatte. „Da, das Sternbild der Zwillinge, siehst du?"

„Ja." Sie sah auf ihre verschränkten Hände, wie sie Linien am Firmament zogen, während der laue Wind den Duft der Wildblumen zu ihnen herüberwehte.

Romantisch und geheimnisvoll, so hatte Coco Nathaniel beschrieben. Ja, das war er wirklich, und Megan wurde plötzlich klar, wie empfänglich sie dafür war, mehr, als sie je hätte ahnen können.

Denn sie stand hier, auf den Klippen, mit einem weit gereisten Seemann, der mit seinen rauen Händen ihre Finger hielt und dessen tiefe Stimme ihr half, die Bilder zu erkennen, die die Sterne malten. Sie spürte seine Wärme, nahm seine Nähe in sich auf, und ihr Blut rauschte frei und ungestüm durch ihre Adern.

Lebendig. Der Wind und die See und der Mann ließen sie sich lebendig fühlen wie nie zuvor.

Und vielleicht war da noch mehr … jene Geister, die zu den Calhouns gehörten. Die Klippen schienen dazu einzuladen, ein wenig zu lustwandeln, so viel Zufriedenheit lag in der Luft. Eine Liebe, die alle Zeiten überdauerte.

„Ich sollte nicht hier sein …" Doch Megan rührte sich nicht, auch nicht, als Nathaniel leicht mit den Lippen über ihr Haar strich.

„Horch", murmelte er. „Schließ die Augen und lausche, und du wirst das Flüstern der Sterne hören."

Und sie tat, wie ihr geheißen, und lauschte auf den Wind, die Sterne und ihren eigenen Herzschlag. „Wieso fühle ich bei dir diese Dinge?"

„Darauf weiß ich keine Antwort. Nicht alles lässt sich zu einem klaren Ergebnis addieren, Megan." Sanft drehte er sie zu sich um, weil er ihr Gesicht sehen wollte. „Das ist auch nicht immer nötig", sagte er, und dann küsste er sie. Sanft, zärtlich, voller Gefühl. Er ließ die Lippen über ihre Wange zu ihrer Schläfe gleiten. „Was machen die Kopfschmerzen?"

„Fast weg."

„Nicht, lass die Augen geschlossen." Er küsste ihre Lider, weich liebkosend wie der Wind, bevor er wieder zu ihrem Mund wanderte. „Wirst du meinen Kuss erwidern, wenn ich es jetzt noch einmal probiere?"

Wie sollte sie es nicht tun, wenn seine Lippen so verführerisch auf ihren lagen? Mit einem leisen Laut ergab sie sich und ließ ihr Herz die Führung übernehmen. Nur heute Abend, versprach sie sich still. Nur diesen einen wunderbaren Moment.

Als sie in seinen Armen nachgiebig wurde, als diese wunderbar weichen Lippen sich für ihn öffneten, kostete es ihn seine ganze Selbstbeherrschung, um ihren Mund nicht wild und plündernd in Besitz zu nehmen. Sie würde es ihm nicht verwehren, das wusste er. Vielleicht hatte er auch geahnt, dass der Zauber der Klippen sie beide erfassen würde, dass er Megan dazu bringen würde, ihre Zurückhaltung aufzugeben … und ihn damit ermahnte, sich zu beherrschen.

„Ich begehre dich, Megan“, murmelte er an der samtenen Haut ihres Halses. „Ich begehre dich so sehr, dass es mich fast umbringt.“

„Ich weiß. Ich wünschte …“ Sie barg ihr Gesicht an seiner Schulter. „Ich spiele nicht mit dir.“

„Ich weiß.“ Sanft strich er ihr übers Haar. „Es wäre einfacher, wenn du ein Spiel spielen würdest. Denn diese Regeln kenne ich, und ich weiß auch, wie man sie bricht.“ Eine Hand unter ihrem Kinn, hob er ihr Gesicht an und küsste sie erneut. „Deine Augen … sie machen es einem so verdammt schwer.“ Mit einem Seufzer trat er von ihr ab. „Ich bringe dich besser zurück.“

„Nathaniel.“ Sie legte eine Hand auf seine Brust. „Seit Kevins Geburt … bist du der erste Mann, mit dem ich … zusammen sein will.“

Etwas flackerte in seinen Augen auf, etwas Wildes, Ungezähmtes, bevor er es unterdrücken konnte. „Meinst du, das macht es mir jetzt einfacher?“ Wäre er nicht so angespannt, hätte er lachen mögen. Dennoch legte er ihr den Arm um die Schultern und führte sie auf den Pfad zurück.

„Ich weiß nicht, wie ich damit umgehen soll“, sagte sie leise. „So etwas habe ich noch nie erlebt.“

„Mach nur weiter so“, warnte er, „und ich werfe dich mir über die Schulter und trage dich direkt in mein Schlafzimmer, Meg.“

Das Bild erregte sie und verursachte Gewissensbisse. „Ich möchte nur ehrlich sein.“

„Versuch’s besser mit Lügen, bevor meine Selbstbeherrschung nachgibt.“ Er zog eine Grimasse. „Wenn du es leichter für mich machen willst, meine ich.“

„Ich bin eine lausige Lügnerin.“ Aus den Augenwinkeln betrachtete sie ihn. Seltsam, dachte sie, in diesem Augenblick ist er der Schwächere. „Es erscheint mir unlogisch, dass es dich aufregen sollte, wenn du weißt, was ich fühle."

„Im Moment habe ich genug Probleme mit dem, was ich fühle." Er holte tief Atem, hoffte, sich damit zu beruhigen. „Und mit Logik hat das nun absolut nichts zu tun." Genauso wenig, wie er heute Nacht schlafen würde.

Sie gingen auf die erleuchteten Fenster von *The Towers* zu. Noch bevor sie beim Rasen ankamen, hörten sie schon das laute Gezeter.

„Coco", entfuhr es Megan.

„Und Dutch." Nathaniel fasste sie bei der Hand und beschleunigte seinen Schritt.

„Sie sind beleidigend und unverschämt", fauchte Coco Dutch mit in die Hüften gestemmten Fäusten und vorgeschobenem Kinn an.

Dutch hielt die Arme vor der breiten Brust verschränkt. „Ich hab gesehen, was ich gesehen hab, und gesagt, was ich zu sagen hatte."

„Ich habe nicht an Trenton geklebt wie ... wie ..." Vor Empörung brachte sie kein Wort mehr heraus.

„Wie eine Muschel", stieß Dutch mit Inbrunst aus. „Eine Muschel am Kiel einer Luxusjacht, jawohl!"

„Wir haben lediglich zusammen getanzt."

„Ha! Wo ich herkomme, da nennt man so was ..."

„Dutch!" Mit seinem Ruf verhinderte Nathaniel eine zweifellos unsittliche Beschreibung.

„Sind Sie endlich zufrieden?!" Vor Scham wäre Coco am liebsten im Boden versunken. „Sie haben eine Szene gemacht!"

„Die Einzige, die sich in Szene gesetzt hat, sind Sie. Sich diesem reichen Lackaffen anzubieten ..."

„Anbieten ..." Coco zitterte vor Rage und richtete sich zu ihrer vollen imposanten Größe auf. „In meinem ganzen Leben habe ich mich noch keinem Mann angeboten. Sie, Sir, sind absolut verabscheuungswürdig."

„Ich werd Ihnen zeigen, was verabscheuungswürdig ist, Lady!“

„Hör auf, Dutch.“ Damit rechnend, dass er sich durchaus einen Kinnhaken einfangen könnte, trat Nathaniel zwischen die beiden Streithähne. „Was ist los mit dir? Bist du betrunken?“

„Von zwei Gläsern Rum werde ich nicht betrunken.“ Über Nathaniels Schulter funkelte er Coco aufgebracht an. „Sie benimmt sich doch, als sei sie benebelt. Geh mir aus dem Weg, Junge, ich hab ihr nämlich noch ein paar Dinge zu sagen!“

„Für heute hast du genug gesagt.“

„Nein, aus dem Weg.“ Alle Augen richteten sich auf Coco. Mit hochroten Wangen und blitzenden Augen stand sie majestätisch da. „Ich ziehe es vor, mich selbst um diese Angelegenheit zu kümmern.“

Megan legte ihr vorsichtig die Hand auf den Arm. „Coco, meinst du nicht, du solltest besser hineingehen?“

„Nein, das meine ich nicht!“ Sie fing sich und tätschelte Megans Hand. „Nun, Liebes, du und Nate, ihr könnt ruhig wieder zu den anderen stoßen. Mr van Horne und ich klären das unter uns.“

„Aber …“

„Nathaniel, begleite Megan bitte ins Haus.“

„Jawohl, Ma’am.“

„Glaubst du wirklich, wir sollten sie allein lassen?“

Nathaniel steuerte Megan unerbittlich auf die Terrassentüren zu. „Willst du dich etwa dazwischenstellen?“

Megan schaute über die Schulter zurück und kicherte plötzlich. „Nein. Nein, das denke ich nicht.“

„Nun, Mr van Horne“, begann Coco, nachdem sie sicher sein konnte, dass sie wieder allein mit Dutch war. „Sie hatten mir noch ein paar Dinge zu sagen?“

„Und ob.“ Auf einen anständigen Streit eingestellt, machte Dutch zwei Schritte vor. „Sie werden diesem aalglatten Charmeur sagen, dass er seine Hände gefälligst bei sich zu halten hat."

Sie warf den Kopf zurück und genoss das Flattern in ihrem Magen, als sie auf Dutchs Blick traf. „Und wenn ich das nicht tue?"

Dutch knurrte wie ein Wolf – ein Wolf, der um seine Partnerin kämpft, dachte Coco. „Dann werde ich ihm seine mickrigen Ärmchen wie Streichhölzer brechen."

Ach du meine Güte! Ihr Herz begann wild zu schlagen. „Das würden Sie tun?"

„Lassen Sie es drauf ankommen." Er packte sie bei den Armen und riss sie an sich heran. Willig ließ Coco sich gegen ihn fallen.

Dieses Mal war sie nicht nur bereit für den Kuss, sie erwiderte ihn sogar mit Begeisterung. Als sie sich endlich voneinander lösten, waren beide atemlos.

Manchmal muss die Frau den ersten Schritt machen, dachte Coco, leckte sich über die Lippen und schluckte.

„Mein Zimmer liegt im zweiten Stock."

„Ich weiß, wo es liegt." Ein Lächeln zuckte um Dutchs Mund. „Meines ist näher." Er zog sie wieder in seine Arme – wie ein Pirat seine schöne Beute, dachte Coco verklärt. „Du bist ein wahres Prachtweib, Coco."

Sie presste eine Hand auf ihr hämmerndes Herz. „Ach, Niels", entschlüpfte es ihr verträumt.

7. KAPITEL

Tagträume waren völlig untypisch für Megan. Jahre der Disziplin hatten sie gelehrt, dass Träume zum Schlaf während der Nacht gehörten und nicht zu einem verregneten Morgen, wenn der Nebel ums Haus schlich und dicke Tropfen an den Scheiben herunterrannen wie Tränen. Dennoch saß sie da, wie schon so oft in den letzten Tagen, das Kinn auf die Hand gestützt, während der Computer unbenutzt vor sich hin summte, und dachte an den wundervollen Moment mit Nathaniel im Mondlicht und dem Rauschen der Wellen als Begleitmusik zurück.

Wenn sie sich dann ertappte, riss sie sich zusammen und berief sich streng auf die Logik. Zu vergessen, dass die einzige Romanze in ihrem Leben nichts als eine Illusion gewesen war, würde ihr nichts einbringen. Dabei hatte sie sich bis jetzt für immun gegen Romantik gehalten und war damit zufrieden gewesen.

Bis Nathaniel gekommen war.

Was sollte sie jetzt tun, da ihr Leben eine so unerwartete Wendung genommen hatte? Sie war schließlich kein Kind mehr, blauäugig und vertrauensvoll, das sich von schönen Worten einwickeln ließ. Doch jetzt, da ihre Sehnsucht wachgerüttelt worden war … konnte sie sie erfüllen, ohne verletzt zu werden?

Oh, sie wünschte, ihr Herz wäre nicht berührt worden! Wie sehr wünschte sie sich, sie könnte sich lässig und nonchalant auf eine rein körperliche Affäre einlassen, ohne dass direkt tiefe Gefühle ins Spiel kamen.

Warum war Anziehungskraft und gegenseitige Sympathie denn nicht genug für sie? Es war doch eine so einfache Formel: Zwei erwachsene Menschen plus Verlangen mal wechselseitiges Verstehen gleich Vergnügen für beide.

Doch irgendwo war immer eine Fehlerquelle, die die ganze Formel zunichtemachte.

„Megan?“

„Hm?“ Ihre entrückten Gedanken zerstoben schlagartig, als sie Suzanna in der Tür zu ihrem Büro stehen sah. „Entschuldige, ich habe dich nicht gehört.“

„Du warst meilenweit weg.“

Da man sie ertappt hatte, kramte Megan verlegen in ihren Unterlagen. „Ja, wahrscheinlich. Irgendwie hat der Regen diese Wirkung auf mich.“

„Ich finde es wunderschön. Dann träume ich auch immer vor mich hin.“ Suzanna konnte sich denken, wovon – oder besser, von wem Megan geträumt hatte. „Allerdings bezweifle ich, dass unsere Gäste oder die Kinder ebenso denken.“

„Den Nebel fand Kevin ganz toll. Bis ich ihm verbot, dann auf den Klippen zu spielen.“

„Und Alex und Jenny mussten die Attacke auf Fort O'Riley verschieben. Sie sitzen alle in Kevins Zimmer und verteidigen unseren Planeten gerade gegen eine außerirdische Invasion. Sie haben Riesenspaß dabei.“

„Ich freue mich ehrlich, dass die drei so zusammenhalten.“

„Ja, wie Pech und Schwefel.“ Lachend setzte Suzanna sich auf die Schreibtischkante. „Wie läuft's denn mit der Arbeit?“

„Ich komme gut voran. Amanda hat ausgezeichnete Organisationsarbeit geleistet. Ich brauche eigentlich nur ihre Ablage in mein Computersystem zu übertragen und bin schon auf dem aktuellen Stand.“

„Für sie ist es eine unendliche Erleichterung, dass du übernommen hast. An manchen Tagen würde sie sonst an ihrem Schreibtisch sitzen und gleichzeitig telefonieren, Papiere sortieren und Delia stillen.“

Bei dem Bild musste Megan grinsen. „Das kann ich mir gut vorstellen. Sie ist ein echtes Organisationstalent.“

„So wie du. Ein Meisterjongleur. Sie hasst es, einen Ball fallen zu lassen.“

„Das kann ich nachvollziehen.“ Megan spielte gedankenverloren mit einem Bleistift. „Bevor ich herkam, war ich schrecklich nervös. Auch wegen Kevin. Ich hatte Angst, nicht nur einen Ball, sondern gleich alle zu verlieren. Ich wollte nichts sagen oder tun, was dich irgendwie verärgern würde oder dir unangenehm sein könnte."

„Haben wir das nicht längst hinter uns gelassen, Megan?"

„Du sicher früher als ich." Seufzend legte Megan den Bleistift fort. „Vielleicht ist es schwerer, die andere Frau zu sein."

„Warst du das?", hakte Suzanna leise nach. „Oder war ich das?"

Megan schüttelte den Kopf. „Ich kann nicht sagen, dass ich die Zeit zurückdrehen und alles anders machen möchte, denn dann hätte ich Kevin nicht." Ruhig begegnete sie Suzannas Blick. „Ich weiß, du betrachtest Kevin als Bruder deiner Kinder und liebst ihn."

„Ja, das tue ich."

„Und du sollst wissen, dass ich deine Kinder als meine Familie betrachte und sie ebenso liebe."

Suzanna legte ihre Hand auf Megans. „Das weiß ich doch. Eigentlich bin ich hergekommen, weil ich dich fragen wollte, ob Kevin mit zu uns kommen kann. Ich arbeite heute im Gewächshaus, und es macht den dreien immer unheimlichen Spaß, dabei zu sein – vor allem, weil es Pizza zum Lunch gibt."

„Natürlich darf er. Das gleicht dann auch aus, dass er letztens die Krawatte tragen musste."

Suzanna schmunzelte vergnügt. „Ich musste Alex nahezu fesseln, um ihm seine zu binden. Ich kann nur hoffen, dass Tante Coco so schnell keine formelle Dinnerparty mehr plant." Sie neigte fragend den Kopf. „Da wir gerade von Tante Coco reden ... hast du sie heute schon gesehen?"

„Nur kurz, nach dem Frühstück. Warum?"

„Hat sie vor sich hin gesummt?"

„Ich glaube schon." Megan legte nachdenklich die Zungenspitze an die Oberlippe. „Wenn ich es recht bedenke, summt sie schon seit Tagen vor sich hin."

„Gerade eben hat sie auch gesummt. Und ihr teuerstes Parfüm hatte sie aufgetragen." Suzanna runzelte leicht die Stirn. „Ich frage mich, ob Trents Vater ... Aber er ist ja wieder nach Boston zurückgefahren, deshalb dachte ich, dass kein Grund zur Sorge besteht. Er ist ein netter Mann, und wir alle mögen ihn, aber ... Nun, er war immerhin viermal verheiratet, und er scheint sich noch immer umzusehen."

„Ist mir auch aufgefallen." Sie debattierte nur kurz mit sich, dann räusperte sie sich. „Ehrlich gesagt, ich glaube nicht, dass Cocos Interesse in diese Richtung geht."

„Nicht?"

„Dutch", sagte Megan nur.

Suzanna blickte sie verständnislos an. „Wie?"

„Ich glaube, sie und Dutch sind ... ineinander verliebt."

„Dutch? Unser Dutch? Aber sie beklagt sich doch bitterlich über ihn, und er nimmt jede Gelegenheit wahr, um sie anzublaffen. Sie streiten sich ständig und ..." Suzannas Stimme erstarb. Sie presste die Hand vor den Mund und starrte Megan an. „Oh oh ..."

Volle drei Sekunden schafften es die beiden Frauen, sich pflichtschuldig zusammenzunehmen, bevor sie in schallendes Gelächter ausbrachen. Megan bereitete es keine Mühe, in einen schwesterlichen Schwatz über ein anderes Familienmitglied zu verfallen. Erst berichtete sie Suzanna von der Episode in der Küche, dann beschrieb sie die Szene auf der Terrasse.

„Das hättest du sehen müssen, da flogen die Funken. Zuerst befürchtete ich, sie würden einander jeden Moment an die Kehle gehen, dann wurde mir klar, dass es sich dabei eher um ein Balzritual handelte."

„Ein Balzritual", wiederholte Suzanna perplex. „Glaubst du wirklich, die beiden ...?"

Megan hob die Augenbrauen. „Na, sie summt recht häufig in letzter Zeit."

„Unbestreitbar." Suzanna bedachte die Kombination genauer und musste feststellen, dass sie ihr durchaus gefiel. „Ich denke, ich werde einen kurzen Abstecher in die Küche machen, bevor ich nach Hause gehe. Mal sehen, wie die Atmosphäre so ist."

„Ich erwarte einen vollständigen Bericht, das ist dir hoffentlich klar."

„Sollst du bekommen." Kichernd richtete Suzanna sich auf. „Der Mond in jener Nacht war wohl nicht zu verachten."

„Das denke ich auch", murmelte Megan.

Die Hand an der Türklinke, drehte Suzanna sich noch einmal um. „Nathaniel ist auch nicht zu verachten."

„Ich dachte, wir reden hier über Dutch."

„Wir reden über Romantik", berichtigte Suzanna. „Bis später dann."

Mit gerunzelter Stirn starrte Megan auf die Tür, die hinter Suzanna ins Schloss fiel. Himmel, war sie wirklich so leicht zu durchschauen?

Nachdem Megan den ganzen Morgen über den Büchern von The Retreat gesessen hatte, gönnte sie sich eine kleine Belohnung und nahm sich Fergus' Kladde vor. Es machte ihr Spaß, die Kosten für Kutschpferde und Wagenräder zu addieren. So bekam sie unter anderem einen genauen Einblick, welche Aufwendungen für einen Ball auf *The Towers* im Jahre 1913 nötig gewesen waren. Aus den Randnotizen konnte sie auch Fergus' Motive nachvollziehen.

Alle Einladungen wurden angenommen. Niemand hat es gewagt, abzulehnen. B. hat Blumen bestellt. Habe mit ihr gestritten wegen angeblicher Prunksucht. Musste ihr klarmachen, dass Erfolg gezeigt werden muss und eine Ehefrau die Entscheidungen ihres Mannes niemals infrage stellt. Sie wird die Smaragde tragen, nicht die Perlenkette, wie sie vorschlug. Sie wird der Gesellschaft den Beweis für meinen auserlesenen Geschmack und mein Vermögen liefern und sich daran zu erinnern haben, wo ihr Platz ist.

Ihr Platz war an Christians Seite, dachte Megan voller Mitleid für Bianca. Wie traurig, dass erst der Tod die beiden vereint hatte.

Um das düstere Gefühl zu vertreiben, blätterte Megan zu den letzten Seiten. Was mochten diese Zahlen bedeuten? Ausgaben waren es nicht, vielleicht Kontonummern. Aktienkurse? Grundbuchnummern?

Vielleicht würde ein Besuch im Stadtarchiv sich lohnen. Möglicherweise fand sie in den Archivunterlagen des Jahres 1913 irgendeinen Hinweis oder eine Verbindung zu diesen Zahlen. Dann konnte sie auch bei Shipshape vorbeifahren, die Buchführung für April abliefern und die nächsten Belege mitnehmen.

Und wenn sie dabei Nathaniel über den Weg lief … nun, das wäre natürlich rein zufällig und keinesfalls beabsichtigt.

Es war durchaus romantisch, durch den Regen zu fahren. Nur wenige Fußgänger waren auf den Straßen. Versteckt unter breiten Schirmen, betrachteten sie die Auslagen der Souvenirläden. Die Wasser der Frenchman Bay lagen grau und nebelverhangen da. Die Masten der verlassenen Jachten im Hafen reckten sich in den trüben Himmel.

Das Tuten eines Nebelhorns drang gedämpft an Megans Ohr. Es war, als ob die ganze Insel in eine Decke gehüllt sei und für eine Weile sicher und geschützt ruhe. Megan dachte daran, einfach auf der Küstenstraße weiterzufahren oder die gewundene Straße zum Acadia Nationalpark zu nehmen.

Vielleicht würde sie das auch tun. Später, wenn die Pflichten des Tages erledigt waren. Sie hatte Lust, ihre neue Heimat zu erkunden. Und vielleicht würde sie Nathaniel fragen, ob er nicht mitkommen wollte.

Doch sein Wagen stand nicht vor dem Geschäft, als sie bei Shipshape ankam. Da nützte es auch nichts, dass sie sich einzureden versuchte, es sei unwichtig, ob Nathaniel da war oder nicht. Es war wichtig. Sie wollte ihn sehen. Wollte sehen, wie seine grauen Augen sich verdunkelten, wenn er sie ansah. Wollte das Lächeln auf seine Lippen ziehen sehen.

Vielleicht hatte er ja hinter dem Haus geparkt. Den Aktenkoffer fest in der Hand, hastete Megan vom Auto ins Büro. Es war leer.

Die Enttäuschung war erschreckend groß. Ihr war gar nicht bewusst gewesen, wie sehr sie sich darauf verlassen hatte, ihn hier anzutreffen. Dann vernahm sie aus der Werkstatt hinter dem Haus schwach Musik.

Nein, sie würde nicht nachsehen, wer da den verregneten Tag für Bootsreparaturen nutzte. Sie war aus rein beruflichen Gründen hier. Also holte sie die Buchführungsmappe für den letzten Monat aus dem Aktenkoffer und legte sie auf den überfüllten Schreibtisch. Sie würde nie verstehen, wie jemand in einem solchen Chaos konzentriert arbeiten konnte!

Sie war versucht, Ordnung zu schaffen, zu sortieren und abzuheften. Doch das verbot sie sich. Stattdessen wollte sie nur im Aktenschrank nachsehen, ob sie dort neue Belege finden würde, die sie mitnehmen konnte.

Als sie die Tür gehen hörte, drehte sie sich mit einem Lächeln um, das jedoch ein wenig nachließ, als sie erkannte, dass es sich um einen fremden Mann handelte. „Kann ich Ihnen helfen?“, fragte sie höflich.

Der Mann trat ein und schloss die Tür hinter sich. Als er sie anlächelte, stutzte sie. „Hallo, Megan.“

Die Zeit schien stehen zu bleiben. Dann drehte der Zeiger der Uhr sich wie in Zeitlupe zurück. Fünf Jahre, sechs, zehn. Zurück zu einer Zeit, als sie jung und unbedarft und willig gewesen war, an die große Liebe auf den ersten Blick zu glauben.

„Baxter.“ Der Name war nur ein Flüstern. Wie seltsam, dachte sie, dass ich ihn nicht erkannt habe. Er hatte sich eigentlich kaum verändert. Attraktiv und gepflegt, sah er noch genauso aus wie vor zehn Jahren, als sie ihm zum ersten Mal begegnet war. Ein sportlicher Traumprinz im Nadelstreifenanzug, dem die Lügen charmant und ohne jeden Skrupel über die Lippen kamen.

Baxter lächelte Megan an. Seit Tagen schon versuchte er, sie allein anzutreffen. Vor lauter Frustration war er ihr gefolgt, um sie hier zu stellen. Denn er war ein Mann, der großen Wert auf sein Image legte. Natürlich hatte er vorher sichergestellt, dass niemand außer Megan in dem kleinen Büro war. Es gab da Dinge, die er ein für alle Mal mit ihr klären musste. In aller Ruhe und vernünftig, natürlich. Vor allem jedoch unter vier Augen.

„Hübsch wie eh und je." Befriedigt stellte er fest, wie schockiert sie ihn anstarrte. Gut. Durch das Überraschungsmoment war er also im Vorteil. Ganz so, wie er es bevorzugte. „Du siehst sogar noch besser aus. Die Jahre haben den reizenden Babyspeck schmelzen lassen. Du wirkst nahezu elegant. Mein Kompliment, Megan."

Er kam näher, doch Megan konnte sich nicht regen. Weder ihre Beine noch ihr Verstand wollten ihr gehorchen. Nicht einmal, als er ihr mit einem Finger über die Wange strich und dann leicht ihr Kinn anhob, eine vertraute Geste, die sie sich bemüht hatte zu vergessen.

„Du warst schon immer eine Schönheit, Megan, mit den großen, unschuldigen Augen, die einen Mann korrumpieren können."

Ein Schauder rann ihr über den Rücken. „Was tust du hier?" Kevin, war das Einzige, was sie denken konnte. Gott sei Dank war Kevin nicht bei ihr.

„Komisch, ich wollte dich gerade dasselbe fragen. Was tust du hier, Megan?"

„Ich lebe und arbeite hier." Sie verabscheute die Unsicherheit in ihrer Stimme.

„Ist Oklahoma dir zu langweilig geworden? Wolltest du etwas Neues ausprobieren?" Er lehnte sich vor, und sie wich unwillkürlich vor ihm zurück. Bestechung würde bei ihr nicht funktionieren, das wusste Baxter, nicht beim Vermögen der

O'Riley-Familie. Also war Einschüchterung die nächstliegende logische Wahl. „Unterschätze mich nicht, Megan. Das wäre ein kapitaler Fehler, für den du teuer bezahlen würdest."

Als sie an den Aktenschrank stieß, wich die lähmende Erstarrung von ihr. Sie war kein Kind mehr, sondern eine erwachsene Frau. Reif und verantwortungsbewusst.

Sie reckte die Schultern. „Ich wüsste nicht, was es dich anginge, wo ich lebe und arbeite."

„Ganz im Gegenteil." Seine Stimme klang höflich, freundlich. „Ich würde dich viel lieber in Oklahoma wissen. In deinem netten kleinen Job, im Schoße deiner liebenden Familie. Doch, das wäre mir sehr viel lieber."

Seine Augen sind eiskalt, dachte sie verwundert. Das war ihr vorher nie aufgefallen. „Es interessiert mich nicht im Geringsten, was dir lieber wäre, Baxter."

„Hast du geglaubt, ich finde nicht heraus, dass du dich mit meiner Exfrau und ihrer Sippe zusammengetan hast? Dass ich während all der Jahre nicht über jeden deiner Schritte informiert gewesen wäre?"

Nur mit Mühe zwang sie sich, ruhig zu bleiben. Als sie von ihm wegtreten wollte, versperrte er ihr den Weg. Das Temperament, das sie jahrelang unter Verschluss gehalten hatte, brodelte gefährlich nahe unter der Oberfläche.

„Mir ist völlig egal, was du über mich herausgefunden haben könntest. Und nein, ich habe nicht gewusst, dass du mich beobachten lässt. Warum solltest du? Weder Kevin noch ich haben dir je etwas bedeutet."

„Du hast dir lange Zeit gelassen, bevor du deinen Zug machst, Megan." Baxter hielt inne. Er musste erst die Wut bezähmen, die ihm die Kehle zuschnüren wollte. Er hatte zu viel investiert, um sich von einem längst vergessenen Fehltritt aufhalten zu lassen. „Sehr clever, Megan. Sehr viel cleverer, als ich dir zugestanden hätte."

„Ich weiß überhaupt nicht, wovon du redest."

„Du willst mir doch nicht im Ernst erzählen, du wüsstest

nichts von meiner Kampagne. Ich werde deinen krankhaften Rachefeldzug zu verhindern wissen."

Ihre Stimme klang frostig, auch wenn ihre Haut ungut zu prickeln begann. „Selbst auf die Gefahr hin, dass ich mich wiederhole ... Ich habe nicht die geringste Ahnung, wovon du sprichst. Mein Leben geht dich nichts an, Baxter, so wie mich deines nichts angeht. Das hast du schon damals sehr deutlich gemacht, als du von mir und Kevin nichts wissen wolltest."

„Ach, die Tour willst du also fahren?" Er hatte sich geschworen, vernünftig und ruhig zu bleiben, doch die Wut brodelte immer höher in ihm. Einschüchterung würde nicht ausreichen, wie ihm klar wurde. „Das junge, unschuldige Mädchen, verführt, betrogen und schwanger sitzen gelassen mit gebrochenem Herzen. Bitte, erspar mir diese Schmierenkomödie."

„Das ist keine Tour, sondern die Wahrheit."

„Du warst jung, stimmt, aber unschuldig?" Er lächelte abfällig. „Du warst damals nicht nur willig, sondern geradezu übereifrig."

„Weil ich dir glaubte!" Sie schrie die Worte hinaus – ein Fehler, denn damit zerbarst auch ihre mühsam gewahrte Fassung. „Ich glaubte dir, dass du mich liebst, dass du mich heiraten willst. Und du hast das schamlos ausgenutzt. Du hattest nie vor, eine Zukunft mit mir aufzubauen. Denn du warst ja schon verlobt. Ich war nur ein kleines Zwischenspiel, ein wertloses Spielzeug, eine leichte Beute."

„Leicht rumzukriegen warst du." Eine Hand an ihrer Schulter, stieß er sie grob gegen den Schrank zurück. „Und so verführerisch, Megan, so süß."

„Nimm deine Hände von mir."

„Erst wirst du mir zuhören. Ich weiß genau, warum du hergekommen bist und dich mit den Calhouns zusammengetan hast. Erst werden ein paar Andeutungen gestreut, ein paar Gerüchte in Umlauf gebracht, und dann wird die ganze tragische Geschichte exklusiv einer Zeitung erzählt. Der alte

Drachen hat mir schon bei Suzanna genug Schwierigkeiten gemacht." Voller Hass dachte er an Colleen. „Glücklicherweise konnte ich es zu meinem Vorteil wenden. Im Interesse der Kinder habe ich selbstlos meine Rechte als Vater aufgegeben, damit Bradford Alex und Jenny adoptieren kann und sie in einer traditionellen Familie aufwachsen."

„Die beiden haben dich auch nie interessiert, oder?", fragte sie rau. „Genauso wenig wie Kevin."

„In deinem Falle jedoch", fuhr Baxter ungerührt fort, „hat die alte Schachtel keinen Grund, auf die Barrikaden zu gehen. Also solltest du dir meinen Rat zu Herzen nehmen, Megan. Du hast hier eben nicht Fuß fassen können und bist deshalb zurück nach Oklahoma gegangen."

„Ich gehe nirgendwohin", setzte sie an und schnappte nach Luft, als er seine Finger schmerzhaft in ihre Schulter drückte.

„Du kehrst zu deinem unauffälligen und beschaulichen Leben zurück, Megan. Es wird keine Gerüchte und kein tränenreiches Exklusivinterview geben. Solltest du versuchen, mir einen Knüppel zwischen die Beine zu werfen, solltest du auch nur ein kompromittierendes Wort über mich verlauten lassen, werde ich dich zugrunde richten. Wenn ich fertig mit dir bin – und ich versichere dir, mit meinem Geld wird es plötzlich Unmassen von Männern geben, die alle schwören, dass sie mit dir im Bett waren –, wirst du nichts anderes sein als eine verlogene Schlampe mit einem unehelichen Balg."

Vor ihren Augen verschwamm plötzlich alles. Die Rage, die jäh in ihr aufschoss, war nicht auf die Drohung zurückzuführen, sondern auf den Ausdruck, den er für ihren kleinen Jungen benutzt hatte.

Bevor sie noch wusste, was sie tat, holte sie aus und versetzte Baxter eine schallende Ohrfeige. „Sprich niemals, hörst du, niemals wieder so von meinem Sohn!"

Und als er sie ohrfeigte, fühlte sie weder Schmerz noch Schock, sondern nur maßlose, gleißende Wut.

„Treib's nicht zu weit, Megan", warnte er sie schwer atmend. „Denn du wirst diejenige sein, die die Konsequenzen zu tragen hat. Du und der Junge.“

Wie eine Löwenmutter, die ihr Junges verteidigt, stürzte Megan sich auf Baxter. Die Wucht ihres Angriffs schleuderte sie beide zu Boden. Megan konnte zwei Fausthiebe landen, bevor Dumont sie abwehrte.

„Du besitzt immer noch diese Leidenschaft.“ Er riss sie an sich, wütend und erregt. „Ich weiß noch gut, wie man diese Leidenschaft umleitet.“

Sie schlug noch einmal zu, bevor er ihre Handgelenke zu fassen bekam und ihr die Arme an die Seiten drückte. Also setzte sie ihre Zähne ein. Noch während Dumont vor Schmerz aufheulte, wurde die Tür krachend aufgestoßen.

Nathaniel zog Dumont am Kragen mit einem Ruck hoch. Gleichwohl ihre Sicht vor Wut getrübt war, erkannte Megan, dass Nathaniel die Mordlust ins Gesicht geschrieben stand.

„Nathaniel.“

Er nahm keinerlei Notiz von ihr, sondern schleuderte Baxter mit dem Rücken gegen die Wand. „Dumont, nicht wahr?“ Er sprach leise, geradezu liebenswürdig. „Ich hörte schon, dass Sie sich gern an unschuldigen Frauen vergreifen.“

Baxter kämpfte um Würde, auch wenn nur noch seine Zehenspitzen den Boden berührten. „Wer, zum Teufel, sind Sie?“

„Nun, es scheint mir nur fair, dass Sie den Namen des Mannes kennen, der Ihnen gleich das Genick brechen wird.“ Es befriedigte ihn zu sehen, wie Baxter blass wurde. „Ich heiße Fury, Nathaniel Fury. Ich verspreche Ihnen, den Namen werden Sie nie vergessen.“ Damit rammte er Baxter hart die Faust in die Seite.

Baxter rang nach Luft. „Noch bevor der Tag zu Ende ist“, stieß er rasselnd hervor, „sitzen Sie hinter Gittern.“

„Das glaube ich weniger.“ Aus den Augenwinkeln nahm er wahr, dass Megan auf ihn zukam, und wandte ihr mit einem Ruck das Gesicht zu. „Bleib, wo du bist!“

Die lodernden Flammen in seinem Blick ließen sie stehen

bleiben. „Tu ihm nichts an, Nathaniel." Sie schluckte hart.

„Gibt es einen besonderen Grund, warum du ihn am Leben halten willst?"

Sie öffnete den Mund, schloss ihn wieder. Ihre Antwort schien extrem wichtig zu sein, also entschied sie sich für die Wahrheit. „Nein."

Baxter holte Atem, wollte um Hilfe rufen, doch er kam nicht dazu, weil Nathaniel ihm die Kehle zudrückte. „Sie haben Glück, Dumont. Die Lady wünscht nicht, dass ich Sie umbringe, und ich möchte sie nicht enttäuschen. Überlassen wir es also dem Schicksal." Damit zog er Baxter wie einen Seesack hinter sich her nach draußen.

Megan rannte zur Tür. „Holt!" Erleichtert erkannte sie Suzannas Mann auf dem Pier stehen. „So unternimm doch etwas!"

Holt zuckte nur mit einer Schulter. „Fury ist mir zuvorgekommen. Geh besser wieder hinein, du wirst ganz nass."

„Aber … er wird ihn doch nicht wirklich umbringen, oder?"

Mit zusammengekniffenen Augen sah Holt Nathaniel nach, wie er Baxter durch den dichten Regen zum Ende des Piers schleifte. „Wahrscheinlich nicht."

„Ich bete zu Gott, dass du nicht schwimmen kannst", murmelte Nathaniel und schleuderte Baxter vom Steg. Noch bevor der Laut des aufspritzenden Wassers zu hören war, stand Nathaniel schon wieder bei Megan. „Komm."

„Aber …"

Wortlos hob er sie auf seine Arme. „Ich nehme mir den restlichen Tag frei."

„Kein Problem." Die Daumen in die Jeansschlaufen gehakt, sah Holt mit einem unguten Grinsen zu Nathaniel. „Bis morgen."

„Nathaniel, du kannst doch nicht …"

„Halt den Mund, Meg." Er trug sie zu seinem Wagen und ließ sie unsanft auf den Beifahrersitz fallen.

Als er den Motor startete und Gas gab, sah Megan sich um. Sie wusste nicht, ob sie erleichtert oder enttäuscht sein sollte, als sie sah, wie Baxter sich aus dem Wasser auf den Steg stemmte.

Er brauchte jetzt absolute Stille, um sich von dieser Gewaltbereitschaft freizumachen und sich wieder unter Kontrolle zu bekommen. Er verabscheute den Zorn, der unterschwellig ständig in ihm schwelte, darauf lauerte, ausbrechen zu können. Natürlich hatte er in diesem Falle einen guten Grund gehabt, dennoch ... Immer blieb ein bitterer Geschmack im Mund zurück, wenn ihm wieder einmal vor Augen geführt wurde, wozu er fähig war.

Er zweifelte nicht daran, dass Dumont wesentlich schlechter davongekommen wäre, hätte Megan ihn, Nathaniel, nicht aufgehalten.

Er hatte an seiner Selbstbeherrschung gearbeitet und sich darauf trainiert, den Verstand statt der Fäuste einzusetzen. Normalerweise funktionierte das auch. Und wenn nicht ... nun, dann eben nicht. Doch noch Jahre, nachdem er die letzte Tracht Prügel von seinem Vater eingesteckt hatte, blieb die Erinnerung frisch. Und danach kam jedes Mal die Reue.

Megan zitterte wie Espenlaub, als er den Wagen vor seinem Cottage vorfuhr. Erst jetzt fiel ihm siedend heiß ein, dass er Hund vergessen hatte. Holt wird ihn finden und sich um ihn kümmern, beruhigte Nathaniel sich und hob Megan aus dem Sitz.

„Ich kann ..."

„Sei einfach still." Er trug sie ins Haus, an Vogel vorbei, der zur Begrüßung krächzte, und die Treppen hinauf. Megan wollte empört losstottern, als er sie in seinem Schlafzimmer absetzte, doch da begann er auch schon wortlos in den Schubladen der Kommode zu kramen.

„Zieh die nassen Sachen aus." Er warf ihr ein Sweatshirt und eine Jogginghose zu. „Ich gehe nach unten und brühe einen Tee für dich auf."

„Nathaniel …“

„Tu's einfach!“, brüllte er sie an und biss die Zähne zusammen. „Tu's einfach“, wiederholte er leise und verließ den Raum.

Weder knallte er die Tür hinter sich zu, noch schlug er in der Küche mit der Faust gegen die Wand. Auch wenn er das Bedürfnis hatte. Stattdessen stellte er einen Kessel mit Wasser auf und holte die Cognacflasche hervor. Nachdenklich sah er auf die Flasche, dann setzte er sie an die Lippen und nahm einen kräftigen Schluck. Der Alkohol rann ihm brennend durch die Kehle und brannte damit auch etwas von der Selbstverachtung weg.

Als er Vogel durchdringend pfeifen und Megan auf einen Kneipenbummel einladen hörte, goss er einen Schuss Cognac in den Tee und stellte den Becher auf den Tisch.

Sie war blass und ihre Augen viel zu groß. Die Kleidung, die er ihr gegeben hatte, auch. Fast hätte er gelächelt, als er sie so verloren in der Tür stehen sah.

„Setz dich und trink etwas Warmes. Das wird dir guttun.“

„Es ist alles in Ordnung, wirklich.“ Doch sie setzte sich und hielt den Becher mit beiden Händen, damit das Zittern ihrer Finger nicht auffiel. Sie nippte an der Tasse und schnappte nach Luft. „Das soll Tee sein?“

„Ist es. Mit einem kleinen Extra zur Stärkung.“ Er nahm ihr gegenüber Platz und wartete, bis sie noch einen Schluck nahm. „Hat er dir wehgetan?“

Sie starrte auf die Tischplatte. In dem lackierten Holz spiegelte sich ihr Gesicht. „Ja“, antwortete sie sehr ruhig. Sie glaubte auch fest, ruhig zu sein. Bis Nathaniel ihre Hand in seine nahm. Sie hielt den Atem an, schnappte leise nach Luft, stockte erneut … und dann lehnte sie die Stirn auf den Tisch und begann zu weinen.

Es waren reinigende Tränen, Tränen, die alles mit sich fortspülten – enttäuschte Hoffnungen und zerbrochene Träume, Verbitterung und Angst. Nathaniel wartete stumm, bis sie sich ausgeweint hatte.

„Tut mir leid." Sie blieb mit der Wange auf der Tischplatte liegen, genoss das kühle Holz an der Haut und Nathaniels tröstende Hand auf ihrem Haar. „Es ist alles so schnell passiert, ich war überhaupt nicht darauf vorbereitet ..." Sie richtete sich auf und wischte sich die Tränen fort. Plötzlich erfasste sie Panik. „Kevin! Oh Gott, wenn Baxter ..."

„Beruhige dich. Holt wird auf Kevin achtgeben. Dumont wird nicht einmal in seine Nähe kommen."

„Natürlich, du hast recht." Sie atmete tief aus. Holt war sicherlich sofort zu Suzanna und den Kindern gefahren. „Baxter wollte mir nur Angst einjagen."

„Ist es ihm gelungen?"

Ihre Augen schimmerten noch feucht, aber ihr Blick war fest. „Nein. Er hat mir wehgetan und mich wütend gemacht. Und mir wird übel bei dem Gedanken, dass ich mich je von ihm habe anrühren lassen. Aber Angst hat er mir nicht gemacht. Das kann er nicht."

„Tapferes Mädchen."

Sie schniefte und lächelte schwach. „Aber er hat Angst vor mir. Deshalb war er heute hier, nach all der Zeit. Weil er Angst hat."

„Wovor?"

„Vor der Vergangenheit. Davor, was daraus folgen könnte." Sie atmete tief durch und konnte Nathaniel riechen – sein typischer Duft nach Tabak und Meer. Dieser Duft hatte eine seltsam beruhigende Wirkung auf sie. „Er glaubt irgendeiner Verschwörung auf der Spur zu sein, weil ich hergezogen bin. Er hat mich all die Jahre über beobachten lassen. Ich wusste es nicht."

„Sonst hat er sich nie bei dir blicken lassen?"

„Nein, nie. Vermutlich fühlte er sich sicher, solange ich in Oklahoma war und keinerlei Kontakt zu Suzanna hatte. Doch jetzt gibt es nicht nur Kontakt, jetzt lebe ich hier. Und Kevin und Alex und Jenny ... Er begreift nicht, dass es überhaupt nichts mit ihm zu tun hat."

Sie nahm den Becher auf und trank noch einen Schluck. Vielleicht lag es daran, dass Nathaniel nichts sagte, sie weder drängte noch fragte und nur ihre Hand hielt, dass sie zu erzählen begann.

„Ich traf ihn in New York. Ich war stolze siebzehn und zum ersten Mal von zu Hause weg. Ein paar Freundinnen fuhren mit mir zusammen während der Winterferien zu der Tante von einer von uns. Es war so aufregend und wunderbar, alles war neu. Die Stadt mit ihrem Trubel, die Wolkenkratzer, die vielen Menschen ... alles war so ganz anders als zu Hause. Schaufensterbummel auf der Fifth Avenue, Kaffeetrinken in einem Künstlercafé in Greenwich Village ... Wir liefen nur mit aufgesperrtem Mund durch die Straßen. Es ist so albern."

„Nein, das ist normal."

„Ja, wahrscheinlich ist es das für Teenager." Sie seufzte schwer. „Und dann kam diese Party ... Er sah umwerfend aus, wie ein Filmstar, und er war charmant und erfahren und schon etwas älter. Er hatte Europa bereist ..." Sie schloss die Augen. „Himmel, das ist krank!"

„Du musst mir das nicht erzählen, wenn du nicht willst, Meg."

„Doch, ich will." Sie hob die Lider. „Das heißt, wenn du dir das anhören kannst."

„Ich bin hier und gehe auch nirgendwohin." Er drückte tröstend ihre Finger. „Red es dir von der Seele", forderte er sie auf.

„Er benutzte all die richtigen Floskeln, sagte all die richtigen Dinge. Am Morgen nach der Party schickte er mir ein Dutzend rote Rosen, zusammen mit einer Einladung zum Dinner." Sie hielt inne, suchte nach den passenden Formulierungen. Abwesend nestelte sie an einer Haarnadel und stellte fest, dass es gar nicht so schlimm war, sich an die Vergangenheit zurückzuerinnern. Als wäre es ein Theaterstück, bei dem sie gleichzeitig die Hauptrolle spielte und als Zuschauer im Publikum saß. Selbst betroffen und doch distanziert.

„Also ging ich mit ihm zum Dinner aus. Ganz klassisch gab es dort Kerzenlicht und romantische Musik. Wir tanzten zusammen. Gott, ich fühlte mich so erwachsen. Ich glaube, dieses Gefühl kennt man nur mit siebzehn. Wir besuchten Museen, gingen ins Theater und machten ausgedehnte Einkaufsbummel. Er schwor mir seine Liebe und kaufte einen Ring für mich. Zwei verschlungene kleine Diamantherzen, schrecklich romantisch. Er steckte mir den Ring an den Finger, und ich landete in seinem Bett."

Sie hielt inne und wartete auf einen Kommentar von Nathaniel. Als der nicht kam, fasste sie Mut und fuhr fort: „Er versprach, nach Oklahoma zu kommen, damit wir unsere Zukunft planen könnten. Natürlich kam er nicht. Als ich ihn anrief, behauptete er, ihm sei etwas Geschäftliches dazwischengekommen. Danach meldete er sich nicht mehr bei mir. Als ich herausfand, dass ich schwanger war, versuchte ich ihn zu erreichen. Ich rief an, schrieb ihm. Dann hörte ich, dass er verlobt sei. Dass er schon verlobt gewesen war, als ich ihn traf. Zuerst weigerte ich mich, das zu glauben. Es dauerte, bis ich mir die Wahrheit eingestand und erkannte, dass ich damit fertig werden musste. Meine Familie war wunderbar, ohne ihre Hilfe hätte ich das nie durchgestanden. Als Kevin auf die Welt kam, wurde mir schlagartig klar, dass ich jetzt nicht mehr nur Erwachsensein spielen konnte, sondern wirklich erwachsen sein musste. Ich versuchte Baxter ein letztes Mal zu erreichen, weil ich glaubte, er sollte von Kevin erfahren. Damit Kevin eine Beziehung mit seinem Vater aufbauen konnte. Doch …" Ihre Stimme erstarb. „Baxter reagierte wütend und feindselig, und da verstand ich, dass es besser war, wenn diese Beziehung nicht zustande kam. Heute, vielleicht zum ersten Mal, habe ich absolut keine Zweifel mehr an dieser Entscheidung."

„Er hat euch beide nicht verdient."

„Nein, das hat er nicht." Sie lächelte matt. Zum ersten Mal seit Langem hatte sie sich alles von der Seele geredet. Jetzt fühlte sie sich leer. Doch nicht ausgelaugt, sondern frei von

Last. „Ich möchte dir danken, dass du zu meiner Rettung gekommen bist."

„Es war mir ein wahres Vergnügen. Er wird dich nicht mehr anrühren, Megan." Nathaniel zog ihre Hand an seine Lippen. „Weder dich noch Kevin. Vertrau mir."

„Ich vertraue dir." Sie drehte ihre Hand in seiner und hielt seine Finger fest. Ihr Puls begann schneller zu schlagen, als sie ihm in die Augen schaute. „Als du mich die Treppe hinauftrugst, dachte ich … Nun, ich hatte nicht damit gerechnet, dass du mir Tee aufbrühst."

„Ich auch nicht. Aber du hast am ganzen Leib gezittert. Und ich wäre grob zu dir gewesen, wenn ich mich nicht abgekühlt hätte. Das wäre nicht richtig gewesen, für uns beide nicht."

Ihr Herz setzte einen Schlag lang aus. „Hast du dich jetzt wieder beruhigt?"

„Zum größten Teil." Seine Augen wurden dunkler. Er stand auf und zog sie mit sich hoch. „War das soeben eine Einladung, Megan?"

„Ich …" Er wartete auf ihre Antwort. Ein klares Ja oder Nein. Keine Verführungskünste, keine geschönten Versprechen, keine Luftschlösser, die wie Seifenblasen zerplatzten. „Ja", sagte sie und hieß seinen Kuss willkommen.

Als er sie dieses Mal auf seine Arme hob, entschlüpfte ihr ein nervöses Lachen. Ein Kloß bildete sich in ihrer Kehle, als sie in seine Augen sah.

„Du wirst nicht an ihn denken, Megan", sagte Nathaniel leise. „Du wirst an nichts anderes denken als an uns beide."

8. KAPITEL

Ihr Herzschlag pochte im Einklang mit dem Regen, der gegen die Fenster trommelte. Megan fragte sich, ob Nathaniel es auch hören konnte, so, wie sie es wahrnahm. Und falls er es hörte, ob er dann ahnte, welche Angst sie ausstand. Er war so stark, sein Mund war so selbstsicher, bei jedem Mal, wenn er ihre Lippen in Besitz nahm. Er trug sie die Stufen hinauf, als wöge sie nicht mehr als die Nebelschwaden, die ums Haus wogten.

Sie würde alles falsch machen. Komplett versagen. Unmöglich, den Vorstellungen zu entsprechen, die sie beide hatten. Zweifel griffen nach ihr mit spitzen Krallen, als Nathaniel sie ins Schlafzimmer trug, den Raum, der erfüllt war mit dem süßen Duft von Glyzinen und dem goldenen Licht einer Nachttischlampe.

Ein Zweig mit den violetten Blüten stand in einer Weinflasche auf der Kommode. Die vorhanglosen Fenster standen weit offen und ließen die feuchte Luft herein. Megan sah wie hypnotisiert auf das große Bett mit dem hohen Kopfende.

Neben diesem Bett stellte Nathaniel sie auf die Füße, und sie merkte, wie weich ihre Knie waren. Dennoch hielt sie den Blick auf sein Gesicht gerichtet und wartete, voller Unsicherheit und Sehnsucht zugleich, dass er den ersten Schritt machen würde.

„Du zitterst schon wieder." Er hob die Hand und streichelte sanft ihre Wange. Glaubte sie wirklich, er könnte nicht all ihre Ängste in ihren Augen lesen? Sie wusste ja nicht, welche Ängste sie damit in ihm schürte.

„Ich weiß nicht, was ich tun muss."

Im gleichen Moment, in dem die Worte über ihre Lippen kamen, wurde ihr bewusst, dass es schon passiert war: Sie hatte den ersten Fehler gemacht. Fest entschlossen, zog sie deshalb nun seinen Kopf zu sich heran und presste ihre Lippen auf seinen Mund.

Ein Feuer begann in ihm aufzulodern, leckte höher und höher und forderte gebieterisch Nahrung für sein Verlangen. Er kämpfte den Drang nieder, Megan einfach auf das Bett zu drücken und sich zu nehmen, wonach ihn so unkontrolliert gelüstete. Stattdessen streichelte er sie leicht, ihr Gesicht, ihre Schultern, ihren Rücken, bis sie ruhiger wurde und sich entspannte.

„Weißt du, was ich möchte, Meg?"

„Ja … nein." Sie wollte wieder nach ihm greifen, doch er hielt ihre Hände fest und küsste ihre Fingerspitzen.

„Ich möchte zusehen, wie du dich entspannst. Ich möchte deine Freude beobachten dürfen. Ich möchte spüren, wie du ganz von mir erfüllt bist." Unendlich langsam zog er ihr eine Haarnadel nach der anderen aus dem Knoten und legte sie sorgsam auf das Nachttischchen neben dem Bett. „Ich möchte hören, wie du im höchsten Moment meinen Namen rufst." Er schob die Finger in ihr Haar und lockerte es zu einer duftigen Mähne auf. „Ich möchte, dass du all die Dinge mit mir tust, von denen ich seit dem ersten Moment an träumte, als wir uns begegneten."

Dann küsste er sie, sanft, zärtlich, verführerisch. Grad um Grad steigerte er die süße Folter, zog mit der Zunge die Konturen ihrer Lippen nach, knabberte, sog, spielte, bis Megan die Hände an seine Seiten legte und Nervosität durch Nachgiebigkeit ersetzt wurde.

Der letzte verbliebene Geschmack von Cognac, raue Bartstoppeln, die über ihre Wange strichen, das Tropfen des Regens und der schwere Duft feuchter Blumen mischten sich zu einer mächtigen, mitreißenden Droge, der Megan nichts entgegenzusetzen hatte.

Seine Lippen verließen ihren Mund und machten sich auf eine Wanderung zu ihrem Hals, ihrem Kinn, ihren Ohren. Er liebkoste und knabberte, bis er spürte, dass Megan sich noch ein Stückchen mehr gehen ließ, sich noch ein wenig mehr entspannte.

Er trat nur Zentimeter von ihr zurück und schob ihr das Sweatshirt hoch, zog es ihr über den Kopf, ließ es zu Boden fallen. Sie meinte zu sehen, wie seine Augen sich vor Verlangen jäh verdunkelten, doch er fuhr nur mit einem Finger über ihren Hals, hinunter zu der erblühten Knospe ihrer Brust. Sie hielt den Atem an, ließ den Kopf in den Nacken fallen.

„Du bist so schön, Megan." Er küsste ihre Schulter. „So weich."

Er hatte Angst, seine Hände könnten zu groß, zu rau, zu grob sein, und diese Angst ließ ihn unendlich zärtlich über ihre glühende Haut fahren, hinunter an ihren Seiten, hin zum Bund der locker auf ihren Hüften sitzenden Hose.

Er zog sie aus, und ihr unregelmäßiger Atem wurde zu einem leisen Stöhnen, als er ihre Kurven sanft nachzuzeichnen begann.

Ihre geschlossenen Lider hoben sich flatternd, mit verhangenen Augen sah sie ihn an. Jetzt, dachte sie. Jetzt wird er mich in Besitz nehmen und das sehnsüchtige Verlangen stillen, das er erweckt hat. Sie bot ihm ihre Lippen, und im Kuss vereint drückte er sie auf das Bett, so sanft und zärtlich, als würde er sie in ein Bassin aus Rosenblättern niederlegen.

Nichts hätte sie auf das vorbereiten können, was er ihr schenkte, was er von ihr entgegennahm. Sie war verloren in einem sanft wogenden Meer der Empfindungen, von Sinnlichkeit überwältigt, von Zärtlichkeit besiegt. Sie spürte sein weiches Haar auf ihrer Brust, hörte seinen zufriedenen Seufzer, während er mit der Zunge die harte Knospe reizte, fühlte seine Hand an ihren Schenkeln.

Und Megan versank in warmen, ruhigen Wassern. Sie hätte nicht sagen können, wann diese Wasser zu strudeln begannen. Der Sturm braute sich langsam zusammen, fast unbemerkt. Im einen Moment noch trieb sie sacht dahin, und im nächsten wurde sie mitgerissen von einem immer stärker werdenden Sog. Sie konnte nicht mehr atmen, ganz gleich, wie begierig sie auch nach Luft schnappte. In ihrem Kopf begann sich alles zu drehen, verzweifelt bemühte sie sich um Klarheit, auch als ihr Körper sich anspannte und von Zuckungen geschüttelt wurde.

„Nathaniel." Sie krallte die Finger in seine Schultern. „Ich kann nicht ..."

Doch er verstummte ihren Protest mit einem Kuss, schluckte ihr Stöhnen, als der erste schwindelerregende Höhepunkt sie mitriss und sie danach weich in seinen Armen lag.

„Megan." Er presste die Lippen an ihren Hals und bemühte sich, ruhiger zu atmen. Einer Frau Vergnügen zu schenken war auch ihm immer Vergnügen. Aber noch nie so. Niemals wie das hier. Sie war so leidenschaftlich und hingebungsvoll. Er fühlte sich wie ein Bettler und ein König zugleich.

Ihre ungestüme Reaktion hatte ihn über alle Maßen erregt. Und doch wollte er ihr mehr geben, sie hatte es verdient. So hielt er die eigene Lust eisern im Zaum, als er in sie eindrang und still verharrend den Schauer genoss, der sie durchlief.

Sie war so zierlich gebaut. Das durfte er nie vergessen. Und dass sie nahezu unschuldig war, fast noch Jungfrau. Und obwohl das Blut in seinen Adern rauschte, in seinen Ohren, in seinen Lenden, stützte er sich mit geballten Fäusten auf die Matratze und bewegte sich vorsichtig in ihr, aus Angst, Megan sonst zu verletzen.

Er spürte, wie sich ihr Körper anspannte, und als sie, von Wellen der Lust geschüttelt, laut seinen Namen rief, presste er den Mund auf ihre Lippen und folgte ihr über den Klippenrand hinaus.

Es regnete noch immer in Strömen. Als Megan langsam wieder in die Realität zurückkehrte, hörte sie das Trommeln der Tropfen auf dem Dach. Sie lag still, die Finger in Nathaniels Haar. Sie spürte, wie ihr Körper immer noch glühte, und wusste, dass ihr ein Lächeln auf dem Gesicht stand.

Sie begann zu summen.

Nathaniel rührte sich und stützte sich auf einen Ellbogen, um sie ansehen zu können. „Was machst du da?"

„Ich summe vor mich hin."

Grinsend betrachtete er sie. „Es gefällt mir, wie du aussiehst."

„An dich gewöhne ich mich auch langsam." Sie fuhr mit dem Finger über das Grübchen an seinem Kinn. „Es war doch in Ordnung, oder?"

„Was?" Er verkniff sich das Lachen und schaute sie abwartend an. „Oh, das. Ja, klar, nicht schlecht für den Anfang."

Sie öffnete den Mund, schloss ihn wieder, schnaubte leicht. „Du könntest es schon etwas netter ausdrücken."

„Und du könntest etwas weniger albern sein." Er küsste sie auf den Schmollmund. „Miteinander zu schlafen ist kein Test. Man bekommt keine Noten dafür."

„Ich meinte nur ... Ach, egal."

„Du meintest ...", er rollte sich auf den Rücken und zog sie mit sich, „... auf einer Skala von eins bis zehn ..."

„Lass es, Nathaniel." Sie legte die Wange auf seine Brust. „Ich mag es nicht, wenn du dich lustig über mich machst."

„Ich schon." Zärtlich strich er ihr über den Rücken. „Ich liebe es sogar, dich auf den Arm zu nehmen. In den Arm zu nehmen. Dich fühlen zu lassen." Fast hätte er ein simples „Ich liebe dich" folgen lassen. Doch das würde sie nicht akzeptieren. Er hatte ja selbst Schwierigkeiten, es zu akzeptieren.

„Bei dir habe ich Dinge gefühlt, wie ich sie noch nie gefühlt habe." Ohne den Kopf von seinem Herzen zu nehmen, fuhr sie fort: „Es macht mir Angst."

Ein Schatten legte sich über seine Augen. „Ich will nicht, dass du Angst vor mir hast."

„Nicht vor dir, vor mir", berichtigte sie. „Vor uns. Davor, das hier geschehen zu lassen. Ich bin froh, dass es geschehen ist." Es war viel einfacher, als sie sich vorgestellt hatte, zu lächeln und ihre Lippen auf seinen Mund zu pressen. Für einen Moment fühlte sie, wie er sich anspannte, doch sie tat es als unwichtig ab und küsste ihn noch einmal.

Sein Körper reagierte sofort. Wie konnte er schon wieder

so schnell und so heftig nach ihr verlangen? Doch was sollte er diesen verführerischen weichen Lippen entgegensetzen? „Mach so weiter, und du wirst sehen, was du davon hast."

Ein prickelnder Schauer durchlief sie. „Okay." Sie neckte, lockte, reizte und ließ einen entzückten kleinen Laut hören, verwundert und bezaubert, dass da noch so viel mehr sein sollte, als er sich mit ihr herumrollte und ihren Mund fordernd und gierig in Besitz nahm.

Sie stöhnte unter ihm auf, wand sich ...

Sofort ließ er von ihr ab und drehte sich auf den Rücken, verfluchte sich in Gedanken, während sein Herz wild hämmerte.

Verwirrt legte Megan ihm eine Hand auf den Arm.

Er zuckte zurück. „Nicht." Das Wort klang barsch und rasselnd. „Ich brauche eine Minute."

Das Leuchten in ihren Augen erstarb. „Entschuldige. Ich wollte nichts falsch machen."

„Das hast du nicht." Er rieb sich mit einer Hand über das Gesicht und setzte sich auf. „Ich bin nur noch nicht so weit. Hör zu ... ich schlage vor, ich schaue mal kurz nach unten und sehe nach, ob ich etwas zu essen für uns finden kann."

Er lag nur Zentimeter von ihr entfernt. Es hätten genauso gut Welten sein können. Die Zurückweisung tat weh. „Nein, ist nicht nötig." Ihre Stimme klang wieder kühl und gefasst. „Ich muss sowieso zurück und Kevin abholen."

„Um Kevin brauchst du dir keine Sorgen zu machen."

„Dennoch ..." Mit den Fingern versuchte sie ihr Haar zu richten und wünschte verzweifelt, sie hätte etwas, um ihre Nacktheit zu bedecken.

„Schlag mir nicht wieder diese verdammte Tür vor der Nase zu, Megan." Er zwang die Wut nieder und eine noch viel gefährlichere Leidenschaft.

„Ich habe überhaupt keine Tür zugeschlagen. Ich nahm nur an, du würdest wollen, dass ich über Nacht bleibe. Mein Fehler. Daher werde ich jetzt ..."

„Natürlich will ich, dass du bleibst. Verflucht, Megan." Mit einem Ruck drehte er sich zu ihr um. Es überraschte ihn nicht, dass sie zusammenzuckte. „Ich brauche nur eine Minute. Ich begehre dich so sehr, dass ich dich verschlingen könnte."

Nahezu trotzig verschränkte sie die Arme vor der Brust. „Ich verstehe dich nicht."

„Das kann man wohl sagen. Denn wenn du auch nur eine Ahnung hättest, würdest du die Beine in die Hand nehmen und rennen, so schnell und so weit du kannst."

„Wovon redest du überhaupt?"

Frustriert nahm er ihre Hand, presste ihre Handfläche gegen seine. „Ich habe große Hände, Megan. Die habe ich von meinem Vater geerbt. Und ich weiß sie zu benutzen … auf die richtige und die falsche Art."

Etwas glitzerte in seinen Augen auf, wie die blitzende Klinge eines Schwertes. Es hätte sie einschüchtern müssen, stattdessen erregte es sie. „Du hast Angst vor mir. Angst, dass du mir wehtun könntest."

„Ich werde dir nicht wehtun." Er ließ die Hand sinken.

„Nein, das wirst du nicht, ich weiß." Sie legte die Hand an seine Wange. Unter ihren Fingern konnte sie fühlen, wie er die Zähne zusammenbiss. Und sie benutzte diese Finger, um die Anspannung aus ihm fortzustreicheln und zu besänftigen. Sie hatte die Macht dazu, eine Macht, über die sie sich bisher nie bewusst gewesen war. Sie fragte sich, was zwischen ihnen alles geschehen könnte, wenn sie dieser Macht freien Lauf ließ.

„Du willst mich." Sie rutschte näher an ihn heran, strich mit den Lippen über seinen Mund. „Du willst mich berühren." Sie zog seine verkrampfte Hand zu ihrer Brust. Die Finger öffneten sich, umfassten die Rundung. „Und du willst von mir berührt werden." Mit ihrer Hand glitt sie über seine Brust, hinunter zu seinem flachen Bauch, fühlte die zuckenden Muskeln. So viel Kraft, dachte sie, so eisern im Zaum gehalten. Was würde wohl geschehen, wenn diese Kraft freigesetzt wurde?

Sie wollte es wissen.

„Liebe mich, Nathaniel.“ Mit halb geschlossenen Lidern schlang sie die Arme um seinen Nacken. „Zeige mir, wie sehr du mich willst.“

Noch immer hielt er sich zurück, küsste sie nur und sagte sich, dass das genug sein musste.

Doch sie hatte schnell gelernt. Wo er versuchte zu beruhigen, provozierte sie. Wo er versuchte, zärtlich zu sein, peitschte sie ihn an.

Mit einem gemurmelten Fluch zog er sie auf sich. Seine Hände waren überall, sein Mund forderte gierig, und sie antwortete auf jede seiner Forderungen mit der gleichen ungestümen Leidenschaft. Dieses Mal gab es keine ruhigen Wasser, um sich darin treiben zu lassen. Nun riss eine gewaltige Flutwelle sie beide mit.

Jetzt kümmerte er sich keinen Deut um Selbstbeherrschung und Kontrolle. Sie gehörte ihm, und beim Allmächtigen, er würde sie haben. Alles von ihr.

Mit einem heiseren Stöhnen zog er ihr die Arme über den Kopf und verlor sich in ihr. Sie bog sich ihm entgegen, wollte ihn tiefer in sich spüren, wollte mehr, wollte alles von ihm erfahren.

Lange noch würde sie sich an die fiebrige Leidenschaft und das rastlose Tempo ihres Liebesspiels erinnern. Und noch lange würde sie den Geschmack von Macht auf den Lippen schmecken, nachdem sie sich zusammen kopflos über die Klippen gestürzt und in der Sinnlichkeit verloren hatten.

Sie musste eingeschlafen sein. Als Megan die Augen aufschlug, lag sie bäuchlings quer über dem Bett. Der Regen hatte aufgehört, der Abend war längst hereingebrochen. Sobald die Schlaftrunkenheit schwand, wurde sie sich bewusst, dass ihr ganzer Körper schmerzte, und ein äußerst zufriedenes Lächeln stahl sich auf ihr Gesicht.

Sie überlegte, ob sie sich auf den Rücken drehen sollte, doch das war ihr zu umständlich. So streckte sie nur den Arm nach hinten und wusste doch schon, dass sie allein im Bett lag.

Unten hörte sie den Papageien krächzen: „Du weißt doch, wie man pfeift, Steve, oder?“, und aus ihrem entrückten Lächeln wurde ein amüsiertes Grinsen.

Sie grinste noch immer vor sich hin, als Nathaniel ins Zimmer kam.

„Zeigst du ihm den ganzen Tag alte Filme?“

„Er ist nun mal ein Bogart-Fan, da kann man nichts machen.“ Er wunderte sich über sich selbst, warum er sich so unbeholfen mit dem Tablett vorkam, nur weil eine nackte Frau sich in seinem Bett rekelte. „Die Narbe, die du da hast, ist wirklich nicht schlecht.“

Sie fühlte sich viel zu träge, um verlegen zu sein. „Geschah mir recht. Dein Drache ist auch nicht übel.“

„Ich war achtzehn, ziemlich übermütig und wohl auch nicht mehr ganz nüchtern, wenn ich mich richtig entsinne. Vermutlich geschah es mir auch recht.“

„Er passt zu dir.“ Sie lugte auf das Tablett. „Was hast du denn da?“

„Ich dachte, du könntest vielleicht etwas zu essen vertragen.“

„Ich komme halb um vor Hunger.“ Sie stützte sich auf die Ellbogen und schnupperte. „Das riecht köstlich. Ich wusste gar nicht, dass du kochen kannst.“

„Ich nicht, aber Dutch. Er versorgt mich mit Portionen zum Mitnehmen. Ich brauche sie dann nur noch aufzuwärmen.“ Er stellte das Tablett auf die Truhe am Fußende des Betts. „Hühnchen nach Cajun-Art und Wein.“

„Mmmh ...“ Sie richtete sich gerade so weit auf, dass sie auf die Teller blicken konnte. „Sieht großartig aus. Aber ich sollte jetzt doch besser zu Kevin.“

„Oh, ich habe Suzanna angerufen.“ Er überlegte, ob er sie wohl dazu bekommen konnte, dass sie so aß, wie sie jetzt war. „Wenn du nichts dagegen hast, soll Kevin über Nacht bei ihnen bleiben. Sie sagte, dass er, Alex und Jenny ins Land der Computerspiele abgetaucht seien.“

„Und wenn ich mich jetzt melde, dann bin ich der Spielverderber, oder?"

„Ja, so ähnlich." Er setzte sich neben sie und fuhr ihr mit einem Finger über den Rücken. „Also, was ist? Schläfst du heute bei mir?"

„Ich hab nicht mal meine Zahnbürste dabei."

„Irgendwo werde ich schon eine auftreiben." Er steckte ihr ein Stück Hühnchen in den Mund.

„Hoppla!" Sie schluckte und blähte die Backen. „Scharf!"

„Und ob." Er beugte sich vor und küsste sie, dann hielt er ihr das Glas Wein an die Lippen. „Besser?"

„Wundervoll."

Absichtlich hielt er das Glas schräg, sodass einige Tropfen Wein auf ihre bloße Schulter fielen. „Ups! Das wische ich besser gleich weg." Was er auch prompt tat – mit der Zunge. „Was muss ich noch tun, um dich zum Bleiben zu bewegen?"

„Nichts mehr. Das hast du schon." Damit schmiegte sie sich in seine Arme.

Am nächsten Morgen hatte der Nebel sich verzogen. Im hellen Sonnenschein sah Nathaniel zu, wie Megan sich das Haar aufsteckte. Es schien ihm das Natürlichste der Welt, hinter sie zu treten und ihr seine Lippen auf den Nacken zu pressen. Eine sehr schlichte und sehr befriedigende Geste, an die er sich leicht gewöhnen könnte.

„Ich liebe es, wie du dich zurechtmachst und auf Hochglanz bringst."

„Auf Hochglanz?" Verdutzt sah sie ihn im Spiegel an. Sie trug die gleichen Sachen wie gestern, ihr Make-up war minimal und überhaupt nur dank der Notfallausrüstung in ihrer Handtasche möglich geworden. Und ihr Haar wollte sich nicht bändigen lassen, weil gut die Hälfte der Haarnadeln nicht mehr aufzufinden war.

„Ja, so wie jetzt. Wie ein verlockendes süßes Petit four im Schaufenster einer Konditorei."

Fast verschluckte sie sich. „Ein Petit four bin ich ganz bestimmt nicht."

„Ich habe eine Schwäche für Süßes." Um seine Worte zu bekräftigen, knabberte er an ihrem Hals.

„Ist mir schon aufgefallen." Sie drehte sich in seinen Armen, legte die Hände an seine Brust, um ihn aufzuhalten. „Ich muss jetzt wirklich gehen."

„Ich auch. Vermutlich lässt du dich nicht überreden, mit mir rauszukommen?"

„Mit dem Schiff, um Wale zu suchen?" Sie legte den Kopf leicht schief. „Wenn du mit in mein Büro kommst, um Belege zu sortieren."

Er krümmte sich leicht. „Also wohl nicht. Was ist mit heute Abend?"

Sehnsucht, heiß und drängend, erfasste sie. „Ich muss an Kevin denken. Ich kann meine Nächte nicht hier bei dir verbringen, während er woanders schläft."

„Kann ich verstehen. Aber du könntest deine Terrassentüren ja vielleicht unverschlossen lassen …"

„Damit du dich hineinschleichen kannst?", fragte sie streng.

„So ungefähr."

„Gute Idee." Lachend machte sie sich aus seinen Armen frei. „Fährst du mich jetzt endlich zu meinem Wagen zurück?"

„Muss ich wohl." Hand in Hand stiegen sie die Treppe hinunter. „Megan …" Er hasste es, dieses Thema anzusprechen, wenn die Sonne strahlend schien und seine Stimmung so unbeschwert war. „Solltest du etwas von Dumont hören… Wenn er sich irgendwie an dich oder Kevin heranmacht, will ich das wissen. Schrei, trommle, schicke Rauchzeichen, aber gib mir Bescheid."

Sie drückte aufmunternd seine Finger. „Ich bezweifle, dass er sich noch einmal blicken lässt, nach dem unfreiwilligen Bad, das du ihm verabreicht hast. Mach dir keine Sorgen, Nathaniel, ich werde schon allein mit ihm fertig."

„Ab mit der Rübe!", lautete Vogels Vorschlag, doch Nathaniel lächelte nicht einmal.

„Es geht nicht darum, mit wem oder was du allein fertig wirst." Er hielt die Haustür für sie auf. „Vielleicht hat die letzte Nacht deiner Ansicht nach mir nicht das Recht gegeben, auf dich und deinen Jungen aufzupassen ... nun, meiner Meinung nach schon. Und ich werde auf euch aufpassen." Auch die Wagentür hielt er für sie auf. „Ich will es ganz einfach ausdrücken: Entweder, du versprichst mir, dass du es mir sagst, oder ich erledige das mit ihm jetzt sofort."

Der Protest lag ihr schon auf der Zunge, doch dann erinnerte sie sich an Nathaniels Miene, als er Baxter gegen die Wand gerammt hatte. „Das traue ich dir sogar zu."

„Darauf kannst du jede Wette eingehen."

Sie bemühte sich, den Ärger von der simplen Freude, sich beschützt zu fühlen, zu trennen. Es gelang ihr nicht. „Ich würde dir ja gerne danken für deine Fürsorglichkeit, aber ich bin nicht sicher, ob ich das so bedenkenlos kann. Ich passe schon sehr lange auf Kevin und mich auf."

„Die Dinge ändern sich."

„Stimmt." Sie fragte sich, was hinter diesen ruhigen grauen Augen wohl vorgehen mochte. „Ich ziehe es vor, wenn sie sich Schritt für Schritt verändern."

„Ich tue mein Bestes, Meg, um mich auf dein Tempo einzustellen." Und wenn ihn das frustrierte, so würde er damit fertig werden müssen. „Ein schlichtes Ja oder Nein reicht."

Hier ging es nicht nur um sie selbst, sondern auch um Kevin. Nathaniel bot an, sie beide zu beschützen. Stolz war unangebracht, wenn es um das Wohlergehen ihres Sohnes ging. Im Wagen drehte sie sich im Sitz zu ihm um.

„Du hast wirklich eine ganz besondere Art, deinen Kopf durchzusetzen. Und dann tust du so, als sei es unvermeidlich gewesen."

„Das ist es meist auch." Er setzte rückwärts und lenkte den Wagen Richtung Shipshape.

Bei ihrer Ankunft wartete bereits ein Begrüßungskomitee auf sie – Holt und, zu Megans Überraschung, ihr Bruder Sloan.

„Die Kinder habe ich im *The Towers* abgesetzt", sagte Holt, bevor Megan fragen konnte. „Dein Hund ist auch dabei, Nate."

„Danke." Megan war kaum aus dem Auto ausgestiegen, als Sloan sie bei den Schultern packte und ihr eindringlich in die Augen blickte.

„Ist alles in Ordnung mit dir? Warum, zum Teufel, hast du mich nicht angerufen? Hat dieser Mistkerl dich angerührt?"

„Mir geht es gut, Sloan." Sie umfasste sein Gesicht und küsste ihn beruhigend auf die Wange. „Und angerufen habe ich dich nicht, weil bereits zwei Ritter in voller Rüstung für mich in den Kampf gezogen waren. Er mag mich angerührt haben, aber ich habe ihm die Fäuste in die Rippen gerammt. Ich glaube sogar, ich habe ihm die Lippe aufgeschlagen."

Sloan stieß einen unflätigen Fluch aus und zog Megan in seine Arme. „Ich hätte ihn schon umbringen sollen, als du mir zum ersten Mal von ihm erzähltest."

„Lass", bat sie, „es ist vorbei. Ich will nicht, dass Kevin etwas davon erfährt. Komm, ich nehme dich mit zurück zum Haus."

„Ich hab hier noch was zu erledigen." Über Megans Schulter sah er zu Nathaniel. „Fahr nur vor, Meg, ich komme nach."

„Na gut." Sie gab ihm noch einen Kuss. Zu Holt gewandt sagte sie: „Nochmals danke, dass ihr auf Kevin aufgepasst habt."

„Keine Ursache." Holt stach sich die Zungenspitze in die Wange, als Nathaniel Megan in seine Arme zog und herzhaft zum Abschied küsste. Und dann biss er sich auf besagte Zunge, um nicht lauthals loszulachen, als er Sloans Blick sah.

„Wir sehen uns später, Engelchen."

Megan lief rot an und musste sich räuspern. „Nun, äh … ja. Also dann …"

Die Daumen in die Jeansschlaufen gehakt, wartete Nathaniel, bis Megan mit ihrem Wagen losfuhr, bevor er sich zu Sloan umdrehte. „Ich kann mir vorstellen, dass du mit mir reden willst."

„Da hast du verdammt recht. Und ob ich mit dir reden will."

„Du wirst mit auf die Brücke kommen müssen. Ich fahre gleich mit einer Tour raus."

„Braucht ihr einen Schiedsrichter?", bot Holt selbstlos an und erntete vernichtende Blicke aus zwei Augenpaaren. „Zu schade aber auch. Das hätte ich zu gern miterlebt."

Innerlich schäumend folgte Sloan Nathaniel an Bord der Jacht und wartete ungeduldig darauf, dass er die Kommandos zum Ablegen gab. Auf der Kommandobrücke prüfte Nathaniel noch einmal die Instrumente und entließ dann den Maat.

„Sollte das länger als zehn Minuten dauern, wirst du wohl mit auf Fahrt gehen müssen."

„Ich hab Zeit." Sloan trat näher, die Beine gespreizt wie ein Revolverheld beim Duell. „Was, zum Teufel, hattest du mit meiner Schwester zu schaffen?"

„Ich bin sicher, das kannst du dir denken", erwiderte Nathaniel kühl.

Sloan bleckte die Zähne. „Wenn du dir einbildest, ich sehe ruhig zu, wie du dich an sie heranmachst, hast du dich getäuscht. Ich war vielleicht nicht dabei, als sie sich mit Dumont eingelassen hat, doch jetzt bin ich hier."

„Ich bin nicht Dumont." Nathaniels Selbstbeherrschung hing an einem seidenen Faden. „Wenn du unbedingt deine Wut über ihn an mir auslassen willst ... gerne. Seit dieser Mistkerl sie herumgeschleudert hat, suche ich jemanden, der sich eine anständige Prügelei mit mir liefert. Also bitte, wenn du bereit bist ..."

Die Herausforderung sprach etwas elementar Männliches in Sloan an, doch da war etwas, das wichtiger war. „Was meinst du damit, er hat sie herumgeschleudert?"

„Genau das. Er hat sie an die Wand gequetscht." Die Wut flammte wieder auf, erstickte ihn fast. „Ich hatte ernsthaft mit dem Gedanken gespielt, ihn umzubringen, aber den Anblick hätte sie wohl nicht ertragen."

Sloan atmete tief durch, um sich zu beruhigen. „Also hast du ihn vom Pier geworfen."

„Zuerst habe ich ihm ein paar Schwinger verpasst, dann darauf gehofft, dass er nicht schwimmen kann."

Ruhiger – und dankbar – nickte Sloan. „Holt muss ihm wohl auch einiges zu sagen gehabt haben, nachdem er seinen erbärmlichen Hintern wieder aus dem Wasser gehievt hatte. Schließlich sind sie schon einmal aneinandergeraten." Es wurmte Sloan, dass er diese Chance verpasst hatte. „Ich glaube nicht, dass Dumont noch mal hier auftaucht, nachdem er nun weiß, dass er es mit uns zu tun bekommt. Danke, dass du meiner Schwester zu Hilfe gekommen bist", sagte er steif. „Aber das heißt nicht, dass das andere vergessen ist. Sie war aufgeregt und verletzlich. Ich mag keine Männer, die eine solche Situation ausnutzen."

„Ich habe ihr heißen Tee und trockene Klamotten gegeben", presste Nathaniel zwischen den Zähnen hervor. „Und da hätte es von meiner Seite her auch aufgehört. Dass sie bei mir blieb, war allein ihre Entscheidung."

„Ich sehe nicht tatenlos zu, wie sie wieder verletzt wird. Für dich ist sie vielleicht nur eine attraktive Frau, aber sie ist meine Schwester."

„Ich liebe deine Schwester." Ruckartig wandte Nathaniel den Kopf, als die Tür der Kommandobrücke aufging.

„Fertig zum Ablegen, Captain."

Sloan trat abwartend zurück, während Nathaniel mit grimmiger Miene das Ablegemanöver kommandierte und das Schiff in die Bucht hinaussteuerte.

„Willst du mir das genauer erklären?"

„Was ist, verstehst du keinen einfachen Satz?", knurrte Nathaniel. „Ich liebe Megan. Verflucht!"

„Tja ..." Fassungslos ließ Sloan sich auf die Bank beim Ruder sinken. Das musste er erst einmal verdauen. Megan hatte den Mann doch gerade erst kennengelernt! Andererseits … er erinnerte sich noch gut daran, dass Amanda ihm von einer Sekunde auf die andere den Kopf verdreht hatte. Und wenn er einen Mann für seine Schwester auswählen dürfte … Nathaniel Fury kam seinen Vorstellungen ziemlich nahe.

„Hast du ihr das gesagt?" Sloan klang schon sehr viel weniger angriffslustig.

„Fahr zur Hölle."

„Also nicht." Sloan legte sich den linken Fuß auf das rechte Knie. „Fühlt sie das Gleiche für dich?"

„Das wird sie." Nathaniels Wangenmuskeln arbeiteten. „Sie braucht nur Zeit, um sich darüber klar zu werden."

„Hat sie das gesagt?"

„Ich sage das." Frustriert fuhr Nate sich mit den Fingern durchs Haar. „Hör zu, O'Riley, entweder prügeln wir uns jetzt, oder du kümmerst dich um deine eigenen Angelegenheiten. Mir reicht's."

Langsam begann sich ein breites Grinsen auf Sloans Gesicht auszubreiten. „Du bist verrückt nach ihr."

Nathaniel stieß nur ein unverständliches Schnauben aus.

„Was ist mit Kevin?" Forschend betrachtete Sloan Nates Profil. „Manche hätten Schwierigkeiten damit, den Sohn eines anderen Mannes zu akzeptieren."

„Kevin ist Megans Sohn." Mit glühenden Augen sah er zu Sloan. „Und er wird mein Sohn sein."

Sloan wartete einen Moment, bis er sich ganz sicher war. „Du nimmst also das komplette Set?"

„Richtig." Nate zog eine Zigarre hervor, zündete sie an, paffte. „Hast du ein Problem damit?"

„Könnte ich nicht behaupten, nein." Grinsend griff Sloan nach der Zigarre, die Nathaniel ihm anbot. „Aber du könntest Probleme kriegen. Meine Schwester ist ein ziemlicher Dickschädel. Und da du ja nun fast zur Familie gehörst … solltest du Hilfe benötigen, kannst du dich jederzeit vertrauensvoll an mich wenden."

Endlich zuckte es auch um Nathaniels Lippen. „Danke, aber das erledige ich schon allein."

„Wie du meinst", erwiderte Sloan und lehnte sich zurück, um die Tour zu genießen.

„Megan, wie geht es dir? Ist auch wirklich alles in Ordnung?"

Kaum dass Megan den Fuß über die Schwelle von *The Towers* setzte, fand sie sich umringt von aufgeregter Fürsorge.

„Ja, ganz sicher. Mir geht es gut." Ihre Versicherungen hielten die Calhoun-Sippe nicht davon ab, sie in die Familienküche zu führen und sie mit heißem Tee und überfließender Anteilnahme zu versorgen. „Das nimmt überproportionale Auswüchse an", murmelte sie.

„Wenn sich jemand mit einem von uns anlegt", widersprach C. C., „dann legt er sich mit uns allen an."

Megan sah zum Fenster hinaus. Draußen auf dem Rasen spielten die Kinder fröhlich und unbeschwert. „Danke. Ehrlich. Doch ich halte es für unwahrscheinlich, dass da noch etwas nachkommt."

„Nichts wird mehr passieren." Colleen kam in die Küche und ließ den Blick streng über die Runde schweifen. „Was tut ihr alle hier? Ihr erdrückt das Mädchen ja. Hinaus mit euch!"

„Tante Colleen ...", setzte Coco an und kam nicht weiter.

„Hinaus, sagte ich! Scher du dich zurück in deine Küche und mach diesem Hünen schöne Augen, der sich ständig nachts in dein Zimmer schleicht."

„Also wirklich, ich ...!"

„Geh! Und du!" Der Stock richtete sich drohend auf Amanda. „Hast du nicht ein Hotel zu leiten? Du", jetzt war Suzanna an der Reihe, „geh Unkraut jäten. Und du", das galt C. C., „lass deine Kunden nicht warten und repariere deine Autos." Colleens Blick kam auf Lilah zu liegen.

„Bei mir ist das schon schwieriger, was, Tantchen?", meinte Lilah lakonisch.

„Leg dich hin und mach ein Nickerchen", zischelte die alte Dame.

„Touché", meinte Lilah seufzend. „Kommt, Ladies, wir sind entlassen."

Sobald die Tür hinter der abziehenden Truppe zufiel, ließ Colleen sich schwer auf einen Stuhl sinken. „Bring mir eine Tasse Tee", wies sie Megan an. „Und sieh zu, dass er heiß ist."

Zwar machte Megan sich daran, Tee einzuschenken, doch einschüchtern ließ sie sich nicht. „Sind Sie eigentlich überzeugt, dass Unhöflichkeit grundsätzlich von Vorteil ist, Miss Calhoun?"

„Das, hohes Alter und ein dickes Bankkonto." Sie nippte an der Tasse, die Megan vor sie hinstellte, und nickte befriedigt. „Jetzt setz dich und hör zu, was ich dir zu sagen habe. Und sieh nicht so vorwurfsvoll drein, junge Dame."

„Ich mag Coco sehr gern", sagte Megan. „Sie haben sie unnötig verlegen gemacht."

„Verlegen? Ha! Sie und dieser tätowierte Riese schmachten sich jetzt schon seit Tagen an. Ich habe ihr nur einen kleinen Anstoß gegeben." Sie musterte Megan durchdringend. „Loyal, wenn die Loyalität verdient ist, was?"

„Ja."

„Nun, ich auch. Und deshalb habe ich heute Morgen ein paar Freunde in Boston angerufen. Einflussreiche Freunde. Still!", ordnete sie an, als Megan den Mund öffnete. „Ich selbst halte nichts von Politik, aber manchmal muss man sich auf glattes Parkett begeben. Inzwischen müsste Dumont bereits darüber in Kenntnis gesetzt worden sein, dass jeglicher Kontakt zu dir oder deinem Sohn ihn unweigerlich die Karriere kosten wird. Er wird dich nie wieder belästigen."

Megan presste die Lippen zusammen. Ganz gleich, was sie gesagt hatte, ganz gleich, welchen Anschein sie sich gegeben hatte ... die Angst vor dem, was Baxter unternehmen könnte, hatte wie ein Damoklesschwert über ihr gehangen. Und Colleen hatte diese Angst soeben wie beiläufig weggewischt.

„Warum haben Sie das getan?“

„Skrupellose Grobiane sind mir zuwider. Vor allem solche, die sich an meiner Familie vergreifen.“

„Ich gehöre nicht zu Ihrer Familie.“

„Pah, mach die Augen auf, Mädchen. Du hast den Fuß auf Calhoun-Gebiet gesetzt. Unsere Familie ist wie Treibsand, wir verschlingen jeden mit Haut und Haaren. Jetzt kommst du nicht mehr von uns weg.“

Tränen schossen ihr in die Augen und ließen ihre Sicht verschwimmen. „Miss Calhoun …“ Ein resolutes Poltern mit dem Gehstock unterbrach sie, und sie verstand sofort. „Tante Colleen“, verbesserte sie, „ich bin dir wirklich sehr dankbar.“

„Das solltest du auch sein.“ Colleen hustete, um die eigene Ergriffenheit zu kaschieren. Dann rief sie laut: „Ihr könnt jetzt aufhören, an der Tür zu lauschen, und wieder hereinkommen.“

Und schon schwang die Tür auf. Coco führte den Trupp an. Sie ging auf Colleen zu und hauchte ihr einen Kuss auf die Wange.

„Hört schon auf mit dem Unsinn.“ Colleen scheuchte ihre Großnichten von sich. „Ich will von dem Mädchen jetzt hören, wie dieser verwegene junge Mann den Grobian ins Wasser getunkt hat.“

Lachend wischte Megan sich eine Träne aus dem Augenwinkel. „Vorher hat er ihn aber noch gut durchgeschüttelt.“

„Ha!“ Begeistert stieß Colleen mit dem Stock auf. „Und dass mir kein Detail ausgelassen wird!“

9. KAPITEL

B.s Verhalten unerhört. Seit Rückkehr auf Insel ist sie abwesend, verliert sich in Tagträumereien, verspätet sich zum Tee, vergisst Lunchverabredung. Aufstände in Mexiko bedenklich. Habe Diener entlassen. Zu viel Stärke in Wäsche.

Unglaublich, dachte Megan und las noch einmal die Notizen, die Fergus am Rand der Haushaltskladde eingetragen hatte. Dieser Mann sprach in einem Atemzug von seiner Frau, einem bevorstehenden Krieg und dem Personal. Und das alles in dem gleichen, immer leicht verärgerten Ton. Biancas Leben mit diesem Despoten musste schrecklich gewesen sein, ohne Hoffnung, ihr Schicksal ändern zu können.

Wie so häufig in der ruhigen Stunde vor dem Zubettgehen blätterte Megan weiter zu den letzten Seiten. Noch immer konnte sie keinen Sinn in den Zahlen erkennen. Sie bedauerte, dass sie noch keine Zeit gefunden hatte, sich im Stadtarchiv umzusehen.

Oder … vielleicht sollte sie bei Amanda anfangen. Möglich, dass sie von eventuellen Auslandskonten oder Bankdepots wusste.

Ob das die Antwort war? Megan betrachtete die Zahlen. Fergus hatte Häuser in Maine und in New York besessen. Vielleicht waren diese Zahlen ja Depotnummern. Oder Safekombinationen.

Die Idee sagte ihr zu. Eine klare Antwort auf ein eigentlich unwesentliches, aber zermürbendes Puzzle. Einem Mann wie Fergus Calhoun, besessen davon, Reichtum anzuhäufen, war es zuzutrauen, dass er mehrere Verstecke hatte, wo er sein Geld aufbewahrte. Ohne dass andere auch nur irgendetwas davon ahnten.

Wäre es nicht fantastisch, wenn irgendwo bei einer alteingesessenen Bank eine verstaubte Kassette in einem längst vergessenen Depot läge? All die Jahre nie geöffnet, der Schlüssel längst verrostet. Und der Inhalt? Oh ... vielleicht Rubine von unschätzbarem Wert. Oder ein dicker Packen Staatsanleihen. Oder ein einzelnes vergilbtes Foto. Vielleicht eine Locke, zusammengehalten von einem goldenen Seidenband ...

Megan schlug die Augen zur Decke auf und lachte über sich selbst. „Deine Fantasie macht wieder Überstunden", schalt sie sich. „Zu schade, dass es so weit hergeholt ist."

„Was denn?"

Die Brille rutschte ihr von der Nase, als sie erschreckt zusammenzuckte. „Himmel, Nathaniel!"

Er grinste breit und verriegelte die Terrassentür hinter sich. „Eigentlich hatte ich erwartet, du würdest dich freuen, mich zu sehen."

„Das tue ich auch. Aber musst du dich so anschleichen?"

„Wenn ein Mann nachts durchs Fenster in das Zimmer einer Frau einsteigt, ist es unvermeidlich, dass er schleicht."

Sie schob die Brille auf ihren Platz zurück. „Das ist kein Fenster, das sind Türen."

„Und du nimmst alles zu wörtlich." Von hinten beugte er sich über ihren Stuhl und küsste sie wie ein Verhungernder. „Ich bin froh, dass du mit dir selbst redest."

„Tue ich nicht!"

„Gerade eben hast du es getan. Sonst würde ich immer noch da draußen stehen und dich einfach nur anschauen." Er schlenderte zur Zimmertür und drehte den Schlüssel im Schloss. „Du sahst so unglaublich sexy aus, wie du an deinem kleinen Schreibtisch sitzt, die Brille auf der Nase, das Haar locker aufgesteckt, in diesem tugendhaften Morgenmantel."

Sie wünschte von ganzem Herzen, das biedere Frottee möge sich in Seide und Satin verwandeln. Doch so etwas Frivoles besaß sie gar nicht, und so hatte sie sich für den Bademantel und Cocos Parfüm entschieden.

„Ich hatte nicht mehr mit dir gerechnet. Es ist schon spät."

„Ich dachte mir, dass die Aufregung erst abklingen muss. Und außerdem wolltest du Kevin noch zu Bett bringen. Er hat hoffentlich nichts davon mitbekommen, oder?“

„Nein.“ Es rührte sie an, dass er sich deshalb Gedanken machte. „Keines von den Kindern. Und alle waren ganz wunderbar. Da denkt man, man hat einen schrecklichen Kampf vor sich, in den man allein ziehen muss, und plötzlich findet man sich inmitten eines Kreises von sicheren Schilden wieder.“ Mit schief gelegtem Kopf lächelte sie leicht. „Was hältst du da hinter deinem Rücken versteckt?“

Gespielt überrascht zog er die Brauen hoch. „Ich halte etwas hinter meinem Rücken? Tatsächlich.“ Er zog eine Pfingstrose hervor. Sie glich der ersten, die er ihr damals gegeben hatte. „Eine Rose ohne Dornen.“

Er kam auf sie zu, und plötzlich war Megan nur noch von dem Gedanken beherrscht, dass dieser Mann, dieser faszinierende Mann, sie begehrte. Es erstaunte sie. Über alle Maßen.

Nathaniel wollte die welkende Pfingstrose aus der Vase auf dem Schreibtisch nehmen, doch Megan hielt ihn zurück. „Nicht.“ Sie kam sich albern vor, dennoch hielt sie seine Hand auf. „Wirf sie nicht weg.“

„Bist du etwa sentimental, Meg?“ Es berührte ihn angenehm, dass sie die welke Blüte als Andenken verwahren wollte, und so stellte nur er die frische Knospe dazu. „Hast du hier gesessen, die Blüte betrachtet und an mich gedacht?“

„Vielleicht“, antwortete sie unbestimmt, doch gegen das Lachen in seinen Augen kam sie nicht an. „Ja, habe ich“, gestand sie lächelnd. „Allerdings nicht nur Gutes.“

„Das macht nichts. Hauptsache, du denkst an mich.“ Damit hob er sie aus dem Stuhl, setzte sich und zog sie auf seinen Schoß. „So ist es doch viel angenehmer, oder?“

Da es ihr sinnlos schien zu widersprechen, schmiegte sie sich an ihn und legte den Kopf an seine Schulter. „Alle sind ganz aufgeregt wegen der Vorbereitungen für den Unabhängigkeitstag“, plauderte sie leichthin. „Coco und Dutch streiten sich über das Rezept für die Barbecue-Soße, und die Kinder schmollen, weil sie das Feuerwerk nicht anzünden dürfen."

„Also wird es zwei Soßen geben, und Coco und Dutch werden alle befragen, welche besser schmeckt. Und die Kinder werden vergessen zu schmollen, sobald sie sehen, was Trent für das traditionelle Feuerwerk organisiert hat."

„Kevin hat den ganzen Abend von nichts anderem gesprochen", ergänzte sie. „Das muss eine tolle Show werden."

„Darauf kannst du dich verlassen. Diese Familie hält nichts von halben Sachen. Magst du Feuerwerk?"

„Fast so sehr wie die Kinder." Sie lachte leise. „Ich kann kaum glauben, dass es schon Juli ist. Ich muss noch mindestens zwei Dutzend Dinge erledigen, bevor ich meinen Anteil zur Grillparty beisteuern kann. Außerdem will ich verhindern, dass die Kinder sich in Brand setzen, und die Show genießen."

„Die Pflichten immer zuerst", murmelte Nathaniel. „Arbeitest du an Fergus' Kladde?"

„Mhm." Sie nickte und schmiegte sich an seine Schulter. „Mir war gar nicht klar, welches Vermögen dieser Mann angehäuft hat und wie wenig ihm Menschen bedeuteten. Sieh nur, hier." Sie tippte mit dem Finger auf die Seite. „Wann immer er eine Bemerkung zu Bianca macht, nennt er sie in einem Zug mit den Dienstboten. Oder noch schlimmer, er redet von ihr wie von einem Besitz. Er hat jeden Tag die Haushaltsführung überprüft und jeden Penny nachgerechnet. Es gibt sogar eine Aufzeichnung, dass er die Köchin entlassen hat, weil bei der Aufrechnung der Einkäufe dreiunddreißig Cent fehlten."

„Es gibt genügend Leute, für die Geld wichtiger ist als alles andere." Er blätterte zerstreut durch die Seiten. „Bei dir kann ich mir wenigstens sicher sein, dass du nicht hinter meinem Bankkonto her bist. Schließlich weißt du genau, wie es darum bestellt ist."

„Du schreibst schwarze Zahlen."

„Ich schramme sozusagen hart an der Grenze vorbei."

„Liquidität ist in den ersten Jahren nach der Geschäftsgründung immer ein Problem. Wenn du zusammenrechnest, was du erst einmal an Kapital ausgegeben hast – für Equipment, Räumlichkeiten, die Anzahlung auf das Haus, Versicherungsprämien …"

„Ich liebe es, wenn du über Gewinne und Verluste dozierst." Er schlug die Kladde zu und knabberte an Megans Ohrläppchen. „Flüstre mir was von Salden und Quartalsabrechnungen ins Ohr, das macht mich völlig verrückt."

„Umso besser. Dann wird es dich ja freuen zu erfahren, dass Shipshape dem Finanzamt noch 230 Dollar Umsatzsteuer für das Quartal schuldet. Diese Summe kann entweder dem nächsten Quartal hinzugefügt werden, oder ich kann jetzt schon eine Stundung mit Hinblick auf die jährliche Gewinnermittlung beantragen … Oh!" Der Frotteebademantel klaffte plötzlich auf, und sie spürte Nathaniels Hände auf ihrer Haut. Sie schnappte nach Luft, erschauerte, schmolz dahin. „Wie hast du das gemacht?"

„Komm mit ins Bett." Megan auf dem Arm, stand er auf. „Dann zeig ich es dir."

Der Morgen graute, als Nathaniel, die Hände in den Hosentaschen und ein Pfeifen auf den Lippen, auf die Terrasse hinaustrat und zum Rasen hinunterstieg. Dutch, in ähnlicher Haltung, stieg zur gleichen Zeit am gegenüberliegenden Terrassenende die Stufen hinab.

Die beiden Männer stutzten, sahen sich an, fluchten leise.

„Was hast du hier um diese Zeit verloren?", wollte Dutch wissen.

„Dasselbe könnte ich dich fragen."

„Ich wohne hier, schon vergessen?"

Nathaniel deutete mit dem Kopf zum Restaurantflügel. „Du wohnst da hinten, neben der Küche."

„Wollte nur ein bisschen frische Luft schnappen." Endlich fiel Dutch eine Ausrede ein.

„Ja, ich auch."

Dutch sah zu Megans Terrassentür, Nathaniel zu Cocos. Beide beschlossen sie für sich, das Thema besser fallen zu lassen.

„Ich nehme an, du könntest jetzt Frühstück vertragen."

Nathaniel leckte sich über die Lippen. „Dazu sage ich nie Nein."

„Dann komm mit, ich kann schließlich nicht den ganzen Tag vertrödeln."

Zufrieden mit der Lösung, schlenderten sie Seite an Seite einträchtig Richtung Küche.

Megan hatte verschlafen. Dieser für sie so völlig untypische Schnitzer ließ sie sich in Windeseile anziehen und aus dem Zimmer hasten. Noch im Laufen schloss sie die letzten Knöpfe ihrer Bluse. Ein kurzer Blick in Kevins Zimmer und auf das zwar keineswegs perfekt, aber immerhin gemachte Bett bewiesen ihr, dass jeder im Haus hellwach war – alle, außer ihr.

In Gedanken strich sie das Frühstück mit ihrem Sohn von der Liste der kleinen Freuden des Tages und rannte zu ihrem Büro weiter. Fast wäre sie frontal mit Coco zusammengestoßen.

„Ach du meine Güte." Erschreckt wedelte Coco mit der Hand. „Ist etwas passiert?"

„Nein. Entschuldige. Ich bin spät dran."

„Ein wichtiger Termin?"

„Nein." Megan atmete erst einmal tief durch. „Ich meine, ich komme zu spät zur Arbeit."

„Und ich dachte schon, es sei etwas Schlimmes. Gerade eben habe ich ein Memo auf deinen Schreibtisch gelegt. Geh nur, ich möchte dich nicht aufhalten."

„Aber ..." Megan redete nur noch mit Cocos Rücken. Also blieb ihr nichts anderes, als in ihr Büro zu gehen und sich das Memo anzusehen.

Cocos Vorstellung von einem Memorandum hatte allerdings nicht sehr viel mit bürointerner Kommunikation zu tun.

Megan, Liebes,
ich hoffe, du hast gut geschlafen. In der Kanne ist frischer Kaffee, und ich habe dir auch ein Körbchen mit frischen Muffins hingestellt. Wirklich, du solltest das Frühstück nicht ausfallen lassen! Kevin hat gefrühstückt, nein, eher hat er geschlungen wie ein Wolf. Ich sehe es immer gerne, wenn ein Junge kräftig zulangt. Er und Nate sind in ein paar Stunden wieder zurück. Arbeite nicht zu hart.
Alles Liebe, Coco

PS: Die Karten haben mir verraten, dass dir zwei wichtige Fragen gestellt werden, eine an dein Herz, die andere an deinen Verstand. Höchst interessant, nicht wahr?

Megan blies sich eine Strähne aus dem Gesicht und las das Memo noch einmal durch, als Amanda den Kopf zur Tür hereinsteckte.

„Hast du eine Minute für mich?“

„Sicher.“ Sie reichte Amanda das Blatt Papier. „Wirst du daraus schlau?“

„Ah, eine von Tante Cocos verschlüsselten Nachrichten.“ Mit geschürzten Lippen überflog Amanda die Seite. „Also das mit dem Kaffee und den Muffins ist einfach.“

„Ja, das habe ich auch verstanden.“ Megan goss sich eine Tasse ein und nahm einen Muffin aus dem Körbchen. „Möchtest du auch etwas?“, bot sie Amanda an.

„Nein, danke, mich hat sie auch schon versorgt. Also … Dass Kevin beim Frühstück kräftig zugelangt hat, kann ich bestätigen. Als ich ihn zuletzt sah, schaufelte er sich gerade Rührei in den Mund und balgte sich mit Nathaniel um den letzten Toast.“

Fast hätte Megan ihren Kaffee verschüttet. „Nathaniel war zum Frühstück hier?“

„Hat es sich schmecken lassen und wieder hemmungslos mit Tante Coco geflirtet, während er Kevin die Geschichte von einem Riesenkraken erzählte." Sie tippte mit dem Finger auf das Blatt. „Sie sind in ein paar Stunden zurück, weil Kevin Nate überredet hat, ihn auf die Tour mitzunehmen." Lächelnd fügte sie hinzu: „Harter Überzeugungsarbeit hat es nicht bedurft, und wir waren sicher, du würdest nichts dagegen haben."

„Nein, natürlich nicht."

„Und das mit den Karten … das entzieht sich jeder Erklärung, wie immer. Typisch Tante Coco." Amanda legte das Blatt ab. „Ein bisschen unheimlich ist es schon, wie oft sie mit ihren Behauptungen richtig liegt. Hat man dir heute schon Fragen gestellt?"

„Nein, nichts Besonderes."

Amanda dachte an das, was Sloan ihr über Nathaniels Gefühle anvertraut hatte. „Bist du sicher?"

„Ja. Ich meine, vielleicht könnte man Fergus' Kladde als eine Frage bezeichnen. Zumindest habe ich eine an dich."

Amanda machte es sich in einem Sessel gemütlich. „Schieß los."

„Es geht um die Zahlen auf den letzten Seiten." Sie klappte einen Ordner auf und reichte Amanda eine Kopie. „Ich frage mich, ob sie vielleicht Bankdepotnummern sein könnten oder auch Parzellennummern aus dem Grundbuch?" Sie lockerte ihre verspannten Schultern. „Ich weiß, es ist albern, sich so daran aufzuhängen, aber …"

„Nein", widersprach Amanda sofort. „Ich gebe auch nicht eher Ruhe, bis die Dinge ins Bild passen. Wir sind damals auf der Suche nach dem Collier alle vorhandenen Unterlagen durchgegangen, und ich kann mich an nichts erinnern, was mit diesen Zahlen hier zusammenpassen würde. Aber ich kann die Papiere ja noch mal durchsehen …"

„Lass mich das übernehmen", schlug Megan vor. „Irgendwie ist diese Kladde inzwischen zu meinem persönlichen Projekt geworden."

„Mit Vergnügen. Ich habe genug andere Dinge zu erledigen, und mit dem Feiertag morgen bleibt mir sowieso kaum noch Zeit. Alles, was du gebrauchen könntest, liegt in der Abstellkammer unter Biancas Turmzimmer. Die Kartons sind nach Jahr und Inhalt sortiert. Aber ich warne dich, es ist ein schmutziger und zeitraubender Job."

„Schmutzige, zeitraubende Jobs sind meine Spezialität."

„Dann wirst du im siebten Himmel sein. Megan, es ist mir unangenehm, aber ... das Kindermädchen hat heute frei, und Sloan steckt bis zum Hals in irgendwelchen Renovierungsarbeiten. Und ich habe heute Nachmittag einen Termin in der Stadt. Ich meine, ich könnte den Termin natürlich verschieben ..."

„Du willst, dass ich babysitte?"

„Ich weiß doch, wie beschäftigt du bist, und ..."

Megans Augen leuchteten auf. „Mandy, ich dachte schon, du würdest mich nie fragen! Wann kriege ich meine Nichte endlich in die Finger?"

Für Kevin war es der beste Sommer seines jungen Lebens. Sicher, er vermisste seine Großeltern und die Pferde und natürlich seinen besten Freund John Silverhorn, aber hier gab es zu viele tolle Dinge, um Heimweh zu haben.

Jeden Tag konnte er mit Alex und Jenny spielen, er hatte sein eigenes Fort und lebte in einem Schloss. Er konnte auf einem großen Boot segeln oder auf den Klippen herumklettern, und Coco und Mr Dutch hatten immer etwas zu knabbern für ihn, wenn er in die Küche kam. Max erzählte tolle Geschichten, und Sloan und Trent ließen ihn manchmal bei den Arbeiten am Haus helfen. Holt erlaubte ihm ab und zu sogar, das kleine Sportboot zu steuern. Die neuen Tanten spielten alle mit ihm, und wenn er wirklich ganz, ganz vorsichtig war, durfte er auch mal eines der Babys halten.

Nein, seiner Meinung nach gab es überhaupt nichts an diesem neuen Leben auszusetzen.

Und dann war da noch Nathaniel. Kevin warf hastig einen Blick auf den Mann, der den großen T-Bird mit dem offenen Verdeck zurück nach *The Towers* lenkte. Kevin war zu dem Entschluss gekommen, dass Nathaniel eigentlich über alles Bescheid wusste. Und er hatte Muskeln und eine Tätowierung und roch immer wie das Meer. Wenn Nathaniel auf der Kommandobrücke des Schiffs stand, die großen Hände auf dem Ruder, und mit zusammengekniffenen Augen in die Sonne blickte, dann sah er genau so aus, wie jeder Junge sich einen richtigen Helden vorstellte.

„Ob ich wohl ..." Kevin verstummte verlegen.

Nathaniel sah auf den Jungen. „Ob du wohl was, Sportsfreund?"

„Ob ich vielleicht noch mal mit dir rausfahren darf?", sprudelte es aus Kevin heraus. „Ich werde auch bestimmt nicht mehr so viele Fragen stellen und auch nicht im Weg stehen."

Gab es überhaupt einen Menschen auf der Welt, der sich gegen die unschuldige Offenheit eines Kindes wehren konnte? Nathaniel bremste den Wagen vor dem Familienflügel von *The Towers* ab. „Dich heure ich jederzeit wieder an." Er schnippte Kevin die Kapitänsmütze, die er ihm überlassen hatte, über die Augen. „Und du kannst fragen, was immer du willst."

„Ehrlich?" Kevin schob die Mütze zurück, damit er sehen konnte.

„Ehrlich."

„Oh, danke!" Spontan schlang er die Arme um Nathaniel und schickte damit dessen Herz auf eine rasante Schussfahrt Richtung Liebe. „Das muss ich gleich Mom erzählen. Kommst du mit rein?"

„Mach ich." Er hielt den Jungen noch eine Sekunde länger fest, bevor er die Hände sinken ließ.

„Dann komm!" Schier platzend vor freudiger Aufregung, stürmte Kevin ins Haus. „Mom! Mom! Ich bin wieder da!"

„So ein ruhiges und gesittetes Kind." Megan trat soeben aus dem Salon in die Halle. „Das kann nur mein Kevin sein."

Kichernd rannte er auf sie zu und stellte sich auf die Zehenspitzen, um zu sehen, welches Baby seine Mutter im Arm hielt. „Ist das Bianca?"

„Delia."

Kevin studierte das Gesichtchen genauer. „Wie kannst du sie nur auseinanderhalten? Für mich sehen sie alle gleich aus."

„Mütter können das." Sie beugte sich vor und gab ihm einen Kuss. „Wo warst du, Seemann?"

„Wir sind ganz, ganz weit aufs Meer rausgefahren, zweimal sogar. Neun Wale haben wir gesehen und einen Babywal. Wenn sie alle zusammen schwimmen, dann nennt man sie eine Herde. Wie bei Pferden. Und Nate hat mich das Schiff steuern lassen, und ich durfte das Horn blasen. Und da war dieser Mann, der war die ganze Zeit seekrank. Ich aber nicht. Nate sagt, ich habe sichere Seebeine und dass ich wieder mit ihm rausfahren darf. Darf ich, Mom?"

So wie eine Mutter Babys unterscheiden konnte, konnte sie auch diesem nicht abreißen wollenden Redefluss folgen. „Nun, wenn Nate das sagt … sicher."

„Wusstest du, dass Walpaare ihr ganzes Leben zusammenbleiben? Und sie sind auch gar keine Fische, obwohl sie im Wasser leben, sondern Säugetiere, so wie wir Menschen und Hunde und Elefanten. Deshalb müssen sie auch immer an die Wasseroberfläche kommen, um zu atmen. Das Atmungsloch sitzt oben auf ihrem Kopf."

Nathaniels Dazukommen unterbrach die Unterrichtsstunde. Er blieb stehen und erstarrte. Megan, ein Baby auf der Hüfte, hielt mit der anderen Hand die Hand ihres Sohnes und lächelte liebevoll auf den Jungen herunter.

Ich will. Eine Sehnsucht strömte durch ihn hindurch, warm und hell wie Sonnenlicht. Die Frau. Sicher, daran hatte nie ein Zweifel bestanden. Aber er wollte, wie Sloan es ausgedrückt hatte, das komplette Set. Die Frau, den Jungen … eine Familie.

Jetzt sah Megan lächelnd zu ihm hin. Und in diesem Moment setzte sein Herz fast aus.

Sie wollte etwas sagen, doch der Blick in seinen Augen hielt ihr die Worte in der Kehle fest. Unbewusst trat sie einen Schritt zurück, doch da war Nathaniel schon bei ihr und küsste sie auf den Mund, mit einer Zärtlichkeit, die ihr die Knie weich werden ließ.

Das Baby gurgelte begeistert und griff mit der kleinen Faust in Nathaniels Mähne.

„Hoppla!" Nathaniel nahm Megan Delia ab und hob das Baby schwungvoll in die Luft. Es kreischte begeistert auf und strampelte glücklich. Als er sich die Kleine auf die Hüfte setzte, starrten Megan und Kevin ihn noch immer wortlos an. Er kitzelte das Baby und sah dann zu Kevin. „Stört es dich, wenn ich deine Mom küsse?"

Megan entfuhr ein erstickter Laut. Kevin senkte den Blick hastig zu Boden.

„Weiß nicht", murmelte er.

„Sie ist doch hübsch, nicht wahr?"

Kevins Wangen wurden rot. „Ich denke schon." Er wusste nicht so recht, was er denken sollte. Viele Männer küssten seine Mom. Sein Großvater und Sloan, Holt und Trent und Max auch. Aber das hier war anders, das wusste er. Schließlich war er kein Baby mehr.

Er hob den Blick, senkte ihn sofort wieder. „Heißt das, du bist jetzt ihr Freund?"

„Äh …" Ein Blick in Megans Gesicht sagte ihm, dass er das hier allein regeln musste. „So könnte man sagen, ja. Würde dich das stören?"

In seinem Bauch rumorte es plötzlich, und er zuckte mit den schmalen Schultern. „Weiß nicht."

Da der Junge noch immer nicht aufschaute, sah Nathaniel keine andere Möglichkeit, als vor ihm in die Hocke zu gehen, mit dem Baby auf dem Arm. „Lass dir Zeit und denk in Ruhe darüber nach. Und wenn du es weißt, dann sagst du es mir, einverstanden?"

„Einverstanden." Kevin sah zu seiner Mutter auf, dann zurück zu Nathaniel. Schließlich beugte er sich leicht vor und flüsterte Nathaniel ins Ohr: „Mag sie das denn?“

Nathaniel verschluckte hastig das Lachen und antwortete mit dem gleichen Ernst, mit dem die Frage gestellt worden war: „Ja, es gefällt ihr sogar gut.“

Kevin holte tief Luft und nickte. „Na schön, dann kannst du sie küssen, wenn du willst.“

„Danke, ich weiß das zu schätzen.“ Er streckte Kevin die Hand hin, und der männliche Handschlag ließ Kevins Herz vor Stolz anschwellen.

„Danke, dass du mich heute mitgenommen hast.“ Kevin nahm die Mütze ab. „Und dass ich die tragen durfte.“

Nathaniel setzte Kevin die Mütze zurück auf den Kopf. „Behalt sie.“

Der Junge riss die Augen auf. „Darf ich? Wirklich?“

„Klar darfst du.“

„Wow! Danke! Vielen Dank! Sieh nur, Mom, ich darf sie behalten! Die muss ich gleich Tante Coco zeigen!“ Damit rannte er auch schon los, und Nathaniel richtete sich langsam auf.

Megan beäugte ihn argwöhnisch. „Was hat er dir zugeflüstert?“

„Gespräch unter Männern“, meinte er knapp. „Davon verstehen Frauen nichts.“

„So?“ Bevor sie ihn vom Gegenteil überzeugen konnte, zog Nathaniel sie mit einem Ruck am Rockbund zu sich heran.

„Ich habe jetzt die Erlaubnis dazu“, sagte er noch, und dann küsste er sie herzhaft, während Delia zwischen ihnen vor Begeisterung krähte.

„Die Erlaubnis?“, wiederholte Megan, als sie wieder Luft bekam. „Von wem?“

„Von deinen Männern.“ Er ging in den Salon und legte Delia vorsichtig in den Laufstall. „Außer von deinem Vater, natürlich, weil der nicht hier ist.“

„Meine Männer? Du meinst Kevin und Sloan.“ Verdattert

ließ sie sich auf die Armlehne eines Sessels sinken. „Du hast mit Sloan über … das hier gesprochen?"

„Zuerst wollten wir uns prügeln, aber dazu ist es dann doch nicht gekommen." Offensichtlich ganz zu Hause, schlenderte er zum Barschrank und goss sich einen Schluck Whiskey ein. „Wir haben das geregelt."

„Aha. Geregelt habt ihr das also. Du und mein Bruder. Ich nehme an, euch ist gar nicht in den Sinn gekommen, dass ich vielleicht auch etwas dazu zu sagen hätte."

„Nein, nicht wirklich. Sloan war sauer, weil du die Nacht mit mir verbracht hast."

„Das geht ihn nichts an", presste sie hervor.

„Vielleicht nicht, vielleicht schon. Auf jeden Fall ist alles geklärt. Dir braucht sich also nicht das Fell zu sträuben."

„Mir sträubt sich nicht das Fell, ich bin stinkwütend! Wie kannst du losziehen und meiner Familie von unserer Beziehung erzählen, ohne vorher mit mir zu reden?!" Sie war nicht nur wütend, sondern auch irritiert – durch den bewundernden Blick, mit dem Kevin Nathaniel angesehen hatte.

Frauen, dachte Nathaniel und stürzte den Drink hinunter. „Ich hatte die Wahl, Sloan die Sache zu erklären oder mir einen Kinnhaken einzuhandeln."

„Das ist doch lächerlich!"

„Du warst nicht dabei, Engelchen."

„Genau." Sie warf den Kopf zurück. „Ich mag es nicht, wenn man über mich redet. Davon hatte ich in den letzten Jahren genug."

Sehr, sehr sacht setzte Nathaniel das Glas ab. „Megan, wenn du mich wieder mit Dumont vergleichen willst, machst du mich nur wütend."

„Ich stelle lediglich eine Tatsache fest."

„Genau wie ich. Ich habe deinem Bruder gesagt, dass ich dich liebe, und damit war die Sache geklärt."

„Du hast …" Die Luft schien ihr plötzlich zu dünn zum Atmen. „Du hast ihm gesagt, dass du mich liebst?"

„Ja. Wahrscheinlich hältst du mir jetzt auch vor, dass ich dir das zuerst hätte sagen sollen."

„Ich … ich weiß nicht, was ich sagen soll …" Sie war heilfroh, dass sie bereits saß.

„In einer solchen Situation wäre es eigentlich nett, mit ‚Ich liebe dich auch' zu antworten." Er wartete. Ignorierte das dumpfe Gefühl, das immer stärker wurde, je länger er wartete. „Kriegst du das nicht über die Lippen?"

„Nathaniel." Ruhig und sachlich bleiben, ermahnte sie sich. „Das geht alles viel zu schnell. Vor ein paar Wochen kannten wir uns nicht einmal. Nie hätte ich mir vorgestellt, dass etwas zwischen uns passieren könnte. Und ich bin immer noch verwirrt darüber, dass es passiert ist. Ich habe sehr tiefe, sehr starke Gefühle für dich, sonst wäre ich diese erste Nacht nie bei dir geblieben."

Sie quälte ihn, ohne es zu ahnen. „Aber?"

„Ich habe mir geschworen, mich nie wieder auf eine Beziehung einzulassen, ohne nicht vorher genau darüber nachzudenken. Ich will dich nicht verletzen, Nathaniel, aber ich will auch nicht verletzt werden. Oder einen Schritt wagen, der Kevin verletzen könnte."

„Du glaubst wirklich, Zeit sei die Lösung? Ganz gleich, was in dir vorgeht? Du glaubst, wenn du nur abwartest, Plus und Minus abwägst, die Möglichkeiten auskalkulierst, dass dann das richtige Ergebnis unterm Strich herauskommt?"

Sie reckte steif die Schultern. „Wenn das heißen soll, dass ich mehr Zeit brauche … ja."

„Na schön, dann lass dir deine Zeit. Aber eines solltest du bei deiner Kalkulation beachten." Mit zwei Schritten war er bei ihr, zog sie hoch und presste seine Lippen auf ihren Mund. „Du fühlst das Gleiche wie ich."

Es stimmte. Und genau das machte ihr Angst. „Das ist nicht die Lösung."

„Das ist die einzige Lösung." Sein Blick bohrte sich in ihre Augen. „Nur zu deiner Information, Megan – ich habe auch nicht nach dir gesucht. Der Kurs für mein Leben stand fest, und er gefiel mir. Dann kamst du, und alles hat sich geändert. Also wirst auch du deine akkuraten Zahlenreihen und Tabellen verschieben müssen, um Platz für mich darin zu schaffen. Ich liebe dich, und du gehörst zu mir. Du und Kevin." Er gab sie frei. „Denk darüber nach", sagte er noch, dann drehte er sich auf dem Absatz um und marschierte hinaus.

Idiot.

Während der gesamten Fahrt zu Shipshape hatte Nathaniel sich mit allen erdenklichen Schimpfnamen bedacht. Scheinbar hatte er jetzt eine völlig neue Art erfunden, wie man um eine Frau warb: Man brüllte sie an und setzte ihr ein Ultimatum. Der unfehlbare Weg, ihr Herz zu erobern!

Er hob Hund vom Rücksitz und wurde mit einem freudigen Gesichtsbad belohnt. „Sollen wir uns bis zur Besinnungslosigkeit betrinken?" Der Welpe strampelte und wollte zu Boden gesetzt werden. „Nein, du hast recht, keine gute Idee."

Und die Alternative?

Arbeit, entschied Nathaniel. Es war immer besser, sich mit Arbeit abzulenken als mit der Flasche.

Also tüftelte er an einem Motor herum, bis er das vertraute Tuten eines Schiffshorns hörte. Das war Holt, der mit der letzten Tour zurückkam.

Noch immer in düsterer Stimmung, ging Nathaniel an den Pier, um beim Vertäuen der Leinen zu helfen.

„Die Touristen kommen in Scharen", meinte Holt, als die Jacht sicher vor Anker lag. „Wenn das so weitergeht, wird's ein guter Sommer."

Mit gerunzelter Stirn sah Nathaniel dem Menschenstrom nach, der sich vom Pier drängte. „Ich hasse Volksaufläufe."

Holt zog eine Augenbraue hoch. „Dieses Sonderpaket zum vierten Juli war doch deine Idee."

„Wir brauchen das Geld." Nathaniel stapfte zurück Richtung Werkstatt. „Das heißt nicht, dass es mir gefallen muss."

„Welche Laus ist dir denn über die Leber gelaufen?"

Unwirsch zündete Nathaniel sich eine Zigarre an. „Es passt mir nur nicht, an Land festzusitzen."

Holt bezweifelte zwar, dass das der Grund war, doch er akzeptierte die Erklärung mit einem Schulterzucken, ohne nachzuhaken. „Der Motor wird ja langsam", meinte er nur mit einem Blick auf die Maschine.

„Ich kann jederzeit meinen Seesack schultern und den nächsten Frachter besteigen. Hier hält mich nichts."

Mit einem unterdrückten Seufzer bot Holt sich als Beichtvater an. „Megan, was?"

„Ich hab schließlich nicht darum gebeten, dass sie hier auftaucht."

„Tja ..."

„Ich war zuerst hier." Natürlich wusste er, wie lächerlich sich das anhörte, trotzdem konnte er sich nicht zurückhalten. „Die Frau ist eine Rechenmaschine, mehr nicht. Sie ist nicht mal mein Typ, mit diesen überkorrekten Kostümen und dem eckigen Aktenkoffer. Als ob das Ding angewachsen wäre! Wer sagt denn, dass ich mich anketten lassen und mein Leben als Landratte fristen muss? Seit ich achtzehn war, bin ich nirgendwo länger als einen Monat geblieben!"

Holt arbeitete anscheinend konzentriert an dem Schiffsmotor. „Du hast ein Geschäft gegründet, hast eine Hypothek aufgenommen, und wenn ich richtig rechne, bist du seit über sechs Monaten hier."

„Das hat nichts zu sagen."

„Hört Megan etwa schon die Hochzeitsglocken?"

„Nein." Die Falte auf Nathaniels Stirn wurde tiefer. Grimmig biss er auf die Zigarre. „Ich."

Holt rutschte der Schraubenschlüssel aus der Hand. „Moment, bevor ich da was falsch verstehe ... Du spielst mit dem Gedanken, zu heiraten, und beschwerst dich gleichzeitig, dass du dein Leben als angekettete Landratte fristen sollst?"

„Ich hab nicht darum gebeten, angekettet zu werden. Es

ist einfach passiert." Er paffte, fluchte unflätig. „Verdammt, Holt, ich hab mich zum Narren gemacht."

„Schon seltsam, dass wir das immer tun, sobald wir in der Nähe von Frauen sind, was? Hast du dich mit ihr gestritten?"

„Ich hab ihr nur gesagt, dass ich sie liebe. Den Streit hat sie angefangen." Er begann auf und ab zu marschieren, musste sich zurückhalten, um nicht gegen die Werkbank zu treten. „Wo sind die Zeiten geblieben, als Frauen noch unbedingt heiraten wollten? Als es das einzige Ziel einer Frau war, sich einen Ehemann zu angeln?"

„In welchem Jahrhundert lebst du?"

Dass er noch lachen konnte, gab ihm Hoffnung. „Sie sagt, es gehe ihr zu schnell."

„Ich würde dir ja raten, es langsamer angehen zu lassen, aber schließlich kenne ich dich."

Etwas ruhiger, nahm Nathaniel einen Schraubenzieher auf und begutachtete ihn ausgiebig. „Suzanna hatte auch an ihrer Erfahrung mit Dumont zu knabbern gehabt. Wie ist es dir gelungen, sie zu überzeugen?"

„Oh, ich habe sie ziemlich oft angebrüllt", erinnerte Holt sich.

„Damit habe ich es schon versucht."

„Und ich habe ihr Blumen geschenkt. Sie liebt Blumen." Was ihn daran denken ließ, dass er auf dem Nachhauseweg einen Strauß für sie besorgen könnte.

„Hab ich auch gemacht."

„Hast du's schon mit Betteln versucht?"

Nathaniel krümmte sich. „Das würde ich lieber vermeiden." Er stutzte, musterte Holt aus zusammengekniffenen Augen. „Hast du?"

Der Motor schien plötzlich Holts ganze Aufmerksamkeit in Anspruch zu nehmen. „Wir reden hier über dich, oder? Mann, Nate, zitiere Gedichte, was weiß ich! Mit Poesie kennst du dich doch aus. Ich bin nicht gut mit diesem romantischen Zeug."

„Du hast Suzanna.“

„Richtig.“ Ein Grinsen breitete sich auf Holts Gesicht aus. „Also besorg dir deine eigene Frau.“

Nathaniel nickte und trat die Zigarre aus. „Genau das habe ich vor.“

10. KAPITEL

Die Sonne war längst untergegangen, als Nathaniel nach Hause kam. Er hatte einen Motor komplett überholt und einen Schiffsrumpf ausgebessert. Und trotzdem hatte er seine schlechte Laune nicht abgearbeitet.

Ein Zitat aus „Hamlet“ fiel ihm ein. Es besagte, dass Wut temporärer Wahnsinn sei. Schaffte man es nicht, diesen temporären Wahnsinn abzuschütteln, landete man irgendwann unabwendbar in einer Gummizelle. Auch keine sehr aufmunternde Vorstellung.

Es blieb nur ein Weg, damit umzugehen: sich dem Problem stellen. Und Megan. Das war genau das, was er tun würde, sobald er sich gewaschen und umgezogen hatte.

„Und sie wird sich mir stellen müssen“, versicherte er Hund, der aus dem Wagen sprang. „Wenn du clever bist“, redete Nathaniel weiter mit dem Welpen, „dann verliebst du dich nicht in eine Frau, die zu intelligent für ihr eigenes Glück ist.“

Hund wedelte seine Zustimmung mit dem Schwanz und trottete davon, um sich an einer Hecke zu erleichtern. Nathaniel schlug die Autotür zu und ging über den Hof.

„Fury?“

Er blieb stehen, versuchte in der Dämmerung zu erkennen, wer da neben dem Cottage auf ihn wartete. „Ja?“

„Nathaniel Fury?“

Ein Mann kam auf ihn zu, ein regelrechter Bär, mit Muskeln bepackt. Wettergegerbtes Gesicht, verwaschene Jeans, speckige Baseballkappe, wiegender Schritt.

Er kannte diesen Typ Mann und auch die Schwierigkeiten, die unweigerlich mit diesem Typus zusammenhingen. Instinktiv ging er in Stellung.

„Richtig. Kann ich etwas für Sie tun?“

„Nein.“ Der Mann grinste. „Aber ich soll etwas für Sie tun.“

Noch ehe Nathaniel etwas unternehmen konnte, fühlte er

sich von hinten gepackt, und ihm wurden die Arme auf den Rücken gedreht. Er sah den ersten Schlag kommen, wappnete sich, spürte die Faust im Magen. Der Schmerz ließ seine Sicht verschwimmen. Da landete auch schon der zweite Schlag hart an seinem Kinn.

Er stieß pfeifend die Luft aus und sackte in die Knie.

„Knickt ein wie ein Weichei. Dabei sollte er angeblich doch so tough sein."

Die gehässige Stimme hinter ihm ermöglichte es ihm, Höhe und Abstand einzuschätzen. Nathaniel schlug ruckartig den Kopf nach hinten, spürte den Aufprall von weichem Nasenknorpel an seinem Hinterkopf. Er nutzte es aus, dass der Hintermann ihn noch immer festhielt, zog die Beine an und trat dem vorderen Angreifer mit Wucht gegen die Brust.

Der Mann hinter ihm fluchte und lockerte den Griff, gerade genug, dass Nathaniel sich freimachen konnte. Ihm blieben nur Sekunden, um seine Gegner einzuschätzen.

Beide waren gedrungene Muskelpakete, dem einen tropfte das Blut aus der gebrochenen Nase, der andere rang pfeifend um Atem. Nate stieß dem Nächststehenden den Ellbogen gegen das Kinn und genoss für einen Sekundenbruchteil das knirschende Geräusch von Knochen auf Knochen.

Sie umkreisten ihn wie Hyänen ihre Beute.

Er hatte genug Schlägereien in seinem Leben mitgemacht, um zu wissen, wie man Schläge einsteckte und den Schmerz ignorierte. Er schmeckte das eigene Blut, spürte das Adrenalin durch seine Adern pumpen, fühlte die Kraft in seine Arme strömen, als seine Hände sich zu Fäusten ballten. Sein Kopf dröhnte, als ein Schlag ihn an der Schläfe traf, sein Atem ging rasselnd, als der nächste auf seinen Rippen landete.

Dennoch blieb er ständig in Bewegung. Blut und Schweiß tropften ihm in die Augen. Dem Schlag gegen die Kehle konnte er ausweichen, er revanchierte sich mit einem trockenen, harten Schwinger. Die Haut an seinen Fingerknöcheln platzte auf, der Schmerz spornte ihn nur noch an.

Aus den Augenwinkeln sah er die Bewegung. Er drehte sich abrupt, wurde an der Schulter getroffen und versetzte dem Kerl blitzschnell zwei Handkantenschläge gegen den Hals. Der Mann ging bewusstlos zu Boden.

„Bleiben nur noch du und ich übrig." Nathaniel wischte sich das Blut vom Mund und taxierte sein Gegenüber. „Na komm schon."

Unwillkürlich wich der Schläger einen Schritt zurück. Sein Partner war schachmatt gesetzt, der würde ihm nicht mehr helfen können. Und Nathaniel ins Gesicht zu sehen war wie einem knurrenden Wolf mit gebleckten Zähnen gegenüberzustehen. Unauffällig sah er sich nach einem Fluchtweg um.

Dann leuchteten seine Augen plötzlich auf.

Er stürzte sich vor, packte eine der bereitgelegten Verandaplanken und holte aus. Nathaniel wich aus, hörte das Zischen von Luft an seinem Ohr, als die Planke ihn haarscharf verfehlte. Beim Rückschwung traf das Brett ihn an der Schulter.

Nathaniel duckte sich und stürzte vor. Die Wucht des Angriffs schleuderte beide Männer durch die berstende Haustür.

„Feuer an Bord! Alle Mann an Deck!", schrie Vogel und schlug aufgeregt mit den Flügeln.

Ein Tischchen hielt dem Gewicht der beiden Männer nicht stand und zersplitterte. Das Haus hallte wider von zu Bruch gehendem Mobiliar und Krawalllärm.

Etwas Neues mischte sich in den Geruch von Schweiß und Blut: Angst. Als es Nathaniel klar wurde, nutzte er diese neue Waffe sofort für sich.

Seine Hand kam an der Kehle des anderen zu liegen. Erbarmungslos drückte er zu. Der Kampfgeist wich aus seinem Gegner, der nur noch versuchte, Luft zu holen.

„Wer hat euch geschickt?"

„Niemand!"

Abrupt drehte Nathaniel den Kerl um und riss ihm den Arm auf den Rücken. „Ich breche ihn dir wie einen Zahnstocher. Und dann den anderen. Und danach nehme ich mir deine Beine vor. Wer hat euch geschickt?“

„Niemand“, wiederholte der Mann und heulte auf, als Nathaniel den Druck verstärkte. „Ich weiß nicht, wie er heißt! Ein Typ aus Boston. Hat uns fünfhundert Dollar bezahlt, damit wir dich aufmischen.“

Nathaniel drückte dem Kerl das Knie in den Rücken. „Beschreib ihn mir.“

„Groß, dunkelhaarig, schicker Anzug. Sah aus wie ein Filmstar. Hat uns deine Adresse gegeben. Wir würden das Doppelte kriegen, wenn wir dich krankenhausreif schlagen.“

„Tja, aus dem Bonus wird wohl nichts.“ Nathaniel ließ den Arm des anderen los, packte ihn beim Kragen und schob ihn zur Tür hinaus. „Hör zu, ich sage dir jetzt, was ihr tun werdet: Ihr geht nach Boston zurück und bestellt eurem gelackten Freund, dass ich weiß, wer er ist und wo ich ihn finden kann. Und sosehr er sich auch vorbereitet, das wird zwecklos sein. Denn sollte ich mich entscheiden, dass er überhaupt der Mühe wert ist, wird er mich erst sehen, wenn ich vor ihm stehe. Hast du das kapiert?“

„Ja, ja“, stimmte der andere hastig zu.

„Und jetzt klaub deinen Kumpel auf und sieh zu, dass ihr Land gewinnt!“

Das brauchte man den beiden nicht zweimal zu sagen. Der zweite Schläger rappelte sich stöhnend auf. Die Hand an die Seite gedrückt, sah Nathaniel ihnen nach, wie sie sich davonmachten, so schnell sie mit ihren lädierten Gliedmaßen konnten.

Erst jetzt erlaubte er sich ein Stöhnen und humpelte durch die zerbrochene Tür ins Haus zurück.

„Ich hab noch nicht mal richtig angefangen“, krächzte Vogel aufgeregt.

„Du warst ja eine große Hilfe“, hielt Nathaniel ihm vor. Er brauchte jetzt dringend einen Eisbeutel, ein Röhrchen Aspirin und einen anständigen Schluck Whiskey.

Er machte einen Schritt vor, schwankte, stützte sich fluchend an der Wand ab, als es vor seinen Augen zu flimmern begann. Hund kam winselnd aus einer Ecke hervorgekrochen und auf Nate zu.

„Ich brauche nur eine Minute", murmelte er in den Raum hinein, dann sackte er ohnmächtig zu Boden.

Hund leckte ihm über das Gesicht, setzte sich mit wedelndem Schwanz vor sein Herrchen und wartete. Nach einem Augenblick tappte er zur Tür hinaus.

Nathaniel hob die schmerzenden Lider und hörte Schritte. Nur mit Mühe setzte er sich auf, die kleinste Bewegung verursachte höllische Schmerzen. Wenn diese beiden Typen zurückkamen, dann würden sie leichtes Spiel mit ihm haben …

„Mann über Bord!", verkündete Vogel.

Ein herzhafter Fluch folgte als Echo. Holt blieb abrupt stehen. „Was, zum Teufel, ist denn hier passiert?" Dann war er auch schon an Nates Seite und half ihm aufzustehen.

„Zwei Schlägertypen." Nathaniel war viel zu schwach, um verlegen zu sein, und lehnte sich an Holt. Der Gedanke kam ihm, dass er vielleicht mehr brauchte als nur einen Eisbeutel und Aspirin.

„Hast du Einbrecher überrascht?"

„Nein. Die kamen nur vorbei, um mich zusammenzuschlagen."

„Und scheinen ganze Arbeit geleistet zu haben." Holt wartete, bis Nathaniel einigermaßen sein Gleichgewicht gefunden hatte. „Haben sie auch gesagt, warum?"

Er bewegte vorsichtig sein Kinn von einer Seite zur anderen. Sterne tanzten vor seinen Augen. „Liebesgrüße von Dumont."

Holt fluchte wieder. Sein Freund war voller blauer Flecke und blutender Platzwunden, und er war zu spät gekommen und konnte jetzt nichts anderes mehr tun als die Scherben aufsammeln. „Hast du sie wenigstens gesehen?"

„Allerdings. Und ich habe sie demoliert nach Boston zurückgeschickt, mit einer Nachricht für Dumont."

Holt schleifte Nathaniel zur Tür, blieb aber erstaunt stehen. „Du siehst so lädiert aus und hast gewonnen?"

Nathaniel ließ nur ein Knurren hören.

„Hätte ich mir denken sollen." Die Nachricht hellte Holts Stimmung ein wenig auf. „Komm, du gehörst ins Krankenhaus."

„Nein." Die Befriedigung gönnte er Dumont nicht. „Der Mistkerl zahlt ihnen das Doppelte, wenn ich mich in einem Krankenhaus blicken lasse."

„Okay, kein Krankenhaus also." Holt verstand völlig. „Aber zumindest einen Arzt."

„So schlimm ist es nicht. Gebrochen ist nichts." Er befühlte vorsichtig seine Rippen. „Glaube ich. Eis könnte ich allerdings gebrauchen."

„Ja, klar." Doch als Mann konnte Holt die Weigerung, zu einem Arzt gekarrt zu werden, bestens nachempfinden. „Dann also die nächstbeste Wahl." Vorsichtig half er Nate in den Wagen. „Immer schön langsam, Sportsfreund."

„Kann doch gar nicht anders."

Ein Fingerschnippen von Holt, und Hund saß im Auto. „Warte eine Sekunde. Ich rufe Suzanna an und sage ihr kurz Bescheid."

„Und fütter Vogel, ja?" Nathaniel hatte Mühe, bei Bewusstsein zu bleiben. „Woher wusstest du denn eigentlich …?"

„Dein Hund." Holt startete den Wagen und setzte so sacht wie möglich aus der Auffahrt. „Er hat Lassie gespielt."

„Ehrlich?" Nathaniel war so beeindruckt, dass er es irgendwie schaffte, den Arm nach hinten zu strecken und dem Welpen den Kopf zu tätscheln. „Toller Hund."

„Das liegt ihm im Blut."

Vorsichtig befühlte Nathaniel sein Gesicht. „Wohin fahren wir?"

„*The Towers*. Wohin sonst."

Coco stieß einen Entsetzensschrei aus und schlug die Hände an die Wangen, als sie Nathaniel, von Holt gestützt, in die Küche humpeln sah.

„Oh, mein armer, armer Liebling! Was ist passiert? Ein Unfall?"

„Bin in was reingerannt." Schwer ließ er sich auf einen Stuhl fallen. „Coco, ich vermache dir alles, was ich besitze, einschließlich meiner Seele, für einen Eisbeutel."

„Grundgütiger!"

Sie schob Holt beiseite und nahm Nathaniels Gesicht vorsichtig zwischen ihre Hände. Außer Blutergüssen und Schürfwunden verlief eine hässliche Platzwunde unter einem Auge. Das andere war blutunterlaufen und schwoll inzwischen zu. Sie brauchte keine Sekunde, um zu wissen, dass das „was", in das er „reingerannt" war, eine Faust gewesen war.

„Keine Sorge, mein Liebling, darum kümmern wir uns schon. Holt, geh nach oben in mein Zimmer. Im Medizinschrank findest du eine Schachtel Schmerztabletten. Die habe ich noch von dieser schrecklichen Wurzelbehandlung."

„Du bist ein Engel", brachte Nathaniel hervor, bevor er erschöpft die Augen schloss und nur auf die Geräusche lauschte, wie Coco geschäftig in der Küche hantierte. Sekunden später zuckte er zurück und stieß zischend die Luft durch die Zähne, als er ein feuchtes Tuch an seinem Auge fühlte.

„Ich weiß, ich weiß", murmelte Coco besänftigend, „es tut weh. Aber wir müssen die Wunde reinigen, damit sie sich nicht entzündet. Ich werde auch Jod darauftupfen, also sei tapfer."

Er wollte lächeln, doch das erlaubte die aufgeplatzte Lippe nicht. „Ich liebe dich, Coco."

„Ich liebe dich auch, mein Herz."

„Lass uns zusammen durchbrennen. Noch heute Nacht."

Als Antwort küsste sie sacht seine Augenbraue. „Du sollst dich nicht prügeln, Nathaniel. Das löst doch keine Probleme."

„Ich weiß."

Megan stürzte atemlos in die Küche. „Holt sagte …Oh

mein Gott!“ Sofort war sie an Nathaniels Seite und drückte seine Hand so fest, dass er nur mit Mühe einen Schmerzensschrei unterdrücken konnte. „Wie schlimm ist es? Du gehörst in ein Krankenhaus!“

„Ich hab schon schlimmer ausgesehen.“

„Holt sagte, dass die beiden Kerle …“

„Zwei?!“ Coco hielt abrupt inne. „Du bist von zwei Männern angegriffen worden?“ Alle Güte schwand aus ihren Augen, die jetzt wie blauer Stahl blitzten. „Also, das ist unerhört! Man sollte diesen Grobianen beibringen, wie man fair kämpft!“

Trotz seiner Lippe musste Nathaniel grinsen. „Das habe ich schon.“

„Ich hoffe, du hast sie anständig verdroschen.“ Mit einem befriedigten Schnauben wandte sie sich wieder ihrer Arbeit an Nathaniels Gesicht zu. „Megan, Liebes, mach einen Eisbeutel für sein Auge zurecht. Das wird noch weiter zuschwellen.“

Megan gehorchte wortlos und fühlte sich in tausend Fetzen zerrissen. Wegen des Zustands seines Gesichts. Wegen der Tatsache, dass er sie keines Blickes würdigte.

„Hier.“ Sie hielt den Beutel an sein Auge, während Coco seine Knöchel verarztete.

„Danke, das mache ich selbst.“ Er legte die Hand auf den Beutel und ließ das Eis den Schmerz betäuben.

„Da oben in dem Regal ist Desinfektionsmittel“, wies Coco Megan an, und Megan holte es mit brennenden Augen.

Die Tür ging auf. Diesmal drängte sich eine ganze Schar in die Küche. Nathaniels anfängliche Verlegenheit über das Publikum wandelte sich in Belustigung über die maßlose Empörung der Calhoun-Sippe. Rachepläne wurden geschmiedet und verworfen, während das Jod in seinen Wunden brannte.

„Gebt dem Jungen doch Raum!“

Die Gruppe aufgeregter und wütender Großnichten und -neffen wich auseinander, um Colleen Platz zu machen, die majestätisch wie eine Königin durch die Mitte auf Nathaniel zuschritt. Direkt vor ihm blieb sie stehen und begutachtete ihn. „Haben dich wohl ziemlich durchgerüttelt, was?"

„Ja, Ma'am."

Mit wachen Augen musterte sie ihn. „Dumont?", fragte sie so leise, dass nur er es hören konnte.

Nathaniel versuchte sich vorsichtig an einer Grimasse. „Beim ersten Mal richtig geraten, Ma'am."

Sie sah zu Coco. „Du scheinst in fähigen Händen zu sein. Ich muss einen Anruf erledigen." Sie lächelte dünn. Es ist immer gut, Beziehungen zu haben, dachte sie, als sie auf ihren Stock gestützt den Raum verließ. Diese Beziehungen würde sie jetzt nutzen, um Baxter Dumont klarzumachen, dass er sich soeben selbst die Schlinge um den Hals gelegt hatte. Ein falscher Schritt, und seine Karriere würde zu einem abrupten und höchst unangenehmen Ende kommen.

Niemand vergriff sich an Colleen Calhouns Familie. Absolut niemand.

Nathaniel sah Colleen nach, dann nahm er die Tablette, die Coco ihm hinhielt, und würgte sie hinunter. Die Bewegung jagte eine neue Schmerzwelle durch seine Seite.

„Werden wir erst mal dieses T-Shirt los." Coco gab sich alle Mühe, unbeschwert zu klingen. Mit der Küchenschere schnitt sie das zerrissene T-Shirt auseinander und legte Nathaniels violett und blau angelaufenen Torso frei.

„Oh, Baby." Tränen schossen ihr in die Augen.

„Hört auf, den Jungen zu verweichlichen!" Dutch kam hinzu, zwei Flaschen in den Händen – Whiskey und Franzbranntwein. Ein Blick auf Nathaniel, und er biss die Zähne so hart zusammen, dass sein Kiefer schmerzte. Dennoch hielt er seinen Ton gleichgültig. „Er ist kein Baby. Hier, trink einen Schluck, Captain."

„Er hat Tabletten genommen", setzte Coco an.

„Trink!", wiederholte Dutch.

Der Whiskey brannte ihm auf den Lippen, aber er half. „Danke."

„Sieh dich nur an!“ Dutch schnaubte und gab Franzbranntwein auf ein Tuch. „Du hast dich bearbeiten lassen wie ein Schnösel aus der Stadt, der Angst hat, sich die manikürten Finger schmutzig zu machen.“

„Es waren zwei“, murmelte Nathaniel.

„Na und?“ Vorsichtig rieb Dutch die blauen Flecken ein. „Bist du schon so schlapp geworden, dass du es nicht mehr mit zweien aufnehmen kannst?“

„Ich hab ihnen einen anständigen Tritt in den Hintern verpasst.“ Mit der Zunge befühlte Nathaniel einen Backenzahn. Die Stelle tat weh, aber zumindest schien der Zahn nicht locker zu sein.

„Das kann man von dir ja wohl auch erwarten.“ Ein Anflug von Stolz war in Dutchs Stimme zu hören. „Wollten sie dich ausrauben?“

Nathaniel warf einen knappen Blick auf Megan. „Nein.“

„Die Rippen sind nur geprellt, nicht gebrochen.“ Ohne auf Nathaniels Fluchen zu achten, tupfte und rieb Dutch weiter, bis er zufrieden war, und sah Nathaniel in die Augen. „Ohnmächtig geworden?“

„Schon möglich.“ Es zugeben zu müssen war fast wie ein weiterer Schlag.

„Verschwommene Sicht?“

„Nein, Herr Doktor, jetzt nicht mehr.“

„Werd nicht frech mit mir. Wie viele?“ Dutch hielt zwei Finger vor Nathaniels Augen.

„Siebenundachtzig.“ Nathaniel sah sich nach dem Whiskey um, doch Coco hatte die Flasche längst verschwinden lassen.

„Es gibt keinen Alkohol mehr auf die Schmerztabletten“, sagte sie streng.

„Frauen bilden sich immer ein, sie wüssten alles.“ Dennoch warf Dutch Coco einen Blick zu, der ihr versichern sollte, dass ihr Schützling wieder in Ordnung kommen würde. „Du brauchst Schlaf. Eine heiße Badewanne und kühle Laken. Soll ich dich tragen?“

„Zum Teufel, nein!" Noch eine Erniedrigung würde er heute nicht mehr ertragen. Er nahm Cocos Hand und setzte einen Handkuss darauf. „Danke, Darling. Solange ich weiß, dass du mich versorgst, würde ich es glatt noch mal machen." Er sah zu Holt. „Ich könnte jemanden gebrauchen, der mich nach Hause fährt."

„Humbug!" Sofort wischte Coco diese Idee mit einem Handstreich beiseite. „Du bleibst hier, sodass wir uns um dich kümmern können. Du könntest eine Gehirnerschütterung haben. Wir werden uns abwechseln und dich heute Nacht immer wieder wecken, damit du nicht ins Koma fällst."

„Alles nur Ammenmärchen", brummte Dutch, doch hinter Nathaniels Rücken nickte er Coco zu.

„Ich mache das Bett im Gästezimmer fertig", verkündete Amanda. „C. C., lass unserem Helden ein heißes Bad ein. Lilah, bring das Eis mit."

Er hatte nicht die Energie, gegen den Aufwand zu protestieren. Also lehnte er sich nur zurück, als Lilah ihn sanft auf die Stirn küsste. „Komm, du Haudegen."

Sloan half ihm aufstehen. „Zwei also, was? Wohl Winzlinge?"

„Größer als du, mein Freund."

Wie auf Watte stieg er die Treppe hinauf, von Sloan und Max zu beiden Seiten gestützt.

„Erst mal ziehen wir diese Hose aus", sagte Lilah, als die beiden Männer Nathaniel auf dem Bett absetzten, und ging in die Hocke.

Er schaffte es sogar, eine Augenbraue leicht in die Höhe zu ziehen. „Als es darauf ankam, hast du das nie gesagt. Sollte nur ein Witz sein", sagte er in Max' Richtung.

„Kein Problem." Lachend zog Max Nathaniel die Schuhe von den Füßen. Er wusste, wie es war, von den Calhoun-Frauen gesund gepflegt zu werden. Sobald Nathaniel das Schlimmste überstanden hatte, würde er sich wie im Paradies vorkommen. „Brauchst du Hilfe, um in die Wanne zu steigen?"

„Danke, das schaffe ich schon."

„Ruf, wenn du irgendwas brauchst." Sloan hielt die Tür offen, damit die anderen das Zimmer verlassen konnten. „Und sobald du wieder einigermaßen fit bist, will ich die ganze Geschichte hören."

Endlich allein, mühte Nathaniel sich in das warme Wasser. Zuerst brannte es höllisch an den offenen Wunden, doch dann fühlte er, wie sich langsam eine wohlige Wärme in ihm ausbreitete und seine Muskeln sich entspannten. Als er aus der Wanne stieg, glaubte er schon fast, das Schlimmste hinter sich zu haben.

Bis er in den Spiegel schaute.

Unter seinem linken Auge klebte ein Verband, das rechte war kaum noch als Auge zu bezeichnen. Blutergüsse überall, eine aufgeplatzte, geschwollene Lippe, eine hässliche Schürfwunde an der Wange … alles in allem sah er hundsmiserabel aus.

Ein Handtuch um die Hüften geschlungen, ging er zurück ins Schlafzimmer. Im gleichen Moment öffnete Megan die Tür.

„Entschuldige." Sie presste die Lippen zusammen, damit ihr nicht alle möglichen albernen Dinge entschlüpften. „Amanda meinte, du brauchst vielleicht noch ein Kissen."

„Danke." Er schaffte es bis zum Bett und legte sich mit einem erleichterten Seufzer zurück.

Dankbar, etwas tun zu können, schüttelte Megan die Kissen auf und zog das Bettlaken gerade. „Kann ich dir etwas holen? Mehr Eis? Oder vielleicht eine Suppe?"

„Nein, danke."

„Bitte, ich möchte helfen. Ich muss helfen." Sie hielt es nicht länger aus, legte eine Hand an seine Wange. „Sie haben dir wehgetan. Es tut mir so leid, dass sie dir wehgetan haben."

„Nur ein paar blaue Flecke."

„Verdammt, sei doch nicht so verbohrt! Ich sehe doch, was sie dir angetan haben!" Sie riss sich zusammen, unterdrückte die Wut und sah ihm hilflos in die Augen. „Ich weiß, du bist wütend auf mich. Aber kannst du mir nicht erlauben, etwas für dich zu tun?"

„Vielleicht solltest du dich besser setzen." Er nahm ihre Hand, sobald sie auf der Bettkante saß. Er brauchte den Körperkontakt ebenso sehr wie sie. „Du hast geweint."

„Schon möglich." Sie starrte auf seine aufgeplatzten Fingerknöchel. „Ich fühlte mich so nutzlos unten in der Küche. Coco durfte dich verarzten, und mich hast du nicht einmal angesehen." Ihre Augen schimmerten feucht, als sie den Blick hob. „Ich will dich nicht verlieren, Nathaniel. Du bedeutest mir zu viel. Bitte, ich möchte mich um dich kümmern, bis es dir besser geht."

„Nun ..." Er merkte, wie er nachgiebig wurde, und strich ihr übers Haar. „Vielleicht hat Dumont mir ja sogar einen Gefallen getan."

„Was meinst du?"

Er schüttelte den Kopf. Der Schmerz und die Tabletten mussten seinen Verstand verwirrt haben. Er hatte es ihr nicht sagen wollen, zumindest jetzt noch nicht. Dennoch ... sie hatte ein Recht darauf, es zu erfahren.

„Die beiden Schläger, die mich angegriffen haben ... Dumont hatte sie angeheuert."

Alle Farbe wich aus ihrem Gesicht. „Baxter hat sie bezahlt, damit sie dich überfallen? Damit sie dich so zurichten?"

„Ich vermute, er wollte sich für das unfreiwillige Bad revanchieren." Nathaniel versuchte sich bequemer hinzulegen und verzog vor Schmerzen das Gesicht. „Er hätte besser Profis schicken sollen. Diese beiden waren blutige Amateure."

„Baxter hat dir das angetan." Megan wurde schwarz vor Augen. Sie schloss die Lider, bis sie sicher sein konnte, dass sie sich wieder gefasst hatte. „Das ist meine Schuld."

„Blödsinn. Überhaupt nichts ist deine Schuld. Dieser Mistkerl hat dich benutzt, hat Suzanna benutzt, die Kinder ... Und natürlich würde dieser miese Feigling sich nie selbst die

Hände schmutzig machen. He!“ Er zupfte leicht an einer ihrer Haarsträhnen. „Ich habe gewonnen. Er hat sein Geld umsonst ausgegeben.“

„Und du glaubst, das sei wichtig?“

„Für mich schon. Megan. Wenn du etwas für mich tun willst, wirklich für mich tun willst, dann vergisst du ihn, ein für alle Mal.“

„Er ist Kevins Vater“, flüsterte sie. „Allein bei dem Gedanken wird mir übel.“

„Er ist ein Niemand, ein Nichts. Legst du dich ein wenig zu mir?“

Weil sie sehen konnte, dass er gegen den Schlaf und die Wirkung der Tabletten ankämpfte, tat sie ihm den Gefallen. Vorsichtig bettete sie seinen Kopf auf ihrer Brust. „Schlaf ein Weilchen“, murmelte sie. „Wir denken einfach nicht daran. Wir denken an gar nichts mehr.“

Seufzend ließ er sich in den Schlaf hinübergleiten. „Ich liebe dich, Megan.“

„Ich weiß.“ Sie streichelte ihm übers Haar, ließ ihn schlafen, während sie wach dalag.

Keiner von ihnen hatte den kleinen Jungen bemerkt, der mit weit aufgerissenen Augen und bleichem Gesicht in der offenen Tür stand.

Nathaniel erwachte zum rhythmischen Pochen seiner Schmerzen. In seinem Kopf dröhnte eine Kesselpauke, auf seinen Rippen schien jemand Waschbrett zu spielen, und seine Schulter summte unablässig im Takt mit.

Vorsichtig setzte er sich auf. Steif wie eine Leiche, dachte er angewidert. Mit schwerfälligen Bewegungen rappelte er sich aus dem Bett und humpelte ins Bad. Abgesehen von seinem hämmernden Schädel war es eigentlich erträglich. Seine einzige Befriedigung war, dass es seinen unerwarteten Besuchern im Moment noch schlechter gehen musste.

Selbst die warmen Wasserstrahlen der Dusche waren an

manchen Stellen zu viel. Mit zusammengebissenen Zähnen wartete er darauf, dass der Schmerz nachließ.

Er würde es überleben.

Tropfend nass ging er ins Schlafzimmer zurück, wo frische Kleidung ordentlich gefaltet auf einem Stuhl für ihn bereitgelegt worden war. Mit unterdrückten Flüchen und nur im Zeitlupentempo schaffte er es, sich anzuziehen.

Er dachte gerade an frischen Kaffee, Aspirin und ein ausgiebiges Frühstück, als die Tür sich einen Spalt öffnete.

„Du sollst doch liegen bleiben." Coco, ein beladenes Tablett auf dem Arm, schnalzte missbilligend mit der Zunge. „Zieh dich aus, und dann marsch, ins Bett!"

„Darling, mein ganzes Leben warte ich schon darauf, dass du das zu mir sagst."

„Dir scheint es ja schon wieder recht gut zu gehen." Lachend stellte sie das Tablett auf den Tisch und strich sich über die Frisur.

Während er die vertraute Geste verfolgte, fiel ihm auf, dass Coco schon seit über zwei Wochen nicht mehr die Haarfarbe gewechselt hatte. „Es ist auszuhalten."

„Mein armer Liebling." Sanft streichelte sie ihm über die Wange. Er sah noch schlimmer aus als gestern, aber sie brachte es nicht übers Herz, es ihn wissen zu lassen. „Setz dich und iss", meinte sie nur.

„Du hast meine Gedanken erraten." Folgsam setzte er sich an den Tisch. „Ich weiß den Service zu schätzen."

„Das ist das Mindeste, was wir für dich tun können." Sie reichte ihm die Serviette. Wahrscheinlich würde sie sie mir noch in den Kragen stopfen, wenn sie könnte, dachte er. „Megan hat mir erzählt, was passiert ist. Dieser Baxter … er hat die Halunken bezahlt. Uuh, am liebsten würde ich nach Boston fliegen und diesem Mann zeigen, was ich von ihm halte."

Der wilde Blick in ihren Augen wärmte ihm das Herz. Coco sah aus wie eine keltische Rachegöttin. „Gegen dich hätte er nicht die geringste Chance, Darling." Er nahm eine

Gabel Rührei und ließ es sich auf der Zunge zergehen. „Vergessen wir es einfach."

„Es vergessen? Das darfst du nicht! Du musst Anzeige erstatten. Mir persönlich wäre es natürlich lieber, wenn ihr Jungs euch zusammentun und in Boston auftauchen würdet, um diesem Mann ein Veilchen zu verpassen, aber ..." Sie presste die Hand auf die Brust, weil ihr Herz allein bei der Vorstellung schneller zu schlagen begonnen hatte, „... das Richtige ist natürlich, das von der Polizei erledigen zu lassen."

„Keine Cops." Er biss genüsslich in eine Bratkartoffel. „Dumont wird sich viel unwohler in seiner Haut fühlen, wenn er nicht weiß, was ich unternehme und wann."

Coco dachte darüber nach, und ein Lächeln erschien auf ihrem Gesicht. „Du hast völlig recht. So als wartet er darauf, wann die Axt fällt."

„Genau. Außerdem würden Megan und der Junge darunter zu leiden haben, wenn die Polizei hier auftaucht."

„Natürlich, daran habe ich gar nicht gedacht." Sie strich ihm übers Haar. „Ich bin so froh, dass sie dich haben."

„Ich wünschte, Megan würde genauso denken."

„Aber das tut sie doch. Sie hat nur Angst. Sie hat so viel in ihrem Leben durchstehen müssen. Und du ... nun, du kannst eine Frau schon ein wenig durcheinanderbringen."

„Glaubst du, ja?"

„Ich weiß es." Sie griff in ihre Schürzentasche. „Hast du noch immer so starke Schmerzen? Ich habe dir Aspirin mitgebracht. Die kannst du mit deinem Saft einnehmen."

„Ja, Ma'am." Er schluckte die Tablette und widmete sich wieder dem Rührei. „Hast du Megan heute Morgen schon gesehen?"

„Ich konnte sie erst im Morgengrauen dazu überreden, dich allein zu lassen und selbst etwas zu schlafen."

Diese Neuigkeit schmeckte ihm noch besser als die Eier. „So?"

„Und wie sie dich angesehen hat ..." Sie tätschelte seine

Hand. „Eine Frau erkennt so etwas, vor allem, wenn sie selbst verliebt ist." Ein Hauch von Röte zog auf ihre Wangen. „Ich nehme an, du weißt längst, dass Niels und ich … nun, dass wir ein Paar sind."

Er gab nur einen unverständlichen Laut von sich. Er wollte sich die beiden nicht allein im Dunkeln vorstellen. Coco und Niels waren die beiden Menschen, die für ihn dem Bild von Eltern am nächsten kamen. Und kein Kind, selbst nicht mit dreiunddreißig, wollte über diese Seite der elterlichen Beziehung nachdenken.

„Diese letzten Wochen waren einfach wunderbar. Ich hatte eine sehr glückliche Ehe, und es gibt Erinnerungen, die vergisst man nie. Ich hatte auch einige sehr erfüllende Beziehungen, aber mit Niels …" Ein verträumter Ausdruck trat in ihre Augen. „Bei ihm fühle ich mich jung und voller Leben. Und fast zierlich. Es ist nicht nur der Sex …"

Nathaniel krümmte sich. „He, Coco. Ich glaube nicht, dass ich darüber Bescheid wissen muss." Er trank einen Schluck Kaffee. Sein Appetit schrumpfte rapide.

Sie kicherte wie ein Backfisch und liebte ihn umso mehr. „Ich weiß doch, wie nah Niels und du euch steht."

Er fühlte sich höchst unwohl in seiner Haut. „Ja sicher, wir sind lange zusammen gesegelt, und er ist …"

„Wie ein Vater für dich", sagte sie gütig. „Deshalb sollst du wissen, dass ich ihn liebe. Wir werden heiraten."

„Was?" Die Gabel fiel klappernd auf den Teller. „Heiraten? Du und der Holländer?"

Coco wurde nervös. Sie konnte Nathaniels Miene nicht deuten. War er einfach nur überrascht oder schockiert? Fahrig nestelte sie an ihrer Perlenkette. „Ich hoffe, es macht dir nichts aus."

„Ob es mir etwas ausmacht?" Sein Verstand hatte einen Moment lang ausgesetzt, jetzt begann er wieder zu arbeiten. Nate sah das nervöse Zittern ihrer Finger, hörte das Schwanken in ihrer Stimme, sah den unsicheren Ausdruck in ihren

Augen. Er schob das Tablett zurück und stand auf. „Eine elegante Frau wie du und dieser alte Seebär? Bist du sicher, dass er dir nicht irgendwas in die Suppe geschüttet hat?"

Erleichtert lächelte sie. „Falls ja, dann gefällt es mir ausnehmend gut. Haben wir deinen Segen?"

Er nahm ihre Hände und sah auf ihre Finger hinunter. „Weißt du, seit ich denken kann, habe ich mir immer gewünscht, du könntest meine Mutter sein."

„Oh, Nathaniel." Vor Rührung füllten sich ihre Augen mit Tränen.

„Und jetzt sieht es so aus, als würdest du es werden." Er küsste sie auf beide Wangen. „Er wird sich dir gegenüber besser anständig benehmen, sonst bekommt er es mit mir zu tun."

„Oh, ich bin ja so glücklich, Nate." In Nathaniels Umarmung ließ Coco den Tränen freien Lauf. „Dabei habe ich es weder in den Karten noch in den Teeblättern gesehen." Sie bekam Schluckauf und presste die feuchte Wange an seine Brust. „Es ist einfach passiert."

„Die besten Dinge im Leben kommen immer unerwartet."

„Ich wünsche mir, dass du auch so glücklich wirst." Sie machte sich aus seinen Armen los und kramte in der Schürzentasche nach ihrem Spitzentaschentuch. „Ich möchte, dass du an das glaubst, was du mit Megan hast, und es nicht aufgibst. Sie braucht dich, Nathaniel. Und Kevin auch."

„Das habe ich ihr auch schon gesagt." Lächelnd nahm er Coco das Taschentuch ab und tupfte ihr sanft die Wangen trocken. „Sie war wohl noch nicht bereit, mir zuzuhören."

„Dann musst du es ihr immer und immer wieder sagen." Ihre Stimme nahm einen bestimmten Ton an. „So lange, bis sie dir zuhört." Und wenn Megan einen kleinen Schubs brauchte … das würde sie mit Vergnügen übernehmen. „Also dann …" Sie fuhr sich übers Haar und strich sich die Schürze glatt. „Ich habe noch hundert Dinge zu erledigen. Ich will, dass du dich ausruhst, damit du das Picknick und das Feuerwerk genießen kannst."

„Ich fühle mich ganz gut.“

„Du fühlst dich, als ob dich ein Zug überrollt hätte.“ Sie ging zum Bett, schlug die Decke zurück und schüttelte das Kissen auf. „Leg dich noch eine oder zwei Stunden hin. Oder setz dich auf die Terrasse in die Sonne. Es ist ein wunderschöner Tag. Wir können nachher ein kleines Sofa für dich rausstellen. Wenn Megan wach ist, schicke ich sie zu dir, damit sie dich einreiben kann.“

Im gleichen Moment vernahmen sie eilige Schritte auf dem Korridor, und schon stürmte Megan zur Tür herein.

„Ich kann Kevin nirgends finden“, stieß sie aus. „Schon den ganzen Vormittag hat ihn niemand gesehen.“

11. KAPITEL

Megan war leichenblass. Die Vorstellung, ihr kleiner Junge könnte weggelaufen sein, war völlig absurd. Immer wieder sagte sie sich, dass es sich nur um einen Streich handeln konnte. Vielleicht träumte sie auch nur.

„Niemand hat ihn gesehen", wiederholte sie und musste sich an der Türklinke festhalten. „Ein paar von seinen Sachen sind weg, und sein Rucksack auch."

„Ruf bei Suzanna an", sagte Nathaniel sofort. „Wahrscheinlich ist er mit Alex und Jenny zusammen."

„Nein." Langsam schüttelte sie den Kopf. „Sie sind hier. Sie alle sind hier. Und keiner hat ihn gesehen. Ich habe geschlafen." Sie sprach jedes Wort überdeutlich aus, als habe sie Schwierigkeiten, sich selbst zu verstehen. „Ich habe geschlafen. Nach dem Aufwachen bin ich in sein Zimmer gegangen, wie ich es jeden Morgen tue. Er war nicht da, also dachte ich, er sei bereits unten. Oder draußen. Doch als ich nach unten kam, suchte Alex nach ihm." Krallen der Angst griffen nach ihr, kratzten ihr über den Rücken. „Also suchten wir ihn zusammen. Und als ich zurück in sein Zimmer kam, bemerkte ich, dass sein Rucksack weg war und seine Sachen …"

„Beruhige dich, Liebes." Coco eilte zu ihr und legte ihr einen Arm um die Schultern. „Das ist sicher nur ein Spiel. Es gibt so viele Verstecke im Haus und auf dem Grundstück."

„Er hat sich so auf heute gefreut. Kevin hat über nichts anderes mehr geredet. Er wollte Revolution mit Alex und Jenny spielen."

„Wir finden ihn." Sanft drängte Coco Megan in den Korridor. „Wir stellen einen Suchtrupp zusammen. Es wird ihn sicher diebisch freuen, wenn alle nach ihm suchen."

Eine Viertelstunde später hatten sich alle im Haus und auf dem Grundstück verteilt und suchten nach Kevin. Megan wahrte mit übermenschlicher Anstrengung Fassung und suchte jeden möglichen Schlupfwinkel ab. Sie fing im Turm an und arbeitete sich langsam nach unten.

Er muss hier irgendwo sein, sagte sie sich immer wieder vor. Natürlich, jeden Moment würde sie ihn finden.

Hysterie wollte in ihr aufsteigen und wurde nur mit Mühe zurückgedrängt.

Er spielte nur ein Spiel, war auf Entdeckungsreise. Er liebte dieses Haus. Dutzende von Bildern hatte er gemalt und nach Oklahoma geschickt, damit jeder sehen konnte, dass er in einem Schloss lebte.

Hinter der nächsten Tür würde sie ihn finden, ganz bestimmt …

In einem der langen Korridore lief sie Suzanna über den Weg. Ihr war kalt, eiskalt, obwohl die Sonne durch die Fenster fiel. „Er antwortet mir nicht“, murmelte sie tonlos. „Ich rufe ihn, aber er antwortet nicht.“

„Das Haus ist groß.“ Suzanna nahm Megans Hand und drückte sie zuversichtlich. „Einmal haben wir als Kinder Verstecken gespielt und Lilah drei Stunden lang nicht gefunden. Sie war in einen Schrank geklettert und eingeschlafen.“

„Suzanna.“ Megan presste die Lippen aufeinander. Sie musste sich den Tatsachen stellen, schnellstmöglich. „Seine beiden Lieblingshemden sind fort, und zwei Paar Turnschuhe. Seine Baseballkappe auch. Sein Sparschwein ist leer geräumt. Er ist nicht im Haus. Er ist weggelaufen.“

„Du musst dich setzen.“

„Nein, ich … ich muss etwas unternehmen. Die Polizei anrufen. Oh Gott!“ Die eiserne Selbstbeherrschung bröckelte. „Ihm könnte alles Mögliche passiert sein. Er ist doch noch ein kleiner Junge. Ich weiß nicht einmal, wie lange er schon weg ist. Ich weiß es nicht.“ Tränen schwammen in ihren Augen, als sie Suzanna verzweifelt anblickte. „Haben Alex und Jenny nichts zu dir gesagt? Frag sie, vielleicht wissen sie etwas …“

„Ich habe sie schon gefragt, Megan“, erwiderte Suzanna

mitfühlend. „Er hat nichts davon gesagt, dass er weggehen will."

„Wohin will er denn gehen? Und warum? Zurück nach Oklahoma", schoss es ihr in den Kopf. „Vielleicht will er nach Oklahoma zurück. Weil er hier unglücklich ist und nur so tut, als würde es ihm hier gefallen."

„Er ist glücklich hier. Aber wir werden es überprüfen. Komm, lass uns nach unten gehen."

„Hier in diesem Teil habe ich überall nachgesehen", versicherte Dutch Nathaniel. „In den Vorratskammern, den Lagerräumen, sogar im Kühlraum. Trent und Sloan durchsuchen jeden Winkel auf der Baustelle, und Max und Holt schauen draußen unter jeden Busch." Sorge lag in seinen Augen, doch seine Hände zitterten nicht, während er frischen Kaffee brühte. „Man sollte meinen, wenn der Junge nur spielt, dass er dann aus seinem Versteck hervorkommt, wenn er den ganzen Trubel hört."

„Wir haben das gesamte Haus zweimal durchgekämmt." Mit grimmiger Miene starrte Nathaniel aus dem Fenster. „Amanda und Lilah haben im Retreat gesucht. Er ist nicht im Haus."

„Für mich ergibt das keinen Sinn. Kevin war hier zufrieden wie eine Perle in der Auster. Jeden Tag kommt er her, steht mir im Weg und bettelt, dass ich ihm Geschichten von der Seefahrt erzähle."

„Irgendetwas hat ihn verschreckt." Eine Gänsehaut lief Nathaniel über den Rücken. Abwesend rieb er sich den Nacken. „Warum rennt ein Junge weg? Weil er Angst hat, oder weil er verletzt wurde oder weil er unglücklich ist."

„Der Junge ist nichts dergleichen", sagte Dutch überzeugt.

„Hätte ich auch nicht gedacht." In Kevins Alter hatten alle drei Begründungen auf ihn gepasst. Er war sich sicher, er hätte die Anzeichen erkannt.

Das Prickeln in seinem Nacken ließ nicht nach. Automatisch ging sein Blick wieder hinaus auf die Klippen. „Ich hab da so eine Ahnung", sagte er mehr zu sich selbst.

„Was?"

„Nichts Genaues, nur ein Gefühl." Das mulmige Gefühl war in seinen Magen gewandert. „Ich werd besser mal nachsehen."

Die Klippen zogen ihn regelrecht an. Nathaniel wehrte sich nicht gegen den Sog, auch wenn jeder Schritt auf dem unebenen Gebiet den Schmerz zurückbrachte und ihm den Atem raubte. Eine Hand gegen die Rippen gepresst, ließ er den Blick unablässig über die Felsen und das hohe Gras schweifen.

Kinder fühlten sich magisch angezogen von diesem Ort. Er wusste es aus Erfahrung. Als Junge war er oft hergekommen. Und als Mann.

Die Sonne stand hoch am Himmel, das Meer schimmerte saphirblau, gekrönt von weißem Schaum, wo es tief unten stetig gegen die Felsen schlug. Wunderschön – und tödlich. Vor seinem geistigen Auge sah er einen Jungen, der über die Klippen rannte, stolperte, rutschte ... Übelkeit schoss in ihm auf, so jäh, dass er stehen blieb und nach Luft schnappte.

Nein, Kevin war nichts passiert. Er würde nicht zulassen, dass Kevin etwas passierte.

Er ging weiter, kletterte höher, rief immer wieder den Namen des Jungen.

Ein Vogel erregte seine Aufmerksamkeit. Eine schneeweiße Möwe, im Flug elegant wie ein Balletttänzer, kreiste über den Felsen und stieß einen Schrei aus, der fast menschlich klang und auf unheimliche Art an eine Frau erinnerte. Nathaniel blieb stehen und sah auf. Er hätte schwören mögen, dass die Möwe grüne Augen hatte. Smaragdgrüne Augen.

Die Möwe sank herab, setzte sich weiter unten auf einen Felsenkamm und sah zu ihm hin, so als warte sie auf ihn.

Die Schmerzen seines malträtierten Körpers ignorierend, begann Nathaniel den Abstieg. Er glaubte, den Duft einer

Frau wahrzunehmen, süß und zart und beruhigend, doch es war nur der Geruch der See.

Der Vogel flog auf, stieß hoch in die Lüfte und gesellte sich zu einem zweiten, ebenso gleißend weiß. Eine Weile kreisten sie zusammen über den Felsen, Schreie ausstoßend wie Freudenrufe, dann segelten sie hinaus auf die offene See.

Ein wenig kurzatmig erreichte Nathaniel den Felsvorsprung und sah die Mulde, in der ein kleiner Junge zusammengekauert hockte.

Sein erster Impuls war, den Jungen in seine Arme zu ziehen und ihn festzuhalten. Doch er hielt sich zurück. Er konnte nicht sicher sein, ob nicht er der Grund war, weshalb Kevin weggelaufen war.

So setzte er sich nur zu ihm und begann leise zu reden. „Tolle Aussicht."

Kevin hatte den Kopf auf die Knie gelegt und hob ihn auch nicht an. „Ich geh nach Oklahoma zurück." Es sollte wohl trotzig klingen, doch Angst und Kummer übertönten die Worte. „Ich kann den Bus nehmen."

„Sicher. Dann siehst du viel von der Landschaft. Aber ich dachte, es gefällt dir hier?"

Ein Schulterzucken war die Antwort. „Ist ganz okay."

„Macht dir hier jemand das Leben schwer, Sportsfreund?"

„Nein."

„Hast du dich mit Alex gestritten?"

„Nein, das ist es nicht. Ich gehe einfach nur zurück nach Oklahoma. Gestern Nacht fuhr kein Bus mehr, deshalb musste ich warten und kam hierher. Wahrscheinlich bin ich eingeschlafen." Kevin hob den Kopf, sah Nathaniel jedoch nicht an. „Du kannst mich nicht zwingen, zurückzugehen."

„Weißt du, ich bin größer und stärker als du, also würde ich dich wohl zwingen können." Er sagte es ruhig und wollte dem Jungen übers Haar streichen, doch Kevin zuckte zurück. „Aber eigentlich will ich dich zu nichts zwingen, bevor ich nicht verstehe, was du denkst."

Er wartete geduldig ab, lauschte auf die See und den Wind, bis er merkte, dass die Anspannung in Kevin ein wenig nachließ. „Deine Mutter macht sich ziemlich große Sorgen um dich. Die anderen auch. Vielleicht solltest du zurückgehen und wenigstens Auf Wiedersehen sagen."

„Sie wird mich nicht gehen lassen."

„Sie liebt dich sehr."

„Sie hätte mich nie haben sollen." Die Worte waren viel zu bitter und zu scharf für einen kleinen Jungen.

„Also, was du da sagst, ist wirklich dumm. Jeder wird mal wütend und hat auch das Recht dazu, aber das ist kein Grund, blöd zu werden."

Kevins Kopf drehte sich ruckartig herum. Sein Gesicht war schmutzig und tränenverschmiert. Es schnitt Nathaniel ins Herz. „Wenn sie mich nicht gehabt hätte, wäre alles anders für sie. Sie tut immer so, als würde es ihr nichts ausmachen. Aber ich weiß, dass das nicht stimmt."

„Woher weißt du das?"

„Ich bin kein Baby mehr. Ich weiß, was er getan hat. Er ist weggegangen, obwohl sie schwanger von ihm war. Weil es ihn nicht interessierte. Und dann hat er Suzanna geheiratet und ist auch von ihr weggegangen. Und von Alex und Jenny. Deswegen sind wir ja auch Geschwister."

In den Augen des Jungen stand die blanke Wut eines Neunjährigen. Das sind raue Wasser, dachte Nathaniel, auf denen man sehr vorsichtig navigieren muss. „Darüber solltest du mit deiner Mutter reden, Kevin. Sie ist diejenige, die dir das erklären kann."

„Sie hat mir gesagt, dass manche Leute nicht heiraten können, auch wenn sie zusammen ein Baby haben. Aber er wollte mich nie, und ich hasse ihn."

„Dazu kann ich nichts sagen", meinte Nathaniel behutsam. „Aber deine Mutter liebt dich, und das ist viel wichtiger. Wenn du wegläufst, wirst du ihr sehr wehtun."

Kevins Lippen begannen zu zittern. „Wenn ich nicht mehr da bin, kann sie dich haben. Ohne mich bleibst du bei ihr."

„Ich fürchte, ich kann dir nicht ganz folgen, Kevin."

„Er ... er hat dich zusammenschlagen lassen." Kevin bekam Schluckauf vor Aufregung. „Ich hab's gehört, gestern Abend. Ich habe dich und Mom reden hören, und sie hat gesagt, dass es ihre Schuld ist. Aber es ist nicht ihre Schuld, es ist meine. Weil er mein Vater ist. Er hat es getan, und jetzt magst du mich nicht mehr und wirst weggehen."

„Du kleiner Dummkopf!" Emotionen überwältigten ihn, und Nathaniel zog den Jungen mit einem Ruck an sich heran und schüttelte ihn leicht. „Du hast diesen Aufruhr verursacht, weil ich ein paar blaue Flecke abbekommen habe? Sehe ich aus, als könnte ich nicht auf mich aufpassen? Die anderen beiden sind auf allen vieren weggekrochen."

„Ehrlich?" Kevin rieb sich schniefend die Augen. „Trotzdem ..."

„Nichts trotzdem", fuhr Nathaniel auf. „Mit dir hatte das überhaupt nichts zu tun. Ich sollte dich schütteln, bis dir die Zähne klappern, weil du uns allen solche Sorgen gemacht hast."

„Er ist mein Vater." Kevin schob das Kinn vor. „Und das bedeutet ..."

„Es bedeutet gar nichts. Mein Vater war ein alter Trunkenbold, der mich an sechs Tagen der Woche vermöbelt hat. Bin ich deshalb wie er?"

„Nein." Die Tränen flossen jetzt ungehindert. „Ich dachte, dass du mich nicht mehr magst und dass du jetzt bestimmt nicht mehr bleiben wirst, um mein Vater zu werden, so wie Holt Alex' und Jennys neuer Dad ist."

Mit sanftem Griff schloss Nathaniel den weinenden Jungen in seine Arme. „Du hast falsch gedacht." Er rieb die Lippen über das feine Haar und genoss das Gefühl der Liebe, das ihn durchfuhr. „Ich sollte dich von der Rahe baumeln lassen."

„Was ist das?"

„Das erkläre ich dir später." Er hielt den Jungen fester. „Hast du jemals überlegt, dass ich mir dich vielleicht als Sohn wünsche? Dass ich mir wünsche, deine Mom und du gehören zu mir?“

„Stimmt das denn auch?“ Kevins Stimme klang gedämpft an der breiten Brust.

„Glaubst du, ich mache mir die Mühe und bilde dich zum Steuermann aus, damit du dann einfach wegläufst?“

„Weiß nicht. Wahrscheinlich nicht.“

„Ich habe nach dir gesucht, Kevin. Schon viel länger als nur heute.“

Kevin lehnte den Kopf an Nates Schulter. „Ich hatte solche Angst. Aber dann kam die weiße Möwe.“

„Die Möwe?“ Jetzt fiel es Nathaniel wieder ein. Suchend schaute er sich um, doch weit und breit keine Spur von dem Vogel.

„Solange sie da war, hatte ich nicht so viel Angst. Sie ist die ganze Nacht geblieben. Immer, wenn ich aufwachte, habe ich sie gesehen. Und als du kamst, ist sie weggeflogen, mit der anderen Möwe.“ Er schniefte. „Ist Mom sehr böse auf mich?“

„Ich glaube schon.“

Kevin seufzte so schwer, dass Nathaniel grinsen musste. „Vermutlich kriege ich jetzt wohl Ärger.“

„Dann solltest du es am besten gleich hinter dich bringen. Sammle deine Sachen ein, und dann lass uns zurückgehen.“

Kevin schnallte seinen Rucksack um und legte seine Hand vertrauensvoll in die Nathaniels. „Tut das weh?“, fragte er und musterte Nates Gesicht.

„Darauf kannst du wetten.“

„Zeigst du mir später deine blauen Flecke?“

„Sicher. Da sind ein paar richtige Prachtexemplare dabei.“

Und Nathaniel spürte jeden einzelnen, während er mit dem Jungen zusammen über die Felsen kletterte und den Weg nach Hause einschlug. Die Wiedergutmachung für seine Qualen erhielt er dadurch, dass er Megans Gesicht aufleuchten sah, als er mit dem Jungen auf *The Towers* zulief.

„Kevin!" Mit wehenden Haaren und Tränenspuren auf den Wangen kam sie ihnen entgegengerannt.

„Geh nur", murmelte Nathaniel Kevin zu. „Sie wird dich erst umarmen wollen."

Mit einem Nicken ließ Kevin den Rucksack auf den Rasen fallen und warf sich seiner Mutter in die Arme.

„Oh Kevin ...!" Megan konnte ihn gar nicht fest genug an sich drücken. Sie war auf die Knie gefallen, hielt ihren kleinen Jungen und wiegte sich mit ihm hin und her, während ihr Tränen unendlicher Erleichterung über die Wangen strömten.

„Wo hast du ihn gefunden?", fragte Trent Nathaniel leise.

„Auf den Klippen, in einer Felsmulde."

C. C. erschauerte. „Himmel! Hat er etwa die ganze Nacht dort verbracht?"

„Scheint so. Ich hatte diese seltsame Ahnung. Erklären kann ich es nicht. Aber ich bin nachsehen gegangen, und da saß er."

„Eine Ahnung?" Trent sah seine Frau an. „Erinnere mich daran, dass ich ihm erzähle, wie ich Fred gefunden habe."

Max klopfte Nathaniel auf die Schulter. „Ich rufe bei der Polizei an und sage Bescheid, dass wir ihn gefunden haben."

„Der arme Junge muss halb verhungert sein." Coco schluckte die Tränen hinunter und schmiegte sich an Dutch. „Wir werden ihm schnell etwas Gutes zubereiten."

„Bring beide mit in die Küche. Wenn sie aufgehört hat, den armen Kerl vollzusabbern." Dutch kaschierte seine vor Ergriffenheit schwankende Stimme mit einem Hüsteln. „Frauen. Immer machen sie ein solches Theater."

„Kommt, lasst uns hineingehen." Suzanna zog Alex und Jenny an der Hand mit sich.

„Aber ich will ihn doch fragen, ob er Geister gesehen hat", protestierte Alex.

„Später." Holt löste das Problem, indem er sich Alex über die Schulter warf.

Mit einem letzten Schluchzen löste Megan sich von Kevin

und nahm sein Gesicht in ihre Hände. „Ist alles in Ordnung mit dir? Dir ist nichts passiert?"

„Nein." Es war ihm unendlich peinlich, dass er vor seinem Bruder und seiner Schwester geweint hatte. Schließlich war er schon fast neun. „Mir geht es gut."

„Dass du mir so etwas nie wieder machst!" Der rasante Umschwung von weinender Mutter zu strengem Elternteil ließ Nathaniel verdutzt die Brauen hochreißen. „Alle hier sind vor Sorge um dich halb krank, junger Mann! Seit Stunden suchen wir nach dir. Wir haben sogar die Polizei verständigt."

„Es tut mir leid." Dennoch war es schon toll, dass sogar die Polizei nach ihm gesucht hatte.

„‚Tut mir leid' wird dieses Mal nicht reichen, Kevin Michael O'Riley!"

Betreten starrte Kevin auf seine Fußspitzen. Wenn seine Mom alle seine Namen benutzte, dann steckte er wirklich in Schwierigkeiten, das wusste er. „Ich werde es auch nie wieder tun. Das verspreche ich."

„Du hättest es überhaupt nie tun dürfen. Ich muss dir vertrauen können, und jetzt … Oh." Als er erneut zu schluchzen begann, zog sie seinen Kopf an ihre Brust. „Ich hatte so schreckliche Angst um dich. Ich hab dich doch so lieb. Wohin wolltest du denn überhaupt?"

„Weiß nicht. Zu Grandma, vielleicht."

„Zu Grandma." Seufzend setzte sie sich auf die Fersen. „Gefällt es dir hier denn nicht?"

„Hier ist es am besten."

„Warum bist du dann fortgerannt, Kevin? Bist du böse auf mich?"

Er schüttelte den Kopf. „Ich dachte, du und Nate seid böse auf mich, weil Nate verprügelt wurde. Aber Nate sagt, es ist nicht meine Schuld und dass du gar nicht böse auf mich warst. Er sagt, dass er gar nicht wichtig ist. Bist du wirklich nicht böse auf mich?"

Ihr entsetzter Blick glitt zu Nathaniel, hielt seine Augen

fest, während sie den Jungen wieder an sich drückte. „Nein, mein Sohn, ich bin nicht böse auf dich. Niemand ist böse auf dich.“ Dann nahm sie Kevins Gesicht in ihre Hände und sah ihn ernst an. „Weißt du noch, als ich dir sagte, dass manche Leute nicht zusammen sein können? Ich hätte dir auch erklären müssen, dass es manchmal besser ist, wenn sie nicht zusammen sind. Und so ist es bei mir und …“ Sie brachte es nicht über sich, von ihm als Kevins Vater zu reden. „So ist es bei mir und Baxter.“

„Aber ich war doch ein Unfall.“

„Oh nein.“ Lächelnd küsste sie ihn auf beide Wangen. „Ein Unfall ist etwas, von dem man wünscht, es wäre nie passiert. Du, mein Sohn, bist ein Geschenk. Das beste, das ich je in meinem Leben erhalten habe. Solltest du je wieder denken, ich würde dich nicht wollen, dann wird mir wohl nichts anderes übrig bleiben, als dich in Geschenkpapier einzuwickeln und dir eine Schleife um den Hals zu binden, damit du verstehst, was ich meine.“

Er kicherte. „Tut mir leid.“

„Mir auch. Jetzt komm, sehen wir zu, dass wir dich wieder sauber bekommen.“ Megan richtete sich auf, nahm die Hand ihres Sohnes und sah zu Nathaniel. „Danke“, sagte sie.

Mit der Kindern eigenen Unbeschwertheit vergaß Kevin seine Nacht auf den Klippen und stürzte sich mit Begeisterung in die Feiertagsaktivitäten. Als Held des Tages hatte er die ungeteilte Aufmerksamkeit seiner Geschwister, die gebannt seinen Geschichten über die Nacht auf den Klippen und das unheimliche Meer und die weiße Möwe mit den grünen Augen lauschten.

Fehlen durften bei dem Familienfest natürlich auch die Hunde nicht. Sadie und Fred tollten mit ihrem Nachwuchs und den Kindern über den Rasen. Die Babys schliefen in ihren Krippen oder wurden geschaukelt oder glucksten so lange, bis jemand sie auf den Arm nahm und herumtrug. Ein paar neugierige Hotelgäste verließen das vom Retreat organisierte Fest und gesellten sich dazu, angezogen von dem Gelächter und dem fröhlichen Lärm.

Nathaniel verzichtete auf die Teilnahme an dem improvisierten Softball-Spiel, wenn auch nur höchst unwillig. Allerdings hielt er es für besser, keinen Sturz beim Run auf die dritte Base zu riskieren, was ihn in seinem angeschlagenen Zustand vielleicht doch noch ins Krankenhaus befördert hätte. So übernahm er die Rolle des Schiedsrichters und genoss es sichtlich, seine Entscheidungen lautstark und mit der gebührenden Wichtigkeit bekannt zu geben.

„Bist du blind oder hast du keine Ahnung?“ Angewidert warf C. C. ihren Schläger zu Boden. „Ein Veilchen ist keine Entschuldigung, so etwas nicht zu sehen. Der Ball war mindestens eine halbe Meile im Aus!“

Nathaniel klemmte sich die Zigarre zwischen die Zähne. „Von da, wo ich stehe, war er drinnen, Engelchen.“

Entrüstet stemmte sie die Hände in die Hüften. „Dann stehst du an der falschen Stelle!“ Jenny nutzte die Gelegenheit, schlug ein Rad über die Homebase und erntete allgemeinen Applaus.

„C. C., du hast den hübschesten Schlagschwung, den ich je gesehen habe, aber das war dein dritter Schlag. Du bist draußen.“

„Wenn du nicht schon grün und blau wärst …“ Sie verschluckte das Lachen und ranzte stattdessen Lilah an. „Du bist dran.“

„Schon?“ Träge strich Lilah sich das Haar aus dem Gesicht und trat in das Schlagfeld.

Hinter dem Fänger warf Megan ihrer Teamkollegin neben sich einen Blick zu. „Selbst wenn sie trifft, wird sie nicht rennen.“

Suzanna schüttelte seufzend den Kopf. „Das braucht sie gar nicht. Wart’s ab.“

Lilah fuhr sich mit einer Hand über die Hüfte, sah schmollend zu Nathaniel und wandte ihre Aufmerksamkeit dann dem Werfer zu. Sloan holte schwungvoll aus, warf … und Lilah ließ den Ball gähnend an sich vorbeirauschen, ohne den Schläger auch nur bewegt zu haben.

„Halten wir dich zu lange wach?“, kam es frotzelnd von Nathaniel.

„Ich warte auf meinen Wurf.“

Der zweite Wurf schien auch nicht der richtige für sie zu sein. Wieder flog der Ball ungehindert an ihr vorbei. Aus dem gegnerischen Team erschollen Spottrufe.

Lächelnd reckte sie sich und ging in Stellung. „Dann los, Großer“, rief sie Sloan zu. Mit einem wuchtigen Schlag schickte sie den Ball hoch in die Lüfte. Begleitet von lautem Jubel, schlenderte sie einmal um das Spielfeld und gab Nathaniel ihren Schläger. „Ich warte immer auf meinen Wurf.“

Als das Spiel zu Ende war und man sich zum Essen niederließ, setzte Nathaniel sich zu Megan. „Du hast einen ziemlich kräftigen Schlagarm.“

„In Oklahoma habe ich Kevins Jugendmannschaft trainiert.“ Ihr Blick ging zu ihrem Sohn. „Er scheint überhaupt nicht mitgenommen zu sein. Man sieht ihm nichts an von dem Erlebnis, oder?“

„Nein“, stimmte Nathaniel ihr zu. „Und wie steht’s mit dir?“

„Mein Magen hat sich wieder beruhigt.“ Sie presste die Hand auf ihren Bauch. „Zum größten Teil, zumindest.“ Sie senkte die Stimme. „Ich ahnte ja nicht, dass er sich Gedanken über Baxter machte. Welche Gedanken er sich überhaupt machte. Ich hätte es wissen müssen.“

„Ein Junge braucht seine Geheimnisse, auch vor seiner Mutter.“

„Ja, wahrscheinlich.“ Der Tag war zu schön, um ihn mit Sorgen zu verdüstern. „Nathaniel … was immer du da oben auf den Klippen zu ihm gesagt hast… Wie du es zu ihm gesagt hast, muss genau das Richtige gewesen sein. Und das bedeutet mir sehr viel.“ Sie sah in seine Augen. „Du bedeutest mir sehr viel.“

Über den Rand seines Bierglases erwiderte er ihren Blick. „Du hast doch etwas auf dem Herzen, Megan. Warum sprichst du es nicht offen aus?“

„Also gut … Nachdem du gestern weg warst, habe ich nachgedacht. Darüber, wie ich mich fühlen würde, solltest du nicht mehr zurückkommen. Ich wusste, du würdest ein großes Loch zurücklassen. Das ich vielleicht irgendwann im Laufe der Zeit wieder auffüllen könnte, doch etwas würde immer fehlen. Und als ich mir dann die Frage stellte, was fehlen würde, kam immer die gleiche Antwort heraus, ganz gleich, von welchem Blickwinkel ich es auch betrachtete.“

„Also, wie lautet die Antwort, Megan?“

„Du“, sagte sie schlicht. „Du würdest mir fehlen.“ Damit beugte sie sich zu ihm und küsste ihn.

Später, als der Mond am Himmel stand, sahen sie sich das Feuerwerk an. Leuchtende Farben flossen ineinander, glitzernde Funkenschauer regneten über dem Wasser herab und krönten diesen wunderbaren Festtag. Ein guter Moment für einen neuen Anfang voller Hoffnung, dachte Megan.

Es war ein faszinierendes Schauspiel, das vor allem die Kinder mit weit aufgerissenen Augen, offen stehenden Mündern und in den Nacken gelegten Köpfen nach oben blicken ließ. Und das überwältigende Finale mit goldenen und silbern gleißenden Spiralen, Kaskaden von Blau und Rot und wirbelnden Kreisen ließ mit seinem Knallen die Luft erzittern und erleuchtete den Himmel, bis es schließlich verglühte und nur noch die Sterne am dunklen Firmament standen.

Noch lange nachdem die Party längst vorbei war, Geschirr und Gläser abgeräumt waren und die Kinder sicher in ihren Betten schliefen, fühlte Megan die Energie der Feier in sich summen. In ihrem Zimmer kämmte sie sich das Haar, bis es ihr weich wie Seide über die Schultern floss. Von prickelnder Erwartung erfüllt, band sie sich den Gürtel des geliehenen Morgenmantels locker um die Hüften und schlüpfte zur Terrassentür hinaus, um zu Nathaniels Zimmer zu gehen.

Es hatte keiner großen Überredungskunst bedurft, dass Nathaniel noch eine Nacht auf *The Towers* schlief. Er war müde gewesen, und alles tat ihm weh. Selbst der kurzen Fahrt nach Hause hatte er mit Grausen entgegengesehen. Auch das ausgiebige Bad hatte ihn nicht so entspannt, wie er gehofft hatte. Er war erfüllt von einer unbestimmten Unruhe, die immer wieder Megans Gesicht, erhellt vom Feuerwerk, vor seinem geistigen Auge aufblitzen ließ.

Dann trat er aus dem Bad und sah sie.

Sie trug einen Hauch von Nichts aus dunkelblauer Seide, der sich um jede ihrer Kurven schmiegte. Ihr Haar schimmerte wie goldenes Feuer, und ihre Augen waren geheimnisvoll wie dunkle Saphire.

„Ich dachte mir, du könntest vielleicht jemanden zum Einreiben brauchen." Sie lächelte unsicher. „Ich habe jede Menge Erfahrung damit, wie man verspannte Muskeln lockert. Nun, bei Pferden zumindest."

Fast hatte er Angst zu atmen. „Woher hast du das?"

„Was? Oh, das." Verlegen strich sie die Seide glatt. „Lilah hat's mir geliehen. Ich dachte, es würde dir vielleicht besser gefallen als Frottee." Als er nicht antwortete, ließ ihre Courage rapide nach. „Ich meine, wenn es dir lieber ist, kann ich auch wieder gehen. Ich habe Verständnis dafür, ich kann mir denken, dass du dich nicht besonders fühlst und … Wir müssen nicht miteinander schlafen, Nathaniel. Ich wollte nur helfen."

„Ich will nicht, dass du gehst."

Das Lächeln kehrte auf ihr Gesicht zurück. „Nun … warum legst du dich dann nicht hin? Ich fange mit deinem Rücken an. Ich bin wirklich gut." Sie lachte leise. „Die Pferde haben mich alle geliebt."

Er kam zum Bett, berührte Megans Wange, ihr Haar. „Hast du im Stall auch Seide getragen?"

„Immer." Sie drückte ihn leicht auf das Bett. „Leg dich auf den Bauch", wies sie ihn an und gab etwas Massagelotion auf ihre Handflächen. Vorsichtig, damit sie nicht an ihn stieß, kniete sie sich auf die Matratze und begann behutsam seine Schultern zu kneten. „Sag mir, wenn es zu fest ist."

Über die Blutergüsse fuhr sie nur leicht, über die Muskeln rieb sie härter. Er hat den Körper eines Kriegers, dachte sie, hart und fest und mit all den Malen des Kampfes.

„Du hast es heute übertrieben, nicht wahr?"

Er stieß nur ein zufriedenes Knurren aus, hielt die Augen geschlossen und genoss die kreisenden Bewegungen ihrer Hände. Seide streichelte über seine Haut, jedes Mal, wenn Megan sich bewegte. Durch den scharfen Geruch des Einreibemittels konnte er ihr Parfüm wahrnehmen. Es war Balsam für seine Sinne.

Der Schmerz begann nachzulassen, machte einer anderen, einer ursprünglichen Anspannung Platz, die sanft seinen ganzen Körper erfasste. Sein Blut begann zu rauschen, als Megan die Lippen auf seine Schulter presste.

„Besser?"

„Du bringst mich um. Mach weiter."

Mit einem leisen Lachen zog sie ihm das Handtuch von den Hüften. „Ich möchte, dass du dich wohlfühlst, Nathaniel. Wenn die Massage wirken soll, musst du dich entspannen."

„Was immer du da tust, es wirkt." Er stöhnte auf, als sie seine Pobacken knetete und mit den Lippen darüberstrich.

„Du hast einen wunderschönen Körper." Ihr Atem ging immer heftiger, während sie weiter massierte, streichelte, erforschte. „Ich liebe es, ihn zu berühren, ihn zu betrachten." Langsam fuhr sie mit dem Mund an seinem Rückgrat aufwärts, hin zu seinen Schultern, noch höher, knabberte an seinem Ohr. „Dreh dich um", flüsterte sie. „Jetzt kommt die Vorderseite dran."

Ihr Mund ergriff leidenschaftlich Besitz von seinem, sobald er sich umdrehte. Doch als er die Hände nach ihr ausstreckte, entzog sie sich ihm.

„Warte." Auch wenn sie vor Erregung zitterte, gab sie mehr Lotion in ihre Hand und verteilte die ölige Flüssigkeit auf seiner Brust. „Sie haben dich wirklich schrecklich zugerichtet", murmelte sie.

„Die beiden sahen schlimmer aus."

„Nathaniel, der Drachentöter. Lieg still", murmelte sie und küsste die Kratzer und Schürfwunden auf seinem Gesicht. „Wenn ich sie küsse, heilen sie schneller."

Sein Herz klopfte zum Zerspringen, Megan konnte es unter ihrer Handfläche fühlen. Im dämmrigen Schein der Lampe hatten seine Augen die Farbe von dunklem Rauch. Der Morgenmantel bauschte sich um ihre Knie, als sie sich rittlings auf ihn setzte und seinen Schultern, seinen Armen, seiner Brust eine kreisende Massage zukommen ließ.

Die Luft war schwer und angefüllt mit der Duftmischung aus Massagelotion und Parfüm. Nathaniel füllte seine Lungen mit jedem rasselnden Atemzug. Keine andere Frau hatte ihn sich je so hilflos und zugleich von grenzenloser Zufriedenheit erfüllt fühlen lassen.

„Megan, ich muss dich berühren."

Ohne den Blick von seinen Augen zu wenden, öffnete sie den Gürtel des Morgenmantels. Die Seide rutschte ihr von den Schultern. Darunter trug sie ein Hemdchen aus dem gleichen Material, von der gleichen Farbe. Als Nathaniel nach ihr griff, rutschte einer der dünnen Träger von ihrer Schulter.

Megan schloss die Augen und warf den Kopf in den Nacken. Sie fühlte seine Hand auf der Seide, dann auf ihrer Haut. Die Farben kamen wieder zurück, tanzten hinter ihren geschlossenen Lidern, Kaskaden von Funken, Blitze, die das Dunkel durchzuckten. Sterne drehten sich in einem anmutigen Reigen in ihrem Kopf, nahmen sie mit auf eine Reise ins Universum. Sie verlangte nach mehr, richtete sich leicht auf und nahm Nathaniel tief in sich auf. Von plötzlich auflodernder Gier erfasst, krallten sich ihre Finger in seine malträtierten Muskeln.

Ihre Losgelöstheit überwältigte ihn. Er rief laut ihren Namen, als seine Sicht verschwamm. Die Leidenschaft übernahm die Führung und katapultierte sie beide weit hinaus über die Grenzen, bis Megan atemlos auf ihm zusammensank und den Kopf auf seine Brust legte.

„Habe ich dir wehgetan?“, flüsterte sie matt.

Er hatte nicht einmal mehr die Kraft, die Arme um sie zu legen. „Ich fühle nichts außer dir.“

„Nathaniel.“ Sie hob den Kopf und presste ihre Lippen auf die Stelle, wo sein Herz hämmerte. „Da gibt es etwas, das ich gestern vergessen habe dir zu sagen.“

„Und das wäre?“

„Ich liebe dich auch.“ Sie sah, wie er die Augen öffnete, sah die Emotionen, die durch seine dunklen Pupillen huschten.

„Das ist gut.“ Jetzt fand er die Kraft, schloss sie in seine Arme und hielt sie fest.

„Ich weiß nicht, ob das genug ist, aber ...“

Er verstummte sie mit einem Kuss. „Verdirb’s nicht, Megan. Für heute ist es genug.“ Wieder küsste er sie. „Bleib bei mir.“

„Ja.“

12. KAPITEL

Ein Feuerwerk zu planen war eine Sache. Für Coco eine Verlobungsparty zu arrangieren eine ganz andere. Die Calhouns steckten die Köpfe zusammen und debattierten, erörterten alles, vom Maskenball bis hin zu einer Mondscheinkreuzfahrt, bis man sich schließlich für ein romantisches Dinner und einen Tanzabend unter dem Sternenhimmel entschied. Eine Woche blieb ihnen, um alles vorzubereiten. Jeder bekam eine Aufgabe zugeteilt.

Jeden Tag zweigte Megan etwas Zeit ab, um Silber zu polieren, Kristall zu spülen und die schönsten Leinentischdecken und Servietten im Haus zusammenzusuchen.

„So ein unnötiger Aufwand!" Colleen stapfte mit ihrem Stock auf den Schrank zu, an dem Megan stand und Servietten zählte. „Wenn eine Frau in ihrem Alter sich an einen Mann bindet, dann sollte sie so viel Anstand besitzen und es still und diskret tun."

Megan verzählte sich prompt und begann von Neuem. „Magst du keine Partys, Tante Colleen?"

„Natürlich mag ich Partys. Wenn es einen vernünftigen Anlass gibt. Sich von einem Mann an die Kette legen zu lassen ist kein Grund zum Feiern."

„Dutch betet Coco an."

„Hmpf! Das wird sich noch zeigen. Wenn ein Mann dir erst seinen Ring an den Finger gesteckt hat, ist es meist vorbei mit dem Liebesgeplänkel." Die scharfen Augen musterten Megan durchdringend. „Ist das nicht auch der Grund, warum du diesen breitschultrigen Seemann auf Abstand hältst? Aus Angst, was nach dem ‚Ich will' kommt?"

„Natürlich nicht." Dieses Mal legte sie den abgezählten Stapel beiseite, bevor sie noch einmal von vorn anfangen musste. „Und wir reden hier doch über Coco und Dutch, nicht über mich. Coco hat es verdient, glücklich zu sein."

„Nicht jeder bekommt, was er verdient", hielt Colleen

dagegen. „Das müsstest du aus eigener Erfahrung wissen.“

Entnervt schwang Megan herum. „Ich weiß wirklich nicht, warum du es so unbedingt schlechtreden willst. Coco ist glücklich. Ich bin glücklich. Und ich versuche mein Bestes, damit Nathaniel auch glücklich ist.“

„Ich sehe dich aber nicht auf der Suche nach einem Schleier durch die Läden stöbern, Mädchen!“

„Eine Ehe ist nicht für jeden die passende Antwort.“

„Richtig. Ich war auch zu clever, um in diese Falle zu gehen. Vielleicht sind wir uns da ähnlich. Männer kommen und gehen. Kann sein, dass der Richtige ebenfalls geht. Dennoch überleben wir, nicht wahr? Weil wir wissen, wie Männer wirklich sind.“ Colleen kam näher und ließ Megan dabei nicht aus den Augen. „Wir haben die schwarze Seite ihrer Seele gesehen. Den Egoismus, die Grausamkeit, den Mangel an Ehrgefühl und Anstand. Vielleicht tritt einer in unser Leben, der anders zu sein scheint. Doch wir sind zu schlau, zu weise, um ihm auf den Leim zu gehen. Wenn wir allein bleiben, können wir wenigstens sicher sein, dass niemand uns verletzt.“

„Ich bin nicht allein.“ Megans Stimme schwankte ein wenig.

„Nein. Du hast deinen Sohn. Eines Tages wird er flügge sein. Und wenn du ihn richtig erzogen hast, wird er das Nest, das du für ihn gebaut hast, irgendwann verlassen, um sein eigenes zu bauen.“ Colleen sah für einen Moment so unendlich traurig aus, dass Megan ihr tröstend die Hand auf den Arm legte. Doch die alte Dame hielt sich steif und gerade. „Dir bleibt die Befriedigung, dass du der Ehefalle entkommen bist, so wie ich auch. Meinst du, ich hätte nie einen Antrag bekommen? Es gab da einen … einen, der mich fast eingefangen hätte. Doch ich besann mich rechtzeitig, bevor ich die gleiche Hölle durchleben musste, in der meine Mutter lebte.“ In Erinnerungen versunken, wurden die Lippen der alten Dame dünn. „Er hat alles darangesetzt, um sie zu brechen, mit seinen Regeln, mit seinem Geld, mit seiner krankhaften Besitzgier. Letztendlich hat er sie umgebracht, und dann ist er dem Wahnsinn verfallen. Bestimmt nicht aus Schuldgefühl. Es nagte an ihm, etwas verloren zu haben, das er nie wirklich ganz besitzen konnte. Nur deshalb hat er alles von ihr vernichtet. Er hat sich sein eigenes Fegefeuer geschaffen."

„Es tut mir so leid", murmelte Megan bewegt.

„Etwa um meinetwillen? Ich bin alt, die Zeit der Trauer ist längst vorüber. Ich habe aus meiner Erfahrung gelernt, so wie du aus deiner gelernt hast. Niemals blind vertrauen, niemals ein Risiko eingehen. Soll Coco ruhig ihren Schleier tragen. Wir haben unsere Freiheit."

Damit wandte sie sich um und ging steif davon. Sie ließ Megan in einem Strudel von Gefühlen zurück.

Colleen irrt sich, ich bin nicht wie sie, dachte Megan und hantierte mit fahrigen Fingern weiter mit den Servietten. Nein, sie war nicht kalt und distanziert. Noch vor ein paar Tagen hatte sie ihre Liebe gestanden. Sie ließ Baxters Schatten nicht das verdunkeln, was sie mit Nathaniel hatte.

Oh doch, genau das tat sie! Erschüttert lehnte sie sich gegen die Schranktür. Und sie wusste nicht einmal, ob sie es ändern konnte. Liebe und Sinnlichkeit waren nicht automatisch mit einem lebenslangen Versprechen gleichzusetzen. Sie hatte Baxter damals geliebt. Und genau das war der Schatten. Obwohl sie wusste, dass das, was sie mit Nathaniel verband, viel tiefer, reicher und erfüllender war, konnte sie den Zweifel nicht ersticken.

Sie würde genauer darüber nachdenken müssen. Wenn sie mehr Zeit und Ruhe hatte. Es gab immer eine Antwort, man musste nur lange genug und mit Sorgfalt suchen. Sie musste nur alle Informationen präzise auflisten und verarbeiten.

Angewidert warf sie die sorgfältig gefaltete Serviette von sich. Was für eine Frau war sie eigentlich? Sie versuchte, Gefühle in eine mathematische Gleichung zu zwängen, so als wären Emotionen ein Code, den es zu entziffern galt.

Das musste aufhören. Wenn sie nicht auf ihr eigenes Herz vertraute, dann …

Ihre Gedanken nahmen plötzlich eine abrupte Wendung. Ein einzelnes Wort hallte unablässig in ihrem Kopf wider.

Ein Code!

Sie ließ Tischleinen Tischleinen sein und hastete den Korridor entlang zu ihrem Zimmer. Fergus' Kladde lag auf ihrem Schreibtisch. Sie griff danach und blätterte hastig durch die Seiten.

Warum war es ihr nicht schon vorher aufgefallen? Von der ersten Seite an sorgfältig aufgelistete Spalten mit Ausgaben und Einnahmen. Dann, mit dem Tag von Biancas Tod, war keine Eintragung mehr zu finden, nur noch leere Seiten. Und zum Schluss schließlich wieder zwei Seiten Zahlen, fein säuberlich niedergeschrieben.

Das musste eine Botschaft sein, Megan war sich fast sicher. Fergus hatte sich getrieben gefühlt, es aufzuschreiben, doch nicht jedes neugierige Auge sollte es lesen können. Ein Schuldeingeständnis vielleicht? Oder die Bitte um Vergebung?

Megan setzte sich und atmete erst einmal tief durch. Es waren nur Zahlen. Es gab nichts, was sie mit Zahlen nicht fertigbringen konnte. Sie griff nach Block und Bleistift.

Eine Stunde verging, eine zweite. Der Schreibtisch füllte sich mit unzähligen vollgekritzelten Zetteln. Zerknüllte Papierbälle lagen auf dem Boden. Jedes Mal, wenn Megan sich eine Verschnaufpause gönnte, fragte sie sich ernsthaft, ob sie jetzt auch dem Wahnsinn verfallen sei, weil sie sich einbildete, irgendeinen geheimnisvollen Code in den Zahlen zu sehen.

Doch die Idee ließ sich nicht abschütteln. Ihre vage Ahnung hielt sie an den Schreibtisch gefesselt. Ein Schiffshorn war zu hören, die letzte Tour des Tages lief in den Hafen ein. Die Schatten wurden länger, und noch immer kombinierte Megan, schrieb auf, strich weg, addierte, subtrahierte. Sie würde den Schlüssel finden, eher würde sie nicht aufgeben.

Erschöpft lehnte Megan sich zurück und starrte mit leerem Blick auf ihre Notizen auf dem Blatt vor sich. Und plötzlich klickte etwas in ihrem Kopf. Die Teilchen purzelten wie von allein an ihren Platz, fügten sich zusammen zu einem Bild. Zu einer logischen Formel, bei der Zahlen zu Buchstaben wurden.

Das erste Wort, das die Formel erkenntlich machte, war „Bianca".

„Oh Gott!" Megan schlug die Hand vor den Mund. „Ich hatte recht!"

Schritt für Schritt machte sie weiter, Buchstabe für Buchstabe, Wort für Wort. Die Aufregung wollte die Oberhand gewinnen, doch Megan hielt sie im Zaum. Emotionen trieben sie zur Eile, ließen sie Fehler machen. Nein, sie musste sich strikt an die Formel halten!

Als die Nachricht fertig entschlüsselt vor ihren Augen stand, verschwamm ihre Sicht. Sie lehnte sich zurück und schloss die Augen, entspannte sich bewusst, bis sie wieder einen klaren Kopf hatte. Erst dann hob sie die Lider und las.

Bianca verfolgt mich über ihren Tod hinaus. Ich finde keinen Frieden. Alles, was ihr gehörte, muss fort. Muss verkauft werden, zerstört werden. Gibt es wirklich Geister? Nichts als Humbug, Ammenmärchen. Und doch sehe ich ihre Augen überall, grün wie Smaragde. Sie starren mich an, verfolgen mich. Ich werde ihr ein Opfer darbringen, eine Gabe, damit sie mich in Ruhe lässt. Dann hat dieser Spuk ein Ende. Heute Nacht werde ich endlich schlafen.

Mit angehaltenem Atem las Megan weiter. Die Richtungsangaben waren sehr präzise. Obgleich er wegen der eigenen ungeheuerlichen Taten im Wahnsinn versank, hatte Fergus Calhoun sich seine Genauigkeit erhalten.

Megan stopfte sich das Blatt in die Westentasche und eilte aus ihrem Zimmer. Es kam ihr nie in den Sinn, die Calhouns zu alarmieren. Etwas trieb sie an, dass sie das hier allein zu Ende bringen musste.

Was sie an Werkzeug brauchte, fand sie auf der Baustelle im Familienflügel. Ausgerüstet mit Brechstange, Hammer, Meißel und Zollstock stieg sie die gewundene Steintreppe zu Biancas Turmzimmer empor.

Sie war früher schon hier gewesen und wusste daher, dass Bianca hier am Fenster gesessen und nach Christian Ausschau gehalten hatte. Dass Bianca hier geweint und geträumt hatte. Und dass sie hier gestorben war.

Die Calhouns hatten das runde Zimmer wunderschön instand gesetzt, mit farbenfrohen Kissen, einem Fenstersitz, zierlichen Tischchen und kostbarem Porzellan. Eine Chaiselongue, mit Samt bezogen, kleine Tischlampen aus Kristall ... Bianca hätte es gefallen.

Megan schloss die schwere Holztür hinter sich und faltete den Zollstock auseinander. Sie hielt sich strikt an Fergus' Instruktionen. Sechs Fuß von der Tür, acht Fuß von der nördlichen Wand.

Ohne auch nur einen Gedanken an den Schaden zu verschwenden, den sie verursachen würde, rollte Megan den Seidenteppich mit dem Blumenmuster zusammen und setzte den Meißel an.

Es war harte, schweißtreibende Arbeit. Das Holz war alt und dick. Megan ruckte und zerrte, hielt nur an, um die überbeanspruchten Muskeln zu lockern und, als die Dämmerung hereinbrach, das Licht anzuschalten.

Die Bohle gab mit einem protestierenden Jammern nach. Würde sie an so etwas glauben, hätte Megan behauptet, es sei der Aufschrei einer Frau. Schweißtropfen liefen ihr an den Seiten hinunter, und sie schalt sich still, dass sie nicht an eine Taschenlampe gedacht hatte. Jeden Gedanken an Spinnen oder ähnliches Kriechgetier verdrängend, steckte Megan die Hand in die Öffnung.

Sie meinte etwas zu fühlen, doch sie bekam es nicht zu fassen, ganz gleich, wie sehr sie sich auch streckte. Mit grimmiger Entschlossenheit machte sie sich an die nächste Holzbohle.

Die Splitter und die eigene schwache Kondition verfluchend, warf sie das Brett schließlich beiseite, legte sich flach auf den Bauch und tastete in dem Loch.

Als ihre Finger gegen Metall stießen, hätte sie vor Freude fast geweint. Ächzend zog sie eine Metallkiste hervor, setzte sich auf und hielt die Kiste auf ihrem Schoß.

Die kleine Truhe mochte nicht viel mehr als dreißig mal dreißig Zentimeter groß sein und wog nur wenige Pfund. Rost und Schmutz hatten das Metall in den langen Jahren überzogen. Fast zärtlich wischte Megan die dicke Staubschicht fort und griff nach dem Riegel. Dann ließ sie die Hand sinken.

Es stand ihr nicht zu, die Kassette zu öffnen.

„Ich weiß nicht, wo sie sein könnte.“ Amanda kam in den Salon zurück und warf die Hände in die Höhe. „Sie ist weder in ihrem Zimmer noch in ihrem Büro.“

„Das letzte Mal, als ich sie sah, stand sie vor einem Schrank und sortierte Tischwäsche.“ Colleen trank den letzten Schluck ihres Drinks. „Sie ist eine erwachsene Frau. Vielleicht macht sie einen Spaziergang.“

„Ja, aber …“ Suzanna warf einen Blick zu Kevin. Sie wollte den Jungen nicht unnötig aufregen. Nur weil Megan sich nie verspätete, musste das nicht gleich heißen, dass etwas passiert war. „Vielleicht ist sie ja im Garten. Ich gehe nachsehen“, sagte sie und reichte das Baby an Holt weiter.

„Ich mache das.“ Nathaniel stand auf. Zwar glaubte er nicht, dass Megan das Familiendinner vergessen hatte und stattdessen im Garten spazieren ging, doch nachsehen war besser, als sich in Spekulationen zu ergehen. „Sollte sie in der Zwischenzeit …“ Er brach ab, als er Schritte auf dem Gang hörte, und dann erschien Megan auch schon in der Tür.

Das Haar stand ihr unordentlich in alle Richtungen, ihr Gesicht und ihr Kleid waren voller Schmutz. Und sie lächelte strahlend mit weit aufgerissenen Augen.

„Entschuldigt, dass ich zu spät komme.“

„Megan, was, um alles in der Welt …?“ Verdattert starrte Sloan sie an. „Du siehst aus, als wärst du im Graben gelandet.“

„Nicht ganz.“ Lachend versuchte sie sich mit der Hand das

Haar zu richten. „Ich war so in die Sache vertieft, dass ich völlig die Zeit vergessen habe. Ich musste mir ein paar von deinen Werkzeugen ausleihen, Sloan. Sie liegen noch im Turm."

„Was hast du im Turm gesucht?"

Doch sie ging durch den Raum, den Blick fest auf Colleen gerichtet. Vor der alten Dame ließ sie sich auf die Knie nieder und stellte ihr die Kiste auf den Schoß. „Ich habe etwas gefunden, das dir gehört."

Mit grimmiger Miene schaute Colleen auf die Kiste, ihr Herz pochte wild. „Wie kommst du darauf, es könnte mir gehören?"

Megan nahm die Hand der alten Frau und legte sie sanft auf das verrostete Metall. „Er hat es unter dem Holzboden im Turm versteckt, nach ihrem Tod." Ihre leise gesprochenen Worte schlugen ein wie eine Bombe und brachten den Raum zum Verstummen. „Er glaubte, sie suche ihn aus dem Grab heim." Sie zog das Blatt mit dem entzifferten Code aus ihrer Tasche und legte es auf den Truhendeckel.

„Ohne Brille kann ich das nicht lesen."

„Dann lass mich ..." Doch als Megan das Blatt aufnehmen wollte, umklammerte Colleen ihr Handgelenk.

„Warte. Coco soll kommen. Ich will, dass sie dabei ist."

Solange sie warteten, stellte Megan sich zu Nathaniel. „Es war ein Code", erklärte sie. „Die Zahlen auf den letzten Seiten. Ich weiß nicht, warum ich nicht eher darauf gekommen bin." Sie lächelte. „Wahrscheinlich ist man manchmal zu nahe dran, um deutlich sehen zu können. Aber heute, heute habe ich es erkannt. Plötzlich wusste ich es." Sie sah in die Runde und hob die Hände. „Entschuldigt, ich hätte euch Bescheid sagen sollen, dass das Rätsel gelöst ist. Ich habe einfach nicht daran gedacht."

„Du hast getan, was du tun musstest", korrigierte Lilah. „Wäre es einem von uns vorbestimmt gewesen, die Truhe zu finden, dann hätte einer von uns sie gefunden."

„Ist das wie eine Schatzsuche?", wollte Kevin wissen.

„Ja, genau das ist es." Megan zog ihn zu sich heran und wuschelte ihm durchs Haar.

„Ich habe jetzt wirklich keine Zeit, Liebes", wehrte Coco sich, als Amanda sie in den Salon schob. „Im Restaurant sind die Dinnervorbereitungen im vollen Gange …"

„Setz dich hin und sei still", befahl Colleen streng. „Das Mädchen will uns etwas vorlesen. C. C., hol deiner Tante einen Drink, wahrscheinlich wird sie ihn brauchen. Und wenn du schon dabei bist, füll meinen gleich mit auf." Sie richtete den Blick auf Megan. „Also dann los. Lies."

Während sie las, hielt sie Nathaniels Hand. Sie hörte Cocos leisen Aufschrei, und ihre eigene Kehle war eng, als sie die Hand mit dem Blatt sinken ließ.

„Also bin ich in den Turm gegangen, habe zwei Holzbohlen gelöst und die Kiste gefunden", schloss sie.

Selbst von den Kindern kam kein Laut, als Colleen die Hände auf die Kassette legte. Ein kurzes Zittern, dann schob sie den Riegel zurück und hob den Deckel. Ihre Augen füllten sich mit Tränen, als sie einen ovalen Bilderrahmen hervorholte, vom Alter schwarz angelaufen.

„Ein Foto", sagte sie mit belegter Stimme. „Von meiner Mutter zusammen mit mir und Ethan und Sean. Es wurde in dem Jahr vor ihrem Tod aufgenommen, in unserem Garten in New York." Sie strich darüber, dann hielt sie es Coco hin.

„Oh, Tante Colleen. Es ist das einzige Foto, das von euch allen zusammen existiert."

„Sie hatte es auf ihrer Kommode stehen, sodass sie es jeden Tag ansehen konnte. Ein Gedichtband." Colleen holte ein dünnes Buch aus der Truhe. „Sie liebte Gedichte. Yeats. Manchmal hat sie mir daraus vorgelesen und mir von Irland erzählt. Diese Brosche hier", vorsichtig nahm Colleen das kleine Schmuckstück mit den Veilchen aus Emaille zwischen die schmalen Finger. „Sean und ich haben sie ihr zu Weihnachten geschenkt. Natürlich hat Nanny uns geholfen, sie auszusuchen. Wir waren damals noch zu jung. Sie hat sie oft getragen."

Sacht strich sie über die zierliche Damenansteckuhr und den kleinen Hund aus Jade, kaum größer als ihr Daumen.

Noch mehr Kleinode kamen zum Vorschein – ein glatter, rein weißer Kiesel, ein Paar Zinnsoldaten, eine getrocknete Blüte, die zu Staub zerfiel. Dann die Perlenkette, ein elegantes vierreihiges Band, das die Jahrzehnte unbeschadet in einem schwarzen Samtetui überstanden hatte.

„Meine Großeltern gaben sie ihr als Brautgeschenk." Colleen fuhr mit den Fingerspitzen über die schimmernden Perlen. „Sie hat immer gesagt, dass ich sie an meinem Hochzeitstag bekommen werde. Er mochte es nicht, wenn sie sie trug. Perlen waren ihm zu schlicht. Deshalb hat sie sie im Etui verwahrt, in ihrer Schmuckschatulle. Doch sie hat sie oft hervorgeholt, um sie mir zu zeigen. Sie sagte, Perlen, die mit Liebe geschenkt werden, sind wertvoller als Diamanten. Ich solle sie in Ehren halten und oft tragen, denn ..." Colleens Stimme brach, bevor sie sich wieder fing. „Denn Perlen brauchen Wärme." Sie schloss die Augen und lehnte sich zurück. „Ich war sicher, er hätte sie verkauft."

„Du bist erschöpft, Tante Colleen." Suzanna trat leise an ihre Seite. „Warum kommst du nicht mit mir nach oben? Ich werde dir das Essen auf deinem Zimmer servieren."

„Ich bin keine Invalide", zischte sie, doch dann nahm sie Suzannas Hand und drückte ihre Finger. „Ich bin alt, aber nicht schwach. Und ich bin im Vollbesitz meiner geistigen Kräfte, sodass ich ein Vermächtnis weitergeben kann. Das hier", sie drückte Suzanna die Veilchenbrosche in die Hand, „ist für dich. Ich will, dass du sie oft trägst."

„Tante Colleen ..."

„Steck sie dir an, am besten gleich." Sie schob Suzanna fort und nahm den Gedichtband auf. „Du verbringst doch die Hälfte deines Lebens mit Träumen", sagte sie zu Lilah. „Träum hiermit."

„Danke." Lilah hauchte ihr einen Kuss auf die Wange.

„Du bekommt die Uhr", sagte sie zu Amanda. „Weil du

ständig in Hektik bist und nie genug Zeit hast. Und du", sie wehrte Amandas Dank ab und sah zu C. C., „stellst doch überall Staubfänger auf. Deshalb ist der Jadehund für dich." Mit einer hochgezogenen Augenbraue sah sie auf Jenny herunter. „Bist wohl neugierig, was für dich abfällt, hm?"

Jenny lächelte unschuldig. „Nein, Ma'am."

„Das sollst du bekommen." Sie drückte Jenny den weißen Kiesel in die Hand. „Ich war jünger als du, als ich ihn meiner Mutter schenkte. Ich dachte, dem Stein würden Zauberkräfte innewohnen. Vielleicht stimmt das sogar."

„Der Stein ist hübsch." Jenny hielt ihren neuen Schatz an die Wange. „Den lege ich auf meine Fensterbank."

„Sie wäre sehr froh darüber gewesen", sagte Colleen bewegt. „Denn sie hatte ihn auch auf der Fensterbank liegen." Sie räusperte sich und klang resolut wie immer. „Ihr Jungs bekommt die hier. Und verliert sie nicht. Sie gehörten meinem Bruder."

„Toll", flüsterte Alex und betrachtete den detailgetreuen Zinnsoldaten auf seiner Handfläche. „Danke."

„Danke", kam es auch von Kevin. „Das ist wirklich eine richtige Schatzsuche. Und was bekommt Tante Coco?"

„Das Foto."

„Tante Colleen ..." Überwältigt von Gefühlen, griff Coco nach ihrem Spitzentaschentuch.

„Sieh es als Hochzeitsgeschenk an. Und jetzt nimm dich endlich zusammen. Versuch den Rahmen wieder sauber zu bekommen." Auf ihren Stock gestützt, richtete Colleen sich auf und wandte sich an Megan. „Du siehst sehr zufrieden mit dir aus, Mädchen."

Megan strahlte. „Das bin ich auch."

Colleens Augen schmunzelten für einen Augenblick. „Das kannst du auch sein. Du bist ein intelligentes Mädchen, Megan, und entschlossen. Du erinnerst mich an eine junge Dame namens Colleen in deinem Alter." Sie nahm die Perlenkette auf und ließ die schimmernden Monde durch ihre Finger gleiten.

Megan trat auf Colleen zu. „Ich helfe dir, sie anzulegen."

Doch Colleen schüttelte den Kopf. „Perlen brauchen Jugend. Du sollst sie haben."

Bestürzt ließ Megan die Hände wieder sinken. „Du kannst sie nicht weggeben. Bianca hatte sie für dich bestimmt."

„Sie wollte, dass die Kette weitergegeben wird."

„In der Familie. Sie sollten ... Coco sollte sie haben."

„Ich bestimme, an wen sie weitergegeben werden", sagte Colleen gebieterisch.

„Das ist nicht recht." Hilfe suchend sah Megan sich im Raum um und fand nichts als lächelnde Gesichter.

„Also, mir scheint das vollkommen richtig zu sein", kam es von Suzanna. „Amanda?"

Amanda berührte die Ansteckuhr an ihrem Kragen. „Absolut."

„Wunderbar", schluchzte Coco in ihr Taschentuch, „ganz wunderbar."

„Passt perfekt", stimmte C. C. zu und sah zu Lilah.

„Vorbestimmt", lautete Lilahs Kommentar. Sie hob ihr Gesicht zu Max auf. „Nur ein Narr wehrt sich gegen sein Schicksal."

„Also sind wir uns einig", fasste Suzanna zusammen und erhielt von jedem im Raum ein Nicken.

„Als ob ich eure Zustimmung bräuchte, wegzugeben, was mir gehört!" Obwohl Colleen endlos stolz war, schaute sie mit gerunzelter Stirn in die Runde. „Nimm sie!" Sie drückte Megan die Perlen in die Hand. „Und jetzt geh nach oben und richte dich anständig her. Du siehst ja aus wie ein Schornsteinfeger. Und wenn du wieder herunterkommst, erwarte ich, dass du die Kette trägst."

„Tante Colleen ..."

„Ich will nichts mehr hören. Tu, was man dir sagt!"

„Komm!" Suzanna nahm Megans Arm und führte sie aus dem Raum. „Ich helfe dir."

Befriedigt nahm Colleen wieder Platz und stieß mit ihrem Stock auf den Boden. „Also, wo bleibt jetzt mein Drink?"

Später, als der Mond am Horizont das Meer berührte, ging Megan mit Nathaniel zusammen die Klippen entlang. Eine frische Brise strich flüsternd über Gras und wilde Blumen. Die Perlenkette lag schimmernd im blassen Mondlicht um Megans Hals.

„Richtig fassen kann ich es immer noch nicht", sagte sie leise zu Nathaniel. „Sie hat alles fortgegeben. Dabei bedeuten diese Dinge ihr doch so viel."

„Sie ist eine wirklich außergewöhnliche Frau. Man muss schon etwas Besonderes sein, um die Magie zu erkennen."

„Magie?"

„Meine praktische Megan, immer mit beiden Beinen fest auf der Erde." Lächelnd zog er sie zu einem Felsbrocken und setzte sich zusammen mit ihr. „Hast du dich nicht einmal eine Sekunde lang gefragt, warum jedes Geschenk so perfekt passt? Wieso Fergus Calhoun vor achtzig Jahren ausgerechnet diese Sammlung zusammengestellt hat? Eine Blumenbrosche für Suzanna, eine Uhr für Amanda, Gedichte für Lilah, Jade für C. C. und das Foto für Coco."

„Zufall", murmelte Megan, doch Zweifel klang in ihrer Stimme mit.

Nathaniel küsste sie lachend. „Ohne Zufälle gäbe es nicht das, was wir Schicksal nennen."

„Und die Perlen?"

„Die Perlen ..." Sanft strich er mit einem Finger über die Kette an ihrem Hals. „Symbol für Familie, für Beständigkeit, für Lauterkeit. Sie passen genau zu dir."

„Ich weiß, ich hätte das Geschenk ablehnen müssen, aber ... Als Suzanna sie mir anlegte, hatte ich plötzlich wirklich das Gefühl, als gehörten sie mir."

„Das tun sie auch. Frage dich, warum ausgerechnet du sie gefunden hast. Die Calhouns haben monatelang nach dem Smaragdcollier gesucht und sind nicht einmal über den kleinsten Hinweis gestolpert, dass Fergus diese Truhe versteckt hatte. Die Haushaltskladde wurde erst nach deiner Ankunft gefunden, und auf den letzten Seiten steht ein Zahlencode. Wer könnte einen Zahlencode besser dechiffrieren als eine staatlich geprüfte Buchhalterin?“

Verwundert lachend schüttelte Megan den Kopf. „Dafür gibt es keine Erklärung.“

„Dann akzeptiere es einfach.“

„Ein Zauberstein für Jenny, Zinnsoldaten für die beiden Jungs.“ Sie lehnte den Kopf an Nates Schulter. „Gegen diese Art Zufall lässt sich wohl nichts vorbringen.“ Zufrieden schloss sie die Augen. „Wenn ich mir vorstelle, dass ich vor wenigen Tagen noch halb verrückt vor Sorge war … Du hast Kevin hier ganz in der Nähe gefunden, nicht wahr?“

„Ja.“ Den steilen Abstieg zu der Felsmulde würde er ihr besser nicht beschreiben, sonst würde sie sich noch im Nachhinein aufregen. „Ich bin der Möwe gefolgt.“

„Der Möwe?“ Verwundert hob sie den Kopf. „Seltsam, Kevin hat auch von einem Vogel gesprochen, einem schneeweißen mit grünen Augen. Er ist die ganze Nacht bei ihm geblieben. Ich glaubte, Kevin hätte sich diese Geschichte ausgedacht.“

„Der Vogel war da. Eine schneeweiße Möwe mit grünen Augen. Biancas Augen.“

„Aber …“

„Nimm die Magie an, wenn sie dir begegnet.“ Er legte ihr den Arm um die Schultern. „Ich habe etwas für dich, Megan.“

„Hm?“ Sie fühlte sich so wohl und zufrieden, hier mit ihm zu sitzen, dass sie leise protestierte, als er von ihr abrückte.

Er zog einen Packen Papier aus seiner Tasche und reichte ihn ihr. „In dem Licht wirst du es wahrscheinlich kaum lesen können.“

„Was ist es?“ Amüsiert befühlte sie das Bündel. „Quittungen?“

„Nein. Eine Lebensversicherung.“ In seinem Magen begann es zu flattern. Unruhig erhob er sich und marschierte auf und ab. „Und eine Krankenversicherung. Die Hypothek.

Und ein paar Pfandbriefe. Ich kann durchaus praktisch sein, Megan, wenn es das ist, was nötig ist. Du brauchst Sicherheit? Ich gebe dir Sicherheit. Auf diesen Blättern gibt es genug Zahlen, die du zusammenrechnen kannst."

Sie presste die Lippen zusammen. „Das hast du für mich getan."

„Für dich würde ich alles tun. Du siehst es lieber, wenn ich in Staatsanleihen investiere, anstatt dass ich Drachen töte? Kein Problem."

Sie sah zu ihm hin. Eine Gestalt gegen den dunklen Horizont, mit dem Mond im Rücken und Augen, die selbst noch in der Dunkelheit leuchteten.

„Du hast dich deinen Drachen schon vor Jahren gestellt, Nathaniel", sagte sie leise. Weil sie ihre Hände irgendwie beschäftigten musste, strich sie unablässig über die Papiere. „Ich dagegen hatte Schwierigkeiten mit meinen Drachen." Sie ging zu ihm und steckte ihm das Bündel Papiere zurück in die Tasche. „Tante Colleen hat mich heute in die Ecke gedrängt. Sie hat mir viele Dinge zum Nachdenken gesagt. Dass ich zu clever bin, um Risiken einzugehen. Dass ich nie den Fehler begehen würde, einen Mann Bedeutung für mich gewinnen zu lassen. Dass ich allein besser dran sei, als wenn ich einem Mann mein Herz und mein Vertrauen schenken würde. Was sie sagte, hat mich aufgerüttelt und erschreckt. Es dauerte eine Weile, bevor ich begriff, dass sie genau das beabsichtigt hatte. Sie hat mich herausgefordert, mich der Wahrheit zu stellen und mich selbst zu erkennen."

„Und? Hast du dich der Wahrheit gestellt?"

„Es war nicht leicht. Vieles von dem, was ich erkannte, wollte ich mir nur ungern eingestehen. In all den Jahren habe ich mich davon überzeugt, ich sei stark und unabhängig, auf niemanden angewiesen. Doch ich habe zugelassen, dass ein anderer Mensch mein Leben überschattet. Und Kevins Leben. Ich dachte, ich würde meinen Sohn und mich beschützen."

„Meiner Meinung nach hast du verdammt gute Arbeit geleistet."

„Wahrscheinlich zu gute Arbeit. Ich habe mich abgeschottet, weil ich es für sicherer hielt. Doch dann kamst du." Sie legte eine Hand an seine Wange. „Ich hatte solche Angst vor dem, was ich für dich fühle. Doch diese Angst existiert jetzt nicht mehr. Ich liebe dich, Nathaniel. Es ist mir gleich, ob es nun Schicksal, Magie, Zufall oder einfach nur Glück ist. Ich bin unendlich froh, dass ich dich gefunden habe." Sie hob ihm das Gesicht entgegen und sonnte sich in dem Gefühl, ihn zu küssen, den Duft der See zu riechen und die Geborgenheit in seinen Armen zu genießen. „Ich brauche keinen Rentenplan und keine Lebensversicherung, Nathaniel", murmelte sie. „Ich meine, nicht, dass es verkehrt wäre ... Hör sofort auf zu lachen!"

„Ich bin verrückt nach dir!" Mit Schwung hob er sie in seine Arme und wirbelte mit ihr im Kreis.

„Verrückt, ja!", schrie sie auf und klammerte sich an ihn. „Wir stürzen noch von den Klippen!"

„Nicht heute Nacht. Heute Nacht kann uns nichts passieren. Fühlst du es denn nicht? Heute Nacht sind wir beide verzaubert." Er stellte sie auf die Füße und hielt sie fest an sich gepresst. „Ich liebe dich, Megan, aber ich soll verdammt sein, wenn ich mich vor dir hinknie."

Sie verharrte plötzlich sehr, sehr still. „Nathaniel, ich denke nicht ..."

„Umso besser. Denke nicht, hör einfach zu. Ich bin um die ganze Welt gesegelt und habe in zehn Jahren wahrscheinlich mehr gesehen und erlebt, als andere in ihrem ganzen Leben. Doch ich musste erst nach Hause kommen, um dich zu finden. Nein, sag nichts." Er führte sie zurück zu dem Felsbrocken. „Setz dich. Megan, ich habe noch etwas für dich, etwas anderes als den Papierkram. Das war nur die Einleitung." Er zog ein kleines Kästchen aus der Tasche. „Sieh es dir an, und dann sage mir, dass es nicht vorbestimmt war."

Mit zitternden Fingern ließ sie den Deckel aufschnappen. Ein Erstaunensruf schlüpfte ihr über die Lippen. „Eine Perle", flüsterte sie.

„Eigentlich wollte ich ja einen traditionellen Diamanten. Doch dann sah ich das hier." Er nahm den Ring aus dem Etui. „Und da wusste ich, dass es der richtige ist. Nur Zufall?"

„Wann hast du ihn gekauft?"

„Letzte Woche schon. Ich dachte daran, als wir hier das erste Mal spazieren gingen. An den Mond und an die Sterne, die am Himmel standen." Er nahm ihre Hand. „Das ist es, was ich dir geben will – den Mond und die Sterne vom Himmel."

„Nathaniel." Sie versuchte sich zu ermahnen, dass es zu schnell ging, dass es unvernünftig war, doch die Warnung verpuffte ungehört. „Der Ring ist wunderschön."

„Es war vorbestimmt." Zärtlich küsste er sie. „So wie wir füreinander bestimmt sind. Heirate mich, Megan. Teile dein Leben mit mir. Lass mich ein Vater für Kevin sein und lass uns zusammen Kinder haben. Lass mich zusammen mit dir alt werden."

Ihr Verstand fand keinen einzigen logischen Grund, warum sie noch warten sollten. Also ließ sie ihr Herz antworten. „Ja", sagte sie. Dann schlang sie glücklich lachend die Arme um ihn. „Ja zu allem. Oh Nathaniel, ja, ja, ja …"

Er drückte sie fest an sich, erleichtert und glücklich. „Bist du sicher, dass du das nicht noch genauer überdenken willst?"

„Ich bin sicher, absolut sicher." Sie löste sich ein wenig von ihm und hielt ihm die Hand mit dem gespreizten Ringfinger hin. „Bitte. Ich will den Mond und die Sterne. Ich will dich, Nathaniel."

Er steckte ihr den Ring an den Finger. „Mich hast du längst, Engelchen."

Als Nathaniel Megan an sich zog, glaubte er, ein zufriedenes Seufzen in der Luft zu hören. Es schien die Stimme einer Frau zu sein.

EPILOG

Mom! Wir sind wieder zurück!“ Megan blickte von ihrem Schreibtisch auf, als Kevin in ihr Büro stürmte. Bewundernd hob sie die Augenbrauen, als sie ihren Sohn in Jackett und Krawatte sah. „Na, wenn du nicht umwerfend gut aussiehst!“

„Du hast gesagt, ich soll mich schick machen für Tante Cocos Geburtstagsdinner.“ Er steckte zwei Finger in den Hemdskragen und reckte den Hals. „Dad hat mir beigebracht, wie ich die Krawatte binden muss.“

„Und das hast du wirklich gut hinbekommen.“ Sie hielt sich zurück und versuchte erst gar nicht, den Knoten zu richten. „Wie war die Tour heute?“

„Toll! Wir waren noch gar nicht so weit zum Hafen hinaus, als wir schon den ersten Wal gesichtet haben. Wenn ich nicht zur Schule müsste, könnte ich jeden Tag mit Dad und Holt arbeiten und nicht nur samstags.“

„Und wenn du nicht zur Schule gehst, dann würdest du nie mehr wissen, als du jetzt weißt.“ Sie zupfte an seinem Haar. „Samstags wird ausreichen müssen, Seemann.“

Er hatte auch nichts anderes erwartet. Außerdem war die Schule gar nicht so übel. Immerhin war er ein Jahr weiter als Alex. Er grinste breit. „Sie sind schon alle da. Wann kommen eigentlich die neuen Babys?“

Eine interessante Frage, da alle Calhoun-Schwestern sich in unterschiedlichen Stadien der Schwangerschaft befanden. „Ich würde vermuten, im nächsten Monat geht es los, und dann bis ins neue Jahr hinein.“

Abwesend kratzte er mit einem Finger an der Schreibtischkante. „Was meinst du, wer wohl zuerst sein Baby bekommt? C. C. oder Suzanna?“

„Wieso fragst du?“ Mit zusammengekniffenen Augen musterte Megan ihren Sohn. „Kevin“, fragte sie drohend, „du hast doch wohl nicht gewettet, oder?“

„Aber Mom ..."

„Es wird nicht gewettet!" So streng sie auch klang, musste sie sich das Grinsen verkneifen. „Lass mich das hier eben zu Ende machen, dann komme ich mit."

„Beeil dich, die Party hat schon angefangen." Ungeduldig trat er von einem Fuß auf den anderen.

„Ich muss nur noch ..." Gar nichts, dachte sie, ich muss gar nichts. Mit lautem Knall schlug sie den Aktendeckel zu. „Die Bürostunden sind vorbei. Lass uns feiern gehen."

„Toll!" Kevin fasste sie bei der Hand und zog sie aus dem Raum. „Alex hat gesagt, dass Dutch eine riesengroße Torte gebacken hat und dass da hundert Kerzen drauf sind."

„Na, hundert sind es bestimmt nicht", sagte Megan lachend. Als sie in den Familienflügel einbogen, sah Megan die Treppe hinauf. „Schatz, ich werde schnell noch mal nach ..."

Nathaniel kam die Treppe herunter. „Sucht ihr jemanden?" Seine Augen funkelten vergnügt, als er ihnen zublinzelte und dann auf das winzige Bündel in seinem Arm hinunterblickte.

„Ich wusste doch, dass du sie aufwecken würdest."

„Sie war wach. Nicht wahr, du warst wach, Engelchen?" Er küsste die weiche Wange seiner Tochter. „Sie hat nach mir gerufen."

„So, hat sie das, ja?"

„Sie kann doch noch gar nicht reden", berichtigte Kevin. „Sie ist doch erst sechs Wochen alt."

„Sie ist sehr weit für ihr Alter. Ein cleveres Mädchen, wie ihre Mama."

„Auf jeden Fall clever genug, um ihren Vater um den kleinen Finger zu wickeln." Lächelnd schaute Megan zu den dreien hin. Der große Mann mit dem winzigen Baby und dem kleinen Jungen boten wirklich ein wunderschönes Bild – ihr Bild. „Komm zu mir, Luna."

„Sie will auch zu der Party gehen." Vorsichtig strich Kevin seiner neuen Schwester über die Wange.

„Genau das hat sie mir auch gesagt", behauptete Nathaniel grinsend.

„Oh, Dad ...!"

Er wuschelte Kevin durchs Haar. „Ich bin so hungrig, ich könnte eine ganze Walherde verschlingen. Wie steht's mit dir, Matrose?"

„Aye aye, Captain." Kevin setzte zum Spurt in den Salon an. „Kommt schon, die anderen warten auf uns."

„Ich muss erst noch was erledigen", sagte Nathaniel und beugte sich über seine Tochter, um Megan zu küssen.

Kevin verdrehte prustend die Augen und rannte in die Richtung, wo der echte Spaß zu finden war.

„Du siehst sehr zufrieden mit dir aus", murmelte Megan an Nates Lippen.

„Wieso auch nicht? Ich habe eine wunderschöne Frau, einen großartigen Sohn und eine unglaubliche Tochter." Mit den Fingerknöcheln fuhr er leicht über Megans vierreihige Perlenkette. „Ich habe alles, was ein Mann sich wünschen kann. Und wie sieht's bei dir aus?"

Mit einer Hand zog Megan seinen Kopf wieder zu sich heran. „Ich habe den Mond und die Sterne vom Himmel."

– ENDE –

Nora Roberts

Nicholas' Geheimnis

Roman

Aus dem Amerikanischen von
Rita Langner

Weltbild

1. KAPITEL

Der Himmel war wolkenlos und blau wie auf einer Ansichtspostkarte. Vor der fernen Silhouette der Berge hing ein leichter Dunstschleier. Ein sanfter Wind strich raschelnd durch das Laub der Bäume und Sträucher und trug den Duft von Rosen, feuchtem Gras und Meerestang heran. Melanie seufzte glücklich. Sie beugte sich noch weiter über das Balkongitter und musste immer nur schauen.

Hatte sie wirklich erst gestern noch aus ihrem Fenster auf die Stahl- und Betonwüste New Yorks hinausgeblickt? War sie durch den kühlen Aprilregen die Straße entlanggerannt, um ein Taxi zum Flughafen zu erwischen? Nur einen einzigen Tag war das her. Es konnte doch nicht möglich sein, dass zwischen zwei Welten nur ein einziger Tag lag.

Dennoch war es so. Melanie stand auf dem Balkon einer Villa auf der Insel Lesbos. Hier gab es keinen grauen Himmel, keinen Nieselregen, keinen Lärm, nur Sonne und Meer und lichtdurchflutete Stille unter dem leuchtenden Himmel Griechenlands.

Es klopfte. „Herein!“, rief Melanie, atmete noch einmal tief durch und drehte sich um.

„Oh, du bist ja schon aufgestanden und angezogen?“ Liz schwebte in den Raum, eine goldhaarige Elfe, gefolgt von einem Mädchen mit einem beladenen Tablett.

„Das nenne ich Zimmerservice“, meinte Melanie lächelnd, als das Mädchen das Tablett auf einem Glastischchen abstellte. Das Frühstück duftete verführerisch. „Leistest du mir Gesellschaft, Liz?“

„Nur auf einen Kaffee.“ Liz setzte sich in einen Sessel, strich ihr Negligé aus Seide und Spitze glatt und musterte Melanie nachdenklich.

Ihr Blick glitt über das leuchtend blonde, auf die Schultern herabfallende Haar und verweilte auf dem zarten Gesicht mit der kleinen geraden Nase, den hohen Wangenknochen und den großen meerblauen Augen. Manches Fotomodell hätte alles für ein solches Engelsgesicht gegeben.

„Oh Melanie, du bist schöner denn je! Ich freue mich so, dass du endlich hier bist."

Melanie blickte auf die Landschaft hinaus. „Und da ich endlich hier bin, verstehe ich nicht, wie ich es so lange hinauszögern konnte."

Das Dienstmädchen schenkte den Kaffee ein.

„*Efcharistó*", bedankte sich Melanie.

„Unglaublich!", schimpfte Liz gespielt ärgerlich. „Weißt du, wie lange ich gebraucht habe, bis ich endlich ‚guten Tag, wie geht es Ihnen?' auf Griechisch sagen konnte?" Als Melanie etwas erwidern wollte, winkte sie lächelnd ab, Brillanten und Saphire ihres Eherings blitzten in der Sonne auf. „Lass nur! Nach drei Jahren mit Alex und einem ebenso langen Leben in Athen und auf Lesbos stolpere ich noch immer über diese Sprache. Danke, Zena", fügte sie hinzu und entließ das Mädchen mit einem Lächeln.

„Weil du dich weigerst, sie zu lernen." Melanie biss in ein Stück Toast. Erst jetzt merkte sie, wie hungrig sie war. „Wenn du dich einer fremden Sprache nicht verschließt, nimmst du sie ganz von selbst auf."

„Du hast gut reden." Liz schaute Melanie vorwurfsvoll an. „Du sprichst mindestens ein Dutzend Sprachen."

„Fünf."

„Vier mehr, als ein normaler Mensch braucht."

„Das gilt aber nicht für eine Dolmetscherin." Melanie machte sich über das Rührei her. „Spräche ich nicht Griechisch, hätte ich Alex nicht kennengelernt, und du wärst jetzt nicht Elizabeth Theocharis. Schicksal", fuhr sie fort, „ist ein seltsames und wunderbares Phänomen."

„Philosophie beim Frühstück", sagte Liz in ihre Kaffeetasse hinein. „Manchmal frage ich mich, wie es mir heute ginge, wenn ich nicht zufällig zwischen zwei Flügen zu Hause gewesen wäre, als Alex aufkreuzte. Du hättest uns nicht miteinander bekannt gemacht." Sie nahm sich eine Scheibe Toast und gab einen Klecks Pflaumengelee darauf.

„Alles ist vorbestimmt, Liz", sagte Melanie. „Das Schicksal hat euch zusammengeführt, nicht ich. Bei euch beiden war es Liebe auf den ersten Blick – nur ist das nicht mein Verdienst." Sie lächelte zu der kühlen blonden Schönheit hinüber. „Kaum hattet ihr euch kennengelernt, hattet ihr auch schon geheiratet und flogt davon, und ich saß allein in dem leeren Apartment."

„Wir hatten beschlossen, erst zu heiraten und uns danach kennenzulernen." Liz lachte leise in sich hinein. „Und so geschah es dann auch."

„Wo ist Alex eigentlich?"

„Unten in seinem Arbeitszimmer." Liz legte ihren Toast auf den Teller zurück. „Er baut wieder mal ein Schiff."

Melanie musste lachen. „Du sagst das, als wäre er mit seiner Spielzeugeisenbahn beschäftigt. Du solltest dich entschieden snobistischer ausdrücken. Das erwartet man von Frauen, die einen Millionär geheiratet haben – noch dazu einen ausländischen."

„Ja? Na, mal sehen, was ich tun kann." Liz trank einen Schluck Kaffee. „Alex wird wahrscheinlich in den kommenden Wochen furchtbar beschäftigt sein. Schon deshalb freue ich mich so, dass du hier bist."

„Du brauchst einen Partner zum Cribbage – stimmt's?"

„Unsinn!" Liz lachte. „Du bist der miserabelste Cribbage-Partner, den ich kenne, aber mach dir nichts draus, es geht mir nicht ums Kartenspielen. Ich finde es herrlich, meine beste Freundin, eine waschechte Amerikanerin, um mich zu haben!"

„Spassiba."

„Bitte englisch, ja?", tadelte Liz. „Außerdem … denk nicht, ich hätte nicht gemerkt, dass das kein Griechisch, sondern Russisch war. Merk dir, dass du für die nächsten vier Wochen keinen politischen Unsinn bei den Vereinten Nationen dolmetschst, sondern dich ganz normal mit Freunden unterhältst."

Liz beugte sich etwas vor und schaute ihre Freundin nachdenklich an. „Ganz ehrlich, Melanie, hast du nicht manchmal Angst, du könntest etwas falsch übersetzen und damit den Dritten Weltkrieg auslösen?"

„Wer – ich?" Melanie machte große Augen. „Keine Angst! Der Trick besteht darin, in der Sprache zu denken, die man übersetzt. Ganz einfach."

„Oh natürlich, ganz einfach." Liz lehnte sich wieder zurück. „Aber jetzt hast du Urlaub und brauchst nicht in fremden Sprachen zu denken. Es sei denn, du willst dich mit meinem Koch streiten."

„Nichts liegt mir ferner", versicherte Melanie und schob ihren Teller zurück.

„Wie geht es eigentlich deinem Vater?"

„Großartig wie immer." Melanie schenkte sich Kaffee nach. Wann hatte sie sich zum letzten Mal morgens Zeit für eine zweite Tasse Kaffee genommen? Ferien, hatte Liz gesagt, und das bedeutete, sie war frei wie ein Vogel in der Luft. „Er lässt dich grüßen und hat mir aufgetragen, ein paar Flaschen Ouzo nach New York zu schmuggeln."

„Ich habe nicht vor, dich nach New York zurückkehren zu lassen." Liz stand auf und ging auf dem Balkon hin und her. Der spitzenbesetzte Saum ihres Morgenmantels glitt über die Fliesen. „Ich werde mich nach einem passenden Mann für dich umsehen und dich hier in Griechenland etablieren."

„Du ahnst gar nicht, wie dankbar ich dir dafür wäre", gab Melanie trocken zurück.

„Keine Ursache. Wozu sind Freunde schließlich da?" Liz nahm Melanies Spott nicht zur Kenntnis. „Dorian wird dir gefallen, da bin ich sicher. Ein toller Mann! Einer von Alex' Top-Mitarbeitern, ungeheuer attraktiv. Blond, männlich ... ein Typ wie Robert Redford. Du wirst ihn morgen kennenlernen."

„Ich werde heute noch meinen Vater veranlassen, die Mitgift zusammenzustellen."

„Ich scherze nicht!" Liz blickte Melanie vorwurfsvoll an. „Du kommst hier nur über meine Leiche wieder weg. Wir werden herrliche Tage am Strand verbringen, und du wirst die fantastischsten Männer kennenlernen und vergessen, dass es New York und die UNO überhaupt gibt."

„Das habe ich schon vergessen." Melanie warf die Haare über die Schultern zurück. „Also See, Sonne und Männer, ja? Ich bin dir leider ausgeliefert. Und jetzt schleppst du mich wohl gleich an den Strand und gibst erst Ruhe, wenn ich bronzebraun bin, wie?"

„Richtig!" Liz nickte nachdrücklich. „Zieh dich um. Bis gleich."

Eine halbe Stunde später hatte Melanie schon nichts mehr gegen Liz' Behandlungsmethoden. Weißer Sand, blaues Meer … Sie ließ sich von den sanften Wellen wiegen.

Warf ihr Vater ihr nicht auch immer vor, sie sei besessen von der Arbeit? Melanie drehte sich auf den Rücken und schloss die Augen. Nach dem beruflichen Stress und der Katastrophe mit Jack war sie nirgends besser aufgehoben als auf dieser friedlichen Insel. Hier würde sie endlich zur Ruhe kommen.

Jack gehörte der Vergangenheit an. Es war keine leidenschaftliche Liebe gewesen, eher Gewohnheit, gestand Melanie sich ein. Sie hatte einen intelligenten männlichen Partner gebraucht und Jack eine attraktive Frau, deren Image seiner politischen Karriere förderlich sein konnte.

Hätte ich ihn je geliebt, überlegte Melanie, könnte ich das jetzt nicht so sachlich beurteilen. Das Ende hatte für sie weder Schmerz noch Einsamkeit bedeutet, sondern eher Erleichterung. Erleichterung und eine seltsame Leere … Das bedrückende Gefühl, im luftleeren Raum zu schweben, den Boden unter den Füßen zu verlieren.

Liz' Einladung war gerade zur rechten Zeit gekommen. Diese Insel war eine Oase der Ruhe und des Friedens – ein

Paradies. Melanie öffnete die Augen. Leuchtend blauer Himmel, Sonne, der Sand, Felsen und überall Spuren, die Erinnerungen an die Götter der Antike weckten. Und jenseits des Golfs von Edremit die Türkei mit ihren geheimnisumwobenen goldenen Palästen ... Melanie schloss die Augen wieder und wäre fast eingeschlafen, hätte Liz sie nicht gerufen.

„Melanie! Der Mensch muss in regelmäßigen Abständen etwas zu sich nehmen."

„Du denkst immer nur ans Essen."

„Und an deinen Teint", erwiderte Liz vom Strand her. „Du bist schon viel zu lange in der prallen Sonne. Das Mittagessen kann man verschmerzen, einen Sonnenbrand nicht."

Seufzend schwamm Melanie zum Strand zurück, richtete sich auf und schüttelte sich wie ein nasser Hund.

„Nun komm schon!", drängte Liz. „Alex reißt sich spätestens zum Lunch von seinen Schiffen los."

Essen auf der Terrasse, daran könnte ich mich gewöhnen, dachte Melanie, als sie bei Eiskaffee und Früchten angelangt waren. Sie merkte deutlich, dass Alexander Theocharis von seiner kleinen goldblonden Frau noch genauso begeistert war wie damals in New York.

Obwohl Melanie es Liz gegenüber nicht zugeben wollte, war sie stolz darauf, die beiden zusammengebracht zu haben. Ein ideales Paar, dachte sie. Alex war nicht nur charmant, er sah blendend aus. Das markante, sonnengebräunte Gesicht wirkte durch die Narbe über der Augenbraue verwegen männlich. Er war groß und schlank – eine aristokratische Erscheinung. Alles in allem war er das ideale Gegenstück zu Liz' zarter blonder Schönheit.

„Ich verstehe nicht, wie du dich von hier losreißen kannst", sagte Melanie zu ihm. „Wenn mir das alles gehörte, brächten mich keine zehn Pferde von hier fort."

Alex folgte ihrem Blick über das Meer und die Berge. „Jedes Mal, wenn ich zurückkomme, erscheint mir alles noch schöner", sagte er. „Wie eine Frau", er hob Liz' Hand an die

Lippen und küsste sie, „muss auch das Paradies immer wieder aufs Neue bewundert werden."

„Meine Bewunderung ist unabänderlich, und so wird es bleiben", sagte Melanie leise.

„Ich habe sie bald so weit, Alex." Liz schob ihre Hand in die ihres Mannes. „Ich werde eine Namensliste sämtlicher infrage kommender Männer im Umkreis von hundert Meilen anfertigen."

„Du hast nicht zufällig einen Bruder, Alex?", erkundigte sich Melanie lächelnd.

„Tut mir leid, Melanie – nur Schwestern."

„Dann vergiss deine Liste, Liz."

„Wenn wir dich nicht unter die Haube bringen können, wird Alex dir einen Job in seinem Athener Büro anbieten."

„Ich würde keinen Augenblick zögern, sie der UNO wegzuschnappen." Alex zuckte mit den Schultern. „Das habe ich schon vor drei Jahren vergeblich versucht."

„Diesmal haben wir einen Monat Zeit, ihr Vernunft beizubringen." Liz warf ihrem Mann einen warnenden Blick zu. „Hast du Zeit, uns morgen mit der Jacht hinauszufahren?"

„Natürlich", stimmte Alex sofort zu. „Wir werden den Tag auf See verbringen – was meinst du, Melanie?"

„Na ja, eigentlich kreuze ich ständig auf einer Jacht in der nördlichen Ägäis herum, wie ihr wisst", scherzte Melanie. „Aber wenn Liz es unbedingt möchte, will ich kein Spielverderber sein."

„Das ist der Sportsgeist in ihr", vertraute Liz ihrem Mann lächelnd an.

Mitternacht war gerade vorüber, als Melanie allein an den Strand zurückkehrte. Sie hatte nicht schlafen können, was sie aber nicht bedauerte, denn das lieferte ihr einen guten Grund für einen nächtlichen Spaziergang in der warmen Frühlingsluft.

Das kalte, unwirkliche Licht des Mondes ließ die hohen

Zypressen, die den Steilpfad zum Strand hinunter säumten, scharf aus den Schatten der Nacht hervortreten. In der Ferne hörte Melanie gedämpftes Motorengeräusch. Ein Fischer bei seiner nächtlichen Arbeit, dachte sie. Es musste schon ein Erlebnis sein, bei Mondschein aufs Meer hinauszufahren.

Der Strand verlief in einem weiten Bogen unterhalb des Felsenkliffs. Rasch streifte Melanie ihr Strandkleid ab und lief ins Wasser. Es fühlte sich so wundervoll kühl und weich auf ihrer Haut an, dass sie einen Moment mit dem Gedanken spielte, ihren Bikini abzulegen. Lieber nicht, entschied sie dann und lachte leise. Es wäre vermessen, die Geister der alten Götter herauszufordern.

Obwohl das Abenteuer Melanie reizte, schwamm sie nicht zu den Höhlen jenseits des Kliffs hinüber, um sie zu erkunden. Das konnte sie bei Tageslicht tun. Langsam schwamm sie ein Stück hinaus, wohin die sanfte Dünung sie trug.

Die Zeit schien still zu stehen, während sie schwerelos durch das silbrig glitzernde Wasser dahinglitt. Es war so still, so friedlich. Seltsam, erst nachdem Melanie diese Stille entdeckt hatte, wusste sie, dass sie sich danach gesehnt hatte.

New York schien nicht nur auf einem anderen Kontinent, sondern auf einem anderen Stern zu liegen, und im Augenblick war Melanie das nur allzu recht. Hier konnte sie sich ihren Fantasien über alte Götter, strahlende Helden und wilde Piraten hingeben. Könnte ich wählen, würde ich mich wohl für die Piraten entscheiden, dachte sie. Götter sind zu blutrünstig, Helden zu ritterlich, aber ein Pirat …

Melanie schüttelte den Kopf über ihre eigenen abwegigen Gedankengänge. Daran war einzig und allein Liz schuld. Sie selbst wollte weder einen Piraten noch sonst einen Mann. Sie wollte nur Ruhe und Frieden.

Melanie schwamm an den Strand zurück und richtete sich auf. Sie ließ das Wasser aus ihren Haaren und an ihrem Körper hinuntertropfen. Ihr war kalt, aber es war kein unangenehmes Gefühl. Sie setzte sich auf das Strandkleid, zog einen Kamm aus der Tasche und strich sich damit durchs Haar. Mond, Sand und Meer – was wünschte man sich mehr? Sie fühlte sich mit sich selbst und der Natur völlig im Einklang.

Das kalte Grauen packte Melanie, als sich eine Hand hart auf ihren Mund presste. Sie wehrte sich verzweifelt, aber ein starker Arm umklammerte ihre Taille, rauer Stoff schrammte gegen ihre nackte Haut. Jemand riss sie von den Klippen, ein muskulöser Männerkörper presste sich an ihren Rücken.

Panik ergriff Melanie. Wild schlug sie um sich, konnte aber nicht verhindern, dass sie in ein Gebüsch geschleppt wurde.

„Nicht schreien – keinen Laut!“ Der Befehl wurde in schnellem, hartem Griechisch ausgesprochen. Melanie wollte gerade wieder zu einem neuen Schlag ausholen, als sie erstarrte. Ein Messer blitzte im Mondlicht auf, und im selben Augenblick wurde sie zu Boden gedrückt. Der Mann warf sich über sie.

„Wildkatze!“, zischte er. „Bleiben Sie ruhig, dann geschieht Ihnen nichts. Verstanden?“

Benommen vor Entsetzen nickte Melanie. Unverwandt starrte sie auf das Messer und lag stocksteif da. Jetzt kann ich nichts gegen ihn machen, dachte sie ergrimmt, aber ich werde herausbekommen, wer er ist, und dann gnade ihm Gott!

Der erste Anflug von Panik war vorüber, aber Melanie zitterte am ganzen Körper. Scheinbar eine Ewigkeit lag sie da und wartete, aber der Mann bewegte sich nicht und gab keinen Laut von sich. Es war so still, dass Melanie die kleinen Wellen auf den Sand plätschern hören konnte.

Es ist ein Albtraum, dachte sie. Es kann nicht wahr sein. Aber als sie sich vorsichtig unter dem Mann bewegte, zeigte ihr der Druck seines Körpers, dass sie nicht träumte.

Die Hand über ihrem Mund drückte so fest zu, dass Melanie zu ersticken glaubte. Ihr wurde übel, feurige Kreise wirbelten vor ihren Augen. Sie versuchte die herannahende Ohnmacht niederzuringen. Dann hörte sie den Mann mit einem unsichtbaren Gefährten reden.

„Hörst du etwas?“

„Noch nicht“, antwortete eine raue Stimme. „Wer, zum Teufel, ist sie?“

„Spielt keine Rolle. Ich werde allein mit ihr fertig.“

In ihrem Zustand hatte Melanie Mühe, das Griechisch zu verstehen. Was hat er mit mir vor? fragte sie sich benommen vor Angst und Atemnot.

„Halt du die Augen offen!“, fuhr der Mann fort, der Melanie gefangen hielt. „Ich übernehme das Mädchen.“

„Da – jetzt!“

Melanie merkte, dass der Mann über ihr die Muskeln anspannte. Sie wandte den Blick nicht von dem Messer, das er nun noch fester umklammert hielt.

Schritte hallten von den Felsstufen am Strand her. Aus Panik und Hoffnung schöpfte Melanie neue Kraft. Sie begann wieder um sich zu schlagen, aber der Mann stieß einen leisen Fluch aus und legte sich noch schwerer über sie.

Er roch schwach nach Salz und Meer.

Als er die Haltung veränderte, erhaschte Melanie einen kurzen Blick auf sein vom Mondlicht erhelltes Gesicht. Dunkle, kantige Züge, ein strenger Mund, schmale schwarze Augen. Kalte, harte unerbittliche Augen ... Das Gesicht eines Mannes, der vor nichts zurückschreckte.

Warum? dachte Melanie verzweifelt. Ich kenne ihn doch nicht einmal.

„Du folgst ihm!“, befahl der Mann seinem Gefährten. „Um das Mädchen werde ich mich kümmern.“

Melanie starrte das Messer an. Plötzlich hatte sie einen bitteren, metallischen Geschmack im Mund. Die Welt schien sich wie rasend um sie zu drehen, und dann löste sie sich in nichts auf.

Die Sterne standen am Himmel, Silber auf schwarzem Samt. Das Meer flüsterte. Der Sand unter dem Rücken war rau. Melanie richtete sich auf und versuchte klar zu denken. Eine Ohnmacht? War sie tatsächlich ohnmächtig gewesen, oder hatte sie geschlafen und alles war nur ein Traum? Sie rieb sich die Schläfen und glaubte schon, ihre Fantasien über wilde Piraten hatten ihr diese Halluzination eingebrockt.

Ein leises Geräusch brachte sie schnell auf die Beine. Nein, sie hatte nicht geträumt. Der Mann kehrte zurück. Melanie sprang den herannahenden Schatten an. Vorhin hatte sie dem unausweichlichen Tod ohne Gegenwehr ins Auge gesehen. Diesmal würde sie kämpfen bis zum letzten Atemzug.

Der Schatten sprang vor, als sie zuschlug, und dann war Melanie wieder unter ihm am Boden gefangen.

„Verdammt, hören Sie auf!", fuhr er Melanie an, als sie ihm mit den Fingernägeln ins Gesicht fahren wollte.

„Den Teufel werde ich tun!", fauchte Melanie ebenso wütend. Sie kämpfte mit vollem Einsatz, bis der Mann sie endgültig unter sich begrub. Atemlos und furchtlos in ihrem Zorn starrte sie zu ihm hoch.

Der Mann musterte finster ihr Gesicht. „Sie sind nicht von hier", stellte er verblüfft fest, was Melanie so überraschte, dass sie ihren Kampf einstellte. „Wer sind Sie?"

„Das geht Sie nichts an." Vergeblich versuchte sie, ihre Handgelenke aus seinem Griff zu befreien.

„Sie sollen stillhalten!", wiederholte er und packte fester zu, als ihm bewusst war. Irgendetwas stimmte hier nicht, so viel stand fest, da sie offenbar keine Einheimische war, die sich zufällig zur falschen Zeit am falschen Ort aufhielt. Sein Beruf hatte ihn gelehrt, wie man Antworten erzwang, wenn sich Komplikationen ergaben.

„Was haben Sie mitten in der Nacht am Strand zu suchen?", fragte er kurz angebunden.

„Das Meer", lautete Melanies zornige Antwort. „Ich wollte schwimmen. Das hätte jeder Idiot erraten."

Der Mann zog die Brauen zusammen, als dächte er angestrengt nach. „Schwimmen", wiederholte er. Tatsächlich hatte er sie aus dem Wasser kommen sehen. Vielleicht steckte doch nichts dahinter. „Amerikanerin …“, überlegte er laut. Erwarteten Alexander und Liz Theocharis nicht eine Amerikanerin? Ausgerechnet jetzt!

Sein Gehirn arbeitete auf Hochtouren. Ein amerikanischer Gast des Hauses Theocharis bei einem Bad im Mondschein … Wenn er die Sache nicht vorsichtig handhabte, konnte er sich auf etwas gefasst machen.

Völlig überraschend lächelte er auf Melanie hinunter. „Sie haben mich hereingelegt. Ich dachte, Sie hätten mich verstanden.“

„Ich habe Sie sehr gut verstanden“, gab Melanie zurück. „Und da Sie im Augenblick Ihr Messer nicht griffbereit haben, dürfte es Ihnen schwerfallen, mich zu vergewaltigen.“

„Vergewaltigen?“ Der Mann sah sie verdutzt an. Sein Lachen kam ebenso plötzlich wie eben das Lächeln. „Daran habe ich keinen Augenblick gedacht! Aber wie dem auch sei, schöne Nixe, das Messer war nicht für Sie gedacht.“

„Und warum schleppen Sie mich dann durch die Gegend und terrorisieren mich mit diesem … diesem grässlichen Schnappmesser?“ Mut war wesentlich angenehmer als Furcht, stellte Melanie fest. „Lassen Sie mich gefälligst los!“ Sie versetzte ihm einen heftigen Stoß, aber er rührte sich nicht von der Stelle.

„Einen Moment!“, sagte er leise. Das Mondlicht fiel auf ihr Gesicht. Sie war schön, wunderschön … Sicher war sie männliche Bewunderung gewohnt. Ein bisschen Charme könnte die Situation entschärfen.

„Was ich getan habe, geschah zu Ihrem Schutz“, sagte er schließlich vorsichtig.

„Schutz!“, schnaubte Melanie und versuchte erneut, ihre Arme zu befreien.

„Für Formalitäten blieb mir keine Zeit, Lady. Tut mir leid, wenn meine … Technik ein wenig ungeschliffen wirkte.“ Sein Ton deutete an, dass er sich Melanies Verständnis sicher war. „Würden Sie mir jetzt erzählen, weshalb Sie mutterseelenallein wie die Lorelei auf dem Felsen saßen und Ihr Haar kämmten?“

„Das geht Sie nichts an“, antwortete Melanie zum zweiten Mal.

Die Stimme des Mannes hatte sich verändert und klang jetzt leise und weich. Die dunklen Augen blickten nicht mehr so hart. Melanie wollte fast glauben, sie hätte sich die finstere Rücksichtslosigkeit in diesem Gesicht vorhin nur eingebildet. Aber immerhin spürte sie den Schmerz an den Stellen, wo sich seine Finger in ihren Arm gruben. „Wenn Sie mich nicht sofort loslassen, schreie ich.“

Je länger er Melanies Körper berührte und bewunderte, desto mehr geriet er in Versuchung. Dennoch stand er unvermittelt auf. Es gab noch etwas zu erledigen heute Nacht. „Entschuldigen Sie den Zwischenfall, Lady.“

„Einfach so, ja?“ Melanie erhob sich mühsam und schüttelte sich den Sand ab. „Sie zerren mich ins Gebüsch, bedrohen mich mit einem Messer, erwürgen mich halb, und dann entschuldigen Sie sich, als hätten Sie mir versehentlich auf den Fuß getreten. Sie haben Nerven!“ Plötzlich fror Melanie. Sie schlang die Arme um ihren Oberkörper. „Wer sind Sie, und was soll das alles?“

„Hier.“ Der Mann bückte sich und hob Melanies Strandkleid auf. „Ich wollte es Ihnen gerade bringen, als Sie plötzlich auf mich losgingen.“

Er lächelte, als Melanie hastig in das Kleid schlüpfte. Eigentlich jammerschade, diesen schlanken, schönen Körper zu verhüllen, dachte er. „Wer ich bin, ist im Augenblick unwichtig. Und was diesen bedauerlichen Vorfall betrifft – tut es mir leid. Mehr kann ich leider nicht dazu sagen.“

„Nein?“ Melanie nickte kurz und wandte sich dann zur Strandtreppe. „Dann wollen wir mal sehen, was die Polizei dazu meint.“

„Die würde ich an Ihrer Stelle nicht fragen.“

Der Mann hatte leise und freundlich gesprochen, dennoch

klang es nicht wie ein Rat, sondern eher wie ein Befehl. Melanie blieb am Fuß des Kliffs stehen. Sie hatte zwar nicht den Eindruck, dass er ihr drohte, aber sie spürte seine Autorität.

Melanie erinnerte sich an die Berührung mit dem harten, muskulösen Körper. Jetzt stand der Mann ganz locker da, hatte die Hände in die Taschen seiner Jeans geschoben und lächelte. All das konnte jedoch nicht verbergen, dass er sich hier als Herr der Lage fühlte und es auch war.

Verdammte Piraten, schoss es Melanie durch den Kopf. Wie kann man die nur interessant finden! Trotzig hob sie das Kinn. „Und warum nicht? Haben Sie etwas zu verbergen?"

„Nein", antwortete er sanft. „Aber ich lege keinen Wert auf Komplikationen und wollte Sie vorsichtshalber warnen." Er betrachtete Melanies Gesicht. „Sie kennen die hiesige Polizei nicht, Lady. Fragen, Formulare, Zeitverschwendung durch Bürokratie. Und falls Sie wirklich meinen Namen angeben könnten", er zuckte mit den Schultern und lächelte Melanie unbekümmert an, „würde Ihnen niemand Glauben schenken. Niemand, Aphrodite."

Melanie missfiel sowohl dieses Lächeln als auch die anzügliche Art, wie er sie mit dem Namen der Liebesgöttin anredete. Dass sich ihr Blut plötzlich erhitzte, missfiel ihr ebenfalls. „Sie sind Ihrer Sache sehr sicher, wie?", begehrte sie auf, aber schon unterbrach er sie und trat an sie heran.

„Ich habe Sie nicht vergewaltigt, oder?" Langsam ließ er die Hände durch ihr Haar gleiten und packte sie bei den Schultern, sanft und behutsam im Gegensatz zu vorhin. Nixenaugen, dachte er, das Gesicht einer Göttin … Viel Zeit blieb ihm nicht, aber der Moment durfte nicht ungenutzt verstreichen. „Ich habe nicht einmal getan, was ich längst hätte tun sollen."

Im nächsten Moment presste er den Mund auf den ihren. Sein Kuss war ungestüm und dennoch zärtlich. So etwas hatte Melanie nicht erwartet. Sie stemmte die Hände gegen seine Brust, aber es war nichts weiter als ein kraftloser Reflex. Der Fremde war ein Mann, der die Schwäche einer Frau kannte. Ohne Gewalt anzuwenden, zog er Melanie dichter zu sich heran.

Der Duft des Meeres hüllte Melanie ein, und diese Hitze ... sie schien von innen und von außen gleichzeitig zu kommen. Fast spielerisch drang die Zunge des Mannes zwischen ihre Lippen und erforschte ihren Mund, bis Melanies Herz wild zu hämmern begann. Er schob die Hände in die weiten Ärmel ihres Strandumhangs und streichelte ihre Arme und Schultern.

Als Melanie sich nicht mehr wehrte, riss er sie an sich und küsste sie wild. Melanies Herz begann zu hämmern, das Blut brauste in ihren Ohren. Einen Augenblick fürchtete sie, zum zweiten Mal in seinen Armen ohnmächtig zu werden.

„Ein Kuss ist kein strafwürdiges Verbrechen", flüsterte er in ihr Haar. Sie ist aufregender, als ich glaubte, dachte er, und viel gefährlicher. „Und mit einem zweiten ginge ich auch kein größeres Risiko ein."

„Nein!" Melanie konnte plötzlich wieder klar denken. Sie stieß den Mann von sich fort. „Sie sind verrückt, wenn Sie glauben, damit ließe ich Sie davonkommen. Ich werde ..." Sie unterbrach sich und tastete nervös mit der Hand nach ihrem Hals. Ihre Kette war fort. Melanie schaute den Fremden Zorn sprühend an. „Was haben Sie mit meinem Medaillon gemacht? Geben Sie es mir sofort zurück!"

„Tut mir leid, aber ich habe es nicht, Aphrodite."

„Ich will es wiederhaben." Diesmal war Melanies energisches Auftreten nicht gespielt. Sie trat dicht an den Mann heran. „Es ist nicht wertvoll. Sie bekommen dafür nicht mehr als ein paar lumpige Drachmen."

Die Augen des Fremden wurden schmal. „Ich habe Ihr Medaillon nicht. Ich bin kein Dieb." Seine Stimme klang kalt und mühsam beherrscht. „Wenn ich Ihnen etwas hätte rauben wollen, dann hätte ich mir etwas Interessanteres genommen als Ihre Kette."

Melanie sah rot. Sie holte zum Schlag aus, aber er fing ihre

Hand ab. Zu ihrer Wut kam jetzt noch das Gefühl der Machtlosigkeit.

„Das Medaillon scheint Ihnen viel zu bedeuten", sagte er ruhig, aber sein Griff war alles andere als sanft. „Ein Andenken an einen Mann?"

„Ein Geschenk von einem geliebten Menschen", korrigierte Melanie zornig. „Ich erwarte nicht, dass ein Mann wie Sie seinen Wert für mich verstehen kann." Mit einem Ruck befreite sie ihr Handgelenk. „Ich werde Sie nicht vergessen", versicherte sie, drehte sich dann um und rannte den Pfad zum Haus hinauf.

Der Mann schaute ihr nach, bis sie in der Dunkelheit verschwand. Dann wandte er sich wieder der Küste zu.

2. KAPITEL

Die Sonne war ein weißer, gleißender Lichtball, der das Meer wie Millionen Diamanten funkeln ließ. Die sanften Bewegungen der Jacht hatten Melanie in eine Art Halbschlaf gewiegt.

Waren der mondbeschienene Strand und der dunkle Mann nicht doch nur eine Ausgeburt der Fantasie gewesen? Blitzende Messer, raue Hände und verzehrende Küsse eines Fremden gehörten nicht in die wirkliche Welt, sondern in die seltsamen verschwommenen Träume, in die Melanie sich geflüchtet hatte, um beruflichen Stress und die Hektik der Großstadt zu vergessen. Sie hatte diese Träume als Sicherheitsventil betrachtet und niemandem etwas davon erzählt.

Das verschwundene Medaillon und die dunklen Male auf ihren Armen waren jedoch reale Tatsachen.

Melanie konnte die Geschichte also nicht ihrer Einbildungskraft zuschreiben.

Sie seufzte leise, drehte den Rücken der Sonne zu und legte den Kopf auf die verschränkten Arme. Wenn sie Liz und Alex ihr Erlebnis berichtete, wären die beiden sicher zu Tode entsetzt. Alex würde sie für den Rest ihres Aufenthaltes auf Lesbos bestimmt unter bewaffneten Schutz stellen und auf eine gründliche Untersuchung bestehen, die viel Zeit kosten und nichts einbringen würde. In diesem Punkt hatte der Fremde mit Sicherheit recht. Melanie hasste ihn dafür.

Und überhaupt – was hätte sie der Polizei zu Protokoll geben sollen? Dass ein Fremder sie in die Büsche gezerrt, dort ohne erkennbaren Grund festgehalten und dann unversehrt wieder freigelassen hatte? Kein griechischer Polizist würde einen Kuss für ein Verbrechen halten.

Beraubt worden war sie auch nicht. Jedenfalls hätte sie das nicht beweisen können. Im Übrigen mochte sie dem Fremden zwar alle möglichen finsteren Absichten unterstellen, aber in die Rolle eines kleinen Diebes passte er nicht. Vermutlich ist er auf gar keinem Gebiet klein, dachte Melanie verdrossen. Kleinigkeiten waren sicherlich nicht sein Stil.

Und falls man diesen Mann tatsächlich finden und festnehmen würde, stünde sein Wort gegen ihres. Melanie hatte den dumpfen Verdacht, dass sein Wort dann mehr Gewicht hatte.

Also was soll's, dachte sie. Kein Wort zu Liz und Alex. Nichts als eine dumme Sache um Mitternacht. Eine von vielen seltsamen Begebenheiten im Leben von Miss Melanie James. Ordentlich ablegen und dann vergessen.

Alex kam die Stufen zum Sonnendeck herauf. Melanie stützte ihr Kinn auf die zusammengelegten Arme und lächelte ihm entgegen. Auf der Liege neben ihr bewegte sich Liz und schlief weiter.

„Die Sonne macht sie immer müde." Alex setzte sich neben seine Frau auf einen Stuhl.

„Ich bin selbst fast eingeschlafen." Melanie reckte sich, klappte einen Teil der Liege als Rückenlehne hoch und richtete sich auf. „Aber ich wollte nichts verpassen." Sie schaute über das Wasser zu der Insel hinüber, die wie ein bläulicher Nebel in der Luft zu schweben schien.

„Das ist Chios." Alex war Melanies Blickrichtung gefolgt. „Und dort", er deutete nach Osten, „die türkische Küste."

„So nahe, als ob man hinüberschwimmen könnte."

„Auf See täuscht man sich leicht in der Entfernung." Alex zündete sich eine seiner schwarzen Zigaretten an. Der Rauch duftete süßlich und exotisch. „Für diese Strecke müsste man schon ein Meisterschwimmer sein. Mit dem Boot ist es eine Kleinigkeit. Die Schmuggler nutzen das natürlich zu ihren Gunsten aus." Alex musste über Melanies entgeistertes Gesicht lachen. „Schmuggel ist hierzulande seit Generationen üblich, obwohl die Strafen hart sind."

„Und wieso gelingt es den Schmugglern zu entkommen?"

„Die Nähe der Küste", erklärte Alex mit einer ausholenden Handbewegung. „Die vielen Buchten, Inseln, Halbinseln und Grotten machen es einfach, ungesehen ins Land zu kommen."

Melanie nickte. Ein schmutziges Geschäft, bei dem es sich nicht nur um ein paar zollfreie Zigaretten oder Schnaps handelte. „Opium?"

„Unter anderem."

„Aber Alex!" Seine Gelassenheit irritierte Melanie. „Macht dir das gar keine Sorgen?"

„Sorgen?", wiederholte er und nahm einen langen Zug von seiner eleganten Zigarette. „Weshalb?"

Die Frage verblüffte Melanie noch mehr. „Macht es dir nichts aus, dass sich so etwas Schreckliches in deiner unmittelbaren Nähe abspielt?"

„Ach, Melanie ..." Schicksalsergeben breitete Alex die Hände aus. Der dicke Goldring auf seinem linken kleinen Finger blitzte im Sonnenlicht. „Mit meiner Sorge könnte ich nicht aufhalten, was hier seit Jahrhunderten läuft."

„Aber trotzdem. Direkt vor deiner Haustür ..." Melanie unterbrach sich. Sie musste an die Straßen von Manhattan denken. Wer im Glashaus sitzt, hielt sie sich vor, darf nicht mit Steinen werfen. „Ich dachte nur, es müsste dich stören", schloss sie unsicher.

Alex schaute sie erheitert an und zuckte dann mit den Schultern. „Sorgen und Ärger überlasse ich der Küstenwache und Polizei. Nun erzähle mir lieber, ob dir dein Aufenthalt auf Lesbos bisher gefallen hat."

Melanie wollte noch etwas zum Thema Schmuggel sagen, ließ es aber. „Wundervoll ist es hier, Alex. Ich verstehe, warum Liz hier so glücklich ist."

Alex lächelte und zog dann wieder an seiner starken Zigarette. „Du weißt, dass sie dich gern hier behalten möchte. Sie hat dich vermisst. Manchmal habe ich ein schlechtes Gewissen, weil wir so selten nach Amerika kommen, um dich zu besuchen."

„Du brauchst dich nicht schuldig zu fühlen, Alex." Melanie setzte die Sonnenbrille auf und entspannte sich. Das Schmuggelgeschäft hatte schließlich nichts mit ihr zu tun. „Liz ist glücklich."

„Und du hängst immer noch bei der UNO fest?" Alex' Ton hatte sich nur unmerklich verändert, aber Melanie merkte, dass das Gespräch jetzt geschäftlich wurde.

„Es ist ein interessanter Job. Die Arbeit macht mir Spaß, ich brauche die Herausforderung."

„Ich bin nicht kleinlich, Melanie, besonders, wenn es sich um Menschen mit deinen Fähigkeiten handelt." Alex zog an seiner Zigarette und betrachtete Melanie durch die Rauchwolke hindurch. „Vor drei Jahren habe ich dir einen Job in meinem Unternehmen angeboten. Wäre ich nicht abgelenkt gewesen", fuhr er dann lächelnd mit einem Blick auf seine schlafende Frau fort, „hätte ich die Sache damals schon perfekt gemacht."

„Abgelenkt?" Liz schob ihre Sonnenbrille hoch und blinzelte ihren Mann an.

„Du hast gelauscht", bemerkte Melanie strafend. Ein uniformierter Steward servierte geeiste Drinks. Melanie trank Liz lächelnd zu. „Du solltest dich schämen, Liz."

„Du hast ein paar Wochen Zeit, es dir zu überlegen, Melanie." Beharrlichkeit war zweifellos eine von Alex' erfolgreichen Geschäftstaktiken. „Vorausgesetzt, Liz macht mir keinen Strich durch die Rechnung." Er nahm sich ebenfalls ein Glas. „Und ich muss ihr beipflichten. Eine Frau braucht einen Mann und Sicherheit."

„Typisch griechisch!", bemerkte Melanie trocken.

Alex lächelte unbeirrt. „Leider ist Dorian heute verhindert und kann erst morgen kommen. Er bringt meine Cousine Iona mit."

„Leider Gottes!", bemerkte Liz spöttisch. Alex warf ihr einen scharfen Blick zu.

„Liz ist nicht begeistert von Iona, aber sie gehört zur Familie." Alex' Blick sagte Melanie, dass dieses Thema zwischen ihm und Liz schon öfter debattiert worden war. „Ich fühle mich für sie verantwortlich."

Liz griff seufzend nach ihrem Glas. Dabei berührte sie kurz Alex' Hand. „Wir fühlen uns für sie verantwortlich", berichtigte sie ihn. „Iona ist willkommen."

Alex' düsteres Gesicht erhellte sich sofort. Er schaute seine Frau so liebevoll an, dass Melanie aufstöhnte.

„Sagt mal, streitet ihr euch eigentlich nie? Wie haltet ihr es nur aus, so friedlich und ausgeglichen zu sein?"

Liz lächelte sie über den Rand ihres Glases hinweg an. „Oh, wir haben auch unsere Momente. Letzte Woche beispielsweise war ich wütend auf Alex, und zwar mindestens … na, eine Viertelstunde lang."

„Du meinst, ein Gewitter reinigt die Luft?", erkundigte sich Alex.

Melanie schüttelte ihr Haar zurück und lachte. „Ich fühle mich jedenfalls nicht wohl, wenn ich nicht streiten und kämpfen kann."

„Melanie, du hast Jack überhaupt nicht erwähnt. Habt ihr Probleme?"

„Liz!", tadelte Alex.

„Nein, lass nur, Alex." Melanie ging mit ihrem Glas an die Reling. „Ein Problem ist es nicht", sagte sie langsam. „Das hoffe ich zumindest." Sie blickte geistesabwesend in ihr Glas. „Ich bin diese Straße, diese gerade, ebene Straße so lange entlanggegangen, dass ich den Weg auch blind finden würde."

Melanie lachte kurz auf, beugte sich über die Reling und ließ ihr Haar im Wind flattern. „Plötzlich merkte ich, dass es gar keine Straße, sondern ein ausgefahrenes Gleis war. Da habe ich schnell den Kurs gewechselt, ehe ich darin festsaß."

„Du hast ja seit jeher einen Hinderniskurs bevorzugt", stellte Liz fest. Aber dass Jack den Abschied bekommen hatte, freute sie, und sie verhehlte das auch nicht.

Melanie betrachtete das schäumende Kielwasser am Achtersteven. „Ich werde mich weder Dorian noch irgendeinem anderen Mann zu Füßen werfen, Liz, nur weil ich nicht mehr mit Jack zusammen bin."

„Das will ich auch nicht hoffen", gab Liz fröhlich zurück. „Es würde ja der Sache die ganze Spannung nehmen."

Mit einem strafenden Blick auf die lachende Liz und einem resignierten Seufzer wandte Melanie sich schweigend der Reling zu.

Die felsige Küste von Lesbos erhob sich schroff aus dem Meer. Melanie konnte die Umrisse von Alex' schneeweißer Villa ausmachen. Etwas höher gelegen entdeckte sie ein mächtiges graues Haus, das aus dem Kliff herauszuwachsen schien, die düstere, efeuumrankte Fassade herausfordernd der offenen See zugerichtet.

Es gab eine Reihe weiß getünchter Häuser unterhalb des Kliffs, auch hier und da ein verstecktes Cottage, aber die beiden Villen überragten alles. Weiß und elegant das eine, düster und bedrohlich das andere Haus.

„Wem gehört das Haus auf dem Kliff?", fragte Melanie über ihre Schulter hinweg.

Liz stand auf und trat lächelnd zu Melanie. „Kann ich mir denken, dass dich das anspricht. Manchmal habe ich den Eindruck, das Ding ist kein Haus, sondern eine lebendige Kreatur. Nicholas Gregoras, Olivenöl und seit Kurzem auch Import-Export." Sie betrachtete ihre Freundin von der Seite her. „Vielleicht werde ich ihn für morgen zum Dinner einladen, falls er Zeit hat. Aber ich fürchte, er ist nicht dein Typ."

„Mein Typ? Was verstehst du darunter?", fragte Melanie gleichmütig.

„Einen Mann, der es dir nicht leicht macht. Jemand mit einem Hinderniskurs."

„Hm. Du kennst mich viel zu gut."

„Nick ist zweifellos charmant, außerdem sieht er blendend aus ... Kein ausgesprochen schöner Mann wie Dorian, aber er hat eine ungeheuere Ausstrahlung. Ein gefährlicher Mann, nicht leicht zu durchschauen." Liz unterbrach sich, weil ihr anscheinend die passenden Worte fehlten, den Mann näher zu beschreiben.

„Nick ist ein Einzelgänger, verschlossen und menschenscheu", fuhr sie dann fort. „Das Haus auf dem Kliff passt zu ihm. Anfang dreißig ist er. Das Ölimperium hat er vor ungefähr zehn Jahren geerbt. Dann ist er ins Import-Export-Geschäft eingestiegen, mit großem Erfolg übrigens. Alex mag ihn sehr. Die beiden sind ein Herz und eine Seele."

„Liz, ich wollte nur wissen, wem das Haus gehört. Der Besitzer interessiert mich nicht."

„Fakten gehören zum Service." Liz zündete sich eine Zigarette an. „Du sollst deine Wahl nach klaren Vorstellungen treffen können."

„Einen Ziegenhirten hast du nicht zufällig zur Hand, was?", erkundigte sich Melanie. „Ich kann mir nichts Schöneres vorstellen, als in einem niedlichen weißen Cottage zu wohnen und Bauernbrot zu backen."

„Mal sehen, was sich machen lässt."

„Auf den Gedanken, ich könnte mich als Single pudelwohl fühlen, bist du wohl noch nie gekommen, wie? Ich kann tun und lassen, was ich will, niemand macht mir Vorschriften. Ich kann mit einem Schraubenzieher umgehen, einen platten Reifen wechseln – wozu brauche ich einen Mann?"

„Du machst dir selbst etwas vor, Melanie", sagte Liz leise. „Meinst du, ich wüsste nicht, wie dir zumute ist? So, wie es bisher war ... das ist kein Leben für dich. Du wirst es auf die Dauer nicht ertragen."

Melanie seufzte ergeben und hob ihr Glas an die Lippen. „Ach, Liz ..."

„Komm, komm! Gönn mir doch meinen Spaß." Liz klopfte Melanie sanft auf die Wange. „Du hast ja selbst gesagt, alles sei Schicksal und Vorbestimmung."

„Liz ..." Melanie zögerte einen Moment. „Wer hat eigentlich Zutritt zu dem Strand, an dem wir gestern gebadet haben?", fragte sie dann leichthin.

„Wieso?“ Liz strich sich eine blonde Haarsträhne hinters Ohr. „Nur wir und die Leute aus der Gregoras-Villa. Ich werde Alex fragen, aber ich bin sicher, der Strand gehört zu unserem und dem Nachbarbesitz. Die Bucht ist zu beiden Seiten durch das Kliff begrenzt, und man erreicht sie nur über den Steilpfad, der zwischen unseren beiden Grundstücken hinunterführt.“

„Ach ja“, fiel Liz dann noch ein. „Da ist noch das Cottage, es gehört Nick. Er vermietet es gelegentlich. Seit einiger Zeit wohnt ein Amerikaner in dem Haus ... Stevenson, Andrew Stevenson. Ein Maler, soviel ich weiß. Ich habe ihn noch nicht kennengelernt.“ Liz schaute Melanie verdutzt an. „Wieso? Hast du vor, oben ohne zu baden?“

„Ach was, reine Neugier.“ Melanie rief sich insgeheim zur Ordnung. Wenn ich den Vorfall vergessen will, muss ich ihn endgültig aus meinem Kopf verbannen, dachte sie. „Aber diese Villa würde ich mir gern aus der Nähe anschauen.“ Sie sah erschauernd zu der grauen Villa hinüber. „Ich würde mir verloren vorkommen in diesem unheimlichen Gemäuer.“

„Du brauchst nur deinen Charme bei Nick spielen zu lassen, dann lädt er dich ein“, schlug Liz vor.

„Vielleicht tue ich das.“ Melanie betrachtete die Villa nachdenklich. War Nick Gregoras vielleicht der Mann, dessen Schritte sie gehört hatte, als sie in den Büschen gefangen gehalten wurde? „Ja, das werde ich tun.“

Die Balkontür stand weit offen, der betäubende Nachtduft weißer Rosen erfüllte die Luft. Im Haus war alles still, bis auf eine Uhr, die soeben Mitternacht geschlagen hatte.

Melanie saß an dem zierlichen Rosenholzschreibtisch und schrieb einen Brief. Draußen am Kliff schrie ein Käuzchen zweimal. Melanie hob den Kopf und lauschte auf einen dritten Ruf, aber jetzt war alles wieder ganz still. Sie beugte sich über ihren Brief.

Wie sollte sie ihrem Vater begreiflich machen, was sie empfand? War es überhaupt möglich, die Zeitlosigkeit des Meeres, die erhabene, fast beängstigende Schönheit der Berge in Worte zu fassen? Sie versuchte es, so gut sie konnte, und wusste, ihr Vater würde sie verstehen. Und außerdem wird er sich über Liz' Versuche amüsieren, mich hier in Griechenland unter die Haube zu bringen, dachte sie lächelnd.

Melanie stand auf, reckte sich, drehte sich um – und stieß gegen die dunkle Gestalt, die sich im selben Moment vor ihr aufrichtete. Die Hand, die sich über ihren Mund legte, drückte nicht so rau zu wie beim letzten Mal, und die dunklen Augen lächelten. Melanies Herz setzte einen Schlag aus.

„*Kalespera*, Aphrodite. Versprechen Sie, nicht zu schreien, und ich lasse Sie frei."

Im ersten Moment wollte sich Melanie losreißen, aber der Mann hielt sie mühelos fest und hob nur fragend die Augenbrauen. Offenbar konnte er beurteilen, auf wessen Wort man sich verlassen konnte und auf wessen nicht.

Melanie wand sich noch einen Augenblick lang, gab sich dann aber geschlagen und nickte widerwillig. Sofort ließ der Fremde sie los. Sie holte tief Luft, um zu schreien, tat es aber nicht. Ein Versprechen war ein Versprechen, auch wenn man es dem Teufel gegeben hatte.

„Wie sind Sie hier heraufgekommen?"

„Die Weinranken unter Ihrem Balkon sind ziemlich stabil."

Ungläubig und bewundernd zugleich starrte Melanie den Fremden an. Die Außenwand war glatt und die Höhe bis zu ihrem Balkon beträchtlich. „Sind Sie verrückt geworden?"

„Schon möglich." Der Mann lächelte unbekümmert. Die Kletterei schien ihn nicht angestrengt zu haben. Sein Haar war zwar zerzaust, aber so hatte es beim letzten Mal auch ausgesehen. Der Schatten eines Bartes zog sich über seine Wangen, und aus seinen Augen leuchtete die Abenteuerlust, was Melanie sofort – wenn auch wider Willen – für ihn einnahm.

Im Lampenlicht konnte sie ihn genauer betrachten als in der vergangenen Nacht. Seine Züge waren nicht so hart und sein

Mund nicht so grimmig, wie es ihr gestern erschienen war. Im Gegenteil, dieses Gesicht strahlte einen eigentümlich gebrochenen, finsteren Charme aus, wenn er lächelte.

„Was wollen Sie?"

Er lächelte wieder. Langsam glitt sein Blick an Melanie herab, die in einem Babydoll-Shorty aus blassrosa Spitze vor ihm stand. Sie errötete unter seinem unverfrorenen Blick, hob jedoch trotzig das Kinn.

„Woher wussten Sie, wo Sie mich finden?"

„Das gehört zu meinem Beruf", antwortete er. Im Stillen bewunderte er ihren Mut ebenso wie ihre Figur. „Melanie James, zu Besuch bei ihrer Freundin Elizabeth Theocharis. Amerikanerin aus New York. Unverheiratet. Als Dolmetscherin bei der UNO tätig. Fremdsprachen: Griechisch, Deutsch, Französisch, Italienisch und Russisch."

Melanie traute ihren Ohren nicht. „Ihr Computergehirn scheint ausgezeichnet zu funktionieren", bemerkte sie spöttisch.

„Vielen Dank. Ich versuche mich kurzzufassen."

„Und was hat dieses Dossier mit Ihnen zu tun?"

„Das ist noch nicht genau heraus." Er betrachtete sie nachdenklich. Vielleicht könnte er ihre Fähigkeiten und ihre Position für seine eigenen Zwecke einsetzen. Sie besaß alles, was ein Mann bei einer Frau erwarten konnte. Sie war etwas Besonderes. Es war höchste Zeit, über all das nachzudenken …

Der Fremde setzte sich lächelnd auf die Bettkante und wandte den Blick nicht von Melanie. „Ich bewundere Frauen, die zu ihrem Wort stehen." Er streckte die Beine aus und legte sie übereinander. „Ich bewundere überhaupt eine ganze Menge an Ihnen, Melanie. Gestern Nacht haben Sie Verstand und Mut bewiesen – eine seltene Kombination."

„Verzeihen Sie, wenn ich jetzt nicht überwältigt bin."

Der Sarkasmus war nicht zu überhören, aber dem Mann entging auch nicht, dass sich Melanies Blick verändert hatte. Sie war nicht halb so wütend, wie sie sich gab.

„Ich habe mich entschuldigt“, erinnerte er sie lächelnd.

Melanie atmete tief durch. Dieser Kerl brachte sie noch zum Lachen, wo sie doch eigentlich Zorn sprühen sollte. Wer, zum Teufel, war er bloß? Und was war er? Melanie konnte sich gerade noch davon zurückhalten, ihn danach zu fragen. Es war besser, auf die Antwort zu verzichten. „Wie eine Entschuldigung kam es mir nicht gerade vor.“

„Wenn ich nun noch einen aufrichtigeren Versuch unternähme“, begann er so ernst, dass sich Melanie das Lachen fast nicht mehr verbeißen konnte, „würden Sie meine Entschuldigung dann annehmen?“

„Würden Sie dann verschwinden?“

„Gleich.“ Er stand auf. Wonach duftet sie nur? fragte er sich. Weiße Blüten ... Ja, Jasmin, wilder Jasmin. Der Duft passte zu ihr. Er ging zur Kommode und spielte mit ihrem Handspiegel.

„Morgen werden Sie Dorian Zoulas und Iona Theocharis kennenlernen“, bemerkte er leichthin. Diesmal blieb Melanie der Mund tatsächlich offen stehen. „Es gibt wenig auf dieser Insel, das mir entgeht“, erklärte er freundlich.

„Scheint so“, stimmte Melanie zu.

Jetzt fiel ihm ein neugieriger Unterton in ihrer Stimme auf. Darauf hatte er gewartet. „Vielleicht könnten Sie mir beim nächsten Mal sagen, was Sie von den beiden halten.“

Melanie schüttelte den Kopf. „Es wird kein nächstes Mal geben. Ich denke nicht daran, mit Ihnen über Leute zu reden, die ich in diesem Haus kennenlerne. Wie käme ich dazu? Ich kenne Sie nicht, ich weiß nicht einmal, wer Sie sind.“

„Stimmt“, sagte er. „Und wie gut kennen Sie Alex?“

Melanie schleuderte mit einem Ruck ihr Haar zurück. Was für ein Wahnsinn, nur mit diesem lächerlichen Shorty bekleidet, hier mit einem irren Fassadenkletterer herumzustehen!

„Hören Sie!“, sagte sie mühsam beherrscht. „Ich werde nicht mit Ihnen über Alex reden. Ich werde über nichts und niemanden mit Ihnen reden. Verschwinden Sie!“

„Dann vertagen wir das auf später“, gab er freundlich nach

und trat zu ihr. „Ich habe etwas für Sie." Er langte in seine Hosentasche, öffnete die Hand und ließ ein Kettchen mit einem kleinen silbernen Medaillon herabbaumeln.

„Also doch! Ich wusste es." Melanie griff danach, aber der Mann zog die Kette fort. Sein Blick war hart geworden.

„Ich sagte Ihnen schon einmal, ich bin kein Dieb!" Stimmlage und Blick des Mannes hatten sich schlagartig verändert. Unwillkürlich trat Melanie einen Schritt zurück. „Ich bin noch einmal zurückgegangen und habe es in dem Dickicht gefunden", fuhr er etwas beherrschter fort. „Die Kette war zerrissen und musste repariert werden."

Ohne den Blick von Melanies Gesicht zu wenden, hielt er ihr das Kettchen hin. Melanie legte es um und mühte sich mit dem winzigen Schloss ab. „Man sollte es nicht glauben", sagte sie spöttisch. „Ein Kidnapper mit Gentleman-Allüren!"

„Glauben Sie, es hat mir Spaß gemacht, Ihnen wehzutun?"

Seine Stimme klang wieder so hart und sein Blick war so grimmig, dass Melanie ihn mit erhobenen Armen anstarrte. Plötzlich war er wieder der Mann, den sie am Strand kennengelernt hatte.

„Denken Sie, es hat mir Freude gemacht, Sie mit dem Messer zu Tode zu erschrecken, bis Sie schließlich ohnmächtig wurden? Meinen Sie, ich finde es erfreulich, diese blauen Flecken da auf Ihren Armen zu sehen und zu wissen, dass ich daran schuld bin?" Er wandte sich ab und ging wütend im Zimmer auf und ab. „Ich gehöre nicht zu den Typen, die Frauen misshandeln, ob Sie es glauben oder nicht!"

„Sind Sie sicher?", erwiderte Melanie ruhig.

Er blieb stehen und drehte sich zu Melanie um. Verdammt cool, dachte er. Und schön. Schön genug, um einem Mann den Kopf zu verdrehen. Und das konnte er gerade jetzt nicht riskieren.

„Ich weiß weder, wer Sie sind, noch womit Sie sich beschäftigen", sprach Melanie weiter. Endlich hatte sie das Kettenschloss befestigt. Ihre Finger zitterten, aber ihre Stimme klang ruhig. „Und es ist mir auch gleichgültig, solange Sie mich in Frieden lassen. Unter anderen Umständen hätte ich mich bei Ihnen für die Wiederbeschaffung meines Eigentums bedankt, aber das dürfte sich in diesem Fall erübrigen. Deshalb schlage ich vor, Sie verlassen das Haus auf demselben Weg, auf dem Sie gekommen sind."

Ein guter Witz, dachte er, von einer halb nackten Frau hinausgeworfen zu werden. Ebenso komisch wie der Impuls, sie zu erwürgen. Eine amüsante Situation – wenn er nicht ständig sein wachsendes Verlangen niederringen müsste.

Aber wieso eigentlich? dachte er. Warum sollte er die Herausforderung nicht annehmen?

„Ihr Mut ist bemerkenswert, Melanie", stellte er kühl fest. „Wir würden uns prächtig ergänzen."

Er griff nach dem Medaillon und betrachtete es mit zusammengezogenen Brauen. Dann blickte er Melanie in die Augen, die jetzt keine Angst, sondern nur noch Verachtung widerspiegelten.

Ich bin verrückt nach ihr, dachte er. Sie bringt mich um den Verstand, aber sie ist es wert. Ich muss sie haben, koste es, was es wolle!

„Ich sagte, Sie sollen gehen", wiederholte Melanie. Dass ihr Herz schneller schlug, wollte sie nicht wahrhaben.

„Wirklich?" Er ließ das Medaillon los. „Wollen Sie das wirklich?"

Zum zweiten Mal fand sich Melanie in den Armen des Fremden wieder. Sein Kuss war nicht so schmeichelnd, so verführerisch wie gestern Nacht. Heute nahm er ihren Mund in Besitz. Noch nie zuvor war Melanie so geküsst worden. Der Mann schien genau zu wissen, was sie sich insgeheim unter einem Kuss vorstellte – und nicht nur unter einem Kuss.

Eine heiße Welle des Verlangens durchflutete Melanie und machte sie unfähig, sich zu wehren oder auch nur vernünftig zu denken. Wie war es nur möglich, dass sie einen solchen Mann begehrte? Wie konnte sie nur wollen, dass er sie berührte? Und wie konnte sie nur zulassen, dass ihr Mund scheinbar ohne ihr Dazutun seinen Kuss leidenschaftlich erwiderte?

„Von der ersten Sekunde an, als ich dich sah, war ich verrückt nach dir", sagte er heiser. „Ich kann nicht dagegen an."

Langsam strich er mit der Hand an Melanies Rücken hinab. Ohne zu wissen, was sie tat, nahm sie sein Gesicht zwischen ihre Hände und schob dann die Finger in sein dichtes Haar. Mit einem unterdrückten Fluch riss er sie an sich.

Wie vertraut dieser muskulöse, starke Körper ihr schon war, dem der Duft des Meeres anhaftete. Melanie hatte vergessen, wer sie war und wer er war. Für sie gab es nur noch dieses dunkle, überwältigende Glücksgefühl. Erst als er sie plötzlich etwas von sich wegschob, um ihr ins Gesicht zu blicken, erwachte sie aus ihrem Taumel.

Es passte ihm nicht, dass sein Herz hämmerte und sein Verstand von Leidenschaft umnebelt war. Dies war nicht der richtige Zeitpunkt für Komplikationen, und sie war nicht die Frau, mit der man ein Risiko einging. Er beherrschte sich mühsam und strich mit den Händen sanft über Melanies Arme.

„Wenn ich nicht sofort gehe, garantiere ich für nichts", sagte er leichthin. „Es sei denn", fügte er mit einem Blick auf das Bett lächelnd hinzu, „wir verbringen die Nacht zusammen."

Mit einem Ruck kam Melanie wieder zu sich. Er muss mich eben hypnotisiert haben, dachte sie. Eine andere Erklärung kann es gar nicht geben. „Nächstes Mal vielleicht", antwortete sie genauso lässig wie er.

Sichtlich amüsiert küsste er ihr die Hand. „Ich kann es kaum erwarten, Aphrodite."

Er ging zur Balkontür, winkte Melanie noch einmal zu und begann dann mit seinem Abstieg. Melanie konnte der Versuchung nicht widerstehen. Sie lief auf den Balkon und beugte sich über die Brüstung.

Er bewegte sich sicher und furchtlos, ein Schatten, der an

der weißen Mauer hinabglitt. Dann sprang er auf den Boden und verschwand zwischen den Bäumen, ohne sich noch einmal umzusehen.

Melanie trat ins Zimmer zurück, schloss rasch die Balkontür und schob den Riegel vor.

3. KAPITEL

Von der Terrasse konnte man auf den tiefblauen Golf mit seinen kleinen Inseln hinausschauen. Boote, kleine Pünktchen in der Entfernung, trieben auf dem Wasser. Melanie sah sie kaum. Zu sehr war sie in Gedanken damit beschäftigt, sich einen Reim auf die rätselhaften Bemerkungen ihres nächtlichen Besuchers zu machen. Nur mit halbem Ohr verfolgte sie die Gespräche der anderen Anwesenden.

Dorian Zoulas war, wie Liz ihn beschrieben hatte, blond und sehr attraktiv. Mit seinem sonnengebräunten Gesicht und einem eleganten weißen Anzug wirkte er wie ein Adonis des zwanzigsten Jahrhunderts. Er besaß Intelligenz und Bildung und wirkte sehr männlich.

Liz' Absichten hätten Melanie normalerweise veranlasst, sich ihm gegenüber distanziert zu verhalten, aber dann bemerkte sie seine leichte Erheiterung und erkannte, dass er die Gastgeberin sehr wohl durchschaut und beschlossen hatte, das Spiel mitzumachen. Die amüsierte Herausforderung in seinen Augen machte es Melanie leicht, sich auf einen harmlosen Flirt mit ihm einzulassen.

Alex' Cousine Iona hingegen war Melanie weniger sympathisch. Ihre blendende Erscheinung und ihr offenbar hitziges Temperament waren beeindruckend und befremdlich zugleich. Der Glanz ihrer Schönheit und ihres Reichtums konnte weder über ihren wahren Charakter noch ihre Nervosität hinwegtäuschen. Ionas Augen und ihr Mund lächelten nie wirklich. Melanie erschien sie wie ein Vulkan, der jeden Augenblick ausbrechen konnte – unberechenbar und gefährlich.

Mit einem Mal fand Melanie, dass diese Beschreibung genauso gut auf ihren nächtlichen Besucher zutraf. Aber seltsam, bei dem Mann bewunderte sie diese Eigenschaften, bei Iona fand sie sie abstoßend. Lege ich zweierlei Maß an? fragte sie sich. Kaum, dachte sie. Die Energien, die in Iona schlummern, sind zerstörerisch, bei ihm hingegen dominiert der Verstand.

Fast gewaltsam schüttelte Melanie diese Gedanken ab und drehte sich zu den anderen Gästen um. Sie schenkte Dorian ihre ganze Aufmerksamkeit. „Im Vergleich zu Athen müssen Sie es hier sehr ruhig finden, oder?"

Dorian wandte sich zu ihr um und lächelte sie an, als wäre sie die einzige Frau auf der Terrasse. Melanie fand diesen kleinen Trick sehr nett. „Ja, diese Insel ist eine Oase der Ruhe. Aber ich brauche das Chaos der Großstadt. Da Sie in New York wohnen, verstehen Sie das wohl."

„Durchaus, aber ich finde die Ruhe hier herrlich." Melanie lehnte sich mit dem Rücken zur Sonne ans Geländer. „Bisher habe ich meine Tage am Strand zugebracht und hatte weder Zeit noch die Energie, mich auf der Insel umzuschauen."

„Lokalkolorit gibt es in dieser Gegend hier genug, falls Sie das suchen", meinte Dorian. Er zog ein flaches goldenes Etui aus der Tasche und bot Melanie eine Zigarette an. Als sie ablehnte, zündete er sich selbst eine an. „Höhlen und kleine Buchten, Olivenhaine, ein paar Bauernhäuser und Ziegenherden", fuhr er fort. „Ein kleines verträumtes Dorf, fernab der Zivilisation."

„Wundervoll!" Melanie nippte an ihrem Wein. „Aber bevor ich mir das alles ansehe, werde ich Muscheln sammeln und mich nach einem Bauern umsehen, der mir beibringt, wie man Ziegen melkt."

„Das kann ja heiter werden", bemerkte Dorian lächelnd. „Ziegen sind ausgesprochen tückisch, falls Sie es noch nicht wissen."

„Ich bin nicht leicht einzuschüchtern, das wird Liz Ihnen bestätigen."

„Bei der Muschelsuche helfe ich Ihnen mit Freuden." Dorian lächelte noch immer und betrachtete sie mit einem bewundernden Blick, der ihr nicht entgehen konnte. „Aber was die Ziegen betrifft ..."

„Es überrascht mich, dass Ihre Wünsche in Bezug auf Unterhaltung so genügsam sind“, mischte sich Iona in das Gespräch ein.

Melanie schaute sie an und fand es ziemlich schwierig, dabei zu lächeln. „Die Insel selbst ist mir Unterhaltung genug. Ferien, in denen man von einer Sehenswürdigkeit zur nächsten hetzt, sind für mich keine Ferien.“

„Melanie ist seit zwei Tagen faul“, fiel Liz fröhlich ein. „Das ist für sie ein Rekord.“

Melanie musste an ihre nächtlichen Erlebnisse denken. Wenn Liz wüsste! „Ja, und ich will diesen Zustand noch auf zwei Wochen ausdehnen“, sagte sie. Von heute an gerechnet, fügte sie im Stillen hinzu.

„Dafür ist Lesbos genau der richtige Ort.“ Dorian blies langsam den süßlich duftenden Zigarettenrauch aus. „Es ist so ländlich, ruhig …“

„So ruhig ist dieser Teil der Insel nun auch wieder nicht.“ Iona strich mit einem perfekt manikürten und gelackten Fingernagel über den Rand ihres Glases.

Melanie sah, dass Dorian fragend die Augenbrauen hob und Alex tadelnd die Stirn runzelte.

„Wir werden unser Bestes tun, damit es hier zumindest während Melanies Aufenthalt friedlich bleibt“, warf Liz diplomatisch ein. „Normalerweise kann sie keine fünf Minuten still sitzen, aber wenn sie schon mal dazu entschlossen ist, werden wir ihr auch einen netten, ereignislosen Urlaub verschaffen.“

„Noch etwas Wein, Melanie?“ Dorian stand auf und holte die Flasche.

Iona trommelte mit den Fingern auf ihre Sessellehne. „Es soll ja tatsächlich Leute geben, die Langeweile reizvoll finden.“

„Warum nicht? Langeweile ist auch eine Art, auszuspannen“, bemerkte Alex mit einem leicht gereizten Unterton.

„Und außerdem ist Melanies Beruf ungeheuer anstrengend", setzte Liz hinzu und legte ihre Hand leicht über die ihres Mannes. „All diese ausländischen Diplomaten, das Protokoll der Politik ..."

Dorian warf Melanie einen anerkennenden Blick zu und schenkte ihr Wein nach. „Jemand mit Ihrem Beruf könnte wahrscheinlich interessante Geschichten erzählen. Oder einen Bestseller schreiben."

Es war schon lange her, seit ein Mann Melanie zum letzten Mal so aufrichtig bewundernd angesehen hatte, freundlich, ohne Hintergedanken und ohne sie abzuschätzen. Sie lächelte Dorian an.

„Oh ja, ein paar Kapitel kämen schon zusammen", antwortete sie.

Die Sonne versank im Meer. Rosiges Licht fiel durch die offene Balkontür und durchflutete das Zimmer. Ein roter Abendhimmel, bedeutete das nicht eine ruhige See? Melanie beschloss, es als gutes Omen zu nehmen.

Ihre ersten beiden Tage waren alles andere als der Beginn ereignisloser Ferien gewesen, wie Liz gemeint hatte. Aber das lag jetzt hinter ihr. Mit Glück und Vorsicht würde sie diesem attraktiven Irren sicher nicht mehr begegnen.

Zufällig fiel Melanies Blick im Spiegel auf ihr eigenes, lächelndes Gesicht. Schnell wurde sie wieder ernst. Vielleicht sollte ich in New York einmal zum Psychiater gehen, überlegte sie. Wenn man anfängt, Verrückte anziehend zu finden, ist man selbst nicht mehr zurechnungsfähig. Schluss damit, befahl sie sich. Es gab wichtigere Probleme, denn es wurde Zeit, sich zum Dinner umzuziehen.

Seufzend trat Melanie vor den geöffneten Kleiderschrank. Nach kurzer Unentschlossenheit entschied sie sich für ein Kleid aus fließendem weißen Crêpe de Chine mit einem wehenden Flatterrock. Sie wusste, sie würde Dorian darin gefallen.

Jack hatte stets den strengen, sachlichen Look korrekter

Kostüme bevorzugt und Melanies Vorliebe für romantische Baumwollkleider mit zarten Blumenmustern nie verstanden. Er meinte immer, man müsse auch in der Garderobe eine einheitliche Linie verfolgen, und verstand nie, dass Melanie sich mit ihrer Bekleidung ganz nach Stimmung und Gelegenheit richtete.

Heute Abend wollte sie sich amüsieren. Schon lange hatte sie nicht mehr mit einem Mann geflirtet. Sofort war sie in Gedanken wieder bei dem Fremden mit dem dunklen, ungebärdigen Haar. Sofort verdrängte sie den Gedanken. Sie stand auf, schloss die Balkontür und schob den Riegel vor. So bin ich vor ihm sicher, dachte sie zufrieden.

Liz schwebte im Salon umher. Zu ihrer Freude war Melanie noch nicht heruntergekommen. Jetzt konnte ihr großer Auftritt vor versammelter Gästeschar stattfinden. Liz liebte Melanie, und ihre unverbrüchliche Loyalität gebot ihr, Melanie glücklich zu machen. So glücklich, wie sie mit Alex war, sollte auch Melanie werden – das hatte Liz sich geschworen.

Zufrieden schaute sich Liz im Salon um. Das Licht war gedämpft und schmeichelnd. Blumenduft zog durch die offenen Fenster herein. Wenn dazu noch der Wein kam, waren alle Voraussetzungen für eine Romanze gegeben. Melanie musste nur mitspielen …

„Nick, ich freue mich ja so, dass Sie kommen konnten." Liz ging zu ihm und reichte ihm beide Hände. „Wie schön, dass wir ausnahmsweise einmal alle gleichzeitig auf der Insel sind."

„Es ist immer wieder eine Freude, Sie zu sehen, Liz", erwiderte Nick mit einem charmanten Lächeln. „Ich bin froh, dem Athener Chaos für ein paar Wochen entronnen zu sein." Er drückte Liz' Hände sanft und hob dann ihre Rechte an seine Lippen. „Sie sind schöner denn je, Liz."

Lachend hakte sich Liz bei ihm ein. „Wir sollten Sie öfter einladen. Habe ich mich eigentlich schon für die wundervolle indische Truhe bedankt, die Sie für mich aufgetrieben haben?" Sie führte ihn an die Bar. „Ein herrliches Stück!"

„Ja, Sie haben sich schon bedankt." Er tätschelte ihre Hand. „Ich hoffe, sie entspricht Ihren Vorstellungen."

„Sie haben ein sicheres Gespür für Antiquitäten. Ich glaube, Alex könnte indische nicht von Hepplewhite-Möbeln unterscheiden."

Nick lachte. „Jeder hat andere Talente."

„Ihr Geschäft muss ungeheuer faszinierend sein." Liz strahlte ihn mit großen Augen an und versorgte ihn mit einem Drink. „All diese Schätze und die exotischen Länder, in die Sie immer reisen!"

„Manchmal ist es zu Hause viel aufregender."

Liz warf ihm einen Blick zu. „Wenn ich bedenke, wie selten Sie zu Hause sind, fällt es mir schwer, Ihnen zu glauben. Wo haben Sie eigentlich den letzten Monat verbracht – in Venedig?"

„Eine schöne Stadt", sagte er vage.

„Ich möchte sie gern einmal sehen. Wenn ich meinen Mann nur von seinen Schiffen wegschleppen könnte ..." Liz hatte etwas am anderen Ende des Raums bemerkt. „Himmel, ich glaube, Iona ärgert Alex schon wieder." Sie seufzte und schaute entschuldigend in Nicks verständnisvolle Augen. „Ich werde wieder Diplomat spielen müssen."

„Das tun Sie ganz bezaubernd, Liz. Alex ist ein glücklicher Mann."

„Sagen Sie ihm das von Zeit zu Zeit", bat Liz lächelnd, „damit er mich nicht als etwas Selbstverständliches hinnimmt. Oh, da kommt Melanie. Sie wird Sie unterhalten, während ich meinen Pflichten nachkomme."

Nick folgte Liz' Blick und sah Melanie hereinkommen. Sie sah hinreißend aus in dem wehenden weißen Kleid mit dem leuchtenden, offen über die Schultern herabfallenden Haar. Ihr Gesicht ... Es war wie ein Traum, den er einmal gehabt hatte – alle Schönheit und Unschuld, die er je in einer Frau gesucht, Schönheit, die er nie für möglich gehalten hatte.

„Melanie!“ Liz ließ ihrer Freundin gerade so viel Zeit, Dorian zur Begrüßung zuzulächeln. Dann nahm sie sie beim Arm. „Sei so lieb und kümmere dich um Nick, ich muss schnell nach dem Rechten sehen. Ach ja … Nicholas Gregoras – Melanie James“, fügte sie hastig hinzu und war auch schon verschwunden.

Melanie stand da wie vom Donner gerührt. Sie konnte es nicht fassen. Sie starrte Nick an und brachte keinen Ton über die Lippen.

„Wie schön du bist, Aphrodite!“ Nick beugte sich über Melanies eiskalte Hand und berührte sie leicht mit den Lippen. Melanie fasste sich wieder und wollte ihm ihre Hand entziehen. Ohne seine Haltung und seinen Gesichtsausdruck zu verändern, hielt Nick sie fest.

„Vorsicht, Melanie!“, warnte er sie leise. „Eine Szene würde unliebsame Aufmerksamkeit erregen. Liz und die Gäste würden aus allen Wolken fallen, und der Skandal wäre unvermeidlich.“ Er lächelte auf diese teuflische Art, die Melanie schon kannte.

„Wenn Sie nicht sofort meine Hand loslassen, Mr Gregoras“, sagte Melanie mit einem starren Lächeln, „lasse ich es auf einen Skandal ankommen.“

Nick verbeugte sich leicht und gab Melanies Hand frei. „Nick, bitte“, sagte er ruhig. „Wir sollten auf Formalitäten verzichten, nach allem, was wir miteinander erlebt haben. Außerdem ist die formelle Anrede in diesem Haus nicht üblich.“

Melanie bedachte ihn mit einem strahlenden Lächeln. „Ich werde mich danach richten, Kidnapper. Aber der Waffenstillstand betrifft nur diesen Abend. Ist das klar?“

Er neigte den Kopf. „Darüber werden wir uns noch unterhalten. Sehr bald“, setzte er unmerklich härter hinzu.

Liz trat zu ihnen. Sie freute sich über ihre lächelnden Gesichter, die sie von Weitem beobachtet hatte. „Ihr beide scheint euch zu verstehen wie alte Freunde.“

„Ich sagte Mr Gregoras gerade, wie fantastisch ich das

Haus auf dem Kliff finde." Melanie warf Nick einen mörderischen Blick zu.

„Was soll die formelle Anrede?", protestierte Liz. „Wir reden uns alle mit dem Vornamen an. Formalitäten sind Gott sei Dank out. Stimmt's, Nick?"

„Ja, der Ansicht bin ich auch." Nicks Blick ruhte auf Melanies Gesicht. In diesen Augen kann sich ein Mann verlieren, dachte er, wenn er nicht sehr, sehr vorsichtig ist.

„Melanie hat vor, sich das Haus morgen Nachmittag anzusehen." Er lächelte, als er sah, wie Melanies Gesichtsausdruck sekundenlang wildeste Wut zeigte, ehe sie sich wieder unter Kontrolle hatte. „Das haben wir vorhin beschlossen."

„Großartig!" Liz strahlte die beiden glücklich an. „Nick hat Kostbarkeiten aus allen Ländern der Erde in diesem Haus zusammengetragen, Melanie. Du wirst dir vorkommen wie in Aladins Zauberhöhle."

Melanie nahm Zuflucht zu einem trügerischen Lächeln. „Ich kann es kaum erwarten, mir alles anzuschauen." Sie hätte Nick umbringen können in diesem Augenblick.

Während des Dinners beobachtete Melanie Nick unauffällig. Sein Benehmen verwirrte sie und machte sie neugierig. Dies hier war nicht der Mann, den sie kannte. Dieser hier war höflich und glatt. Von Gewalttätigkeit keine Spur mehr, stattdessen nur noch Freundlichkeit und Charme.

Nicholas Gregoras – Import-Export, Reichtum und Erfolg – saß lässig da, das Glas in der Hand, und lachte mit Liz und Alex über harmlosen Inselklatsch. Der graue Maßanzug passte genauso perfekt zu ihm wie die Jeans und das Sweatshirt, in denen Melanie ihn zum ersten Mal gesehen hatte.

Dies konnte doch unmöglich derselbe Mann sein, der sie mit einem gezückten Messer in Schach gehalten hatte und an einer glatten Fassade zu ihrem Balkon hochgeklettert war.

Nick reichte Melanie ein Glas Wein. Doch, das war derselbe Mann. Aber welches Spiel trieb er? Melanie fing einen Blick von ihm auf. Unwillkürlich verkrampften sich ihre Finger um den Stiel des Weinglases. Wenn es ein Spiel war, dann gewiss kein angenehmes und keines, an dem sie teilnehmen wollte.

Rasch trank Melanie einen Schluck Wein, um ihre zum Zerreißen gespannten Nerven zu beruhigen. Dann wandte sie sich Dorian zu und überließ Nick Ionas Aufmerksamkeit. Dorian war ein entschieden angenehmerer Tischgenosse. Die Konversation mit ihm floss leicht und entspannend dahin.

„Sagen Sie, Melanie, kommen sich die vielen Sprachen in Ihrem Kopf nicht gegenseitig ins Gehege?", fragte er.

Melanie stocherte in ihrem Teller herum, sie brachte kaum einen Bissen hinunter und wünschte, das Dinner wäre endlich vorüber. „Kaum", beantwortete sie Dorians Frage. „Ich denke automatisch in der richtigen Sprache."

„Sie stellen Ihr Licht unter den Scheffel. Schließlich steht eine solche Karriere nur hoch qualifizierten Leuten offen. Sie haben allen Grund, stolz darauf zu sein."

Melanie runzelte die Stirn, lächelte dann aber gleich wieder. „Vielleicht, aber ich habe nie darüber nachgedacht. Mir schien es zu einseitig, mich nur in einer Sprache verständigen zu können. Also fing ich an zu lernen und hörte dann nicht mehr auf."

„Wenn Sie die Sprache eines Landes beherrschen, können Sie sich dort auch zu Hause fühlen."

„Ja. Vielleicht fühlte ich mich deshalb auch hier keinen Augenblick fremd."

„Wie ich von Alex höre, hofft er, Sie für das Unternehmen zu gewinnen." Dorian hob sein Glas und trank Melanie zu. „Ich bin dort als Promotionmanager tätig, wie Liz Ihnen sicher erzählt hat, und würde die Zusammenarbeit mit Ihnen nur begrüßen."

Melanie nickte ihm nur stumm zu.

Ionas schrilles Lachen übertönte alles. „Oh Nicky, Sie sind unmöglich! Einfach wundervoll!"

Nicky, dachte Melanie. Sie bekam eine Gänsehaut. „Ich werde es mir überlegen", versprach sie Dorian, aber das Lächeln wollte ihr nicht recht gelingen.

„Laden Sie mich morgen auf Ihre Jacht ein, Nicky. Ich brauche dringend Abwechslung."

„Tut mir leid, Iona, aber morgen geht es nicht. Vielleicht später, im Lauf der Woche." Nick versüßte die Ablehnung, indem er Ionas Hand tätschelte.

Iona zog einen Schmollmund. „Oh Nicky, ich sterbe vor Langeweile!"

Mit einem resignierten Seufzer wandte Dorian sich Iona zu. „Du hast vergangene Woche in Athen Maria Popagos getroffen. Wie geht es ihr?", fragte er lächelnd. „Sie hat inzwischen vier Kinder, stimmt doch, Iona?"

Er behandelt sie wie ein Kind, dachte Melanie spöttisch. Kein Wunder, sie benimmt sich wie ein verwöhntes, eigensinniges und labiles Kind.

Im weiteren Verlauf des Abends beobachtete Melanie, wie Ionas Stimmung von mürrisch-gelangweilt in hektisch umschlug. Dorian war anscheinend daran gewöhnt oder zu gut erzogen, es zur Kenntnis zu nehmen.

Melanie musste sich eingestehen, dass sich Nick genauso vorbildlich verhielt.

Alex warf Iona einen scharfen Blick zu, als sie sich den dritten Brandy einschenkte. Ionas Antwort bestand in einem dramatischen Kopfschütteln, ehe sie den Inhalt des Glases hinunterstürzte und Alex den Rücken zukehrte.

Als Nick aufstand und sich verabschiedete, bestand Iona darauf, ihn zu seinem Wagen zu begleiten. Sie warf einen triumphierenden Blick über die Schulter zurück und verließ dann Arm in Arm mit ihm den Salon.

Für wen war diese Szene eigentlich gedacht? fragte sich Melanie. Nun, das musste nicht unbedingt jetzt geklärt werden. Melanie widmete sich wieder Dorian. Zum Nachdenken hatte sie später in ihrem Zimmer noch Zeit genug.

Melanie träumte. Nach dem vielen Wein war sie sofort eingeschlafen. Obwohl sie die Balkontür abgeschlossen hatte, wehte der Nachtwind ins Zimmer. Sie seufzte im Schlaf und spürte den kühlen Hauch wie eine Liebkosung auf der Haut. Ein sanftes Streicheln, leicht wie Schmetterlingsflügel, über ihrem Mund … Eine Traumgestalt, deren Kuss jetzt deutlich zu spüren war … Melanie öffnete die Lippen.

Der Traum erregte sie. Der Kuss war so süß und berauschend wie der Wein, der ihren schlafenden Verstand umnebelte. Melanie seufzte und schlang die Arme um das Phantom …

Der Pirat flüsterte ihren Namen. Ein harter Mund presste sich auf ihre Lippen, starke Arme umfingen sie, ein muskulöser Körper presste sich gegen ihren. Das verschwommene Bild nahm Gestalt an. Dunkles Haar, dunkle Augen und ein wilder, leidenschaftlicher Mund …

Wärme durchflutete Melanie und wurde zu heißem Feuer. Sie stöhnte und gab sich der Leidenschaft hin. Die liebkosenden Hände auf ihrem Körper reagierten sofort. Melanies Lippen forderten mehr. Dann hörte sie geflüsterte Liebesworte, und der Vorhang zwischen Traum und Wirklichkeit hob sich.

„Die Göttin erwacht. Wie schade.“

Melanies Blick fiel auf Nicks mondbeschienenes Gesicht. Ihr Körper brannte vor Verlangen, und kein Phantom, sondern dieser Mann hatte dieses Feuer in ihr entfacht. Sie konnte seinen Kuss noch auf ihren Lippen und seine Hände noch auf ihrer Haut fühlen.

„Nick!“, stieß sie hervor. „Lass mich sofort los, oder ich schreie das ganze Haus zusammen!“

„Eben noch warst du aber ganz einverstanden damit. Du warst sogar sehr entgegenkommend“, sagte Nick leise und strich mit einer Fingerspitze um ihr Ohr. An ihrem Hals konnte er ihren rasenden Herzschlag fühlen. Sein eigenes Herz schlug ebenso schnell.

„Süße Melanie …“ Nick biss sanft in Melanies Oberlippe und fühlte, wie sie zitterte. Es wäre so leicht, sie jetzt zu verführen, und so riskant. „Warum zögerst du das Unausweichliche hinaus?"

Melanie rang um Fassung. Wenn dieser Mann bisher nur gelogen haben sollte, seine letzte Bemerkung war nur allzu wahr. „Ich will kein Wort mehr hören. Lass mich in Ruhe, Nick. Wenn du nicht sofort gehst, passiert etwas!"

Nick machte ein Gesicht, als fände er diese Möglichkeit höchst unterhaltsam. „Es wäre interessant, diese Situation Alex und Liz zu erklären. Ich könnte behaupten, von deiner Schönheit überwältigt gewesen zu sein. Das hört sich doch sehr glaubhaft an. Aber du wirst nicht schreien. Wenn du das wolltest, hättest du es längst getan."

Melanie setzte sich auf und warf ihr Haar zurück. Musste er immer recht haben? „Was willst du hier?", fuhr sie ihn zornig an. „Wie bist du überhaupt hereingekommen? Ich hatte die Balkontür verriegelt, bevor ich …" Sie unterbrach sich, als sie die weit offen stehende Tür sah.

„Eine verriegelte Tür ist für mich kein Hindernis." Nick lachte leise und strich mit einer Fingerspitze über ihre Nase. „Du kennst mich anscheinend immer noch nicht, Kleines. Aber ich kann dich beruhigen. Ich bin nur gekommen, um dich an unsere Verabredung morgen zu erinnern. Es gibt nämlich ein oder zwei Dinge, über die ich mit dir sprechen muss."

„Allerdings!", fauchte Melanie. „Zum Beispiel, was du in dieser Nacht am Strand zu suchen hattest! Und wer …"

„Später, Aphrodite. Im Augenblick bin ich etwas abgelenkt. Dein Parfüm ist sehr …", er schaute ihr in die Augen, „… sehr verführerisch, weißt du das?"

„Mein Parfüm steht nicht zur Debatte." Wenn Nick in diesem Ton sprach, traute Melanie ihm nicht. „Was sollte die lächerliche Komödie beim Dinner heute Abend?", fragte sie geradeheraus.

„Komödie?" Nick machte große Augen. „Wie kommst du darauf, Kleines? Ich habe mich ganz natürlich gegeben."

„Dass ich nicht lache! Du hast heute Abend den perfekten

Gast gemimt“, fuhr sie fort und schlug dabei seine Hand zur Seite, die mit dem dünnen Träger ihres Nachthemds spielte. „Liebenswürdig und sehr charmant …“

„Vielen Dank.“

„… und heuchlerisch“, vollendete Melanie ihren Satz.

„Nicht heuchlerisch“, berichtigte Nick. „Nur den Umständen angepasst.“

„Oh natürlich! Es hätte ja auch merkwürdig ausgesehen, wenn du plötzlich ein Schnappmesser aus der Tasche gezogen hättest, hab ich nicht recht?“

Nick presste eine Sekunde lang die Lippen zusammen. Melanie würde ihn immer wieder daran erinnern, und ihm würde es nicht leichtfallen zu vergessen, wie sie aus Todesangst unter ihm bewusstlos geworden war.

„Nur wenige Leute haben mich anders gesehen als heute Abend“, sagte er leise und betrachtete Melanies Haar. „Unglücklicherweise gehörst du zu ihnen.“

„Ich will dich überhaupt nicht mehr sehen, weder so noch anders.“

Nick lächelte leicht. „Irrtum, Kleines! Ich werde dich morgen Mittag um eins abholen.“ Sein Blick glitt über Melanies Körper. „Vielleicht kommst du bei Tageslicht und nicht ganz so spärlich bekleidet besser mit mir aus.“

„Ich lege keinen Wert darauf!“, fauchte Melanie empört. „Ich will nichts mehr mit dir zu tun haben, hörst du?“

„Oh, das glaube ich nicht“, meinte Nick zuversichtlich. „Es dürfte schwierig sein, Liz den Sinneswandel zu erklären, nachdem du Interesse an meinem Haus geäußert hast. Was hat dich eigentlich daran so ungeheuer beeindruckt?“

„Die irrsinnige Bauweise.“

Nick nahm lachend Melanies Hand. „Schon wieder ein Kompliment. Aphrodite, ich bete dich an. Komm, gib mir einen Gutenachtkuss.“

Melanie rückte ein Stück von ihm ab. „Ich denke nicht daran!“

„Oh doch.“ Im nächsten Moment riss Nick Melanie an sich. Als sie ihn zurückzustoßen versuchte, lachte er nur. „Nixe ...“, flüsterte er. „Welcher Sterbliche könnte dir widerstehen.“ Fest presste er seinen Mund auf ihre Lippen, bis sie aufhörte, sich zu wehren.

Nicks Kuss wurde zärtlicher, verlor aber keineswegs seine Macht über Melanie. Dann regierte nur noch die Leidenschaft. Melanie ergab sich ihr und dem Mann, der sie entzündet hatte.

Nick spürte diesen Wechsel. Jedes Mal, wenn er sie in die Arme nahm, war es um ihn geschehen. Er musste sie haben, sie ganz besitzen. Später ... Nicht, solange so viel auf dem Spiel stand. Es war zu riskant, und er hatte bereits zu viel riskiert.

Wenn sie ihm in jener Nacht am Strand nicht begegnet wäre, ihn nicht dort gesehen hätte, würden dann die Dinge jetzt anders liegen? Wenn sie sich heute Abend zum ersten Mal gesehen hätten, wäre sein Verlangen nach ihr dann ebenso unbezähmbar?

Melanie grub die Hände in Nicks Haar. Seine Lippen glitten zu ihrem Hals hinunter. Dieser Duft nach wildem Jasmin machte ihn verrückt, war gefährlich. Gefahr war Teil seines Lebens, er kannte keine Furcht. Aber diese Frau und die Empfindungen, die sie in ihm weckte, waren Risiken, die er nicht kalkulieren konnte.

Er wollte sie haben, ihren wundervollen Körper, ihre zarte Haut fühlen, aber er wagte es nicht. Ein Mann wie er durfte keiner Schwäche nachgeben, schon gar nicht jetzt, so kurz vor dem Ziel. Das Risiko war zu groß und der Einsatz zu hoch.

Melanie flüsterte Nicks Namen und schob die Hände unter sein Sweatshirt. Verlangen durchfuhr ihn wie ein Feuerstrahl. Er bot seine ganze Willensstärke auf, um nicht die Beherrschung zu verlieren. Langsam hob er den Kopf. Irgendetwas drückte sich in seine Handfläche. Er sah, dass er Melanies Medaillon umkrampft hielt, ohne es gemerkt zu haben.

„Gute Nacht, Aphrodite“, sagte er, als er endlich wieder sprechen konnte. „Bis morgen.“

„Aber …“

Nick beugte sich zu ihr hinab. „Bis morgen“, wiederholte er lächelnd und küsste sie aufs Haar.

Melanie sah ihn zum Balkon gehen, über das Gitter steigen und dann verschwinden. Regungslos lag sie da, starrte auf die offene Tür und fragte sich, worauf sie sich da eingelassen hatte.

4. KAPITEL

Das Haus war kühl und ruhig in diesen frühen Vormittagsstunden. Liz verordnete Melanie einen erholsamen Strandaufenthalt, und Melanie gehorchte gern. Erstens wollte sie Iona aus dem Weg gehen, und zweitens redete Liz von nichts anderem als dem gestrigen Abend. Sicher würde man von ihr ein paar geistreiche Bemerkungen über Nick erwarten, aber danach war Melanie nicht zumute.

Dorian und Alex hatten sich zu einer Besprechung zurückgezogen, und so konnte sich Melanie allein auf den Weg machen. Allein konnte sie am besten nachdenken. Und in den letzten Tagen hatte sich einiges angesammelt, worüber sie nachdenken musste.

Was hatte Nicholas Gregoras in jener Nacht am Strand gemacht? Er hatte einen deutlichen Tanggeruch an sich gehabt, also war er vermutlich draußen auf See gewesen. Melanie hatte das Geräusch eines Motors gehört und angenommen, es handle sich um ein Fischerboot, aber Nick war kein Fischer. Wen hatte er dort am dunklen Strand erwartet, wen hatte er mit dem Messer mundtot machen wollen?

Jetzt, da Nick für Melanie kein Fremder mehr war, beunruhigte sie dieser Gedanke seltsamerweise noch mehr als neulich nachts. Ärgerlich über sich selbst, stieß sie einen Stein aus dem Weg und lief den Steilpfad zum Strand hinunter.

Und wen hatte er bei sich gehabt? grübelte sie weiter. Jemand, der seinen Befehlen gefolgt war, ohne Fragen zu stellen. Wessen Schritte hatte sie auf dem Steilpfad des Kliffs gehört, als Nick sie in dem Dickicht festhielt? War das Alex gewesen? Oder der Mann, der Nicks Cottage gemietet hatte? Aber warum sollte Nick einen der beiden – oder überhaupt jemanden – umbringen wollen, um nicht gesehen zu werden?

Eine Frage nach der anderen, dachte Melanie, während sie barfuß über den warmen Sandstrand ging. Zweifellos war der Mann, dessen Schritte sie gehört hatte, auf dem Weg zu einer der beiden Villen oder dem Cottage gewesen, sonst wäre er kaum in der kleinen Bucht unterhalb des Kliffs an Land gegangen. Und warum wollte Nick nun um jeden Preis vermeiden, entdeckt zu werden? Melanie wanderte ziellos am Strand umher.

Schmuggel. Das lag auf der Hand. Bisher hatte Melanie diesen Gedanken weit von sich geschoben. Sie wollte sich nicht vorstellen müssen, dass Nick in ein so schmutziges Geschäft verwickelt sein könnte.

Trotz ihrer Wut auf ihn hatten sich in ihr Empfindungen für diesen Mann entwickelt, die sie nicht in Worte fassen konnte. Nick war stark, ein Typ, auf den man sich verlassen konnte, wenn man Hilfe brauchte. Melanie wollte ihm so gern vertrauen. Unlogisch, gewiss, aber so war es nun einmal.

War Nick ein Schmuggler? Hatte er sich von ihr, Melanie, bedroht gefühlt? Wer war in jener Nacht in der Bucht an Land gegangen – eine Zollstreife oder ein anderer Schmuggler? Ein Rivale vielleicht?

Wenn Nick Melanie wirklich für eine Tatzeugin gehalten hatte, warum hatte er sie dann nicht erstochen? Wenn er ein kaltblütiger Killer war …

Nein. Melanie schüttelte den Kopf. Vielleicht war Nick fähig, notfalls einen Menschen umzubringen, aber niemals kaltblütig. Und diese Überlegung führte zu weiteren Ungereimtheiten.

Heute Nachmittag wird er mir Rede und Antwort stehen, schwor sie sich. Schließlich war sie durch ihn in diese üble Angelegenheit hineingezogen worden. Melanie setzte sich in den weißen Sand und schlang die Arme um die hochgezogenen Knie. Wenn sie daran dachte, was aus ihrem Urlaub geworden war …

„Männer!“, schnaubte Melanie verächtlich.

„Ich weigere mich, das persönlich zu nehmen.“

Melanie fuhr herum und schaute in ein freundlich lächelndes Gesicht.

„Hallo. Sie scheinen nicht viel von Männern zu halten, wie?" Der junge Mann erhob sich von einem Felsvorsprung und kam auf Melanie zu. Er war groß und schlank, dunkelblonde, leicht zerzauste Locken umrahmten sein gebräuntes Gesicht. „Aber ich wage mich trotzdem heran. Ich heiße Andrew. Andrew Stevenson." Er ließ sich neben Melanie im Sand nieder.

„Oh." Melanie hatte sich inzwischen erholt und gab sein freundliches Lächeln zurück. „Sie sind Schriftsteller oder Maler. Liz wusste es nicht genau."

„Schriftsteller." Er schnitt eine Grimasse. „Jedenfalls bilde ich mir das ein."

Melanies Blick fiel auf einen Schreibblock in seiner Hand. „Ich habe Sie bei der Arbeit gestört. Tut mir leid."

„Im Gegenteil, Sie haben mich inspiriert. Ihr Gesicht, Ihr Haar ... Es leuchtet wie eine Flamme in der Sonne." Andrew betrachtete sie eine Weile. „Haben Sie einen Namen, oder sind Sie eine Undine, einer von diesen männerbetörenden weiblichen Elementargeistern des Wassers?"

„Ich heiße Melanie." Das blumige Kompliment brachte sie zum Lachen. „Melanie James. Sind Sie ein guter Autor?"

„Ich hoffe es zumindest." Andrew sah Melanie offen an. „Bescheidenheit ist nicht meine Stärke. Eben erwähnten Sie Liz. Meinen Sie Mrs Theocharis? Wohnen Sie bei ihr?"

„Ja, für ein paar Wochen." Ein neuer Gedanke schoss Melanie durch den Kopf. „Sie wohnen in Nicks Cottage, stimmt's?"

„Richtig. Ich verbringe einen längeren Urlaub dort." Andrew legte seinen Block ab und zeichnete Muster in den Sand. Anscheinend konnte er die Hände nicht stillhalten. „Nick ist mein Cousin." Als er Melanies Verwunderung bemerkte, fügte er hinzu: „Ich gehöre nicht zum griechischen Zweig der Familie. Unsere Mütter sind verwandt."

„Also ist Nicks Mutter Amerikanerin?" Das erklärte Nicks flüssiges Englisch.

„Geldadel aus San Francisco", erklärte Andrew leichthin.

„Nachdem Nicks Vater gestorben war, heiratete sie wieder. Jetzt lebt sie in Frankreich."

„Und Sie besuchen Ihren Cousin."

„Nick hat mir das Cottage angeboten, als er hörte, dass ich an einem neuen Roman arbeite."

Andrews Augen waren blau, etwas dunkler als Melanies. In seinem offenen Blick konnte sie nichts erkennen, das sie an Nick erinnerte.

„Ich wollte sowieso ein paar Monate hier verbringen", fuhr Andrew fort. „So traf es sich sehr gut. Lesbos, Sapphos Insel. Die alten Sagen haben mich von jeher fasziniert."

„Sappho", wiederholte Melanie und wandte ihre Gedanken von Nick ab. „Oh ja, die Dichterin."

„Die zehnte Muse. Sie lebte hier, in Mytilini." Verträumt blickte Andrew über den Strand zu dem grauen Haus auf dem Kliff hinüber. „Wer weiß, vielleicht hat sie sich von dort oben herabgestürzt, verschmäht und verlassen von Phaon ..."

„Eine seltsame Vorstellung." Melanie blickte zu dem schroffen Felsenkliff hinüber. „Ob ihr Geist ruhelos in dem Haus umherirrt in mondlosen Nächten?" Ein Schauer überlief Melanie. „Diese düsteren Mauern wirken seltsam gespenstisch."

„Waren Sie schon in dem Haus?", fragte Andrew leise, den Blick unverwandt auf die graue Villa gerichtet. „Es ist fantastisch. Man kann es nicht beschreiben, man muss es sehen."

„Nein." Melanie täuschte ein Lächeln vor. „Aber Nick hat sich erboten, es mir heute Nachmittag zu zeigen."

„Er hat Sie eingeladen?" Andrew schien seinen Ohren nicht zu trauen. „Dann müssen Sie Nick sehr beeindruckt haben." Er nickte. „Kein Wunder. Er hat einen Blick für Schönheit."

Melanie lächelte vage. Andrew konnte ja nicht wissen, dass weder Schönheit noch Charme diese Einladung bewirkt hatten. „Arbeiten Sie oft hier am Strand? Ich bin sehr gern hier." Melanie zögerte und sprach dann entschlossen weiter. „Neulich nachts habe ich hier sogar bei Mondschein gebadet."

Dies schockierte oder erschreckte Andrew offensichtlich in keiner Weise. Er lächelte schief. „Schade, dass ich das verpasst habe. Ich treibe mich überall auf der Insel herum, am Strand, oben auf dem Kliff, in den Olivenhainen – ganz nach Lust und Laune."

„Demnächst werde ich auch auf Entdeckungsreise gehen." Melanie dachte an lange Nachmittage, die sie in einer kleinen abgeschiedenen Bucht verträumen wollte.

„Ich würde Sie gern herumführen." Andrews Blick glitt über Melanies Haar. „Inzwischen kenne ich diesen Teil der Insel wie ein Einheimischer. Wenn Sie mich brauchen, finden Sie mich hier am Strand oder im Cottage. Es ist ganz in der Nähe."

„Das nehme ich gern an." Melanies Augen funkelten amüsiert. „Sie haben nicht zufällig eine Ziege?"

„Eine Ziege?"

Melanie musste über Andrews Gesichtsausdruck lachen. Sie tätschelte leicht seine Hand. „Schon gut, Andrew, vergessen Sie es", sagte sie rasch. „So, und jetzt muss ich mich schleunigst umziehen."

Andrew stand mit Melanie zusammen auf und ergriff ihre Hand. „Ich werde Sie wiedersehen." Das war eine Feststellung und keine Frage.

„Bestimmt. Die Insel ist nicht allzu groß."

Andrew lächelte. „Vielleicht ist das nicht der einzige Grund." Er sah Melanie nach, als sie fortging. Dann setzte er sich wieder auf den Felsvorsprung der steilen Klippen und schaute aufs Meer hinaus.

Nicholas Gregoras erschien pünktlich um ein Uhr. Fünf Minuten später scheuchte Liz Melanie aus dem Haus.

„Viel Spaß, Darling, und lass dir ruhig Zeit! Melanie wird begeistert sein von Ihrem Haus, Nick. Die vielen verwinkelten Korridore und Treppen und die herrliche Aussicht auf das Meer … Du hast doch keine Höhenangst, Melanie?"

„Unsinn! Ich bin durch nichts zu erschüttern."

„Also dann, viel Vergnügen.“ Liz drängte die beiden wie zwei trödelnde Schulkinder zur Tür hinaus.

„Ich warne dich, Nick“, begann Melanie, als sie in Nicks Wagen stieg. „Liz ist wild entschlossen, mich an den Mann zu bringen, und du stehst an oberster Stelle auf ihrer Liste. Ich glaube, sie verzweifelt schon jetzt bei dem Gedanken, ich könnte einmal die altjüngferliche Tante ihrer ungeborenen Kinder sein.“

„Aphrodite.“ Nick setzte sich hinter das Lenkrad und nahm Melanies Hand. „Es gibt keinen Mann auf der ganzen Welt, der sich dich als altjüngferliche Tante vorstellen kann.“

Melanie wollte sich nicht von seinem Charme einfangen lassen. Sie entzog ihm ihre Hand und schaute aus dem Fenster. „Ich habe heute Morgen deinen Cousin am Strand kennengelernt“, wechselte sie rasch das Thema.

„Andrew? Ein netter Junge. Wie findest du ihn?“

„Er ist kein netter Junge.“ Melanie drehte sich zu Nick um. „Eher ein sehr charmanter Mann.“

„Kann sein. Aber ich sehe ihn immer als Jungen, obwohl er kaum fünf Jahre jünger ist als ich. Er ist nicht unbegabt, im Gegenteil. Hast du ihn bezaubert?“

„Inspiriert. Das behauptete er jedenfalls“, antwortete Melanie etwas verärgert.

„Natürlich. Ein Romantiker inspiriert den anderen.“

„Ich bin nicht romantisch.“ So eingehend hatte Melanie das Thema gar nicht diskutieren wollen. „Eher nüchtern.“

„Melanie, du bist unheilbar romantisch.“ Anscheinend amüsierte ihn ihr Ärger. Er lächelte zufrieden. „Eine Frau, die im Mondschein auf den Klippen ihr Haar kämmt, weiße Kleider liebt und wertlose Andenken in Ehren hält, ist durch und durch romantisch.“

Diese Beschreibung brachte Melanie noch mehr auf. „Ich sammle auch Rabattmarken und achte auf meinen Cholesterinspiegel“, erklärte sie kühl.

„Was du nicht sagst!“

Melanie hätte fast gekichert, konnte sich aber gerade noch beherrschen. „Und du, Nicholas Gregoras, bist ein Blender allerersten Grades."

„Stimmt. Ich bin eben auf jedem Gebiet erstklassig", versicherte er gespielt ernsthaft.

Melanie würdigte ihn keiner Antwort. Als jedoch das Haus in Sicht kam, war alles andere vergessen.

Die Villa wirkte wie eine uneinnehmbare Festung. Das Obergeschoss ragte über das Kliff hinaus auf das Meer wie ein gebieterisch ausgestreckter Arm. Ein von Efeu und wilden Rosen umranktes Märchenschloss, dachte Melanie, hundert Jahre nach dem Stich mit der Spindel.

„Wie schön es hier ist!" Melanie wandte sich zu Nick um, als er vor dem Eingang parkte. „Märchenhaft schön. Ich habe nie etwas Beeindruckenderes gesehen. Ein fantastisches Haus!"

„Dieses strahlende Lächeln sehe ich zum ersten Mal", sagte Nick ernst. Ein Schatten von Schwermut lag in seinen Augen. Ihm wurde plötzlich bewusst, wie sehr er sich nach diesem Lächeln gesehnt hatte. Und jetzt wusste er nicht, ob er sich darüber freuen sollte. Er stieg aus und half Melanie aus dem Wagen.

Sie schaute die Villa an und versuchte das ganze Bauwerk mit einem Blick zu erfassen. „Weißt du, wie es aussieht?", fragte sie mehr an sich selbst gerichtet. „Als hätte ein zorniger Gott einen Blitz in das Felsenkliff geschleudert und dieses Haus herausgesprengt."

„Eine interessante Theorie." Nick nahm ihre Hand und führte sie die Treppe hinauf. „Wenn du meinen Großvater gekannt hättest, wüsstest du, wie nahe sie der Wahrheit kommt."

Melanie hatte sich darauf vorbereitet, Nick sofort bei der Ankunft zur Rede zu stellen. Als sie jedoch das Haus betrat, verschlug es ihr den Atem.

Die Halle war riesig, schwere dunkle Deckenbalken, rau verputztes weißes Mauerwerk, mit kostbaren Teppichen behängt. An einer Wand hingen lange gekreuzte Speere, Mordwaffen der Antike von Respekt einflößendem Alter. Eine breite geschwungene Treppe mit einem Geländer aus dunklem unpolierten Holz führte zu den oberen Stockwerken. Die Halle entsprach der äußeren Struktur des Hauses – solide, dauerhaft, für Jahrhunderte gebaut.

Melanie drehte sich im Kreis und seufzte. „Nicholas, das ist einfach fabelhaft. Sicher kommt gleich ein Zyklop die Treppe herunter. Tummeln sich Zentauren im Hof?“

„Ich führe dich herum, dann kannst du dich überzeugen.“ Sie machte es Nick schwer, sich an seinen Plan zu halten. Er durfte sich nicht von ihr bezaubern lassen. Das stand nicht im Drehbuch. Dennoch behielt er ihre Hand in seiner, während er sie durch das Haus führte.

Liz' Vergleich mit Aladins Höhle traf zu. Alle Räume waren mit Kunstschätzen angefüllt – venezianisches Glas, afrikanische Masken, indianische Skulpturen, chinesische Vasen der Ming-Dynastie – Zeugnisse der unterschiedlichsten Kulturen. Auf ihrem Weg durch die verwinkelten Gänge und Zimmer erlebte Melanie eine Überraschung nach der anderen: elegantes Waterfordkristall, eine mittelalterliche Armbrust, kostbares französisches Porzellan neben einem Schrumpfkopf aus Ecuador.

Der Architekt muss verrückt gewesen sein, dachte Melanie und bestaunte die Türrahmen mit den geschnitzten Wolfsköpfen und Dämonen. Herrlich verrückt. Dieses Haus war ein Märchenschloss mit Erkern und endlosen dunklen Korridoren, in denen flüsternde geheimnisvolle Schatten beheimatet schienen.

Das große Bogenfenster im oberen Stock vermittelte Melanie den Eindruck, auf einer vorspringenden Felskante zu stehen. Gleichermaßen angstvoll und begeistert schaute sie über das steil abfallende Kliff zum Meer hinunter.

Nick beobachtete ihren staunenden, leicht benommenen Gesichtsausdruck. Am liebsten hätte er sie in die Arme genommen.

Melanie drehte sich zu ihm um. In ihren Augen spiegelten sich die unterschiedlichsten Empfindungen. „Andrew ist überzeugt, Sappho hätte sich von diesem Kliff ins Meer gestürzt. Langsam glaube ich auch daran."

„Andrew hat manchmal die fantastischsten Vorstellungen", meinte Nick spöttisch.

„Du aber auch. Schließlich lebst du hier."

„Du hast Augen wie geheimnisvolle leuchtende Seen … Nixenaugen." Er hob ihr Kinn an. „Gefährliche Augen. Man versinkt in ihren Tiefen und ist verloren."

Melanie schaute Nick stumm an. In seinen Augen lag kein Spott, keine Arroganz, nur Sehnsucht und eine seltsame Trauer, die verführerischer war als wilde Leidenschaft.

„Ich bin nur eine Frau, Nicholas", erwiderte sie leise.

Langsam veränderte sich Nicks Gesichtsausdruck. Er packte sie leicht am Arm. „Komm, lass uns wieder hinuntergehen. Es wird Zeit für einen Drink."

Als sie den Salon betraten, fielen Melanie wieder ihre ursprünglichen Absichten ein. Ein paar sanfte Worte und sehnsüchtige dunkle Augen sollten sie nicht davon ablenken, dass sie von Nick einige Antworten haben wollte. Ehe sie allerdings mit der Befragung beginnen konnte, wurde von außen die Tür geöffnet.

Ein älterer grauhaariger Mann betrat lautlos den Raum. Ein geschwungener, an den Enden aufwärts gezwirbelter Schnurrbart zierte das von Wind und Wetter gegerbte Gesicht mit dem kantigen Kinn. Breit und vierschrötig wie ein Rammbock, blieb er einen Augenblick neben der Tür stehen. Dann fiel sein Blick auf Melanie. Er verbeugte sich höflich und entblößte lächelnd sein kräftiges, aber bereits lückenhaftes Gebiss.

„Stephanos – Miss James", stellte Nick vor. „Stephanos ist mein … persönlicher Leibwächter."

Das Zahnlückenlächeln wurde breiter bei dieser Bezeichnung. „Stets zu Diensten, Ma'am."

Stephanos wandte sich an Nick. „Die bewusste Angelegenheit ist erledigt, Sir." Sein Ton war respektvoll, jedoch nicht unterwürfig. „Aus Athen sind Meldungen für Sie eingetroffen."

„Gut. Ich kümmere mich später darum."

„In Ordnung." Der kleine Mann verschwand.

Melanie schaute zu Nick hinüber, der sich gerade umwandte, um die Drinks zu mixen. „Was hattest du neulich Nacht am Strand zu tun?", fragte sie geradeheraus.

„Ich dachte, wir hätten uns auf bewaffneten Überfall geeinigt?", fragte Nick kühl.

„Das war nur ein Teil deiner Unternehmungen in dieser Nacht." Melanie sah Nick scharf an. „Worum ging es dir damals wirklich – um Schmuggel?"

Nick zögerte kaum merklich. Da er mit dem Rücken zu Melanie stand, konnte sie seinen jäh veränderten, wachsam gewordenen Gesichtsausdruck nicht sehen. Volltreffer, dachte er. Haarscharf ins Schwarze gezielt!

„Darf ich fragen, was dich zu dieser erstaunlichen Vermutung veranlasst?" Nick wandte sich zu Melanie um und reichte ihr ein Glas.

„Weich mir nicht aus. Ich habe dich gefragt, ob du ein Schmuggler bist."

Nick setzte sich Melanie gegenüber, betrachtete sie lange und überlegte sich dabei, wie er jetzt vorgehen sollte. „Zuerst sagst du mir, wie du darauf kommst."

„Du warst in dieser Nacht mit dem Boot draußen, das war mir sofort klar, als ich den Tanggeruch wahrnahm."

Nick schaute in sein Glas und nahm dann einen Schluck. „Es geht doch nichts über logische Schlussfolgerungen. Eine nächtliche Fahrt mit dem Boot bedeutet zwangsläufig Schmuggel, so einfach ist das."

Melanie biss bei dieser spöttischen Bemerkung die Zähne zusammen, aber dann sprach sie unbeirrt weiter. „Zum Fischen bist du jedenfalls nicht hinausgefahren, sonst hättest du mich kaum in diesem Dickicht mit einem doppelt geschliffenen Messer in Schach gehalten."

„Man könnte sagen, ein Fischzug war genau das, womit ich beschäftigt war", sagte er etwas geistesabwesend.

„Die türkische Küste ist von der Insel aus leicht zu erreichen. Alex erzählte mir, dass der Schmuggel ein echtes Problem darstellt."

„Alex?" Nicks Gesichtsausdruck änderte sich unmerklich. „Wie steht Alex zu diesem Problem?"

Melanie zögerte. Diese Frage passte nicht in ihren Plan. „Er nimmt es resigniert hin, so wie man das Wetter akzeptieren muss."

„Interessant." Nick lehnte sich zurück. „Hat sich Alex ausführlich zu den Aktionen der Schmuggelboote geäußert?"

„Selbstverständlich nicht!", antwortete Melanie empört. Was fiel ihm ein, den Spieß umzudrehen und sie einem Verhör zu unterziehen? „Mit Aktionen dieser Art dürfte Alex kaum vertraut sein. Im Gegensatz zu dir", schloss sie.

„Ich verstehe."

„Also?"

„Also was?" Nick schaute Melanie mit leicht erheitertem Lächeln an, das aber nicht bis in seine Augen reichte.

„Willst du es leugnen?" Melanie wünschte, er täte es. Plötzlich wurde ihr bewusst, wie sehr sie wollte, dass er es bestritt.

Nick schaute sie einen Moment nachdenklich an. „Wozu? Du würdest mir nicht glauben, oder? Du hast dir schon eine feste Meinung gebildet." Er neigte den Kopf zur Seite, und jetzt lächelten auch seine Augen. „Was würdest du tun, wenn ich es zugäbe?"

„Ich würde dich anzeigen, was sonst?" Melanie trank einen kräftigen Schluck aus ihrem Glas.

Nick brach in lautes Gelächter aus. „Oh Melanie, was für ein braves, allerliebstes Kind du bist!" Er beugte sich zu ihr hinüber und ergriff ihre Hand. „Du kennst meine Reputation nicht", fuhr er fort, ehe sie etwas sagen konnte. „Aber ich versichere dir, die Polizei wird dich für verrückt erklären."

„Ich könnte beweisen …"

„Was?“ Nick warf Melanie einen scharfen Blick zu. Langsam bekam die glatte Fassade Risse. „Du kannst nicht beweisen, was du nicht weißt.“

„Eins weiß ich gewiss: Du bist nicht, was zu sein du vorgibst.“ Melanie wollte ihm ihre Hand entziehen, aber Nick hielt sie fest.

Er war zwischen Verärgerung und Bewunderung hin und her gerissen. „Was ich bin oder nicht bin, hat mit dir nichts zu tun.“

„Niemand wünscht sich das mehr als ich.“

Nick betrachtete Melanie über den Rand seines Glases hinweg. „Deine Schlussfolgerung, ich könnte am Schmuggel beteiligt sein, würde dich also veranlassen, die Polizei einzuschalten. Das wäre sehr unklug.“

„Es wäre aber richtig.“ Melanie holte tief Luft und sprach die Frage aus, die ihr am schwersten auf der Seele lastete. „Das Messer … Hättest du Ernst gemacht?“

„Bei dir?“ Nicks Augen waren so ausdruckslos wie seine Stimme.

„Egal bei wem!“

„Eine hypothetische Frage kann man nicht präzise beantworten.“

„Nicholas, um Gottes willen …“

Nick stellte sein Glas ab und legte die Fingerspitzen aneinander. Seine Stimme klang kalt und gefährlich. „Wäre ich das, wofür du mich hältst, dann ist es entweder unglaublich mutig oder unglaublich dumm von dir, diese Diskussion vom Zaun zu brechen.“

„Ich fühle mich nicht bedroht.“ Melanie richtete sich in ihrem Sessel auf. „Alle wissen, wo ich bin.“

„Ich könnte dich mit Leichtigkeit für immer zum Schweigen bringen, wenn ich wollte. Dafür bieten sich genügend Gelegenheiten.“ Nick sah Angst in Melanies Augen aufflackern, aber sofort hatte sie sich wieder in der Gewalt, wie er nicht ohne Bewunderung bemerkte.

„Ich werde schon auf mich aufpassen", versicherte sie.
„Ah ja?" Nicks Stimme schien schon wieder umzuschlagen. „Nun, wie dem auch sei, ich habe nicht die Absicht, Schönheit zu verschwenden, die mir sehr begehrenswert erscheint. Außerdem könnten deine Talente mir zu Nutze kommen."

Empört warf Melanie den Kopf in den Nacken. „Ich lasse mich nicht zu deinem Werkzeug machen! Rauschgiftschmuggel ist ein schmutziges Geschäft in meinen Augen." Sie richtete den Blick forschend auf Nicks Gesicht. „Nicholas, ich verlange eine klare Antwort. Darauf habe ich ein Recht. Es stimmt, ich kann nicht zur Polizei gehen, egal, was du getan hast. Selbst wenn ich die Wahrheit erfahre – du hast von mir nichts zu befürchten."

Bei ihrer letzten Bemerkung blitzte etwas in Nicks Augen auf, verschwand aber gleich wieder. „Die Wahrheit ist, ich habe mit Schmuggel zu tun. Mehr kann ich dazu nicht sagen. Mich würde alles interessieren, was du eventuell gesprächsweise darüber hörst."

Melanie stand auf und ging langsam im Salon hin und her. Nicholas machte es ihr schwer, auf dem schmalen Pfad zwischen Gut und Böse nicht die Richtung zu verlieren. Wo Gefühle im Spiel waren, nahm dieser Pfad unvorhergesehene Wendungen.

Gefühle! Melanie rief sich zur Ordnung. Unsinn – keine Empfindungen. Keine Gefühle für diesen Mann!

„Wer war der andere Mann?", fragte sie unvermittelt. Halte dich an deinen Plan, mahnte sie sich. Zuerst Fragen und Antworten. Überlegen kannst du später. „Du hast ihm Anweisungen erteilt."

„Ich dachte, das hättest du vor lauter Angst nicht mitbekommen." Nick griff nach seinem Drink.

„Du hast mit jemandem gesprochen", bohrte Melanie weiter. „Der Mann führte deine Anweisungen aus, ohne Fragen zu stellen. Wer war das?"

Nick überlegte kurz und entschied sich für die Wahrheit.

Sie würde es über kurz oder lang ohnehin herausbekommen. „Stephanos."

„Dieser kleine alte Mann?" Melanie blieb vor Nick stehen und schaute ihn an. Stephanos entsprach nicht ihrer Vorstellung von einem gerissenen Rauschgiftschmuggler.

„Dieser kleine alte Mann kennt das Meer wie seine Hosentasche." Nick musste über Melanies ungläubiges Gesicht lächeln. „Außerdem kann ich mich auf seine Loyalität verlassen. Seit meinen Kindertagen ist er bei mir."

„Wie ungeheuer praktisch für dich!" Melanie trat ans Fenster. Sie bekam also ihre Antworten, nur fielen die nicht so aus, wie sie sich das gewünscht hatte. „Ein Haus auf einer günstig gelegenen Insel, ein treu ergebener Diener, ein Unternehmen, das den Vertrieb ermöglicht. Wer war der Mann, der in dieser Nacht vom Kliff zum Strand herunterkam, der dich nicht sehen sollte?"

Trotz ihrer Furcht hat sie entschieden zu gut aufgepasst, dachte Nick. „Das braucht dich nicht zu interessieren."

Melanie drehte sich aufgebracht zu ihm herum. „Du hast mich in die Sache hineingezogen, Nicholas. Ich habe ein Recht darauf, volle Aufklärung zu bekommen."

Nick stand auf. „Ich warne dich, Melanie, treib es nicht auf die Spitze!", stieß er hervor. „Was dabei herauskommt, wird dir nicht gefallen. Ich habe dir gesagt, was du wissen wolltest, das muss dir im Augenblick genügen. Gib dich damit zufrieden."

Melanie erschrak und trat einen Schritt zurück, aber Nick packte sie zornig bei den Schultern.

„Verdammt, Melanie, was geht in dir vor? Dachtest du, ich wollte dir die Kehle durchschneiden oder dich von einem Kliff stoßen? Wofür hältst du mich eigentlich … für einen Killer?"

Melanie schaute ihn eher zornig als eingeschüchtert an. „Ich weiß nicht, wofür ich dich halten soll, Nick."

Nick lockerte seinen Griff um Melanies Schultern. Er hätte nicht so fest zupacken dürfen, aber die Sache ging ihm unter die Haut – mehr, als ihm lieb war. „Ich erwarte nicht, dass du mir traust“, erklärte er ruhig. „Aber bei vernünftigem Nachdenken wirst du einsehen, dass du nur zufällig in meine Angelegenheit hineingeraten bist. Ich wünschte, es wäre nie geschehen, Melanie, das kannst du mir glauben.“

Melanie sah Nick in die Augen und glaubte es. „Du bist ein seltsamer Mensch, Nick. Irgendwie kann ich mir nicht vorstellen, dass du dich mit Rauschgiftschmuggel abgibst.“

Nick lächelte und strich mit den Fingern durch Melanies Haar. „Glaubst du einer Eingebung oder deinem Verstand?“

„Nick …“

„Nein. Keine weiteren Fragen, oder ich muss dich … anderweitig beschäftigen. Ich bin sehr empfänglich für Schönheit, weißt du. Schönheit und Verstand, das ist eine Mischung, der man nur schwer widerstehen kann.“ Nick hob das Medaillon an Melanies Hals hoch, betrachtete es kurz und ließ es dann wieder an der Kette herunterhängen. „Was hältst du von Dorian und Iona?“

„Lass Dorian und Iona aus dem Spiel!“ Melanie wandte sich ab. Wie konnte sie sich zu diesem Mann hingezogen fühlen, der mit ihr spielte wie die Katze mit der Maus? Aber diesmal würde ihm das nicht gelingen. „Ich bin nach Lesbos gekommen, um mich von Belastungen und Problemen zu befreien“, sagte sie abweisend. „Nicht, um mir zusätzliche Probleme aufzuladen.“

„Was für Probleme?“

Melanie drehte sich wieder zu Nick um und blickte ihn wütend an. „Das ist meine Sache. Ich habe schließlich existiert, bevor ich an diesen verdammten Strand gegangen und dir über den Weg gelaufen bin.“

„Ja.“ Nick griff nach seinem Glas. „Das habe ich nie bezweifelt. Zu dumm, dass du in jener Nacht nicht in deinem Bett geblieben bist, Melanie.“ Er nahm einen tiefen Schluck und drehte dann sein Glas zwischen den Händen. „Aber wie die Dinge liegen, ist seither dein Schicksal mit meinem verknüpft, und wir können nichts daran ändern.“

Zu Nicks Überraschung legte Melanie ihm plötzlich die Hand auf den Arm. Es passte ihm nicht, wie sein Herz darauf reagierte. Gefühle konnte er sich jetzt nicht leisten.

„Wenn du davon überzeugt bist, weshalb gibst du mir dann keine klare Antwort?"

„Weil ich es nicht für angebracht halte." Nick hielt ihren Blick gefangen. Die Wünsche, die Melanie in seinen Augen las, waren die gleichen, die sie auch in sich selbst entdeckte. „Nimm mich doch so, wie ich bin, Melanie."

Melanie ließ die Hand sinken und schleuderte mit einem Ruck ihr Haar zurück. „Ich denke nicht daran!"

„Nein?" Er zog sie zu sich heran. „Bist du sicher, Melanie?"

Melanies Verstand setzte aus, als sich Nicks Lippen auf die ihren pressten. Verlangen lag in diesem Kuss. Der schmale Pfad zwischen Gut und Böse nahm in Nicks Armen eine neue, noch verwirrendere Wendung. Wer oder was dieser Mann auch immer sein mochte, Melanie wünschte sich, er möge sie nie mehr loslassen.

Sie schlang die Arme um seinen Nacken und schmiegte sich an ihn. Er küsste sie wieder heiß und fordernd. Melanie fühlte, wie plötzlich die Knie unter ihr nachgaben. Ihr Herz, das wild zu hämmern begann, schlug ihr bis in den Hals hinauf.

Alle Kraft schien sie zu verlassen. Sie fühlte, wie ihr Widerstand erlahmte, und begriff nicht, was über sie gekommen war. Es gab kein Entrinnen, es war wie ein Sturz in einen Bereich, wo Vernunft und Gewissen zum Schweigen gebracht, wo alle Angst tot war.

Melanie vergaß alles und gab sich Nicks Umarmung hin. Sie sah und hörte nichts in diesem Augenblick. Nichts existierte mehr außer dieser Sekunde der Seligkeit und dem Mann, der sie in seinen Armen hielt.

„Melanie ..." Es klang wie ein Stöhnen. „Ich begehre dich – mein Gott, wie ich dich begehre! Bleib heute Nacht bei mir. Hier sind wir allein und ungestört."

Zum ersten Mal war Melanie einem Mann begegnet, der ihr

Blut in Flammen setzte. Jede Faser ihres Körpers verlangte danach, ihm zu gehören. Oh Gott, dachte sie verzweifelt, ich darf nie mehr allein mit ihm zusammenkommen, sonst bin ich verloren!

Mit einer heftigen, fast wilden Bewegung hob sie den Kopf. „Nein, Nick. Es wäre nicht recht."

Nick schaute Melanie gleichermaßen erheitert und zuversichtlich an. „Angst?"

„Ja."

Melanies Aufrichtigkeit und der Ausdruck in ihren Augen nahmen Nick den Wind aus den Segeln. Enttäuscht wandte er sich ab und füllte sein Glas nach.

„Dabei kannst du einen zahmen Esel zur Verzweiflung treiben!", stieß er hervor. „Ich hätte nicht übel Lust, dich ins Schlafzimmer zu schleppen und kurzen Prozess mit dir zu machen."

Wider Willen musste sie über ihn lachen.

Zornig fuhr er zu Melanie herum. „Was hattest du denn erwartet – leise Musik, Liebe bei Kerzenschein, Versprechungen, Lügen?" Nick leerte sein Glas und knallte es hart auf den Tisch. „Wäre dir das lieber? Ist es das, was du von mir willst?"

„Nein." Melanie hielt seinem durchdringenden Blick unverwandt stand. Unbewusst griff sie nach dem Medaillon an ihrem Hals. „Ich will überhaupt nichts von dir. Schon gar nicht deine Liebe."

„Hältst du mich für einen Idioten?" Nick trat einen Schritt auf sie zu, blieb dann aber stehen, ehe es zu spät war. „Du willst es ebenso sehr wie ich. Davon konnte ich mich vor wenigen Minuten überzeugen."

„Das hatte mit Liebe nichts zu tun", sagte Melanie ruhig. „Ich kann keinen Mann lieben, der ..."

„Der sich am Rauschgifthandel beteiligt", fiel Nick ihr ins Wort. „Das wolltest du doch sagen, oder?"

„Nein." Melanie nahm all ihren Mut zusammen. „Dem

Liebe nicht mehr bedeutet als ein flüchtiges Abenteuer", sagte sie tonlos.

„Natürlich." Sicherheitshalber versenkte Nick die Hände in den Hosentaschen. „Na schön, dann wird mir nichts anderes übrig bleiben, als dich nach Haus zu bringen, bevor du entdeckst, was ich in Wahrheit unter Liebe verstehe …"

Eine halbe Stunde später kehrte Nick in sein Haus zurück. Seine Stimmung war auf dem Tiefpunkt angelangt. Er ging geradewegs in den Salon, machte sich einen Drink und warf sich in einen Sessel.

Zum Teufel mit ihr! Er konnte weder die erforderliche Zeit noch die erforderliche Geduld für sie aufbringen. Das Verlangen nach ihr brannte heiß wie Feuer in ihm. Eine physische Reaktion, redete er sich ein. Er brauchte eine Frau, irgendeine. Es ging um Sex, weiter nichts.

„Ah, da bist du wieder." Stephanos trat ein. Er bemerkte Nicks miserable Laune und akzeptierte sie schweigend. Das war nichts Neues für ihn. „Die Kleine ist schöner, als ich in Erinnerung hatte." Dass Nick nicht antwortete, focht ihn nicht an. Er ging zum Barschrank und schenkte einen Drink ein. „Was hast du ihr gesagt?"

„Nur das Nötigste. Sie ist intelligent, wachsam und erstaunlich mutig." Nick starrte stirnrunzelnd in sein Glas. „Sie hat mich kalt lächelnd des Rauschgifthandels bezichtigt." Als Stephanos auflachte, warf Nick ihm einen scharfen Blick zu. „Was gibt es da zu lachen? Ich finde das gar nicht komisch."

Stephanos zuckte mit den Schultern. „Die Lady hat scharfe Augen, das muss man ihr lassen! Hast du mit ihr über Alex gesprochen?"

„Nicht ausführlich."

„Ist sie loyal?"

„Alex gegenüber?" Nick runzelte die Stirn. „Mit Sicherheit! Einem Freund würde sie nie in den Rücken fallen." Er setzte das Glas ab, das er am liebsten gegen die Wand geschmettert hätte. „Es wird schwierig sein, Informationen über Alex aus ihr herauszubekommen."

„Du wirst es trotzdem schaffen. Wetten?"

„Verdammt!", knirschte Nick. „Wäre sie mir doch nicht über den Weg gelaufen in dieser Nacht!"

Stephanos leerte sein Glas und lachte leise in sich hinein. „Sie geht dir nicht aus dem Kopf, und das passt dir nicht." Nicks strafenden Blick beantwortete er mit einem lauten Lachen. Dann seufzte er. „Falls du es vergessen hast, Athen erwartet deinen Anruf, Nick."

„Athen kann warten. Der Teufel soll sie holen – alle miteinander!" Wütend schenkte er sich das Glas noch einmal voll.

5. KAPITEL

Als Melanie in die Villa Theocharis zurückkehrte, war ihre Laune nicht besser als Nicks. Irgendwann auf der Rückfahrt war ihr klar geworden, dass es weder Zorn noch Furcht war, was sie spürte. Innerhalb weniger Tage hatte Nick geschafft, was Jack in all den langen Monaten ihrer Beziehung nicht fertiggebracht hatte: Er hatte ihr wehgetan.

Das hatte nichts mit den langsam verblassenden blauen Flecken auf ihren Armen zu tun. Dieser Schmerz ging tiefer, und der Grund dafür lag in dem Leben, zu dem sich Nick offenbar entschlossen hatte.

Das hat mit dir nichts zu tun, hatte er gesagt. Er hat recht, redete Melanie sich ein, als sie die Haustür hinter sich ins Schloss warf und die kühle weiße Eingangshalle betrat. Sie hatte nur noch den einen Wunsch, sich ungesehen in ihr Zimmer zu flüchten. Aber daraus wurde nichts.

„Melanie, kommst du zu uns auf die Terrasse?", rief Dorian ihr zu.

Melanie setzte ein Lächeln auf und ging hinaus. Iona war bei Dorian und rekelte sich auf einer Liege. Sie trug einen pinkfarbenen Bikini und darüber ein gleichfarbiges Top aus hauchdünnem Georgette. Sie blickte kurz auf, begrüßte Melanie mit einer lässigen Handbewegung und schaute dann wieder über den Golf hinaus. Eine seltsame Spannung lag in der Luft.

„Alex telefoniert mit Übersee", erklärte Dorian und zog einen Sessel für Melanie heran. „Und Liz musste zu einem längeren Palaver mit dem Koch in die Küche."

„Ohne Dolmetscher?", fragte Melanie. Ihr Lächeln war jetzt schon wesentlich echter. Nein, dachte sie, Nick wird mir nicht die Stimmung verderben, bis ich schließlich noch in derselben dumpfen Verfassung bin wie Alex' Cousine.

„Lächerlich." Iona gab Dorian zu verstehen, er möge ihr eine Zigarette anzünden. „Liz sollte den Koch einfach hinauswerfen. Amerikaner fassen ihr Personal immer mit Samthandschuhen an."

„Wirklich?" Melanie ärgerte sich über die Kritik an ihrer Freundin und an ihren Landsleuten ganz allgemein. „Das ist mir neu."

Iona warf Melanie einen kurzen Blick zu. „Ich kann mir nicht vorstellen, dass du über Erfahrung mit Dienstboten verfügst."

Ehe Melanie darauf etwas erwidern konnte, wandte sich Dorian an sie. „Nun, Melanie, wie gefällt dir Nicks Haus?" Seine Augen baten Melanie eindringlich, Ionas schlechtes Benehmen zu ignorieren. Der Arme liebt sie, dachte Melanie.

„Ein märchenhaftes Haus! Es ist wie ein Museum, ohne dabei streng und steif zu wirken. Es muss Jahre gedauert haben, diese Dinge zu sammeln."

„Nick ist ein guter Geschäftsmann." Dorian schaute Melanie dankbar an. „Selbstverständlich benutzt er sein Wissen und seine Position dazu, die besten Stücke für sich selbst herauszusuchen."

„Da war eine kleine alte Spieluhr mit einem Glockenspiel. ‚Für Elise' ... Ich könnte es von morgens bis abends hören."

„Nick ist sehr großzügig – wenn man ihn zu nehmen versteht." Iona lächelte geradezu mörderisch.

Melanie drehte sich zu ihr um. „Ich fürchte, mir fehlt auch auf diesem Gebiet die Erfahrung", gab sie kühl zurück und wandte sich dann wieder Dorian zu. „Ich habe übrigens Nicks Cousin heute Morgen am Strand getroffen."

„Ach ja, der Schriftsteller aus Amerika."

„Er erzählte mir von seinen Wanderungen über die Insel. Das werde ich auch tun. Es ist so schön und so friedlich hier. Ich fiel aus allen Wolken, als Alex mir sagte, es gäbe hier Probleme mit Schmugglern."

Dorian lächelte amüsiert, Iona dagegen erstarrte. Melanie sah, wie langsam die Farbe aus ihrem Gesicht wich, sie wurde blass bis in die Lippen. Sie hat Angst, dachte Melanie betroffen. Aber warum und wovor?

„Ein gefährliches Geschäft", sagte Dorian. Da er Melanie anschaute, entging ihm Ionas Reaktion. „Aber nichts Ungewöhnliches. Fast schon Tradition hier."

„Eine merkwürdige Tradition", bemerkte Melanie.

„Das Netz der Polizei ist ziemlich engmaschig. Ich erinnere mich, dass letztes Jahr fünf Männer vor der türkischen Küste gestellt und erschossen wurden." Dorian zündete sich eine Zigarette an. „Das Rauschgiftdezernat konnte größere Mengen Stoff sicherstellen."

„Entsetzlich." Melanie warf Iona einen Blick zu. Sie schien einer Ohnmacht nahe.

„Es sind hauptsächlich Bauern und Fischer", fuhr Dorian fort. „Ihnen fehlt die Intelligenz, einen richtigen Schmuggelring aufzuziehen. Gerüchten zufolge soll ihr Anführer gerissen und rücksichtslos sein. Niemand kennt seinen Namen, er trägt stets eine Maske. Anscheinend wissen nicht einmal seine Leute, wer er ist. Vielleicht ist es sogar eine Frau." Dorian lächelte. „Das gibt der Sache natürlich einen romantischen Anstrich."

Iona stand auf und rannte ins Haus.

Dorian schaute ihr nach. „Mach dir nichts draus, Melanie", seufzte er. „Iona ist nun mal ein launisches Wesen."

„Sie schien sehr erregt zu sein."

„Das passiert bei ihr leicht", sagte Dorian leise. „Ihre Nerven …"

„Du liebst Iona, stimmt's?"

Dorian schaute Melanie kurz an, stand dann auf und trat an das Terrassengeländer.

„Es tut mir leid, Dorian", bat Melanie sofort. „Ich hätte das nicht sagen sollen."

„Verzeih, Melanie, ich wollte nicht unhöflich sein." Er wandte sich langsam um. Die Sonne vergoldete sein gebräuntes Gesicht und ließ sein blondes Haar aufleuchten. Ein Adonis, dachte Melanie wieder und wünschte sich zum zweiten Mal seit ihrer Ankunft hier, sie könnte malen.

„Meine Gefühle Iona gegenüber sind ... widersprüchlich", fuhr Dorian fort. „Ich dachte, man würde sie mir nicht so deutlich anmerken."

„Es tut mir wirklich leid", entschuldigte sich Melanie noch einmal.

„Sie ist verwöhnt und eigenwillig." Dorian schüttelte den Kopf und lachte unfroh. „Woran liegt es, dass ein Mensch sein Herz an einen anderen Menschen verliert?"

Bei dieser Frage schaute Melanie zu Boden. „Das wüsste ich selbst gern."

„Jetzt habe ich dich traurig gemacht." Dorian setzte sich wieder neben Melanie und nahm ihre Hände. „Du brauchst dir um mich keine Gedanken zu machen, Melanie. Die Probleme zwischen Iona und mir sind kein Grund zur Besorgnis. Ich bin hart im Nehmen und habe viel Geduld." Er lächelte zuversichtlich. „Und jetzt wollen wir über etwas anderes reden. Wo waren wir stehen geblieben – ah ja, dieser Typ mit der Maske."

„Ja, du sagtest, niemand kennt seinen Namen, nicht einmal die Männer, die für ihn arbeiten."

„So heißt es jedenfalls. Immer, wenn ich auf Lesbos bin, hoffe ich, über irgendeinen Hinweis zu stolpern, der Aufschluss über die Identität dieses Mannes gibt."

Melanie musste an Nick denken, und der Gedanke war ihr unbehaglich. „Wieso? Ich denke, du misst dem Rauschgiftschmuggel keine Bedeutung bei?"

„Warum sollte ich?" Dorian zuckte die Schultern. „Die Rauschgiftbande ist Sache der Polizei, nicht mein Bier. Mir geht es einzig und allein um die Jagd." Dorian blickte in die Ferne, ein kaltes Glitzern in den Augen. „Die Jagd auf die ahnungslose Beute."

„Man sollte es nicht für möglich halten!" Liz stürmte auf die Terrasse und plumpste in einen Sessel. „Eine halbe Stunde mit einem wild gewordenen griechischen Koch! Womit habe ich das verdient? Ich brauche dringend eine Zigarette, Dorian."

Liz' Lächeln und ihre lauten Klagen über Haushaltsprobleme beendeten das plötzlich absurd erscheinende Thema Schmuggel. „Nun sag mir mal, Melanie, wie fandest du Nicks Haus?"

Rosa Lichtstreifen zogen sich über den Himmel und das Meer, als der neue Tag heraufdämmerte. Die Luft war warm und feucht. Ein schöner Neubeginn nach einer ruhelosen Nacht.

Melanie lief den Strand entlang und beobachtete den Sonnenaufgang. So hatte sie sich ihre Ferien hier vorgestellt – eine einsame Bucht, zerklüftete Klippen, weißer, glitzernder Sand, am Strand liegen, Muscheln suchen und in den Tag hineinleben. Hatten ihr Vater und Liz ihr das nicht eingehämmert?

Melanie musste lachen bei diesem Gedanken. Ihr Vater und Liz hatten die Rechnung ohne Nicholas Gregoras gemacht.

Dieser Mann war ein Rätsel, das sie nicht lösen konnte, ein Puzzle, das sich nicht zusammenfügen ließ. Halb fertige Puzzlespiele hatte sie aber noch nie leiden können.

Melanie wirbelte mit den Fußspitzen kleine Sandfontänen auf. Nick war ein Mann, den sie einfach nicht einordnen konnte. Dass sie es dennoch immer wieder versuchte, gefiel ihr selbst nicht.

Und dann Iona … noch ein Rätsel. Alex' launische Cousine war mehr als nur eine Frau mit einem unangenehmen Charakter. Irgendetwas verbarg sich in ihrem Inneren. Alex kannte das Geheimnis, dessen war Melanie sicher. Und Dorian kannte es auch, wenn sie nicht alles täuschte. Aber was war es?

Iona hatte auf das Thema Schmuggel völlig anders als Alex und Dorian reagiert. Die beiden Männer standen ihm gleichgültig, wenn nicht gar amüsiert gegenüber. Iona dagegen war zu Tode erschrocken. Fürchtete sie sich vor irgendwelchen Entdeckungen? Aber das war doch absurd.

Melanie schüttelte den Kopf und verdrängte den Gedanken. Sie war nicht an den Strand gegangen, um zu grübeln, sie wollte Muscheln suchen. Sie krempelte ihre Jeans hoch und watete durch das seichte Wasser zu einer Sandbank zwischen den Klippen. Wohin sie blickte, glitzerten Muscheln, auf den Klippen, im Sand und im flachen Wasser. Manche waren zertreten oder durch die leichte Unterwasserströmung glatt geschliffen. Melanie bückte sich und steckte die schönsten Exemplare in ihre Jackentaschen.

Ihr Blick fiel auf den Rest einer schwarzen Zigarette im Sand. Alex kommt also auch hierher, dachte Melanie lächelnd. Sie konnte ihn und seine Frau vor sich sehen, wie sie Hand in Hand zwischen den Klippen umhergingen.

Melanie merkte nicht, wie die Zeit verging. Ich hätte einen Korb mitbringen sollen, dachte sie und stapelte die Muscheln zu einem kleinen Hügel auf, um sie später zu holen. Sie würde die Muscheln zu Hause in einer großen Glaskugel auf die Fensterbank stellen und sie an einsamen verregneten Wochenenden betrachten und von dem Sonnenaufgang in der einsamen Bucht träumen.

Der hohe, durchdringende Schrei einer Möwe durchbrach die Stille. Melanie blickte zu den Möwen auf. Sie umkreisten das Kliff, ihre Schwingen schimmerten silbrig in der Sonne. Darunter erstreckte sich der menschenleere Strand. Nichts störte den Frieden dieses Morgens.

Melanie hatte sich ein ganzes Stück vom Strand entfernt, als sie zu ihrer Freude in einer der Klippen eine Höhle entdeckte. Sie war nicht groß und von Weitem nicht zu erkennen, aber das Innere war bestimmt sehenswert.

Melanie watete durch das Wasser, das ihr bis über die Knöchel reichte. Als sie sich nach einer Muschel im Sand bückte, fiel ihr Blick in das Innere der Höhle. Die Muschel entglitt ihrer Hand. Langsam richtete sie sich auf und erstarrte. Es überlief sie eiskalt.

Dieser weiß schimmernde Fleck im Wasser war kein Stein. Es war das Gesicht eines Toten, das sie anstarrte.

Der Entsetzensschrei blieb Melanie im Halse stecken. Sie sprang rückwärts und glitt dabei fast aus. Ihr Magen krampfte sich zusammen, in ihrem Kopf drehte sich alles. Sie durfte nicht ohnmächtig werden, nicht hier, nicht an diesem Ort. Von Panik ergriffen, drehte Melanie sich um und floh.

Sie stolperte, fiel hin, rappelte sich hoch und raste zu den Klippen jenseits der Sandbank hinüber. Atemlos, am ganzen Körper zitternd, erreichte sie den Strand und sank auf einem Felsvorsprung in sich zusammen.

Starke Hände packten sie. In blinder Panik schlug Melanie um sich. Plötzlich war sie von der irrsinnigen Vorstellung befallen, der Tote aus der Höhle hätte sie verfolgt.

„Verdammt, was ist in dich gefahren? Um Gottes willen, Melanie, komm zu dir!"

Jemand schüttelte Melanie, eine Stimme durchdrang die Betäubung des Schocks.

Wie durch einen Nebel sah sie ein Gesicht.

„Nick ..." Wieder geriet sie an den Rand der Ohnmacht. Sie zitterte an allen Gliedern, aber sie wusste, sie war in Sicherheit. Er war da. „Nick ...", flüsterte sie noch einmal tonlos.

Nick nahm sie in die Arme und drückte sie sanft an sich. Ihr Gesicht war leichenblass, die Augen leer und starr. Sie würde gleich bewusstlos oder hysterisch werden. Beides durfte er nicht zulassen.

„Was ist passiert?", fragte er in einem Ton, der unbedingt eine Antwort verlangte.

Melanie öffnete den Mund, brachte aber keinen Ton über die Lippen. Sie schüttelte den Kopf und barg das Gesicht an Nicks Brust. Ihr Atem klang wie ein ersticktes Schluchzen, das das Sprechen unmöglich machte. Ich bin in Sicherheit, sagte sie sich immer wieder. Kein Grund zur Panik. Nick ist bei mir.

„Nimm dich zusammen, Melanie!", herrschte Nick sie an. „Was ist passiert – antworte!"

„Ich ... oh mein Gott!"

Melanie klammerte sich an Nick, aber er machte sich los, packte sie an den Schultern und schüttelte sie wild.

„Ich sagte, du sollst reden.“ Seine Stimme klang kalt und gefühllos. Er kannte kein besseres Mittel, um der immer noch drohenden Hysterie entgegenzuwirken.

Melanie hob benommen den Kopf, versuchte noch einmal zu sprechen, fuhr aber im nächsten Moment wieder zusammen und klammerte sich an Nick. Sie hatte Schritte gehört.

„Hallo! Störe ich?“, fragte Andrew hinter ihrem Rücken. Melanie drehte sich nicht um. Das Zittern wollte nicht aufhören.

Warum war Nick böse mit ihr? Warum half er ihr nicht? Die Fragen drehten sich in ihrem Kopf. Sie brauchte doch so dringend seine Hilfe.

„Stimmt etwas nicht?“, fragte Andrew ebenso besorgt wie neugierig, als er Nicks finsteres Gesicht und Melanies bebende Schultern sah.

„Das nehme ich an“, erwiderte Nick knapp. „Melanie rannte über den Strand, als wäre der Teufel hinter ihr her, aber ich habe noch nichts aus ihr herausbekommen.“

Nick versuchte sich von Melanie zu lösen, aber sie klammerte sich weiter an ihn. In seinem Gesicht sah sie nichts außer kaltem Interesse. „Also Melanie“, sagte er drohend, „was ist los?“

„Da drüben …“ Jetzt schlugen ihre Zähne aufeinander. Verzweifelt biss sie sie zusammen und schaute Nick flehend an. Sein Gesicht blieb hart und abweisend. „In der Höhle …“ Ihre Stimme erstarb, ihre Gedanken liefen wirr durcheinander. Sie lehnte sich wieder gegen Nick. „Nick … bitte!“

„Ich sehe nach.“ Nick packte Melanies Arme und schob sie von sich fort. Wenn sie ihn doch nur nicht so anschauen würde. Er konnte ihr doch nicht geben, was sie von ihm erwartete.

„Geh nicht fort!“ Verzweifelt wollte sie nach ihm greifen und landete unsanft in Andrews Armen.

„Sieh zu, dass sie sich beruhigt.“ Mit einem leisen Fluch auf den Lippen wandte sich Nick zum Gehen.

„Nick!“ Melanie befreite sich aus Andrews Armen, aber

Nick war schon auf dem Weg zu den Klippen. Er sah sich nicht ein einziges Mal um.

Andrew zog Melanie tröstend an sich. Er stieß sie nicht zurück wie Nick.

„Ruhig, ganz ruhig." Andrew streichelte Melanies Haar. „Ich hatte eigentlich gehofft, dich unter anderen Umständen umarmen zu können."

„Ach, Andrew ..." Seine freundliche, leise Stimme und sein sanftes Streicheln befreiten Melanie von dem Trauma des Schocks. Sie brach in Tränen aus. „Oh Andrew ... es war zu schrecklich!"

„Erzähl mir, was geschehen ist, Melanie. Sprich es aus, dann wird dir leichter." Er sprach ruhig und streichelte sanft ihr Haar.

„In dieser Höhle ... liegt eine Leiche."

„Eine Leiche?" Andrew schob Melanie ein wenig von sich ab und starrte sie ungläubig an. „Großer Gott! Bist du sicher?"

„Ja, ja, Andrew! Ich sah ... ich war ..." Melanie bedeckte das Gesicht mit den Händen.

„Ruhig, ganz ruhig", flüsterte Andrew.

„Ich habe auf der Sandbank hinter den Klippen Muscheln gesucht und sah plötzlich die Höhle. Ich wollte gerade hineingehen, und dann ..." Ein Schauer überlief Melanie. „Und dann habe ich das Gesicht gesehen – unter Wasser."

„Oh Melanie." Andrew schloss sie fest in die Arme. Er sagte nichts, aber sein Schweigen war alles, was Melanie jetzt brauchte. Er hielt sie noch umarmt, als ihre Tränen längst getrocknet waren.

Nick kam zum Strand zurück. Er sah, wie Melanie sich in Andrews Arme schmiegte. Andrew neigte den Kopf und küsste ihr Haar. Nicks Miene wurde noch düsterer. Eifersucht loderte in ihm auf wie eine Stichflamme und wurde im Keim erstickt.

„Andrew, bring Melanie zur Theocharis-Villa und ruf die

Polizei an. Einer der Dorfbewohner hatte einen tödlichen Unfall."

Andrew nickte und hörte nicht auf, über Melanies Haar zu streicheln. „Ja, sie hat es mir erzählt. Scheußlich, dass ausgerechnet sie ihn finden musste." Andrew schluckte sein Unbehagen hinunter. „Kommst du mit?"

Nick wandte den Blick ab, als Melanie sich zu ihm umdrehte und zu ihm aufblickte. Diese traurigen Augen, das Entsetzen darin – er ertrug es nicht. Sie würde ihm wahrscheinlich nie verzeihen, aber er konnte nicht anders handeln.

„Nein", beantwortete er Andrews Frage. „Ich bleibe hier, damit nicht zufällig jemand auf die Leiche stößt. Melanie ..." Er berührte ihre Schulter. Melanie reagierte nicht. Ihre Augen waren starr und leer. „Dir wird es bald wieder besser gehen. Andrew bringt dich nach Hause." Wortlos wandte Melanie das Gesicht ab.

„Kümmere dich um sie", befahl Nick seinem Cousin scharf.

„Natürlich", erwiderte Andrew verwundert über diesen Ton. „Komm, Melanie. Ich helfe dir da hinauf."

Nick schaute ihnen nach, als sie den Strandpfad hochstiegen. Dann kehrte er zu der Höhle zurück, um die Leiche zu untersuchen.

Alex' bester Brandy hatte Melanies Panik etwas gedämpft. Sie saß im Salon, den Blick unverwandt auf Captain Tripolos gerichtet – den Chef des Police Department Mytilini.

Breit und mächtig hatte der Polizeichef sich vor Melanie aufgepflanzt, ein bulliger Mann mit sorgsam gescheiteltem grauen Haar und wachsamen dunklen Augen. Trotz ihrer Benommenheit erkannte Melanie, dass dieser Beamte sein Ziel mit der Zähigkeit einer Bulldogge verfolgen würde.

„Miss James." Tripolos sprach in schnellem, abgehacktem Englisch. „Ich hoffe, Sie verstehen, dass ich Ihnen einige Fragen stellen muss. Reine Routine."

„Hat das nicht Zeit?" Andrew hatte sich neben Melanie

aufs Sofa gesetzt. Er legte einen Arm um ihre Schultern. „Miss James steht unter Schockeinwirkung."

„Lass nur, Andrew. Es geht schon." Melanie legte die Hand auf Andrews Arm. „Ich würde es gern hinter mich bringen." Ruhig sah sie Tripolos an, was dieser insgeheim bewunderte. „Ich sage Ihnen alles, was ich weiß."

„*Efcharistó.*" Tripolos deutete ein Lächeln an. „Am besten erzählen Sie mir alles, was sich heute Morgen seit dem Aufstehen abgespielt hat."

Melanie berichtete so genau sie konnte. Sie sprach wie ein lebloser Automat. Ihre Hände lagen schlaff und bewegungslos in ihrem Schoß. Obwohl ihre Stimme schwankte, schaute sie Tripolos unverwandt in die Augen. Hart im Nehmen, dachte der Polizeichef, und er war froh, dass ihm Tränen und hysterische Ausbrüche erspart blieben.

„Da sah ich ihn im Wasser liegen." Melanie fühlte dankbar Andrews tröstendes Streicheln an ihrer Schulter. „Ich rannte weg."

Tripolos nickte. „Sie sind sehr früh aufgestanden. Ist das eine Gewohnheit?"

„Nein. Ich wachte auf und hatte den Einfall, am Strand spazieren zu gehen."

„Haben Sie jemanden gesehen?"

„Nein." Ein Schauer überlief Melanie, aber sie fing sich sofort wieder, was ihr einen weiteren Pluspunkt bei Tripolos eintrug. „Niemanden außer Nick und Andrew."

„Nick? Ah ja, Mr Gregoras." Tripolos schaute zur anderen Seite des Salons hinüber, wo die anderen Platz genommen hatten. „Haben Sie den Mann früher schon einmal gesehen?"

„Nein." Unwillkürlich griff Melanie nach Andrews Hand, weil sie das starre weiße Gesicht wieder vor sich sah. „Ich bin erst seit wenigen Tagen hier und habe mich bisher nur in der Nähe der Villa aufgehalten."

„Sie sind Amerikanerin, Miss James?", fragte der Polizeichef.

„Ja."

Tripolos schüttelte bedauernd den Kopf. „Ein Jammer, dass Ihnen ein Mord die Ferien verderben musste."

„Mord?", wiederholte Melanie. Wie ein Echo hörte sie das Wort immer wieder. Sie starrte Tripolos an. „Aber ich dachte ... War es denn kein Unfall?"

„Nein." Tripolos schaute auf seinen Notizblock. „Nein. Der Mann wurde erstochen. Er war auf der Stelle tot", erklärte er mit dem nötigen Gewicht. „Seinen Mörder hat er nicht gesehen, er stach von hinten zu." Gelassen steckte Tripolos sein Notizbuch ein, gelassen hob er den Kopf.

„Ich hoffe, ich brauche Sie nicht mehr zu belästigen." Er erhob sich und beugte sich über Melanies Hand. „Haben Sie heute Morgen Muscheln gefunden, Miss James?"

„Ja, ich ... ja, eine ganze Menge." Melanie fühlte sich verpflichtet, in ihre Jackentasche zu greifen und ein paar davon vorzuzeigen. „Sind sie nicht wunderschön?"

„Hübsch ... Sehr hübsch!" Mit einem trügerisch sanften Lächeln begab sich Captain Tripolos auf die andere Seite des Salons. „Ich muss Sie leider bitten, sich zur Verfügung zu halten und das Haus nicht zu verlassen, bis das Verhör abgeschlossen ist", erklärte er höflich. „Zweifellos ist dieser Mord auf einen dörflichen Streit zurückzuführen, aber da die Leiche in unmittelbarer Nähe der beiden Villen gefunden wurde, muss ich jeden von Ihnen als Zeugen zur Sache vernehmen." Er ließ den Blick teilnahmslos über die Gesichter der Anwesenden schweifen und fügte hinzu: „Es könnten sich wichtige Hinweise aus der jeweiligen Aussage ergeben."

Zur Sache! dachte Melanie, einem hysterischen Anfall nahe. Ein Mensch wird ermordet. Man findet seine Leiche, und er wird zu einer Sache. Ich muss träumen.

„Ganz ruhig, Melanie", flüsterte Andrew ihr ins Ohr. „Komm, trink einen Schluck." Behutsam hielt er ihr das Glas an die Lippen.

„Wir stehen Ihnen selbstverständlich zur Verfügung, Captain." Alex stand auf. „Für keinen von uns war es angenehm, von einem Mord in unmittelbarer Nähe des Hauses zu erfahren, zumal ein Gast meines Hauses das Mordopfer finden musste."

„Natürlich. Ich verstehe." Tripolos nickte müde und rieb sich das kantige Kinn. „Ich werde Sie am besten der Reihe nach vernehmen. Würden Sie mir das Arbeitszimmer kurz zur Verfügung stellen?"

„Selbstverständlich. Ich zeige es Ihnen." Alex ging zur Tür. „Wenn Sie wollen, können Sie mich zuerst befragen."

„Vielen Dank." Nach einer für alle Anwesenden bestimmten knappen Verbeugung folgte Tripolos dem Hausherrn – gelassen, mit ausdruckslosem Gesicht.

Melanie sah ihm nach. Ein Mann, der in der Maschinerie des Strafvollzugs ein Segen für die Menschheit war, der nicht an den Triumph des Bösen, sondern an den Sieg der irdischen Gerechtigkeit glaubte. Fröstelnd zog Melanie die Schultern hoch. Er sah aus wie ein Bluthund, der eine frische Spur witterte.

„Ich brauche einen Drink!" Liz ging an die Bar. „Einen doppelten. Noch jemand?"

Nick schaute kurz zu Melanie hinüber und gab Liz durch eine Handbewegung zu verstehen, Melanie nachzuschenken.

„Dieses Verhör ist eine Zumutung!" Iona trat ebenfalls an die Bar, weil es ihr zu lange dauerte, bis Liz sie bediente. „Einfach absurd! Alex hätte es verhindern müssen. Er hat genug Einfluss, uns die Polizei vom Hals zu halten." Sie schenkte Gin in ein hohes Glas und kippte die Hälfte davon hinunter.

„Wie käme Alex dazu?" Liz reichte Nick einen Drink und schenkte Melanie Brandy nach. „Wir haben nichts zu verbergen, oder? Möchtest du auch einen Drink, Dorian?"

„Verbergen? Was hat das damit zu tun?", gab Iona zurück und lief nervös im Salon hin und her. „Ich habe nichts zu verbergen, aber ich denke nicht daran, mich von diesem Typ verhören zu lassen, nur weil sie auf die Wahnsinnsidee verfällt, in irgendeiner Höhle eine Leiche aufzustöbern", erklärte sie und zeigte auf Melanie.

„Einen Ouzo bitte, Liz", sagte Dorian, ehe Liz Iona eine passende Erwiderung an den Kopf werfen konnte. Dann richtete er den Blick auf Iona. „Wir können Melanie nicht die Schuld anlasten, Iona. Man hätte uns in jedem Fall verhört. Melanie ist noch übler dran als wir. Immerhin fand sie die Leiche. Vielen Dank, Liz", fügte er hinzu, als diese ihm mit einem grimmigen Lächeln das Glas reichte.

„Ich halte es hier im Haus nicht aus." Iona lief wie ein gereizter Panther im Salon umher. „Nicky, komm, lass uns mit deinem Boot hinausfahren." Sie blieb vor Nick stehen und setzte sich dann auf die Armlehne seines Sessels.

„Dazu fehlt mir leider die Zeit, Iona. Wenn ich hier nicht mehr gebraucht werde, muss ich zu Hause eine Menge Papierkram erledigen." Nick trank einen Schluck und tätschelte Ionas Hand. Er schaute kurz zu Melanie hinüber und fing einen vernichtenden Blick von ihr auf. Verdammt, dachte er wütend, ich habe schließlich einen Job zu erledigen. Wie kommt sie dazu, mich wie einen Verbrecher zu behandeln!

„Oh Nicky." Iona streichelte Nicks Arm. „Wenn ich hier bleibe, drehe ich durch. Bitte, nur für ein paar Stunden, ja?"

Nick seufzte resigniert. Innerlich verfluchte er die Fesseln, die Melanie ihm angelegt hatte, ohne etwas davon zu ahnen. Aber er musste durchführen, was er sich vorgenommen hatte. Melanie durfte ihn nicht von dem einmal eingeschlagenen Kurs abbringen.

„Okay, Iona. Heute Nachmittag."

Iona lächelte in ihr Glas.

Das endlose Verhör ging weiter. Alex kehrte zurück, und Liz ging hinaus. Die Zurückgebliebenen sprachen nur hin und wieder miteinander und wenn, dann gedämpft und mit bedeutungsvollem Unterton. Als Andrew den Raum verließ, trat Nick zu Melanie ans Fenster.

„Ich muss mit dir reden." Ganz bewusst steckte er die Hände in die Hosentaschen. Melanie war noch immer sehr blass. Der Brandy hatte sie zwar beruhigt, aber nicht die Farbe in ihre Wangen zurückgebracht. „Es ist wichtig, Melanie. Im Augenblick lässt es sich nicht machen. Später."

„Ich will nichts hören."

„Wenn Tripolos hier fertig ist, werden wir wegfahren. Du brauchst Abstand von all dem hier."

„Mit dir fahre ich nirgendwohin. Seit wann interessiert dich, was ich brauche?" Sie sprach mit zusammengebissenen Zähnen. „Vorhin, als ich dich gebraucht hätte, hast du mich im Stich gelassen."

„Herrgott, Melanie!" Nick hatte nur geflüstert, aber Melanie schien es, als hätte er sie angeschrien. Starr blickte sie in den Garten hinaus.

Nicks Hände in den Hosentaschen ballten sich zu Fäusten. „Glaubst du, ich wüsste das nicht? Denkst du, ich …" Er unterbrach sich, ehe er die Beherrschung verlor. „Ich konnte dir nicht geben, was du brauchtest. Jedenfalls zu diesem Zeitpunkt nicht. Mach es mir nicht noch schwerer, als es schon ist."

Melanie drehte sich zu ihm um und sah ihn kalt an. „Das ist nicht meine Absicht." Sie sprach genauso leise wie Nick, aber im Gegensatz zu ihm völlig unbewegt. „Jetzt brauche ich deine Hilfe nicht mehr, das ist alles. Ich will nichts mehr mit dir zu tun haben."

„Melanie …" Irgendetwas in Nicks Augen durchdrang fast Melanies Schutzmauer. Ein Flehen um Verständnis, Abbitte, Reue – Regungen, die sie von Nick nicht erwartet hätte. „Bitte, Melanie, ich will …"

„Was du willst, interessiert mich nicht", erklärte sie rasch, ehe er sie ins Wanken bringen konnte. „Lass mich in Frieden. Ich will nichts mehr mit dir zu tun haben."

„Heute Abend …", begann er noch einmal, aber Melanies eisiger Blick hielt ihn auf.

„Lass mich in Ruhe, Nick", sagte Melanie kalt.

Sie ließ ihn stehen, durchquerte den Salon und setzte sich neben Dorian.

Nick schossen mörderische Gedanken durch den Kopf. Er bedauerte zutiefst, dass er sie nicht auf der Stelle in die Tat umsetzen konnte.

6. KAPITEL

Melanie warf einen ungläubigen Blick auf die Uhr. Sie war überhaupt nicht müde gewesen, als Alex und Liz darauf bestanden hatten, sie möge sich hinlegen. Gehorcht hatte sie nur, weil der Wortwechsel mit Nick ihr die letzten Kräfte geraubt hatte. Jetzt war sie wach und stellte fest, dass die Mittagszeit schon vorüber war. Sie hatte zwei Stunden geschlafen.

Erfrischt war sie dennoch nicht. Mit halb geschlossenen Augen ging sie ins Badezimmer und ließ kaltes Wasser über ihr Gesicht laufen. Der Schock war von Scham verdrängt worden. Melanie schämte sich, weil sie in panischer Angst vor einer Leiche geflohen war und weil sie sich Hilfe suchend an Nick geklammert hatte und abgewiesen worden war. Sie spürte jetzt noch dieses Gefühl der Hilflosigkeit und der Verzweiflung, als Nick sie kalt von sich stieß.

Nie wieder, schwor sich Melanie. Sie hätte ihrem Verstand vertrauen sollen und nicht ihrem Herzen.

Sie hätte wissen müssen, dass man einen Mann wie Nick um nichts bat und nichts von ihm erwarten durfte. Ein Mann wie er hatte nichts zu geben. Aber dennoch …

Aber dennoch war es Nick, den sie in jenem Moment gebraucht und dem sie vertraut hatte. In seinen Armen hatten sie sich geborgen gefühlt.

Melanie schaute in den Spiegel. Ihr Gesicht zeigte noch immer die Spuren des Schocks, aber sie spürte, dass ihre Kräfte langsam zurückkehrten.

Ich brauche ihn nicht, dachte sie. Er bedeutet mir nichts. Das passiert mir nie wieder, schwor sich Melanie. Weil ich nicht mehr zu ihm gehe. Weil ich ihn nie wieder um etwas bitten werde.

Melanie kehrte ihrem Spiegelbild den Rücken und ging die Treppe hinunter.

Als sie die große Halle betrat, hörte sie hinter sich eine Tür zuschlagen und Schritte auf sich zukommen. Sie warf einen Blick über die Schulter und sah Dorian.

„Nun, fühlst du dich besser?“ Dorian trat zu Melanie und ergriff ihre Hand. In dieser Geste lag aller Trost und alles Mitgefühl, das sie sich nur wünschen konnte.

„Ja. Ich komme mir wie eine Närrin vor.“ Auf Dorians fragenden Blick hin fuhr sie fort: „Andrew hat mich praktisch nach Hause tragen müssen.“

Dorian lachte leise, legte einen Arm um Melanies Schultern und führte sie in den Salon. „Ihr Amerikanerinnen! Müsst ihr unbedingt stark und unabhängig sein?“

„Jedenfalls war ich's bis jetzt.“ Melanie musste daran denken, dass sie noch vor Kurzem in Nicks Armen geweint und um Hilfe gefleht hatte. Sie richtete sich kerzengerade auf. „Und mir bleibt auch nichts anderes übrig.“

„Bewundernswert. Der Anblick einer Leiche ist schließlich kein Vergnügen.“ Dorian sah, wie Melanie sich verfärbte, und riss sich zusammen. „Verzeih, Melanie, ich hätte das nicht sagen dürfen. Darf ich dir einen Drink bringen?“

„Um Gottes willen! Ich habe bereits zu viel Brandy getrunken, es reicht für heute.“ Mit einem schwachen Lächeln machte sie sich von Dorian los.

Warum boten ihr alle Leute Schutz und Trost an, nur nicht der Mann, der ihr etwas bedeutete? Unsinn, er bedeutet mir nichts, redete sie sich ein. Ich brauche weder Schutz noch Trost. Von keinem Mann.

„Du bist nervös, Melanie. Möchtest du allein sein?“

„Nein.“ Melanie schüttelte den Kopf. Dorian wirkte wie stets ruhig und ausgeglichen. Sie kannte ihn nicht anders. Sie wünschte, sie wäre heute Morgen Dorian und nicht Nick in die Arme gelaufen. Sie ging zum Flügel hinüber und strich mit einem Finger über die Tasten. „Ich bin froh, dass Tripolos fort ist. Er geht mir auf die Nerven.“

„Tripolos?“ Dorian zog sein Zigarettenetui hervor. „Um den brauchst du dir keine Gedanken zu machen. Vermutlich muss sich nicht einmal der Mörder seinetwegen Sorgen machen", fügte er mit einem kurzen Lachen hinzu. „Für spektakuläre Erfolge ist die Polizei von Mytilini nicht eben berühmt."

„Das hört sich an, als sei es dir egal, ob der Mörder gefasst wird oder nicht."

„Dörfliche Streitereien berühren mich nicht", erwiderte Dorian. „Mich interessieren nur Leute, die ich kenne. Ich wollte damit nur sagen, du brauchst dir wegen Tripolos keine Gedanken zu machen."

„Ich fürchte mich nicht", widersprach Melanie und beobachtete, wie Dorian sich die Zigarette anzündete. Irgendetwas ging ihr im Kopf herum, aber sie kam nicht darauf. „Es ist nur die Art, wie gelassen er dasitzt und einen beobachtet, wachsam, lauernd ..."

Melanie blickte dem aufsteigenden Rauch aus Dorians langer schwarzer Zigarette nach. Da war doch etwas ... Sie schüttelte eine unbestimmte, aber irgendwie wichtige Erinnerung ab. „Wo sind die anderen?"

„Liz und Alex sind im Arbeitszimmer. Iona ist mit dem Boot draußen."

„Ach ja, mit Nick." Unbewusst verkrampfte Melanie die Hände ineinander. „Du bist nicht glücklich darüber, oder, Dorian?"

„Iona musste einmal hinaus. Die Atmosphäre des Todes zerrt an ihren Nerven."

„Du bist sehr verständnisvoll." Plötzlich bekam Melanie Kopfschmerzen. Sie trat ans Fenster. „Ich glaube, das brächte ich nicht fertig."

„Ich habe Geduld, und ich weiß, dass Nick ihr nicht das Geringste bedeutet. Er ist für sie nur Mittel zum Zweck." Dorian machte eine kleine nachdenkliche Pause. „Manche Leute sind keiner Gemütsregung fähig, sei es nun Liebe oder Hass."

„Wie leer muss ihr Leben sein", sagte Melanie leise.

„Findest du? Ich stelle mir das eigentlich ganz bequem vor."

„Ja, bequem vielleicht, aber …“ Sie sprach nicht weiter. Dorian hob gerade seine Zigarette an die Lippen. Beim Anblick der schwarzen Zigarette erinnerte sich Melanie plötzlich … Die Muschel im Sand, die halb gerauchte Zigarette daneben, wenige Schritte von dem Toten entfernt … Dieselbe teure Marke! Sie starrte Dorian an. Ein kalter Schauer lief ihr über den Rücken.

„Ist was, Melanie?“ Dorians Stimme riss Melanie aus ihrem Betäubungszustand.

Sie schüttelte benommen den Kopf. „Nein, nein. Ich bin noch nicht wieder ganz ich selbst. Vielleicht sollte ich doch etwas trinken.“

Melanie hatte kein Bedürfnis nach einem Drink, brauchte aber Zeit, um ihre Gedanken zu ordnen. Ein Zigarettenstummel ist noch kein Beweis, dachte sie, während Dorian zur Bar ging. Alle Bewohner der Villa hätten sich auf der Sandbank zwischen den Klippen aufhalten können.

Aber der Zigarettenrest war frisch gewesen, überlegte sie weiter. Er steckte halb im Sand und war sauber und trocken. Wenn aber jemand gerade erst dort gewesen war, hätte er die Leiche entdecken und unverzüglich die Polizei verständigen müssen. Es sei denn …

Was für ein abwegiger Gedanke! Dass Dorian etwas mit der Ermordung eines Dorfbewohners zu tun haben sollte, war einfach absurd. Dorian und Alex, berichtigte sich Melanie. Beide rauchten diese schwarzen Zigaretten.

Aber beide waren zivilisierte Menschen, und zivilisierte Menschen stießen anderen kein Messer in den Rücken. Beide hatten gepflegte Hände und ein makelloses Benehmen. Musste man nicht böse, hart und kalt sein, um töten zu können?

Nick fiel ihr ein. Sie verdrängte den Gedanken aber sofort. Zunächst einmal musste sie die eine Überlegung zu Ende verfolgen.

Nein, Alex und Dorian kamen als Mörder nicht infrage. Sie waren kultivierte Geschäftsleute, und was sollten sie mit einem einheimischen Fischer zu tun haben? Andererseits musste es eine logische Erklärung für den Zigarettenstummel am Strand geben. Es gab für alles eine logische Erklärung. Es war die Nachwirkung des Schocks, sie sah überall Gespenster – das war die Erklärung.

Und die Schritte auf dem Strandpfad in jener Nacht? Vor wem hatte sich Nick versteckt? Auf wen hatte er gewartet? Der Tote war nicht im Zuge eines dörflichen Streits umgebracht worden, das hatte Melanie keinen Moment lang geglaubt. Mord ... Schmuggel ... Melanie schloss schaudernd die Augen.

Wer war der Mann, der an Land gekommen war, als Nick Melanie im Gebüsch gefangen hielt? Nick hatte Stephanos befohlen, ihm zu folgen. War es Alex gewesen oder Dorian? Oder der Tote in der Höhle?

Melanie fuhr zusammen, als Dorian ihr einen Brandy reichte. „Melanie, du bist so blass, willst du dich nicht setzen?"

„Nein. Ich bin nur ein bisschen nervös, das ist alles." Melanie umfasste ihr Glas mit beiden Händen, trank aber nicht. Sie würde Dorian einfach fragen, ob er auf der Sandbank gewesen war. Aber als sie in seine ruhigen, forschenden Augen blickte, wurde sie wieder von eiskalter Furcht gepackt.

„Diese Sandbank zwischen den Klippen." Melanie schluckte trocken und nahm allen Mut zusammen. „Man hat den Eindruck, als hätte nie eines Menschen Fuß den Sand betreten." Und die vielen zertretenen Muscheln, die ich gesehen habe? dachte Melanie plötzlich. Warum ist mir das nicht eher eingefallen? „Gehst du ... gehen oft Leute dorthin?"

„Was die Dorfbewohner machen, weiß ich nicht." Dorian beobachtete Melanie, die sich jetzt auf die Sofalehne setzte. „Aber vermutlich haben sie genug mit dem Fischfang oder den Oliven zu tun. Zum Muschelsammeln werden sie kaum Zeit finden."

„Sicher nicht." Melanie befeuchtete sich die Lippen. „Aber es ist herrlich dort, findest du nicht auch?"

Melanie schaute Dorian unverwandt an. Bildete sie es sich ein, oder hatte er tatsächlich ein Glitzern in den Augen. Täuschte sie vielleicht der Zigarettenrauch vor seinem Gesicht? Oder lag es an ihren überreizten Nerven?

„Ich war nie dort", sagte er achselzuckend. „Ich nehme an, mit dem Empire State Building in New York ist es nicht anders. Die wenigsten Einwohner waren dort oben." Er drückte die Zigarette im Aschenbecher aus. Melanie verfolgte seine Bewegungen. „Gibt es sonst noch etwas, Melanie?"

„Sonst noch etwas? Nein, nein." Rasch richtete sie den Blick auf Dorians Gesicht. „Ich glaube, es geht mir wie Iona. Die Atmosphäre hier geht mir auf die Nerven."

„Kein Wunder!" Mitfühlend trat Dorian näher zu Melanie heran. „Du hast eine Menge verkraften müssen heute Morgen, Melanie. Vergiss das Gerede über den Toten. Komm, gehen wir in den Garten", schlug er vor. „Dann reden wir über etwas anderes."

Melanie lag eine Ablehnung auf der Zunge. Sie wusste nicht, warum, aber sie wollte nicht mit Dorian allein sein. Als sie sich noch eine vernünftige Ausrede überlegte, trat Liz zu ihnen.

„Melanie, ich denke, du schläfst?"

Dankbar für die Störung, setzte Melanie das unberührte Glas ab und stand auf. „Ich habe lange genug geschlafen." Sie bemerkte, dass auch Liz angespannt wirkte. „Du solltest dich selbst ein wenig ausruhen, Liz."

„Unsinn, ich brauche lediglich frische Luft."

„Gerade wollte ich Melanie in den Garten lotsen." Dorian legte Liz sanft die Hand auf die Schulter. „Aber ihr werdet auch ohne mich zurechtkommen, nehme ich an. Ich habe mit Alex noch geschäftliche Angelegenheiten zu besprechen."

„Ja." Liz griff nach Dorians Hand. „Danke, Dorian. Ich weiß nicht, was Alex und ich heute ohne dich getan hätten."

„Unsinn." Er küsste sie leicht auf die Wange. „So, und jetzt geht und vergesst das Ganze."

„Dorian ..." Melanie schämte sich plötzlich. Dorian hatte

sich rührend um sie bemüht, und sie hatte ihrer Fantasie die Zügel schießen lassen. „Danke für alles“, sagte sie leise.

Dorian lächelte und küsste auch Melanie flüchtig auf die Wange. Der Duft von Orangenblüten wehte sie an. „Seht euch die Rosenbeete an, das wird euch auf andere Gedanken bringen.“

Nachdem Dorian in der Halle verschwunden war, ging Liz zu der Tür, die in den Garten führte. „Soll ich uns Tee bringen lassen?“

„Für mich nicht, danke. Und hör auf, mich wie eine Kranke zu behandeln.“

„Du liebe Güte, tue ich das?“

„Ja. Seit ich …“ Melanie sprach nicht weiter.

Liz warf ihr einen Blick zu und setzte sich seufzend auf eine Marmorbank. „Melanie, es tut mir so furchtbar leid, dass es ausgerechnet dich treffen musste. Nein, nein, tu nicht so, als wär's halb so schlimm. Wir kennen uns zu gut und zu lange. Ich weiß, wie dir heute Morgen zu Mute gewesen sein muss. Und wie du dich jetzt fühlst, weiß ich auch.“

„Ich fühle mich schon besser, Liz.“ Melanie nahm in einer kleinen Sitzschaukel Platz und zog die Beine an. „Allerdings gebe ich zu, dass ich fürs Erste keine Muscheln mehr bewundern werde. Aber du und Alex dürft euch nicht die Schuld daran geben. Es war ein unglücklicher Zufall, dass ich ausgerechnet heute Morgen diese Höhle entdeckte. Ein Mann wurde umgebracht – irgendjemand musste ihn ja finden.“

„Aber nicht gerade du.“

„Jedenfalls seid ihr beide nicht dafür verantwortlich.“

Liz seufzte. „Als sachlich denkende Amerikanerin weiß ich das, aber …“ Sie hob die Schultern und lächelte. „Ich glaube, ich werde langsam zur Griechin. Und du wohnst unter meinem Dach.“ Liz zündete sich eine Zigarette an, stand auf und ging ein paar Schritte auf und ab.

Eine schwarze Zigarette, stellte Melanie betroffen fest, eine teure schwarze Zigarette. Aber natürlich, Liz hatte die Angewohnheit, sich hin und wieder aus Alex' Beständen zu bedienen.

Melanie schaute in Liz' schönes Gesicht und schloss die Augen. Ich muss verrückt sein, dachte sie, wenn ich es auch nur eine Sekunde lang für denkbar hielte, Liz könnte etwas mit Mord und Schmuggel zu tun haben. Ich kenne sie seit Jahren, ich habe mit ihr zusammengewohnt. Vermutlich kenne ich sie besser als mich selbst. Aber wie weit würde Liz gehen, um den Mann zu decken, den sie liebte?

„Ich muss Iona ausnahmsweise recht geben", sagte Liz plötzlich. „Dieser Typ von der Polizei kann einen ganz schön verunsichern. Dieses Lächeln … die eiskalten Augen, die aalglatte Höflichkeit – ich muss sagen, die hart gesottenen New Yorker Cops sind mir lieber. Da weiß man wenigstens, woran man ist."

„Ich verstehe, was du meinst", sagte Melanie. Wenn sie doch nur ihre eigenen Gedanken abschalten könnte!

„Warum wollte er jeden von uns einzeln verhören? Was verspricht er sich davon?" Hastig führte Liz ihre Zigarette zum Mund. Die Brillanten auf ihrem Ehering blitzten kalt im Sonnenlicht.

„Routine, nehme ich an." Melanie musste auf den Ring schauen. Bis dass der Tod euch scheidet, dachte sie.

„Du kannst sagen, was du willst", widersprach Liz, „dieser Tripolos ist mir unheimlich. Was hat der Mord mit uns zu tun? Keiner von uns kannte den Mann. Ein Fischer namens Anthony Stevos!"

„Fischer?"

„Das ist jeder zweite männliche Dorfbewohner."

Melanie schwieg. Sie versuchte sich an die Szene im Salon heute Morgen zu erinnern. Wie haben die einzelnen Anwesenden reagiert? Hätte sie selbst nicht unter Schockeinwirkung gestanden, wäre ihr dann irgendetwas aufgefallen? Es gab noch jemanden, der an diesem Morgen eine schwarze Zigarette geraucht hatte, fiel ihr plötzlich ein.

„Liz“, begann Melanie vorsichtig, „kannst du dir erklären, warum Iona plötzlich durchdrehte und wegen des Verhörs eine Szene machte?“

„Melodramatische Szenen sind bei Iona an der Tagesordnung.“ Liz lachte spöttisch auf. „Hast du nicht gesehen, wie sie sich Nick an den Hals geworfen hat? Wie er das aushält, ist mir schleierhaft.“

„Es scheint ihn nicht zu stören.“ Nein, rief sich Melanie zur Ordnung. Nicht an Nick denken. Nicht jetzt. „Iona ist schwer zu durchschauen“, fuhr sie fort. „Aber heute Morgen ...“ Und gestern auch, dachte Melanie. Gestern, als die Rede auf den Rauschgiftschmuggel kam. „Heute Morgen hatte sie Angst, panische Angst.“

„Ich glaube, Iona ist einer solchen Regung überhaupt nicht fähig“, sagte Liz bitter. „Ich wünschte, Alex würde jede Verbindung zu ihr abbrechen und sie ein für alle Mal abschreiben. Er ist viel zu rücksichtsvoll der Verwandtschaft gegenüber.“

„Seltsam, Dorian sagte fast dasselbe.“ Melanie zupfte geistesabwesend an einer verblühten Rose. Sie sollte sich auf Iona konzentrieren. Sie war gefährlicher als irgendein anderer in diesem Haus. Wenn sie sich in die Enge getrieben fühlte, würde sie über Leichen gehen.

„Wie meinst du das?“

„Iona.“ Melanie schaute Liz an. „Meiner Ansicht nach wird sie von starken Emotionen beherrscht – von zerstörerischen Emotionen wie Hass, Verzweiflung und Besitzgier. Starke, sehr starke Emotionen sind es auf jeden Fall.“

„Ich kann sie nicht ausstehen“, stieß Liz so heftig hervor, dass Melanie sie verdutzt anschaute. „Sie macht Alex das Leben zur Hölle. Ich kann dir gar nicht sagen, wie viel Zeit, Nerven und Geld ihn diese Frau schon gekostet hat. Und Undankbarkeit und Ungezogenheit sind der Lohn dafür.“

„Alex hat einen ausgeprägten Familiensinn“, meinte Melanie. „Du kannst ihn nicht davor schützen.“

„Ich bin entschlossen, ihn zu schützen!“, fiel Liz ihr hitzig ins Wort. „Vor allem und jedem." Sie schnippte den Rest der Zigarette ins Gebüsch. Ein Schauer überlief Melanie. „Verdammt", sagte Liz etwas ruhiger. „Die Sache heute Morgen geht mir ständig im Kopf herum."

„Das geht uns allen so." Melanie stand auf. „Es war ja auch kein erfreulicher Morgen."

„Es tut mir leid, Melanie, aber Alex ist völlig außer sich. Sosehr er mich liebt, es gibt Dinge, über die er nicht spricht … seine Probleme, seine Arbeit. Er ist der Meinung, er müsse allein damit fertig werden." Liz lachte kurz auf und schüttelte dann den Kopf. „Komm, setz dich wieder, Melanie. Ich rede zu viel, das ist es."

„Liz, wenn irgendetwas nicht stimmt … Ich meine, wenn du ernste Probleme hättest, würdest du es mir doch sagen, oder?"

„Ich habe keine Probleme. Vergiss es und mach dir keine Sorgen." Liz zog Melanie auf die Sitzschaukel zurück. „Es ist nur frustrierend, wenn der Mensch, den man über alles liebt, sich nicht helfen lassen will. Manchmal macht es mich ganz verrückt, dass Alex darauf besteht, unangenehme Dinge von mir fernzuhalten."

„Er liebt dich, Liz." Melanie verkrampfte die Hände im Schoß.

„Und ich liebe ihn."

„Liz …" Melanie holte langsam Luft. „Warst du mit Alex zusammen schon auf der Sandbank?"

„Wieso?" Liz war offenbar mit ihren Gedanken ganz woanders. Sie setzte sich wieder auf ihre Bank. „Ach so, nein. Wir halten uns meistens auf den Kliffs auf, wenn ich Alex überhaupt einmal von der Arbeit fortlocken kann. Ich weiß nicht mehr, wann wir das letzte Mal dort waren. Ich wünschte", fügte sie leise hinzu, „ich wäre heute Morgen bei dir gewesen."

Melanie schämte sich ihrer abwegigen Gedanken und blickte zur Seite. „Ich bin froh, dass das nicht der Fall war.

Ich habe Alex gerade genug zu schaffen gemacht mit meiner Hysterie."

„Du warst nicht hysterisch", widersprach Liz energisch. „Im Gegenteil, du warst unnatürlich ruhig, als Andrew dich nach Hause brachte."

„Ich habe mich gar nicht bei ihm bedankt." Melanie verdrängte Zweifel und Verdächtigungen. Sie waren unbegründet, einfach lächerlich. „Was hältst du von Andrew?"

„Er ist sehr charmant." Liz spürte Melanies Stimmungsumschwung und passte sich dem an. „Heute hat er sich von der besten Seite gezeigt, findest du nicht?" Liz lächelte weise und mütterlich. „Ich glaube, er ist bis über beide Ohren in dich verliebt."

„Das könnte dir so passen, aber daraus wird nichts."

„Wieso? Er wäre eine nette Ablenkung für dich", überlegte Liz unbeirrt weiter. „Aber leider gehört er zum weniger begüterten Teil der Gregoras-Familie, und ich habe mir vorgenommen, dich mit einem reichen Mann zu verheiraten. Trotzdem", schloss sie, als sie Melanie seufzen hörte, „wäre er ein angenehmer Gesellschafter … für eine Weile."

„Hallo." Andrew kam in den Garten geschlendert. „Ich hoffe, ich störe nicht."

„Ganz und gar nicht." Liz lächelte ihm erfreut entgegen. „Nachbarn sind immer willkommen."

Andrew strahlte jungenhaft, was ihm ein paar Pluspunkte bei Liz eintrug. „Ich habe mir Sorgen um Melanie gemacht." Er beugte sich hinunter, umfasste Melanies Kinn und schaute ihr ins Gesicht. „Es war ein schrecklicher Morgen, und ich wollte sehen, wie es dir geht. Ich hoffe, es ist dir recht?" Seine Augen waren so dunkelblau wie das Wasser vor dem Strand.

„Natürlich, Andrew." Melanie griff nach seiner Hand. „Es geht mir gut. Oh Andrew, ich habe mich nicht einmal bei dir bedankt. Bitte verzeih."

„Du bist immer noch sehr blass." Es klang sehr mitleidig.

Melanie musste über Andrews Besorgnis lächeln. „Das muss mit dem New Yorker Winter zusammenhängen."

„Eisern entschlossen, Haltung zu wahren, wie?"

„Nach der Szene am Strand heute früh habe ich dazu wahrhaftig allen Grund."

„Oh, ich fand die Szene gar nicht schlecht, im Gegenteil." Andrew drückte kurz Melanies Hand. „Ich wollte sie zum Dinner entführen", fuhr er dann zu Liz gewandt fort. „Ein wenig Ablenkung kann nicht schaden, denke ich."

„Das predige ich ihr schon die ganze Zeit."

Andrew beugte sich wieder zu Melanie hinunter. „Wir gehen ins Dorf, okay? Ein bisschen Lokalkolorit, ein paar Ouzos, eine Flasche Wein und nette Unterhaltung. Was hältst du davon?"

„Eine fabelhafte Idee!" Liz war von Andrews Vorschlag begeistert. „Genau das brauchst du, Melanie."

Erheitert betrachtete Melanie die beiden, die sich sozusagen gegenseitig auf die Schulter klopften. Aber genau das brauchte sie: eine andere Umgebung, Menschen, die sie ablenkten, von dem Haus, den eigenen Gedanken, den Zweifeln ... Melanie lächelte Andrew an. „Wann soll ich fertig sein?"

Andrews jungenhaftes Lächeln leuchtete wieder auf. „Sagen wir, um sechs? Ich werde dir das Dorf zeigen. Keine Angst, Nick hat mir den Alfa für die Dauer meines Aufenthalts zur Verfügung gestellt, du brauchst nicht auf einem Esel zu reiten."

Melanie nickte mechanisch. „Ich werde pünktlich sein." Das Lächeln wollte ihr nicht recht gelingen.

Die Sonne stand hoch im Süden, als Nick die Jacht ins offene Meer hinaussteuerte.

Zum Teufel mit Melanie! dachte er ergrimmt. Zornig schleuderte er die halb gerauchte schwarze Zigarette über Bord. Wäre sie nicht mitten in der Nacht zum Strand hinuntergelaufen, hätte das alles vermieden werden können.

Und dann heute Morgen! Wieder sah er Melanies schreckgeweitete Augen vor sich und hörte ihr Flehen um Hilfe. Er konnte noch fühlen, wie sie sich an ihn geklammert hatte, aber er hatte nichts für sie tun können.

Nick fluchte leise und brachte den Motor auf Hochtouren. Er verdrängte jeden Gedanken an Melanie und konzentrierte sich auf das Nächstliegende. Anthony Stevos hatte es also erwischt. Nick hatte den Fischer nur zu gut gekannt und wusste, woraus seine Fischzüge gelegentlich bestanden hatten. Er kannte auch die Athener Telefonnummer, die er in Stevos' Hosentasche gefunden hatte.

Dieser Narr hatte zu schnell reich werden wollen. Jetzt war er eine Leiche, eliminiert. Wie lange würde Tripolos brauchen, bis er einen dörflichen Streit ausschloss und auf die richtige Fährte gelangte? Vermutlich nicht lange genug, dachte Nick. Ich werde die Sache schneller vorantreiben müssen als geplant.

„Nicky, was soll dieses finstere Gesicht?", rief Iona ihm über den Motorenlärm hinweg zu. Sofort setzte Nick eine freundlichere Miene auf.

„Ich dachte an den Berg Papierkram auf meinem Schreibtisch, weiter nichts." Nick stellte den Motor ab und ließ das Boot treiben. „Ich hätte mich besser nicht zu einem freien Nachmittag überreden lassen sollen."

Iona kam zu ihm herüber. Ihre eingeölte Haut glänzte. Sie trug einen winzigen Bikini mit einem trägerlosen Top, das ihren Busen nur zur Hälfte bedeckte. Iona hatte fraglos einen reifen, üppigen und erregenden Körper. Trotzdem ließ ihr Hüftschwung Nick völlig kalt.

„*Agapité mou*", schmeichelte sie, „du wirst doch jetzt nicht an Geschäfte denken." Sie schlängelte sich auf seinen Schoß und schmiegte sich an ihn.

Nick küsste sie mechanisch. Nach der Flasche Champagner, die Iona ausgetrunken hatte, merkte sie den Unterschied ohnehin nicht. Der Geschmack blieb auf seinen Lippen haften. Unwillkürlich musste er an Melanie denken. Mit einem unterdrückten Fluch presste er die Lippen auf Ionas Mund.

„Hm …" Iona schnurrte wie eine Katze beim Streicheln. „So gefällst du mir schon besser, Nicky. Jetzt bist du wild auf mich, ich fühle es. Sag es mir, ich brauche einen Mann, der mich begehrt."

„Welcher Mann würde eine Frau wie dich nicht begehren?" Nick strich ihr mit der Hand über den Rücken, während sich ihr Mund gierig auf seinen presste.

„Ein Idiot", gurrte Iona und lachte leise. „Aber du bist kein Idiot, Nicky." Sie legte den Kopf in den Nacken. Ihre Augen waren halb geschlossen und vom Alkohol verschleiert. „Liebe mich hier unter freiem Himmel im Sonnenschein."

Mir wird nichts anderes übrig bleiben, wenn ich diesen Job erfolgreich durchführen will, dachte Nick voll Abscheu. Nur auf diese Weise würde er sie zum Reden bringen. Und er musste sie zum Reden bringen!

„Sag mal, Darling", flüsterte Nick und küsste Iona auf den Nacken, während sie sein Hemd aufknöpfte. „Was weißt du über den Schmuggelverkehr zwischen der Türkei und Lesbos?"

Nick spürte, wie Iona erstarrte. Er würde trotzdem leichtes Spiel mit ihr haben bei der Menge Gin und Champagner, die sie in sich hineingeschüttet hatte. Sie würde reden wie ein Wasserfall. Sie war reif – überreif, schon seit Tagen war sie fällig.

„Nichts", antwortete Iona und zerrte an seinen Hemdknöpfen. „Von solchen Dingen weiß ich gar nichts."

„Komm schon, Iona", flüsterte Nick verführerisch. „Du weißt eine ganze Menge. Als Geschäftsmann bin ich an neuen Verdienstmöglichkeiten interessiert, wie du dir wohl denken kannst." Er knabberte an ihrem Ohrläppchen. „Du gönnst mir doch ein paar zusätzliche Drachmen, oder etwa nicht?"

„Ein paar Millionen!" Iona berührte ihn verführerisch, um ihm zu zeigen, was sie von ihm wollte. „Ja, ich weiß recht viel."

„Und du erzählst es mir auch, ja? Komm, Iona. Du und

die Millionen, das erregt mich. Also – was weißt du über den Mord?"

„Der Mann, den diese dumme Person gefunden hat, wurde erledigt, weil er zu geldgierig war."

Nick zwang sich zur Ruhe. „Und wer steckt dahinter?" Er legte sich zu Iona, die sich der Länge nach auf der Persenning ausstreckte. „Wer hat Stevos erledigt, Iona?" Nick hatte den Eindruck, sie würde gleich in den Schlaf hinübergleiten. Er schüttelte sie recht unsanft, um sie wach zu halten.

„Ich will mit Mördern nichts zu tun haben, Nick", stieß Iona hervor. „Der Teufel soll diesen verdammten Bullen holen!" Sie wollte die Arme um ihn schlingen, schaffte es aber nicht. „Ich habe es satt, ständig abhängig zu sein", schmollte sie. „Vielleicht sollte ich mich mit dir zusammentun, einfach aussteigen. Du bist reich, Nick. Und ich brauche Geld ... viel Geld."

„Wie meinst du das, Iona?"

„Später ... Wir reden später darüber." Ionas Mund nahm Nicks Lippen wieder in Besitz.

Nick versuchte wenigstens eine Andeutung von Leidenschaft aufzubringen. Er brauchte Iona dringend. Aber als er merkte, dass sie endgültig das Bewusstsein verlor, tat er nichts, um sie wieder aufzuwecken.

Er stellte sich an die Reling und rauchte eine Zigarette nach der anderen. Der Ekel vor dem, was er zu tun hatte, erzürnte und deprimierte ihn gleichermaßen. Ihm war klar, dass er Iona als Werkzeug benutzen musste, und er musste sich von ihr benutzen lassen – wenn nicht jetzt, dann später. Er musste aus ihr herausbringen, was sie wusste. Das war für seine Sicherheit und für seinen Erfolg unabdingbar.

Wenn er Ionas Liebhaber werden musste, um sein Ziel zu erreichen, dann ließ sich das nicht ändern. Es war für ihn nicht von Bedeutung. Nick zog heftig an seiner Zigarette. Nein, das bedeutete wirklich nichts. Das gehörte zu seiner Arbeit.

Am liebsten hätte Nick sich jetzt stundenlang unter die Dusche gestellt, um den Schmutz von sich abzuspülen, der sich nicht abspülen ließ – der Schmutz vieler Jahre, die Lügen vieler Jahre. Wie kam es, dass er sich erst jetzt wie ein Gefangener fühlte?

Nick sah Melanies Gesicht vor sich. Ihre Augen blickten ihn kalt an. Er warf die Zigarette ins Wasser, ging ans Ruder zurück und startete den Motor.

7. KAPITEL

Die Rundfahrt durch das alte Fischerdorf mit seinen verwinkelten Gassen und dicht aneinander gedrängten, weiß verputzten Häusern endete im Hafen.

Melanie saß mit Andrew in einer der zahlreichen Hafenkneipen und sah den Fischern zu, die ihre Boote an den Anliegern festmachten und die Netze zum Trocknen ausbreiteten.

Unter den Männern war jedes Alter vertreten, von kleinen Jungen bis zum Veteran. Alle waren tief gebräunt, alle arbeiteten zusammen. Zwölf Mann, vierundzwanzig Hände für ein Netz. Die Arbeit war für die Fischer alltägliche Routine und ging ihnen scheinbar mühelos von der Hand.

„Das muss heute ein guter Fang gewesen sein", meinte Andrew, als er sah, wie versunken Melanie in den Anblick war.

Nachdenklich strich Melanie mit dem Finger über den Rand ihres Glases. „Ich dachte gerade … Sie sehen alle so gesund und kräftig aus, auch die Alten. Ich nehme an, sie fahren bis zu ihrem Tod hinaus. Sie verbringen ihr Leben auf dem Meer und arbeiten, bis sie eines Tages tot umfallen, aber sie sind zufrieden."

„Sie kennen es nicht anders", sagte Andrew. „Sie leben, wie sie von jeher gelebt haben. Sie fischen, oder sie arbeiten in Nicks Olivenhainen, wie die Generationen vor ihnen." Andrew stellte seinen Drink ab und schaute ebenfalls zu den Fischern hinüber. „Ich glaube, sie wollen es gar nicht anders. Sie sind auf dem Meer zu Hause, arbeiten hart und führen ein einfaches Leben. Vielleicht ist es gerade das, worum man sie beneiden könnte."

„Aber den Schmuggel gibt es auch", sagte Melanie leise.

Andrew zuckte mit den Schultern. „Das passt zum Schema, oder? Sie schmuggeln wie ihre Väter und Großväter, um ihren kargen Verdienst aufzubessern. Gefahr kann sie nicht schrecken, im Gegenteil. Sie erhöht den Reiz des Abenteuers."

Melanie blickte Andrew betroffen an. „Von dir hätte ich diese Einstellung nicht erwartet."

Andrew schaute Melanie seinerseits verdutzt an. „Welche Einstellung?"

„Diese Gleichgültigkeit einem Verbrechen gegenüber."

„Aber Melanie! Seit wann ist Schmuggel ein …"

„Es ist kriminell!", unterbrach sie ihn. „Man muss dagegen vorgehen!" Melanie stürzte ihren klaren, aber starken Ouzo hinunter.

„Wie soll man gegen etwas vorgehen, das hier zu Lande seit Jahrhunderten gang und gäbe ist?"

„Rauschgiftschmuggel ist ein schmutziges Geschäft. Einflussreiche Männer wie Alex und Nick, die hier auf der Insel ihren Wohnsitz haben, könnten Druck auf die zuständige Behörde ausüben, sollte man meinen."

„Ich weiß nicht, wie Alex darüber denkt." Andrew füllte Melanies Glas nach. „Aber ich glaube, Nick würde sich nie in Angelegenheiten einmischen, die ihn persönlich oder das Unternehmen nicht unmittelbar betreffen."

Ein Schatten flog über Melanies Gesicht. „Ich weiß."

„Versteh mich bitte nicht falsch, Melanie", sagte Andrew. Er starrte auf seine Hände, um ihrem Blick auszuweichen. „Nick ist mir gegenüber sehr großzügig", fuhr er fort. „Er hat mir das Geld für den Flug geliehen und mir das Cottage zur Verfügung gestellt. Weiß der Himmel, wann ich ihm das Geld zurückgeben kann. Ich hasse es, ihm auf der Tasche zu liegen, aber die Schriftstellerei ist nicht die sicherste Einkommensquelle."

„Wenn ich mich recht entsinne, hielt der berühmte englische Schriftsteller T.S. Elliot sich als Bankangestellter über Wasser."

Andrew verzog das Gesicht und lächelte. „Nick hat mir einen Job in seinem Zweitunternehmen in Kalifornien angeboten. Er meint es gut, aber es ist meinem Ego nicht gerade zuträglich." Andrew schaute aufs Meer hinaus. „Ob mein Schiff je kommen wird, Melanie?"

„Mit Sicherheit, Andrew. Du wirst deinen Traum verwirklichen, du musst nur daran glauben."

Andrew seufzte. „Ja, vielleicht hast du recht." Er schüttelte seine düstere Stimmung ab, und sein Lächeln wurde wieder warm und freundlich. „Ich bin am Verhungern. Wollen wir bestellen?"

Die Sonne war schon untergegangen, als Andrew und Melanie ihr Abendessen beendeten. Weiche, verblassende Farben zogen sich über den Himmel, die ersten Sterne flimmerten am sich allmählich verdunkelnden Horizont.

Der hochprozentige griechische Ouzo und die kräftig gewürzten Speisen hatten Melanie in eine gelöste, zufriedene Stimmung versetzt. Hin und wieder spielte jemand auf einer Gitarre. Das Lokal war voll besetzt, und manche Gäste sangen laut mit.

Der Wirt bediente die Gäste persönlich – ein schwergewichtiger Mann mit einem dünnen Schnurrbart und Triefaugen, die er vermutlich den pfeffergeschwängerten Küchendünsten und den Schwaden von Tabakqualm verdankte, die sich durch das Lokal zogen. Amerikanische Touristen hoben seinen Status, und da er von Melanies fließendem Griechisch beeindruckt war, nahm er jede Gelegenheit wahr, auf ein paar Worte an ihren Tisch zu kommen.

Melanie fühlte sich wohl in der ungezwungenen Atmosphäre. In der Villa Theocharis war sie von Herzlichkeit und Luxus umgeben, aber dies hier war etwas ganz anderes. Hier wurde laut gelacht und hin und wieder Wein verschüttet. So sehr Melanie Liz und Alex zugetan war, ein Leben, das von gesellschaftlichen Zwängen bestimmt wurde, würde sie einengen. Sie würde innerlich verkümmern.

Zum ersten Mal seit diesem Morgen ließen Melanies stechende Kopfschmerzen nach. „Oh, sieh mal, Andrew! Die Männer fangen an zu tanzen."

Melanie stützte die Ellbogen auf den Tisch, legte das Kinn in die Hände und schaute den Männern zu, die sich mit den Armen umfassten und eine Reihe bildeten.

„Willst du mittanzen?“, fragte Andrew.

Melanie schüttelte lachend den Kopf. „Ich würde sie nur durcheinanderbringen. Warum tanzt du nicht mit?“

Andrew füllte Melanies Glas auf. „Du hast ein hinreißendes Lachen. Es klingt so frei und ungekünstelt und auf eine seltsame Weise verheißungsvoll.“

„Du sagst die nettesten Dinge, Andrew.“ Melanie lächelte belustigt. „Ich bin gern mit dir zusammen. Es ist schön, einen Freund wie dich zu haben.“

Andrew zog seine Augenbrauen hoch, und im nächsten Moment fühlte Melanie seine Lippen sekundenlang auf ihrem Mund. „Das freut mich“, sagte er leise.

Als er Melanies verdutztes Gesicht sah, lehnte er sich zurück und lächelte schief. „Das Gesicht, das du jetzt machst, ist meinem Ego auch nicht eben förderlich.“ Er zog eine Zigarettenschachtel aus der Jackentasche und suchte nach Streichhölzern.

Melanies Blick fiel auf die flache schwarze Schachtel. „Was denn, du rauchst?“, brachte sie nach einem Moment heraus.

„Oh, nur gelegentlich.“ Andrew fand die Streichhölzer. Der Schein der Flamme tauchte sein Gesicht in geheimnisvolle, Unheil verkündende Schatten. „Zu dumm, aber ich stehe auf diese teure Sorte. Zum Glück lässt Nick immer eine Schachtel da, wenn er mich im Cottage besuchen kommt. Täte er's nicht, würde ich wahrscheinlich überhaupt nicht rauchen.“ Er bemerkte Melanies Erstarrung. „Stimmt etwas nicht?“, fragte er irritiert.

„Oh … nein, es ist nichts.“ Melanie hob ihr Glas und hoffte, dass ihrer Stimme nichts anzumerken war. „Mir fiel nur eben ein, was du mir von deinen Wanderungen über die Insel erzählt hast. Ist dir die Sandbank zwischen den Klippen eigentlich niemals aufgefallen? Warst du noch nie dort?“

„Diese Sandbank gehört zu meinen Lieblingsplätzen.“ Schnell griff Andrew nach Melanies Hand. „Ich meine das natürlich rückblickend. Ich glaube, ich war vor etwa einer Woche zuletzt dort. Und so bald zieht es mich nicht wieder dorthin.“

„Vor einer Woche …“, murmelte Melanie.

„Denk nicht mehr darüber nach, Melanie.“

Melanie schaute Andrew in die Augen. Sie waren so klar, so offen. Was für ein Wahnsinn, dachte sie. Alex, Dorian, Andrew – keiner von ihnen wäre zu einer solchen Tat fähig. Warum sollte nicht einer der Dorfbewohner eine Vorliebe für teure schwarze Zigaretten haben – der Mann, der Stevos ermordet hatte?

„Du hast recht.“ Melanie lächelte wieder und beugte sich zu Andrew hinüber. „Erzähl mir etwas über deinen Roman, Andrew.“

„Guten Abend, Miss James. Mr Stevenson!“

Melanie wandte den Kopf und blickte in Tripolos’ kantiges Gesicht. „Oh hallo, Captain.“

Es klang nicht sonderlich begeistert, aber das focht Captain Tripolis nicht an. „Nun, wie gefällt Ihnen das Dorfleben? Kommen Sie oft hierher?“

„Heute Abend zum ersten Mal“, erklärte Andrew. „Ich habe sie überredet, mir beim Dinner Gesellschaft zu leisten. Nach dem Schock heute Morgen brauchte sie dringend ein bisschen Ablenkung.“

Tripolis nickte mitfühlend. Melanie fiel auf, dass die Musik und das Gelächter verstummt waren. Die Atmosphäre in dem kleinen Lokal war plötzlich gespannt.

„Sehr vernünftig“, meinte der Kommissar. „Eine junge Dame sollte so etwas möglichst rasch vergessen. Leider wird mir das nicht möglich sein.“ Er seufzte und warf einen Blick auf die Drinks. „Tja, dann weiterhin viel Vergnügen.“ Damit empfahl er sich.

„Verdammt!“, schimpfte Melanie leise vor sich hin, nachdem Tripolos gegangen war. „Warum macht dieser Mann mich so unsicher? Jedes Mal, wenn ich ihn sehe, komme ich mir vor, als hätte ich eine Bank überfallen!“

„Ich weiß genau, was du meinst.“ Andrew beobachtete, wie die Leute zurücktraten, um Tripolos durchzulassen. „Er braucht einen nur anzusehen, und schon verliert man den Boden unter den Füßen und fühlt sich irgendwie schuldig."

„Gott sei Dank, dass es nicht nur mir so geht." Melanie hob ihr Glas. Ihre Hand zitterte, und sie leerte es rasch. „Andrew", sagte sie leise, „ich glaube, ich brauche noch einen Drink."

Fahles Mondlicht hatte die Farben des Sonnenuntergangs abgelöst. Es wurde spät und später, das Lokal wurde immer voller, und man verstand sein eigenes Wort nicht mehr in dem lärmenden Trubel. Das kurze Zwischenspiel mit Tripolos erschien Melanie inzwischen unwirklich. Es störte sie nicht. Von der Wirklichkeit hatte sie für heute genug.

Der Wirt setzte eine neue Flasche auf den Tisch.

„Viel Betrieb heute Abend." Melanie schenkte ihm ein strahlendes Lächeln.

„Es ist Samstag", erwiderte er, und das erklärte alles.

„Dann habe ich mir ja den richtigen Tag ausgesucht." Melanie warf einen Blick auf das Menschengewimmel. „Ihre Gäste fühlen sich wohl hier, wie man sieht."

Der Mann wischte sich die Hände an der Schürze ab und lächelte selbstgefällig. „Als der Captain aus Mytilini aufkreuzte, sah ich schwarz fürs Geschäft. Aber es ist noch mal gut gegangen."

„Die Polizei ist der fröhlichen Stimmung nie besonders zuträglich", bestätigte Melanie. „Ich nehme an, er führt Ermittlungen zu dem Mord an dem Fischer durch."

Der Wirt nickte. „Stevos war oft hier, aber er hatte kaum Freunde. Vom Tanzen und Kartenspielen hielt er nichts, dazu nahm er sich keine Zeit. Er vertrieb sich die Zeit auf andere Weise. Aber wie – davon habe ich keine Ahnung." Der Mann kniff die Augen zusammen. „Meine Gäste lassen sich nicht gern ausfragen." Er stieß einen unterdrückten Fluch aus. Melanie war sich nicht sicher, ob er Stevos oder Tripolos galt.

„Stevos war doch ein Fischer wie die anderen." Sie hatte Mühe, dem Griechen in die Augen zu sehen. „Aber seine Kollegen scheinen nicht um ihn zu trauern."

Der Wirt hob nur schweigend die Schultern, und Melanie wusste Bescheid: Es gab solche und solche Fischer. „Ich wünsche Ihnen noch einen schönen Abend. Es ist mir eine Ehre, Sie bewirten zu dürfen." Er verbeugte sich und ging zu einem anderen Tisch.

„Ich komme mir ziemlich verloren vor, wenn ich nichts als Griechisch höre", gestand Andrew, als der Wirt weiterging. „Ich habe kein Wort verstanden. Was hat er gesagt?"

Melanie wollte nicht schon wieder von dem Mord reden, also lächelte sie nur. „Griechische Männer sind heißblütig, Andrew, aber ich habe ihm erklärt, dass ich für heute Abend schon vergeben bin."

Sie verschränkte die Arme hinter dem Kopf und blickte zu den Sternen auf. „Was für ein Abend! Es ist so schön hier. Keine Mörder, kein Schmuggel. Ich fühle mich großartig, Andrew. Wann darf ich einen Blick in dein Manuskript werfen?"

„Wenn dein Gehirn wieder normal funktioniert." Andrew lächelte. „Deine Meinung könnte für mich von Bedeutung sein."

„Du bist wundervoll, Andrew." Melanie hob ihr Glas und betrachtete Andrew eingehend. „Ganz anders als Nick."

„Wie kommst du denn darauf?" Andrew setzte die Flasche auf den Tisch zurück.

„Es stimmt, du bist anders." Melanie trank ihm zu. „Auf die Männer Amerikas, ihren Stolz und ihre Ehre!"

Andrew stieß mit ihr an, trank und schüttelte dann den Kopf. „Ich glaube, wir haben eben nicht auf dasselbe getrunken."

Melanie merkte, dass sich Nick wieder in ihre Gedanken drängte. Sie schob ihn beiseite. „Und was macht das? Die Nacht ist so schön."

„Ja." Andrew strich sanft mit den Fingerspitzen über Melanies Handrücken. „Habe ich dir schon gesagt, wie schön du bist?"

„Andrew, du bist ein Schmeichler!" Melanie lachte und beugte sich näher zu ihm. „Mach nur weiter so. Ich mag es."

Andrew zupfte an ihrem Haar. „Du hast mich aus dem Konzept gebracht."

„Ich – wieso?" Melanie stützte das Kinn auf und sah Andrew groß und ernsthaft an.

Andrew musste lachen. „Wir sollten einen kleinen Spaziergang machen. Vielleicht finde ich unterwegs eine dunkle Ecke, in der ich dich küssen kann."

Er erhob sich und half ihr beim Aufstehen. Melanie bestand darauf, sich in aller Form von dem Wirt zu verabschieden, ehe sie sich von Andrew aus dem Gewühl steuern ließ.

Abgesehen von den Gästen in dem Lokal war weit und breit keine Menschenseele zu erblicken. Die Bewohner der weißen Häuser hatten das Licht gelöscht und sich zur Ruhe begeben. Hin und wieder bellte ein Hund, und ein anderer antwortete. Melanie hörte ihre eigenen Schritte in der Straße widerhallen.

„Es ist so still", flüsterte sie. „Man hört nur das Meer und den Wind. Vom ersten Tag meines Aufenthalts auf Lesbos hatte ich das Gefühl, hierher zu gehören. Und das hat sich trotz allem, was inzwischen geschehen ist, bis heute nicht geändert, Andrew."

Melanie drehte sich einmal im Kreis und landete lachend in Andrews Armen. „Ich glaube, ich will überhaupt nicht mehr nach Hause. Ich könnte New York, den Verkehrslärm und den Schnee nicht ertragen. Und diese ewige Hetze – morgens zur Arbeit und abends wieder nach Hause. Vielleicht werde ich Fischer. Oder ich tue, was Liz will, und heirate einen Ziegenhirten."

„Ich kann dir nur raten, keinen Ziegenhirten zu heiraten", sagte Andrew nüchtern. Dann zog er Melanie dichter zu sich heran. Der Duft ihres Parfüms wehte ihn an, ihr Gesicht schimmerte weiß im Mondlicht. „Die Fischerei wäre einen Versuch wert. Wir könnten uns in Nicks Cottage einrichten."

Das geschähe ihm recht, dachte Melanie verworren. Sie hob Andrew die Lippen entgegen und wartete.

Sein Kuss war zärtlich und behutsam. Melanie wusste nicht, ob die Wärme, die sie spürte, vom Alkohol oder von diesem Kuss herrührte. Es war ihr gleichgültig. Andrew drängte sie nicht, sein Kuss war weder fordernd noch besitzergreifend. Sie fühlte sich geborgen in seinen Armen.

Leidenschaftliche Gefühle stellten sich nicht ein, aber das war ihr nur recht. Leidenschaft trübte den Verstand noch mehr als Ouzo. Und wenn man aus dem Rausch erwachte, blieben nur Schmerz und Enttäuschung zurück.

Andrew war freundlich und unkompliziert. Niemals würde er sich abwenden, wenn sie Hilfe brauchte. Er würde ihr keine schlaflosen Nächte bereiten und sie nie in den Zwiespalt zwischen Recht und Unrecht stürzen. Andrew war ritterlich und durch und durch anständig, ein Mann, dem eine Frau vertrauen konnte.

„Melanie“, sagte er leise und legte die Wange an ihr Haar. „Du bist hinreißend. Gibt es einen Mann, mit dem ich mich duellieren muss?“ Melanie versuchte an Jack zu denken, konnte sich aber nicht einmal sein Gesicht ins Gedächtnis rufen. Denn plötzlich schob sich ein allzu klares Bild dazwischen – Nick, der sie an sich presste und sie mit seinen Küssen um den Verstand brachte.

„Nein“, antwortete sie etwas zu heftig. „Es gibt keinen Mann. Es gibt niemanden, Andrew.“

Andrew hob ihr Kinn mit einem Finger an. Im schwachen Mondlicht blickte er ihr in die Augen. „Aus dem Nachdruck deiner Verneinung schließe ich, dass meine Konkurrenz beachtlich sein muss.“

Als Melanie widersprechen wollte, legte er ihr einen Finger auf die Lippen. „Nicht ... Heute Nacht möchte ich meinen Verdacht nicht bestätigt bekommen. Ich bin selbstsüchtig.“ Er küsste sie wieder lange und ausdauernd. Dann hob er den Kopf. „Verdammt, Melanie, weißt du überhaupt, was du anrichtest? Ich bringe dich besser nach Hause, ehe ich vergesse, dass ich ein Gentleman bin und es mit einer Lady, wenn auch einer ziemlich beschwipsten Lady zu tun habe."

Die Villa schimmerte weiß unter dem nächtlichen Himmel. Nur in der Halle hatte Liz die Nachtbeleuchtung brennen lassen.

„Sie schlafen schon alle", stellte Melanie überflüssigerweise fest, als sie aus Andrews Wagen stieg. „Ich muss ganz leise sein." Sie kicherte und legte sich rasch die Hand über den Mund. „Wenn ich mich morgen an das alles erinnere, komme ich mir bestimmt wie eine Närrin vor."

„An allzu viel wirst du dich nicht erinnern", bemerkte Andrew und nahm ihren Arm.

Melanie hatte das Gefühl, auf Wolken die Eingangstufen hinaufzuschweben. „Du brauchst keine Angst zu haben", versicherte sie Andrew feierlich. „Ich werde ganz vorsichtig sein und im Foyer nicht der Länge nach hinfallen. Das würde ich Alex nie antun. Es wäre würdelos und eine Schande für den würdevollen Alex und ein Schock für den würdevollen Dorian."

„Und ich werde bei der Heimfahrt genauso vorsichtig sein", erwiderte Andrew. „Nick schlägt mir sämtliche Zähne ein, wenn ich mit seinem Alfa Romeo am Fuß des Kliffs lande, sozusagen im Sturzflug."

„Na so was, Andrew!" Melanie trat einen Schritt zurück und musterte ihn erstaunt. „Du bist genauso beschwipst wie ich!"

„Nicht ganz, aber beinahe." Er seufzte tief auf. „Immerhin habe ich mich tadellos anständig benommen."

„Absolut fabelhaft!" Melanie musste schon wieder ihr Kichern ersticken. „Ach, Andrew ..." Sie lehnte sich so schwer an ihn, dass er Schwierigkeiten hatte, nicht das Gleichgewicht zu verlieren. „Es war ein schöner Abend. Einfach wundervoll. Ich brauchte ihn nötiger, als ich dachte. Ich danke dir."

„Hinein jetzt." Andrew öffnete die Haustür und schob Melanie hindurch. „Sei vorsichtig auf der Treppe“, flüsterte er. „Soll ich lieber abwarten, ob ich ein würdeloses Poltern höre?“

„Du machst dich besser auf den Weg und passt auf, dass das Auto nicht baden geht.“ Melanie stellte sich auf Zehenspitzen und hauchte ihm einen Kuss aufs Kinn. „Oder soll ich dir erst einen Kaffee machen?“

„Du würdest die Küche ja gar nicht finden. Lass nur, wenn's mir wirklich schlecht gehen sollte, kann ich den Wagen abstellen und zu Fuß nach Hause gehen. Marsch ins Bett, Melanie! Du schwankst bedenklich.“

„Selber!“, gab sie schnell noch zurück, ehe sie die Tür vorsichtig hinter sich schloss.

Melanie bewältigte die Treppe mit äußerster Vorsicht. Auf gar keinen Fall wollte sie jemanden im Haus aufwecken und in eine Unterhaltung verwickelt werden. Einmal blieb sie stehen, weil sie nicht aufhören konnte zu kichern und sich den Mund zuhalten musste.

Ach, war das schön, nicht nachdenken zu müssen! Jetzt brauchte sie nur noch in ihrem Zimmer zu verschwinden, bevor jemand sie erwischte.

Ohne Zwischenfälle brachte Melanie es fertig, die erste Etage zu erreichen, aber dann musste sie erst einmal überlegen, wo sich ihr Zimmer befand. Natürlich – links. Sie schüttelte den Kopf. Schön und gut, aber wo war links? Auch das Problem löste sich nach einer Weile. Sie drehte den Türknauf, wartete, bis die Tür zu schwanken aufhörte, und stieß sie dann auf.

„Geschafft!“, lobte sie sich selbst, und dann verdarb sie fast ihren Triumph, indem sie über den Teppich stolperte. Sie schloss die Tür hinter sich und lehnte sich dagegen. So, jetzt brauchte sie nur noch das Bett zu finden.

Wie durch ein Wunder flammte plötzlich das Licht auf. Es wurde hell im Zimmer. Melanie lächelte abwesend in Nicks Gesicht.

„*Jiàssou*“, grüßte sie lässig. „Du scheinst hier schon zum Mobiliar zu gehören.“

Nicks wütender Blick durchdrang den Nebel, der ihren Geist umgab. „Was, zum Teufel, hast du dir dabei gedacht? Es ist fast drei Uhr früh!"

Melanie streifte ihre Sandalen von den Füßen. „Nein, wie ungezogen von mir! Ich hätte dich anrufen und dir sagen sollen, dass ich mich verspäte."

„Lass den Unsinn! Danach ist mir nicht zu Mute." Nick trat zu Melanie und packte sie bei den Armen. „Die halbe Nacht habe ich auf dich gewartet. Melanie, ich …" Er unterbrach sich und schaute sie genauer an. In seinen Augen spiegelten sich Zorn, Besorgnis und Belustigung. „Du bist blau!"

„Dunkelblau", bestätigte sie und musste tief durchatmen, um nicht wieder in Gekicher auszubrechen. „Was für ein scharfer Beobachter du bist, Nick!" Sie strich mit der Hand über seine Brust.

Nick wurde sofort wieder ernst. „Wie soll ich vernünftig mit einer Frau reden, die alles doppelt sieht?"

„Dreifach!", berichtigte Melanie stolz. „Andrew sah nur doppelt, aber ich habe ihn übertrumpft." Sie spielte an einem seiner Hemdknöpfe. „Weißt du eigentlich, dass du schöne Augen hast? So dunkle Augen habe ich noch nie gesehen. Andrews sind blau. Und küssen tut er auch nicht so wie du. Warum küsst du mich nicht, Nick?"

Nicks Hand umschloss Melanies Arm einen Moment lang noch fester. Dann ließ er sie los. „So, du warst also mit dem kleinen Andrew aus." Nick ging im Zimmer auf und ab. Melanie schwankte und schaute ihm nach.

„Der ‚kleine Andrew' und ich hätten dich natürlich um deine Gesellschaft bitten sollen. Leider haben wir nicht daran gedacht. Entschuldige. Im Übrigen kannst du ziemlich langweilig sein, wenn du dich höflich und charmant benimmst." Eine so lange Rede ermüdete Melanie. Sie gähnte. „Müssen wir noch sehr viel länger reden? Ich glaube, meine Zunge macht das nicht mehr lange mit."

„Du hast recht. Eigentlich war ich lange genug höflich und

charmant.“ Nick nahm Melanies Parfümflasche in die Hand und stellte sie gleich wieder an ihren Platz zurück. „Es hat seinen Zweck erfüllt.“

„Aber du kannst das gut“, lobte Melanie und kämpfte unterdessen mit ihrem Reißverschluss. „Darin bist du fast perfekt.“

„Fast?“ Nick drehte sich interessiert um und sah, wie Melanie den Reißverschluss herunterzerrte. „Um Gottes willen, Melanie, ich …“

„Jawohl, fast. Denn hin und wieder leistest du dir einen Ausrutscher. Dann guckst du so seltsam, oder du bewegst dich so merkwürdig. Vielleicht bin ich die Einzige, die es bemerkt hat. Oder die anderen kennen das schon an dir und reagieren nicht mehr darauf. Küsst du mich jetzt oder nicht?“

Melanies Kleid glitt zu Boden, und sie stand nur mit einem seidenen Hemdhöschen bekleidet vor Nick.

Der Anblick verschlug ihm die Sprache, sein Mund wurde trocken. Verlangen flammte in ihm auf. Er brauchte seine ganze Willensstärke, um sich auf das zu konzentrieren, was Melanie eben gesagt hatte. „Was hast du bemerkt?“

Melanie machte zwei Versuche, ihr Kleid vom Boden aufzuheben. Die Träger des Hemdhöschens glitten von den Schultern. Hastig richtete sie sich auf und verhüllte ihren Busen. Nick rang um Beherrschung.

„Was ich bemerkt habe?“ Melanie ließ das Kleid auf dem Boden liegen. „Ach so, das meinst du. Na, wie du dich eben bewegst.“

„Wie ich mich bewege?“ Nick hatte Mühe, den Blick auf Melanies Gesicht zu richten. Der Duft, der von ihr ausging, und ihr Lächeln machten ihm das nicht gerade leichter.

„Ja. Du bewegst dich wie ein Panther“, setzte Melanie ihm auseinander. „Ein schwarzer Panther, der gejagt wird und der nur noch voller Anspannung auf den Augenblick wartet, in dem er selbst zum Angreifer werden kann.“

„Interessant!“ Melanies Vergleich gefiel Nick nicht besonders. „Dann muss ich also noch vorsichtiger sein.“

„Dein Problem." Melanie seufzte. „Und da du mich nicht küssen willst, sage ich jetzt Gute Nacht, Nick. Ich bin schrecklich müde. Ich würde dich gern die Weinranke hinunterbegleiten, aber ich fürchte, ich würde vom Balkon fallen."

„Melanie, ich muss mit dir reden!" Mit einem Schritt war Nick neben ihr und packte ihren Arm, ehe sie aufs Bett sinken konnte.

Melanie verlor das Gleichgewicht und fiel Nick buchstäblich in die Arme. Warm und weich lehnte sie sich an ihn und hatte nichts dagegen, als er sie noch dichter zu sich heranzog.

„Hast du deine Meinung geändert?", fragte sie mit einem schläfrigen Augenaufschlag. „Bei Andrews Kuss heute Abend habe ich an dich gedacht. Das hat er nicht verdient. Oder du … Ich weiß nicht genau. Vielleicht denke ich zum Ausgleich an Andrew, wenn du mich jetzt küsst."

„Das wirst du nicht!" Nick umschlang sie noch fester.

Melanie legte den Kopf zurück. „Bist du sicher?"

„Melanie … ach, zum Teufel!" Zornig presste er die Lippen auf ihren Mund. Das Verlangen brannte wie ein Feuer in ihm, das sich zum Flächenbrand ausweitete.

Zum ersten Mal verlor Nick die Kontrolle über sich. Er konnte an nichts anderes mehr denken als an Melanies Körper. Sie schmiegte sich an ihn, als wollte sie mit ihm verschmelzen. Er war machtlos gegen seine Empfindungen.

Sein Begehren, das er stets zu zügeln gewusst hatte, drohte übermächtig zu werden.

Nicks Fuß stieß gegen den Bettüberwurf. Er wusste, sie würde keinen Widerstand leisten, wenn er sie jetzt auf das Bett warf. Seit der ersten Begegnung am nächtlichen Strand hatte er sie begehrt, seit er zum ersten Mal in ihre klaren, leuchtenden Augen geblickt hatte. Er wollte sie haben, mehr als alles andere auf der Welt, aber wenn er diesem Verlangen nachgab, würde es nur noch sie geben. Tag und Nacht, immer nur sie …

Nick riss sich gewaltsam zusammen. Er packte Melanies Schultern und schüttelte sie leicht. „Du wirst mir jetzt zuhören, verstanden?" Seine Stimme klang rau und unsicher, aber Melanie merkte es offenbar nicht. Lächelnd sah sie zu ihm auf und berührte seine Wange mit der Hand.

Nick machte eine ungehaltene Kopfbewegung. „Ich muss mit dir reden."

„Reden?" Sie lächelte noch immer. „Muss das sein?"

„Ich muss dir etwas sagen, und zwar jetzt, an diesem Morgen." Nick suchte nach den passenden Worten. Er wusste nicht mehr genau, was er eigentlich sagen oder tun wollte. Und wie kam es, dass er Melanies Duft stärker wahrnahm als noch vor ein paar Minuten? Er schien ihn vollkommen einzuhüllen.

„Oh Nick ...", seufzte Melanie schläfrig. „Ich habe eine Unmenge Ouzo getrunken. Ich muss mich hinlegen, sonst falle ich tot um. Man kann an Alkoholvergiftung sterben. Was soll ich nur machen? In meinem Kopf dreht sich alles."

„Melanie." Nick atmete schwer, sein Herz hämmerte wild. Er sollte Melanie jetzt in Ruhe lassen, aber die Zeit drängte. „Nimm dich zusammen und hör zu", befahl er.

„Ich will nichts hören." Melanie kicherte. „Du sollst nicht reden, du sollst mich lieben. Entweder du liebst mich endlich, oder du gehst."

Nick war geschlagen. Er sah in Melanies meerblaue Augen und versank in ihren Tiefen. Keine Macht der Erde konnte ihn jetzt mehr retten.

„Hexe!", stieß er hervor, während sie zusammen aufs Bett fielen.

Für Nick ging die Welt in Flammen auf. Er warf sich über sie, presste sie an sich und küsste sie wie ein Verdurstender. Sie wehrte sich nicht, sie seufzte nur selig auf. Sie ergab sich ihm und machte ihn gerade dadurch zu ihrem Gefangenen.

Nick konnte der Versuchung nicht widerstehen. Er wusste, dass er eines Tages einen hohen Preis dafür zahlen würde, aber es gab kein Zurück. Nur dieser Augenblick zählte, der Augenblick, da sie ihm ganz gehörte.

In seiner Hast zerriss er das zarte Hemdchen. Melanie

merkte es nicht, oder es kümmerte sie nicht. Nick küsste sie mit verzweifelter Leidenschaft … ihre Lippen, ihre Haut … Nicht genug konnte er davon bekommen. Er wollte sie, musste sie haben, er konnte nicht länger warten.

Worte drängten sich ihm auf die Lippen. Seine Stimme klang heiser vor Verlangen. Er wusste nicht, was er sagte, ob er die Umstände verfluchte oder wahnsinnige Eide schwor. Es war ihm gleichgültig. Das Begehren hatte ihn längst besiegt. Er spürte ihren Körper unter sich und drang in sie ein. Im Rausch seiner Leidenschaft verlor Nick jede Kontrolle über sein Tun.

Melanie wurde ein Teil von ihm. Er spürte ihre Hände über seinen Körper gleiten und wusste nicht mehr, wer führte und wer folgte. Melanie lag weich und willig unter ihm, und dennoch fühlte er ihre Stärke, ihr Fordern.

Er wollte sie anschauen. Sicher war ihre Haut ganz weiß, kaum von der Sonne berührt. Aber Melanie zog ihn wieder zu sich herunter, verlangte nach seinem Kuss, und er schloss die Augen und versank im Taumel der Leidenschaft. Der wilde, süße Duft weißer Blüten drang in sein Bewusstsein. Es wird nie wieder einen anderen Duft für mich geben, dachte Nick.

Noch einmal versuchte er, einen Rest von Willenskraft aufzubieten und wieder zu Verstand zu kommen. Er durfte sich nicht verlieren, es würde ihn angreifbar, verwundbar machen. Aber er kämpfte vergeblich.

Melanie, ihr Duft, ihre weiche Zärtlichkeit und sein unbezähmbares Verlangen waren stärker.

8. KAPITEL

Helles Sonnenlicht durchflutete das Zimmer und drang durch Melanies geschlossene Lider. Stöhnend vergrub sie das Gesicht im Kopfkissen und hoffte, das Ende möge gnädig und schnell kommen. Stattdessen wurde das Hämmern in ihrem Kopf stärker.

Behutsam versuchte sie sich aufzusetzen und die Augen zu öffnen. Das strahlende Licht traf sie wie ein Blitz. Rasch schloss sie die Augen wieder. Dann nahm sie ihren ganzen Mut zusammen und richtete sich langsam auf.

Melanie saß aufrecht im Bett und hatte das Gefühl, sich auf einem Karussell zu befinden, das sich rasend schnell drehte. Ihr Magen revoltierte, ihre Augen schmerzten. Sie stöhnte und blieb ganz still sitzen, bis sie sich besser fühlte. Ohne den Kopf zu drehen, schwang sie die Beine über die Bettkante und stand auf.

Sie trat auf das am Boden liegende Kleid, ging zum Schrank und holte sich ihren Morgenmantel heraus. Sie hatte nur den einen Wunsch – Kaffee, starken heißen Kaffee.

Mit einem Schlag fiel es ihr wieder ein. Melanie wirbelte herum und starrte auf das Bett. Es war leer. Hatte sie geträumt? Hatte sie sich alles nur eingebildet? Nein, kein Traum, keine Einbildung. Nick war hier gewesen. Alles, woran sie sich erinnerte, war tatsächlich geschehen. Sie konnte noch seine Küsse auf ihren Lippen fühlen, und sie wusste ganz genau, wie hemmungslos sie sich ihm hingegeben hatte.

Leidenschaft. So hatte Melanie sie sich immer vorgestellt. Wunderbar, verzehrend und fast unerträglich. Sie hatte Nick alles gegeben, ihn geradezu herausgefordert, sie zu nehmen. Noch jetzt konnte sie seine starken Rückenmuskeln an ihren Handflächen fühlen und seinen rauen, schnellen Atem hören.

Nick hatte sie im Sturm genommen. Ihr war es recht gewesen. Später war sie in seinen Armen eingeschlafen. Und nun war er fort. Natürlich war er fort, was hatte sie denn erwartet? Diese Nacht hatte ihm nichts bedeutet, weniger als nichts. Wenn sie nur nicht so viel getrunken hätte!

Nichts als eine Ausrede, schalt sich Melanie sofort. So viel Stolz würde sie wohl noch haben, um nicht darauf angewiesen zu sein. Nein, der Alkohol war nicht schuld.

Melanie ging zum Bett zurück und griff nach dem zerrissenen Hemdhöschen. Nein, sie hatte es gewollt. Sie war diesem Mann verfallen, sie konnte nicht ohne ihn leben. Melanie knüllte die zerfetzte Seide zusammen und schleuderte das Hemdhöschen in den Schrank. Wenn jemand an den Geschehnissen schuld war, dann sie selbst.

Sie warf die Schranktür zu. Es ist vorbei, dachte sie. Alles vorbei. Es darf mir nicht mehr bedeuten, als es Nick bedeutet hat. Verzweifelt kämpfte sie gegen Tränen an. Ich werde nicht seinetwegen weinen – nie! schwor sie sich. Sie war erwachsen und niemandem Rechenschaft schuldig. Wenn sie sich mit einem Mann einließ, war das allein ihre Sache.

Jetzt wollte sie erst einmal hinuntergehen und starken Kaffee trinken. Danach würde sie in der Lage sein, vernünftig zu sein und mit sich ins Reine zu kommen. Sie schluckte die Tränen hinunter und ging zur Tür.

„Guten Morgen, Miss." Zena, das kleine Dienstmädchen, begrüßte Melanie mit einem Lächeln, auf das sie gern verzichtet hätte. „Soll ich das Frühstück hier servieren?"

„Nein, danke. Nur Kaffee, bitte." Bei dem Gedanken an Essen drehte sich Melanies Magen um. „Ich werde ihn unten trinken."

„Es ist ein schöner Tag heute."

„Ja, wunderschön." Melanie biss die Zähne zusammen, verließ ihr Zimmer und durchquerte die obere Halle.

Das Klirren von Porzellan und ein durchdringender Schrei ließen Melanie zusammenzucken. Sie lehnte sich an die Wand, drückte die Hand an die Stirn und stöhnte. Musste das Mädchen ausgerechnet heute Morgen tollpatschig sein?

Als das Schreien erneut begann, drehte sich Melanie um.

Zena kniete mitten in den Scherben im Türrahmen eines anderen Zimmers.

„Was soll das, Zena?“ Melanie beugte sich zu Zena hinunter, packte sie bei den Schultern und schüttelte sie. „Niemand wird Sie wegen ein paar zerbrochener Teller rauswerfen.“

Zena schüttelte den Kopf und verdrehte die Augen. Am ganzen Körper zitternd, zeigte sie auf das Bett, entwand sich dann Melanies Griff und floh.

Melanie warf einen Blick in den Raum. Der Boden schwankte unter ihren Füßen. Ein Albtraum folgte dem anderen.

Flimmerndes Sonnenlicht fiel auf Iona, die quer über dem Bett auf dem Rücken lag. Ihr Kopf hing über die Kante hinab, das Haar berührte fast den Boden.

Melanie schüttelte ihre Benommenheit ab und stürzte zu dem Bett. Mit zitternden Fingern tastete sie nach Ionas Halsschlagader. Ein schwaches Flattern war zu spüren. Melanie, die unwillkürlich die Luft angehalten hatte, atmete erleichtert auf. Instinktiv hob sie Ionas leblosen Körper aufs Bett zurück. Ihr Blick fiel auf die Spritze zwischen den zerknüllten Laken.

„Oh mein Gott!“

Das erklärte alles – Ionas Nervosität, den jähen Stimmungsumschwung, ihre Aggressivität. Oh Gott, dachte Melanie, sie hat sich den „goldenen Schuss“ verpasst. Eine Überdosis! Was tue ich jetzt? Ich muss handeln, vielleicht ist es noch nicht zu spät …

„Melanie … Großer Gott!“

Melanie wandte den Kopf. Dorian stand blass und starr im Türrahmen.

„Sie ist nicht tot“, sagte Melanie rasch. „Ich glaube, sie hat eine Überdosis erwischt. Schnell, ruf den Arzt an! Wir brauchen eine Ambulanz. Sie muss ins Krankenhaus!“

„Sie ist nicht tot?“ Dorians Stimme klang hohl. Er eilte zum Bett.

Jetzt war keine Zeit, auf Gefühle Rücksicht zu nehmen. „Es

eilt, Dorian, schnell!", befahl Melanie. „Der Puls ist noch zu fühlen, aber äußerst schwach."

„Was hat Iona diesmal angestellt?", kam Alex' Stimme leicht gereizt von der Tür her. „Zena ist hysterisch und ... um Himmels willen!"

„Einen Notarzt!", rief Melanie. Sie presste die Finger auf Ionas Puls, als hinge ihr Leben davon ab. „In Gottes Namen, beeilt euch doch!"

Alex stürzte in die Halle hinaus. Dorian blieb wie versteinert stehen.

„Ich habe eine Spritze gefunden", erklärte Melanie so ruhig wie möglich. Sie wollte Dorian nicht unnötig wehtun. Er wandte den Blick von Iona und schaute jetzt Melanie aus leeren Augen an. „Sie hat sich den ‚goldenen Schuss' verpasst. Sie ist drogenabhängig, Dorian. Du wusstest es, hab ich recht?"

„Heroin." Ein Schauer schien ihn zu durchlaufen. „Ich dachte, sie sei von der Nadel los. Bist du sicher, dass sie ..."

„Sie ist nicht tot." Melanie ergriff Dorians Hand. Sie spürte großes Mitleid mit Iona und auch mit Dorian. „Sie lebt, Dorian. Man wird alles tun, um sie am Leben zu erhalten."

Einen Moment drückte Dorian Melanies Hand so stark, dass es schmerzte. „Iona ...", flüsterte er. „So schön ... so verloren."

„Noch ist sie nicht verloren", widersprach Melanie energisch. „Ihr Leben liegt in Gottes Hand. Wir können nur hoffen und beten."

Dorians Blick kehrte zu Melanie zurück. Noch nie hatte sie so leere, ausdruckslose Augen gesehen.

Eine Ewigkeit schien inzwischen vergangen zu sein, als Melanie dem Rettungshubschrauber nachsah, der Iona nach Athen bringen würde. Dorian und der Arzt begleiteten sie. Alex und Liz trafen eilige Vorbereitungen für den eigenen Flug nach Athen.

Noch immer barfuß und im Morgenmantel, blickte Melanie dem Helikopter nach, bis er außer Sicht war. Ihr Leben lang würde sie Dorians blasses, versteinertes Gesicht und Ionas leblose Schönheit nicht mehr vergessen. Sie schauderte und wandte sich vom Fenster ab. Alex stand im Türrahmen.

„Tripolos“, sagte er leise. „Er ist im Salon.“

„Oh nein, nicht jetzt!“ Melanie streckte Alex beide Hände entgegen. „Wie willst du das durchstehen?“, fragte sie mitleidig.

„Keine Angst.“ Seine Stimme klang tonlos, aber beherrscht. „Melanie, ich wünschte bei Gott, diese katastrophalen Vorfälle wären dir erspart …“

„Nein“, unterbrach sie ihn und drückte seine Hände. „Nicht, Alex. Wir sind schließlich Freunde, oder?“

„Schöne Freunde hast du. Vergib mir trotzdem.“

„Nur, wenn du aufhörst, mich wie eine Fremde zu behandeln.“

Alex seufzte und legte den Arm um Melanies Schultern. „Komm, bringen wir es hinter uns. Tripolos erwartet uns.“

Melanie fragte sich, ob sie jemals wieder den Salon betreten könnte, ohne Tripolos in dem breiten, hochlehnigen Sessel sitzen zu sehen. Wie beim letzten Mal nahm sie ihm gegenüber auf dem Sofa Platz und wartete auf seine Fragen.

„Das ist ein ziemlicher Schock“, ließ sich Tripolos nach einer Weile vernehmen. „Für Sie alle.“ Sein Blick glitt von Melanie zu Alex und dann zu Liz. „Wir werden selbstverständlich um äußerste Diskretion bemüht sein“, fuhr er dann fort. „Ich werde versuchen, die Presse herauszuhalten, aber ein Selbstmordversuch in diesen Kreisen …“ Er ließ den Rest unausgesprochen.

„Selbstmord“, wiederholte Alex leise. Er starrte den Polizeichef verständnislos an.

„Nach den ersten Untersuchungen hat es den Anschein, als hätte Ihre Cousine infolge einer selbst ausgeführten Injektion eine Überdosis Heroin erwischt. Genaueres lässt sich erst sagen, wenn alle Nachforschungen und Untersuchungen abgeschlossen sind. Die übliche Routine, Sie verstehen schon. Miss James, Sie haben Miss Theocharis gefunden?"

Melanie fuhr zusammen, als sie ihren Namen hörte, fasste sich aber sofort. „Nein, eines der Hausmädchen fand sie – Zena. Sie ließ das Tablett fallen und schrie. Ich lief zu ihr und sah Iona auf dem Bett liegen."

„Haben Sie den Arzt angerufen?"

„Nein." Melanie schüttelte ärgerlich den Kopf. Tripolos wusste doch, dass Alex angerufen hatte, aber offenbar wollte er die ganze Geschichte noch einmal von ihr hören. Resigniert fügte sie sich in das Unvermeidliche. „Zuerst hielt ich sie für tot. Dann fühlte ich ihren Puls. Ich legte sie ins Bett zurück."

„Ins Bett zurück?" Tripolos Stimme klang unmerklich schärfer als zuvor. Melanie entging das nicht.

„Ja. Sie lag quer über dem Bett, ihr Kopf hing über die Bettkante herab." Melanie hob hilflos die Hände. „Ehrlich gesagt, ich weiß nicht, was ich mir davon versprochen habe, mir schien es nur das Richtige zu sein."

„Ich verstehe. Und dann fanden Sie das hier?" Der Kommissar hielt die Injektionsnadel hoch, die jetzt in einem durchsichtigen Plastikbeutel steckte.

„Ja."

„Wussten Sie, dass Ihre Cousine an der Nadel hing, Mr Theocharis?"

Alex' Gesicht erstarrte bei dieser Frage. Liz griff rasch nach seiner Hand. „Ich wusste, dass Iona Probleme hatte … mit Drogen. Vor zwei Jahren ging sie zu einer Entziehungstherapie in eine Klinik. Ich war überzeugt, sie sei kuriert. Wenn ich geahnt hätte, wie … krank sie ist, hätte ich sie nicht zu meiner Frau und unserem Gast in mein Haus gebracht."

„Mrs Theocharis", wandte sich Tripolos jetzt an Liz, „war Ihnen Ionas Problem bekannt?"

Melanie hörte, dass Alex tief Luft holte, aber Liz antwortete rasch, ehe er etwas sagen konnte.

„Ja, es war mir bekannt." Mit einem Ruck drehte sich Alex

zu ihr herum, aber Liz sprach ruhig weiter. „Mein Mann arrangierte vor zwei Jahren Ionas Aufenthalt in einer Spezialklinik für Drogenabhängige. Ich wusste es, obwohl er mich mit diesen Dingen verschonen wollte." Liz schaute Alex nicht an, legte aber ihre Hand über seine.

„Haben Sie eine Ahnung, woher Ihre Cousine Stoff bezog?", fragte Tripolos nun wieder Alex.

„Nein."

„Ich verstehe. Tja, da Ihre Cousine in Athen ihren Wohnsitz hat, werde ich wohl die zuständige Polizeibehörde einschalten und mit der Ermittlung der Kontaktpersonen beauftragen müssen."

„Tun Sie, was nötig ist", erwiderte Alex tonlos. „Ich bitte Sie nur, meine Familie so weit wie möglich herauszuhalten."

„Selbstverständlich. Ich darf mich verabschieden. Ich hoffe, Sie entschuldigen die Störung."

„Ich muss die Familie verständigen", sagte Alex dumpf, nachdem sich die Tür hinter Tripolos geschlossen hatte. Er stand auf, küsste Liz flüchtig aufs Haar und verließ ohne ein weiteres Wort den Salon.

„Liz", begann Melanie, „ich weiß, es ist eine abgedroschene Phrase, aber wenn ich etwas für dich tun kann …"

Liz schüttelte den Kopf. Sie schaute Melanie an. „Ich kann es nicht fassen, ich begreife es nicht … Sie lag da wie eine Tote … Ich habe nie ein Geheimnis daraus gemacht, dass ich Iona nicht mag, aber jetzt …" Liz stand auf und ging zum Fenster. „Sie gehört zu Alex' Familie, und ihm geht es sehr nahe. Er fühlt sich verantwortlich für alles, was ihr geschieht. Ich muss immer daran denken, wie abweisend ich mich ihr gegenüber verhalten habe."

„Alex braucht dich jetzt." Melanie erhob sich ebenfalls, trat zu Liz und legte ihr eine Hand auf die Schulter. „Du hast keinen Grund, dir Vorwürfe zu machen. Du hast dein Möglichstes getan. Sie hat es dir nicht leicht gemacht, Liz."

„Du hast natürlich recht", seufzte Liz und brachte ein

schwaches Lächeln zustande. „Es war kein angenehmer Urlaub für dich bis jetzt. Nein, widersprich nicht." Sie drückte Melanies Hand. „Ich werde nachschauen, ob Alex mich braucht. Er wird jetzt einiges zu regeln haben."

Melanie ging in ihr Zimmer, um sich anzuziehen. Während sie die Bluse zuknöpfte, schaute sie zur Balkontür über den Garten, das Meer und die Berge hinaus. Wie konnte in einer so schönen Umgebung nur so viel Hässliches in so kurzer Zeit geschehen?

Es klopfte leise an die Tür. „Herein."

„Melanie, störe ich?"

„Oh, Alex." Melanies Herz floss über vor Mitgefühl. Anspannung und Kummer hatten tiefe Spuren in seinem Gesicht hinterlassen. „Ich weiß, wie schrecklich das alles für euch ist. Ich möchte euch nicht auch noch zur Last fallen. Vielleicht sollte ich besser nach New York zurückfliegen."

„Melanie …" Alex zögerte einen Moment und ergriff Melanies Hände. „Ich weiß, es ist eine Zumutung, aber es geht um Liz, nicht um mich. Bitte bleib hier, ihretwegen. Ihr deine Gesellschaft zu erhalten ist im Augenblick das Einzige, was ich für sie tun kann."

Alex ließ Melanies Hände los und ging ruhelos im Zimmer auf und ab. „Wir müssen nach Athen fliegen. Ich weiß nicht, für wie lange – bis es Iona wieder besser geht, oder bis sie …" Er brachte die Worte nicht über die Lippen. „Ich werde einige Zeit bei meiner Familie bleiben müssen. Meine Tante wird mich brauchen. Liz wird hierher zurückfliegen. Es wäre eine große Beruhigung für mich, wenn du hier auf sie warten würdest."

„Natürlich, Alex, das weißt du doch."

Alex schaute Melanie mit dem Anflug eines dankbaren Lächelns an. „Du bist ein echter Freund, Melanie. Wir werden dich für mindestens einen Tag und eine Nacht allein lassen müssen. Danach schicke ich Liz zurück. Wenn du noch hier bist, wird sie das akzeptieren."

Geistesabwesend nahm Alex Melanies Hand in seine. „Dorian wird wahrscheinlich in Athen bleiben wollen. Ich glaube, er … empfindet mehr für Iona, als ich dachte. Ich werde Nick bitten, sich während unserer Abwesenheit um dich zu kümmern.“

„Nein!“, protestierte Melanie hastig. Sie biss sich gleich auf die Lippe. „Ich meine, das ist nicht nötig, Alex. Ich komme zurecht. Ich fühle mich nicht allein, schließlich ist das Personal im Haus. Wann startet eure Maschine?“

„In einer Stunde.“

„Alex, ich bin sicher, es war ein Unfall.“

„Hoffentlich kann ich meine Tante davon überzeugen.“ Alex betrachtete einen Moment seine Hände. „Obwohl ich glaube …“ Als er den Kopf wieder hob, waren seine Züge hart geworden. „Iona ist eine Geißel Gottes, ein Teufel in Menschengestalt. Ich sage dir das, weil ich mit niemandem sonst so offen reden kann. Nicht einmal mit Liz.“ Alex' Gesicht war eine grimmige Maske. „Ich hasse sie.“ Er spie die Worte aus wie Gift. „Ihr Tod wäre ein Segen für jeden, der sie liebt.“

Nachdem Alex und Liz abgefahren waren, verließ Melanie die Villa. Sie musste hinaus an die frische Luft. Diesmal ging sie nicht an den Strand. Sie lief zu dem Kliff, dessen schroffe Schönheit sie von jeher fasziniert hatte.

Wie rein die Luft war! Melanie hatte kein bestimmtes Ziel. Sie stieg immer höher und höher, als könne sie so allem da unten entfliehen. Hier oben war es still, weit entfernt war das dumpfe Rollen der Brandung zu hören.

Auf dem Gipfel des Kliffs entdeckte sie zu ihrer Freude einen struppigen Ziegenbock mit schwarzen Augen. Er starrte sie eine Weile an und kaute unentwegt auf ein paar Grashalmen herum, die er zwischen den Steinen gefunden hatte. Als Melanie sich an ihn heranschleichen wollte, sprang er auf und verschwand zwischen den Felsen.

Melanie seufzte leise und setzte sich hoch über dem Meer

auf einen Felsvorsprung. Zu ihrem Erstaunen entdeckte sie winzige blaue Blümchen, die aus einem fingerbreiten Felsspalt ans Licht drängten. Sanft berührte sie die Blüten, brachte es aber nicht übers Herz, auch nur eine davon zu pflücken. Überall gibt es Leben, dachte sie. Man muss es nur zu finden wissen.

„Melanie."

Beim Klang der Stimme verkrampfte sich ihre Hand über den Blüten. Melanie wandte langsam den Kopf.

Nick stand nur ein paar Schritte von ihr entfernt. Eine leichte Brise wehte ihm das Haar ins Gesicht. Unrasiert, in Jeans und Sweatshirt – der Mann, den sie in jener Nacht in der Bucht zum ersten Mal gesehen hatte. Melanies Herzschlag stockte einen Moment. Wortlos stand sie auf und wollte den Abhang hinuntersteigen.

„Melanie!" Nick holte sie ein, hielt sie fest und drehte sie unerwartet sanft zu sich um. Seine Augen blickten kühl, aber Melanie las auch die Besorgnis in ihnen.

„Ich habe von der Sache mit Iona gehört."

„Natürlich. Du sagtest bereits, es gäbe kaum etwas auf der Insel, wovon du nicht weißt."

Melanies eisige Stimme wirkte auf ihn wie ein Schlag, aber er blieb ruhig. „Du hast sie gefunden."

Melanie ließ sich von Nicks ungewohnt ruhigem Ton nicht beirren. Sie konnte genauso kalt und hart sein wie er, wenn es sein musste. „Du bist gut informiert, Nick."

Ihr Gesichtsausdruck blieb leer. Nick wusste nicht, wie er es anfangen sollte, zu ihr zu dringen. Käme sie nur in seine Arme, könnte er ihr helfen. Aber diese Frau würde sich an niemanden mehr anlehnen wollen, und bei ihm schon gar nicht.

„Es war sicher nicht leicht für dich."

„Jedenfalls war es leichter, einen lebenden Menschen zu finden als einen toten", bemerkte Melanie spöttisch.

Nick ließ die Hände sinken. Jetzt, da er sie trösten wollte, trösten konnte, war es zu spät. Sie lehnte seine Hilfe ab. „Willst du dich nicht wieder hinsetzen?"

„Nein. So friedlich, wie es vorhin war, ist es jetzt nicht mehr."

„Lass die Tiefschläge!", brauste Nick auf und packte Melanie grob an den Armen.

„Lass mich los."

Das leise Beben ihrer Stimme strafte ihre eiskalten Worte Lügen. Nick wusste, lange würde sie nicht standhalten.

„Nur, wenn du mit mir zum Haus zurückkommst", sagte er.

„Nein."

„Doch." Nick packte fester zu und zog sie auf den steinigen Pfad, der nach unten führte. „Wir haben zu reden."

Melanie wollte seine Hand abschütteln, aber sein Griff war eisern. Nick zog sie einfach weiter. „Was willst du, Nick? Sensationelle Einzelheiten?"

Nicks Mund war nur noch eine schmale Linie. „Na schön. Von mir aus rede über Iona, wenn du willst."

Melanie würdigte ihn keiner Antwort. Inzwischen hatten sie schon fast die Treppe zu Nicks Haus erreicht. Melanie wurde erst jetzt bewusst, wohin sie sich verirrt hatte. Welcher Teufel hatte sie ausgerechnet auf dieses Kliff hinaufgetrieben?

Nick schob sie durch die Tür. „Kaffee!", fuhr er Stephanos an, der ihnen in der Halle begegnete.

Im Salon drehte sich Melanie wütend zu Nick um. „Gut, du sollst deinen Willen haben! Und danach wirst du mich gefälligst in Ruhe lassen. Ich fand Iona bewusstlos, mehr tot als lebendig. In ihrem Bett lag eine Injektionsspritze. Iona scheint drogenabhängig zu sein." Sie machte eine kleine Pause. Merkwürdigerweise war sie außer Atem geraten. „Das alles wusstest du bereits, hab ich recht, Nick? Du warst längst darüber informiert."

Melanie war totenblass wie gestern am Strand, als sie sich Hilfe suchend in seine Anne geworfen hatte. Nick streckte die Hände nach ihr aus.

„Rühr mich nicht an!", schrie Melanie. Nick zuckte wie unter einem Schlag zusammen. Melanie wandte sich ab und bedeckte das Gesicht mit den Händen. „Rühr mich nicht an“, flüsterte sie erstickt.

„Gut, wie du willst.“ Nick ballte die Hände zu Fäusten. „Setz dich, Melanie, ehe du umfällst.“

„Sag mir nicht, was ich zu tun habe.“ Warum klang ihre Stimme so unsicher? Zornig fuhr Melanie zu Nick herum. „Dazu hast du kein Recht.“

Lautlos betrat Stephanos den Salon. Er stellte das Tablett mit dem Kaffee ab und warf Melanie einen Blick zu.

„Der Kaffee, Miss“, sagte er freundlich. „Trinken Sie eine Tasse.“

„Nein, ich …“

„Sie sollten sich setzen, Miss.“ Ehe Melanie protestieren konnte, drückte Stephanos sie sanft in einen Sessel. „Der Kaffee ist stark, er wird Ihnen gut tun.“

Hilflos sah Nick zu, wie Stephanos Melanie unter seine Fittiche nahm wie eine Glucke ihr Küken.

„Trinken Sie ihn schwarz. Das bringt Farbe in Ihre Wangen zurück.“

Melanie nahm die Tasse entgegen. „Danke. Vielen Dank.“

Stephanos warf Nick einen langen, vielsagenden Blick zu und verschwand.

„Trink endlich!“, befahl Nick, ärgerlich darüber, dass Stephanos Melanies Widerstand so leicht hatte überwinden können, während er selbst hilflos danebenstehen musste. „In der Tasse nützt er dir nichts.“

Weil sie wirklich eine Stärkung brauchte, trank Melanie schließlich. „Und was verlangst du sonst noch von mir?“

„Verdammt, Melanie, ich habe dich doch nicht hergebracht, um dich über Iona auszufragen!“

„Nein? Das überrascht mich.“ Melanie setzte die leere Tasse ab und erhob sich. „Andererseits sollte mich eigentlich bei dir gar nichts mehr überraschen.“

„Du traust mir jede nur erdenkliche Niedertracht zu, wie?“ Nick ging an die Bar. „Glaubst du, ich hätte Stevos umgebracht und in der Höhle liegen lassen, damit du ihn dort findest? Es würde mich nicht wundern."

„Nein", sagte Melanie ruhig. „Stevos ist von hinten erstochen worden."

„Und?"

„Du lässt deine Gegner ins offene Messer rennen – Auge um Auge, Zahn um Zahn und von Angesicht zu Angesicht."

Mit einem leeren Glas in der Hand wandte sich Nick von der Bar zu Melanie um. Seine Augen waren jetzt tiefschwarz. Kaum unterdrückte Leidenschaft spiegelte sich in ihnen. „Melanie, gestern Nacht ..."

„Ich will nicht darüber reden, Nick." Melanie sagte das so kalt und endgültig, dass es Nick wie ein Messer durchfuhr.

„Okay, vergessen wir es." Nick füllte sein Glas. Er hatte gewusst, dass er einen Preis würde zahlen müssen, aber irgendwie hatte er gehofft, er würde nicht so hoch sein. „Möchtest du, dass ich dich um Verzeihung bitte?"

„Wofür?"

Nick lachte bitter auf und krampfte die Hand um sein Glas. „Mein Gott, ich muss mit Blindheit geschlagen sein! Sonst wäre mir längst klar, was für eine Eiseskälte sich hinter der schillernden Fassade verbirgt."

„Und was verbirgt sich hinter deinem trügerischen Image, Nick?", fragte Melanie scharf. „Du sitzt hier in deinem Haus hoch oben über dem Meer und spielst dein tödliches Spiel, bei dem Menschen nichts weiter als Figuren auf einem Schachbrett für dich sind. Aber ich will nicht zu diesen Schachfiguren gehören! In Athen liegt eine halb tote Frau im Krankenhaus. Du hast sie auf dem Gewissen, sie und unzählige andere, die dem Rauschgift verfallen sind, das du an Bord deiner Jacht von der Türkei nach Lesbos schaffst – heimlich und lautlos wie ein Dieb in der Nacht."

Sehr langsam und sehr vorsichtig setzte Nick sein Glas ab und drehte sich zu Melanie um. „Ich weiß, was ich bin."

Melanie war den Tränen nahe. „Ich weiß es auch", flüsterte

sie. „Gott steh mir bei!" Sie drehte sich um und floh aus dem Haus. Nick hielt sie nicht zurück.

Stephanos kehrte in den Salon zurück. „Die Lady wirkte verstört", bemerkte er ruhig.

Nick wandte ihm den Rücken zu und füllte sein Glas auf. „Das brauchst du mir nicht zu sagen. Ich bin weder taub noch blind."

„Die beiden letzten Tage waren nicht leicht für sie", fuhr Stephanos unbeirrt fort. „Hat sie Trost bei dir gesucht?"

Nick fuhr herum, hielt aber zurück, was ihm auf der Zunge lag. Stephanos beobachtete ihn schweigend. „Nein", sagte Nick. „Sie würde lieber zu Grunde gehen, als noch einmal zu mir zu kommen." Er bemühte sich, nicht die Beherrschung zu verlieren. „Es ist besser so. Sie darf mir jetzt nicht dazwischenfunken. Im Augenblick wäre sie nur im Weg."

Stephanos strich über seinen martialischen Schnurrbart und pfiff leise durch die Zähne. „Vielleicht fliegt sie nach Amerika zurück."

„Je eher, desto besser." Nick leerte sein Glas.

Es klopfte.

Nick fluchte leise. „Sieh nach, wer, zum Teufel, es ist, und schaff ihn mir möglichst vom Hals."

„Captain Tripolos", meldete Stephanos einige Minuten später und verzog sich dann, nachdem er den Polizeichef ins Zimmer geführt hatte.

„Captain!" Mühsam unterdrückte Nick seinen Ärger. „Trinken Sie einen Kaffee mit mir?"

„Vielen Dank." Seufzend und ächzend ließ sich Tripolos in einem Sessel nieder. „War das eben Miss James, die ich den Steilpfad hinunterlaufen sah?"

„Ja", antwortete Nick knapp. „Sie ist gerade gegangen."

Beide Männer betrachteten sich gegenseitig mit scheinbar eher oberflächlichem Interesse. Der eine in Melanies Augen ein Panther, der andere ein Bluthund.

„Dann wissen Sie also über Miss Theocharis Bescheid."

„Ja.“ Nick reichte Tripolos die Sahne. „Eine scheußliche Sache. Ich werde nachher in Athen anrufen und mich nach ihr erkundigen. Sind Sie Ionas wegen hier?“

„Ja. Es war sehr freundlich von Ihnen, mich zu empfangen, Mr Gregoras. Ich weiß, Sie sind ein viel beschäftigter Mann.“

„Es ist meine Pflicht, mit der Polizei zu kooperieren, Captain“, erwiderte Nick. „Aber in diesem Fall wird mir das nicht möglich sein, fürchte ich.“

„Da Sie gestern mit Iona Theocharis den ganzen Nachmittag über zusammen waren, dachte ich, Sie könnten mir zumindest Auskunft über ihren Gemütszustand geben.“

„Ah, ich verstehe.“ Nick trank seinen Kaffee und überlegte rasch, wie er jetzt vorgehen sollte. „Captain, ich weiß nicht, ob ich Ihnen da helfen kann. Selbstverständlich hat es Iona furchtbar mitgenommen, dass dieser Mord praktisch vor ihrer Haustür geschehen ist. Sie war nervös, aber das ist sie oft. Sie benahm sich in keiner Weise ungewöhnlich.“

„Sie waren eine ganze Weile mit der Jacht unterwegs“, bohrte Tripolos hartnäckig weiter. „Ergab sich vielleicht aus der Unterhaltung ein Hinweis, der auf Selbstmordabsichten schließen ließ? Ich nehme an, Sie haben sich unterhalten, oder?“

„Wir haben uns nicht allein mit Gesprächen beschäftigt, Captain. Sie verstehen“, bemerkte Nick und schaute Tripolos vielsagend an.

„Ich verstehe.“

Nick fragte sich, wie lange das Scharmützel noch weitergehen würde. Er beschloss, sich zur Abwechslung einmal etwas wortreicher zu äußern. „Iona ist nicht leicht zu durchschauen. Sie ist sprunghaft, unausgeglichen und äußerst eigenwillig – das ist allgemein bekannt im Freundes- und Familienkreis. Aber ich muss sagen, auf die Idee, sie könnte einen Selbstmordversuch unternehmen, wäre ich nie gekommen. Ich kann mir nicht helfen, Captain, aber ich halte es nach wie vor für unwahrscheinlich.“

Tripolos lehnte sich bequem in seinem Sessel zurück. „Warum?“

Es genügt, wenn ich ihm jetzt ein paar allgemeine Floskeln serviere, dachte Nick. „Sehr einfach, Captain – sie ist nicht der Typ, der sich das Leben nimmt. Dazu ist sie viel zu egozentrisch. Iona ist maßlos lebenshungrig, außerdem ist sie schön, heißblütig und sexy. Nein, nein, eine solche Frau denkt nicht an Selbstmord.“ Nick zuckte die Schultern. „Meiner Ansicht nach war es ein Unfall.“

„Nein, Mr Gregoras. Es war kein Unfall, das steht fest.”

Nick merkte, dass Tripolos jetzt von ihm eine Reaktion erwartete, aber er hob nur fragend die Augenbrauen.

„Das war nicht der so genannte ‚goldene Schuss‘ eines Anfängers, Mr Gregoras. Eine dreifache Überdosis Heroin – das passiert einem erfahrenen Fixer wie Iona Theocharis nicht. Die Unzahl der Einstichnarben an Armen und Oberschenkeln beweisen die traurige Wahrheit.“

„Ich verstehe.“

„Wussten Sie, dass Miss Theocharis heroinsüchtig ist?“

„Ich kenne Iona nicht sehr gut, Captain, eigentlich nur auf gesellschaftlicher Ebene. Sie ist die Cousine meines Freundes, eine schöne Frau, die manchmal nicht ganz leicht zu ertragen ist.“

„Immerhin haben Sie den gestrigen Tag mit ihr verbracht.“

„Eine schöne Frau“, wiederholte Nick lächelnd. „Es tut mir leid, dass ich Ihnen nicht mehr sagen kann.“

„Vielleicht interessiert Sie meine Theorie?“, fragte Tripolos.

Nick traute diesem freundlichen Blick nicht, lächelte aber weiter. „Selbstverständlich.“

„Sehen Sie“, fuhr Tripolos fort, „wenn es kein Unfall war und wenn Ihr Instinkt Sie nicht täuscht, steht nur noch eine Möglichkeit offen.“

„Was denn?“ Nick starrte den Captain stirnrunzelnd an. „Wollen Sie damit sagen, jemand hätte versucht, Iona zu ermorden?“

„Ich bin Polizist, Mr Gregoras.“ Tripolos sah wie die Bescheidenheit in Person aus. „Ich ziehe prinzipiell jede, auch die unwahrscheinlichste Möglichkeit in Betracht und lasse kein Verdachtsmoment außer Acht. Kann man offen mit Ihnen reden?“

„Ich bitte sogar darum.“ Gar nicht dumm, dachte Nick. Im Gegenteil, sehr geschickt. Aber er täuscht sich. Die Falle, die er so sorgfältig gestellt hat, wird nicht zuschnappen.

„Ich stehe vor einem Rätsel“, sprach Tripolos weiter. „Aber Sie kennen die Familie Theocharis seit Jahren und können die Zusammenhänge besser beurteilen. Das muss natürlich unter uns bleiben – Sie verstehen?“

„Natürlich. Fangen Sie an, Captain.“

„Wie unsere Ermittlungen ergeben haben, war Anthony Stevos Mitglied eines von Lesbos aus operierenden Schmugglerings.“

„Ich gebe zu, dass mir dieser Gedanke auch schon gekommen ist.“ Im Stillen erheitert, holte Nick eine Zigarettenschachtel hervor und hielt sie Tripolos hin.

„Die Bande macht sich die Nähe der Insel zum türkischen Festland zu Nutze, um Opium über den Golf von Edremit zu schmuggeln.“ Tripolos bewunderte erst die schlanke, elegante Zigarette, ehe er sich zu Nick beugte, um sich Feuer geben zu lassen.

„Sie wollen damit andeuten, Stevos sei von einem Komplizen ermordet worden?“

„Das ist meine feste Überzeugung.“ Tripolos zog mit Kennermiene den Rauch ein. „Das eigentliche Problem ist der Boss der Bande, ein Profi ersten Ranges, wie ich zugeben muss. Er ist äußerst schlau und entkommt selbst dem engmaschigsten Polizeinetz. Gerüchteweise heißt es, er begleite die Überfahrten nur selten, und wenn, dann nur maskiert.“

„Diese Gerüchte habe ich natürlich auch schon gehört.“ Nick hüllte sich in eine Rauchwolke. „Ich habe sie aber immer für Dorfklatsch und Abenteuerromantik gehalten. Ein maskierter Gangster und Schmugglerboss – das ist ein gefundenes Fressen für die Leute."

„Der Mann existiert, das ist eine Tatsache, Mr Gregoras, und ein Messer im Rücken hat nichts mit Romantik zu tun."

„Da haben Sie allerdings recht."

„Stevos war kein besonders heller Kopf. Wir überwachten ihn in der Hoffnung, er könne sich als Fährte zum Kopf der Bande erweisen. Aber leider …" Tripolos ließ wie üblich den Rest unausgesprochen.

„Eine Frage, Captain", sagte Nick. „Gibt es einen Grund, mich über den Stand der polizeilichen Ermittlungen zu informieren?"

„Sie sind eine prominente Persönlichkeit, Mr Gregoras", erwiderte Tripolos glatt. „Ihr Name bürgt für Vertrauenswürdigkeit."

Dieser alte Fuchs, dachte Nick und lächelte. „Ich weiß das zu schätzen. Halten Sie diesen Schmugglerboss mit der Maske für einen Einwohner der Insel?"

„Ich halte ihn zumindest für ortskundig", antwortete Tripolos. „Ich glaube jedoch nicht, dass er Fischer ist."

„Etwa einer meiner Olivenpflücker?", fragte Nick leichthin. „Nein, das kann ich mir nicht vorstellen."

„Nach den Berichten, die mir aus Athen über Iona Theocharis' Aktivitäten zugegangen sind", fuhr Tripolos fort, „gibt es zwischen ihr und dem Mann, den wir suchen, eine Verbindung. Sie kennt seine Identität."

Nick horchte auf. „Iona?"

„Meiner Ansicht nach steckt sie mit dieser Schmugglerorganisation unter einer Decke und weiß mehr, als für ihre Sicherheit gut ist. Falls …" Tripolos räusperte sich. „Wenn sie aus dem Koma erwacht, werden wir sie verhören."

„Wollen Sie etwa behaupten, Alex' Cousine sei in kriminelle Machenschaften verwickelt?" Er rückt mir verdammt dicht auf den Pelz, dachte Nick, und die Zeit wird verdammt knapp. „Iona flippt zwar gelegentlich aus", fuhr er fort, „aber Schmuggel und Mord … Das kann ich mir nicht vorstellen."

„Ich fürchte, man hatte die Absicht, Miss Theocharis zu ermorden, weil sie zu viel weiß. Sie kennen das Mädchen, Mr Gregoras. Was glauben Sie – wie weit würde sie aus Liebe oder für Geld gehen?"

Nick schien die Antwort sorgsam abzuwägen. In Wirklichkeit revidierte er blitzschnell die ursprünglich vorgesehene Taktik der bevorstehenden Operationen. „Aus Liebe würde Iona meiner Meinung nach keinen Finger rühren." Er blickte auf. „Wenn es um Geld geht, ist ihr jedes Mittel recht."

„Sie nehmen kein Blatt vor den Mund, Mr Gregoras. Wenn Sie erlauben, komme ich demnächst auf das Thema zurück." Tripolos lächelte hinterhältig. Ein kaltes Glitzern trat in seine Augen. „Es ist viel wert, Probleme mit einem Mann von derart überragender Qualifikation diskutieren zu können. Ich bin Ihnen sehr dankbar."

„Keine Ursache, Captain. Wenn ich helfen kann – jederzeit", versicherte Nick lässig.

Nachdem sich Tripolos verabschiedet hatte, blieb Nick noch eine Weile in seinem Sessel sitzen. Er starrte eine Rodin-Skulptur in der anderen Ecke des Salons an und überlegte, welche Maßnahmen getroffen werden mussten.

„Heute Nacht schlagen wir zu", sagte er, als Stephanos eintrat.

„Das ist zu früh. Wir müssen uns absichern."

„Heute Nacht!", wiederholte Nick. „Ruf Athen an und informiere sie über die Änderung des Plans. Sie sollen sich gefälligst was einfallen lassen, um mir diesen Tripolos für ein paar Stunden vom Hals zu halten. Er hat den Köder ausgeworfen und ist verdammt sicher, mich auf diese Weise zu kassieren."

„Es ist zu riskant heute Nacht", gab Stephanos zu bedenken. „In ein paar Tagen ist wieder eine Schiffsladung fällig."

„In ein paar Tagen ist Tripolos nicht mehr aufzuhalten. Wir können im letzten Moment keine Komplikationen mit der Ortspolizei brauchen." Nick presste die Lippen aufeinander. „Ich werde den Teufel tun und mir ausgerechnet jetzt einen Fehler leisten! Ich muss die Sache vorantreiben, bevor Tripolos den ersten Schuss in die falsche Richtung abfeuert. Es bleibt dabei – heute Nacht! Ist das klar?"

9. KAPITEL

Finsternis herrschte in der Höhle. Vorspringende Felsen schützten sie vor dem Wind und vor Blicken. Ein seltsam dumpfer Geruch hing in der Luft, nach vermodertem Laub, welkenden Blumen, und über allem war der Hauch dunkler Geheimnisse, Angst und Tod ...

An diesem Ort war nie ein Liebespaar gesehen worden. Manchmal, wenn ein Mann in einer dunklen, stillen Nacht zu nahe herankam, war das Flüstern und Seufzen der Geister hinter den Felswänden zu hören, die dort umgingen. Dann machte er einen großen Bogen um die Höhle, ging nach Hause und sagte niemandem etwas davon.

Der Mond warf sein fahles Licht über das Wasser und verstärkte den Eindruck geheimnisumwitterter Dunkelheit. Es war totenstill, nur das Flüstern des Wassers auf den Klippen und das Stöhnen des Windes war zu hören.

Die Männer, die sich beim Boot sammelten, waren Schatten, dunkle Schemen ohne Namen, ohne Gesicht. Dennoch waren es Menschen aus Fleisch und Blut, aber sie fürchteten die Geister in der Höhle nicht.

Sie sprachen wenig, ab und zu ein geflüstertes Wort, ein unterdrückter Fluch oder ein leises Lachen, das nicht an einen solchen Ort zu passen schien. Die meiste Zeit jedoch bewegten sie sich schweigend und zielstrebig. Sie wussten, was getan werden musste. Der Zeitpunkt war bald gekommen.

Einer von ihnen bemerkte das Herannahen eines weiteren Schattens und flüsterte seinen Gefährten etwas zu. Er zog ein Messer aus dem Gürtel und hielt das Heft mit starker, schwieliger Hand umklammert. Die scharfe Klinge leuchtete kurz im Mondlicht auf. Die Arbeit wurde eingestellt. Die Männer warteten.

Der Schatten kam heran. Der Mann steckte das Messer weg und atmete auf. Vor Mord fürchtete er sich nicht, aber vor diesem Schatten.

„Wir haben dich nicht erwartet.“

„Spielt das eine Rolle?“ Ein schmaler Streifen Mondlicht fiel auf den schattenhaften Mann. Er trug Schwarz – schwarze Hose, schwarzer Pullover, schwarze Lederjacke – und war groß und breitschultrig. Eine Kapuze verhüllte Kopf und Gesicht. Nur die dunklen Augen waren zu sehen – ein tödliches Glitzern.

„Kommst du heute Nacht mit?“

„Ich bin hier, oder?“ Er war kein Mann, der Fragen beantwortete. Es wurden auch keine mehr gestellt. Er ging an Bord mit der Sicherheit eines Menschen, der sein Leben auf dem Meer verbringt.

Es war ein Fischkutter mit schwarzer Bordwand und sauberem, aber roh gezimmertem Deck. Nur der teure und starke Motor unterschied es von anderen Fischerbooten.

Wortlos ging der Mann über das Deck. Die anderen traten zurück und ließen ihn vorbei. Alle waren stämmige, muskulöse Männer mit starken Armen und kräftigen Händen, aber sie zogen sich vor dem schlanken Mann zurück, als fürchteten sie, er könne sie mit einer einzigen Handbewegung zermalmen. Jeder von ihnen hoffte zu Gott, die Augen hinter den Kapuzenschlitzen würden sich nicht auf ihn richten.

Der Mann ging zum Ruderhaus und warf einen Blick über die Schulter. Sofort wurden die Leinen losgemacht. Die Männer ruderten das Boot geräuschlos ins offene Meer hinaus. Erst dann wurde der Motor angeworfen.

Das Boot glitt wie ein schwarzer Fleck über das dunkle Wasser. Worte wurden kaum gewechselt. Die Leute waren ohnehin nicht sehr gesprächig, aber wenn der Maskierte bei ihnen war, wollte niemand etwas sagen. Wer sprach, zog Aufmerksamkeit auf sich, und das wollte keiner von ihnen riskieren.

Der Mann starrte aufs Meer hinaus und ignorierte die vorsichtigen Blicke der anderen. Er gehörte nicht zu ihnen, war nichts als ein drohender Schatten in der Nacht. Regungslos stand er am Ruder, den Blick starr geradeaus gerichtet.

„Uns fehlt ein Crewmann.“ Der Mann, der den Schatten bei der Höhle als Erster bemerkt hatte, trat hin zu ihm. Er sprach leise und rau. Seine Hände zitterten. „Soll ich Ersatz für Stevos beschaffen?“

Der Mann am Ruder wandte sich langsam um. Der andere Mann trat instinktiv einen Schritt zurück.

„Das ist meine Sache. Ihr tätet gut daran, euch an Stevos zu erinnern.“ Der Blick aus den Augenschlitzen wanderte über die Männer an Deck. „Jeder von euch kann … ersetzt werden.“ Er wählte die Formulierung mit Bedacht und sah mit Genugtuung, dass die Männer zu Boden blickten. Sie schwitzten vor Angst, er hatte sie da, wo er sie haben wollte. Mit einem unmerklichen Lächeln schaute er wieder auf die See hinaus.

Das Boot machte Fahrt. Niemand sprach über ihn oder mit ihm. Hin und wieder warf einer der Crewmänner einen Blick zu der schwarzen Gestalt am Ruder. Die Abergläubischen unter ihnen bekreuzigten sich. Wenn der Teufel an Bord war, zitterte jeder von ihnen um sein Leben. Er ignorierte sie und benahm sich, als sei er allein an Bord. Gott sei Dank …

Auf halbem Weg zwischen Lesbos und dem türkischen Festland wurde der Motor abgestellt. Die plötzliche Stille wirkte wie ein Donnerschlag. Die Männer schwiegen. Dies war keine Nacht für grobe Witze oder Würfelspiele.

Das Boot schwankte leise im Kielwasser. Der Wind frischte auf, aber alle bis auf einen schwitzten Blut und Wasser. Eine Wolke zog vor dem Mond vorbei.

Aus der Feme war das Geräusch eines Bootsmotors zu hören. Es wurde lauter, kam näher. Ein Lichtsignal blinkte dreimal hintereinander auf und erlosch dann wieder. Bald darauf schwieg auch dieser Motor. Ein zweiter Kutter legte längsseits an. Beide Schiffe verschmolzen zu einem einzigen Schatten. Die Männer warteten und beobachteten die schwarze Gestalt am Ruder.

„Der Fang war gut heute Nacht“, rief eine Stimme vom zweiten Boot herüber.

„Die Fische lassen sich im Schlaf leicht fangen“, sagte ein anderer. Irgendjemand lachte kurz auf. Zwei Männer beugten sich über die Reling und holten ein Netz voller Fische an Deck. Das Boot schwankte und lag dann wieder ruhig.

Der Mann mit der Kapuze beobachtete den Vorgang schweigend und regungslos. Beide Motoren wurden wieder angeworfen. Die Boote trennten sich. Eines fuhr nach Osten, das andere nach Westen. Der Mond schimmerte silbern. Die Brise frischte auf. Das Boot wurde wieder zu einem einzelnen schwarzen Fleck auf dem dunklen Wasser.

„Schneidet sie auf.“

Die Männer blickten erstaunt in die Augenschlitze. „Jetzt?“, wagte einer von ihnen zu fragen. „Nicht erst am üblichen Ort?“

„Schneidet sie auf“, wiederholte der Maskierte. Seine Stimme schien die Nachtluft noch kälter zu machen. „Ich nehme den Inhalt mit.“

Drei Männer knieten sich neben die Fische. Schnell und geschickt arbeiteten sie mit ihren Messern. Es roch nach Blut, Schweiß und Angst. Die weißen Päckchen, die aus den Fischbäuchen herausgezogen wurden, stapelten sich auf dem Deck. Die aufgeschlitzten Kadaver wurden ins Meer zurückgeworfen. Der Fang war weder für den Markt noch für den Kochtopf bestimmt.

Der Mann mit der Maske verstaute die weißen Päckchen in seinen Taschen. Wieder wichen die Männer vor ihm zurück, als brächte ihnen schon seine so unmittelbare Nähe den Tod – oder Schlimmeres. Er musterte die Crew zufrieden und nahm dann seinen Platz am Ruder wieder ein.

Die Furcht der Männer verschaffte ihm eine grimmige Genugtuung, und die Konterbande befand sich jetzt in seinem Besitz. Er lachte. Es war ein freudloses, kaltes Lachen, das nichts mit Humor zu tun hatte. Auf der Rückfahrt fiel kein einziges Wort.

Später, wieder ein Schatten unter vielen, bewegte sich der

Mann mit der Maske von der Höhle fort. Das Unternehmen war ohne Zwischenfall verlaufen, es hätte nicht besser klappen können. Niemand hatte ihm Fragen gestellt, niemand hatte gewagt, ihm zu folgen, und das, obwohl die anderen in der Überzahl gewesen waren. Dennoch bewegte er sich mit äußerster Vorsicht über den Strand. Er war schließlich kein Narr. Er hatte es nicht nur mit einer Handvoll verängstigter Fischer zu tun. Seine Arbeit war noch nicht getan.

Der Aufstieg war lang und steil, aber der Mann bewältigte ihn mühelos. Er hörte den Ruf eines Käuzchens, blieb kurz stehen und ließ den Blick über die Felsen gleiten. Von seinem Standort konnte er die weißen Mauern der Villa Theocharis sehen. Einen Moment lang überlegte er und setzte sich dann wieder in Bewegung.

Trittsicher und leichtfüßig wie eine Gämse bewegte er sich voran. Diesen Aufstieg hatte er oft genug im Dunkeln bewältigt. Vom Pfad hielt er sich fern. Pfade konnten Menschen bedeuten. Der Mann zog sich an dem Felsvorsprung hoch, auf dem Melanie morgens gesessen hatte. Ohne anzuhalten ging er weiter.

Im Fenster brannte Licht. Er hatte es selbst brennen lassen, als er sich auf den Weg gemacht hatte. Zum ersten Mal dachte er wieder an einen Drink. Weiß Gott, den konnte er jetzt brauchen!

Er öffnete die Haustür, ging durch die Halle und betrat ein Zimmer. Den Inhalt seiner Taschen warf er auf einen eleganten Louis-Seize-Tisch und zog sich dann schwungvoll die schwarze Kapuze vom Kopf.

„Nun, Stephanos!“ Nick zeigte lächelnd seine weißen Zähne. „Kein schlechter Fang heute Nacht, was?“

Stephanos schaute auf die weißen Päckchen und nickte. „Kann man wohl sagen. Keine Schwierigkeiten?“

„Typen, die um ihr Leben zittern, machen keine Schwierigkeiten. Die Fahrt verlief reibungslos.“ Nick trat an die Bar, schenkte zwei Drinks ein und reichte Stephanos eines der

Gläser. Er konnte von Glück sagen. Er hatte Kopf und Kragen riskiert und gewonnen. In einem Zug leerte er sein Glas.

„Finstere, anrüchige Typen, Stephanos, aber sie schaffen den Job. Sie sind geldgierig und", er schwenkte seine Kapuze in der Luft und ließ sie dann auf die weißen Päckchen hinabfallen, „zu Tode verängstigt."

„Eine verängstigte Crew ist ungefährlich", bemerkte Stephanos. Er tippte mit dem Finger auf die Päckchen. „Kein schlechter Fang, weiß Gott. Davon kann ein Mann ein paar Jahre in Saus und Braus leben."

„Oder auf den Geschmack kommen", fügte Nick hinzu. „Und mehr davon wollen. Verdammt, dieser Fischgeruch hängt immer noch an mir." Er rümpfte die Nase. „Schick das Zeug nach Athen. Sie sollen mir einen Bericht über die Labortests hinsichtlich der Qualität des Stoffs zuschicken. Jetzt gehe ich erst mal den Gestank abwaschen und dann ins Bett."

„Da ist noch etwas, das dich interessieren könnte."

„Nicht heute Nacht." Nick drehte sich gar nicht erst herum. „Spar dir deinen Klatsch bis morgen auf."

„Das Mädchen, Nicholas." Stephanos sah, wie Nick erstarrte. Einen Namen zu nennen war nicht nötig. „Wie ich höre, fliegt sie nicht nach Amerika zurück. Sie bleibt hier, solange Alex in Athen ist."

„Verflucht!" Nick drehte sich zu Stephanos um. „Ich kann mir jetzt nicht wegen einer Frau den Kopf zerbrechen."

„Sie ist allein, bis Alex seine Frau zurückschickt."

„Sie geht mich nichts an", stieß Nick durch die Zähne hervor.

Stephanos betrachtete interessiert den Rest Brandy in seinem Glas. „Athen war interessiert", bemerkte er scheinbar leichthin. „Sie könnte uns später von Nutzen sein. Kann man nie wissen!"

„Nein!" Nick ging erregt im Zimmer umher. Die nervliche Belastung der letzten Stunden machte sich plötzlich bemerkbar. Allein der Gedanke an sie machte ihn verrückt. „Nein", sagte er entschlossen. „Ich kann sie jetzt nicht brauchen. Wir halten sie da heraus."

„Dazu ist es zu spät, wenn du mich fragst", bemerkte Stephanos.

„Wir halten sie heraus!"

Stephanos strich über seinen Schnurrbart. „Wie Sie meinen, Sir!"

„Ach, geh zum Teufel!" Nick ärgerte sich über Stephanos' spöttisch ergebenen Ton. Er nahm sein Glas auf und setzte es gleich wieder ab. „Wir können sie nicht brauchen", erklärte er etwas ruhiger. „Sie wäre ein Klotz am Bein, weiter nichts. Hoffen wir, dass sie in den nächsten Tagen nicht auf die Wahnsinnsidee verfällt, nachts am Strand herumzugeistern. Ich lege keinen Wert darauf, ihr dort zu begegnen."

„Und was machst du, wenn sie wider Erwarten dort aufkreuzt?", fragte Stephanos trocken.

„Dann gnade ihr Gott!", antwortete Nick und verließ das Zimmer.

Auch nach dem Bad kam Nick nicht zur Ruhe. Die natürliche Reaktion auf Stunden äußerster Anspannung, redete er sich ein. Aber immer wieder trat er ans Fenster und blickte auf die Villa Theocharis hinunter.

Melanie war also allein. Jetzt schlief sie in dem großen weichen Bett. Sie würde ruhig schlafen. Noch einmal würde er bestimmt nicht zu ihrem Balkon hinaufklettern. Gestern Nacht hatte er dem Impuls nachgegeben, weil er geglaubt hatte, sich vor ihr rechtfertigen und ihr alles erklären zu müssen.

Was für ein Wahnsinn! Nur Narren hatten Schuldkomplexe. Er war zu ihr gegangen, und sie hatte ihn dazu gebracht, preiszugeben, was er niemals hätte preisgeben dürfen. Die Freiheit des Herzens, die innere Unabhängigkeit.

Er hätte sie nicht anrühren dürfen. Es war unverzeihlich gewesen, die Situation auszunutzen. Sie hatte nicht gewusst, was sie tat – betrunken, wie Andrew sie heimgebracht hatte.

Andrew! Nick unterdrückte seine aufsteigende Wut. Aber es gab Momente, da hasste er Andrew, weil er Melanie geküsst hatte. Er hasste Dorian, weil Melanie ihn angelächelt hatte, und er hasste Alex, wenn er ihr freundschaftlich den Arm um die Schultern legte.

Sie würde ihm nie verzeihen, was in der vergangenen Nacht geschehen war. Sie hasste ihn, weil er ihre Hilflosigkeit, ihre Verwundbarkeit ausgenutzt und sie genommen hatte – mit diesem verdammten Medaillon um den Hals. Und sie hasste, was er tat, was er war.

Nick wandte sich mit einem Ruck vom Fenster ab. Warum zerbrach er sich eigentlich den Kopf? Melanie James würde in ein paar Wochen aus seinem Leben verschwinden. Wenn sie ihn hasste, würde es ihn nicht aus der Bahn werfen.

Wenn sie sein Herz erobert hatte, nun, damit würde er auch fertig werden. Nach allem, was er durchgestanden und getan hatte, würde er sich von einer blauäugigen Hexe nicht in die Knie zwingen lassen.

Melanie fühlte sich einsam. Die Stille, die sie noch vor wenigen Tagen gepriesen hatte, bedrückte sie jetzt. Dass eine Menge Dienstboten im Haus waren, war kein Trost. Sie vermisste Alex, Liz und Dorian.

Der Vormittag verging ebenso langsam wie die vergangene Nacht. Die Villa erschien Melanie wie ein Gefängnis, in dem sie mit ihren Gedanken allein war.

Und weil ihre Gedanken ständig nur um Nick kreisten, fand sie es fast unerträglich, in dem Bett zu liegen, das sie geteilt hatten. Wie konnte sie ruhig in einem Bett schlafen, in dem sie noch immer die Berührung mit seinem Körper und seine Küsse auf ihren Lippen spürte? Wie konnte sie in einem Zimmer zur Ruhe kommen, in dem noch immer der Duft von Wind und Meer zu hängen schien, der Nick anhaftete?

Wie hatte es geschehen können, dass sie diesen Mann liebte? Und wie lange konnte sie diese Liebe noch verleugnen?

Wenn sie sich ihr ergab, würde sie für den Rest ihres Lebens leiden müssen.

Obwohl Melanie wusste, dass sie sich damit eher noch trauriger machte, zog sie sich ihren Badeanzug an und ging an den Strand hinunter.

Eigentlich war es lächerlich, Angst vor dem Strand und dem Haus zu haben. Sie hätte den Urlaub nirgends schöner zubringen können. Wenn sie sich in ihrem Zimmer einschloss, würde sie das Geschehene auch nicht ändern können.

Der weiße Sand glitzerte in der Sonne. Rasch streifte Melanie ihr Strandkleid ab und lief ins Wasser. Das Schwimmen würde sie entspannen, und vielleicht konnte sie dann heute Nacht schlafen.

Was für einen Sinn hatte es, Tag und Nacht über den Mord an einem Mann nachzugrübeln, den sie nie gekannt hatte? Warum sollte sie sich wegen eines harmlosen Zigarettenrestes Gedanken machen? Sie musste endlich die simplen Fakten akzeptieren. Der Mann war im Zuge eines dörflichen Streits ums Leben gekommen. Sein Tod hatte weder mit ihr noch mit ihren Freunden etwas zu tun. Ein tragischer Fall, gewiss, aber ohne Bedeutung für sie selbst.

An Iona wollte Melanie nicht denken. An Schmuggler und Mörder schon gar nicht. Und auf keinen Fall an Nick. Am besten, sie stellte fürs Erste das Denken ganz ein.

Und das gelang ihr tatsächlich. Die Welt bestand nur noch aus Himmel, Meer und Sonne. Das Wasser schien alles Hässliche von ihr abzuwaschen, und ihre Sorgen versanken in den Fluten. Es war wie am ersten Tag, als sie hier ihren inneren Frieden gefunden hatte.

Liz brauchte sie in den nächsten Tagen. Melanie würde keine Hilfe für sie sein, wenn sie selbst nervös und verstört wäre. Jawohl, und heute Nacht würde sie schlafen. Von Albträumen hatte sie genug.

Entspannt wie seit Langem nicht mehr, schwamm sie ans Ufer zurück. Ihre Füße berührten den feinen Ufersand. Muscheln blitzten weiß an der Wasserlinie auf. Melanie richtete sich auf. Die kleinen Wellen umspielten ihre Knie. Die Sonne auf ihrer Haut fühlte sich herrlich an.

„So entstieg auch Helena dem Meer."

Melanie beschattete ihre Augen mit der Hand und sah Andrew. Er saß neben ihrem Handtuch im Sand und schaute ihr entgegen.

„Kein Wunder, dass ihretwegen der Trojanische Krieg ausbrach." Andrew stand auf und ging ihr zur Wasserlinie entgegen. „Wie geht's dir, Melanie?"

„Danke, gut." Sie nahm das Handtuch, das er ihr reichte, und rubbelte sich das Haar trocken.

„Deine Augen sind umschattet. Ein blauer See, über den dunkle Wolken ziehen." Andrew strich mit dem Finger über Melanies Wange. „Nick hat mir von Iona Theocharis erzählt." Er nahm Melanie bei der Hand und führte sie über den weißen Sand. Melanie ließ das Handtuch fallen und setzte sich neben Andrew. „Anscheinend hat sich alles gegen dich verschworen, Melanie. Es tut mir leid, dass du auch noch Iona finden musstest."

„Anscheinend habe ich für so etwas ein besonderes Talent. Aber ehrlich, mir geht es heute schon viel besser." Sie lächelte und berührte Andrews Wange. „Gestern war ich … Ich wusste nicht mehr, wo mir der Kopf stand. Mir war, als sähe ich alles durch eine gläserne Wand, verzerrt und unwirklich. Heute sehe ich die Wirklichkeit, aber ich werde mit ihr fertig."

„Mit diesem Trick schützt die Natur den Menschen vor Überbelastung, glaube ich."

„Mir tun Alex und Liz furchtbar leid, Andrew. Und Dorian auch." Melanie lehnte sich zurück und stützte sich mit den Ellbogen ab. Die Sonne fiel warm auf ihre Haut und trocknete das Wasser. „Es ist schwer für sie. Ich fühle mich so hilflos." Sie wandte Andrew das Gesicht zu und schüttelte das Haar aus. „Ob du es glaubst oder nicht, nach diesen zwei Tagen erkenne ich erst, wie froh ich bin, am Leben zu sein."

„Das ist eine ganz gesunde, normale Reaktion." Andrew lehnte sich auch zurück. Er blinzelte gegen das Sonnenlicht und betrachtete Melanie.

„Hoffentlich. Ich hatte schon Gewissensbisse."

„Du kannst keine Gewissensbisse haben, weil du leben willst, Melanie."

„Nein. Aber plötzlich wird mir bewusst, was ich noch alles tun und sehen will. Ich bin sechsundzwanzig, und dies ist meine erste Reise. Hättest du das gedacht? Meine Mutter starb, als ich noch ein Baby war. Mein Vater und ich zogen von Philadelphia nach New York. Etwas anderes habe ich nie kennengelernt."

Melanie strich ihr feuchtes Haar zurück. „Ich spreche zwar fünf Fremdsprachen, aber zum ersten Mal mache ich von einer dieser Sprachen Gebrauch. Ich werde den Urlaub jedes Jahr in einem anderen Land verbringen – Italien, England, Frankreich." Sie drehte sich zu Andrew um und sah ihn mit leuchtenden Augen an. „Ich werde in Venedig mit einer Gondel fahren, ich werde in Cornwall durch das einsame Hochmoor streifen und über die Champs Elysées bummeln." Melanie lachte, ihr war leicht und frei zu Mute. „Auf ganz hohe Berge möchte ich klettern."

„Und was ist mit dem Fischerboot?" Andrew legte lächelnd seine Hand über die ihre.

„Oh, habe ich das schon verraten?" Melanie lachte. „Ja, das auch. Jack sagte immer, ich hätte ausgefallene Ambitionen."

„Jack?"

„Ein Freund in New York." Melanie merkte zu ihrer Freude, wie leicht sie von ihm in der Vergangenheit sprechen konnte. „Er ist Politiker. Ich glaube, er will Präsident der Vereinigten Staaten werden."

„Hast du ihn geliebt?"

„Nein. Ich hatte mich an ihn gewöhnt." Melanie errötete. „Ist das nicht schrecklich, so etwas zu sagen?"

„Das weiß ich nicht. Findest du?", meinte Andrew nachdenklich.

„Nein", antwortete Melanie. „Es ist wahr. Er war sehr vorsichtig, sehr konventionell und leider sehr langweilig. Ganz anders als ..." Sie sprach nicht weiter. Ihr Blick war starr auf das Kliff gerichtet, alle Farbe wich aus ihrem Gesicht.

Andrew blickte auf und entdeckte Nick auf dem Gipfel des Kliffs. Mit gegrätschten Beinen, die Hände in den Hosentaschen, stand er da und schaute auf sie herunter. Sein Gesichtsausdruck war auf die Entfernung nicht zu erkennen. Unvermittelt drehte er sich um und verschwand ohne ein Winken oder einen Gruß hinter dem Felsen.

Andrew blickte Melanie an. Ihr Gesicht war ein offenes Buch, das ihm die Wahrheit verriet. „Du liebst Nick."

„Oh nein! Natürlich nicht", antwortete sie schärfer als nötig. „Ich kenne ihn kaum. Ein unmöglicher Typ – aufbrausend, arrogant und herrisch. Ein zynischer Menschenverächter, der über Leichen geht."

Bei dieser Beschreibung schüttelte Andrew erstaunt den Kopf. „Anscheinend reden wir von zwei verschiedenen Männern."

Melanie wandte sich ab und ließ den Sand durch die Finger rinnen. „Kann sein. Aber ich mag beide nicht."

Andrew betrachtete eine Weile schweigend ihr Spiel mit dem Sand. „Aber du liebst ihn."

„Andrew ..."

„Gegen deinen Willen", setzte Andrew hinzu und schaute dann übers Wasser hinaus. „Melanie, ich habe mich gefragt ... Ich möchte unsere Freundschaft nicht zerstören, um nichts in der Welt. Aber ich wüsste gern ... Würdest du mich heiraten?"

„Was?" Verblüfft drehte sie sich zu ihm herum. „Soll das ein Witz sein?"

Andrew blickte sie prüfend an. „Nein, es ist kein Witz. Ich bin überzeugt, eine Affäre würde alles verderben, und dachte, wir könnten vielleicht heiraten, aber damals wusste ich noch nicht, wie du zu Nick stehst. Das wurde mir erst heute klar."

„Andrew", begann Melanie, die nicht recht wusste, wie sie reagieren sollte. „Ist das eine Frage oder ein Heiratsantrag?"

„Fangen wir mit der Frage an, okay?"

Melanie holte tief Luft. „Ein Heiratsantrag schmeichelt dem Ego einer Frau, besonders wenn er von jemandem kommt, den man sehr mag. Aber das ist nicht der Sinn einer Freundschaft, stimmt's?" Melanie beugte sich zu Andrew hinüber und berührte seinen Mund mit den Lippen. „Ich bin sehr glücklich darüber, dich zum Freund zu haben, Andrew."

„So ungefähr habe ich mir deine Antwort vorgestellt. Ich bin ein romantischer Träumer, fürchte ich." Andrew lächelte abbittend. „Eine Insel, eine schöne Frau mit einem Lachen, leicht und frei wie der Wind … Ich sah uns schon, wie wir uns in dem Cottage einrichten. Ein Kaminfeuer im Winter, Blumen im Frühling."

„Du liebst mich nicht, Andrew."

„Das könnte aber noch kommen." Er nahm Melanies Hand und betrachtete die Innenfläche. „Nein, es ist dir nicht bestimmt, dich in einen aufstrebenden Schriftsteller zu verlieben."

„Andrew …"

„Und mir ist es nicht bestimmt, dich zu gewinnen." Er küsste Melanies Hand. „Aber ein schöner Gedanke ist es trotzdem."

„Ein sehr schöner sogar. Ich danke dir, Andrew."

Andrew nickte und stand auf. „Vielleicht komme ich auf die Idee, Venedig könnte mich inspirieren." Er schaute zu dem Haus auf dem Kliff hinauf. „Vielleicht treffen wir uns dann dort, wer weiß?" Er lächelte schief, verlegen wie ein Junge. „Mach's gut, Melanie."

Melanie fühlte einen Stich im Herzen. Sie blickte ihm nach, bis er auf dem Steilpfad des Kliffs verschwand, bevor sie sich wieder dem Meer zuwandte.

10. KAPITEL

Entgegen ihrer eigenen Überzeugung von heute Morgen kam Melanie nicht zur Ruhe. Sie dämmerte vor sich hin, aber sie wagte nicht, einzuschlafen – aus Angst vor den Träumen, die sie verfolgten.

Während des Tages war es Melanie unter Einsatz ihrer Willenskraft gelungen, Nick aus ihren Gedanken zu verdrängen. Sie wollte sich ihm auch in ihren Träumen nicht ergeben.

Aber jetzt musste sie immerzu an die Höhle denken, an das starre Gesicht im Wasser, an die schlanke schwarze Zigarette im Sand, an Iona, an Dorians versteinertes Gesicht …

Wieso wurde Melanie den Gedanken nicht los, das eine habe etwas mit dem anderen zu tun?

Die Villa war zu groß und zu still, als dass man sich darin allein wohlfühlen könnte. Sogar die Luft schien drückend zu werden. Müdigkeit überwältigte Melanie, aber an der Grenze zwischen Wachen und Schlafen hatten es Träume und Trugbilder besonders leicht, durch ihr wehrloses Bewusstsein zu geistern.

Melanie konnte Alex' Stimme hören, die hart und kalt sagte, Ionas Tod wäre für alle ein Segen. Sie sah Dorians kühlen, ruhigen Blick, seine schmale Hand, in der er eine schwarze Zigarette hielt. Andrew lächelte wehmütig, den Blick auf das Meer hinaus gerichtet. Liz schwor, ihren Mann vor allem und jedem zu schützen. Und Melanie sah eine Messerklinge, scharf und tödlich. Sie wusste, dass es Nicks Hand war, die das Heft gepackt hielt.

Mit einem Aufschrei fuhr Melanie hoch. Nein, sie wollte nicht schlafen, jedenfalls nicht allein. Das wagte sie nicht.

Ohne nachzudenken schlüpfte sie in Jeans und eine Bluse. Heute Nachmittag hatte sie am Strand Frieden gefunden. Vielleicht würde es ihr auch in der Nacht gelingen.

Als sie vor die Villa trat, atmete sie auf. Hier in der freien Natur gab es keine Wände, keine leeren, einsamen Zimmer.

Hier funkelten die Sterne und dufteten die Blumen. Ein leiser Wind flüsterte in den Zypressen. Das bedrückende Gefühl fiel langsam von Melanie ab. Sie ging zum Strand hinunter.

Melanie krempelte die Jeans hoch und ließ das Wasser über ihre Fußgelenke schwappen. Tief atmete sie die kühle Seeluft ein. Sie streckte die Arme den Sternen entgegen.

„Wann gewöhnst du dir endlich an, nachts im Bett zu bleiben?“

Melanie wirbelte herum und sah sich Nick gegenüber. War er schon die ganze Zeit hier? Sie hatte ihn nicht herankommen hören. Sie richtete sich gerade auf und blickte ihm kühl ins Gesicht. Genau wie sie trug er Jeans und war barfuß. Sein Hemd war nicht zugeknöpft, es hing locker herab. Am liebsten wäre Melanie jetzt nahe an ihn herangetreten. Aber was für ein irrer Gedanke! Rasch verscheuchte sie ihn.

„Das soll nicht deine Sorge sein“, beantwortete sie Nicks Frage und drehte ihm dann den Rücken zu.

Nick war drauf und dran, Melanie am Arm zu packen und sie wieder zu sich zurückzudrehen. Er beherrschte sich. Nach dem Duschen hatte er sich ans Fenster gestellt und gesehen, wie Melanie zum Strand hinunterging. Ehe er gewusst hatte, was er tat, war er schon auf dem Steilpfad vom Kliff hinunter gewesen. Und jetzt sprach sie wieder mit dieser eiskalten Stimme.

„Du hast wohl vergessen, was Frauen passiert, die nachts allein am Strand herumlaufen, was?“, fragte er spöttisch und streckte die Hände nach ihr aus. Er musste wenigstens ihr Haar berühren.

„Wenn du mich wieder irgendwohin schleppen willst, warne ich dich. Diesmal beiße und kratze ich.“

„Das würde die Sache nur noch interessanter machen.“ Als Melanie den Kopf zurücklegte, ließ Nick die Hand sinken. „Ich dachte, du hättest dich für heute genug am Strand amüsiert. Wartest du wieder auf Andrew?“

Melanie schleuderte mit einem zornigen Ruck das lange

blonde Haar zurück. „Ich erwarte niemanden. Hergekommen bin ich, um hier allein zu sein. Also lass mich bitte in Frieden."

Jetzt zog Nick Melanie doch herum. Er packte sie so fest, dass sie vor Schmerz leise aufschrie. „Verdammt, Melanie, treib es nicht zu weit! So kannst du Andrew behandeln, aber nicht mich!"

„Nimm gefälligst die Hände weg!" Melanies Augen funkelten wie klares Eis. Nicht noch einmal würde sie sich von diesem Mann einschüchtern lassen. „Im Übrigen könntest du von Andrew eine Menge lernen." Sie warf den Kopf in den Nacken und lächelte kalt. „Und von Dorian auch. Wie man Frauen behandelt, beispielsweise."

Nick stieß einen unflätigen Fluch aus, packte Melanie an den Schultern und starrte sie finster an. „Hinter Dorian bist du also auch her, wie?" Er hatte Mühe, sich zu beherrschen. „Es macht dir Spaß, ihn an der Nase herumzuführen, was?"

Nicks Finger gruben sich wie Klammern in Melanies Arm, aber sie verzog keine Miene. Diese Genugtuung gönnte sie ihm nicht.

„Du machst dich nicht schlecht als Playgirl, das muss man dir lassen!"

Sein Zynismus machte Melanie rasend. „Wie kannst du es wagen!" Ihre Augen flammten. „Ausgerechnet du! Wenn hier einer ein schmutziges Spiel treibt, bist du es. Denn du gehst über Leichen, Nick Gregoras! Ich hasse dich! Ich will dich nie wieder sehen!" Melanie riss sich los. Blind vor Wut rannte sie ins Wasser.

Zwei lange Schritte, und Nick hatte Melanie eingeholt und riss sie zu sich herum. Das Wasser schwappte um ihre Hüften. Nick schüttelte sie wild, und dabei rutschte sie auf dem schlüpfrigen Untergrund aus. Er zog sie wieder in die Höhe. Im Augenblick war er zu zornig, um ganz klar denken zu können.

„Wartest du etwa darauf, dass ich zu dir gekrochen komme

und um dein Wohlwollen bettle? Verdammt will ich sein, ehe ich das mache! Ich tue, was ich tun muss, weil es den Erfordernissen entspricht. Ich handle, wie ich es für notwendig halte. Hast du mich verstanden?“

„Deine schmutzigen Geschäfte und deine Worte interessieren mich nicht. Mich interessiert überhaupt nichts, was mit dir zu tun hat. Ich hasse dich!“ Melanie holte zu einem Schlag gegen Nicks Brust aus und fiel fast wieder hin. „Ich hasse alles an dir. Ich wünschte, ich hätte dich nie gesehen!“

Diese Worte trafen Nick tief. Er musste daran denken, wie Melanie in seinen Armen gelegen hatte, er spürte wieder ihre Lippen auf seinem Mund und ihren Körper, der sich an ihn schmiegte.

Aber er gab seinen Gefühlen nicht nach. „Wie du willst“, sagte er kalt. „Dann halte dich von mir fern und misch dich nicht in Angelegenheiten, die dich nichts angehen.“

„Nichts täte ich lieber, als mich von dir fernzuhalten.“ Das eisige Funkeln ihrer Augen und die schneidenden Worte schmerzten ihn aufs Neue. „Nichts wäre mir lieber, als dein Gesicht nie mehr sehen und deinen Namen nie mehr hören zu müssen.“

Nur mit größter Anstrengung unterdrückte Nick den Impuls, Melanie in die Arme zu nehmen. „Das kannst du haben“, sagte er stattdessen. „Mit Dorian kannst du meinetwegen spielen, aber lass die Finger von Andrew. Nimm dich in Acht, oder ich drehe dir deinen schönen Hals um.“

„Dass ich nicht lachte! Ich werde Andrew so oft treffen, wie ich will.“ Melanie schleuderte das nasse Haar zurück und starrte Nick an. „Ich glaube nicht, dass Andrew begeistert von deinen Schutzmaßnahmen wäre. Er hat mir einen Heiratsantrag gemacht.“

Mit einer raschen Bewegung packte Nick Melanie und presste sie an sich. „Was hast du ihm geantwortet?“

„Das geht dich nichts an.“ Melanie drehte und wand sich, aber obwohl sie nass und schlüpfrig wie ein Aal war, hielt

Nick sie unnachgiebig fest. „Lass mich runter! So kannst du mit mir nicht umgehen!"

„Verdammt noch mal, ich habe dich etwas gefragt!" Den Blick starr auf Melanies blasses Gesicht gerichtet, stieß er heiser hervor: „Antworte!"

„Nein!", schrie Melanie verzweifelt. „Nein habe ich gesagt!"

Nicks Griff lockerte sich. Melanie stand wieder auf den Füßen. Ihr Gesicht war geisterhaft blass. Warum muss ich ihr immer wehtun? dachte Nick. Und warum tut sie mir weh? Gäbe es nur nicht so viele Hindernisse, oder könnte ich auch nur eines davon niederreißen, wäre alles gut.

„Das möchte ich dir auch raten." Nicks Stimme bebte. Ob Angst oder Wut darin mitschwang, konnte Melanie nicht erkennen. „Ich hätte auch nicht ruhig mit angesehen, wie du Andrew zum Narren hältst. Er hat es nicht verdient." Nick ließ Melanie los und wusste, dass er sie vielleicht zum letzten Mal berührt hatte. „Vermutlich hast du ihm nichts von deinem Freund erzählt."

„Freund?" Melanie machte einen Schritt rückwärts. „Was für ein Freund?"

Nick hob wortlos das Medaillon an ihrem Hals hoch und ließ es dann gleich wieder fallen. „Der Mann, der dir das Medaillon geschenkt hat, das du so hütest. Wenn eine Frau das Brandzeichen eines anderen Mannes trägt, ist das kaum zu übersehen."

Melanie deckte die Hand über den kleinen silbernen Anhänger. Nie hätte sie gedacht, dass sie noch zorniger werden könnte, als sie es schon war. Sie zitterte vor Wut. „Das Brandzeichen eines anderen Mannes", wiederholte sie so leise, dass es kaum zu hören war. „Du täuschst dich. Mir drückt niemand sein Brandzeichen auf, Nicholas. Niemand, gleichgültig, wie sehr ich ihn liebe."

„Oh, Pardon", erwiderte Nick kühl. „Tut mir leid. Vergiss es."

„Dieses Medaillon hat mir mein Vater geschenkt. Ich war damals acht und hatte mir beim Sturz von einem Baum ein Bein gebrochen. Mein Vater ist der gütigste, liebevollste Mensch, der mir je begegnet ist. Du hast nichts mit ihm gemeinsam. Du hast ein Herz aus Stein."

Melanie machte kehrt und rannte ins Wasser. Nick holte sie ein. Ungeachtet ihrer Gegenwehr drehte er Melanie zu sich herum und blickte ihr in die Augen.

„Hast du einen Freund in Amerika?"

„Was soll das? Lass mich sofort los!" Melanies Augen flammten, ihre Haut schimmerte wie Marmor im Mondlicht. Sie warf den Kopf zurück und blickte Nick herausfordernd an. In diesem Augenblick wusste Nick, dass er für sie sterben könnte.

„Gibt es einen anderen Mann, Melanie?", fragte er noch einmal, aber jetzt klang seine Stimme ruhiger.

Melanie hob trotzig das Kinn. „Nein. Es gibt keinen Mann in meinem Leben. Keinen einzigen."

Nick zog Melanie zu sich heran. Die Wärme seines Körpers drang durch ihre nasse Kleidung. Bei einem Blick in Nicks triumphierend leuchtende Augen hielt sie den Atem an.

„Oh doch, es gibt einen." Nick presste den Mund auf Melanies Lippen, und während er sie küsste, zog er sie hinunter in den Sand.

Seine Lippen waren fordernd und heiß. Melanie musste an sein Wort vom Brandzeichen denken, aber sie ließ sich nur zu gern von diesem Feuer verbrennen.

Nick streifte ihr die Bluse ab, als könne er nichts Trennendes zwischen ihnen ertragen.

Melanie wusste, dass Nick immer so lieben würde, heftig, ohne nachzudenken und ohne Vorbehalte. Ihr Begehren war viel zu stark, als dass sie es hätte leugnen können. Sie konnte es nicht erwarten, seine Haut an ihrer zu fühlen. Sie hörte Nick lachen, als er den Mund an ihren Hals drückte.

Was richtig war und was falsch, spielte jetzt keine Rolle

mehr. Das Verlangen war zu übermächtig. Als der Rausch der Leidenschaft sie erfasste, erkannte Melanie ihre Liebe. Darauf hatte sie ihr Leben lang gewartet. Sie fragte nicht mehr, warum es ausgerechnet Nick sein musste. Sie liebte ihn, was immer und wer immer er auch sein mochte. Außer ihm zählte nichts mehr.

Seine Hände schlossen sich um ihre Brüste. Er stöhnte und presste seine Lippen auf Melanies Mund. Sie war so zart, so zerbrechlich. Nick gab sich die größte Mühe, ihr nicht wehzutun, aber das Verlangen brannte wild und heiß in ihm. Nie hatte er eine Frau begehrt wie diese. Nicht einmal, als er sie zum ersten Mal genommen hatte, hatte er sie so sehr gewollt wie jetzt.

Melanie bog sich Nick entgegen und grub die Finger in sein Haar. Er flüsterte etwas, aber sein Atem ging genauso heftig wie der ihre, und sie konnte seine Worte nicht verstehen. Das brauchte sie auch nicht, denn sein Kuss sprach eine viel deutlichere Sprache.

Ohne sich dessen bewusst zu sein, streifte sie das Hemd von Nicks Schultern. Sie merkte, wie Nick ihr die Jeans herunterzog, und dann trennte sie nichts mehr voneinander.

Nicks Lippen, seine Hände ergriffen von ihrem Körper Besitz – zwar nicht zärtlich, aber auch nicht mit so unkontrollierter Wildheit wie beim ersten Mal. Nick nahm, was ihm längst zu gehören schien.

Sein Mund, seine leidenschaftlichen Küsse raubten ihr jeden klaren Gedanken. Kein noch so geheimer Winkel ihres Körpers blieb ihm verborgen. Mit jeder seiner Berührungen geriet Melanie näher an den Rand der Ekstase.

Kühler Sand, kühles Wasser, Nicks heiße Lippen – alles andere versank, war aus ihrem Bewusstsein ausgelöscht. Von irgendwoher kam der gespenstische Ruf eines Nachtvogels. Es hätte auch Melanies leiser Aufschrei sein können.

Sie waren die einzigen Menschen auf der Welt, zwei Schiffbrüchige, die das Schicksal füreinander bestimmt hatte. Der

Duft des Meeres hüllte Melanie ein – Nicks Duft. Beides würde für sie immer dasselbe sein.

Dann hörte und dachte sie nichts mehr, denn Nick stürzte sie in einen Strudel der Leidenschaft.

Melanie schrie auf, als er in sie eindrang. Mit einem wilden Kuss brachte er sie zum Schweigen. Melanie hatte das Gefühl, sich auf einem hohen Felsgrat zu befinden, und Nick trieb sie immer näher an den Rand. Sie spürte, wie sein Herz raste, und dennoch schien er entschlossen, sie hier zwischen Himmel und Hölle schweben zu lassen.

Als Nick sie endlich erlöste, wusste sie nicht, ob sie in den Himmel oder in die Hölle stürzte. Sie wusste nur, dass Nick bei ihr war.

Melanie lag ganz still an Nicks nackte Schulter geschmiegt. Die kleinen Wellen streichelten ihre Beine. Nach dem Rausch der Empfindungen fühlte sie sich jetzt fast körperlos und wie betäubt. Niemals, niemals hatte ein Mann sie so begehrt wie Nick. Das gab ihr eine gewisse Macht über ihn. Bei diesem Gedanken schloss sie die Augen.

Sie hatte sich nicht zur Wehr gesetzt, nicht einmal zum Schein. Nicht roher Gewalt hatte sie sich ergeben, sondern ihrem eigenen Verlangen. Jetzt, da der Verstand wieder zu arbeiten begann, schämte sie sich ihrer eigenen Hemmungslosigkeit.

Nick hatte kein Gewissen, er war hart, kalt und brutal, ein Mann, der aus dem Elend anderer Menschen Gewinn schlug. Und sie hatte sich ihm mit Leib und Seele hingegeben. Über ihr Herz hatte sie keine Gewalt, aber ihre Handlungen unterstanden ihrem Willen, ihrer Kontrolle. Ihr schauderte. Sie rückte etwas von Nick ab.

„Nein, bleib hier", flüsterte Nick in ihr Haar und zog sie wieder an sich.

„Ich muss jetzt gehen." Melanie bewegte sich von ihm fort, soweit es sein Arm zuließ. „Bitte, lass mich los."

Nick drehte sie auf die Seite, richtete sich auf und betrachtete sie lächelnd. „Nein", sagte er leise. „Du läufst mir nicht mehr fort."

„Nick, bitte!" Melanie wandte das Gesicht ab. „Es ist spät. Es wird Zeit für mich."

Nick nahm ihr Gesicht zwischen die Hände und zwang sie, ihn anzusehen. In Melanies Augen schimmerten Tränen, die sie mühsam zurückhielt. „Dir ist plötzlich bewusst geworden, dass du dich einem Gangster hingegeben hast, wie?"

„Bitte hör auf, Nick." Melanie schloss die Augen. „Lass mich gehen. „Ich ... Du hast mich nicht gezwungen. Ich wollte es."

Nick schaute auf sie hinunter. Melanies Augen waren nun trocken. Nick griff nach seinem Hemd und richtete Melanie auf. Der Teufel soll Athen holen, dachte er.

„Zieh das an", befahl er und hielt das Hemd um ihre Schultern. „Ich muss mit dir reden."

„Ich will nichts hören. Es gibt nichts zu reden."

„Ich sagte, wir werden reden, Melanie." Nick schob ihren Arm in den Hemdsärmel. „Ich will nicht, dass du dich schuldig fühlst." An seiner Stimme spürte Melanie, dass er wieder zornig wurde. „Das lasse ich nicht zu", erklärte er und zog das Hemd über ihrem Busen zusammen. „Ich kann dir jetzt nicht alles erklären ... und einiges werde ich dir überhaupt nie erklären können, aber ..."

„Ich erwarte keine Erklärungen", unterbrach Melanie ihn.

„Jedes Mal, wenn du mich anschaust, erwartest du Erklärungen", widersprach Nick. Er zog eine Zigarette aus der Hemdtasche und zündete sie an. „Mein Import-Export-Geschäft hat mir im Laufe der Jahre eine Reihe von Kontakten verschafft. Einige von ihnen würdest du ablehnen, kann ich mir vorstellen." Er blies den Rauch aus.

„Nicholas, ich ..."

„Still, Melanie. Wenn ein Mann sich entschließt, Farbe zu bekennen, sollte ihn eine Frau nicht unterbrechen. Es fällt mir weiß Gott schwer genug", fügte er hinzu.

Melanie schwieg.

„Als ich Anfang zwanzig war", fuhr Nick fort, „lernte ich einen Mann kennen, dem ich für eine bestimmte Aufgabe geeignet erschien. Ich fand diese Arbeit faszinierend. Gefahr kann zur Sucht werden wie eine Droge."

Ja, dachte Melanie und schaute aufs Wasser hinaus. Wenn ich nichts sonst begreife, aber das kann ich verstehen.

„Ich stellte mich der Organisation für ... Spezialaufträge zur Verfügung." Nick lächelte unfroh. „Der Job reizte mich, alles war in bester Ordnung. Ich war zufrieden mit meinem Leben, zehn Jahre lang dachte ich mir nichts dabei. Doch jetzt wünsche ich, ich könnte diese zehn Jahre auslöschen."

Melanie zog die Knie an und blickte starr geradeaus. Nick hob die Hand und berührte ihr Haar, aber sie drehte sich nicht zu ihm um. Ihr alles zu erzählen fiel Nick schwerer, als er gedacht hatte. Er musste ihr die Wahrheit sagen, aber er wollte sie nicht verlieren. Er zog an seiner Zigarette und betrachtete dann die rote Glut.

„Melanie, ich habe Dinge getan, von denen ich dir nichts sagen würde, selbst wenn ich es dürfte. Du würdest es nie verstehen."

Melanie hob den Kopf. „Du hast Menschen getötet."

Nick fiel das Reden schwer, wenn er in ihre verzweifelten Augen blickte. Seine Stimme blieb jedoch kühl und beherrscht. „Wenn nötig, ja."

Melanie senkte den Kopf. Sie hatte Nick nicht als Killer sehen wollen. Hätte er es geleugnet, hätte sie versucht, ihm zu glauben. Sie wollte sich nicht vorstellen müssen, dass er getan hatte, was für sie die schwerste aller Sünden war – Menschen das Leben zu nehmen.

Nick schnippte den Zigarettenrest fort. Warum habe ich sie nicht belogen? fragte er sich. Lügen gehen mir weiß Gott glatt über die Lippen ... Weil ich sie nicht belügen kann, dachte er seufzend. Jetzt nicht mehr.

„Ich tat, was ich tun musste, Melanie", sagte er matt. „Ich kann die letzten zehn Jahre nicht ungeschehen machen. Recht oder Unrecht – ich habe es so gewollt. Jetzt kann ich mich dafür nicht entschuldigen."

„Das verlange ich auch nicht. Es tut mir leid, wenn es so aussieht." Melanie schaute ihm wieder in die Augen. „Bitte Nick, wir wollen es dabei belassen. Es ist dein Leben ... Du brauchst es mir gegenüber nicht zu rechtfertigen."

Hätte sie ihn jetzt beschimpft oder mit Eiseskälte bestraft, wäre er vielleicht ruhig geblieben. Aber er konnte nicht mit ansehen, wie sie sich um Verständnis bemühte. Er würde es ihr sagen, und die Entscheidung, um die er seit Tagen gerungen hatte, würde fallen.

„Vor sechs Monaten", erklärte er ruhig, „wurde ich beauftragt, den Schmugglerring zwischen der Türkei und Lesbos zu sprengen."

Melanie schaute Nick an, als sähe sie ihn zum ersten Mal. „Zu sprengen? Aber ... ich dachte ... du sagtest ..."

„Ich habe nichts gesagt", unterbrach er sie. „Ich habe dich deinen Vermutungen überlassen. Das war besser so, und es war nötig."

Einen Moment saß Melanie regungslos da und versuchte ihre Gedanken zu ordnen. „Nick, ich verstehe nicht ganz ... heißt das, du bist Polizist?"

Bei dieser Vorstellung musste Nick lachen. Ein Teil seiner Erregung fiel von ihm ab. „Nein, Kleines, aber lassen wir das. Es ist unwichtig."

Melanie runzelte die Stirn. „Ein Spitzel?"

Wut und Furcht verflogen. Nick nahm Melanies Gesicht behutsam zwischen seine Hände. Sie war so süß, so lieb ... „Melanie, du siehst das zu romantisch. Ich bin ein Mann, der herumreist und Anweisungen befolgt. Damit musst du dich zufriedengeben. Mehr kann ich dir nicht sagen."

„Die erste Nacht am Strand ..." Langsam fügten sich die Teile des Puzzles zu einem Bild zusammen. „Du hast auf den Boss der Schmugglerorganisation gewartet. Das war der Mann, dem Stephanos gefolgt ist."

Nick ließ die Hände sinken. Melanie zweifelte keine Sekunde an dem, was er gesagt hatte. Sie schien schon vergessen zu haben, dass er getötet hatte. Wenn sie es ihm so einfach machte, warum fiel es ihm dann so schwer, die Sache hinter sich zu bringen?

„Ich durfte nicht gesehen werden. Mir war bekannt, dass er diesen Strand auf dem Weg zu Stevos' Haus überqueren würde. Stevos wurde eliminiert, weil ihm bekannt war, was ich noch herausfinden muss, nämlich die Funktion des Mannes innerhalb der Organisation. Ich vermute, Stevos versuchte ihn zu erpressen. Das war sein Todesurteil, er wurde liquidiert."

„Wer ist es, Nick?"

„Nein." Nicks Gesichtsausdruck war hart und undurchdringlich. „Selbst wenn ich es wüsste, würde ich es dir nicht sagen, Melanie. Du darfst nichts über diesen Mann wissen, sonst bist du deines Lebens nicht mehr sicher." Er blickte Melanie finster an. „Ich war einmal bereit, dich zu benutzen, denn meine Organisation ist an deiner Sprachkenntnis interessiert. Aber ich bin ein Egoist. Du wirst nicht in diese Dinge hineingezogen werden." Das klang endgültig und etwas ärgerlich. „Ich habe meinen Partnern gesagt, du seist nicht interessiert."

„War das nicht etwas voreilig?", fragte Melanie. „Ich bin in der Lage, meine Entscheidungen selbst zu treffen."

„Du brauchst keine zu treffen", entgegnete Nick ruhig. „Sobald ich den Namen des Anführers kenne, ist mein Job beendet. Athen wird dann ohne mich auskommen müssen."

„Das bedeutet, du wirst nicht mehr …" Melanie machte eine vage Handbewegung, weil sie nicht wusste, wie sie seine Arbeit bezeichnen sollte. „Du wirst mit diesen Dingen aufhören?"

„Ja." Nick blickte übers Meer hinaus. „Ich war schon viel zu lange dabei."

„Wann hast du diesen Entschluss gefasst?"

Als ich zum ersten Mal mit dir geschlafen habe, hätte er fast geantwortet. Aber das stimmte nicht ganz. Da war noch etwas, das er Melanie sagen musste.

„An dem Tag, als ich mit Iona die Bootsfahrt gemacht habe“, antwortete Nick. Er wandte sich zu Melanie um und bezweifelte, dass sie ihm verzeihen würde. „Iona steckt in der Sache drin, Melanie. Sehr tief.“

„In der Schmugglerorganisation?“

„Ja. Ein Teil meiner Aufgabe bestand darin, Informationen aus ihr herauszuholen. Ich habe sie mit auf die Jacht genommen in der festen Absicht, sie zum Reden zu bewegen. Sie wollte Sex, das wusste ich.“ Da Melanie schwieg und ihn auch nicht ansah, sprach Nick weiter. „Iona stand unter Druck. Ich brauchte nur etwas nachzuhelfen. Deshalb hat man versucht, sie umzubringen.“

„Umbringen?“ Melanie versuchte gelassen zu bleiben und das Gehörte erst einmal zu verarbeiten. „Captain Tripolos sagte doch, es sei versuchter Selbstmord gewesen.“

„An Selbstmord hat Iona nicht im Traum gedacht.“

„Nein“, sagte Melanie langsam, „da hast du recht.“

„Wäre mir mehr Zeit mit ihr geblieben, hätte ich alles aus ihr herausgeholt, was ich wissen will.“

„Der arme Alex. Wenn er erfährt, worauf Iona sich eingelassen hat, bricht er zusammen. Und Dorian …“ Melanie musste an sein versteinertes Gesicht denken und hörte ihn sagen: „… so schön, so verloren …“ Vielleicht hatte Dorian etwas geahnt.

„Kannst du nichts tun?“ Melanie schaute Nick an, und diesmal lag Vertrauen in ihrem Blick. „Weiß die Polizei davon? Tripolos?“

„Tripolos weiß eine Menge und vermutet noch mehr.“ Nick nahm Melanies Hand. „Ich arbeite nicht direkt mit der Polizei zusammen. Das verzögert die Dinge nur. Tripolos“, fügte er lächelnd hinzu, „verdächtigt mich des Mordes, des versuchten Mordes, und sieht mich in der Rolle des maskierten Schmugglers. Letzte Nacht hätte ich ihm etwas bieten können."

„Dir macht deine Arbeit Spaß, oder?" Melanie sah die Abenteuerlust in seinen Augen leuchten. „Warum willst du aufhören?"

Nick wurde wieder ernst. „Ich habe dir gesagt, was ich mit Iona vorhatte. Es wäre nicht das erste Mal gewesen. Sex ist in diesem Fall Mittel zum Zweck, und der Zweck heiligt die Mittel. Das ist eine Tatsache." Er sah, dass Melanie zu Boden blickte. „Iona hatte zu viel Champagner getrunken, aber es hätte sich eine nächste Gelegenheit ergeben. Von diesem Tag an kam ich mir vor wie ein Schuft ..." Er hob Melanies Kinn an. „Dir gegenüber, Melanie."

Melanie blickte Nick forschend an. In seinen Augen entdeckte sie etwas, das sie bisher erst einmal gesehen hatte: Reue und die Bitte um Verständnis. Sie schlang die Arme um seinen Nacken und küsste ihn. Nicht nur seinen Kuss fühlte sie, sondern auch die Welle der Erleichterung, die ihn durchflutete.

„Melanie ..." Er drückte sie wieder in den Sand. „Wenn ich die Uhr zurückdrehen und die vergangene Woche noch einmal leben könnte ..." Er vergrub das Gesicht in ihrem Haar. „Ich würde wahrscheinlich alles noch einmal genauso machen."

„Du hast eine seltsame Art, dich zu entschuldigen, Nick."

Nicks Hände glitten über Melanies Körper. Die Berührung erregte sie beide. „Die Sache wird vermutlich morgen Nacht abgeschlossen sein, dann bin ich frei. Lass uns zusammen für ein paar Tage fortgehen. Irgendwohin."

„Morgen?" Melanie versuchte seiner Rede zu folgen, obwohl ihr Körper etwas ganz anderes wollte. „Warum morgen?"

„Weil ich gestern Nacht den Stein ins Rollen gebracht habe. Den Verlust einer Schiffsladung Stoff wird dieser Typ nicht ohne Weiteres hinnehmen, wie ich ihn kenne."

„Du hast sie in deinen Besitz gebracht?"

Nick zog Melanie ins Wasser. Sein Blut hatte sich schon wieder in Feuer verwandelt, als er das Mondlicht silbern über ihre Haut fließen sah. „Ja", sagte er. „Es war ein Kinderspiel."

Als Melanie bis zur Taille im Wasser stand, zog er sie zu sich heran. Wieder erforschte er ihren Körper mit den Händen. „Stephanos und ich haben die Transaktion ein paar Mal aus sicherer Entfernung beobachtet." Sein Mund strich über ihre Lippen und dann zu ihrem Hals hinunter. „Auch an dem Abend, als ich dich zu meinem Entsetzen am Strand entdeckte. So, und was unsere freien Tage angeht …"

„Was hast du morgen Nacht vor?" Melanie zog sich aus der Reichweite seiner Hände zurück. Angst hatte sie beschlichen. „Nick, was geschieht morgen?"

„Ich erwarte noch abschließende Informationen aus Athen. Wenn sie mir vorliegen, weiß ich, wie ich vorgehen muss. Auf jeden Fall werde ich hier sein, wenn das Boot morgen Nacht mit der nächsten Ladung eintrifft."

„Aber doch nicht allein?" Melanie fasste Nick bei den Schultern. „Dieser Mann ist gefährlich, Nick."

Nick rieb seine Nase an Melanies. „Du sorgst dich doch nicht etwa um mich, Kleines?"

„Mach dich nicht lustig über mich."

Nick hörte die Besorgnis in Melanies Stimme. „Spätestens morgen Abend werde ich Tripolos informieren", beruhigte er sie. „Wenn alles glattgeht, werde ich ihn selbst informieren." Er lächelte auf Melanies ängstliches Gesicht hinunter. „Er kann dann das offizielle Lob für alle Verhaftungen einheimsen, die er daraufhin vornehmen kann."

„Das ist nicht fair!", rief Melanie. „Du hast Kopf und Kragen riskiert, Nick. Warum solltest du nicht …"

„Still, Melanie. Wie soll ich eine Frau lieben, die unausgesetzt auf mich einredet?"

„Nicholas, ich versuche zu verstehen, aber warum sagst du nicht, was …"

„Eins kann ich dir mit letzter Bestimmtheit sagen", fiel

Nick ihr ins Wort. „Von dem Augenblick an, als ich dich auf diesem verdammten Kliff sitzen sah, habe ich dich begehrt, und bis jetzt hat sich das nicht geändert. Du gehörst mir, Darling, für immer."

Nick küsste Melanie, und für sie beide gab es nichts anderes mehr.

Melanie musste lachen, als sie sich in die nassen Jeans zwängte. „Du hast mich so wütend gemacht, dass ich Hals über Kopf ins Wasser gerannt bin."

Nick mühte sich mit seinen eigenen Jeans ab. „Das ging mir nicht anders."

Melanie drehte sich zu ihm um. Mit nacktem Oberkörper stand er da und versuchte den Sand aus seinem Hemd zu schütteln.

Ihre Augen blitzten mutwillig auf. „So?", fragte sie, ging auf ihn zu und schlang die Arme um seinen Hals. „Und warum? Aus Eifersucht auf den Mann in meinem Leben, der überhaupt nicht existiert?"

„Nein", log Nick und lächelte unbekümmert. Er schlang sein Hemd um Melanies Taille und zog sie zu sich heran. „Wieso sollte mich das interessieren?"

„Hm." Melanie biss Nick sanft in die Unterlippe. „Möchtest du vielleicht gern etwas über Jack hören?"

„Den Teufel möchte ich!", murmelte er, ehe er seinen Mund auf Melanies presste. Sie brachte das Kunststück fertig, ihn zu küssen und dabei zu lachen.

„Hexe!", schimpfte Nick leise. Er küsste sie ungestüm, und schließlich wurde aus ihrem Gelächter ein Seufzer. „Willst du mich um den Verstand bringen?"

„Ich will dich", sagte Melanie leise und lehnte den Kopf an seine Schulter.

Nick legte seine starken Arme fest und besitzergreifend um Melanie, aber er wusste, dass Stärke allein nicht ausreichte, um sie an sich zu binden. „Du bist Dynamit … Das wusste ich schon, als ich dich zum ersten Mal in den Armen hielt."

Lachend warf Melanie den Kopf in den Nacken. „Als du mich das erste Mal im Arm hattest, hast du mich verflucht."

„Das tue ich immer noch." Aber Nicks Kuss sagte etwas ganz anderes.

„Ich wünschte, diese Nacht würde nie enden." Melanie schmiegte sich mit hämmerndem Herzen an ihn. „Ich wünschte, die Sonne würde nie wieder aufgehen."

Nick barg das Gesicht in ihrem Haar. Schuldgefühle quälten ihn. Vom ersten Augenblick an hatte er Melanie nur Furcht und Schrecken gebracht. Auch seine Liebe würde das nicht ändern. Er durfte ihr nicht sagen, dass er sie liebte. Täte er es, würde sie vielleicht von ihm verlangen, sich aus seiner Verantwortung zu stehlen und seiner erst halb erledigten Aufgabe den Rücken zuzukehren. Nick wusste schon jetzt, dass er ihr diese Bitte erfüllen und dann alle Achtung vor sich selbst verlieren würde.

„So etwas darfst du dir nicht wünschen, Melanie", sagte er. „Die Sonne wird morgen Abend untergehen. Und wenn sie wieder aufgeht, haben wir Zeit für uns, viel Zeit."

Melanie musste ihm vertrauen, musste glauben, dass ihm nichts geschehen konnte und dass die Gefahr, mit der er lebte, in nicht einmal vierundzwanzig Stunden vorüber sein würde.

„Komm jetzt mit." Melanie hob den Kopf und lächelte Nick an. Ihre Ängste und Befürchtungen konnten ihm nichts nützen. „Bring mich ins Bett, Nick."

„Verführerische Nixe!" Nick neigte sich zu ihr und küsste ihre Wange mit unendlicher Zärtlichkeit. „Aber du schläfst ja schon im Stehen ein. Es kommen noch andere Nächte. Ich bringe dich jetzt zum Haus." Er drehte sich um und drängte zu dem Steilpfad.

„Vielleicht fällt es dir schwerer, als du denkst, mich allein zu lassen", bemerkte Melanie mit einem Lächeln.

Nick legte den Arm um ihre Schultern und lachte leise. „Leicht fällt es mir bestimmt nicht, aber ..." Unvermittelt hob er den Kopf wie ein Tier, das eine Witterung aufnimmt. Sein Blick schweifte über den Fuß der Klippen.

„Nick, was ..."

Nick presste die Hand auf Melanies Mund und zog sie in den Schatten der Zypressen. Ihr Herz pochte so heftig wie beim ersten Mal, aber diesmal wehrte sie sich nicht.

„Still! Kein Wort!“, flüsterte Nick. Er nahm die Hand von ihrem Mund und schob Melanie mit dem Rücken gegen einen Baumstamm. „Keinen Ton, Melanie!“

Melanie nickte, aber Nick sah es nicht. Sein Blick war auf die Klippen gerichtet. Er wartete. Dann hörte er es, der Kiel des Bootes schrammte über den Fels. Nick strengte seine Augen an und entdeckte schließlich den schwarzen Schatten.

Es ist so weit, dachte Nick und beobachtete den Mann, der sich eilig über das Gestein bewegte. Du wirst nichts finden, sagte er im Stillen zu der dunklen Gestalt. Und diesmal entkommst du mir nicht!

Geräuschlos bewegte sich Nick zu Melanie zurück. „Lauf zur Villa und bleib dort. Rühr dich unter keinen Umständen aus dem Haus!“

„Was hast du gesehen? Was hast du vor?“, wollte Melanie wissen.

„Tu, was ich dir sage.“ Nick nahm Melanie beim Arm und zog sie zu dem Pfad. „Beeil dich. Ich kann jetzt keine Zeit verschwenden, sonst verliere ich ihn.“

Ihn? Melanie schluckte ihre Angst hinunter. „Ich komme mit!“

„Bist du verrückt?“ Ungeduldig zerrte Nick sie weiter. „Geh ins Haus, wir sehen uns morgen.“

„Nein.“ Melanie befreite sich aus seinem Griff. „Ich sagte, ich komme mit. Du kannst mich nicht daran hindern.“

Hoch aufgerichtet stand sie vor ihm. In ihren Augen las Nick sowohl Furcht als auch Entschlossenheit. Er stieß einen leisen Fluch aus. In jeder Sekunde, die er hier vertrödelte, entfernte sich der Mann weiter. „Ich habe keine Zeit, jetzt …“

„Dann verschwende sie nicht“, sagte Melanie ruhig. „Ich komme mit.“

„Gut, dann komm." Nick drehte sich um. Auf den Klippen hält sie es barfuß keine zehn Minuten aus, dachte er. In zehn Minuten humpelt sie zur Villa zurück. Schnell ging er auf die Klippen zu, ohne auf Melanie zu warten. Sie biss die Zähne zusammen und lief hinter ihm her.

Nick kümmerte sich nicht um sie. Er warf einen Blick auf den Himmel und wünschte, die Nacht wäre nicht so klar. Ein paar Wolken vor dem Mond, und er könnte riskieren, sich näher an den Mann heranzubewegen, den er verfolgte. Ein paar Steine lösten sich unter seinen Füßen und rollten hinab. Nick schaute sich um und stellte überrascht fest, dass Melanie mit ihm Schritt hielt.

Dieses verrückte Geschöpf! Insgeheim musste er sie widerstrebend bewundern. Wortlos streckte er ihr die Hand hin und zog sie zu sich herauf. „Du bist wahnsinnig", zischte er. Am liebsten hätte er sie jetzt durchgeschüttelt. Oder geküsst. „Gehst du jetzt endlich zurück? Du bist barfuß."

„Du auch."

Nick fluchte leise vor sich hin und ging weiter. Er konnte es nicht riskieren, den etwas bequemeren, offenen und mondbeschienenen Pfad zu benutzen. Im Moment sah er den Mann zwar nicht, wusste aber, wohin er ging.

Melanies weiche Fußsohlen schrammten über das raue Gestein, aber sie gab keinen Laut von sich, sondern kletterte eisern weiter. Es war ihr egal, ob sie sich die Füße zerschnitt oder nicht, sie wollte Nick nicht allein lassen.

Auf einem kleinen Felsvorsprung blieb Nick stehen und überlegte. Wäre er allein und bewaffnet, hätte er gewagt, auf dem schmalen Pfad weiterzugehen. Der Mann war weit genug entfernt, selbst wenn er sich umdrehte, würde er in der Dunkelheit nichts erkennen. Aber er war nicht allein, und er hatte keine Waffe. Es war zu riskant.

„Hör zu", flüsterte er und packte Melanie bei den Schultern in der Hoffnung, ihr Furcht einflößen zu können. „Der Mann ist ein Killer, und er ist garantiert bewaffnet. Wenn er merkt, dass sich die Ware nicht dort befindet, wo sie sein sollte, wird ihm klar, dass er gejagt wird. Geh zur Villa zurück."

„Soll ich die Polizei anrufen?", fragte Melanie äußerlich ruhig, obwohl Nick ihr sehr wohl Angst gemacht hatte.

„Nein!", antwortete Nick scharf, aber es klang nicht lauter als ein Atemzug. „Ich will mich nicht um die Chance bringen, selbst zu sehen, wer er ist." Fast bittend schaute er Melanie an. „Melanie, ich habe keine Waffe. Wenn er ..."

„Ich bleibe bei dir, Nick. Du verschwendest mit deinem Gerede nur Zeit."

Nick stieß noch einmal einen leisen Fluch aus. „In Ordnung", sagte er dann. „Aber wenn du nicht genau das tust, was ich dir sage, dann schlage ich dich bewusstlos und verstaue dich für eine ganze Weile hinter einem Felsen."

Melanie bezweifelte es nicht. Sie hob ihr Kinn. „Gehen wir."

Behände zog sich Nick an dem Felsvorsprung hoch und stand dann auf dem Pfad. Ehe er sich bücken und Melanie heraufhelfen konnte, kniete sie schon neben ihm auf dem harten Boden. Von so einer Frau konnte man nur träumen, dachte er: stark, schön, loyal. Er packte sie bei der Hand und rannte mit ihr den Pfad entlang, um die Zeit wieder aufzuholen, die er mit seinen Vorhaltungen vergeudet hatte. Nach einer Wegstrecke, die ihm lang genug erschien, verließen sie den Pfad und bewegten sich wieder zwischen den Felsen weiter.

„Du weißt offenbar, wohin er geht", flüsterte Melanie atemlos. „Wohin?"

„Zu einer kleinen Berghöhle bei Stevos' Haus. Dort will er die Beute der letzten Nacht abholen. Er wird sie nicht vorfinden. Und dann wird er ins Schwitzen geraten, und zwar gehörig. So, still jetzt."

Die Schönheit der klaren Mondnacht wurde Melanie bewusst. Der Himmel schien aus Samt gemacht und mit unzähligen Diamanten besetzt. Sogar das niedrige harte Strauchwerk, das vereinzelt aus dem Gestein herauswuchs, sah jetzt weich und durchsichtig aus. In der Feme rauschte leise das Meer. Ein Eulenruf störte kaum die Stille. Wenn ich mich jetzt bücke und genau hinsehe, dachte Melanie, finde ich hier bestimmt winzige blaue Blümchen.

„Wir sind da. Warte hier." Nick zog Melanie hinter einen Felsblock und drückte sie zu Boden.

„Nein, ich ..."

„Keine Widerrede", schnitt er ihr das Wort ab. „Ohne dich komme ich schneller voran. Verhalte dich absolut still!"

Ehe sie etwas sagen konnte, war Nick schon unterwegs. Auf Händen und Knien kroch er voran. Melanie schaute ihm nach, bis er außer Sicht war. Dann konnte sie nur noch beten.

Nick bewegte sich jetzt schneller vorwärts. Nach seinen Berechnungen musste er den Weg seines Opfers kreuzen. Eigentlich hätte er sich dieses Vergnügen erst morgen Nacht leisten dürfen, aber der Gedanke, schon heute zu erfahren, wer der Mann war, stellte eine zu große Versuchung dar.

Nahe beim Haus des Ermordeten versteckte Nick sich hinter Felsen und Buschwerk. Er sah, dass man hier den Boden bearbeitet hatte, um einen Gemüsegarten anzulegen, aber die Erde auf dem Gestein hatte nichts hergegeben. Nick dachte an die Frau, die manchmal mit Stevos geschlafen und seine Hemden gewaschen hatte. Was mochte aus ihr geworden sein?

Er hörte das Boot auf die Klippen auflaufen, kroch weiter zum Eingang der Höhle und wartete. Der Mann bewegte sich sicher in ihrem Inneren umher. Dann hallte ein wilder Fluch durch die Höhle. Nick lächelte grimmig.

Nun denkst du an Verrat, rief er dem Mann im Stillen zu. Wie schmeckt dir das?

Das Geräusch der Bewegungen innerhalb der Höhle wurde lauter. Nick lächelte zufrieden. Jetzt suchte der Mann nach Anzeichen dafür, dass jemand seine Ware hier gefunden und gestohlen hatte. Noch wusste er nicht, dass hier kein Dieb gewesen war, sondern dass man ihm die Beute direkt unter der Nase weggeschnappt hatte.

Der Mann kam aus der Höhle heraus. Er war ganz in Schwarz und trug noch eine Kapuzenmaske. Nimm sie ab, befahl ihm Nick im Stillen. Ich will dein Gesicht sehen.

Die dunkle Gestalt stand im Schatten des Höhleneingangs. Die Haltung des Mannes ließ seine Wut erkennen. Er wandte den Kopf, als suche er etwas – oder jemanden.

Beide hörten das Geräusch im selben Augenblick. Lose Steine rollten, Büsche raschelten. Um Himmels willen – Melanie! Nick schob sich halb aus seinem Versteck. Er sah, dass die schwarze Gestalt einen Revolver zog und in die Höhle zurücktrat.

Nick packte den Felsbrocken, hinter dem er sich versteckte, und bereitete sich auf den Angriff vor. Wenn er jetzt den Mann ansprang und dessen Überraschung ausnutzte, würde vielleicht genug Zeit bleiben, Melanie zu warnen, sodass sie flüchten konnte.

Furcht überkam ihn, aber nicht um sich selbst hatte Nick Angst, sondern um Melanie. Wenn sie nun nicht schnell genug rennen konnte? Das Buschwerk direkt über dem Pfad bewegte sich. Nick hielt die Luft an und verharrte sprungbereit.

Hinter dem Gebüsch erschien eine struppige Ziege, die offensichtlich vor Hunger nicht hatte schlafen können und nun auf der Suche nach Gras war.

Nick sank hinter dem Felsbrocken zu Boden. Dass er zitterte, brachte ihn in Wut. Obwohl Melanie völlig unschuldig war, verfluchte er sie in diesem Augenblick.

Der Mann in Schwarz fluchte ebenfalls. Er steckte seine Waffe zurück und schritt den Pfad entlang. Als er an Nicks Versteck vorbeikam, zog er die Kapuze vom Kopf.

Nick sah das Gesicht, die Augen und wusste alles.

Melanie kauerte hinter dem Felsblock, wo Nick sie verlassen hatte. Sie hatte die Arme um die hochgezogenen Knie geschlungen. Ihr war, als hätte sie schon eine Ewigkeit gewartet. Angestrengt lauschte sie auf die Geräusche der Nacht. Seit Nick fort war, klopfte ihr Herz wie verrückt vor Angst.

Melanie schwor sich, dass sie zum letzten Mal so dasaß und hilflos wartete. Sie war den Tränen nahe. Wenn etwas geschähe … Sie führte den Gedankengang nicht zu Ende. Nick würde schon nichts geschehen. Er musste jeden Moment wieder auftauchen. Aber die Minuten flossen dahin.

Als es dann so weit war, hätte Melanie fast aufgeschrien. Sie hatte Nick nicht herankommen hören. Er duckte sich neben sie. Melanie ließ sich ohne ein Wort einfach in seine Arme fallen.

„Er ist verschwunden", sagte Nick.

Die Erinnerung an die kritischen Sekunden überfielen ihn. Er presste Melanie an sich und küsste sie, als wäre es das letzte Mal. Alle Furcht fiel von ihr ab, bis nichts mehr blieb als die Liebe.

„Oh Nick, ich hatte solche Angst um dich! Was ist passiert?"

„Er war nicht besonders erfreut." Nick zog Melanie hoch. „Ganz und gar nicht. Morgen wird er auf dem Boot sein."

„Hast du erkannt, wer es …"

„Keine Fragen!" Er brachte sie mit einem Kuss zum Schweigen. Melanie blieb stumm, aber sie hatte den Eindruck, als begänne das Abenteuer für ihn jetzt erst. „Ich möchte dich nicht wieder anlügen müssen", erklärte Nick lachend und schob Melanie auf den mondbeschienenen Pfad. „Und jetzt, mein halsstarriger, tapferer Engel, bringe ich dich nach Hause. Morgen, wenn du nicht mehr auf deinen zerschundenen Füßen stehen kannst, wirst du mich verfluchen."

Nick will mir nicht mehr sagen, dachte Melanie. Vielleicht ist es besser so. „Bleib heute Nacht bei mir." Sie lächelte ihn an. „Und wenn es nur für eine Stunde ist. Dann werde ich dich nicht verfluchen."

Nick lachte und strich über Melanies Haar. „Welcher Mann könnte einer solchen Versuchung widerstehen?"

Melanie erwachte von dem leisen Klopfen an ihrer Tür. Zena, das kleine Dienstmädchen, trat ein.

„Verzeihung, Miss, ein Anruf aus Athen."

„Vielen Dank, Zena. Ich komme sofort." Rasch stand Melanie auf, band sich im Laufen ihren Morgenmantel zu und eilte ans Telefon. „Hallo?"

„Melanie! Habe ich dich jetzt etwa geweckt? Es ist schon nach zehn!"

„Liz?" Melanie versuchte einen klaren Kopf zu bekommen. Der Tag hatte schon gedämmert, als sie eingeschlafen war.

„Natürlich. Kennst du denn sonst noch jemanden in Athen?"

„Ich bin noch ein bisschen verschlafen", gestand Melanie und lächelte leise in Erinnerung an die Nacht. „Ich habe bei Mondschein gebadet. Es war herrlich."

„Wunderbar, du bist also bester Dinge", stellte Liz fest, „aber darüber reden wir später. Melanie, es tut mir leid, aber ich muss noch bis morgen hier bleiben. Die Ärzte sind zuversichtlich, aber Iona liegt noch immer im Koma. Ich kann es Alex nicht zumuten, mit seiner Familie und dem ganzen Drum und Dran allein fertig werden zu müssen."

„Mach dir meinetwegen keine Gedanken. Liz, ihr beide tut mir ehrlich leid." Melanie musste an Ionas Beteiligung am Schmuggel denken. „Wie trägt es Alex?", fragte sie mitfühlend. „Er wirkte so verzweifelt, als er hier abreiste."

„Für ihn wäre es einfacher, wenn die Familie nicht ständig Erklärungen erwartete. Oh Melanie, es ist schrecklich!" Die Stimme klang, als kämpfe Liz mit Tränen. „Wenn Iona stirbt ... ihre Mutter würde nie darüber hinwegkommen. Und Selbstmord, das macht alles nur noch schlimmer."

Melanie schluckte hinunter, was ihr auf der Zunge lag. Nick hatte ihr vertraut, und sie durfte nicht einmal Liz sagen, was sie von ihm erfahren hatte. „Du sagtest doch vorhin, die Ärzte hätten Hoffnungen."

„Ja, ihr Kreislauf hat sich stabilisiert, aber ..."

„Wie geht es Dorian, Liz? Hat er sich gefasst?“

„Kaum.“ Liz seufzte. „Es ist mir unbegreiflich, dass ich nicht schon früher gemerkt habe, was er für Iona empfindet. Er ist kaum von ihrem Bett gewichen. Hätte Alex ihn dort nicht weggescheucht, hätte er vermutlich auf dem Stuhl in ihrem Krankenzimmer übernachtet, statt nach Hause zu gehen. Aber er scheint auch zu Hause nicht zur Ruhe zu kommen – so, wie er heute Morgen aussieht.“

„Bitte grüß ihn von mir, ja? Und Alex natürlich auch.“ Melanie seufzte bekümmert. „Liz, ich fühle mich so nutzlos.“ Sie dachte an Schmuggel und Mord und schloss die Augen. „Ich wünschte, ich könnte etwas für euch tun.“

„Sei einfach da, wenn wir wiederkommen.“ Liz' Stimme klang nicht mehr so angespannt, aber Melanie wusste, wie viel Mühle es sie kostete. „Erhol dich am Strand und such dir einen Ziegenhirten. Wenn du noch mal nächtliche Streifzüge unternimmst, hast du dann wenigstens Gesellschaft.“

Als Melanie schwieg, fragte Liz langsam: „Oder hattest du in der Nacht beim Baden Gesellschaft? Einen Ziegenhirten – oder vielleicht einen Schriftsteller?“

„Weder noch.“

„Dann muss es Nick sein“, folgerte Liz. „Man stelle sich vor, ich musste ihn nur einmal zum Dinner einladen.“

Melanie lächelte schwach. „Ich weiß überhaupt nicht, wovon du sprichst.“ Das Leben ist überall, erinnerte sie sich, man muss es nur zu finden wissen.

„Na schön, darüber unterhalten wir uns morgen. Amüsier dich gut. Meine Telefonnummer hast du, falls du mich brauchst. Ach ja, und wo wir unseren Wein aufbewahren, weißt du ja auch“, setzte Liz hinzu, und diesmal klang es wirklich fröhlich. „Wenn du dir einen gemütlichen Abend machen willst, bedien dich ruhig.“

„Ich weiß das zu würdigen, Liz, aber …“

„Und sorg dich nicht um uns. Es wird schon alles wieder gut. Da bin ich ganz sicher. Bestell bitte einen schönen

Gruß an Nick.“

„Mach ich“, sagte Melanie zu ihrem eigenen Erstaunen.

„Das freut mich. Also bis morgen.“

Lächelnd legte Melanie den Hörer auf.

„Nach ein paar Gläsern Ouzo“, schloss Stephanos und strich seinen Schnurrbart, „wurde Michalis etwas gesprächiger. Ich erfuhr, dass unser Mann in der letzten Februar- und in der zweiten Märzwoche auf dem Fischerboot gewesen war. Diese beiden Daten schließen weder die Nacht ein, in der wir Melanie James trafen, noch die, in der du ihm die Ladung weggeschnappt hast.“

Nick blätterte durch die Berichte auf seinem Schreibtisch. „Und von Ende Februar bis zur ersten Aprilwoche war der andere in Rom. Das würde ihn auch ohne meinen Glückstreffer letzte Nacht aus dem Kreis der Verdächtigen ausschließen. Nach dem Anruf eben aus Athen würde ich sagen, bin ich sicher, er hat mit der Sache nichts zu tun. Also wissen wir jetzt, dass unser Mann allein arbeitet, und können zuschlagen.“

„Was hat Athen gesagt?“, wollte Stephanos wissen.

„Dass die Ermittlungen bezüglich des anderen abgeschlossen sind. Er ist sauber: Buchführung, Aufzeichnungen, Telefongespräche, Korrespondenz – alles in Ordnung. Und wir hier wissen, dass er zur Zeit der ‚Fischzüge‘ nicht auf der Insel war.“ Nick lehnte sich in seinem Sessel zurück. „Da unser Mann den Verlust der Ware entdeckt hat, wird er zweifellos heute Nacht auf dem Boot sein. Er wird es nicht zulassen, dass ihm noch eine Ladung durch die Lappen geht.“ Nick tippte auf die über seinen Schreibtisch verstreuten Papiere. „Da ich jetzt alle benötigten Informationen besitze, wollen wir Athen nicht länger warten lassen. Heute Nacht schlagen wir zu.“

„Du bist gestern Nacht sehr spät nach Hause gekommen“, bemerkte Stephanos und zog eine alte Tabakspfeife hervor.

„Kontrollierst du mich, Stephanos? Ich bin keine zwölf, falls du es nicht bemerkt haben solltest.“

„Du bist heute Morgen strahlender Laune.“ Stephanos drückte den Tabak in seiner Pfeife fest. „Das war schon lange nicht mehr der Fall.“

„Du wirst entschieden zu naseweis auf deine alten Tage, Stephanos.“ Nick riss ein Streichholz an und hielt es über Stephanos’ Pfeife.

„Ich bin noch nicht alt genug, um nicht an dem zufriedenen Gesichtsausdruck eines Mannes zu erkennen, dass er eine höchst angenehme Nacht verbracht hat.“ Stephanos sog an seiner Pfeife. „Sie ist schön. Und sehr sexy.“

Nick zündete sich eine Zigarette an und lächelte. „Das erwähntest du bereits. Ich habe es auch bemerkt. Aber sag mal, Stephanos, seit wann sehen Männer deines Alters sich nach hübschen Mädchen um?“

Stephanos lachte. „Vor schönen Frauen sind nur die Toten sicher, und tot bin ich noch lange nicht.“

Nick lächelte ihn an. „Finger weg, alter Freund! Sie gehört mir.“

„Sie liebt dich.“

Nicks Hand mit der Zigarette erstarrte auf halbem Weg zu seinen Lippen. Sein Lächeln verschwand. Er warf Stephanos einen unheilvollen Blick zu, den der alte Mann mit einem breiten Grinsen quittierte. „Wie kommst du darauf?“

„Weil es stimmt. Ich habe es gesehen.“ Er zog genüsslich an seiner Pfeife. „Es gibt aber Leute, die sehen nicht, was vor ihrer Nase steht. Wie lange ist sie übrigens noch allein?“

Nick rief sich innerlich zur Ordnung. Er betrachtete die Papiere auf seinem Tisch. „Weiß ich nicht genau. Noch einen oder zwei Tage oder so, je nach Ionas Zustand. Sie liebt mich …“, murmelte er und schaute Stephanos wieder an.

Dass Melanie sich von ihm angezogen fühlte, dass sie ihn mochte, vielleicht zu sehr mochte, das war ihm klar. Aber Liebe … diese Möglichkeit hatte er bisher nicht in Betracht ziehen wollen.

„Heute Nacht ist sie allein“, fuhr Stephanos unbeirrt fort

und freute sich über Nicks ratlosen Gesichtsausdruck. „Es wäre nicht gut für sie, wenn sie wieder auf die Idee käme, herumzuspazieren." Er rauchte einen Augenblick schweigend weiter. „Falls etwas schiefgeht, wäre es dir sicher lieber, wenn du sie hinter verriegelten Türen wüsstest."

„Ich habe schon mit ihr gesprochen. Sie ist einsichtig genug und gibt auf sich Acht." Nick schüttelte den Kopf, als würde das seine Gedanken in die Reihe bringen. Gerade heute brauchte er einen klaren Kopf. „Es ist Zeit, Kommissar Tripolos einzuweihen. Ruf in Mytilini an."

Melanie genoss ein spätes Frühstück auf der Terrasse und spielte mit der Idee, an den Strand hinunterzugehen. Vielleicht kommt er auch, dachte sie. Ich könnte ihn ja anrufen und fragen. Sie entschied sich dagegen, weil sie sich an das erinnerte, was er ihr gesagt hatte. Wenn die heutige Nacht für ihn wirklich so wichtig war, dann musste sie ihn in Ruhe lassen. Wüsste ich nur mehr, dachte sie. Was mag er nur vorhaben? Falls ihm nun etwas zustößt ... Melanie wünschte, es wäre schon morgen.

„Ma'am?" Zena hatte Melanie nur ganz leise angeredet. Dennoch fuhr Melanie zusammen. „Captain Tripolos möchte Sie sprechen."

„Was?" Furcht stieg in Melanie auf. Wenn Nick schon mit Tripolos gesprochen hätte, würde er jetzt sicher nicht zu ihr kommen. Vielleicht war Nick noch nicht so weit. Was konnte Tripolos von ihr wollen?

„Sagen Sie ihm, ich sei nicht im Haus", entschied sie schnell. „Erzählen Sie ihm, ich sei am Strand oder im Dorf."

„Ja, Ma'am." Das Mädchen nahm den Befehl ohne jede Frage entgegen und sah Melanie nach, die von der Terrasse schlich.

Zum zweiten Mal stieg Melanie den steilen Klippenpfad hoch. Diesmal hatte sie ein Ziel. Bei der ersten Biegung sah sie Tripolos' Wagen unten vor dem Eingang zur Villa parken.

Sie beschleunigte den Schritt und rannte, bis sie sicher war, außer Sicht zu sein.

Melanie blieb aber nicht unbeobachtet. Noch ehe sie auf der obersten Treppenstufe war, kam Nick ihr entgegen.

„Hallo! Du musst ja in blendender Verfassung sein, wenn du in solchem Tempo den Berg hinaufrennst."

„Sehr komisch!", keuchte Melanie und lief in Nicks Arme.

„Hast du es nicht mehr ohne mich ausgehalten, oder ist was passiert?" Nick drückte Melanie an sich und hielt sie dann wieder etwas von sich entfernt, damit er in ihr Gesicht sehen konnte. Es war von der Anstrengung gerötet, sah aber nicht ängstlich aus.

„Tripolos ist in der Villa." Melanie drückte die Hand auf ihr Herz und versuchte wieder zu Atem zu kommen. „Ich habe mich schnell verdrückt, weil ich nicht wusste, was ich ihm sagen sollte. Nick, ich muss mich einen Moment setzen. Der Pfad geht steil bergauf."

Nick blickte ihr noch immer prüfend ins Gesicht. Melanie legte den Kopf schief und musterte Nick ihrerseits. Sie strich sich das Haar aus dem Gesicht. „Was ist, warum schaust du mich so an?"

„Ich versuche zu sehen, was vor meiner Nase steht."

Melanie musste lachen. „Vor deiner Nase stehe ich, du Dummkopf. Aber ich werde gleich vor deiner Nase liegen, wenn ich mich nicht bald setzen kann."

Plötzlich lächelte Nick strahlend und hob Melanie hoch. Sie schlang die Arme um seinen Nacken und fühlte im nächsten Moment seinen Mund auf ihrem.

„Was tust du?", fragte sie, nachdem sie wieder sprechen konnte.

„Ich nehme mir, was mir gehört."

Er küsste sie wieder. Langsam, ohne jede Hast drang seine Zunge zwischen ihre Lippen. Sie tastete, kostete und liebkoste, bis Nick das leise Beben spürte, das Melanie durchlief.

Wenn alles vorbei war, das versprach er sich, würde er sie

wieder so küssen. Aber erst musste die Arbeit dieser Nacht getan werden. Für einen Augenblick wurde Nicks Kuss drängender. Das Verlangen erhitzte sein Blut, aber er bezähmte es.

„Der Captain wollte dich also sprechen." Nick trug Melanie in sein Haus. „Ein zäher Bursche."

Melanie musste sich erst einmal von dem Kuss erholen. Sie atmete tief durch. „Du wolltest heute mit ihm reden, aber ich wusste nicht, ob du das inzwischen getan hast und ob dir die nötigen Informationen schon vorliegen. Außerdem gestehe ich zu meiner Schande, dass ich ein Feigling bin. Ich wollte dem Mann nicht gegenübertreten."

„Du hast mehr Mut als mancher Mann." Nick legte seine Wange an ihre. Melanie fragte sich, was jetzt wohl in seinem Kopf vorging. „Ich habe in Mytilini angerufen und eine Nachricht für Tripolos hinterlassen", fuhr Nick fort. „Nach unserem Gespräch sollte er eigentlich jedes Interesse an dir verlieren."

„Das würde mich aber ungeheuer betrüben", erklärte Melanie. Nick küsste sie noch einmal. „Würdest du mich bitte auf die Füße stellen? So kann ich nicht vernünftig mit dir reden."

„Umso besser." Nick behielt Melanie auf seinen Armen und ging mit ihr in den Salon. „Stephanos, ich glaube, Melanie braucht eine Erfrischung. Sie hat einen anstrengenden Marsch hinter sich. Würdest du dich darum kümmern?"

„Nein, danke, ich brauche nichts." Ein wenig verlegen blickte Melanie Stephanos an. Als dieser den Raum verließ, wandte sie sich Nick zu. „Wenn du weißt, wer der Mann mit der Maske ist, kannst du es nicht einfach Tripolos sagen und den Burschen hinter Schloss und Riegel bringen lassen?"

„So einfach ist das nicht. Wir möchten ihn fassen, wenn die Ware in seinem Besitz ist. Und dann muss auch noch das Versteck in den Bergen ausgehoben werden, wo er den Stoff lagert, ehe er ihn weiterleitet. Das kann dann Tripolos machen."

„Nicholas, was willst du tun?"

„Was getan werden muss."

„Nicholas …“

„Melanie“, unterbrach er sie. Er stellte sie auf die Füße und legte die Hände auf ihre Schultern. „Die Einzelheiten brauchen dich wirklich nicht zu interessieren. Lass mich die Sache zu Ende führen, ohne dich hineinzuziehen.“

Nick beugte sich zu Melanie und küsste sie mit ungewohnter Zärtlichkeit. Er zog sie zu sich heran, aber so behutsam, als hielte er eine zerbrechliche Kostbarkeit in den Händen. Melanie hatte Mühe, nicht dahinzuschmelzen.

„Du hast ein Talent, im passenden Moment das Thema zu wechseln“, bemerkte sie.

„Ab morgen wird es für mich nur noch ein einziges Thema geben!“

„Ich bitte tausendmal um Vergebung.“ Stephanos erschien im Türrahmen.

Nick schaute ungehalten auf. „Verschwinde, Mann!“

„Aber Nicholas!“ Melanie befreite sich aus seiner Umarmung, schüttelte den Kopf und schaute ihn tadelnd an. „Ist er immer so ungezogen, Stephanos?“

„Leider ja. Seit er nicht mehr am Daumen lutscht …“

„Stephanos!“, rief Nick drohend, aber Melanie brach in lautes Gelächter aus und drückte Nick einen Kuss auf den Mund.

„Captain Tripolos möchte ein paar Minuten Ihrer kostbaren Zeit in Anspruch nehmen, Sir“, verkündete Stephanos mit gespielter Unterwürfigkeit und grinste unverschämt.

„Lass mir einen Moment Zeit. Dann schicke ihn herein und bring mir die Akten von meinem Schreibtisch.“

„Nick, ich bleibe bei dir. Ich werde mich nicht einmischen.“

„Nein.“ Die Ablehnung kam kurz und knapp. Nick sah Melanies verletzten Gesichtsausdruck und seufzte. „Melanie, das kann ich nicht erlauben, selbst wenn ich es wollte. Du musst davon verschont bleiben. Das ist mir sehr wichtig.“

„Ich lasse mich aber von dir nicht rauswerfen“, brauste Melanie auf.

„Ich stehe nicht unter Druck wie in der letzten Nacht, Melanie", erklärte Nick kühl, „und ich werde dich sehr wohl rauswerfen."

„Ich gehe aber nicht."

„Du tust, was ich dir sage." Nicks Miene verfinsterte sich. Zorn blitzte in seinen Augen auf, verschwand aber im nächsten Moment wieder. Er lachte auf. „Du kannst einen zur Verzweiflung bringen. Wenn ich jetzt Zeit hätte, würde ich dich übers Knie legen. Aber da ich in Eile bin, bitte ich dich, oben zu warten." Er küsste sie schnell.

„Nun, wenn du mich bittest ..."

„Mr Gregoras – ah, Miss James!" Tripolos betrat den Salon. „Das trifft sich ausgezeichnet. Ich wollte sowieso Miss James in der Villa Theocharis aufsuchen, als mich Ihre Nachricht erreichte."

„Miss James wollte gerade gehen", sagte Nick. „Ich bin sicher, ihre Anwesenheit erübrigt sich. Adontis aus Athen hat mich gebeten, Sie über eine bestimmte Angelegenheit zu informieren."

„Adontis?", fragte Tripolos. Überraschung und Interesse malten sich auf seinem Gesicht. „Sie kennen Adontis' Organisation?"

„Natürlich", erwiderte Nick gelassen. „Ich arbeite seit Jahren mit ihm zusammen."

„Ich verstehe." Tripolos schaute Nick nachdenklich an. „Und Miss James?"

„Miss James hat einen unglücklichen Zeitpunkt für ihren Urlaub auf Lesbos gewählt." Nick ergriff Melanies Arm. „Wenn Sie mich entschuldigen wollen, ich begleite die Dame hinaus. Vielleicht möchten Sie einen Drink?" Nick deutete auf die Bar und zog Melanie dann in die Halle hinaus.

„Der Name, den du eben nanntest, schien Tripolos mächtig beeindruckt zu haben."

„Vergiss den Namen", befahl Nick kurz. „Du hast ihn nie gehört. Ich möchte nur wissen, womit ich mir dein Vertrauen verdient habe", sagte Nick plötzlich. „Ich habe dir immer nur wehgetan. Das kann ich im ganzen Leben nicht wiedergutmachen."

„Nick ..."

„Nein." Er schüttelte den Kopf und fuhr sich dann durchs Haar, vielleicht aus Nervosität oder Frustration. „Jetzt haben wir keine Zeit. Stephanos wird dich nach oben bringen."

„Sofort", hörte Melanie Stephanos' Stimme hinter sich. Der alte Mann reichte Nick einen Aktenordner und wandte sich dann zur Treppe. „Bitte, Ma'am."

Da Nick schon in den Salon zurückgekehrt war, folgte Melanie Stephanos schweigend. Nick hatte ihr versprochen, später nachzukommen. Im Moment konnte sie nicht mehr verlangen.

Stephanos führte sie in einen kleinen Salon neben dem Schlafzimmer. „Machen Sie es sich bequem", sagte er. „Ich bringe Ihnen Kaffee."

„Nein, vielen Dank, Stephanos." Sie schaute ihn an, und zum zweiten Mal sah Stephanos ihr Herz in ihren Augen. „Nick wird alles heil überstehen, ja?"

Stephanos strahlte über das ganze Gesicht. „Was dachten Sie denn?", gab er zurück, ehe er die Tür hinter sich schloss.

12. KAPITEL

Nach der ersten halben Stunde gelangte Melanie zu der Ansicht, es gäbe nichts Schlimmeres als das Warten, besonders, wenn man nicht zum Stillsitzen geschaffen war.

Der kleine Salon war mit zierlichen Möbeln aus edlen polierten Hölzern eingerichtet, die im Nachmittagslicht glänzten. Der Raum war angefüllt mit kleinen Kostbarkeiten.

Melanie setzte sich und betrachtete finster eine kleine Schäferin aus Meißner Porzellan. Zu einem anderen Zeitpunkt hätte sie wohl die fließenden, anmutigen Linien und die zarte Zerbrechlichkeit der Figur bewundert. Jetzt kam Melanie bei ihrem Anblick nur der Gedanke, dass sie selbst im Moment von keinem größeren praktischen Nutzen war als diese Porzellanfigur. Sie kam sich vor, als wäre sie selbst in ein Regal gestellt worden.

Lächerlich, dass Nick pausenlos versuchte, sie vor irgendetwas zu bewahren. Hatte Liz nicht das gleiche Wort im Zusammenhang mit Alex gebraucht? Melanie seufzte und stand wieder auf. Ich bin nicht aus Glas und keine alte Jungfer, die gleich in Ohnmacht fällt, dachte sie, ehe ihr einfiel, dass sie ja sehr wohl in Ohnmacht gefallen war, und zwar in Nicks Armen. Sie lächelte schwach und trat ans Fenster.

Nick sollte wissen, dass sie mit allem fertig wurde und sich vor nichts fürchtete, jetzt, da sie zusammen waren.

Gezeigt hatte sie es ihm auf jede nur erdenkliche Weise, aber gesagt hatte sie es ihm noch nicht.

Konnte sie es ihm denn sagen? Melanie ließ sich in einen anderen Sessel sinken. Wenn ein Mann zehn Jahre seines Lebens nur seinen eigenen Regeln gefolgt war, Gefahren getrotzt und Abenteuer gesucht hatte, wollte er sich dann überhaupt an eine Frau binden und die Verantwortung übernehmen, die Liebe erforderte?

Dass sie Nick nicht gleichgültig war, wusste Melanie. Vielleicht empfand er mehr für sie, als ihm recht war. Und dass er sie mehr als je ein Mann zuvor begehrte, daran bestand auch kein Zweifel. Aber wirklich lieben würde ein Mann wie Nick nicht so leicht.

Nein, Melanie wollte ihn mit ihren eigenen Empfindungen jetzt nicht belasten. Für ihn wäre es schon eine Belastung, wenn sie ihm ihre Liebe ganz selbstlos schenkte. Im Augenblick hatte er andere Sorgen. Melanie wollte ihm ihre Liebe nur weiterhin zeigen und ihm vertrauen.

Allerdings schien ihn selbst das schon aus dem Gleichgewicht zu bringen. Anscheinend konnte er nicht glauben, dass ihm jemand trotz seiner Vergangenheit vertraute. Wäre ihm vielleicht wohler gewesen, wenn Melanie sich von ihm abgewandt hätte, nachdem er ihr alles über sich erzählt hatte? Vermutlich hätte er ihre Ablehnung besser begriffen als ihr Verständnis.

Nun, er wird sich daran gewöhnen müssen, dachte Melanie. Ich werde ihm einen möglichen Rückzug jedenfalls nicht leicht machen. Sie stand wieder auf und trat erneut zum Fenster. Von hier oben aus hatte sie einen ganz anderen Ausblick als von ihrem Schlafzimmerfenster. Irgendwie wirkte alles von hier aus gefährlicher. Die Felsen erschienen schroffer, das Meer düsterer. Aber das passte gut zu dem Mann, an den sie ihr Herz verloren hatte.

Dieses Zimmer hatte keinen Balkon, und da Melanie sich plötzlich nach Luft und Sonne sehnte, durchquerte sie das angrenzende Schlafzimmer und öffnete dort die Glastüren. Sofort hörte sie die Brandung rauschen. Sie lachte glücklich und lehnte sich über das Balkongitter.

Oh, sie könnte sehr gut mit der Herausforderung eines solchen Anblicks leben. Er würde sie nie langweilen. Sie könnte beobachten, wie die Farben des Meeres mit denen des Himmels wechselten, könnte den Möwen nachschauen, und sie könnte auf die Villa Theocharis hinunterblicken und ihre vornehme Eleganz bewundern. Melanie selbst aber würde die rauen grauen Mauern und die atemberaubende Höhe vorziehen.

Sie warf den Kopf zurück und wünschte sich ein Unwetter. Donner, Blitz und Sturm. Gab es einen Ort auf der Welt, wo man sich solcher Urgewalten besser erfreuen konnte als hier? Sie lachte wieder und schaute den Himmel herausfordernd an.

„Mein Gott, wie schön du bist."

Melanies Augen leuchteten, als sie sich umdrehte. Nick lehnte in der offenen Balkontür und betrachtete sie. Sein Gesichtsausdruck war unbewegt, aber Melanie spürte die unter seiner ruhigen Oberfläche brodelnde Leidenschaft.

Sie lehnte sich an das Balkongitter zurück. Der Wind spielte mit ihrem Haar. In ihren Augen spiegelte sich die Farbe des Himmels. Melanie fühlte plötzlich die Macht, die sie besaß. „Du begehrst mich. Das sehe ich. Komm her und zeige es mir."

Es schmerzt, dachte Nick. Ehe ihm Melanie begegnet war, hatte er nie gewusst, dass Verlangen schmerzen konnte. Vielleicht tat es nur weh, wenn man wirklich liebte. In der vergangenen Nacht war jeder Höhepunkt ein wilder Sturm für ihn gewesen. Diesmal, schwor er sich, zeige ich ihr eine andere Art von Liebe.

Langsam trat Nick auf Melanie zu. Er nahm ihre Hände und presste den Mund in die Innenflächen. Als er zu ihr aufschaute, sah er, dass ihre Lippen vor Überraschung halb geöffnet waren. Eine neue Empfindung regte sich in ihm – Liebe, Schuldgefühle und das Bedürfnis, sie zu schützen.

„Habe ich dir bisher so wenig Zärtlichkeit gezeigt, Melanie?", fragte er leise.

„Nick ..." Melanie konnte nur seinen Namen flüstern. Ihr Blut pulsierte heiß, und ihr Herz zerschmolz.

„Habe ich keine liebevollen Worte für dich gefunden?" Er nahm ihre Hände und küsste jeden einzelnen Finger. Melanie bewegte sich nicht. Sie schaute Nick nur an. „Und trotzdem kommst du zu mir. Ich stehe in deiner Schuld. Welchen Preis verlangst du?"

„Nein, Nick, ich ..." Melanie schüttelte den Kopf, weil sie

nicht weitersprechen konnte. Dass dieser Mann so behutsam, so sanft sein konnte, vermochte sie kaum zu fassen.

„Du hast mich aufgefordert, dir zu zeigen, wie ich dich begehre." Nick legte die Hände an Melanies Gesicht, als wäre es so zerbrechlich wie die Meißner Porzellanfigur. Dann berührten seine Lippen fast andächtig ihren Mund. „Komm, ich zeige es dir."

Nick hob Melanie auf die Arme, aber nicht so schwungvoll wie beim letzten Mal, sondern sanft und behutsam. „Jetzt …" Vorsichtig legte er sie auf das Bett. „Bei Tageslicht, in meinem Bett."

Wieder nahm Nick Melanies Hand. Er küsste die Innenseite und strich dann mit den Lippen zum Handgelenk, wo ihr Puls pochte. Während der ganzen Zeit wandte er den Blick nicht von ihrem Gesicht. Melanie konnte Nick nur verwirrt und verwundert anschauen.

Wie jung sie aussieht, dachte Nick und küsste ihre Finger. Und wie zerbrechlich. Jetzt ist sie keine Hexe mehr, auch keine Göttin, sondern nur eine Frau. Und sie gehört mir.

Melanies Augen verschleierten sich. Ihr Atem ging schneller. Ich habe ihr das Feuer und den Sturm gezeigt, dachte Nick, aber nie die Liebe.

Er neigte sich zu ihr hinunter und biss zärtlich in ihre Lippen. Mit den Händen berührte er ihr Haar.

Melanie fühlte sich schwerelos, als schwebe sie durch einen Traum. Nick schloss ihre Lider mit zarten Küssen. Dann glitten seine Lippen weich und warm über ihre Stirn, ihre Schläfen, die Wangen. Er flüsterte Liebesworte, die Melanie zu hypnotisieren schienen. Gern hätte sie Nick dicht zu sich herangezogen, aber ihre Arme waren so schwer, dass sie sie nicht bewegen konnte.

Jetzt glitten seine Lippen über ihr Haar, er bedeckte ihr Gesicht, ihren Hals mit zärtlichen Küssen. Diese Küsse waren wie ein Flüstern, und sein Flüstern war wie berauschender Wein. Nicks Zärtlichkeit wirkte wie eine Droge auf sie.

Fast ohne Melanie zu berühren, knöpfte Nick ihre Bluse auf und streifte sie ihr ab. Wieder beugte er sich über sie, und obwohl er fühlte, wie sich ihre Brüste gegen seinen Oberkörper pressten, berührte er sie nicht, sondern küsste Melanie nur auf die Schulter.

Melanie hielt die Augen geschlossen. Nick hätte sie immer nur anschauen mögen. Er schob die Hände in ihr Haar und küsste ihren Mund. Deutlich spürte er Melanies Hingabe und ihre Sehnsucht nach ihm.

Langsam und gefühlvoll strichen seine Lippen über Melanies Haut, bis sie ihre Brüste erreichten. Melanie wand sich unter ihm, als wolle sie aus einem Traum erwachen. Nick setzte sein Liebesspiel sehr langsam, sehr zärtlich fort und liebkoste sie mit Worten und unendlich sanften Küssen.

Sie fühlte, wie seine starken Hände über ihren Körper glitten. Die Berührung war so leicht wie ein Windhauch. Behutsam öffnete er den Reißverschluss ihrer Jeans, zitternd vor Erregung. Ungeduldig wollte sie Nick helfen, aber er zog die Jeans langsam hinab und bedeckte die entblößte Haut mit Küssen.

Nick liebkoste sie mit Lippen und Händen. Ihr Körper bebte unter diesen Zärtlichkeiten, und ihr Verlangen besiegte ihren Verstand.

„Nick", hauchte Melanie. „Komm ..."

„Du hast dir die Füße auf den Klippen zerschrammt", flüsterte er und drückte die Lippen auf ihre Fußsohlen. „Es ist eine Sünde, so schöne Haut zu zerkratzen, mein Liebes." Als er wieder zu ihr aufschaute, blickte er in Melanies Augen, in denen die Leidenschaft glühte.

„Wie ich mir gewünscht habe, dich so zu sehen!" Seine Stimme klang heiser. „Im hellen Sonnenlicht, dein Haar auf meinem Kopfkissen ausgebreitet, dein herrlicher Körper ..." Während er sprach, wanderte sein Mund langsam zu ihren Lippen zurück. Die Begierde drängte ihn, aber er gab ihr nicht nach und beherrschte sich.

Die Kraft war in Melanies Arme zurückgekehrt. Sie umarmte Nick. Mit jeder Faser ihres Körpers fühlte und begehrte sie ihn. Beide schienen nur noch ein einziges Wesen zu sein.

„Du hast gefragt, wie ich dich begehre", flüsterte Nick und drang in sie ein. „Schau mich jetzt an und sieh selbst."

Nick hielt Melanie umarmt. Sanft streichelte er ihren Rücken. Melanie schmiegte sich dicht an ihn, als müsste sie das Wunder der Liebe festhalten. Wie hätte sie ahnen können, dass dieser Mann so zärtlich sein konnte? Und wie hätte sie vorhersagen können, dass diese Zärtlichkeit sie so tief bewegen würde? Tränen traten in ihre Augen. Sie presste die Lippen an Nicks Hals.

„Du hast mir das Gefühl gegeben, schön zu sein", flüsterte sie.

„Du bist wunderschön." Nick lächelte zu ihr hinunter. „Und müde." Er strich mit dem Finger über die dunklen Schatten unter ihren Augen. „Du musst schlafen, Melanie. Ich will nicht, dass du krank wirst."

„Ich werde nicht krank." Melanie schmiegte sich noch dichter an Nick und kuschelte sich in seine Armbeuge. „Zeit zum Schlafen ist später noch. Du hast gesagt, wir gehen für ein paar Tage von hier fort."

Nick wickelte eine Strähne ihres Haars um seinen Finger und schaute zur Zimmerdecke hoch. Ein paar Tage waren ihm nicht genug, und davor lag noch immer die Arbeit dieser Nacht. „Wohin möchtest du fahren?"

Melanie dachte an ihre Träume von Venedig und die Champs Elysées. Sie seufzte und schloss die Augen wieder. „Irgendwohin. Hierhin." Sie lachte und berührte seine Herzgegend. „Wo immer es schlägt. Ich habe die Absicht, dich den größten Teil der Zeit im Bett zu behalten."

„Nein, wirklich?" Nick zupfte an Melanies Strähne und lächelte. „Ich könnte auf die Idee kommen, du hättest nur für meinen Körper Interesse."

Melanie strich mit den Händen über Nicks Schultern und

fühlte die festen Muskeln. „Muskeln wie Stahl ..." Sie unterbrach sich, als sie eine Narbe auf seiner Brust entdeckte. Sie runzelte die Stirn. „Wo hast du die her?"

Nick hob den Kopf und schaute an sich hinunter. „Ach, das ... Ein Kratzer, sonst nichts", sagte er unbekümmert.

Eine Schussnarbe, erkannte Melanie mit einem Mal. Sofort spiegelten sich Angst und Schrecken in ihren Augen. Nick bemerkte es und küsste sie.

„Melanie ..."

„Bitte, nicht." Melanie barg das Gesicht wieder an seiner Schulter. „Sag nichts. Lass mir nur eine Minute Zeit."

Melanie hatte es vergessen. Die Zärtlichkeiten, die sanften Liebkosungen hatten alles Hässliche aus ihren Gedanken vertrieben. Es war so einfach gewesen, so zu tun, als gäbe es keine Gefahr, keine Bedrohungen. So tun, als ob ... das war etwas für Kinder. Nick hatte aber kein Kind im Arm. Wenn ich ihm schon nichts anderes geben kann, dachte Melanie, so muss ich ihm das geben, was ich noch besitze: Stärke.

Sie drückte die Lippen auf seine Brust und schmiegte sich dann wieder in seinen Arm. „Ist das Gespräch mit Tripolos nach deinen Wünschen verlaufen?", fragte sie.

Sie hat Mut, dachte Nick. Er nahm Melanies Hand in seine. „Er ist zufrieden mit den Informationen, die ich ihm gegeben habe. Ein kluger Mann trotz seiner schwerfälligen Technik."

„Ja. Als ich ihn zuerst sah, musste ich an einen Bluthund denken."

Nick lachte leise. „Eine zutreffende Beschreibung." Er drehte sich ein wenig herum und angelte auf dem Tisch neben dem Bett nach einer Zigarette. „Er ist einer der wenigen Polizisten, mit denen ich zusammenarbeiten könnte."

„Warum hast du ..." Melanie sprach nicht weiter, als sie Nicks schwarze Zigarette sah. „Das habe ich vergessen", sagte sie mehr zu sich. „Wie konnte ich das nur vergessen."

Nick blies den Rauch aus. „Vergessen? Was?"

„Die Zigarette." Melanie setzte sich auf und strich ihr zerzaustes Haar zurück. „Den Zigarettenrest, den ich im Sand in der Nähe der Leiche gesehen habe."

Nick schaute Melanie fragend an. „Ich verstehe nicht, worauf du hinaus willst."

„Der Zigarettenstummel war noch frisch und von der Sorte, die du auch rauchst." Melanie machte eine ärgerliche Handbewegung. „Das hätte ich schon längst erwähnen müssen, aber jetzt spielt es ja keine Rolle mehr. Du weißt ja, wer Stevos umgebracht hat und wer der Boss der Schmugglerorganisation ist."

„Das habe ich nie behauptet."

„Das brauchtest du auch nicht." Melanie war zu böse auf sich selbst, um Nicks nachdenklichen Blick zu bemerken.

„Warum brauchte ich das nicht?"

„Hättest du ihn nicht erkannt, hättest du es mir gesagt. Da du mir aber keine Fragen beantworten wolltest, wusste ich, dass du sein Gesicht gesehen hattest."

Nick schüttelte den Kopf. Gegen seinen Willen musste er lächeln. „Ich bin nur froh, dass du mir nicht schon früher im Verlauf meiner Karriere über den Weg gelaufen bist. Du hättest mich im Nu überholt. Aber um darauf zurückzukommen – ich habe den Zigarettenstummel auch gesehen."

„Das hätte ich mir denken können", murmelte Melanie.

„Und ich versichere dir, Tripolos ist er auch nicht entgangen", bemerkte Nick lächelnd.

„Diese verdammte Zigarette hat mich fast wahnsinnig gemacht", gab Melanie zu. „Zeitweilig habe ich jeden verdächtigt, den ich kannte, Dorian, Alex, Iona und sogar Liz und Andrew. Ich habe mich furchtbar damit herumgequält."

„Und ich war nicht auf deiner Liste?"

„Nein. Ich sagte dir schon, warum."

„Ja", entgegnete Nick leise, „und zwar im Zuge eines recht eigenartigen Kompliments, das ich nicht vergessen habe. Melanie, ich hätte dich schon früher in meine Arbeit einweihen sollen. Dann hättest du besser geschlafen."

Melanie stützte sich ein wenig auf und küsste Nick. „Zerbrich dir nicht immerzu den Kopf über meinen Schlaf. Langsam habe ich den Eindruck, ich sehe wie ein müdes altes Weib aus."

Nick legte die Hand um ihren Nacken. „Und wenn ich dir jetzt sage, dass das auch stimmt, wirst du dann schlafen?"

„Nein. Dann knall ich dir eine."

„So. Na, dann lüge ich lieber und mache dir was vor."

Seine Strafe erhielt Nick trotzdem. Melanie verpasste ihm einen Rippenstoß.

„Ah, du willst die harte Tour, ja?" Nick drückte die Zigarette aus und warf sich über Melanie. Sie wehrte sich einen Moment und blieb dann still liegen und schaute zu ihm auf.

„Weißt du eigentlich, wie oft du mich auf diese Weise schon gefangen gehalten hast?", fragte sie.

„Nein. Wie oft?"

„Weiß ich nicht so genau." Langsam zog ein Lächeln über Melanies Gesicht. „Aber ich glaube, es fängt an, mir Spaß zu machen."

„Vielleicht kann ich noch mehr zu deinem Spaß beitragen." Nick erstickte Melanies Lachen mit einem Kuss.

Diesmal liebte Nick Melanie nicht sanft und zärtlich. Melanie überließ sich seiner Leidenschaft. Die Angst, dass dies für sie beide das letzte Mal sein könnte, steigerte ihr Verlangen nur noch mehr. Sie gab sich Nick nicht nur hin, sie drängte ihn, trieb ihn voran und setzte ihn in Brand.

Hatten seine Hände vorhin sanft gestreichelt, so packten sie jetzt zu. War sein Kuss vorhin zärtlich gewesen, so verzehrte er sie jetzt. Melanie warf sich ohne Zögern in die Flammen seiner Liebe. Ihre Küsse waren genauso heiß wie die seinen, und ihre Hände schienen Nick gleichzeitig zu berühren und zu erregen. Sie schmiegte sich fest an Nick, und im nächsten Moment entzog sie sich ihm wieder. Damit trieb sie ihn fast zum Wahnsinn. Sie hörte seinen rauen Atem, spürte, wie seine Muskeln unter ihren Berührungen bebten. Nick presste die Lippen auf Melanies Mund. Sie bog sich ihm entgegen. Sie wusste, er war ihr verfallen, sie hatte Macht über ihn und konnte ihn dazu bringen, ihr zu geben, was sie haben wollte. Sie vergrub die Finger in seinem Haar und drängte ihn, sie zum Gipfel der Empfindungen zu führen. Aber schon als sie den Höhepunkt erreicht hatte, hungerte sie nach dem nächsten. Nick gab ihr, was sie begehrte. Und als er in sie eindrang, hörte für sie die Welt auf zu existieren.

Sehr viel später, als die Zeit knapp wurde, küsste Nick Melanie zärtlich.

„Du gehst", sagte sie und rang den Wunsch nieder, sich an ihm festzuklammern.

„Bald. Ich werde dich in die Villa zurückbringen." Er setzte sich auf und zog Melanie ebenfalls hoch. „Du wirst im Haus bleiben. Verschließ die Türen und sag den Hausangestellten, sie sollen niemanden hereinlassen. Niemanden!"

Melanie wollte Nick das versprechen, aber die Worte kamen ihr nicht über die Lippen. „Wenn es vorüber ist, sehe ich dich dann?"

Nick lächelte und strich Melanie das Haar aus dem Gesicht. „Ich nehme doch an, dass ich mit den Weinranken vor deinem Fenster wieder zurechtkomme."

„Ich bleibe wach und lass dich zur Vordertür herein", versprach sie.

„Aber Aphrodite!" Nick drückte ihr einen Kuss ins Handgelenk. „Wo bleibt da die Romantik?"

„Ach, Nick!" Melanie warf ihm die Arme um den Nacken und hielt ihn ganz fest. „Ich habe mir so fest vorgenommen, es nicht zu sagen, aber ich sage es doch: Sei vorsichtig!" Damit Nick ihre Tränen nicht sah, verbarg sie das Gesicht an seiner Brust. „Bitte, sei vorsichtig. Ich habe so schreckliche Angst um dich."

„Nicht doch." Nick fühlte ihre Tränen auf seiner Haut. Er drückte Melanie fester an sich. „Nicht weinen, Darling ... bitte!"

„Entschuldige." Melanie versuchte sich zusammenzunehmen. „Ich bin nicht gerade eine große Hilfe für dich."

Nick hielt Melanie ein wenig von sich ab und schaute in ihre tränenerfüllten Augen. „Melanie, bitte mich nicht, hierzubleiben."

„Nein." Sie musste schlucken. „Das tue ich nicht. Und bitte du mich nicht, mir keine Sorgen zu machen."

„Es ist das letzte Mal", sagte er entschlossen.

Melanie schauderte, aber sie hielt seinem Blick stand. „Ja, ich weiß."

„Du brauchst nur auf mich zu warten." Nick zog Melanie wieder an seine Brust „Warte auf mich." Er küsste Melanie auf die Schläfe. „Wir werden ein Glas Champagner trinken, ehe ich dich in die Villa zurückbringe, okay? Wir wollen auf morgen anstoßen."

„Ja." Melanie lächelte, und ihre Augen lächelten fast mit. „Ich trinke mit dir auf morgen."

„Ruh dich einen Moment aus." Nick küsste sie noch einmal und drückte sie dann in die Kissen zurück. „Ich hole den Champagner."

Melanie wartete, bis sich die Tür hinter Nick geschlossen hatte. Dann vergrub sie das Gesicht im Kopfkissen.

13. KAPITEL

Es war dunkel, als Melanie erwachte. Im ersten Moment wusste sie nicht, wo sie sich befand. Das Zimmer schien nur aus Schatten und Stille zu bestehen. Eine weiche Decke lag über sie ausgebreitet. Unter dieser Decke war sie nackt.

Nick! dachte Melanie entsetzt. Sie war eingeschlafen, und er hatte sie verlassen. Sie setzte sich auf und zog die Knie vor der Brust hoch. Wie hatte sie nur die letzten gemeinsamen Minuten mit Schlaf vergeuden können? Wie lange hatte sie überhaupt geschlafen? Und wie lange war Nick schon fort?

Sie schaltete die Lampe neben dem Bett ein. Das Licht nahm ihr etwas von ihrer Angst, aber dann sah sie den Zettel, der an der Lampe lehnte. Melanie starrte auf die energische Handschrift. „Schlaf weiter", war alles, was da stand.

Das sieht ihm ähnlich, dachte sie und musste fast lachen. Sie hielt den Zettel in der Hand, als könnte sie damit auch Nick festhalten, und stand auf, um sich anzuziehen. Es dauerte nicht lange, bis sie merkte, dass ihre Kleider verschwunden waren.

„Dieser Schuft!", sagte Melanie laut. Die liebevollen Gedanken an ihn waren verflogen. Nick wollte also sichergehen, dass sie brav hier im Zimmer blieb. Wohin sollte ich denn seiner Meinung nach gehen? fragte sie sich. Ich weiß doch überhaupt nicht, wo er ist … und was er tut, setzte sie im Stillen hinzu.

Also warten. Melanie fror plötzlich und wickelte sich die Bettdecke um den Körper. Die Zeit verging im Schneckentempo. Melanie nahm ihre Wanderung durchs Zimmer wieder auf, setzte sich, ging wieder hin und her. Der Morgen war noch ein paar Stunden entfernt. Am Morgen würde das Warten vorbei sein. Für alle.

Bis dahin halte ich nicht durch, dachte Melanie. Ich muss aber durchhalten, war ihr nächster Gedanke. Kam Nick denn gar nicht mehr zurück? Wollte es denn nicht endlich Morgen werden?

Wütend schüttelte Melanie die Bettdecke ab. Na schön, warten muss ich also, sagte sie sich und trat an Nicks Kleiderschrank, aber kein Mensch kann mich zwingen, nackt zu warten.

Nick bewegte die verspannten Schultermuskeln und versuchte den Wunsch nach einer Zigarette zu unterdrücken. Selbst die kleinste Flamme wäre jetzt zu gefährlich. Mondlicht durchflutete die Höhle. Hin und wieder war ein Flüstern hinter den Felsen zu hören – nicht von Geistern, sondern von Männern in Uniform. Nick hob das Fernglas und schaute zum wiederholten Mal übers Meer hinaus.

„Schon was zu sehen?“ Tripolos hockte hinter einem Gesteinsblock und schien sich bemerkenswert wohlzufühlen. Er steckte sich ein Pfefferminz in den Mund. Nick schüttelte nur den Kopf und gab das Glas an Stephanos weiter.

„Eine halbe Stunde“, erklärte Stephanos und kaute auf seiner erloschenen Pfeife herum. „Der Wind trägt das Motorengeräusch heran.“

„Ich höre nichts.“ Tripolos schaute ihn zweifelnd an.

Nick lachte leise. Er spürte die wohlbekannte Erregung wachsen. „Stephanos hört, was andere nicht hören. Sagen Sie nur Ihren Leuten, sie sollen sich bereithalten.“

„Meine Männer sind bereit.“ Tripolos schaute Nick von der Seite her an. „Die Arbeit macht Ihnen Spaß, Gregoras.“

„Manchmal schon.“ Nick lächelte. „Und diesmal ganz gewiss.“

„Bald ist alles vorbei“, bemerkte Stephanos.

Nick wandte den Kopf und blickte dem alten Mann in die Augen. Er wusste, dass Stephanos nicht nur diese Nacht meinte. Nick hatte Stephanos nichts davon gesagt, aber er wusste es. „Ja“, erwiderte Nick nur und schaute dann wieder über das Wasser.

Hoffentlich schlief Melanie noch. Wie schön und wie erschöpft sie ausgesehen hatte, als er ins Schlafzimmer zurückkehrte. Ihre Wangen waren feucht gewesen. Herrgott, er konnte sie nicht weinen sehen. Aber dass sie eingeschlafen war, erleichterte ihn. So brauchte er ihr beim Abschied nicht in die Augen zu sehen.

In meinem Haus ist sie sicherer als in der Villa, dachte er. Wenn er Glück hatte, schlief sie noch bei seiner Rückkehr. Dann wären ihr die Stunden des Wartens und der Sorge erspart geblieben. Einer Eingebung folgend, hatte er ihre Kleider versteckt. Selbst Melanie würde nicht splitternackt spazieren gehen wollen.

Nick musste wieder lächeln, als er sich vorstellte, wie sie auf ihn schimpfen würde, wenn sie aufwachte und nach ihren Kleidern suchte. Er sah sie richtig vor sich, wie sie wütend mitten in seinem Zimmer stand, nichts als das Mondlicht auf ihrer Haut.

Nick hob das Fernglas und blickte übers Wasser. „Sie kommen“, stieß er leise hervor.

Im Mondlicht war das Boot nur eine dunkle Silhouette. Zwölf Männer hockten hinter Klippen und Gesträuch und sahen ihm entgegen. Es kam geräuschlos und nur durch Ruderkraft getrieben.

Beim Festmachen fielen kaum Worte. Die Stille und die Bewegungen der Mannschaft signalisierten Furcht. Die Erregung in Nick wuchs, obwohl sein Gesicht ruhig und undurchdringlich blieb. Er ist da, dachte er. Und wir haben ihn.

Die Crew verließ das Boot. Eine maskierte Gestalt trat auf sie zu. Auf Nicks Zeichen durchflutete Scheinwerferlicht die Höhle. Die Schatten wurden zu Männern.

„Keine Bewegung!“, rief Tripolos scharf. „Das Boot wird beschlagnahmt und auf Konterbande untersucht. Lassen Sie die Waffen fallen und ergeben Sie sich.“

Plötzlich hallten Rufe und Schritte durch die stille Grotte. Flüchtende und Verfolger, Geräusche und Licht bildeten ein chaotisches Durcheinander. Schüsse peitschten auf. Männer schrien vor Schmerz und Wut.

Die Schmuggler kämpften mit den Händen und mit Messern. Der Kampf war verbissen, aber er konnte nicht lange dauern.

Der Maskierte löste sich aus dem Gewirr und lief aus der Höhle. Nick stieß einen Fluch aus und raste hinterher. Im Laufen steckte er seine Waffe in den Gürtel zurück.

Nach ein paar Schritten stieß er mit einer stämmigen Gestalt zusammen, ein Mann, der ebenfalls flüchten wollte. Beide verfluchten sich gegenseitig.

Jeder von ihnen wusste, dass er nur weiterkommen würde, wenn er den anderen aus dem Weg schaffte.

Ineinander verschlungen rollten sie über den abfallenden Felsboden aus dem Lichtkreis heraus. Ein Messer blitzte auf. Nick packte die Hand seines Gegners, ehe das Messer seinen Hals treffen konnte.

Schüsse peitschten durch die Stille. Melanie sprang aus dem Sessel auf. Hatte sie es wirklich gehört oder nur fantasiert? Ihr Herz pochte heftig. Waren sie denn so nahe? Sie starrte in die Dunkelheit. Ein weiterer Schuss fiel. Die Felsen warfen das Echo zurück. Melanie erstarrte vor Furcht.

Nick ist nichts passiert, redete sie sich ein. Gleich kommt er wieder, und dann ist alles vorbei. Ihm kann nichts geschehen.

Noch ehe sie diesen Satz zu Ende gedacht hatte, rannte sie schon aus dem Haus. Nicks Jeans hingen ihr lose um die Hüften.

Einzig logisch erschien ihr, zum Strand hinunterzulaufen. Gleich würde sie Nick treffen. Jeden Moment musste er ihr entgegenkommen. Dann konnte sie sich überzeugen, dass es ihm gut ging.

Melanie rannte den felsigen Pfad entlang. Ihr Keuchen und ihre Schritte auf dem harten Boden waren die einzigen Laute.

Fast wünschte sie sich, sie würde noch einen Schuss hören. Dann könnte sie die Richtung besser bestimmen und Nick schneller finden.

Als sie den Strandpfad erreichte, sah sie ihn unten über den Sand eilen. Melanie atmete auf und raste die Stufen hinunter.

Er lief weiter, ohne ihr Kommen zu bemerken. Melanie wollte ihn rufen, aber sein Name blieb ihr im Hals stecken. Sie starrte den Mann mit der Kapuzenmaske an.

Das war nicht Nick. Das waren nicht seine Bewegungen, sein Gang. Nick hatte keinen Grund, sein Gesicht zu verhüllen. Melanie hatte ihre Überlegungen noch nicht zu Ende gebracht, als sich der Mann die Kapuze vom Kopf zog. Das Mondlicht fiel auf goldblondes Haar.

Großer Gott, war sie wirklich so dumm, das nicht eher erkannt zu haben? Diese unheimlich ruhigen Augen – hatten sie jemals Empfindungen gespiegelt? Melanie machte einen Schritt rückwärts und suchte verzweifelt nach einem Versteck. Aber jetzt drehte er sich um. Sein Gesicht wurde hart, als er sie sah.

„Melanie? Was machst du hier?"

„Ich … ich wollte spazieren gehen." Hoffentlich klang es gelassen und überzeugend genug! „Es ist eine so schöne Nacht. Eigentlich schon fast Morgen." Als er auf sie zukam, musste sie ihre plötzlich trockenen Lippen befeuchten. Rasch sprach sie weiter. „Ich habe nicht erwartet, dir hier zu begegnen. Ich dachte …"

„Du dachtest, ich sei in Athen", beendete Dorian den Satz lächelnd. „Aber wie du siehst, bin ich hier. Und ich fürchte, du hättest mich besser nicht hier gesehen."

Er hob die Kapuze hoch, ließ den Stoff einen Moment herabbaumeln und warf ihn dann in den Sand.

„Bedauerlich!" Dorians Lächeln verschwand. „Aber du kannst mir noch immer von Nutzen sein. Eine amerikanische Geisel", sagte er nachdenklich und betrachtete Melanies

Gesicht. „Und eine weibliche noch dazu." Er packte sie am Arm und zog sie über den Sand.

Melanie wehrte sich gegen seinen Griff. „Ich werde nicht mit dir gehen."

„Du hast keine andere Wahl." Dorian klopfte auf das Messer an seinem Gürtel. „Oder willst du enden wie Stevos?"

Melanie stolperte über den Strand. Dorian sagte es ganz gelassen. Er kannte weder Liebe noch Hass, und dennoch war dieser Mann gefährlich wie ein wildes Tier auf der Flucht.

„Du wolltest Iona umbringen."

„Iona wurde lästig. Sie war nicht nur versessen auf Geld, sondern auch auf mich. Sie dachte, sie könnte mich zur Heirat erpressen." Dorian lachte kurz auf. „Ich brauchte ihr das Heroin nur anzubieten. Allerdings dachte ich, die Dosis, die ich ihr gab, wäre hoch genug."

Melanie tat, als wäre sie gestolpert, und fiel auf Hände und Knie. „Ja, und du hättest ihr den Rest gegeben, wäre ich nicht vorher hinzugekommen."

„Du hast die Angewohnheit, zur falschen Zeit am falschen Ort zu erscheinen." Grob zog Dorian Melanie hoch. „Während der letzten Tage musste ich den besorgten Geliebten spielen. Immer dieses Hin und Her zwischen Athen und Lesbos … wirklich ärgerlich. Wenn man mich nur einen Moment mit Iona allein gelassen hätte …" Er hob die Schultern, als wären ihm Leben oder Tod eines Menschen gleichgültig. „Aber so wird sie es überleben und reden. Also musste ich handeln."

„Du hast die letzte Sendung verloren", stieß Melanie hervor. Sie wollte Dorian unbedingt aufhalten. Wenn er mit ihr die Strandstufen hochstieg, wenn er sie erst einmal oben zwischen den Felsen in der Dunkelheit hatte …

Dorian erstarrte und drehte sich zu Melanie um. „Woher weißt du das?"

„Ich habe geholfen, sie zu stehlen", sagte sie einer Eingebung folgend. „Das Versteck dort oben in der Höhle …"

Weiter kam sie nicht. Dorian packte sie am Hals. „Du also! Die Ware ist mein Eigentum! Wo ist sie?"

Melanie schüttelte den Kopf.

„Wo?" Dorian drückte fester zu.

Melanie starrte in sein schönes mondbeschienenes Gesicht, das Gesicht eines griechischen Gottes. Götter sind blutrünstig. Hatte sie das nicht schon einmal gedacht? Melanie legte die Hand an Dorians Handgelenk, als gäbe sie auf und wollte seine Frage beantworten. Seine Finger lösten sich ein wenig.

Im nächsten Moment schlug Dorian Melanie mit dem Handrücken ins Gesicht. Sie fiel in den Sand. Dorians Augen waren ruhig und leer, als er auf sie hinunterblickte. „Du wirst es mir sagen. Du wirst darum betteln, mir alles sagen zu dürfen. Wir haben Zeit, wenn wir erst einmal die Insel verlassen haben."

„Nichts werde ich sagen!" Melanie hörte ihr Blut in den Ohren rauschen. Vorsichtig bewegte sie sich von Dorian fort. „Die Polizei weiß, wer du bist! Und es gibt kein Mauseloch, in dem du dich verkriechen könntest."

Dorian packte Melanie grob am Arm und zerrte sie hoch. „Wenn du lebensmüde bist … das kannst du …"

Plötzlich war Melanie frei – so überraschend, dass sie wieder auf die Knie fiel. Dorian stolperte rückwärts und ging auch zu Boden.

„Nick!" Dorian wischte sich das Blut vom Mund. Er blickte in Nicks Gesicht. „Welch Überraschung!" Sein Blick richtete sich jetzt auf den Revolver in Nicks Hand. „Und was für eine!"

„Nick!" Melanie rappelte sich auf und war mit einem Schritt bei ihm. Nick schaute sie nicht an. Sie griff nach seinem Arm, der sich eisenhart anfühlte. „Nick, ich dachte … ich fürchtete, du könntest tot sein."

„Aufstehen!", befahl Nick Dorian mit einer Bewegung seines Revolvers. „Oder soll ich Sie im Liegen erschießen?"

„Ist dir nichts passiert?" Melanie schüttelte Nicks Arm. Warum gab er ihr nicht wenigstens ein beruhigendes Zeichen? Sein Gesicht zeigte den gleichen kalten Ausdruck, den sie schon einmal bei ihm gesehen hatte. „Als ich die Schüsse hörte …“

„Ich wurde aufgehalten.“ Nick schob Melanie zur Seite. Sein Blick war auf Dorian gerichtet. „Werfen Sie die Waffe weg. Dort hinüber.“ Nick machte eine entsprechende Kopfbewegung. „Fassen Sie sie nur mit zwei Fingern an. Eine falsche Bewegung, und es war Ihre letzte.“

Dorian zog seinen Revolver langsam aus dem Gürtel und warf ihn fort. „Ich gebe zu, damit hatte ich nicht gerechnet. Dass Sie es waren, der mich seit Monaten jagt – Kompliment!“

„Es war mir ein Vergnügen.“

„Und ich hätte geschworen, nichts würde Sie interessieren außer Antiquitäten und Geld. Ihre harten Geschäftsmethoden habe ich zwar von jeher bewundert, aber von Ihrem eigentlichen Geschäft hatte ich keine Ahnung. Sie – ein Polizist?“

Nick bedachte ihn mit einem leichten Lächeln. „Ich antworte nur einem einzigen Mann“, erklärte er ruhig. „Adontis.“ Dass die Furcht in Dorians Augen aufblitzte, bereitete ihm Genugtuung. „Sie und ich hätten die Sache übrigens schon eher hinter uns bringen können. Beispielsweise letzte Nacht.“

Dorians Gesichtsausdruck war wieder unbewegt. „Letzte Nacht?“

„Dachten Sie etwa, Sie wären wirklich nur von einer Ziege beobachtet worden?“, fragte Nick mit einem spöttischen Lachen.

„Nein.“ Dorian nickte kurz. „Ich habe den Braten gerochen. Dumm von mir, dass ich dem nicht nachgegangen bin.“

„Sie sind leichtsinnig geworden, Dorian. Auf der letzten Fahrt habe ich Ihren Platz eingenommen und Ihre Männer in Angst und Schrecken versetzt.“

„Sie also“, flüsterte Dorian.

„Ein guter Fang“, bestätigte Nick. „Das meinen jedenfalls die Kollegen in Athen. Eigentlich hätte die Sache für Sie schon zu diesem Zeitpunkt erledigt sein können, aber ich wartete, bis ich sicher war, dass Alex nichts damit zu tun hatte."

„Alex?" Dorian lachte verächtlich auf. „Alex hätte nie den Nerv für so etwas. Er denkt nur an seine Frau, seine Schiffe und seine Ehre." Dorian musterte Nick. „Aber Sie habe ich anscheinend falsch beurteilt. Ich hielt Sie für einen reichen, ziemlich einseitigen Narren, für ein kleines Ärgernis vielleicht, was Ihren Trip mit Iona anging, aber dennoch keines zweiten Gedankens wert. Zu Ihrem Täuschungsmanöver muss ich Ihnen gratulieren und ...", Dorian blickte zu Melanie hinüber, „... zu Ihrem Geschmack auch."

„*Efcharistó*", bedankte sich Nick spöttisch.

Zu ihrem Entsetzen sah Melanie, dass Nick seine Waffe zu Dorians auf den Boden warf. Die beiden Revolver lagen jetzt nebeneinander auf dem Sand.

„Ich habe die Pflicht, Sie Captain Tripolos und den Behörden auszuliefern." Ruhig und sehr langsam zog Nick sein Messer hervor. „Aber zuvor wird es mir ein Vergnügen sein, Ihnen zu zeigen, was mit Leuten passiert, die Hand an meine Frau legen."

„Nein, Nick! Nicht!" Melanie wollte Nick in den Arm fallen, aber er hielt sie mit einem kurzen Befehl auf.

„Geh in die Villa und bleib dort!"

„Warum?", mischte sich Dorian lächelnd ein. „Lassen Sie sie ruhig hier. Mich stört sie nicht." Mit einer fast eleganten Geste zog er ebenfalls ein Messer. „Sie ist ein verlockender Preis für den Sieger."

„Geh!", befahl Nick noch einmal. Er packte sein Messer fester.

Melanie deutete die Bewegung richtig. „Nick, das darfst du nicht! Er hat mich nicht verletzt."

„Er hat sein Zeichen in deinem Gesicht zurückgelassen", erwiderte Nick leise. „Aus dem Weg, Melanie!"

Melanie stolperte zurück.

Die beiden Männer duckten sich und umkreisten einander. Melanie sah die Messer im Mondlicht aufblitzen.

Dorian stieß zuerst zu. Melanie presste die Hand auf den Mund und erstickte ihren Aufschrei.

Dies war kein Abenteuerfilm – es war Wirklichkeit! Da gab es keine Anmut der Bewegungen, kein abenteuerliches, kühnes Lachen begleitete die Ausfälle und Paraden. Beide Männer waren zum Äußersten entschlossen. Im Mondlicht sahen sie geisterhaft blass aus. Melanie hörte nur ihr Keuchen, das Rauschen der Brandung und das Zischen der Messer.

Nick trieb Dorian zur Wasserlinie hin und damit fort von Melanie. Er spürte einen wilden Zorn in sich, ließ sich durch seine Emotionen aber nicht von seinem Kampf ablenken. Dorian focht eiskalt. Sein leeres Herz war sein bester Helfer.

„Melanie wird mir gehören, noch ehe die Nacht vorüber ist", sagte Dorian und verzog spöttisch die Lippen, als er die nackte Wut in Nicks Augen erkannte.

Auf Nicks Ärmel breitete sich ein dunkler Fleck aus. Melanie hätte vor Entsetzen aufgeschrien, aber ihr fehlte der Atem. Die Geschwindigkeit, mit der die beiden Männer kämpften, betäubte sie. Im einen Augenblick umkreisten sie einander, im nächsten waren sie ineinander verschlungen. Sie rollten sich im Sand, ein verworrenes Knäuel aus Gliedern und Messern. Melanie hörte sie keuchen und fluchen.

Plötzlich war Dorian über Nick. Erstarrt sah Melanie, wie er sein Messer hob und zustach. Es traf in den Sand, dicht neben Nicks Kopf. Ohne nachzudenken, ließ sich Melanie auf die am Boden liegenden Revolver fallen.

Die Waffe glitt ihr aus der Hand. Melanie biss die Zähne zusammen und hob sie wieder auf. Sie kniete sich hin und zielte auf die ineinander verschlungenen Körper. Ganz bewusst zwang sie sich dazu, sich auf das vorzubereiten, was sie immer verabscheut hatte. Sie war bereit zu töten.

Ein Schrei zerriss die Stille der Nacht. Melanie wusste nicht, wer ihn ausgestoßen hatte. Sie packte den Revolver mit beiden Händen. Einer der beiden lebte. Noch immer hörte sie Atemzüge, aber nur die eines Einzigen. Falls Dorian es sein sollte, der sich erhob, das schwor sie sich und Nick, dann würde sie abdrücken.

Ein Schatten erhob sich. Melanie presste die Lippen aufeinander. Ihr Finger am Abzug zitterte.

„Leg das verdammte Ding weg, Melanie, ehe du mich umbringst."

„Nick!" Der Revolver fiel Melanie aus der Hand.

Nick kam heran. Er humpelte. „Was wolltest du mit der Waffe?" Er zog sie auf die Füße. Melanies Hände zitterten. „Du hättest niemals abgedrückt."

Melanie schaute Nick in die Augen. „Doch, dazu war ich entschlossen."

Nick sah sie einen Moment an und erkannte, dass sie die Wahrheit sagte. Er zog Melanie an sich. „Warum bist du nicht zu Hause geblieben? Ich wollte dir den Schock ersparen."

„Ich konnte nicht im Haus bleiben, jedenfalls nicht, nachdem ich die Schüsse gehört hatte."

„Ach so, du hast die Schüsse gehört und bist Hals über Kopf losgerannt!"

„Natürlich. Was sonst?"

Nick lag ein Fluch auf den Lippen. Er verschluckte ihn. „Und meine Jeans hast du auch geklaut." Nein, jetzt konnte er nicht mit ihr böse sein, nicht solange sie wie Espenlaub zitterte. Er strich ihr übers Haar. Aber später sollte sie …

„Hast du meine etwa nicht geklaut?" Ob Melanie lachte oder ob sie schluchzte, konnte Nick nicht feststellen. „Ich dachte …" Plötzlich fühlte sie etwas Warmes, Klebriges an ihrer Hand … Blut! „Oh Gott, Nick, du bist verletzt!"

„Halb so schlimm. Ich …"

„Verdammt, musst du immer knallhart und stur sein? Du blutest, Mann!"

Nick lachte und drückte Melanie fest an sich. „Ich bin weder knallhart noch stur, Kleines. Wenn es dich glücklich macht, kannst du nachher den Kratzer verpflastern. Jetzt brauche ich eine andere Medizin." Er küsste sie, ehe sie etwas sagen konnte.

Melanie packte Nick beim Hemd und legte alle ihre Gefühle in diesen Kuss. Furcht und Schrecken verließen sie und damit auch der letzte Rest ihrer Kraft. Ihre Knie wurden weich. Sie musste sich an Nick lehnen.

„Ich glaube, ich brauche sehr viel Pflege", flüsterte Nick an Melanies Mund. „Vielleicht bin ich doch schwerer verletzt, als ich dachte. Nein, nicht doch ..." Nick hielt Melanie ein wenig von sich ab, als er ihre Tränen an seiner Wange fühlte. „Melanie, nicht weinen. Das ist das Einzige, was ich heute Nacht nicht mehr ertragen kann."

„Ich weine nicht", behauptete Melanie, während ihr die Tränen über die Wangen rollten. „Überhaupt nicht! Du darfst nur nicht aufhören, mich zu küssen."

Sie presste die Lippen auf seine, und die Tränen trockneten ...

„Nun, Mr Gregoras, offenbar haben Sie Dorian Zoulas doch noch erwischt!"

Ohne Melanie loszulassen, blickte Nick über ihren Kopf hinweg zu Tripolos hinüber. „Haben Ihre Leute die Crew?"

„Ja." Tripolos untersuchte den Toten kurz. Er sah den gebrochenen Arm und die Stichwunde, kommentierte es aber nicht. Er winkte nur einen seiner Leute heran. „Ihr Mann kümmert sich um den Abtransport der Crew." Tripolos blickte Nick bedeutungsvoll an. „Es scheint, Sie hatten ein wenig Ärger hier." Er schaute zu den am Boden liegenden Waffen hinunter und zog seine eigenen Schlüsse. „Bedauerlich, dass er nicht mehr vor Gericht gebracht werden kann."

„Sehr bedauerlich", stimmte Nick zu.

„Sie haben Ihre Waffe fallen lassen, um ihn festzuhalten, wie ich sehe."

„So wird es gewesen sein."

Tripolos bückte sich ächzend, hob den Revolver auf und

gab ihn Nick. „Ihr Job ist beendet." Er verbeugte sich. „Gute Arbeit, Mr Gregoras." Er lächelte sanft. „Respekt!"

„Danke. Ich bringe Miss James jetzt nach Hause. Sie können mich, wenn nötig, morgen erreichen. Gute Nacht, Captain."

„Gute Nacht", sagte Tripolos leise und schaute ihnen nach.

Melanie legte den Kopf an Nicks Schulter, während sie den Pfad zum Kliff hinaufgingen. Erst vor wenigen Minuten hatte sie alles getan, um nicht hier hochgeschleppt zu werden, aber jetzt erschienen ihr die Stufen wie der Weg in eine neue Zukunft.

„Sieh mal, die Sterne verblassen schon." Sie seufzte. Angst, Aufregung, Zweifel – alles hatte sich aufgelöst. „Ich habe das Gefühl, als hätte ich auf diesen Sonnenaufgang mein Leben lang gewartet."

„Ich habe mir sagen lassen, du willst nach Venedig und mit einer Gondel fahren."

Melanie blickte erstaunt auf. Dann lachte sie. „Das hat dir Andrew erzählt."

„Er erwähnte auch Cornwall und die Champs Elysées."

„Und wie man ein Netz einholt, musst du jetzt auch lernen", fügte Melanie hinzu.

„Ich bin nicht leicht zu ertragen, Melanie." Am Fuß der Treppe blieb Nick stehen und drehte Melanie zu sich um. Er suchte nach Worten. „Das Schlimmste weißt du. Ich bin herrisch, ungeduldig und jähzornig. Je nach Laune bin ich ungenießbar."

Melanie tat, als gähnte sie gelangweilt. „Ich wäre die Letzte, die dir da widerspricht."

Nick schaute Melanie an. Hoch aufgerichtet stand sie da, seine Jeans rutschten halb über ihre Hüften, und sein Oberhemd bauschte sich viel zu weit um ihre Schultern und verbarg ihre kleinen, festen Brüste und die Taille, die er fast mit einer Hand umspannen konnte. Richtig oder nicht – er konnte nicht mehr ohne sie leben.

„Melanie …"

„Ja, Nick?" Melanie kämpfte mit ihrer Müdigkeit, lächelte aber tapfer. „Was ist?"

Im Augenblick konnte er sie nur anschauen. Sein Blick war dunkel, eindringlich und ein wenig ratlos.

„Dein Arm", begann sie und streckte die Hand nach ihm aus.

„Nein, zum Teufel!" Er packte sie bei den Schultern. „Um meinen Arm handelt es sich jetzt nicht." Er presste seine Lippen auf ihre. Jetzt brauchte er ihren Duft, ihre Liebe. Als er den Kopf wieder hob, wurden seine Hände sanfter, aber seine Augen glühten.

Melanie lachte leise und schüttelte den Kopf. „Nick, wir sollten jetzt nach Hause gehen, und dann kümmere ich mich um deinen Arm, damit …"

„Mein Arm ist unwichtig, Melanie."

„Nicht für mich."

„Melanie!" Nick hielt sie fest, ehe sie die Treppe hochsteigen konnte. „Ich werde ein schwieriger und entnervender Ehemann sein, aber langweilen wirst du dich bestimmt nicht." Er nahm ihre Hand und küsste sie so zärtlich, wie er es auf seinem Balkon getan hatte. „Ich liebe dich genug, um dich auf deine Berge steigen zu lassen, genug, um mit dir hinaufzusteigen, wenn du willst."

Melanie war nicht mehr müde. Sie öffnete den Mund, brachte aber vor Ergriffenheit nichts heraus.

„Himmel, Melanie, schau mich nicht so an!" Nicks Stimme klang zornig. „Sag schon Ja, in Gottes Namen!"

Er ließ Melanies Hände los und packte ihre Schultern. Melanie fürchtete, dass er sie wieder schütteln würde. Aber in seinen Augen sah sie mehr als Ungeduld und Wildheit. Sie sah die Zweifel, die Angst, die Erschöpfung. Wie sie diesen Mann liebte!

„Muss ich das erst sagen?", fragte sie leise.

„Nein." Nick packte sie fester. „Du hast mir mein Herz weggenommen. Meinst du, mit dieser Beute lasse ich dich davonkommen?"

Melanie hob die Hand, berührte Nicks Wange und strich mit dem Finger über seine angespannten Kinnmuskeln. „Dachtest du, ich würde meine Berge ohne dich besteigen?“ Sie schmiegte sich an ihn und fühlte seine Erleichterung. „Komm, lass uns nach Hause gehen.“

– ENDE –